사
소
한

이
야
기
의

자
유

사소한 이야기의 자유

백지연
평론집

창비

마음의 변화가 삶의 변화를 일으킨다는 것을 실감하면서 한권의 책을 묶는다. 많은 사람들을 이끌어 새로운 삶의 국면을 열게 한 촛불광장의 시간을 통과하면서 문학과 비평의 자리에 대해서 새로운 감수성과 시야를 요구하는 움직임이 세차게 일고 있다. 켜켜이 쌓여 있던 사회적 불합리와 모순을 직시하는 흐름 속에서 문학제도에 대한 성찰 및 비평의 위상에 대한 질문도 집중적으로 제기되고 있다. 세대와 대중을 앞세우는 매체의 혁신 및 글쓰기 양식의 변화 앞에서 기존의 문학비평 역시 중요한 쇄신을 요구받고 있는 듯하다. 무엇보다도 삶과 비평을 어떻게 접속시킬 것인가에 대한 근본적인 고민이 깊어지는 시점이라고 할 수 있다.

'사소한 이야기의 자유'는 지난해 쓴 짧은 글 중에서 마음에 오래 머물렀던 어구이다. 발터 벤야민은 사람의 마음을 움직이는 '이야기'의 단순하고 소박한 힘이 '인간 내부의 순수한 개방성'에 있다고 말하였다. 아무리 사소한 이야기일망정 그것을 표현하는 데 얼마나 많은 자유로움이 필요한지 모른다고 강조하는 그의 전언이 깊게 와닿는다. 공동체에 전해지는 이야기의 고유한 힘과 지혜의 전승을 강조하는 이 대목은 한편의 좋은 이야기를 꾸리기 위해 거쳐야 하는 지난한 시간을 환기한다. 눈 밝은 작가는 일상에 스민 관계들의 복잡한 그물망을 놓치지 않는다. 감동을 주는 작품이 이겨내는 수많은 편견과 통념, 그리고 그것이 불러오는 해방의 힘은 독자를 늘 매료시킨다. 비평이야말로 이러한 이야기의 해방적 힘을 이루는 분투의 상상력을 읽어내야 할 소임을 갖고 있다. 무엇보다도 비평의 개방성과 설득력은 사소한 이야기 속에 깃들어 있는 자유로움을 잊지 않는 데서 이루어질 수 있다고 생각한다.

이 책에서는 문학의 공공성과 민주주의의 상상력, 페미니즘 비평의 전개, 장편소설 논의 등 그동안 쓴 평문 중에서 주제의 연속성이 있는 글들을 모았다. 발표할 당시 논의의 흐름을 살리는 취지에서 개별적 문장을 다듬고 논거를 보완하였다.

1부의 글들은 공공성, 민주주의, 공동체와 소통 등의 키워드를 통해 2000년대 이후 문학의 특징을 살펴보았다. 한국소설의 새로운 지층을 형성하는 소수자, 이방인의 서사를 살피면서 성, 인종, 계급 등의 다양한 층위에서 논의되어온 타자의 문제를 고찰하고자 하였다. 공동체와 개인의 관계를 살피는 새로운 서사들은 개별성을 보존하면서 자신 속에 잠재한 관계성을 발현하는 문학적 연대의 가능성을 우리에게 보여준다. 1부 말미에 놓인 두 글은 80~90년대 문학사의 리얼리즘 논의가 현재의 문학사적 개념 및 쟁점과 연결되는 지점들을 살핀 글이다. 문학사의 리얼리즘 논의에서 총체성과 전형, 전망 등의 개념이 현재적 삶을 투시하는 복합적인 용어로서 새롭게 사유될 수 있는 가능성을 고찰하였다. 글을 쓰면서 우리의 문학사 안에 끈질기게 존재하는 상호배타적인 이항대립 구도와 근대 담론의 문제성을 비판적으로 통찰하는 작업의 중요성을 환기하게 된 점이 의미 깊다.

2부의 글들은 페미니즘을 주제로 한 평문이다. 90년대 대중문화의 이슈와 만나 영역을 확장했던 페미니즘 비평이 기존의 여성성, 여성적 글쓰기의 제한된 범주를 비판하며 다양한 포스트주의의 흐름과 접속해온 지점들, 그리고 달라진 소통매체를 배경으로 새로운 방식의 운동성을 표방하는 현재 페미니즘 비평의 특징을 살피고자 하였다. 시대의 흐름에 따라 페미니즘 비평의 실제적 적용 역시 개인적인 고민과 변화를 거쳐왔다. 억압받는 타자로서의 여성을 강조하는 초기의 글들에서 근대와 다층적인 관계를 맺고 있는 여성 문제의 복합성을 탐구하는 시점으로 논의를 전환해가는 과정이라고 할 수 있다. 근래는 공공성과 커먼즈의 논의가 열어보이는 비평적 시야를 참조하면서 페미니즘의 시각에서 바라보는 여성의 삶과 시민의 삶, 문학작품에 존재하는 젠더의 신호를 해석하는 문제를 사유하는 과정에 관심을 갖게 되었다.

3부와 4부에서는 장편소설의 성취에 대한 고찰 및 계간평과 작품론을 담았다. 근대소설 장르가 태생적으로 안고 있는 주변부의 활력과 생동감이 현재의 장편소설들에서 어떻게 드러나고 있는가를 살핀 글들이다. 최근 작품들이 호명하는 역사적 소재와 증언서사의 다채로운 양식은 장편소설 특유의 활력을 입증하는 사례라고 할 수 있다. 사실적 기록과 문학적 허구의 긴장 속에 다양하게 상반되는 요소들을 결합하고 조정하는 장편소설의 성취는 소설 장르 자체의 탄력성과 유효성을 잘 보여준다고 할 수 있다. 이 과정에서 문학사의 복합적인 맥락을 편의적으로 떼어낸 채 근대의 특권화된 담론 속에 장편소설론을 묶어두는 일부 담론들에 대한 비판적 문제의식을 담았다.

지난 글들을 다시 읽고 모으면서 책을 내는 일이 여러 사람에게 빚지는 일임을 다시 한번 깨닫는다. 문학을 공부하는 든든한 터전이 되어준 모교의 선생님들과 선후배 동료들, 함께 작품을 읽고 토론을 나눈 학생들 덕분에 오랜 시간 공부의 보람과 기쁨을 누릴 수 있었다. 여기 담긴 대부분의 글들은 창비와 세교연구소에서 함께한 공부와 토론의 산물이다. 문학과 삶에 대한 사유와 성찰을 촉진하고 지적 탐구의 흥미로움을 안겨준 선생님들과 동료들께 감사드린다. 무엇보다도 마음을 움직이는 비평가와 작가들 덕분에 글을 쓰는 시간이 즐거울 수 있었다. 한권의 책을 꾸리는 노고를 맡아준 창비 문학출판부와 오래전 초교를 보아준 이상술 씨, 마지막까지 세심한 갈무리를 할 수 있도록 이끌어준 전성이 씨에게 감사하다.

돌아보니 책에 실린 글들을 쓰는 동안 아이가 태어나고 자랐다. 변화무쌍한 성장의 시간을 지나고 있는 십대의 소년에게, 그리고 사랑과 돌봄의 깊은 마음으로 옆에 있어준 가족들에게 고마움을 전한다.

2018년 10월
백지연

제3부 / 장편소설의 현재와 가능성

제4부 / 이야기의 미래

제1부

한국문학과 공공성의 성찰

타자의 인식과 공공성의 성찰

◆

배수아·공선옥·전성태의 작품

1. 이방인의 서사가 갖는 의미

여행자의 꿈과 기억을 몽환적으로 서술한 배수아(裵琇亞)의 단편소설 「무종」(『올빼미의 없음』, 창비 2010)에는 국적과 성별을 초월한 매력적인 이방인 예술가가 등장한다. "글을 쓸 수 있는 새로운 셋방"(176면)을 자신의 주거지로 명명하는 주인공은 어떤 집단과 공동체에도 속하지 않는 자유인으로 스스로를 인식한다. 소설에서 흥미로운 것은 이러한 이방인 예술가 뒤에 숨은 또다른 이방인의 존재다. 그는 "그 어느 사건도 시작되기 이전"(167면)의 주인공의 기억 속에 잠시 출현했다가 사라진 외국인 택시운전사다.

작품 낭독회가 열리는 '무종의 탑'에 가기 위해 택시에 탑승한 주인공과 모형비행기 수집가에게 제대로 길을 안내하지 못해서 온갖 경멸과 무시를 받은 이 외국인 운전사의 정체는 무엇일까. 거울에 비친 운전사의 모습은 주인공이 예전에 낯선 도시의 동물원에서 만났던 외로운 아프리카인을 연상시킨다. 그는 "알아들을 수 없는 단어들을 웅얼거리며" "바람이 쉭쉭거리는 듯한 이상한 소리만"(156~57면) 내어 승객들을 불쾌하게 만든다. 누구나 안다는 '무종의 탑'을 알지 못해 '구제불능'이라는 말을 들으면서도 끝까지 운행을 포기하지 않는 외국인을 향해 주인공은 '문학'이라는 단어를 이해하지도 못할 것이라는 경멸을 보낸다.

시간이 흐르면서 점점 "생명이 없는 회색"(158면)으로 변해가는 운전사는 일그러진 위협적인 모습으로 글쓰기의 주체 앞에 현현한다. 그는 우리 시대의 소설가가 직면한 불투명한 타자의 전형을 보여주는 듯하다. 그의 알아들을 수 없는 언어, 강렬하게 번들거리는 눈빛, 이유 없는 웃음, 무례한 질문은 근사할 수 있는 여행길조차 불편하게 만들어버린다. 그는 호기심을 자극하지만 정작 선명한 실체로서 작품 속에 포착되기 어려운 낯선 타자라고 할 수 있다.

기억의 서사 저편에서 몸을 웅크리고 있는 외국인 운전사는 최근 한국소설에서 중요한 상징으로 출현하는 '소속 없는' 존재들의 모습을 현시한다. 이들은 여행자의 고독과 자유의 뒤편에 숨어 있던 진정한 이방인이다. 「무종」에서 외국인으로 설정된 이러한 이방인의 모습은 어떤 공동체나 집단에서도 받아들여지지 않는 소외의 삶이 실체로서 우리 삶에 개입하기 시작했음을 암시한다. 배수아의 소설을 포함하여 최근의 한국소설들은 '외국인' '난민' '이주민' '탈북자' '혼혈인' 등의 구체적 명명을 통해 소속과 신분을 보장받지 못하는 다양한 이방인의 모습을 포착하고 있다. 고통과 박탈의 경험을 표현하는 이방인의 서사는 월경의 상상력과 더불어 2000년대 한국소설의 새로운 지층을 형성하고 있는 것이다.

한국소설에서 다루어지는 '소속 없는' 이방인은 사회의 구성원으로서 공평하게 누려야 할 제도적 권리와 인간적 존중에 대한 필요성을 강하게 환기한다. 특히 이들이 제기하는 '국가 없음'의 문제는 성, 인종, 계급 등의 다양한 층위에서 논의되어온 타자의 문제를 가장 급진적이고 실천적인 사유의 장으로 불러들인다. 국가의 바깥에서 국가의 질서가 갖는 억압성을 일깨우는 타자적 상상력은 최근의 한국소설이 고민하는 미학적 실천의 문제와 직접적으로 연결된다. 이처럼 문학의 영역에서 거론되는 타자의 상상력이 갖는 새로운 의미가 있다면 차별과 배제의 규칙에 대한 논의들을 공공적인 토론의 장으로 이끌어내는 데 있을 것이다. 타자의 삶에 대한 인식은 그것을 공동의 몫으로 사유하는 정치적 장을 필요로 한다. 이는 폭넓은 의미에서의 공공성(publicness)을 문학적으로 새롭게 검토하는 과정이라고 할 수 있다.

"누구나 볼 수 있고 들을 수 있"으며 "세계가 우리 모두에게 공동의 것"[1]임을 알려주는 공공성의 성찰은 타자의 문제를 실천적으로 사유하는 긴요한 연결고리가 된다. 한나 아렌트(Hannah Arendt)는 공적 영역(public realm)에서 '타인의 현존'이 필수적으로 요청되는 근거로 복수성(plurality)을 언급한다. 그의 설명에 기대자면 공적 영역에서 실재성(reality)을 보증하는 것은 세계를 구성하는 사람들의 '공통적 본성'이 아니다. 중요한 것은 '다양한 입장과 관점'에도 불구하고 모든 사람이 언제나 '같은 대상'에 관심을 갖는다는 사실이다. 공적 영역은 "수많은 측면과 관점들이 동시에 존재한다는 사실"[2]에 기초함으로써 실재성을 갖는 것이다.

아렌트가 바라본 공공성은 개별 존재의 차이를 전제로 한 개념이다. "사물들이 그 정체성을 잃지 않고도 많은 사람들에 의해 다양한 관점에서 관찰될 수 있을 때, 그래서 그 사물 주변에 모인 사람들이 극도의 다양성 속에서도 동일한 것을 볼 경우에만 세계의 실재성은 진정으로 그리고 확실하게 나타날 수 있다"라는 아렌트의 발언은 공공성과 타자의 사유를 연결짓는 중요한 맥락을 암시한다.[3]

---

1 한나 아렌트『인간의 조건』, 이진우·태정호 옮김, 한길사 2008, 102~105면.
2 같은 책 110면.
3 같은 책 111면. 여기서 아렌트가 설명한 공공성은 전체주의라는 당시의 사회적 지배체

최근의 한국소설에 나타난 이방인에 대한 관심과 월경의 서사는 공공성을 통해 타자의 문제를 실천적으로 사유하려는 문학적 움직임을 보여준다. 이때 공공성의 사유는 합의나 화해를 전제하지 않으며, 소통이나 연대 역시 존재들의 직접적인 행위나 발화로 전부 설명되지 않는다. 근원적인 측면에서 이방인과 타자에 대한 사유는 존재들이 현상하는 공동의 공간에 드리워진 보편적이고 집합적인 가치관의 기준을 돌아보는 것을 궁극적인 목적으로 한다. 그 과정은 자기의 외부에 출현하는 타자를 발견하는 데 그치지 않고 자기 안에 숨은 타자를 발견하는 지점까지 나아가기를 요청한다. 이 글에서 집중적으로 살필 전성태와 공선옥의 근작들은 이러한 타자의 인식을 문학적 성찰의 심화 과정으로 포함하는 뚜렷한 성과를 보여준다는 점에서 의미 깊다. 그간 사회현실의 문제에 직핍해 소외된 계층의 삶을 주시해온 두 작가는 월경과 이방인의 서사를 통해 작품의 폭을 넓혀가고 있다. 국가와 민족의 경계 밖으로 시선을 확장한 전성태의 소설은 몽골이라는 공간을 중심으로 이방인과 타자의 문제를 다룬다. 빈궁한 모성의 현실을 바탕으로 주변부의 삶에 대한 애정적인 시선을 드러내온 공선옥의 소설에서도 이방인과 타자의 문제가 핵심적 주제로 떠오르고 있다. 두 작가의 작품에 드러난 월경서사와 이방인의 문제를 살펴보는 작업은 최근의 한국소설이 모색하는 공공성의 사유에 대한 탐색의 의미를 지닐 것이다.

제를 비판하기 위한 정치적 맥락을 갖는다. 아렌트가 공공성을 규명하기 위해 전제하는 공/사 영역의 구별은 별도의 세심한 논의를 필요로 한다. 한 예로 주디스 버틀러는 "아렌트가 촉구하는 공적 영역은 공/사 구분 위에서만 가능한 것"(주디스 버틀러·가야트리 스피박 대담 『누가 민족국가를 노래하는가』, 주혜연 옮김, 산책자 2008, 29면)이라고 의문을 제기하며, 악셀 호네트는 아렌트가 논의하는 공공적 정치의 영역이 "고대 폴리스에 대한 이상적 서술"(악셀 호네트 『정의의 타자』, 문성훈 외 옮김, 나남 2009, 66면)을 전제한다고 비판한다. 두 논자는 이러한 한계를 지적하면서도 아렌트의 논의가 정치적 공공성의 붕괴가 이루어지는 현실에 대한 실천적 통찰력을 불러일으킬 중요한 문제제기라는 데 동의한다.

2. 경계의 안과 밖에서 만나는 타자: 전성태의 소설

　사라져가는 농촌공동체와 자연의 삶에 대한 그리움을 담아낸『매향』(실천문학사 1999)에서 출발한 전성태(全成太)의 소설세계는『국경을 넘는 일』(창비 2005)에서부터 국경과 국가에 대한 관심을 표명하기 시작했다. 근작『늑대』(창비 2009)에서 월경의 서사는 몽골의 현재라는 특정한 역사적 시공간을 배경으로 끌어들인다.『늑대』가 다루는 이방인의 서사는 국가와 국경이라는 사법적이고 제도적인 공간의 탐색을 포함하여 한국의 자본주의적 일상에 대한 성찰을 담아낸다. 시장경제체제로 전환한 몽골의 현실과 그곳에서 만나는 북한 사람들의 이야기는 분단체제의 삶을 살고 있는 한국의 현재와 자연스럽게 연결된다.

　『늑대』에서 작가가 주목하는 몽골이라는 공간은 이방인의 서사를 심화하는 실질적 배경이다. 근대의 발전논리에 의해 자연이 훼손되고 공동체가 파괴되는 현실은 표제작「늑대」에서 잘 나타난다. 오랫동안 몽골의 초원을 지켜오던 목자 출신의 늙은 촌장은 훼손당한 자연과 사멸하는 공동체의 운명을 암시하는 인물이다. 반대로 총을 들고 검은 늑대를 쫓는 써커스 단장 출신의 사냥꾼은 "무시무시한 검은 혓바닥"(38면)을 지닌 자본의 마력에 휩싸인 인물이다. "그늘을 덮고 사는 짐승처럼 매혹적인 검은 털빛"(47면)을 가진 늑대를 잡으려는 사냥꾼의 욕망은 촌장과 라마까지 살생의 논리에 휘말리게 만든다. 쫓고 쫓기는 관계가 숨 막히게 펼쳐지는 드넓은 몽골의 초원은 "국경이 사라지고 그저 자본의 의지만으로 굴러"(46면)가는 욕망의 세계를 상징적으로 보여준다. 그러나「늑대」에서 사냥꾼을 휩싼 자연 지배의 욕망은 금기를 위반하는 치무게와 허와의 사랑이라는 반전의 서사 앞에서 새로운 국면을 맞는다. 소설의 마지막 장면에서 늑대의 영혼이 바라보는 인간들의 비극적 운명은 광포한 자본의 욕망에 길들여지지 않는 엄숙한 자연의 질서를 환기한다.「늑대」는 자본문명에 의해 추격당하고 훼손당하는 전통적 공동체의 삶을 포착하면서도 그것이 간직한 초월적인 힘에 대한 갈망을 감추지 않는다. 흥미로운 것은 이러한 타자적 세계의 인식이 자본주의 논리가 침식하기 이전의 원초적인 생명의 공간에 대한 그리움과 닿아 있다는 점이다. 그것은 『매향』에서 현시된 바 있는 전통적 세계에 대한 향수를 떠올리기도 한다.

「늑대」에서 타자의 삶은 근대 자본주의와 맞서는 초원의 세계로 신비스럽게 상징화된다. 그러나 이를 제외한 「남방식물」「목란식당」「코리언 쏠저」등 다수의 작품에서 투시되는 타자의 삶은 이방인의 삶과 연관되어 비극적인 현실의 일면을 드러낸다. 국경을 오가는 탈북자, 이주민, 혼혈인들은 어느 공동체에도 온전히 소속하지 못하는 경계의 삶을 산다. 어두운 공간을 자유롭게 여행하는 검은 늑대의 영혼과 달리, 이들은 죽음 후에도 타인에게 온전히 자신의 존재를 알리지 못하는 역사 뒤의 숨은 이방인들이다.

주디스 버틀러(Judith Butler)가 지적했듯이 국가 밖으로 추방되고 배제된 타자들은 단순히 권리를 박탈당하는 것이 아니다. 수용소 난민들을 통해 극단적으로 표현된 '벌거벗은' 타자의 삶은 "적극적으로 특정한 지위가 부여되고 이에 따라 그들의 권리박탈과 추방을 준비시키는"[4] 국가권력의 시스템에 의해 규정되고 관리된다. 국적을 갖지 못하고 기약 없는 유목의 삶을 사는 이방인의 모습은 「두번째 왈츠」속 북한 여성의 생애에서 선명하게 예시된다. 북한의 전쟁고아로 몽골에서 성장하여 북으로 귀환했다가 다시 몽골 탄광도시로 송출되고 귀화하게 된 여성의 고단한 생애는 '벌거벗은 삶'의 전형적인 여정을 보여준다. 이처럼 국가권력에 의해 지배당하고 혹은 추방당하는 타자의 경험은 목숨을 걸고 월경하는 탈북자들의 삶(「강을 건너는 사람들」)을 통해 비극적으로 현시된다.

---

4 주디스 버틀러·가야트리 스피박, 앞의 책 24면.

경계에 선 타자의 삶은 국가의 외부에서만 생산되는 것이 아니다. 포함과 배제의 원리는 국가 안에서도 타자를 생산한다. 「이미테이션」의 주인공 게리 워커 존슨은 "농사를 짓는 전형적인 한국인 부모 사이에서 태어났"(272면)지만 '다국적' 외모를 지녔다는 이유로 놀림과 차별을 받는다. '혼혈인' '고아' '귀화인' '탈북자'라는 구체적 항목에 속하지 않으면서도 외모에서 연상되는 관습적 차별에 의해 고통받는 게리의 삶은 국가 안과 밖에서 동시에 생산되는 깊숙한 차별과 배제의 원칙을 보여준다. 외국인의 이미지를 자신의 삶으로 연기하면서 단종수술을 감행할 수밖에 없었던 그의 상황은 차별의 상상적인 이미지들이 실제의 삶을 규정하는 아이러니한 상황을 전달한다.

국가의 안과 밖에서 동시에 생산되는 타자의 삶에 대한 다양한 형상화와 더불어 전성태 소설에서 가장 흥미로운 부분은 관찰자로서의 주인공들의 모습이다. 이들의 내면 갈등은 기구한 사연을 지닌 이방인들에 의해 가려지기도 한다. 그러나 타자의 삶을 자기 삶과 관계짓는 데서 발생하는 심리적 균열의 상황이야말로 『늑대』가 도달한 가장 정직하고 치열한 인식의 세계라고 할 수 있다. 국경을 떠도는 낯선 이들에게 도움을 주기 위해서는 나 자신을 감싸고 있는 사회적·제도적 금기를 넘어야 한다. 그것은 타인의 생존을 넘어 나의 생존과도 연결되는 매우 긴박한 문제이다. 자신의 삶을 염두에 두지 않은, 타자를 향한 무한한 희생이란 그런 점에서 자칫 공소한 이념이 될 수 있다. 전성태 소설의 인물들은 이러한 상황 앞에서 기만적인 위선의 태도를 취하지 않는다. 그들은 타인의 절박한 요청 앞에서 머뭇거리며 고민하고 괴로워한다.

「남방식물」에서 주인공의 내면에 균열과 갈등을 일으키는 국가적 상황은 분단 이데올로기를 통해 나타난다. 원만한 결혼생활을 하지 못하고 몽골이라는 타국에서 불안한 삶을 사는 주인공은 목란식당에서 일하는 북한 여성이 도움을 청하며 건넨 편지를 앞에 두고 망설인다. 편지를 읽고 갈등하느니 차라리 읽지 않는 편을 선택한 그는 몽골의 성황당인 어워에 편지를 묻고 온다. 괴로운 마음에 다시 어워에 찾아간 주인공은 편지를 끝까지 읽지 못하고 바람에 날려버린다. 자신의 삶이 위협받을 수 있다는 두려움은 고국을 떠나왔음에도 불구하고 여전히 그를 압도하는 분단현실의 실제적 규정력을 보여준다. 「목란식당」의 삼촌 역시 자신의 그림 때문에 고초를 겪은 북한 화가에 대한 죄책감으로부터 자유롭지 못하지만, 그 자신이 어떤 구체적인 해결책을 내놓지는 못한다. 식당 주인과 주인공도 북한체제에 대한 노골적인 불신과 적대를 표현하는 한국 여행객들을 보면서 "목란은 그냥 식당인데……"(32면)라고 중얼거릴 뿐이다.

  몽골에서 인물들이 시달리는 막연한 박탈감과 무력감, 그리고 심리적 갈등의 상황은 종종 예기치 못한 반전이나 우스꽝스러운 해프닝으로 표현되기도 한다. 영악하고 돈을 밝히는 것으로 보였던 몽골 부랑아들의 행동이 실은 죽은 친구를 추모하는 폭죽을 사기 위한 것이었음을 알게 되는 반전(「중국산 폭죽」)이라든지, 평양에서 초청했다는 공훈 냉면 요리사의 이야기가 거짓이었음이 밝혀지는 결말(「목란식당」)은 웃을 수만은 없는 씁쓸한 현실을 보여준다. 그것은 타자의 삶이 나에게 일으키는 동요와 균열을 직시하면서 느끼게 되는 모호하고도 혼란스러운 감정이다. 「코리언 쏠저」에서 이러한 해프닝은 몽골에 대해 낭만적 환상을 품었던 주인공에 대한 씨니컬한 풍자로 나타난다. "시원(始原)이라는 이미지"(91면)로 매혹을 주었던 몽골은 어느새 외국인을 습격하고 돈을 뺏는 부랑자의 천국으로 각인된다. 주인공은 분단 이데올로기와 군사문화, 성장주의 신화에서 자유롭지 못한 한국적 상황을 몽골에서 마주한다. 그는 시인으로서의 자기 정체성을 유보하고 20년 전의 병영 체험을 억지로 환기한다. 몸에 전선을 감고 몽골인들에 의해 '코리언 쏠저'로 호명당하는 순간 시인의 삶은 '영원한 군인'이 되는 희극적인 상황을 맞는다. 자신의 내면에 각인된 군사주의 문화의 흔적을 먼 타국인 몽골에 와서 되살리는 주인공의 모습을 풍자적으로 묘사한 소설의 결말은 '국경을 넘는 일'이 물리적 이동으로만 이루어지는 것이 아님을 절실하게 알려준다.

낯선 나라에서 타자로서 자신을 되비추는 과정은 이방인에 대한 막연한 동정과 연민이 얼마나 기만적인 것인가를 자각하게 한다. 때때로 이 자각과 고민의 과정은 인물들이 느끼는 공존과 평화에 대한 막연한 희망을 표현하는 데 머무르기도 한다. 「두번째 왈츠」에서 자르갈 시인이 "도대체 우리는 서로에게 비수를 꽂을 만큼 뭐가 달랐던 걸까?"(136~37면)라는 물음을 던지는 장면이라든지, 공동의 관심사를 갖고 있지만 선뜻 경계를 허물지 못하는 냐마와 주인공의 불투명한 관계는 이들을 묶어두는 국경 그 자체의 완강함을 나타내는 듯하다. 이는 이 이방인의 서사가 근본적으로 가닿아야 할 당대 한국의 상황을 환기한다.

자기를 넘는 연대, 자기를 넘는 소통은 어떻게 가능할 것인가. 물리적으로는 국경을 넘는다 해도 과연 마음으로도 국경을 넘을 수 있는 것인가. 국가, 고향, 가족은 낭만적인 상상력만으로 뛰어넘을 수 없는 실존적 조건이다. 전지구적 자본주의의 흐름 속에서 국경과 국가의 개인적 구속력은 '국가 없음'의 문제를 통해 역설적으로 드러난다. 『늑대』가 포착한 몽골의 공간과 이방인들의 문제는 이러한 '국가 없음'의 상황을 소설적으로 수용한다는 점에서 당대성을 갖는다. 더불어 그것은 한국적 상황에 대한 비유에서 한 걸음 나아가 이방인을 생산하고 규제하는 실제 삶의 조건들에 대한 성찰을 촉구한다. 몽골에서 조우하는 이방인의 삶에 대한 사유는 자본주의 세계체제의 삶을 분단현실 속에서 겪고 있는 우리 자신에 대한 성찰과 연결될 때 실감을 지니게 되는 것이다.

전성태의 소설은 타자를 배제하는 가시적·비가시적 국경의 폭력과 완강함에 대해서 이야기하지만, 국경 자체가 규정하는 개개인의 일상적 삶에 대한 관심도 놓지 않는다. 그 점에서 「아이들도 돈이 필요하다」는 『늑대』가 거둔 중요한 성취를 보여주는 빼어난 작품이다. 성장소설의 형식을

떤 이 작품은 소재 면에서 몽골 이야기와 가장 멀리 떨어져 있다. 그러나 1980년대 한국사회를 주도한 성장신화에 대한 탁월한 알레고리를 만들어낸 이 작품이야말로 '국가'와 '국경'의 문제를 생활세계의 세목으로 포착해낸 문학적 성과에 해당한다. 전두환이 대통령으로 취임한 1981년의 시골 학교를 배경으로 벌어지는 '1교 1운동'의 에피소드는 교육현장을 중심으로 주입된 국가주도 발전과 성장 이데올로기의 한 측면을 날카롭게 제시한다. 소설에 등장하는 '오쟁이'는 이러한 성장신화에 의해 희생된 비극적 인물이라고 할 수 있다. "햇볕에 까맣게 그을린 피부, 깡마른 몸피, 기계총 흔적이 성성한 까까머리"에 "지나치게 헐렁한 붉은 셔츠와 검은 러닝복을 입고 하얀 스파이크 슈즈를 신"(228면)은 '오쟁이'는 교장이 강조하는 '전라도에서 가장 빠른 놈'의 신화를 내화함으로써 내리막길에서 수레에 깔리는 비극적인 사고를 당한다.

한국의 근대화를 주도한 압축성장의 이데올로기는 시골 아이들의 삶 구석구석까지 스며들어 있다. 작가는 근대화 과정에서 소외된 타자로서 살아가면서도 이에 압도되지만은 않는 아이들의 에너지를 실감나게 포착한다. 어른들의 세계를 꿰뚫고 있으면서도 천진한 일면을 보여주는 아이들의 씩씩한 세계는 다른 인물 군상과 어우러져 활력있게 묘사된다. 아이들 몰래 오쟁이의 다리통 굵기를 조작하는 교장선생, 빌린 돈을 갚기 위해 들판을 뛰어다니며 개구리를 잡다 병이 나서 드러눕는 주인공, 일제 청산의 의미로 조성해놓은 학교 포플러나무에 태연히 소를 매어놓는 마을 주민들, 다방에 가고 싶어 애향단 인솔을 어린 학생에게 맡기는 교사 등의 모습은 소설이 보여줄 수 있는 풍속적 묘사의 힘을 잘 드러낸다. 작품 속 풍속세계를 장악하는 작가의 여유로운 시선은 근대화 이데올로기 뒤편에 숨겨져 있던 역동적인 생활세계를 문학적으로 주조한다. 이처럼 개개인의 감정과 욕망과 기억이 이루는 생활세계를 사회현실의 맥락 속에서 구성하는 작업은 국경의 서사를 현실의 삶과 접속시킨다는 의미를 갖는다. 그런 점에서 『늑대』가 제기한 국가와 이방인의 이야기는 먼 길을 지나서 당대적 현실의 소설적 형상화라는 긴요한 과제 앞에 새롭게 서 있다고 할 수 있다.

3. 존재들의 '사이'에서 들려오는 노래: 공선옥의 소설

『명랑한 밤길』(창비 2007)과 『내가 가장 예뻤을 때』(문학동네 2009), 그리고 청소년문학을 표방한 작품집 『나는 죽지 않겠다』(창비 2009)에 이르기까지 공선옥(孔善玉)의 최근 소설들은 이주노동자와 탈북자, 장애인, 노숙인 등 다양한 계층의 소외된 삶을 다루어왔다. 『나는 죽지 않겠다』와 『명랑한 밤길』은 여성인물들의 일상을 중심으로 이러한 타자들의 서사를 세심하게 녹여놓는다. 소설에서 타자적 삶의 성찰은 일상의 이야기가 진행되면서 말미에 이르러서야 선명하게 모습을 드러낸다. 가령 『명랑한 밤길』의 「도넛과 토마토」에서 외국인 여성과 노숙인의 생활은 글쓰기를 고민하는 문희의 일상 주변부에 얽혀서 이야기 후반에 슬며시 드러나며, 「명랑한 밤길」의 네팔 이주노동자는 도시로 가고 싶은 이십대 처녀의 연애 실패담 저편에서 모습을 나타낸다. 수해로 남편을 잃은 여성 장애인 이야기(「아무도 모르는 가을」), 미혼모와 입양 문제(「79년의 아이」), 뇌성마비를 앓고 있는 엄마의 연애담(「지독한 우정」)도 마찬가지다. 『나는 죽지 않겠다』에서 조선족 이주노동자인 삼촌의 이야기(「일가」)와 간첩으로 등장한 작은아버지의 이야기(「보리밭의 여우」)도 서사의 주변부에 놓여 있다가 차츰 이야기의 핵심으로 근접해오는 형식을 취한다.

공선옥의 근작들에 등장하는 타자적 삶의 체험은 다양한 소외계층의 삶을 주시한다는 점에서 기존 공선옥 소설의 연장선상에 있다. 『명랑한 밤길』에서도 주목할 것은 가난과 소외를 경험하는 타자적 체험 중의 하나로 모성의 삶을 여전히 중시한다는 점이다. 생계의 책임을 지고 홀로 자식을 건사하는 가난한 어머니의 삶은 공선옥의 전작들에서도 자주 등장했던 것이다. 그의 소설에서 모성은 때때로 핏줄과 운명에 매어 있는 원형적인 세계로 표현되지만, 다른 한편으로는 사회적인 통념에서 벗어나는 자유롭고 개성적인 인간의 본성을 드러낸다. 빠듯하게 생계를 꾸려가지만 연애의 욕망도 있고 술 마시고 담배 피우며 자식의 속도 썩이는 어머니의 모습은 『명랑한 밤길』에서도 다채롭게 나타난다.

「꽃 진 자리」에서 교사인 주인공은 초등학생 남자아이를 건사하는 동료 교사의 따뜻한 가족일상이 부러워 그들의 삶을 훔쳐보고 애틋한 연애감정을 느낀다. 뇌성마비 장애인 엄마의 연애를 바라보는 딸의 따뜻한 시선을 담은 「지독한 우정」에서도 나이와 상관없이 사랑을 하고 아이를 낳고 싶은 나이 든 엄마의 욕망이 흥미롭게 드러난다. 어머니를 바라보는 이같은 다양한 시선은 「울 엄마 딸」(『나는 죽지 않겠다』)에서 미혼모였던 엄마를 뒤늦게 이해하는 십대 딸의 애정 어린 고백을 통해서도 잘 나타난다. "가끔은 술을 먹고 울기도 하지만, 또 툭툭 일어나 씩씩하게 살아온 엄마"(149면)의 모습은 공선옥 소설이 보여주는 개성적인 모성이다.

생계를 담당하는 어머니의 고된 삶에 대한 소설적 응시는 삶의 힘겨움을 느끼는 타자들에 대한 관심과 공감으로 연결된다. 『명랑한 밤길』에서 이러한 타자의 삶과 조우하는 순간은 감각적인 체험으로 드러난다. 인물들이 나누는 신체의 온기, 노래, 울음 등의 감각적인 소통 행위는 '말과 행위의 공유'가 만들어내는 '사이'의 세계를 포착한다. 아렌트에 의하면 이러한 '사이'의 세계는 개인들을 각자의 밀폐된 구획에서 끌어내 다양한 시선 속에서 만나게 하는 공공의 영역을 구성한다. "세계에서 함께 산다는 것은 본질적으로, 탁자가 그 둘레에 앉는 사람들 사이에 자리잡고 있듯이 사물의 세계도 공동으로 그것을 취하는 사람들 사이에 존재하는 것을 의미한다. 모든 사이(in-between)가 그러하듯이 세계는 사람들을 맺어주기도 하고 동시에 분리시키기도 한다."[5] 사이의 세계에서 이루어지는 말과 행위의 공유는 "사람들 사이의 공간, 즉 언제 어디서든지 자신의 적당한 위치를 발견할 수 있는 공간을 창조할 수 있다"[6]는 확신을 준다. 아렌트는 이러한 말과 행위의 공유가 이루어지는 곳에서 사람은 단순히 존재하는 것이 아니라 '현상한다'고 표현한다.

내가 타인에게, 타인이 나에게 현상하는 이 공간에서 이루어지는 교감의 순간은 「영희는 언제 우는가」에서 여성과 아이들의 울음소리를 통해 표현된다. 울음은 흩어져 있던 주변부의 사람들을 한 공간으로 모으면서 절실한 삶의 의지를 표현한다. 노인의 마른 울음으로 시작하는 장례식장의 곡소리는 아이들의 울음소리, 대숲 일렁이는 소리와 어우러져 주인공에게 젊은 시절의 연애담을 떠올리게 한다. 전자공장 여공이었던 영희와 자신을 설레게 했던 대학생들, 계곡에서 복숭아를 깨물어 먹고 달콤한 밤을 지새우게 했던 그 아름다운 시절의 연애는 세월 속에 사그라지고 이제 주인공은 남편을 잃은 기막힌 상황에서 소리 내어 울지도 않는 친구 영희의 모습을 바라보고 있다. 모든 사람들이 울고 나서야 남편의 죽음을 슬퍼하는 영희의 본격적인 울음이 시작된다. 신체적 감각으로 교환되는 몸짓의 언어는 "아이고오 아이고오, 아이고오…… 아아아아아…… 어어어어어……"(56면)라는 절박한 울음소리로 터져 나온다. 상복을 벗어놓고 시작되는 영희의 울음소리는 생의 고단함을 넘어서는 실존의 몸짓을 의미한다. 소설에서 아이와 노인과 젊은 여성들은 한 공간에 모여 각자 다른 맥락에서 곡소리를 낸다. 울음은 "온몸 버둥대는 울음" "세상천지 집어삼키고도 남을 울음"(같은 곳)으로 퍼져나가며 죽음에서 탄생으로 넘어가는 생명의 순환 과정을 암시한다. 인물들이 각자 다른 위치에서 내는 울음소

---

5 한나 아렌트, 앞의 책 105면.
6 같은 책 261면.

리는 하나의 '사이'를 형성하는 공존의 순간을 이루어낸다.

「도넛과 토마토」에서도 울음은 처음 만나는 두 여성을 이어주는 매개가 된다. 남편을 잃은 외국인 여성은 두려움을 호소하며 문희 앞에서 울음을 터뜨린다. "어니, 나 돈 없어, 나 살 없어, 나 한국 몰라, 나 무서워, 나 싸랑해"(75면)라는 도넛의 고백은 문희의 마음을 움직인다. 문희의 마음을 흔들리게 한 것은 도넛이 사용한 '사랑'이라는 단어다. 도넛이 말하는 '사랑'은 남녀의 사랑을 넘어서 생존을 호소하는 절실한 메시지를 전달한다. '사랑'이라고 발음되지만 사실 단어의 정확한 뜻은 중요하지 않다. 마주 보고 있는 타자가 자신에게 도움을 요청하는 몸짓만 읽어낸다면 '사랑'의 사전적 의미는 그다지 중요한 것이 아니다. 결국 문희가 느끼는 것은 어느 딱한 외국인 여성에 대한 동정이 아니라 그녀의 삶을 통해 들여다보는 자신의 타자화된 삶이다. "낯선 땅에서 남편을 잃고 자신에게 닥친 극심한 삶의 공포 앞에 떨고 있는 한 이국여자"(74~75면)의 삶은 남편과 헤어지고 "어린아이가 딸린, 이 세상에 기댈 데 하나 없는 여자"(65면)로서 힘겨운 시간을 보내온 문희 자신의 삶과 겹친다. 이 순간 문희는 도넛을 외국인으로 바라보는 것이 아니라, 아이를 홀로 키워야 하는 여성으로서 공감하며 바라보는 것이다. 이러한 공감의 순간은 문희가 도넛을 만나고 돌아오는 전철 안에서 마주치는 노숙인과의 관계에서도 형성된다. 소설의 마지막 장면은 자신의 어깨에 머리를 기대고 잠든 지저분한 노숙인 때문에 잠시 고민하던 문희가 도넛을 떠올리면서 깜박 잠이 들고 마는 장면을 담담하게 그려낸다. 그 결말은 문희와 마찬가지로 도넛과 노숙인이 각자 '고단한 한 인생'에 불과한 똑같은 사람임을 웅변한다.

여성들이 서로를 바라보며 내는 울음소리는 절실한 생의 의욕을 담은 공통의 언어라고 할 수 있다. 소설 속의 인물들은 혼자 우는 게 아니라 누군가를 바라보면서 '함께' 운다. 그리하여 울음은 같이 부르는 노래가 된다. 이 소설집의 백미에 해당하는 「명랑한 밤길」은 스물한살의 젊은 여성과 네팔 이주노동자의 우연한 만남에서 이루어지는 소통의 순간을 노래의 상징을 통해 섬세하게 포착한 작품이다. 도시로 가고 싶은 열망 하나로 간호학원에 다녔던 주인공은 홀로 치매환자 어머니를 부양해야 하는 현실에 처하게 된다. 면소재지의 의원에 겨우 취직한 그녀는 "새로운 세상을 열어 보일 능력이 없는"(107면) 주변의 노동자 남성들을 경멸하며 고향에서 탈출하여 멋진 삶을 살게 될 미래를 꿈꾼다. 그녀의 바람대로 어느 날 근사한 남자가 앞에 나타나긴 하지만 그는 달콤한 말로 여자를 꾀어 필요한 것을 구하는 허위적인 지식인에 불과하다. 소설의 중요한 반전은 힘들게 가꾼 무공해 채소를 들고 찾아간 주인공이 남자에게 냉대받고 돌아오는 밤길에 이루어진다. 남자들의 발소리에 무서워져서 정미소 안으로 몸을 숨긴 그녀는 뒤에서 걸어오던 이들이 네팔 이주노동자인 깐쭈와 싸부딘임을 알게 된다. 이들은 그녀가 떨어뜨린 채소를 주워 들고 기뻐하며 이런저런 이야기를 나누고 노래를 부르기 시작한다. 주인공이 어둠 속에 몸을 숨긴 채 남자들의 서투른 한국말 대화를 엿듣고 그들이 부르는 대중가요를 따라 부르기 시작하는 장면은 서사의 반전을 이루면서 감동의 여운을 증폭시킨다. 그것은 이 소설이 그려내는 이방인의 서사가 결국 타자로서 자기를 확인하는 주인공의 내면으로 절실하게 파고드는 대목이기도 하다. 라디오에서 나오는 트로트를 따라 부르며 일하던 외국인 노동자 남자를 경멸 어린 시선으로 바라보았던 주인공은 이제 그들의 노래를 따라 부르고 있다.

　모르는 이들이 노래를 부름으로써 생생하게 공유하는 소통의 공간은 한국의 달에서 네팔의 달을 상상하게 하는 기적 같은 순간을 만들어낸다. 소설의 주변부에 머물러 있던 이방인에 대한 서사는 연애를 향한 허위의식이 박살나는 순간 중심부로 진입하면서 예기치 않았던 소통의 확장을 이룬다. 그 순간 주인공이 맞닥뜨린 타자적 체험은 자신의 허위의식을 돌아보게 하는 성찰로 연결된다. 공선옥의 소설이 포착하는 존재들의 '사이'가 형성하는 연대는 그 지점에서 이루어진다. 각자가 겪는 고단한 삶의 현실을 넘어 이루어지는 만남의 순간에서 들려오는 그 노랫소리는 "비를 맞으며 천천히, 뚜벅뚜벅, 명랑하게"(125면) 걸어갈 수밖에 없는 존재들의 삶을 우리 앞에 현시하고 있는 것이다.

4. 타자의 인식과 공공성의 성찰

문학 바깥의 현실세계에서 우리는 제각기 다른 방식으로 타자의 경험에 직면한다. 성과 인종, 계급을 포함한 여러 층위에 존재하는 다양한 방식의 소외와 결핍은 억압이 기원하는 근본 구조에 대한 사유의 장을 요구한다. 타자의 인식에서 출발하는 공공성의 영역은 합의나 화해를 섣불리 전제하지 않는다는 점에서 유동적인 특성을 갖는다. 오히려 문학이 꿈꾸는 공공성의 세계는 공통의 대상에 대한 복수적인 시선을 바탕으로 한 긴장과 충돌의 공간일 때 의미를 지닌다. 그것은 정체성의 위기를 일으키는 미지의 공간이 된다. 적극적으로 말하자면, 문학적인 공공성의 탐색은 적대와 갈등을 그 필요조건으로 삼는 공존의 영역, 즉 "차이가 존재의 가능성의 조건"[7]으로 사유되는 급진적인 지점까지 나아갈 수 있어야 한다.

최근 한국소설에 나타난 이방인의 존재와 월경의 서사는 타자의 삶에 대한 인식을 바탕으로 문학적 공공성과 소통의 상상력을 확장할 가능성을 보여준다. 전성태의 소설에서 국경과 타자에 대한 성찰은 공동체적 삶을 자본주의적 근대와의 관련 속에서 활력있게 파악하는 계기를 제공한다. 공선옥 소설에서 중심이 되는 모성과 연애의 서사는 낯선 타자와의 조우에 의해 비약적인 소통의 순간을 맞는다. 이 비약의 순간이 여성 혹

---

7 샹탈 무페 『민주주의의 역설』, 이행 옮김, 인간사랑 2006, 38면.

은 모성만이 고유하게 지닐 수 있는 보살핌의 덕목으로 한정되지 않는다면, 우리는 작가의 따뜻한 시선에 더 많은 기대를 걸어도 좋을 듯하다. 전성태와 공선옥의 소설에 드러난 이방인의 서사는 연민이나 공감의 시선에서 한 걸음 나아가 자기성찰의 심화된 지점을 모색한다는 점에서 적극적인 의미를 지닌다. 이들 소설에서 이방인의 존재는 그가 나와 함께 자리해야 할 보편적이고 자유로운 공론의 장이 어떤 것인지, 그리고 그의 존재가 나 자신의 삶과 어떻게 관계될 수 있는지에 대한 절실한 물음을 던져준다.

타자의 삶에 대한 각인과 관심은 실제로 타자의 문제가 나의 일상, 나의 고독, 나의 자유와 어떻게 연관될 수 있는지에 대한 성찰을 유도한다. 이 지점에서 배수아의 「무종」을 다시 떠올려보지 않을 수 없다. 이름을 함부로 붙일 수도 말을 알아들을 수도 없는 완전한 타자, 목적지로 가는 길을 끊임없이 지연시키고 불편하게 만드는 타자의 존재는 소설의 제목 '무종'처럼 어느 하나의 실체로 환원되지 않는 모호한 이미지로 현현한다. 그러나 화자가 힘주어 말했던 "그 어느 사건도 시작되기 이전"에 잠시 등장했던 별 볼 일 없는 외국인의 이야기는 놀랍게도 '그 어느 사건'을 구성하는 핵심이 된다. 무종의 탑을 찾아가는 그 칠흑 같은 밤, 주인공과 모형비행기 수집가, 그리고 운전사는 같은 택시를 타고 달리고 있다. 진땀을 흘리면서 길을 찾으려 애쓰고 승객들에게 알아들을 수 없는 말을 필사적으로 건네다가 마침내 점점 회색으로 변해가는 외국인의 모습은 이국 땅에 쉽게 발붙이지 못하는 주인공 자신의 모습이 아니었을까. 그가 내뱉는 "불명확한 어휘의 묶음"(162면)과 "구멍투성이 언어"(165면)는 주인공 자신이 타국의 사람들을 향해 내뱉을 수 있는 모국어이자 문학은 아니었을까.

주인공은 새처럼 가볍게 날아오르는 코즈모폴리턴처럼 보이지만 실제로는 "몸이 땅에서 항상 반 뼘 정도 위로 들려 있는 기분"(187면)에서 자유롭지 못한 불안정한 유랑인일 뿐이다. 그리하여 본 적 없는 무종의 탑으로 향하는 그 어두운 밤과 검고 축축한 벽들로 둘러싸인 도시는 주인공이 처한 타자적 상황에 대한 하나의 비유를 획득하는 듯하다. 무종의 탑으로 향하는 몇시간 동안 외국인과 주인공은 어쩌면 같은 꿈을 꾸고 있었는지도 모른다. 주인공이 원하는 자유와 고독은 외국인이 갈망하던 것일 수 있다. 그들은 같은 목적지인 무종으로 향하고 있으며, 그 시간 동안은 '동시에' 존재한다. 그런 점에서 주인공이 본 "마치 새처럼"(188면) 가볍게 허공으로 뛰어오르는 환영은 그 자신의 꿈이기도 하고 이방인의 꿈이기도 한 것이다.

안전한 일상에 균열을 일으키는 이방인의 존재는 사람들이 각자의 자리에서 보편적인 존재로서 꿈꾸고 갈망하는 공동의 관심사가 무엇인지를 절실하게 일깨운다. 그리하여 소설의 세계에서 새롭고 핵심적인 것은 낯선 공간의 설정, 낯선 타자의 출현 그 자체가 아니다. 타자를 바라보는 나 자신이 그 누구보다 낯설고 기이한 타자임을 인지하는 순간, 시선은 자유로워지기 시작한다. 상징적인 의미에서 수용소는 밖에 있는 것이 아니라 나의 삶 자체에 잠복해 있으며, 나 자신은 스스로가 감지하지 못했던 낯선 이방인인 것이다. 자기보다 더 낯설고 두려운 또다른 자기를 만나는 순간, 공공성의 공간은 새롭게 구성된다. 공공성이 궁극적으로 환기하는 문학적 성찰은 타자를 어떻게 바라볼 것인가의 문제를 넘어서 각 개인들이 자신의 삶에 구현되는 타자적 경험을 응시하는 문제로 되돌아올 수밖에 없다. "오감을 통해 생생하게 만들어지는 민주주의"와 "정치적인 영역에서 선명하게 나타나는 미학적인 표현"[8]은 그 지점에서 꿈꾸는 문학적 가능성의 세계라고 할 수 있겠다.

---

8 주디스 버틀러·가야트리 스피박, 앞의 책 63면.

공동체와 소통의 상상력

◆

권여선·윤성희·김미월의 작품

1. 불안의 시대에 꿈꾸는 소통의 상상력

최근 우리 소설의 한 흐름으로 드러나는 공동체와 소통의 상상력에는
사회현실 전반에서 감지되는 민주주의의 위기와 경쟁체제의 심화가 중요
한 배경으로 스며들어 있다. 정치적 민주주의의 위기는 교육·주거·복지
에서의 빈곤과 소외를 심화시키며, 사회 전반에 걸쳐 각종 불공정과 불평
등을 만들어낸다. 게다가 거대한 규모의 자연재해와 질병의 공포, 개인의
일상을 결박하는 경쟁체제의 심화는 개인의 불안을 추동하며 삶의 전반
적인 위기의식을 고조시킨다. 어느 순간 본인의 의지와는 무관하게 재난
에 휩쓸리거나 생존의 현실에서 낙오할지도 모른다는 공포와 불안이 우
리의 삶을 위협하고 있는 것이다. 근 몇년간 한국문학에서 자주 논의돼온
문학과 정치, 문학과 윤리라는 주제는 이러한 사회현실이 야기하는 불안
의 제반 양상을 반영한 것이라고 할 수 있다.

바우만(Z. Bauman)의 수사를 빌리자면, 현대사회의 시스템은 끊임없
이 '배제와 포함'의 원리를 작동시키면서 경쟁에서 낙오된 자를 잉여의

존재로 몰아넣는 공포와 불안을 양산한다.[1] 그의 지적대로 자본주의 근대 일상체제의 '빅 브라더'는 누구를 포함할 것인가가 아니라 누구를 배제할 것인가에 관심을 기울인다. 배제의 원리는 현실에서 작동되는 각종 써바이벌 프로그램에서 절실하게 체감된다. 오락문화 구석구석까지 침투한 강도 높은 경쟁의 형식은 일상인의 삶을 '리얼 다큐'의 연속으로 만들고 있다. 한가로워야 할 주말 저녁에도 사람들은 미디어의 써바이벌 게임이 드라마틱하게 환기하는 긴장에서 자유롭지 못하다. 경쟁에서 밀려나 쓸모없는 '잉여물'이 될지도 모른다는 공포는 휴식의 시간에도 끊임없이 엄습한다. 그야말로 '타인보다 오래 살아남기'라는 절박한 명제 속에서 우리는 하루하루 생존의 게임을 벌이고 있는 것이다. 어떤 관계가, 어떤 조직이, 누구를 금 밖으로 밀어내는가를 둘러싼 불안과 위기의 의식은 '쓰레기'로 소각되지 않으려는 개인들의 필사적인 무한경쟁을 추동한다.

경쟁이 심화될수록 따뜻하고 안정적인 관계에 대한 갈망은 강렬해지지만, 이를 채워줄 가족과 각종 친밀성의 집단관계는 약화되고 있다. 지난 시대에 개인을 묶어주던 집단적인 유대가 느슨해지면서 소통에 대한 갈망은 더욱 커지고 있는 형편이다. 최근 소설들에서 포착되는 익명의 유대에 대한 그리움과 갈망 역시 공동체적 유대의 상실에서 기인한다. 한때 불안과 고립에 시달리며 자기만의 방에 틀어박혀 있던 소설 속의 주인공들은 문을 열고 걸어 나와 누군가를 만나러 가기 시작한다. 이들은 이름 모를 사람들을 향해 함께 밥을 먹자고 중얼거리기도 하고, '일인용 식탁'만의 공동체를 만들기도 한다. 현실이 삭막해질수록, 사라진 유대의식을 보상해줄 따뜻하고도 친밀한 공동체에 대한 갈망과 상상은 더욱 절실해지고 있다.

고립과 소외에서 비롯된 소통의 상상력은 냉담한 현실을 상상적으로 보상하는 기능도 하지만, 삶의 절박한 위기의식에서 비롯된 정체성의 탐

---

1 지그문트 바우만 『쓰레기가 되는 삶들』, 정일준 옮김, 새물결 2008, 241면.

색 과정을 끌어내는 긍정적인 역할을 하기도 한다. 자기와 타자를 둘러싼 관계의 본질을 들여다보려는 노력은 근본적인 차원에서의 심화된 자기 성찰을 열어주는 계기가 될 수 있다. 소설에 나타난 우연적이고 상상적인 공동체의 출현에서 우리가 만날 수 있는 대상 역시 현실에서 완전히 유리된 타자들만은 아니다. 익명적으로 우연히 결집된 듯이 보이는 공동체 속에도 성차와 계급, 빈부의 격차라는 구체적 조건을 내재화한 개인들의 적대와 충돌이 담겨 있다. 여기서 근대적인 귀속성들, 집합성들의 부정적인 측면들을 가로질러 자유롭게 존재하는, 열려 있는 존재로 나아갈 가능성을 탐색할 수 있다.[2] 그런 점에서 단자적 개인들 간의 익명적 소통을 꿈꾸는 상상의 공동체나, 긴장과 충돌이 공존하는 현실 속의 다양한 공동체에 대한 문학적 해석은 폭넓은 층위에서 시도될 필요가 있다.

이 글에서는 공동체와 소통의 상상력이 의미하는 새로운 서사의 방식이라는 측면에서 권여선과 윤성희, 김미월의 소설을 살펴보고자 한다. 이들의 소설은 불안의 시대에 등장한 문학 속의 공동체와 소통의 상상력을 보여주는 중요한 징표라고 할 수 있다. 권여선의 소설이 일상의 허위감각을 예리하게 투시하면서 친밀성의 영역에 잠복한 성차의 위계관계를 드러낸다면, 윤성희의 소설은 가족공동체의 쇠락을 보상하는 새로운 익명의 공동체적 유대를 꿈꾼다. 청년들의 사회적 불안과 실존을 현실적으로 묘파한 김미월의 소설 역시 세대론적 층위에서 개인과 집단의 소통관계를 형상화하고 있다. 이들 소설이 보여주는 공동체와 소통의 상상력은 문학과 현실이 관계 맺는 다양한 층위를 진단하는 사례가 될 수 있을 것이다.

---

2 한기욱은 아감벤의 '있는 그대로의 독자성' 개념을 통해 촛불공동체와 황정은의 소설을 분석하면서 이러한 존재의 개방성 문제를 논의한다. 평자에 따르면 '있는 그대로'의 '여여한 독자성'의 개념은 '딴사람 되지 않기의 잠재성'을 수행하면서 온갖 근대적 정체성에 매이지 않고 '있는 그대로' 있고자 하는 열려 있는 존재의 가능성을 보여준다.(한기욱 「문학의 새로움과 소설의 정치성」, 『문학의 새로움은 어디서 오는가』, 창비 2011)

2. '우아한 친교' 뒤에 숨은 그녀들의 이야기: 권여선의 소설

권여선(權汝宣)은 개인을 둘러싼 친밀한 관계들과 그것이 야기하는 갈등을 그 누구보다 섬세하고 예리하게 투시하는 작가이다. 그의 소설은 가족을 포함해 여성과 남성, 친구와 선후배 등 가까운 집단이 맺는 관계의 다양한 양상을 깊이있게 들여다보는 데 초점을 두고 있다. 사랑의 탈낭만화 현상을 씨니컬하게 직시한 은희경의 소설과 부르주아적 삶의 허위적 양상을 예민하게 관찰하는 정미경의 소설, 소비사회의 사물화 경향을 경쾌하게 포착하는 정이현 소설의 특성들은 권여선 소설의 일정 부분과 연결된다. 더불어, 견딜 수 없는 자기갈등과 자학의 예민한 심리학은 소설사의 계보를 거슬러 올라가 김승옥이나 오정희 소설의 날카로운 자기해부와 만난다.

평범한 일상적 소통관계 속에 존재하는 허위의식을 날카롭게 묘파하는 권여선의 소설은 '적대와 모욕의 인간학',[3] '자학과 자폭'을 통한 자기탐구[4]의 심리학이라는 명명을 얻기도 하였다. 청춘 시절에 경험했던 집단의 연대와 현재의 고립된 개인일상을 대조적으로 비춰보는 일련의 연애서사 속에 이러한 허위의식의 성찰이 생생한 형태로 드러나 있다. 성차의 권력관계와 허위적 감각을 예민하게 전도시키는 해석적인 시선은 「분홍 리본의 시절」「가을이 오면」(이하 『분홍 리본의 시절』, 창비 2007) 같은 수작들에서 그 매력을 한껏 발휘한다.

권여선의 소설에서 인물들의 소통관계에 대한 성찰은 비밀-오해를 폭로하는 반전 형식의 서술방식으로 자주 드러난다. 욕망의 실체가 폭로되

---

3 정홍수 「소설의 정치성, 몇가지 풍경들: 김연수 권여선 공선옥」, 『창작과비평』 2010년 여름호 40면.
4 심진경 「자기보다 낯선: 권여선 소설의 자아탐구에 대하여」, 『떠도는 목소리들』, 자음과 모음 2009, 159면.

는 순간 인물이 겪는 당혹감, 그리고 자기누설을 거쳐 얻게 되는 예상치 않았던 해방감은 여러 소설에서 극적으로 표현된다. 그중에서도 「분홍 리본의 시절」은 주목할 만한 개성적인 작품이다. 한때 사모했던 선배와 그의 아내에게 쿨한 우정을 보여주던 주인공 '나'는 선배의 불륜을 알게 되면서 갈등 상황에 말려든다. 선배의 아내는 불륜의 당사자도 아닌 주인공에게 찾아와서 온갖 분노와 욕설을 퍼부으며, 주인공 역시 선배의 아내 앞에서 스스로도 감추고 있던 욕망의 허위의식을 노출한다. 주인공이 선배 부부를 통해 접하는 중산층적인 생활양식과 '예절 바른 거리감각'은 현대인의 전형적인 자기연기술에 해당한다. 그러나 이들이 애써 자신의 욕망을 누르고 교환했던 위선적인 교양의 세계는 도발적이고 충동적인 성욕망의 기호 앞에서 허약한 본질을 드러내고 만다. 평화로운 일상을 유지하지만 늘 자기 안에 일탈적 욕망을 감추고 사는 선배, 남편의 이성 후배를 '존댓말'과 '우아함'으로 포용하는 아내의 교양있는 태도, 이들과 적절한 거리에서 친교를 누려온 주인공은 욕망의 충동을 제멋대로 뿜어내는 수림이라는 젊은 여성과 만나면서 평상심을 잃고 만다. "몸에 꽉 달라붙는 검정 가죽재킷"(66면)을 입은 수림이 뿜어내는 싱싱한 성적 욕망은 선배가 품고 있던 '실수투성이 괴물'을 유인하고, 주인공과 선배의 아내가 표면적으로 거부하고 부인하는 성욕망을 끌어낸다. '섹스광'으로 각인되는 수림의 존재는 인물들이 마주치기 두려워했지만 남몰래 지니고 있던 상상적인 욕망, 즉 "오래전에 단념했다고 믿었"지만 "툭 건드려진 뒤부터 움찔움찔 움직이며 몸을 비트는 그것"(72면)을 내부에서 끄집어내게 만드는 것이다.[5]

---

5 소설에서 "고양이처럼 작은 두개골"을 지닌 수림의 성적 이미지는 다른 작품인 「문상」에서 묘사되는 "머릿속에 살짝 떠올리는 것만으로도 깊고 은밀한 접촉을 당한 듯 불쾌해지는 질감의 소유자"(178~79면)인 우정미의 이미지와 연결된다. "하나의 사물처럼 견고하고 응축된 모습"(66면)을 지닌 수림의 육체는 "흘러내릴 듯한 살덩어리로 서

이미지로 포장된 현대인들의 허위적 일면을 가차 없이 공격하는 이 소설이 들추는 것은 결혼생활을 기만하는 남성의 이중적인 성욕망만이 아니다. 「분홍 리본의 시절」의 주인공과 선배 아내가 '표면적으로' 대결해야 할 대상은 성욕망을 제멋대로 누설하는 수림이지만, 정작 이들의 본격적인 싸움은 수림을 배제하고 이루어진다. 교양있는 중산층 생활을 영위한다는 자부심, 결혼제도 속에서 억눌린 성적 욕구, 쿨하고 선량한 태도 속에 감춰진 질투와 경멸 등 여성인물들이 스스로 상상하고 왜곡하는 모든 사랑의 실체가 이 앞에서 드러나고 만다. 세련되게 치장된 '그녀들'의 친교는 "싱싱하고 낭자하게 튀"(75면)는 욕설의 주고받음 속에서 그 허상이 벗겨지는 것이다. 그러나 이러한 격렬한 싸움은 실체의 폭로만을 의도하지 않는다는 점에서 의미심장하다. 그 순간 각자의 내면 속에서 튀어나온 괴물적인 욕망은 거부되고 혐오되는 대상이 아니라 현실의 일부로서, 그 자체의 개별적인 존재로 성찰되기 시작한다. 소설에서 선배와 그의 아내, 수림 모두 "내 혀뿌리에 흔적으로만 남아 있는 한쌍의 혀"(62면)로 내 안에 잠겨 있던 복수적인 타자들이다. 이 복수적 존재들은 성과 사랑을 둘러싼 남녀의 심리적 반응을 입체적으로 바라보게 하는 역할을 한다.

여성인물들이 연출하는 적대와 긴장의 구도는 허위의식을 고발하는 것에 그치지 않고 신랄한 자기해부의 차원으로 심화된다. 자기폭로와 허위의식의 성찰은 어머니와 딸의 관계를 바라보는 시선 속에도 투영되어 있다. 어머니와 딸의 갈등은 어머니의 허상을 벗기는 부정의 과정을 거쳐 딸 자신의 내면을 해부하는 과정으로 이동한다. 「가을이 오면」에서 시종일관 어머니의 '우아함'과 싸우던 딸은 자신에게 호의적으로 다가오는 남성이 지니고 있을지 모를 위선에 격렬하게 반응한다. 어머니가 보여주던

있"(198면)는 우정미의 육체와 대조를 이루는 한쌍의 이미지라고 할 수 있다. 권여선의 소설에서 이렇듯 기묘한 대칭을 이루는 여성인물들의 성적 이미지는 여러 작품에서 반복적인 모티프로 등장한다.

"상대방의 어떤 비명도 아우성도 듣지 못하는 그런 여인들의 무아지경적 우아"(15면)를 혐오하는 딸은 자기에게 다가온 남자에게서도 타인의 고통과 불안에 상관하지 않는 '우아한 종족'의 표정을 발견한다. 결국 어머니에 대한 대결의식은 연애서사의 허위마저 깨뜨리며 "그녀 내부를 불지옥으로 만드는"(40면) 격렬한 자기해체의 과정을 이끌어낸다.

「K가의 사람들」(이하『내 정원의 붉은 열매』, 문학동네 2010)에서도 어머니를 바라보는 딸의 시선은 아버지의 존재를 통하여 객관화된다. 딸들 앞에서 끊임없이 아버지를 경멸했던 어머니는 아버지의 갑작스러운 죽음으로 인해 공포와 죄의식에 직면한다. 혼자 남은 어머니는 두려움을 떨치기 위해 아버지의 셔츠를 불태운다. 이 소설은 아버지의 삶을 둘러싼 모녀의 시선을 교차시키면서 아버지의 기억을 지우려는 어머니의 충동적 행동을 연민 어린 시선으로 바라볼 수밖에 없는 딸의 복잡한 마음을 전달한다.

「그대 안의 불우」에서 이기적이고 유아적인 남편을 바라보는 주인공의 시선 역시 단절된 부부관계의 문제를 발견하는 데 멈추지 않는다. 그녀는 "결혼이라는 끔찍한 반목의 형식 속에서 자기만은 조화로운 사랑을 이룰 수 있으리라는 오만한 꿈"(235면)을 지녔던 자신과 시어머니, 친정어머니에 대해 생각한다. 이처럼 가족관계의 모순을 매개로 하여 내면의 허위에 대한 성찰로 힘겹게 거슬러 올라가는 주인공의 분투는 가장 가까운 가족과 연인들이 주고받는 '우아한 친교'라는 것이 얼마나 허구적인 환상물일 수 있는가를 실감하게 한다.

세속적 일상을 향유하는 기만적인 행위에 대한 경멸을 넘어서 타인과 맺는 복잡한 관계의 심리학을 변주하는 권여선의 소설은 '우리'라고 믿었던 관계 속에 잠복한 허구적인 소통의 환상을 집요하게 파헤친다. 이 끈질긴 탐구에는 인간을 관찰하는 애정 어린 시선과 일상의 생생함에서 유도된 보편적인 윤리감각이 깃들어 있다.[6] 한 예로「분홍 리본의 시절」의 결말은 서로의 실체를 폭로한 선배 부부가 뜻밖의 자동차 사고를 계기로 이혼하지 않고 여전히 잘 살고 있다는 소식을 전하면서 여운을 남긴다. 어쩌면 현실에서 목도하는 삶의 리얼리티야말로 이런 것이 아닐까. 마주하기 힘들 정도로 격렬한 모욕과 상처를 주고받은 사람들도 어느 순간에는 일상의 흐름 속에 다시 함께 살아가고 있다. 지난 시절의 연애가 엄청난 오해와 자기연민으로 포장되었음을 깨닫지만 그것을 망각의 강물에 쉽게 던져버릴 수는 없다. 권여선 소설은 고통스러운 체험을 뒤로하고 일상을 지속한다는 것이 현실의 단순한 수용이 아님을, 어떤 현실을 진정으로 '극복'한다는 것은 끝없는 갈등과 좌초의 지점들을 통과하고 견디면서 나아가는 '적응'의 과정이기도 하다는 것을 알려준다. 이것은 성숙한 소설의 세계가 보여주는 아이러니의 진실이다. 자학과 연민을 때로 유머와 풍자로 변주하는 권여선 소설의 중요한 동력은 이러한 아이러니의 다층적 진실을 대면하고 성찰하는 데서 발생한다.

일상의 허위를 존재의 자기성찰과 연결시키는 권여선의 소설은 궁극적으로 내면에 유폐되지 않는 존재의 개방성을 시도한다는 점에서 상투화된 인물 유형을 돌파하는 개성의 활력을 보여준다. 권여선 소설이 돋보이는 지점은 단순히 자기 속에 '낯설고 불안한' 그 무엇이 숨어 있음을 발견하는 데 있지 않다. 개인과 개인이 공존하면서 이루는 관계의 입체성과 윤리의식의 이면을 들여다보는 데 그의 소설이 지니는 진정한 의미가 있다. 그의 소설에 현시되는 개인 내면의 내밀한 갈등 양상은 현실에 잠재한 소통의 모순과 날카롭게 연계되면서, 자기를 열어 다른 존재로 나아가는 실마리를 보여준다는 점에서 의미 깊게 다가온다.[7]

---

6 개인들이 다양한 관계를 형성하는 공공의 영역에서는 차이와 충돌이 생겨나지만, 그 충돌 속에서 이룩되는 보편적인 감각들도 존재한다. 개인이 공동체와의 관계 속에서 얻게 되는 보편적인 질서감각의 문제를 적극적으로 논의한 글로는 쑨 거(係歌)의 글을 참조할 필요가 있다. 그는 수평축 위의 생활감각에서 비롯하는 생활질서를 강조하면서, '공동체의 생리'가 지각하는 '끊임없이 변동하는 질서감각'으로 '공동체 의식'을 논한다.(쑨 거 「민중시각과 민중연대」, 『창작과비평』 2011년 봄호 85~88면 참조)

3. '우연'의 소통, 가족 바깥의 가족을 바라보기: 윤성희의 소설

윤성희(尹成姬)의 소설에서 드러나는 익명적이고 자유로운 유대관계에 대한 환상은 고립된 개인의 무기력한 현실을 담아내는 장치라고 할 수 있다. 그의 소설에는 현대의 파편화된 가족공동체에 대한 비관적인 인식과 그로 인해 왜소화된 개인, 무기력한 주체의 모습이 깊게 새겨져 있다. 혈연집단, 운명공동체로서의 가족에 대한 비관적인 인식은 등단작인 「레고로 만든 집」(1999)에서 시작하여 근작인『구경꾼들』(문학동네 2010)에 공통적으로 깔려 있다. 주인공 '나'의 탄생으로부터 시작하는 소설은 서로 아끼고 사랑하던 가족이 우연한 사고로 곁을 떠나가는 상실과 쇠락의 상황으로 나아간다. 단편의 에피소드들을 모자이크한 듯한 이 소설의 특이한 서술방식은 서두에서부터 나타난다.[8] 아직 태어나지도 않은 주인공이 중심화자가 되어 아버지와 어머니의 만남에서 시작하여 더 거슬러 올라가 아버지의 유년 시절을 들려준다.

과거와 현재의 사건, 서술자의 시점을 섞는 에피소드의 구성방식은 소

---

7 이러한 맥락에 덧붙여서 현실의 부정성에 대응하는 최근의 권여선 소설에는 상반된 진로의 모색이 함께 엿보인다는 점을 짚어둘 필요가 있겠다. 소설적 고민의 흔적은 적대와 자학의 포즈가 날카롭고 예민하게 정점을 드러낸『분홍 리본의 시절』보다는『내 정원의 붉은 열매』를 포함한 근작에서 더 선명하게 드러난다. 지난 시절에 대한 담담한 수락과 모색의 과정이 담긴 「빈 찻잔 놓기」나 「사랑을 믿다」 같은 작품들은 깊은 울림을 주면서도 한편으로는 일상성에 대한 연민과 지나간 시절에 대한 수락을 미묘하게 감지하게 한다. 더불어 「팔도기획」(『비자나무 숲』, 문학과지성사 2013)이 보여주는 강한 세태풍자의 구도 역시 중요한 방향으로 보인다.

8 "그냥 단어들을 머릿속에 펼쳐놓아요. 그리고 가만히 있어요. 그러면 그 단어들이 알아서 저절로 이리저리 연결되는 순간이 찾아와요. 일곱개의 단어로 한 이야기가 탄생되기도 하죠"(112면)라는 등장인물의 고백은 꼬리에 꼬리를 물고 에피소드가 연결되는 이 소설의 서술방식을 말해주는 것이기도 하다. 작가는 이 소설을 집필하면서 "작은 이야기들이 마구 뻗어나가는 장편을 쓰고 싶었다"고 밝힌 바 있다.(신형철·윤성희 대담 「상상해, 공동체」,『문학동네』 2010년 겨울호 61면)

설에서 시도되는 인물들의 소통 양상이 보여주는 우연성, 일회성과도 닿아 있다. 얼핏 보기에 『구경꾼들』을 메우는 에피소드들은 우리가 익숙하게 알고 있던 기존 장편 형식의 응집성을 갖추지 못한 단편 형식의 연장처럼 보이기도 한다. 그러나 통일적인 서사의 흐름을 부수는 이러한 이야기의 연결방식은 최근의 단편 작업에서도 시도되고 있다. 「공기 없는 밤」(『웃는 동안』, 문학과지성사 2011) 같은 단편을 보더라도 시간의 일관된 흐름이나 인과적 서사를 방해하는 짧막한 에피소드들이 기억의 파편성을 드러내는 서술방식으로 쓰인다.

우연을 매개로 하는 이야기의 증식과 더불어 등장인물의 삶을 압도하는 것은 죽음의 상징이다. 큰삼촌과 부모의 죽음처럼 예기치 못한 이별의 순간들은 삶의 덧없음을 끊임없이 상기시킨다. "천원짜리 지폐가 돌고 돌아 제자리를 찾는 데는 삼년이 필요했지만 그 행복이 무너지는 데는 단 오분도 걸리지 않았다"(86면)라는 비극적인 전언처럼 그 누구도 자기 앞의 운명을 예측할 수 없다. 죽음은 구경꾼—타자일 뿐인 유한한 생에 대한 인식을 촉발하는 계기로 다가온다. 어떻게 보면 인물들 간에 맺어지는 소통의 관계는 이 죽음을 지연하는 기억의 서사로부터 출발한다고 할 수 있다. 큰삼촌의 죽음 앞에 망연자실한 할머니를 위로하는 것은 외할머니의 전화 한통이다. "잊지 마세요. 우리가 할 수 있는 일은 최선을 다해 기억하는 거예요"(88면)라는 외할머니의 말처럼, 죽음을 지연하는 기억과 소통의 추구는 죽은 큰삼촌의 밥을 차려놓는 할머니의 일상적인 몸짓으로 나타난다.

구성원들이 사라지면서 가족공동체는 해체와 쇠락의 길에 접어들지만, 역설적으로 이를 뛰어넘는 환상 속의 상상공동체는 강화되어간다. 소설에서 인물들끼리 주고받는 익명적인 소통과 기대는 상처를 치유하고 위무하려는 보상 행위로 시작된다. 타인과의 익명적 소통 행위는 주인공의 부모가 시도하는 여행에서 절정에 이른다. 삼촌의 죽음으로 인한 상실감을 달래러 여행을 떠난 주인공의 부모는, 기적적으로 살아남은 지구 저편의 사람들을 만나면서 거꾸로 그들에게 삶의 희망을 설파하는 '이야기꾼'으로 변신한다. 그들은 이제 다른 사람들의 이야기에 귀 기울임으로써 위로를 주고받는다.

그런 맥락에서 『구경꾼들』의 진정한 주인공은 인생의 '구경꾼'으로 남은 타자들이 교환하는 '이야기' 그 자체라고 할 수 있다. 장막 뒤에 숨은 배우들은 타인의 기막힌 사연과 고통에 공감하며 자신의 내면을 위무한다. 슬픔의 발화자가 거꾸로 슬픔의 청자가 되는 위치의 전도는 작품의 곳곳에 드러나 있다. 삼촌의 죽음을 위로받기 위해 다른 사람들을 찾아간 주인공의 부모는 거꾸로 그들을 위로해주며 "혹시, 친구가 없다면 저희 집에 가세요. 제 이야기를 하면 따뜻하게 반겨줄 겁니다"(114면)라고 말한다.[9]

가족들이 발견한 우연적인 소통의 세계는 타인에 대한 댓가 없는 의무와 호의의 나눔으로 연결된다. 낯선 타인을 향한 열린 공감의 세계는 소설에서 가장 따뜻한 위로의 장면 가운데 하나로 드러난다. 아버지가 일하는 편의점에는 늘 새벽 세시에 나타나 초콜릿을 사 먹는 여자가 있다. 아버지로부터 그녀의 이야기를 듣고 궁금해진 주인공의 가족들은 새벽에 편의점에 간다. 사기를 당하고 충격으로 병석에 누운 어머니를 보살피며 힘겨운 일상을 보내던 그녀는 이 낯선 사람들에게 위로를 받게 된다. 처음 보는 사람들에게 둘러싸여 그녀가 컵라면 국물을 마시는 장면은 주인공에게도 잊히지 않는 여운을 남긴다. "후루룩. 그것은 세상에서 가장 따뜻한 소리였다. 아기였을 때 그 소리를 들었다면 밤에 잠을 자다 오줌 따

---

9 이 대목은 우리 시대의 문학이 갖는 소통의 역할에 대한 작가 자신의 생각을 들려주는 것으로도 읽힌다. '들어주는' 이야기꾼은, 허구를 완벽하게 장악하는 창조주로서의 작가가 아니라 주변부로 물러서서 수많은 다성적 목소리들을 연결하는 매개자로서의 작가의 역할을 암시하는 것으로 다가온다.

원 싸지도 않았을 거라는 생각마저 들었다. 그후로 오랫동안, 쓸쓸한 기분이 느껴지면 나는 늘 여자가 국물을 마시며 냈던 그 소리를 생각했다."(129면)

자기 가족의 불행을 벗어나 타인의 고통과 불안에 공명하기 시작한 소설 속의 '구경꾼들'은 '가족 바깥의 가족'을 이루어나간다. 이 대목에서 "공동체 없는 공동체의 가능성"까지 가닿는 '함께-있음'의 관계가 순간적으로나마 이룩된다.[10] 가족 바깥의 가족에는 식구들을 책임지는 위계적인 '가장'이자 '부모'가 더이상 존재하지 않는다. 인물들은 부양의 책임을 포기하고 훌쩍 여행을 떠나는 자유로운 부모를 있는 그대로 받아들인다.

그러나 상상적인 따뜻한 공동체의 환영은 역설적으로 가족공동체가 지고 있는 비극적 운명을 쓰라리게 들여다보게 한다. 상처받은 가족을 위무하고 부양해야 할 장남 부부가 집을 나가 자유롭게 여행을 하다 어이없는 사고로 죽음을 맞이할 때 남겨진 가족들이 안고 견뎌야 하는 삶의 무게는 훨씬 무거워진다. 이 결핍은 자식을 잃은 부모가 된 할머니, 부모를 잃은 자식이 된 주인공에게로 고스란히 돌아온다. 우연과 상상이 이루는 공동체, 귀속성을 전제하지 않는 이 공동체는 동화적이고 초현실적이기도 하면서 한편으로는 꼭 그만큼의 자유와 초월을 허용한다. 부재한 가족에 대한 슬픔과 애도의 비중만큼 환상의 수위는 높아지며, 철저한 '구경꾼'으로서 존재하는 인물들은 현실과의 일정한 거리 위에 구축되는 순환적이고 몽환적인 환상담 속에서만 숨 쉬고 있는 것이다. 듣는 '이야기꾼'의 탄생을 보여주는 윤성희 소설에서 목도하는 소통의 환상은, 타율화된 삶을 견디고 살 수밖에 없는 근대적인 공동체로서의 가족제도에 대한 비관적

---

10 낭시는 합일과 소통의 관계를 구분하면서, 그 어떤 소속에도 연루되지 않은 완전히 개방된 존재로서의 공동체를 천명한다. 그의 논의에서 함께-있음의 논리는 "관계 없는 어떤 관계, 또는 관계와 관계의 부재로 동시에 외존된다"고 설명된다. 장 뤽 낭시 『무위의 공동체』, 박준상 옮김, 인간사랑 2010, 202면.

인 시선 그 자체로 조용히 침잠한다. 시작도 없고 끝도 없이 영원히 반복되는 허구적인 이야기들은 가족공동체의 사멸과 더불어 시간 위에 작성되는 서사의 계보마저 사라져가는 장면을 보여준다. 그런 맥락으로 보면 『구경꾼들』에서 우리가 마주하게 되는 것은 가장 건조하고 비극적으로 정제된 '가족 로맨스의 해체'라고 할 수 있을 것이다.

4. 고립과 불안을 견디는 낭만적 기억의 소환: 김미월의 소설

『서울 동굴 가이드』(문학과지성사 2007)를 비롯한 김미월(金美月)의 소설에는 도시공간을 배경으로 한 아웃사이더 청년들의 이야기가 자주 등장한다. '서울의 방'을 찾아 떠도는 이십대 청춘의 좌절과 방황을 그린 김미월 소설은 김승옥과 박태순의 소설에 깃들어 있는 도시 서울에 대한 감각적 묘사와 분위기를 떠올리게 한다. 불빛이 휘황한 거리에서 느끼는 고독과 불안은 신경숙 소설의 고립된 방을 거쳐 박민규 소설 속 고시원의 좁은 방, 김애란 소설의 옥탑방의 계보로도 연결된다.

김미월의 첫 장편인 『여덟 번째 방』(민음사 2010)은 '외딴 방'의 계보와 2000년대 소외된 청춘의 수사학을 연결시키면서 '지난 시절의 연대'를 회고한다. 그의 작품에서 공동체와 소통의 상상력은 대학 시절의 만남을 돌아보는 '후일담'의 특성으로 나타난다. 이 대목에서 권여선 소설과 김미월 소설의 후일담 모티프를 잠시 비교해보아도 흥미롭겠다. 권여선의 「내 정원의 붉은 열매」에서 주인공의 연애서사는 대학 시절 만난 친밀한 집단에 대한 기억과 연관되어 있다. 대학에서 만난 선후배와 친구들은 주인공에게 세상을 여는 중요한 대화 창구로 다가온다. "소통을 열고, 나를 자폐된 내부에서 끌어내 술자리로 미혹하고, 내게 눈물과 토사물을 분출할 기회를 주는 감격적인 말 건넴"(97면)은 오랜 시간이 흐른 뒤에도 주인공의 내면에서 사라지지 않는다. 권여선의 소설이 그리는 청년 시절이 이념적인 공감대와 친밀감을 부여했던, 그리하여 오히려 강력한 동일성의 감정을 요구했던 연대로 기억된다면, 김미월의 소설에서 이러한 정치적 연대의 경험은 희미한 밑그림으로만 존재한다. 『여덟 번째 방』에서 주인공 지영이 실감하는 학창 시절의 연대는 자유를 억압할 정도로 강력한 동일성의 세계를 환기하지 않는다. 함께 노래를 부르며 동아리 활동을 하고 철거 반대 시위에도 참여하던 그 시절의 공통 경험은 '자기만의 방'을 스쳐간 단편적 기억으로 묘사된다.

　『여덟 번째 방』이 보여주는 낭만적인 기억들과 소통의 상상력은 '방'을 공유하는 개인과 개인의 이야기 속에서 본격적으로 서술된다. '잠만 자는' 낡고 초라한 자취방에서 서른살의 김지영과 스물다섯살의 오영대는 '일기장'이라는 문학적 매개물을 통해 상상적으로 교류하게 된다. 오영대가 김지영의 일기장을 통해 접하는 것은 지난 시절 소외된 한 청춘의 그림자이다. "대학 교정의 사계(四季), 첫 엠티, 지저분하고 시끄럽던 과방, 최루탄 냄새 가득한 거리, 학교 앞 술집, 단체 미팅, 선배와 동기와 후배들의 얼굴, 이제는 그립기만 한 그 무렵의 갖가지 고민과 갈등들"과 "스무살, 스물한살, 스물두살, 청춘의 계단을 밟고 이사를 다닐 때마다 조금씩 좁아지고 낮아지고 어두워졌던 방들"(49면)로의 이사에 대한 고백들이 그의 내면에 들어온다.

　김지영의 성장담에서 실질적으로 느껴지는 청년 소외의 양상은 안주할 최소한의 물리적 공간을 확보하기 어려운 현실에서 구체화된다. "열악하다 못해 해괴한 방"들을 돌아다니며 비참함을 느낄 수밖에 없는 주인공의 소외감은 "방이 존재를 규정"(203면)하는 시대의 고단한 상황을 고스란히 드러낸다. 떠다니는 '방'들의 세계는 졸업을 하고도 쉽게 사회에 진입할 수 없는 청년세대의 위기와 불안감을 상징하는 것이기도 하다. "무엇을 어떻게 해도 취업하기가 힘든 이해할 수 없는 세상"에 청년들은 내던져져 있다. "신의 직장이야 애초부터 신의 아들만 들어가는 곳이겠지만, 인간의 직장에도 못 들어간다는 것은 우리가 인간의 아들이 아니라는 증거"(221면)라는 청년들의 하소연 역시 같은 맥락에서 읽힌다.

김미월 소설에서 청년들을 압박하는 취업난, 경제적 궁핍은 가까운 친구들에게도 온전히 자기를 열지 못하는 불안감으로 작용한다. 끊임없이 이사를 다녀야 하는 김지영은 친구나 선배와의 관계에서도 소통의 실패를 거듭한다. 첫사랑을 느꼈던 동아리 선배 시호에게 자신의 마음을 제대로 전달하지 못하며, '무당의 아들'이라는 신분적 자의식을 벗지 못했던 '관'과도 지속적으로 소통하지 못한다. 이혼 위기를 겪는 부모와, 온전한 우정을 맺지 못하는 친구들과의 관계는 그녀로 하여금 불안과 소외를 느끼게 한다.

김지영이 경험하는 불안정한 소통과 장소성의 상실감은 세대론적 층위를 달리해서 오영대의 서사와도 연결된다. 그러나 가난과 소외를 겪으며 거주할 방을 찾아 전전하다가 글쓰기를 통해 자기회복의 길을 모색하여 성장을 이룬 김지영에 비한다면 오영대는 목표도 꿈도 명시되지 않는 무기력한 청춘이라는 점에서 차이가 있다. 오영대에게는 지영이 기억하는 간접적인 정치적 연대의 경험마저도 없다. 어쩌면 지금-여기의 청춘의 현주소는 김지영보다는 오영대의 삶과 가까울 터이다. '88만원세대'가 체감하는 불안과 경쟁의 심화 속에서 청년들은 "부모가 하라는 대로, 친구들이 하라는 대로, 선생이 하라는 대로 따라온 삶"(15면)에 대한 무기력감을 토로할 뿐이다. 닫힌 미래에 대한 무기력감은 "말하지 못한 꿈. 자신이 갖고 있는지 안 갖고 있는지에 대해 생각해본 적도 없는 꿈. 사람은 꼭 꿈을 꾸어야 하는 것일까. 그냥 되는 대로 살면 안 되나. 꿈 없이도 지난 25년간 아무 문제 없이 잘 살아왔는데"(84면)라는 오영대의 고백에서 절절하게 드러난다.

이렇듯 청년세대가 느끼는 실존적인 불안을 애정 어린 시선으로 그려낸다는 장점과 더불어『여덟 번째 방』이 보여주는 아쉬운 대목도 짚지 않을 수 없다. 소설에서 지영의 소통 부재와 좌절은 글쓰기로 보상되지만, 영대의 희망과 꿈은 지영을 직접 만나서 일기장을 돌려주겠다는 소박한 결심으로 구체화될 뿐이다. 무엇보다도 영대의 삶과 지영의 삶이 이루는 접점이 모호하게 그려진 것은 이 소설에서 가장 아쉬운 부분이다. 지영의 풋풋한 성장담이 지니는 낭만적인 회고성은 출구 없는 미래에 대한 불안과 무기력에 둘러싸여 있는 영대의 현실과 쉽게 연결되지 않는다. 지영의 서사와 견주어볼 때 영대가 표현하는 청년세대의 고민과 불안은 제한적인 구도로 그려진다. 이는 영대의 목소리가 관찰자라는 시점에 제한되어 있는 서술상의 특성에서 비롯된 것이기도 하다.

『여덟 번째 방』은 그런 점에서 지영과 영대의 이야기라기보다는, 방황과 좌절을 거친 지영의 세대가 영대의 세대에게 보내는 위로와 공감의 메시지로 다가온다. 현실적 조건들을 초월하는 낭만적인 청춘의 공감대에 대한 기대가 일기장을 읽고 영혼끼리 내면을 교류한다는 환상으로 나타나 있는 것이다. 윤성희 소설이 보여주는 우연의 소통들이 사실은 가족서사의 해체와 쇠락을 견디려는 상상적인 보상에서 출발한 것처럼, 김미월의 소설에서 형상화된 '방'들의 소통 역시 불안과 결핍의 청춘을 매우기 위한 낭만적인 상상력에서 발원한다고 할 수 있을 것이다. 근래 발표한 단편「프라자 호텔」(『아무도 펼쳐보지 않는 책』, 창비 2011)에서도 이러한 청춘 시절의 연대는 그리운 기억으로 회상된다. 기성세대로 성장한 주인공은 청춘의 그리운 한 시절을 '프라자 호텔'이라는 공간을 통해 추억한다.『여덟 번째 방』에서 "문이 잘 닫히지 않던 방, 저녁마다 서향으로 난 창에 노을이 번지던 방, 장마 때면 침대 다리가 물에 잠기던 방, 정전이 잦던 방, 그가 들어오고 싶어했던 방, 방, 방들"(49면)은 이제 휴가 때 찾아와 그리운 시절을 환기하는 '호텔방'으로 모습을 바꾸어 나타난다. 이처럼 관계와 소통에 대한 희망을 드러내는 김미월의 최근 소설들은 청춘 시절의 연대를 돌아보는 담담하고 소박한 현실 투시를 지속적으로 담아내는 방식으로 진로를 모색하고 있다고 할 수 있다.

지금까지 살펴본 것처럼 최근 소설에 나타난 소통과 공동체의 상상력은 경쟁체제 속에서 심화되고 있는 개인의 존재 불안을 입증하는 문학적 현상이라고 할 수 있다. 단자화된 개인의 내면 탐구를 집중적으로 다루던 소설에서 개인들이 이루는 연대의 가능성을 탐색하는 소설로의 변화는 분명 주목할 만한 양상이다. 그중에서 친밀한 사이에서 이루어지는 소통의 허위성을 예리하게 해부하는 권여선의 소설은 개인의 심화된 자기성찰을 이루어내는 주목할 사례라 할 수 있다. 좁고 사소한 듯 보이는 친밀집단의 영역에 심도있게 진입하는 권여선 소설은 내면에서 끄집어낸 타자성을 통하여 성차의 권력관계를 뒤집어보고, 궁극적으로는 이것에 제약되지 않는 존재의 개방성을 꿈꾼다. 현실의 부정성을 통과하여 진행되는 이러한 성찰은 시종일관 관찰자 시점에 의해 유지되는 통렬한 냉소와 자기풍자를 동반한다.

가족 바깥의 우연적 공동체를 꿈꾸는 윤성희 소설의 서사적 실험 역시 최근의 소설 가운데 돋보인다. 윤성희의 소설에서 '이야기꾼'으로서의 작가는 등장인물들처럼 '구경꾼'의 모습으로 변하여 인물들을 바라본다. 정교한 사물 묘사와 감각들을 서술기법 자체의 새로움으로 승화시킨 『구경꾼들』은 장편 형식의 변모 양상을 보여주는 흥미로운 징후로 보인다. 가족 연대기로부터 출발했지만 그로부터 가장 멀리 가버린 그의 소설에서 우리는 역설적으로 '이야기'가 지향하는 문학적인 상상의 공동체를 만난다.

김미월의 소설이 일깨우는 청년세대의 소통 불안과 공동체의 상상력역시 특정 소속의 집단적 정체성이 아닌 익명적이고 자유로운 방식의 관계 맺음에 대한 염원을 담아낸다는 점에서 중요한 지형을 그리고 있다. 백수와 루저라는 말로 쉽게 명명되었던 청년세대의 고통과 불안은 개인들을 연결하는 작고 따뜻한 위무의 공동체에 대한 환상으로 이어진다. 마니아적인 감수성과 아웃사이더적 특징을 공유했던 '취향의 공동체'로부터 익명의 관계들이 연결하는 '소통의 공동체'를 열망하는 것으로의 변모 양상은 김미월의 소설에서 잘 드러난다고 할 수 있다.

이들 소설에 드러난 공동체와 소통의 상상력이 말해주듯이, 결국 문학에서 나타나는 연대와 소통에 대한 물음은 어떤 소통방식이 실체적으로 존재하는가의 문제로 국한되지 않는다. 또한 그것은 어떤 방식의 공동체가 존재해야 하는가에 대한 당위적 희망을 설파하는 것으로도 귀결되지 않는다. 개인이 이루고 있는 공동체라고 생각했던 범주를 되묻는 작업, 그리고 그 범주 안에 존재하는 미세한 관계들의 차이를 직시하는 가운데 소통의 새로운 지점들이 열린다고 할 수 있다. 개별성을 보존하면서도 자신 속에 잠재한 관계성을 발현하는 능동적인 유대관계에 대한 희망 역시 이렇듯 섬세한 투시 속에서 가능할 것이다.

한국문학과 민주주의, 평등의 의미를 돌아보다

1. 민주주의의 상상력과 평등의 의미

문학과 정치, 문학과 윤리, 공동체와 연대의 상상력은 최근 한국문학을 바라보는 데 빼놓을 수 없는 중요한 비평적 키워드다. 그동안 문학현장에서는 문학의 자율성이 어떠한 방식으로 현실세계와 접속하여 자신의 존재의미를 구축할 수 있는가에 대한 다양한 방식의 문제제기가 이루어져왔다. 개인과 공동체의 관계, 타자와의 연대의 상상력 역시 문학의 영역에서 비평적 주제로 꾸준히 검토되어왔다. 문학과 현실의 관계에 대한 원칙적인 문제제기가 이처럼 부각되는 바탕에는 한국사회가 겪고 있는 사회정치적 변동에 대한 위기의식이 자리하고 있다. 고용 없는 성장, 양극화의 심화와 공권적 폭력, 실업률과 자살률의 가파른 증가, 무차별적인 폭력과 흉악범죄, 재난과 재해 등등의 불안한 현실은 기본적으로 누리고 살아야 할 인간다운 삶의 조건이 총체적인 위기에 놓여 있음을 실감하게 한다.

그동안 정치적인 영역에서 집중적으로 논의되어왔던 민주주의의 문제는 근래 복지와 공공성을 둘러싼 경제민주화 논의로, 그리고 심각한 인권

유린과 범죄 문제를 둘러싼 사회민주화 논의로 층위를 다양화하며 논쟁들을 유발해왔다. 민주주의의 위기에 대한 현상적 진단은 세계 자본주의 체제의 흐름을 주도하는 글로벌 신자유주의의 압박과 긴밀하게 연관되어 해석되어왔다. '80대 20'의 사회를 '99 대 1'의 사회로 바꾼 신자유주의의 물결은 "법 앞의 평등이나 정치적, 시민적 자유나 정치적 자율성과 보편주의적 포함 같은 자유민주주의의 기본원리를 비용-수익 비율, 능률, 수익성, 효율성 같은 시장의 기준으로 대체하면서 자유민주주의의 근간을 공격하"고 있다.[1]

자유민주주의의 기본 원리를 손쉽게 대체하는 시장주의의 압박은 성과주체, 경쟁주체로서의 생존방식을 끊임없이 요구해왔으며 한국사회의 변동 역시 이러한 신자유주의 경쟁체제로부터 자유롭지 않은 것이 사실이다. 그러나 한편으로 민주화와 경제적 자유화라는 이중적 프로젝트의 수행 과정에는 신자유주의적 지구화에 대한 시민적 저항의 잠재력 또한 존재한다. "국민국가가 더욱 민주적이고 국민적일 것을 요구하는 투쟁"과 "자본의 지구화에 대응하는 시민사회의 지구화 노력"[2]에 대한 정밀한 해석 없이는 대중 안에 존재하는 민주주의의 호소력을 충분히 파악하지 못한 채 대의적 민주주의의 한계와 신자유주의의 영향력만 강조하는 문제를 노출하게 된다. 여기서 "위기들은 사람들을 흔들어 자족성에서 벗어나게 하고 그들로 하여금 자기 삶의 근본 원리에 의문을 제기하도록 강제하는 게 사실이나 가장 자발적인 최초의 반응은 패닉이며 이는 '기본으로 돌아가기'로 이어진다. 지배 이데올로기의 기본적 전제들은 의문에 부쳐지기는커녕 훨씬 더 극렬하게 재언명된다"[3]라는 지적도 새삼 떠오른다.

1 웬디 브라운 「"오늘날 우리는 모두 민주주의자이다……"」, 조르조 아감벤 외 『민주주의는 죽었는가?』, 김상운 외 옮김, 난장 2010, 89면.
2 김종엽 「촛불항쟁과 87년체제」, 김종엽 엮음 『87년체제론』, 창비 2009, 156면.
3 슬라보예 지젝 『처음에는 비극으로, 다음에는 희극으로』, 김성호 옮김, 창비 2010, 40면.

한국문학과 민주주의라는 주제와 관련하여 현재 한국문학에 스며들어 있는 공동체의 가능성을 살펴보는 이 글은 사회적 소수자로 불리는 이들의 삶이 근본적으로 제기하는 불평등과 소외의 조건을 탐색하는 것에서 출발하고자 한다. 우선 민주주의와 관련하여 자주 거론되는 단어는 '평등'이다. 개인의 윤리적인 선택이 타인의 정체성이나 집단의 공동적인 원칙과 공존할 수 있는 조건의 평등함이란 어떤 것인가에 대한 고민이야말로 문제제기의 시작이다. 모든 개인이 예외 없이 똑같은 조건을 보장받아야 한다는 것은 평등의 진정한 의미가 아니다. 기존의 불이익이나 차별구조를 적극적으로 개선하지 않은 상태에서 모든 사람을 똑같이 대우하는 것은 "불평등을 영속화"하는 것에 지나지 않는다고 쌘드라 프레드먼(Sandra Fredmen)도 강조한 바 있다.[4] 프레드먼은 평등을 가능하게 하는 '의무'의 개념과 사회에 기여하는 적극적인 행위로서 실현되는 자아 충족감을 연결시킨다. 그에 따르면 개인의 자율성이 최우선이라는 원칙은 모든 사람이 함께 자율성을 누릴 수 있다는 전제에서 운위될 수 있다. 개인의 자아 충족감과 잠재력 역시 사회에 기여하는 적극적인 자유를 증진하는 방식으로 이루어질 수 있다.[5]

개인 차원의 차별적 행위를 넘어서서 사회적인 차별이 별개의 현실로 존재하며, 이러한 차별을 해결하기 위해서는 사회적 공동체들의 의무와 역할이 적극적으로 요청된다는 프레드먼의 주장은 평등의 의미가 갖는 현실적인 지반을 환기한다. 프레드먼이 개인과 공동체의 조율과 합의 속에서 평등의 의미를 논의한다면, 랑시에르(J. Rancière)는 개인을 규정짓

---

4 쌘드라 프레드먼 『인권의 대전환』, 조효제 옮김, 교양인 2009, 397면.
5 프레드먼은 평등의 네가지 잠재적인 목표, 즉 모든 사람의 동등한 존엄성과 가치를 증진하기, 사회 내 특정 집단의 고유한 정체성을 수용하고 적극적으로 인정하며 북돋워주기, 소외집단과 관련된 불이익의 사슬을 끊기, 모든 집단이 사회에 온전하게 참여할 수 있도록 장려하기를 주장하면서 이와 연관해 국가가 행할 수 있는 적극적 의무의 내용을 설명한다.(같은 책 399~402면)

는 모든 종류의 집단적 정체성의 범주에 의문을 표한다. 그에게 민주주의는 "다수의 개인들이 가진 여러 정념들 사이의 합의에 따른 자기조절이 아니며, 권리 선언의 보호 아래 법이 모은 집단의 지배"도 아니다. 이에 따라 평등 역시 "타인을 향한 요구나 타인에 대한 압력 행사일 수 없으며, 동시에 언제나 자기 자신에게 제시하는 증거"로서 의미를 갖는다.[6] 그에게 평등은 인간성이나 이성의 본질에 각인된 이상적인 가치가 아니며 "각각의 사례 속에서 전제되고 입증되며, 증명해야 하는 하나의 보편"[7]으로서 끊임없는 검증과 변화를 겪는 개념이다. 기존 질서의 위계와 서열을 흔들고 분할의 논쟁적인 형상으로 대체하는 데서 평등의 힘이 발휘된다는 랑시에르의 주장은 집단의 정체성으로 손쉽게 회귀하는 "자기-명증성의 기만"[8]을 날카롭게 비판하는 효과를 갖는다. 그럼에도 불구하고 이 논의는 현실적인 체제에 묶일 수밖에 없는 개인들의 삶이나 그 속에서 이루어지는 공동체의 운동성에 대한 가능성을 일정하게 제한하는 것도 사실이다. 그의 논의에서 참된 평등의 개념은 '치안'이 아닌 '정치'의 영역에서 가능하며, '치안'의 영역으로 분류된 기성의 사회체제가 작동시킬 수 있는 적극적인 의무의 실행 가능성은 그 자체가 제한되어 있다.

자율성이 공동체와 관계하는 가능성을 입체적으로 열어놓지 않는다면 보편으로서 증명되는 '평등'이라는 개념 역시 현실과 동떨어질 수밖에 없다. 그런 의미에서 민주주의가 지향하는 평등은 개인의 자율성을 전제조건으로 하지만, 그 자율성은 공동체와 적극적으로 연결되는 의무이자 권리의 지점을 포함한다. 여기서 논하는 의무이자 권리의 영역은 특정한 정치체제나 제도를 마련하는 것으로 고스란히 귀착되지 않는다. 민주주의가 지향하는 평등의 의미가 특정한 체제의 부정이나 반대로 그것을 극복

---

6 자크 랑시에르 『정치적인 것의 가장자리에서』, 양창렬 옮김, 길 2008, 113면.
7 같은 책 138면.
8 같은 책 148면.

하는 이상적인 제도의 실현으로 달성되는 것이 아니라는 점은 백낙청(白樂晴)의 논의에서도 환기된 바 있다. 개별 존재들이 스스로를 다스릴 수 있는 '민중자치'의 구현이 민주주의의 지향점임을 상기한다면 "모든 개인들의 예외 없는 평등"을 기계적으로 적용하는 것은 민주주의의 참된 실현이라고 할 수 없다.[9] 백낙청이 랑시에르와 로런스(D. H. Lawrence)의 민주주의 개념을 고찰하면서 급진적인 민주주의 논의들이 놓치고 있는 정치적 가능성의 영역을 비판적으로 환기하는 대목은 주목을 요한다. 랑시에르는 '정치'와 '치안'을 구별하면서 '치안'의 경계와 영역에 작동하는 대중의 일상적인 삶-정치의 가능성을 제한한다. 랑시에르의 논의에서 민주주의는 "기존의 질서를 끊임없이 흔드는 힘일 뿐 대안적인 질서는 '치안'의 영역으로 간주되는" 한계를 안고 있다. 이와 견준다면 로런스가 의미하는 평등의 개념은 어느 정도 국가의 개입을 염두에 둔다는 비판을 받을 수 있지만 "각자의 '삶의 성향'(life-quality)에 따라" 작동되는 공평한 체제, 나아가서는 "민중이 스스로 다스리는 대안적 질서 내지 '체계'"에 대한 가능성을 시사한다.[10]

개별 존재들의 존엄성이 인정받는 평등한 삶을 위한 노력은 제도 바깥에서 상상적으로 이루어지는 것이 아니라 현실의 압력을 견뎌내는 제도의 안팎에서 이중적으로 수행된다. 민주주의의 가치로서 추구되는 평등의 의미가 제도적 경계의 부정과 초월만으로 이루어지지 않는다는 사실은 문학작품이 소외의 현실을 그려내는 방식을 들여다볼 때도 주요한 참조점을 제공한다. 이 글에서 구체적인 사례로 살펴볼 르뽀르따주 서사의 형식은 경제적이고 사회적인 차별과 소외의 조건들을 직시하는 생생한 증언과 기록을 통해 장르적 미학성을 드러낸다. 이와 비교하여 소설의 허

---

9 백낙청 「D. H. 로런스의 민주주의론」, 『창작과비평』 2011년 겨울호 405~407면.
10 같은 글 407~408면.

구는 불평등한 삶을 살고 있는 개인들의 모습을 서사의 구조 속에서 상징화한다. 개인의 일상 심층에 가라앉아 있는 폭력과 소외의 상징을 섬세하게 드러내는 작품들과 더불어 월경과 이주 문제를 직접적인 소재로 삼아 진지한 성찰을 보여주는 작품도 주목할 필요가 있다. 평등의 중요한 조건으로서 공감과 연대를 논의하는 이 작품들은 자율성의 가치가 사회공동체의 적극적인 역할과 연계되는 지점들을 들여다보게 하는 흥미로운 징표이다.

2. '뿌리 뽑힌 사람들'의 증언과 기록: 르뽀르따주 서사의 가능성

삶의 터전을 빼앗긴 '뿌리 뽑힌 자'들의 이주와 박탈의 체험은 도시 철거민의 삶 속에서 구체적으로 현시된다. 근대도시의 구축 과정에서 지속적으로 전개되어온 '철거의 역사'는 자본주의 도시계획이 만들어내는 외곽지대의 슬럼화 현상을 동반해왔다. 철거민들을 둘러싼 공권력의 폭력과 그것이 빚어낸 비극적인 참사를 선명하게 드러낸 '용산참사'는 이러한 이주와 박탈의 고통을 전면화한 사건이다. 용산참사를 둘러싼 즉각적인 문학의 반응은 예술인들의 비판과 저항을 담은 시, 산문, 사진 등 자유로운 형식의 기록물로 생산되었다. '작가선언6·9'에서 펴낸『이것은 사람의 말』(이매진 2009)과『지금 내리실 역은 용산참사역입니다』(실천문학사 2009)가 그 결과물이다.

자본주의적 이윤추구와 공권력이 결합하여 삶의 터전을 파괴하는 현실은 '용산'이라는 공간에서만 작동하는 것이 아니다. 용산참사는 제주 강정마을의 주민들, 한진중공업과 쌍용자동차의 노동자들, 4대강 개발지역 주민들 등 각기 다른 방식으로 장소를 침탈당한 사람들에게 공통된 '끝나지 않은 이야기'이기도 하다. '뿌리 뽑힘'의 체험은 한순간에 법적 권력 바깥으로 밀려나면서 소외되고 배제되는 '난민'의 삶이라 할 수 있다.

물리적인 공권력의 폭력이 따르는 고통스러운 박탈의 역사는 증언과 기록의 욕구를 생성한다. 문학, 만화, 다큐멘터리 및 수기의 영역에서 이러한 '르뽀르따주' 양식은 적극적인 표현 형식으로 도입되고 있다.[11] 영화나 텔레비전 등 시각성이 강한 프로그램에서는 다큐멘터리 기법이, 문자적 상상력에 호소하는 각종 에세이와 소설, 문학, 만화의 경우에는 르뽀르따주 기법이 각각 활발하게 접속되고 있다. 이처럼 공권력의 폭력과 민주주의의 위기가 심화된 현실에서 르뽀르따주 장르의 글쓰기가 활성화된 것은 자연스러워 보인다.

현실에 대한 생생한 증언과 보고를 핵심으로 삼는 르뽀르따주는 한편으로는 현실 자체를 그대로 옮겨놓는 데 목적을 두지 않는다. 르뽀르따주는 재현의 원리와 가장 밀접하게 결합된 장르처럼 보이지만, 그 재현은 선택적 방식에 의해 이루어진다. 무엇보다도 르뽀르따주는 필자의 목소리가 하나의 윤리적 정당성을 위해 복무할 수 있는 가장 강력한 이데올로기적 특성을 지닌 장르이다. 보고의 정신, 고발의 정신, 그리고 그것을 알리고 함께 나눔으로써 공론장의 영역으로 주제를 확산하려는 강력한 의지가 르뽀르따주 장르에 잠재해 있다. 르뽀르따주 장르는 '논쟁을 통해서' '싸움을 통해서' 이룰 수 있는 공통감각과 공론적 주제를 가장 직접적

---

11 최근 활발하게 진행되고 있는 르뽀르따주 글쓰기와 논픽션 문학의 성과에 대한 논의로는 김원 「서발턴의 재림: 2000년대 르포에 나타난 99%의 현실」(『실천문학』 2012년 봄호), 서영인 「망루와 크레인, 그리고 요령부득의 자본주의」(『실천문학』 2012년 겨울호), 복도훈 「여기 사람이 있었다: 르뽀, 죽음의 증언 그리고 삶을 위한 슬로건」(『창작과비평』 2012년 겨울호)을 주목할 수 있다. 이 외에 강우성 「일상의 정치성과 기록: 최근 르포문학에 대한 보고」(『문학수첩』 2006년 가을호), 손남훈 「리얼을 향한 르포르타주의 글쓰기」(『오늘의문예비평』 2010년 가을호), 『내일을여는작가』 2009년 봄호 특집 '비허구 문학을 어떻게 볼 것인가?'의 이명원 김원 김종길 송경동의 글 역시 참조 대상이다.

으로 호소할 수 있는 양식인 셈이다.[12]

용산참사를 포함한 일련의 사회적 이슈를 소재로 다룬 르뽀르따주들이 호소하는 것 역시 이러한 이주와 박탈의 체험이 당사자들을 '뿌리 뽑힌 자'로 만드는 동시에 그 너머에 함께 살고 있는 나 자신의 문제로 와닿을 수 있다는 공감의 확장이다. 최근 르뽀르따주는 억압과 소외의 당사자들의 입장을 대변하고 이들의 목소리를 다양한 증언의 형태로 담아낸다. 용산 철거민의 목소리를 직접적으로 담은 『여기 사람이 있다』(조혜원 외, 삶이보이는창 2009)를 포함하여 박영희의 『보이지 않는 사람들』(우리교육 2009)과 『만주의 아이들』(문학동네 2011), 송기역의 『흐르는 강물처럼: 우리 곁을 떠난 강, 마을, 사람들의 이야기』(레디앙 2011), 희정의 『삼성이 버린 또 하나의 가족』(아카이브 2011), 그리고 쌍용자동차 노동자 문제를 치유와 애도의 심리학으로 포착한 공지영의 『의자놀이』(휴머니스트 2012) 등이 그 사례라고 할 수 있다. 그 외에도 작가의 진솔한 고백을 동반한 성찰적 기록들도 있는데, 이라크와 팔레스타인을 돌아보고 생생한 기록으로 담아낸 오수

---

12 복도훈은 랑시에르의 논의를 참조하여 르뽀르따주가 '문학적 글쓰기/비문학적 글쓰기'라는 '감성의 분할'을 문제 삼는 글쓰기가 될 수 있다고 본다.(복도훈, 앞의 글 63~64면) 그는 랑시에르가 논의한 치안과 정치의 구분법을 존중하면서 문학이 치안으로 존재할 수도 있는 방식에 대해 의문을 던지는 역할로서 르뽀의 존재를 자리매김한다. 그렇게 보면 르뽀는 오히려 정치적으로 도구화되기 쉬운 언어들에 대해 강력하게 문제를 제기하면서 '문학의 정치'를 수행할 가능성을 갖게 된다. 이 논의는 논설, 에세이, 수기, 증언 등 다양한 형태의 서사를 품은 최근 르뽀들을 해명하며 르뽀의 범주와 정치적 가능성을 확장하는 의의를 지닌다. 그러나 한편 이러한 범주 확장은 르뽀가 지울 수 없는 강력한 장르성, 즉 세계를 재현하는 '관점의 목소리'를 최소화할 때 가능한 설명이다. 그것은 "말로 표현할 수 있는 것과 가시적인 것, 낱말들과 사물들을 결합하는 새로운 방식"(자크 랑시에르 『문학의 정치』, 유재홍 옮김, 인간사랑 2011, 19면)을 강조했던 랑시에르의 논의를 곧장 르뽀 자체의 급진적 가능성으로 대치시킨 느낌이 있다. 르뽀가 안고 있는 장르적 특성들을 괄호 안에 넣은 후 르뽀 자체를 모든 위계와 관습에 저항하는 민주주의적인 글쓰기로 확장할 경우 르뽀 고유의 미학을 설명하기 어려워진다.

연의『아부 알리, 죽지 마』(향연 2004), 전기 형식을 취한 오도엽의『지겹도록 고마운 사람들아: 이소선, 여든의 기억』(후마니타스 2008), 고병권의『점거, 새로운 거버먼트: 월스트리트 점거운동 르포르타주』(그린비 2012), 김곰치의『지하철을 탄 개미』(산지니 2011)를 들 수 있다.

필자 자신의 체험적 에세이와 혼합된 르뽀르따주 양식도 시도되고 있지만 현재 르뽀르따주 글쓰기의 상당 부분을 차지하고 있는 것은 역시 인물들을 중심으로 한 구술 인터뷰다.『여기 사람이 있다』의 경우가 대표적인데 이 책은 용산참사 희생자 가족과 다른 주거 세입자들의 구술을 그대로 옮기는 형식을 취하고 있다. 각 서술자의 분산된 입장을 통하여 사건이 갖는 의미를 독자에게 최대한 확장하여 전달하는 것이다.[13] 르뽀르따주 글쓰기가 직접적으로 의도하는 바는 이러한 배제되는 주체들, 사회적인 공동체 속에서 자신의 권리와 주장을 실현하기를 금지당한 자들의 '목소리'를 되살리는 것이다.[14] 철거의 압력은 난민을 추방하는 것과 유사한 방식으로 이루어진다. 철거민은 물리적 압력과 더불어 법적 질서로부터도 배제되고 버림받는 것이다. 용산참사에 대한 보고적 기록들이 보여주는 것은 이러한 공권력의 배제 논리에 의해 언제든 밀어낼 수 있는 '철거민' '범법자'가 되어버린 피해자들의 고통스러운 삶이라 할 것이다.

'아무도 기억하지 않는' 개인들의 삶에 대한 기록은 공감과 감동을 유

---

13 책의 구성에서도 알 수 있듯이, 이 기록들은 '땅도 쳐다보고 하늘도 바라보며 내 집에서 살고 싶다' '집 평수 넓히려는 사람들 마음속에 폭력이 있어요' '도망가는 것밖에 없더라고요 그래서 망루로 올라왔어요' '중요한 건 침묵하지 않는 거죠' '없는 사람은 아예 없고 있는 사람은 아주 많고' '재개발은 누구한테나 다 올 수 있는 일이에요' 등의 제목을 통하여 공감을 호소한다. 이 르뽀르따주 역시 '뉴타운·재개발 사업 바로알기' 등 법과 지식체계에 관련된 정보를 함께 담고 있다.

14 추방령을 받은 자는 단순히 법의 바깥으로 내쳐지거나 법과 무관해지는 것이 아니다. 그는 "법으로부터 버림받은 것이며, 생명과 법, 외부와 내부의 구분이 불가능한 비식별역에 노출되어 위험에 처해진" 것이다.(조르조 아감벤『호모 사케르』, 박진우 옮김, 새물결 2008, 79면)

도하는 동시에 그 개인들을 움직이는 사회구조의 문제로 시선을 옮겨간다. 르뽀르따주에서 절실하게 환기되는 문제는 분노의 공감을 넘어서는 '성찰적 환기'를 어떤 방식으로 이루어낼 것인가이다. "관찰자나 지배적 질서의 공범자로부터 벗어나기와 성찰성"[15]을 담은 기록, "일상과 현장이 따로 없어진 세상에서 일상의 정치성을 기록하려는 고통스러운 작가의식"[16]의 분투는 르뽀르따주가 확보해야 할 중요한 덕목이다. 피해자의 절박한 상황에 대한 고발에 머무르지 않는 거리감각의 확보 역시 절실하다. 그 거리감각은 "관점(perspective)의 목소리"[17]라고도 할 수 있을 것이다. 이는 기록문학, 논픽션 문학의 가장 큰 고민거리인, "전형화하거나 일종의 볼모 혹은 희생자의 위치로 떨어뜨리지 않고 타인을 재현하고 이야기하는 방법은 무엇일까?"[18]와 직접적으로 관련되는 중요한 고민일 것이다.

르뽀르따주가 고유하게 부각할 수 있는 '관점의 목소리'는 어떤 것일까. 니콜스(B. Nichols)는 다큐멘터리 영화의 사례를 들어 "사운드와 이미지의 특정한 선택 및 배열을 통해 우리에게 전달되는 그 무엇"으로 관점을 정의한 후, 관점의 목소리는 "암시에 의해 주장을 전개하고, 주장은 무언의 수준에서 작동"한다고 설명한다.[19] '특정한 관점을 지닌 특정한 재현 형식'이 르뽀르따주의 미학이라면 여러가지 다양한 형식 속에 잠겨 있는 관점을 발견하는 것은 중요한 목적이 된다. 이와 관련하여 구체적인 사례로 살펴볼 수 있는 작품은 희정의 『삼성이 버린 또 하나의 가족』이다.

---

15 김원은 2000년대 르뽀르따주의 공통된 화두로서 '차별' '트라우마와 고통, 그리고 비가시화' '현실에 대한 폭로 혹은 신화의 붕괴'를 들면서 르뽀르따주가 지녀야 할 '성찰성'의 의미를 "유령과 같은 서발턴들의 언어를 이해하고 들어줌으로써 르포 작가 스스로에 대한 성찰을 해나가는 것"으로 규정한다.(김원, 앞의 글 202면)
16 강우성, 앞의 글 88면.
17 빌 니콜스 『다큐멘터리 입문』, 이선화 옮김, 한울 2005, 95면.
18 같은 책 221면.
19 같은 책 95면.

이 작품은 구술 인터뷰를 중심으로 삼성반도체 노동자의 산재 문제를 고발하고 윤리적 각성을 촉구하는 르뽀르따주의 특성을 고스란히 지니고 있다. 이 책의 주요 내용은 구술 인터뷰이지만 그것은 관찰자이자 기록자로서의 작가가 드러내는 특정한 관점에 의해 조율되고 서사화된다. 성찰성의 측면에서 돋보이는 대목은 단순히 가해자인 삼성이라는 대기업의 비리나 희생자의 사연을 털어놓는 데 그치지 않고 기업의 자본주의적 생존논리가 '가족'이라는 신화를 활용하는 방식에 대한 구조적 인식을 보여준다는 점에 있다. '삼성 가족'이라는 대기업의 성장 역사에는 한국 근대화 과정에 지속적으로 작동해온 경쟁체제와 개발논리의 합리화 과정이 깃들어 있다. 작가는 희생자에 대한 공감과 울분에서 나아가 이들의 고통과 죽음이 한 대기업의 엄청난 조직논리에서만 기인한 것이 아니라 이 모순의 구조가 그것을 정당화하는 국가권력, 법질서, 그리고 묵인하고 방조하는 공동체 구성원의 합작품임을 차분히 밝혀나간다.

구술 인터뷰의 재구성과 더불어 이 르뽀르따주가 부각하는 '목소리의 관점'은 '명명의 정치학'을 둘러싼 교육과 언어가 노동자 주체에게 어떤 방식으로 작동하는가를 상세히 살피는 과정에서 선명히 드러난다. 한 예로 '클린 룸'은 '청정신화' '최첨단 공학 분야'라는 이미지 속에 반도체 공정의 위험성을 은폐한다. 모든 오염으로부터 안전하다는 이미지를 심어주는 '클린 룸'은 인간이 아니라 반도체를 보호하기 위한 환경 설정이라고 할 수 있다. '클린'이라는 말 속에서 노동자는 막연한 불안을 스스로 은폐하게 된다. 더불어 반도체 생산 과정에서 '복잡한 공정'과 '생소한 용어'의 사용은 노동자들을 자신의 일터로부터 소외시키고 도구화한다. "첨단산업이 가진 복잡함, 최대 수출품 효자산업에 대한 국가의 홍보, 노동자들의 가족애"(33면)로 구축된 반도체산업의 신화는 노동자들의 '알 권리'를 오랫동안 은폐해왔다. '알 권리'의 은폐 과정은 노동자를 자신의 육체로부터도 소외시켰다. 노동자들은 역한 냄새를 맡고 코피를 흘리고 피곤해하면서도 한번도 반도체 공정에서의 위험물질 노출을 의심해보지 않았다. 작가는 노동자를 소외시키는 '생소한 용어'들로 이루어진 지식을 각주와 기록으로 재현함으로써 역설적인 저항의 시도를 보여준다. 생경함과 불편함을 무릅쓰고라도 읽어야 하고 알아야 하는 이 전문용어와 지식의 세계는 '알 권리'를 은폐하려는 흐름에 정면으로 맞서는 르뽀르따주 방식의 대응이다.[20]

백혈병에 걸린 노동자들의 삶과 사연을 추적해가는 작가의 시선은 피해자의 억울함을 호소하는 데 머물지 않고, 서사적 구성을 통하여 성찰의 지점까지 나아간다. 특히 결론 부분에서 삼성반도체 노동자들의 산재 문제를 특정 국가와 지역의 경계를 넘어서 전지구적 자본주의 질서 속에서 투시하는 대목은 의미있는 지점이다.

유해물질은 사라지지 않았다. 다만 이전되었다. 노후한 설비, 유독한 물질을 사용하는 공정은 이전된다. 외부 하청업체 직원, 임시계약직, 이주노동자의 몫으로 전가된다. 원청과 하청의 위계화된 서열 속에서 위험은 밑바닥 노동자들에게 흘러간다. 밖으로는 개발도상국에 반도체산업의 그늘을 넓혀간다. 사용 화학물질 정보를 공개하지 않아도 되는 허술한 안전규제, 저렴한 노동력이 있는 곳으로 이동한다. 몇십년 전, 첨단산업을 주도한 국제기업들이 취했던 모습 그대로다. 우리가 겪은 일은 10년 전 미국 IBM 노동자들이 겪은 일이며, 중국이나 제3세계 노동자들이 10년 후에 겪게 될 일이다.(242~43면)

저자의 지적대로 이것은 특정 국가나 지역에서만 발생하는 사건은 아

---

20 한 예로 이 책에 부록으로 실린 「반도체 공정에 대한 이해」는 반도체공장에서 이루어지는 웨이퍼 제조 공정을 상세히 설명하면서 '알 권리'의 영역을 강하게 주장한다.

니다. '유해산업 수출'(export of hazard)은 세계 도처에서 일어나고 있으며, 노동자들의 고통과 박탈의 체험은 다른 방식으로 이전되어 퍼져나간다. 국경을 떠도는 난민, 가혹한 조건에서 혹사당하는 노동자가 환기하는 생명권과 주거권의 위협은 일반적인 시민이 살고 있는 일상적인 공간과도 상징적으로 연결되어 있다. 소외를 겪는 사람들이 호소하는 평등의 권리는 사람답게 살 수 있는 기본적인 권리를 추구할 수 있도록 관여하는 적극적인 실천의 방식을 요구한다. 난민과 추방, 철거와 노숙의 삶은 자신의 존엄을 추구할 수 있는 실질적인 생계수단의 마련과 그것을 이끄는 공동체의 기본적 의무를 강력하게 환기하는 것이다. 르뽀르따주가 호소하는 민주주의적 가치로서의 평등은 이런 맥락에서 분명한 방향성을 제시한다. 자본주의적 이윤추구의 냉혹한 원리와 공권력의 은밀한 공모 속에서 진행되는 압박과 침탈은 '몫 없는 자들'이 어떠한 방식으로 희생자의 위치에서 벗어날 수 있는가에 대한 고민을 제기한다. 르뽀르따주의 기록이 지향하는 바는 그러한 성찰적 지평을 확장하고 해석의 공동체를 구성하는 일일 것이다.

3. '보이지 않는' 사람들의 그림자와 환상

르뽀르따주가 현실에 대한 창작자의 특정한 형태의 개입을 의도한다면 소설의 세계는 그것을 상상 가능한 허구의 진실로 포착한다. 고띠에(G. Gauthier)의 말을 빌리자면, 논픽션의 세계는 "설명을 하고, 보고를 해야 하며, '픽션'이 은폐하려고 애쓰는 것, 즉 지시 대상을 다루어야"[21] 한다.

---

21 기이 고티에 『다큐멘터리, 또 하나의 영화』, 김원중·이호은 옮김, 커뮤니케이션북스 2006, 17면.

픽션은 지시 대상을 '다른' 방식으로 드러나게 만들려고 애쓰며, 논픽션은 '사실'로서 존재하는 지시 대상을 끝까지 놓기 어렵다. 더불어 논픽션이 최후까지 포기할 수 없는 것은 현실을 '특정한 관점'에 입각해서 재현하려는 윤리적인 의도이다.[22] 이에 비하면 상상적 허구의 영역을 기입하는 소설작품의 경우 이 윤리적인 의도는 여러가지 관점과 층위를 통해 전달된다. 지시 대상이나 윤리적인 의도의 유무가 문제가 아니라 어떤 서사구조를 통해 형상화되는지가 차이의 핵심인 셈이다.

이주노동자의 삶을 다루는 공선옥(孔善玉)의 소설 중에서 「도넛과 토마토」(『명랑한 밤길』, 창비 2007)를 보면 소설 속 인물이 지향하는 윤리적인 가치는 다양한 서사의 축조 속에서 중층적으로 드러난다. 주인공이 공감과 연민을 표하기 이전에 보여주는 것은 많은 망설임과 감상들이다. 이혼하고 여성 가장으로 고단한 삶을 이어가고 있는 주인공 문희에게 한 외국인 여성이 전남편의 죽음을 알려온다. 그녀는 전남편이 재혼한 외국인 신부이며, 한국에는 아는 사람이 없는 외로운 신세다. 남편이 사망하고 나서 다급해진 그녀는 문희에게 매달려 인정을 호소한다. 자의식의 갈등에 시달리던 문희는 그녀의 등에 업혀 있는 아이를 보며 마음이 약해짐을 느낀다. 자신의 삶을 꾸려나가기도 쉽지 않은 문희가 피부색도 다르고 살아온 과정도 다른 외국인 여성에게 결정적으로 마음이 흔들리는 것은 그녀가 되풀이해서 내뱉는 '사랑한다'라는 말 때문이다. 한국어에 서투른 그녀가 남편에게 유일하게 배웠을 사랑이라는 단어는 어색하게도 남편의 전처와 소통하는 징검다리가 된다. 자신의 일상에서 걸어 나와 고단하고 성가신 존재이기만 한 외국인 여성과 손을 잡게 되는 문희의 모습은 환대와 평등의 의미가 무엇인지 생각하게 한다.

---

22 빌 니콜스는 "픽션의 스타일은 명백한 상상적 세계를 전달하는 반면, 다큐멘터리의 스타일 혹은 목소리는 역사 세계에 대한 특정 형태의 개입을 나타내는 것"이라고 말한다.(빌 니콜스, 앞의 책 90면)

불안하고 고단한 현실 속에서 간신히 숨 쉬고 살아가는 여린 존재들이 꿈꾸는 만남과 소통의 문제를 그 누구보다도 간절하게 그려내고 있는 작가는 황정은(黃貞殷)이다. 전자상가 철거민들의 현실을 배경으로 순수한 연인들의 애틋한 소통을 그려낸『百의 그림자』(민음사 2010)에서도 폭력적인 현실의 문제는 작가의 중요한 화두로 등장한다. 황정은 소설에서 불평등과 소외의 문제는 지속적인 관심사가 되어왔다. 흥미로운 것은 그 폭력적인 소외의 현실 속에서도 자기만의 호흡을 간직하는 개인들의 존재방식이라고 할 수 있다. 이들은 대체로 사회적으로 선명한 자기 위치를 갖지 못한 일상인들이다. 황정은 소설에서 개인들은 소외와 물화의 과정에서 사회적으로 배제되지만, 독특한 개별자로서의 존재감을 잃지 않는다. 이들이 추구하는 평등한 삶은 그 개별자로서의 존재감이 서로 교환되는 지점에서 이루어진다. 원령과 살아 있는 인간의 눈에 보이지 않는 교감과 사랑을 이야기한 「대니 드비토」(『파씨의 입문』, 창비 2012. 이하 황정은 단편은 이 책에 수록)를 보자. 주인공은 산 것도 죽은 것도 아닌 상태로 연인의 주위를 맴돈다. 사랑하는 이가 자기를 보지 못하더라도 옆에서 그의 숨결을 느끼며 그가 다른 사람과 결혼하고 아이를 낳고 늙고 병들어가는 것을 바라본다. 이 원령은 죽음이라는 공포와 단절을 넘어서 사랑하는 존재 옆에서 독특한 유대의 관계를 만든다. 환상 속에서 성취되는 이러한 존재의 손 내밀기는 역설적으로 소통이라는 것이 얼마나 어려운 과정을 거쳐서 이루어지는가를 증명한다. 이 유대감각은 선명한 실체로 가시화되지 않는 '점착성의 그 무엇'으로 드러난다. 환상의 형식을 차용한 원령의 존재는 인간과 비인간, 삶과 죽음의 경계를 넘어서며 그 누구보다도 간절하고 슬프게 자신의 욕망을 발설한다. "맑고 무심한 상태의, 일부가 되는"(54면) 과정에서도 스스로를 추슬러 존재하고자 하는 원령의 모습은 소통을 향한 간절한 열망을 보여준다.

나는 기다리고 있었다. 한 쌍의 원령으로 우리가 다시 만나게 될 날을 기다리고 있었다. 기다렸지만, 이처럼 묽고 무심한 상태가 되어가는 입장에서 언제까지 유도 씨를 기다릴 수 있을지, 기다리는 데 성공한다 해도, 한 쌍의 원령으로서, 유도 씨와 더불어 얼마나 함께할 수 있을지, 유도 씨를 내버려두고 내가 먼저 흩어져버리는 것은 아닌지, 그러면 혼자 남은 유도 씨는 어떻게 되는 건지, 확고하다고 할 수 있을 만한 것은, 아무것도 없었다.(57면)

평생을 지키며 옆에서 함께하기를 소망해온 원령이지만 사라짐 앞에서는 어떤 확신도 할 수 없다. 불안한 환상의 영역은 황정은 소설이 말해주는 미처 실현되지 못한, 그러나 잠재해 있는 소통의 가능성이기도 하다. 소설의 마지막에서, 보지도 듣지도 못하지만 감각적으로 유라의 존재를 느낀 유도 씨는 그녀에게 "유라"라는 소통의 신호 혹은 중얼거림을 건넨다. '유라-미라-에라-유라'로 맴돌던 언어의 유희는 이러한 단절과 비약의 순간들을 기묘하게 결합한다. 존재가 자신의 지평에서 도약하여 접속의 장을 변화시키는 사건들은 삶 속에 잠복해 있다가 어느 순간 솟아오른다.

개인들의 간절한 소통을 그리지만, 기본적으로 황정은 소설이 배경으로 다루고 있는 것은 인간답게 살기 어려운 차갑고 폭력적인 현실이다. 「디디의 우산」에서 공항 화물센터에서 일하는 디디와 창고형 매장 식자재센터에서 일하는 도도는 가난과 불안에 시달리는 직장인이다. 유해물질을 다루는 도도는 알레르기에 시달리며 직장을 다니고 디디는 수시로 해고의 압박에 시달린다. 디디가 도도에게 갖는 호감과 유대는 유년 시절에 도도가 디디에게 건넨 '우산'으로 상징화된다. 도도의 우산을 돌려주지 못해 마음이 불편했던 디디는 도도에게 다른 우산을 건네주면서 만남을 이어나간다. 디디가 느꼈던 '빚'은 그 낱말 본래의 뜻에서 이탈하여 서로에게 연결되는 매개물이 된다. '빚'과 '우산'이 하나의 화음으로 연결되면서 따뜻한 위무를 안겨주는 소설의 마지막 대목을 보자. "어쨌든 모두가 돌아갈 무렵엔 우산이 필요하다./디디는 도도가 잠에서 깨지 않도록 자리에서 일어났다. 모두의 팔이나 다리나 머리를 밟지 않도록 조심하며 비좁은 거실을 가로질렀다./달칵, 하고 신발장을 열어보았다."(179면) 친구들과 오랜만에 모여 저녁을 먹고 위안을 나누는 시간이 지나고 디디는 홀로 일어나 신발장을 열어본다. 어린 시절 자기의 우산을 가져본 적이 없는 디디가 역설적으로 누군가에게 우산을 빌려주는 이 소박한 전환의 과정은 고단하고 가난한 일상을 새로운 시선으로 직조하는 따뜻한 환상으로도 읽힌다.

개인이 속한 삶의 지평을 전환하려는 존재의 절박한 고투는 사랑하는 존재의 옆에서 머무르고자 하는 묽은 형태로(「대니 드비토」), 힘겨운 일상에 드리워지는 그림자로(『白의 그림자』), 떨어지고 구르고 다시 솟아오르는 환상으로(「낙하하다」), 연인의 뼛조각을 가지기 위해 눈길을 헤치고 목숨을 걸고 나아가는 발걸음으로 나타난다. "떨어지든 떠오르든 마지막엔 어딘가에 닿지 않을까. 올바르게 떨어지다보면 마지막엔 무언가에 닿지 않을까"(「낙하하다」 73면)라는 상징적인 서술에 드러나듯이 삶의 방식을 바꾸어나가려는 존재의 고투는 어딘가에 충돌하는 게 차라리 나은, 그리고 부딪쳐서라도 자신의 지평을 바꾸려는 행위인 것이다. 「뼈 도둑」에서 주인공은 동성 간의 사랑을 질시하는 관습 속에서 살던 집마저 뺏기고 "개수구멍 없는 개수대가 설치된 외양간이 딸린 낯선 집"(192면)으로 이주한다. 그는 주거를 박탈당하고 무엇보다도 자신의 사랑을 인정받지 못한 채 외롭게 남겨진다. 남겨진 주인공은 연인의 '뼈 한 조각'이라도 가지기 위해 눈속을 헤치며 먼 길을 떠난다. 무모하게 보이는 그의 여정은 온 힘을 다해 자신의 지평으로부터 도약하려는 몸짓인 동시에 불가능성을 향해서 가는 절실한 발걸음에 다름 아니다.

4. '떠도는 사람들'의 이야기: 공감과 연대

국가와 지역의 경계를 넘나들며 유동적이고 불안한 정체성을 보이는 이방인 혹은 난민의 상상력은 2000년대 문학의 중요한 소재가 되어왔다. 강영숙의 『리나』(랜덤하우스코리아 2006), 전성태의 『늑대』(창비 2009), 배수아의 『올빼미의 없음』(창비 2010) 등은 성, 인종, 계급 등의 다양한 차이들 속에서 스스로의 사회적 위치와 소속 집단의 정체성을 탐색하는 수작이다. 이후로도 이주노동자와 탈북자, 망명자 등은 꾸준한 소재로 등장하고 있다. 근래 발표된 작품들 중에서 이러한 월경과 난민의 상상력을 보여주는 주목할 만한 작품으로는 조해진(趙海珍)의 『로기완을 만났다』(창비 2011)를 꼽을 수 있을 것이다. 그동안 많은 소설들이 탈북자나 이주자의 월경을 다루어왔지만, 이 소설에서 탈북자인 '로기완의 생애'는 내레이터 역할의 확대를 통해 독특한 방식으로 서술된다.

"'나는 로기완이라 불리며 1987년 5월 18일 조선민주주의인민공화국 함경북도 온성군 세선리 제7작업반에서 태어났습니다'라는 문장으로 시작되어 '그리하여 나는 2007년 12월 4일 화요일에 버스로 브뤼쎌에 도착하게 되었습니다'로 마무리되는 그 다섯장의 자술서"(147면)에서 출발하는 '로기완 찾기'는 탈북자인 로기완이 감당해야 하는 고된 월경의 여정을 추적하는 서사로 이루어져 있다.

작가가 규명하려는 중요한 주제는 '타자의 삶'과 공명하는 '연대'와 '연민'의 상상력이다. 타인과의 관계 맺기는 각자의 삶이 지닌 '상처'에서 출발한다. '나'는 호의로 시작했던 일이 결국 타인에게 돌이킬 수 없는 상처를 준 데 대한 죄책감을 갖고 있으며, '박'은 아내의 죽음 이후로 고독한 삶 속에 스스로를 유폐해온 상처를 지니고 있다. "연민이란 감정은 어떻게 만들어지는 것일까. 어떻게 만들어져서 어떻게 진보하다가 어떤 방식으로 소멸되는 것인가. 태생적으로 타인과의 관계에서 생성되는 그 감정이 거짓 없는 진심이 되려면 무엇이 필요하고 무엇이 포기되어야 하는 것일까"(48면)라고 직접적으로 묻는 주인공 '나'는 소수자에 대한 관용과 혜택이 진정성을 갖기 위한 조건이 무엇인지를 절실하게 고민한다.

주인공이 간절하게 찾고 있는 로기완은 어떤 인물인가. 그는 어떤 법적 보호나 권리도 보장받지 못하고 떠도는 유령 같은 존재이다. 벨기에에 처음 도착해서 '난민'으로도 분류될 수 없는 그 경계선에서 어른거리며 학대와 고통에 시달리는 로기완은 '정착'과 '추방'의 경계에 걸쳐져서 어떤 보호도 받지 못하는 사람이다. "존재 자체가 불법"인 로기완에게 미래는 "선택할 수 있는 패가 아니다."(166면) 그에게는 '평등'의 권리가 애초부터 주어지지 않았다. 그는 스스로 '난민'임을 인정하고 '난민 지위'를 신청할 때만 그 배제의 원리를 승낙한 상태로 법 안에 포함될 수 있었다. 배제와 소외의 위치를 수락해야만 언어를 배울 수 있고, 최저생계비 지원과 직업 소개를 받을 수 있는 것이다.

로기완의 여정에서 의미있는 것은 사랑하는 여성과 함께하기 위하여 어렵게 얻은 난민의 지위를 포기하는 과정이다. 벨기에 정부의 난민 지위를 포기하고 불법 이민자의 삶을 껴안음으로써 그는 '난민'의 위치에서 이탈한다. 이는 언뜻 보기에 비현실적으로 다가올 수도 있다. 그러나 자세히 들여다보면 로기완을 끝까지 '난민'으로 못 박아두려는 사회적 시스템은 형식적인 맥락에서만 평등한 보장을 해주는 것일 뿐이다. "사랑하는 사람과 마음껏 체온을 나누는 그 순간의 충만함을 갖고 싶"(176면)은 로기완의 결정은 훨씬 현실적인 선택일 수 있다. 그는 불안하고 고달픈 삶이지만 사랑하는 이와 함께하는 '공통의 공간'을 얻었다. 난민의 법적 위치에서 벗어난 로기완의 선택은 "무엇이지 않을 수도 있는 역량 그 자체를 통해 현실성과의 관계를 유지하는"[23] 잠재성의 진정한 본

---

23 조르조 아감벤, 앞의 책 113면.

질을 보여주는 것이기도 하다.

소설의 독특한 시선은 로기완의 삶을 바라보는 주인공의 모습에서도 드러난다. 그녀는 로기완과 달리 "배가 고파서 헛것을 보거나 구걸을 한 적이 없고 쓰레기통을 뒤지거나 비참하게 쓰러지는 경험도 해본 적이 없"(132면)이 안전한 삶을 살아왔다. 그녀는 자기 안에 잠겨 있는 허위의식과 대면한다는 맥락에서 로기완의 삶을 추적한다. 주인공이 괴로워하는 것은 "자신의 만족을 위해 경계 밖에 서 있는 타인을 함부로 대한 것, 존엄하게 대하지 않은 것, 그 사람이 아프다는 것을 눈치채지도 못한 것"(107면)이다. 그녀는 텍스트 외부가 아닌 내부로 들어가서 스스로에 대한 고통과 섞인 진짜 연민이라는 감정을 체험하고자 한다. 주인공의 이러한 여정은 월경과 이동이 선택이 아니라 삶을 압박하는 실제적 조건으로 놓여 있는 절박한 로기완의 여정과 대비를 이룬다. 주인공이 월경과 이동을 스스로 선택했다면 로기완은 살기 위해서 월경할 수밖에 없다.

로기완의 여정을 뒤쫓는다고 해서 로기완의 삶을 모두 이해하거나 연민할 수 있는 것은 아니다. 이들이 각자의 삶의 영역을 벗어나 서로를 평등하게 마주할 수 있는 지점은 각자 충실한 '사랑'의 체험에 있다. 불법 난민의 불안한 삶을 고수하면서 사랑하는 사람을 따라 영국으로 향하는 로기완, 죽은 부인과의 가슴 아픈 사랑을 잊지 못하는 박, 그리고 로기완의 삶을 통해 '재이'의 존재를 다시금 떠올리는 '나'는 '사랑'의 공통 영역에서 서로의 무게를 실감한다. 각자의 지평에서 열리는 사랑의 방식은 그들을 정체성의 울타리에서 풀어내 서로 소통하고 이해하게 한다.

우리는 그렇게, 한동안 서로를 물끄러미 바라본다.
어느 순간 로기완은 조금 전처럼 또 한번 환하게 웃는다. 그러고는 커다란 앞치마에 반죽이 묻은 손을 탁탁 털며 출입문 쪽으로 걸어가 활짝 문을 열어준다. 그가 무슨 말인가를 한다. 나는 너무 긴장한 탓인지 그가 하는 말을 단박에 이해하지는 못하지만 언뜻 박의 이름을 듣고는 반사적으로 고개를 끄덕여 보인다.

　로기완이 빠른 걸음으로 다가와 덥석 내 손을 잡아준다.

　체온이 있는, 진짜 두 손으로.(194면)

　"살아 있고, 살아야 하며, 결국엔 살아남게 될 하나의 고유한 인생, 절대적인 존재, 숨 쉬는 사람"(같은 곳)인 로기완은 이 순간 탈북자와 난민에 머무르지 않는 보편적인 존재로서의 인간으로 '평등하게' 주인공과 마주하고 있다. 로기완의 삶은 탈북자의 고통스러운 현실을 누설하는 데 머물지 않고 자신을 새롭게 규정하고 비약시키는 존재의 고투를 보여준다. 그러한 의미에서 진정한 월경은 존재의 내부에서 벌어지는지도 모른다.

　'잠재적인 난민'의 상상력은 월경과 이주, 박탈과 뿌리 뽑힘의 체험이 철거민, 이주노동자, 난민, 탈북자 등의 선명한 분류 속에서만 작동하는 것이 아님을 알려준다. 삶의 고유한 개별성은 그것이 위치하는 공공적인 장과 다양한 관계 속에서 새롭게 읽힐 수 있다. 민주주의의 가치와 약속을 추구하는 과정은 정체성에 대한 끊임없는 물음과 함께하는 동시에 제도의 안과 밖을 넘나드는 실천적인 삶 속에서 가능하다. 그런 점에서 자신의 삶을 현실적으로 돌아보는 성찰의 행위는 권리인 동시에 의무라는 한 작가의 발언은 소중한 울림으로 남는다. "사람들은 자기가 무슨 일을 하는 건지, 일을 하다가 어떤 위험이 있을 수 있는 건지, 그럼에도 위험에 처하게 되면 그 위험으로부터 자신을 지켜줄 사회보험, 사회보장법들이 무엇이 있는지 알고 그 일을 해야 한다. 이는 자연스러운 권리처럼 들리지만, 얻어내고자 요구하는 노력을 쏟지 않고는 가질 수 없으니 '의무'라고 불러야겠다."[24]

---

24 김성희 『먼지 없는 방』, 보리 2012, 147면.

'가능한 미래'를 성찰하는 문학

◆

한국소설에서의 '전망' 문제

1. 세월호 이후의 한국문학과 '전망'의 문제

아직 돌아오지 못한 9명의 실종자(2015년 현재—편집자)를 포함하여 304명의 희생자를 낳은 세월호 침몰사고 이후 일년의 시간이 지났다. 마땅히 구조했어야 할 수많은 생명을 잃은 참극을 맞았지만, 사고 후 일년이 넘도록 진상규명이 요원하기만 한 답답한 현실이 계속되고 있다. 힘들게 마련한 세월호특별법을 두고 정부는 다시금 객관적인 조사를 봉쇄하는 시행령을 만들어 유족들을 포함한 국민의 분노와 실망을 거듭 불러일으키고 있다. "진상규명은 치유의 전제"[1]라는 간절한 전언이 무색할 정도로 참담하고 고통스러운 현실이 지속되고 있는 것이다.

세월호 이후 우리는 어떤 삶을 살아야 할 것인가. 평범한 이 물음은 지금 우리 사회가 처한 현재적 위치를 세심히 살피는 작업을 필요로 한다. 백낙청(白樂晴)은 "제때에 전환을 이루지 못할 경우 나라가 어떤 혼란과

---

1 정혜신·진은영『천사들은 우리 옆집에 산다』, 창비 2015, 95면.

난경에 빠지는지를 극명하게 보여준 것"[2]이 바로 세월호사건의 교훈이라고 지적한다. 그에 따르면 세월호사건은 분단체제의 특수한 제약에 묶인 우리 사회가 민주화 시기라는 결정적인 시대전환의 국면을 통과하고도 대전환에 이르지 못한 역사적 상황을 확인시키는 뚜렷한 징표다. 분단체제는 "남북관계뿐 아니라 남북 각기의 내부조건 그리고 한반도를 둘러싼 국제관계 등이 맞물린 복잡한 구조이기 때문에 그 모든 방면에서 진전이 (문자 그대로 동시적일 필요는 없지만) 종합적으로 이루어지지 않고서는" 현재 한국사회가 처해 있는 혼란과 교착을 제대로 극복하기란 가능하지 않은 것이다.[3]

위기의 현실에서 그것을 넘어서는 '가능한 미래'로의 전환을 사유하는 것은 현재의 한국문학에서 절실하고 긴요한 과제다. 더 나은 세상을 꿈꾼다는 것은 현재의 체제를 전복적으로 열어서 사유함을 의미하며, 이는 현실에 잠겨 있는 모순과 교착을 직시하는 작업을 동시에 필요로 한다. 그것은 미래를 설계하는 '전망'의 인식과 연결되는 일이기도 하다. 우리의 문학사를 돌아본다면, 시대의 방향을 가늠하는 '전망'이 강렬하게 호명되었던 가장 가까운 시기는 1980년대라고 할 수 있을 것이다. 1980년대는 '불의 시대'라고 명명될 정도로 사회 전분야에서 민주화의 열망이 뜨겁게 분출되었던 시기다. 80년대의 한국문학은 그 시절이 품은 뚜렷한 특성만큼 선명한 슬로건을 통해 자신의 시대적 특성을 알려왔다. 1987년 6월 항쟁을 분기점으로 한 노동자주체 문학의 본격화와 여기에서 1990년대로 연결되는 후일담문학의 일부는 80년대를 상징하는 핵심적인 사례로 자주 거론된다.

그러나 한국문학사에서 카프(KAPF, 조선프롤레타리아예술가동맹)문학과

---

2 백낙청 「큰 적공, 큰 전환을 위하여」, 『백낙청이 대전환의 길을 묻다』, 창비 2015, 12면.
3 같은 글 24면.

더불어 그 어느 시대보다 전위적이고 정치적인 상상력을 내장했다고 평가되는 1980년대의 문학은 상투적인 해석들도 만만치 않게 거느리고 있다. 전망의 인식 문제가 그중 하나인데 작품 결말에 표현되는 미래지향성이 낙관적인 도식으로 연결된다는 통념이 대표적인 예이다. 전통적인 서사의 탐색 및 새로운 미학적 실험의 경향들이 공존함에도 이 시기의 문학은 민중주의 지향과 노동계급의 주체화, 낙관적인 전망의 형상화라는 선명한 틀로 일반화되곤 한다.

이 글에서는 1980년대 문학의 특성을 규정하는 단선적 논의들이 지닌 문제점을 살피면서 당시 소설들에 형상화된 주체의 전망 문제를 중심으로 80년대 문학의 의미를 현재적으로 탐색해보려고 한다. 문학작품에서 전망의 인식 문제는 80년대 문학에서만 중요한 것이 아니다. 최근의 문학 지형에서 전망은 현실의 복합적인 층위를 파악하기 위해 더욱 필요한 개념이기도 하다. 한 시대의 강렬한 상징을 머금고 있다고 평가되는 소설일수록 작품 속에 형상화되는 미래적 전망의 문제는 풍부한 복합성 속에서 해명되어야 한다고 생각한다. 여기서는 윤정모(尹靜慕)의「밤길」(1985)과 홍희담의「깃발」(1988) 및 신경숙(申京淑)의「외딴 방」(1988)을 중심으로 논의를 진행하기로 한다.[4]

2. '민주화'세대 담론의 한계와 전망의 잠재성: 윤정모의「밤길」

근래 1980년대와 관련된 사회문화연구들은 민주화운동세대[5]가 지닌

---

4 인용작품 출처는 다음과 같다. 윤정모『밤길』(책세상 2009), 홍희담『깃발』(창작과비평사 2003), 신경숙『겨울우화』(고려원 1990).
5 1980년대 민주화운동세대는 '1980년의 광주항쟁과 군부독재정권하의 대규모 민주화운동의 경험, 그리고 1987년의 6월항쟁이라는 제한적 성과의 경험을 공유하는 세대'

80년대적 문화경험을 집중적으로 부각하는 점이 특징적이다. 국가폭력의 기제와 이에 대항하는 정치 담론의 구성 과정을 집중적으로 살피는 일련의 논의들은 집단적이고 이념적인 전망의 시대라는 표상 속에 80년대를 못 박아놓는다. 이 논의에 따르면, 1980년대의 문학과 문화가 이념적인 공동체의 구성 과정을 보여준다면 역설적으로 1990년대의 문학과 문화는 이에 맞서는 자유롭고 내밀한 개인의 욕망을 부각하게 된다. 이러한 논의들은 대체로 87년체제의 이념적 억압성을 비판적으로 평가한다. 6월항쟁을 기점으로 한 87년체제가 그 자체로 머금고 있는 한계를 객관적으로 성찰하는 것은 필요한 일이지만 그렇다고 해서 80년대 문학의 전체적인 흐름이 '민주화'세대 담론의 특수성으로 설명될 수 있는 것은 아니다.[6]

천정환(千政煥)은 민주화운동세대의 회고 에세이들을 분석하는 작업을 통해 국가, 대중, 지식인 남성 등의 주체가 80년대에 대한 세대기억을 어떻게 생산하는지 집중적으로 살핀다.[7] 그는 80년대를 돌아보는 일부 지식인들의 세대기억이 정치의 양극화와 기억투쟁의 이데올로기화, 진영화에 맞닥뜨리고 있다고 비판한다. 그러나 일부 386세대 지식인의 회고담이라는 제한적인 텍스트에서 도출한 논의들을 80년대의 '세대기억'으로 일반화하는 과정에는 많은 무리가 따른다. 천정환의 글에서 1980년대는 억압적인 관념의 시대로 단순화되며, 상대적으로 결론에서 제시되는 90년대 문화정치의 기억은 여러 가능성을 가진 것으로 제시된다. 이러한 논의의 배경으로는 기존의 신자유주의 관련 논의들이 답습해왔던 시대단절론적 분석과 더불어, 한 사회가 특정한 방식으로 생산하는 주체의 탄생을

로 정의된다. 박병영 「1980년대 민주화운동 세대의 정치적 정체성」, 『현상과인식』 통권 101호(2007.5) 85면.

6 87년체제론과 관련된 세부적인 논의자료는 김종엽 엮음 「87년체제론」, 창비 2009 참조.

7 천정환 「1980년대와 '민주화운동'에 대한 '세대기억'의 정치」, 『대중서사연구』 제20권 제3호, 2014.

부각하는 사회이론의 문제점들이 함께 깔려 있다.[8] 천정환은 글의 말미에서 80년대와 90년대 세대의 상투적인 구분선과 민주화운동의 신화를 해체하는 것이 긴급한 과제라고 제시하지만, 집단적인 이념과 개인의 욕망이라는 오래된 틀 속에서 이러한 해체의 논의를 생산적으로 이끌어내기란 쉽지 않은 작업이다.

천정환에게서 강조되는 '민주화'세대론의 문제는 김원(金元)의 논의[9]에서도 다른 방향으로 뻗어나와 강조된다. 김원은 1970년대와 변별되는 1980년대 문학의 정체성으로서 민중문학, 노동자계급문학의 정체성을 특별히 강조한다. 다른 점이 있다면 이러한 80년대 세대의 정체성을 '장기 80년대'로 명명하면서 현재까지 연장하는 긴 시간대를 설정하고 있다는 점이다. 그 역시 기본적으로는 1980년대의 주체를 '과잉정치주의' '낙관적인 주체의 억압성' 속에서 해부한다. 70년대와 변별되는 80년대의 집단주체는 다시 90년대의 개인주체와 대립되고, 이와 차별되어 2000년대 이후에는 사회적 소수자가 주목받아야 할 주체로서 드러난다. 현재 지형에서 나타는 다양한 소수자운동과 실천적 기록, 즉 불안정노동, 청년노동자, 여성노동자에 관한 르뽀 텍스트를 부각하는 것은 의미있는 지점이지만, '80년대'가 현재의 기원인 동시에 '억압적인 자원'으로서 상대화된다는

---

8 김종엽은 '○○사회'라는 명명을 통해 한 사회의 특징을 일반화하는 여러 문화이론이 "87년체제가 정체상태에 빠지고 그로 인해 분단체제의 에토스가 부정적 방향으로 작동한 시기에 대한 관찰에 기초하"는 문제점들을 지적한다. 김종엽 「'사회를 말하는 사회'와 분단체제론」, 『창작과비평』 2014년 가을호 34면.

9 김원 「'장기 80년대' 주체에 대한 단상: 보편, 재현 그리고 윤리」, 『실천문학』 2013년 가을호. 김원은 이 글에서 "80년 광주의 이념, 사상, 주체의 파급효과가 1980년 5월에 시작된 것이 아닌, 1979년 파시즘의 붕괴까지 확대되며 동시에 1991년 사회주의권 붕괴로 종결되는 것이 아닌, 1990년대 나아가 현재까지 이어진다는 의미"로 '장기 80년대' 주체라는 용어를 사용한다. 80년대의 의미에 이렇듯 현재성을 부여하는 이유는 2000년대의 기록들 속에 80년대가 억압한/배제된 주체들이 침묵하고 있기 때문이라는 설명이다.

점에서 이 역시 일정한 도식을 전제하고 있는 셈이다. 김원의 글은 '계급주체'로 80년대의 정체성을 고정화함으로써 역설적으로 그 자신의 글이 경계하는 신자유주의 시대 담론에서 자유롭지 않게 된다. 무엇보다도 한 시대 속에 특정한 '주체'를 발명하는 제도적 기제에 중점을 두는 담론틀로는 분단현실로서의 80년대 한국사회가 걸머지고 있는 제약조건을 다각적으로 검토하기 어렵다.

1980년대 중반까지 한국문학이 폭넓게 사유한 민중중심주의는 특정한 세대론이나 계급주체에 묶이지 않는 다양한 흐름으로 작품에 드러난다. 그 대표적인 사례 중의 하나로 윤정모의 「밤길」을 읽어볼 수 있다. 시민군인 요섭과 김신부가 최후의 결전을 벌이는 마지막 날 광주를 빠져나와 항쟁의 진상을 알리러 가는 과정을 그린 이 소설은 지식인의 눈으로 바라본 항쟁현장의 한 단면을 예리하게 포착한다. 80년대 전반에 씌어진 광주 체험 소재 소설의 상당수가 보고의 기록조차 자유롭지 못한 검열과 공포의 억압에 시달리고 있었음을 생각할 때 「밤길」이 지닌 증언문학으로서의 성취는 한결 두드러진다.

광주항쟁의 기록을 처음으로 다루었다는 의의가 있지만 지금까지 「밤길」에 대한 평가는 이 소설에 잠겨 있는 지식인의 부채의식과 소명의식을 해석하는 데 집중되어왔다. 특히 신부의 내면을 표현하는 모호한 심리 서술의 방식은 1987~88년을 거쳐 출현한 각성된 계급적 시선의 노동소설들과 비교되어 상대적으로 미완적인 것으로 평가되곤 했다. 그러나 현재의 관점에서 읽을 경우 이 소설이 머금은 전망의 세계는 쉽게 미래가 보이지 않는 초조함과 비관적 상황의 암시로 인해 한층 복합적인 것으로 다가온다.

소설에서 학살현장의 끔찍한 모습은 신부의 내면적 기억을 통해 파편적으로 제시된다. 건물을 점거한 진압군이 신호탄과 최루탄을 번갈아 쏘아대던 장면, "차단된 도로에 곤봉을 든 그들" "바닥에 몸을 뉘지도 못하고 바리케이드에 걸려 있던 그 주검" "자색 등꽃으로 떨어진 주검들이 여기저기 검은 피가 되어 둥둥 떠올"랐던 모습은 신부가 현재 걷고 있는 고요하고 아득한 '밤길'의 풍경과 대조됨으로써 그 비극성을 더한다. 동료들이 있는 현장을 빠져나와 자기만 도망가고 있는 듯한 느낌에서 자유롭지 못한 요섭은 "우리 집안엔 대대로 비겁자가 없었다……"(310면)라고 괴로워하며, 신부 역시 "남아 있어야 할 사람은 네가 아니라 나였단다"(312면)라고 말하며 요섭을 달랜다. 얼핏 보면 불필요한 하소연처럼 보이는 요섭의 가문 이야기와 종교적인 메시지로 정치적인 전언을 대신하는 신부의 이야기는 소설의 바닥에 가라앉아 있는 다급하고 절박한 항쟁의 기록을 드러내는 독특하고 암시적인 방식인 셈이다.

일상의 무심한 풍경과 격렬한 정치의 현장이 얽혀 있는 지점에서 주인공들이 겪는 심리적인 고뇌는 거듭되는 회의와 곤경으로 포착됨으로써 사실성을 더한다. 동지들을 현장에 남겨놓고 온 자책감과 고통에 시달리는 이들이 거리에서 만나는 일상의 모습은 그 평화로움으로 인해 한층 잔인한 모습으로 체감된다. 경운기를 모는 농부가 "신부님, 빛고을에 난리가 났다면서요?"(305면)라고 무심히 던진 말 한마디는 광주의 현장이 얼마나 철저하게 은폐되고 고립되었는가를 역설적으로 드러낸다. 그런 점에서 이들이 걷고 있는 '밤길' 역시 목적을 달성하리라는 기약이 없는 불투명하고 아득한 파국을 암시하는 것이기도 하다. 추기경을 만나고 서울 사람들에게 알리고 정부 요인에게 면담을 구한다고 해서 이 사태의 해결점을 얻을 수 있겠느냐는 요섭의 회의적인 물음에 신부는 "그래, 요섭아. 그건 나도 알 수가 없단다. 그래도 우린 가야 해. 가기 위해 출발했으니까"(307면)라고 답할 뿐이다.

결말을 짐작하기 어려운 불안한 길을 향해 떠나는 신부와 요섭의 모습은 이들이 각자 간직한, 혹은 공유한 전망의 세계가 투명한 예시로만 채워지지 않음을 선명하게 보여준다. 눈앞에 현시하지 않지만 가능성이 있는 세계를 향해 이들은 걷고 있는 것이다. 아감벤(G. Agamben)의 비유를 빌리면, 이들이 나누는 전망의 세계는 잠재태로서의 전망이며, "살아가는 와중에 삶 자체가 문제가 되는 삶, 곧 역량의 삶"을 상징하는 것이기도 하다. 아감벤은 삶의 순간마다 새롭게 겪고 이해한 것 속에서 "매번의 삶과 이해 자체"가 있다면 "현실 그 자체는 공통된 역량의 경험인 것"이라고 말한다.[10] 지식인의 복잡한 부채의식과 동지를 남겨두고 왔다는 죄책감이 증언을 하러 가야 하는 소명의식과 뒤얽히는 이 복잡한 순간이야말로 이들에게 다가온 '삶 자체가 문제가 되는 삶' 그 자체라고 할 수 있다.

"어서 일어나거라. 너의 임무는 아직도 끝나지 않았어."
신부는 요섭을 안아 일으켰다. 요섭은 한참 만에 무겁게 일어났다. 신부는 그의 어깨에 팔을 두르고 걷기 시작했다.
요섭아, 우리도 지금 안전한 곳으로 대피하고 있는 게 아니란다. 거기에도 장벽은 있다. 그 장벽을 깨뜨려달라는 임무가 우리에게 주어진 거야. 우린 그걸 해내야 돼. 비록 이 밤길이 영원히 끝나지 않는다 해도 이젠 서둘러야 한다.(316면)

「밤길」이 품은 전망의 잠재성과 풍부함은 어둡고 불안한 밤길의 공간과 그 속에서 뒤섞이는 간절한 소명의식이 함께 포착되는 데서 비롯된다. 요섭과 신부가 서로의 불안과 공포를 달래고 나누며 걸어가는 길은 문학작품 속 '전망'이 개인의 실존적 차원의 문제인 동시에 타인과 함께 관계되고 공유되는 문제임을 알려준다. 이들이 현실적으로 목격하는 파국과 불안은 '잠재적인 상태로 남아 있는' 역량의 가능성을 매개하는 것이기도 하다. 이 지점에서 1980년대 문학을 가로지르는 총체성과 전형, 전망 등의 용

---

10 조르조 아감벤『목적 없는 수단』, 김상운·양창렬 옮김, 난장 2009, 20면.

어 역시 상투적인 맥락에서의 현실반영성을 거부하는 복합적인 용어로서 재탐색되어야 함을 상기하게 된다.[11] 이 작품이 보여주는 전망의 의미 역시 80년대 문학이 시작되는 억압과 검열의 참혹한 현실을 되새기는 동시에 도래하게 될 1987년 6월항쟁의 세계와 연결되는 지점을 내포하고 있다.

3. '노동하는 개인'이 꿈꾸는 세계: 홍희담의 「깃발」과 신경숙의 「외딴 방」

6월항쟁 이후 노동소설의 성과로 거론되는 홍희담의 「깃발」, 정화진의 「쇳물처럼」(1987), 정도상의 「십오방 이야기」(1987), 방현석의 「새벽출정」 (1989) 등은 자본가와 노동자가 선명한 대립관계 속에서 형상화되며 불합리한 사회현실에 대항하는 뚜렷한 주제적 지향성을 표현한 작품으로 높은 평가를 받았다. 그러나 이들 소설이 품은 뚜렷한 '각성의 전망'이 이후 유사한 형식으로 모사되는 문제점은 비평과 창작에서 모두 고민스럽게 생각한 부분이었다. "계급현실에 대한 구조주의적, 정태적 파악이 전제된 기계적 창작방법론으로 전략"[12]할 우려와 "노동자계급의 이념에 기초한 민족문학이 그 진전에도 불구하고 내부적으로 겪을 수밖에 없었던 어떤 미적 질곡"[13]에 대한 고민은 당시의 비평에서도 잘 드러나 있는 내용이었다. 문제는 '새로운 사회의 건설'을 담보하는 '계급적 전위'의 눈만으로는

---

11 리얼리즘 문학이론의 '총체성'과 '재현' 개념에 대한 현재적인 해석작업으로 황정아 「리얼리즘과 함께 사라진 것들: 운동으로서의 '총체성'」(『개념비평의 인문학』, 창비 2015)과 김동수 「조금은 기묘한 '전형' 개념의 역사」(『창작과비평』 2014년 겨울호)를 참조할 수 있다.
12 김명인 「먼저 전형에 대해서 고민하자」, 실천문학편집위원회 엮음 『다시 문제는 리얼리즘이다』, 실천문학사 1992, 171면.
13 김재용 「전형성을 획득하여 도식성을 극복하자」, 같은 책 173~74면.

포착 가능하지 않은 복잡다단한 현실일 것이다.

이 지점에서 1980년대 당대 현실에서 노동자의 계급성을 내세우는 새로운 세대의 문학이 처했던 정황을 객관적으로 돌아보는 백낙청의 글[14]을 다시 읽어볼 필요가 있다. 백낙청은 1987년 6월을 전환점으로 민족문학의 새 단계가 열린다는 주장을 비판적으로 검토하면서 6월항쟁을 바라보는 통합적인 시야를 제안한다. 이 글이 중산층적 시각의 문제, 민족해방과 통일을 급진적인 관점으로 보는 견해, 남한사회 내부의 계급모순을 중시하는 입장 등의 세 시각을 새롭게 종합하는 입장으로서의 분단체제론을 제시한 것은 노동계급의 관점에 매여 있는 일부 80년대 소설과 비평을 비판적으로 읽는 데 중요한 참조점이 된다. 특히 "분단이 유지되는 상태에서 민중권력의 상대적 성장만이 아닌 결정적 승리까지를 기대하는 태도"[15]가 갖는 한계에 대한 지적은 6월항쟁 이후만을 특권화해 새로운 문학적 거점으로 삼은 당대의 급진적 담론들에 대해 철저한 자기점검을 요구하는 것이기도 하다. 백낙청의 논의는 70년대 문학의 창조적 성과와 연속되면서도 새로운 가능성으로 나아가는 80년대 고유의 문학성이 무엇인지를 새삼 돌아보게 하는 중요한 계기를 제공한다. 1980년의 현실을 1987년 이후 각성된 노동자계급의 시선으로 뚜렷하게 매개한 작품으로 평가되는 홍희담의 「깃발」역시 그 의의와 한계를 다시 살펴볼 필요가 있다. 80년대 후반 이후 본격화한 노동운동의 조직적 전개에 대한 낙관적 진단과 노동자 중심의 민주화운동에 대한 강렬한 지향성을 담아낸 이 소설은 당대 노동문학이 이루어낸 중요한 성취라 할 수 있다. 물론 「깃발」의 성과가 가능해지기까지는 70년대 말기부터 나타난 노동자 수기와 르뽀 등의 증언문학이 큰 밑거름 역할을 했다.

---

14 백낙청 「통일운동과 문학」, 『민족문학의 새 단계』, 창작과비평사 1990.
15 같은 글 127면.

「밤길」이 포착한 시대적 전망이 지식인의 번뇌와 갈등 속에서 상징적이고 암시적인 것으로 드러나는데 비해 「깃발」이 보여주는 광주항쟁의 해석 방향은 매우 선명하다. 이 소설이 무엇보다 강조하는 것은 지식인 주도의 항쟁이 노동자 및 기층민중 주도의 항쟁으로 넘어가게 되는 국면이다. 소설의 극적 서사 중 중요한 갈등을 이루는 인물은 도피자로 그려진 윤강일과 도청에 남아 끝까지 싸움을 지속한 형자라고 할 수 있다. 노동자 중심 투쟁의 중요성을 일깨우며 형자가 순분에게 말하는 장면은 이 작품이 내세우는 노동자계급 우위의 지향성을 강하게 드러내는 것이 사실이다.

> "분수대 앞에 모인 사람들은 일상으로 돌아가는 사람들이야. YWCA는 언제든지 선택의 가능성이 있는 사람들이 모인 곳이고, 그리고 도청은……."
> "도청은?"
> 순분이가 다급하게 물었다. 형자가 도청으로 시선을 돌리며 말했다.
> "도청은 죽음을 결단하는 사람들의 것이야. 그것은 선택이 아니라 당위로 받아들이는 사람들의 것이지."
> (…)
> "도청에 끝까지 남아 있던 사람들을 잘 기억해둬. 어떤 사람들이 이 항쟁에 가담했고 투쟁했고 죽었는가를 꼭 기억해야 돼."
> "………."
> "그러면 너희들은 알게 될 거야. 어떤 사람들이 역사를 만들어가는가를…… 그것은 곧 너희들의 힘이 될 거야."(49~50면)

형자의 목소리를 빌려 표현되는 노동자 중심의 단호한 현실해석은 이 소설의 계급적 지향성을 고스란히 투사한다. 현장에서 퇴각한 무력한 지식인으로 그려지는 윤강일과 대조적으로 도청에 끝까지 남아 산화하는 형자의 모습은 이 소설이 품은 노동자계급 우위의 현실인식을 선명하게 나타낸다. 그 점에서 「깃발」이 그린 지식인과 노동자, 소시민의 모습이 유형적 인물에 경사되고 있다는 비판 역시 가능하다.[16]

「깃발」의 서두에서 형상화된 폭력과 학살이 생생한 현장감을 지니는 데 비해 인물들이 거듭 자신의 노동자 정체성을 확인하는 도청에서의 장면은 소설의 극적 긴장을 상대적으로 떨어뜨린다. "투쟁이란 과연 무엇일까?"라는 물음을 던지는 순분이 "그래. 끝까지 책임지는 것만이 투쟁이라고 말할 수 있어"라고 스스로 대답하는 장면(64면)이라든지 도피에 지친 윤강일이 "커다란 획이 확 그려지고 지나갔어"라고 말하자 순분이 "지나간 것이 아니라, 계속 이어지고 있지요"라고 말하는 대목(72면)은 노동자의 정체성과 연관된 강한 전망이 오히려 인물을 억누르는 모습을 보여준다. 전망이 인물들의 삶이 지닌 잠재적 역량을 투사하는 게 아니라 거꾸로 제한하는 결과를 낳는 것이다.

여기서 일찍이 프레드릭 제임슨(Fredric Jameson)이 총체성을 두고 말한 바 있는 '비판적 범주'의 의미를 '전망'의 개념과 연관해 생각해보아도 좋을 듯하다. 제임슨은 아도르노(T. Adorno)의 논의를 경유하면서 "총체성은 긍정적 범주라기보다는 오히려 비판의 범주"임을 강조한 바 있다. 총체성의 완전함에 부합하는 것이 목적이 아니라 "총체성에 굴복하지 않거나 총체성에 저항하는 것 또는 아직 존재하지 않는 개별화의 잠재태가 될 수 있는 것을 구원하든지 또는 그런 것들이 만들어지도록 돕고 싶어하

---

16 최원식이 지적한 것처럼 항쟁의 초기 주도세력이던 청년·학생·지식인이 무장투쟁기에 대거 이탈하는 과정을 개량주의 또는 투항주의로 매도하는 경향은 "우리 운동의 현실적 요구를 심각히 고려하지 않은 탁상론일 때는 자칫 감상으로 떨어지기 쉬"울 뿐 아니라 "광주항쟁에 대한 기계론적 파악의 징후가 없지 않"은 문제로 나타날 수 있다. 최원식 「광주항쟁 이후의 문학」, 『광주5월민중항쟁』, 풀빛 1990; 최원식 『소수자의 옹호』, 자음과모음 2014, 38~39면.

는 과정"[17]에 총체성의 존재의미가 있는 것이다. 총체성이 지닌 비판적 범주의 성격을 전망과 연관한다면 소설 속에서 계급적 정체성에 맞는 인물들의 다짐과 각오는 전망의 진정한 기능과 부합하지 않음을 알 수 있다. 이러한 유형화된 정체성에 저항하거나 혹은 그것으로부터 다르게 뻗어나갈 가능성을 차례로 이끌어내는 것이 비판적인 범주로서 전망이 지니는 효과이다. 「깃발」에서 형상화된 노동자들의 삶은 도식적인 유형화의 한계를 노출하면서도 한편으로는 이러한 틀에 모조리 흡수되지는 않는 '개별화'의 모습을 함께 보여주는 점이 특징이다.

지식인과 노동자 간의 과도한 차별과 노동자중심적인 목적론적 서사를 동반하는 아쉬움을 주면서도 「깃발」은 항쟁의 현장과 노동현실의 세부를 나름대로 충실하게 그려내는 덕목을 보여준다. 도청 광장에 모여든 수많은 사람들, 그리고 광장 건너편 상무관에서 목도한 시체들 앞에서 흐느끼는 사람들과 결의를 다짐하는 노동자들의 모습에 대한 세심한 포착은 이 소설이 지닌 현재적 감동을 훼손하지 않는다. 더불어 진압군과 대결하는 항쟁의 한복판이 아니라 패배 이후의 일상으로 돌아오는 장면에서 감동이 배가된다는 사실은 매우 역설적이다. 앞날을 감지하기 어려운 일시적인 공허상태에서 잠재되어 있던 삶의 형태들이 드러나는 것이다. "난리를 겪고 난 후라 잼도 안 만드는가보다. 빨리 토마토가 익어야 될 텐데……" (57면)라고 걱정하며 리어카를 끄는 순분 어머니라든지 결국 공장에 나가 일을 다시 시작하면서 맞게 되는 탄압과 암흑의 시간 속에서 서로에게 날을 세우며 힘들어하는 순분과 그 친구들의 면면이야말로 이 소설이 담아낸 단순하지 않은 '생활'의 모습이다. 항쟁의 현장에서 하나로 결집된 노동자들은 "서로에게 분노했고 증오까지 하"(59면)는 모습을 거쳐 현실을 깨닫는다. 소설의 후반부에서 순분과 친구들이 도피한 윤강일과 재회하

---

17 프레드릭 제임슨『후기 마르크스주의』, 김유동 옮김, 한길사 2000, 434면.

는 장면은 그런 점에서 상징적이다. 관념적인 지식인으로 비난받던 윤강일에게 먹을 것을 대접하고 항쟁 이후의 고통스러운 삶에 대해 함께 이야기를 나누는 장면은 그 어떤 증언과 기록의 세계 못지않게 활력있고 생생하게 다가온다.

한편 「깃발」에서 그려진 여성노동자의 삶과 곤경은 신경숙의 단편 「외딴 방」에서 유대마저 파괴된 고립의 비극으로 포착된다. 1980년대를 돌아보는 신경숙 소설의 본격적인 작업은 장편 『외딴 방』(문학동네 1995)을 통해서 풍부하게 풀려 나오지만 단편 「외딴 방」이 품은 80년대 소설의 시대적 의미 역시 따로 살펴볼 만한 흥미로운 대목들을 지니고 있다. 「외딴 방」은 「깃발」에서 노동하는 '순분이들'이 겪는 삶의 풍파 과정을 개인적 실존이 두드러지는 삶의 미세한 단면으로 붙잡으면서 독특한 일상의 풍경을 창조한다. 이 소설에서 살아남은 자의 고통과 자책은 "전철보다 먼저 앞질러" 가는 "통증"(304면)으로 현현한다. 주인공이 열여섯살 청춘 때 겪은 희재언니의 죽음은 십년의 세월이 흐른 후에도 "골목골목 겨우내 녹지 않고 있던 그 빙판"(285면)의 느낌으로 다가온다. "서른일곱개의 방이 있던 그 집", 지방에서 올라온 주인공이 오빠가 함께 처음 서울살이의 살림을 꾸리고, '동남전자주식회사'로 출근하며 야학을 다니던 시절, 한집에서 기거하던 희재언니에 대한 고통스러운 기억은 주인공으로 하여금 "지금 그 여자 생각에 가슴이 미어져 나는 이 글을 쓴다"(286면)라는 고백으로 누설되지만, 주인공은 이 기록이 끝날 때까지도 희재언니의 삶을 완전한 형태로 복원하지는 못한다.

이 작품에서 주인공과 희재언니가 꿈꾸었던 개인적 삶의 열망은 순분이들이 꿈꾸는 '노동자들이 주인이 되는' 세계를 다른 방식으로 표현한다. 옥상에서 빨래를 헹구다 처음 만난 희재언니와 '나'는 매일 반찬거리를 마련하기 위해 시장을 함께 보고 방에서 같이 잠도 자고 이야기도 하며 각자의 꿈 이야기를 나눈다. 전화교환원이 꿈이었던 희재언니는 마당

이 있는 이층집에서 살고 싶은 꿈, 이백만원이 모이면 동생에게 주고 결혼을 하리라는 꿈을 '그럼 게임'을 통해 토로한다. 하루하루 쉼 없는 성실한 노동 속에서 함께 자라나는 꿈의 세계는 정작 그것이 허락되지 않는 완강한 현실의 세계와 차갑게 대조된다. 희재언니가 꿈꾸었던 '다른 세상'은 학교도 그만두고 더욱 가혹한 노동의 조건에 노출되는 불행 속에서 끝내 실현되지 못한다. 이 고통스러운 꿈의 세계는 청춘의 시절이 지나간 후에도 주인공에게 "이후 오랫동안 다락방 천장이 무너지는 꿈"(305면)으로 나타난다. 희재언니와 주인공이 공유했던 그 비극적이고도 아름다운 꿈의 세계가 단순히 개인적인 소망으로 멈출 수 없는 것은 90년대 이후에서 현재에 이르기까지 여전히 존재하는 '외딴 방'의 무수한 익명의 개인과 연결되기 때문이다.

「깃발」과 「외딴 방」에서 '노동하는 개인'이 꿈꾸는 이 세계의 전망은 '가장 개인적인 것이 가장 정치적인 것'이라는 오래된 슬로건을 새롭게 읽게 만든다. 「외딴 방」에서 흘러나온 희재언니와 나의 꿈은 「깃발」이 보여준 여성노동자들의 삶이 드리운 고립과 소외를 새로운 각도에서 포착했다. 그런 점에서 「깃발」과 「외딴 방」은 이후의 한국문학에서 개인의 실존적 삶과 공동체의 전망이 어떻게 관계되는가를 가늠하게 하는 중요한 징표라고 할 수 있다.

4. '가능한 미래'를 성찰하는 문학

가장 투명하고 뜨거운 이념적 공동체를 제시한 것처럼 보였던 1980년 대에도 문학이 보여주는 전망의 세계는 단단하고 투명한 것이 아니었다. 윤정모의 「밤길」에서 전망은 눈앞에 주어지지 않지만 가능성이 있는 세계, 현실 속에서 부정되기 때문에 더욱 사유해야 하는 것으로 드러난다.

요섭과 신부가 떠나는 불확실한 여정은 잠재적인 상태로 남아 있는 역량의 가능성을 시험하는 길이기도 하다. 이 작품이 보여주는 전망은 5월 광주의 기억에 대한 침통한 응시를 바탕으로 도래할 6월항쟁의 가능성을 배태하고 있다. 87년 6월항쟁의 의미에 직접적으로 호응한 작품은 홍희담의 「깃발」이다. 「깃발」이 보여주는 노동자의 각성과 연대는 선명하고 당위적인 전망으로 현실 속에 기입되면서도 한편으로 그것과 충돌하는 노동자의 생활세계를 부분적으로 살려놓는다. 신경숙의 「외딴 방」은 「깃발」이 채 다루지 못한 여성노동자들의 비관적인 고립의 삶과 내밀하고 감성적인 일상세계를 감각적인 문체로 포착한다는 점에서 대조를 이룬다.

80년대가 그러했듯이 지금 우리 시대 역시 그 어느 때보다도 삶과 밀착하는, 가능한 미래를 찾아가는 문학적인 전망을 필요로 한다. 지난 일년 동안에는 그러한 절박한 현실에 응답하는 증언과 기록들이 공동의 작업을 통해 출간되었다. 추모시집 『우리가 모두 세월호였다』(실천문학사 2014)와 문인들의 에세이를 담은 『눈먼 자들의 국가』(문학동네 2014), 테마 소설집 『우리는 행복할 수 있을까』(예옥 2015), 정혜신·진은영 대담집 『천사들은 우리 옆집에 산다』(창비 2015) 등이 그 예이다. 세월호 관련 담론뿐 아니라 광주서사를 포함하여 80년대 한국문학이 품은 다양한 정치적 상상력은 오늘의 한국문학의 미래적인 전망을 성찰하는 데도 중요한 자원으로 연결되고 있다. 80년대의 역사적 기록을 현재화한 성취작으로 공선옥의 『그 노래는 어디서 왔을까』(창비 2013)를 포함하여 한강의 『소년이 온다』(창비 2014), 이기호의 『차남들의 세계사』(민음사 2014), 성석제의 『투명인간』(창비 2014) 등을 들 수 있다.

삶의 현장에서 터져 나오는 절박한 기록들, 현실의 모순을 직시하는 예리한 시선, 미래를 향한 강한 소망 등이 개인의 일상적 삶 속에 차곡차곡 쌓이는 과정을 통해 문학은 더 나은 세계를 향한 무수한 질문과 탐색을 계속해간다. 문학이 미래를 성찰한다는 것은 선명하게 완성된 그림을 예언하는 일이 아니다. 문학적 전망의 의미 역시 막연하게 살고 싶은 세계를 말하는 것이 아니라 현재 살고 있는 세계가 은폐하거나 잃어버린 삶의 귀중한 조각이 무엇인지 탐색하는 데서 만들어진다. 미래에 대한 성찰이 없다면 현실의 체제를 벗어나 좀더 나은 세계로 갈 수 있는 가능성도 사라지게 됨을 전망의 의미가 알려주고 있는 것이다.

비평의 질문은 어떻게 귀환하는가

◆

신경숙 소설과 90년대 문학비평 담론

1. 표절 논란 이후, 비평의 질문

신경숙(申京淑)의 「전설」에 대한 표절 문제가 제기된 후 많은 시간이 흘렀다. 언론의 집중적인 보도와 논평들은 차츰 정돈되는 것처럼 보이지만, 논란의 확산 계기를 제공한 창비로서는 반성과 쇄신의 책임이 갈수록 무거워짐을 실감한다. 표절 문제에 대응하여 창비에서 내부논의 없이 나간 첫번째 보도자료의 잘못이 남긴 파장은 간단하지 않다. 그것은 다음날 발표된 사과문을 포함하여, 『창작과비평』 2015년 가을호의 머리말과 백낙청(白樂晴) 편집인의 페이스북 발언, 그리고 현재의 국면에서 객관적인 논의를 전개하려는 시도들에도 여전히 무거운 부담으로 드리워지고 있다.[1] 지금의 상황에서 돌아보면 표절 논란 과정에서 창비가 신속하고 활

---

[1] 표절 논의를 합리적인 방향으로 전개하려는 노력을 담은 최근의 글로 황정아의 「표절 논란, '의도'보다 '결과'가 본질이라면」(『창비주간논평』 2015.10.7)과 김종엽의 「표절과 자비의 원칙」(한겨레 2015.10.7), 정홍수의 「쇠스랑으로 다시 발을 찍는 시간: 신경숙씨를 생각하며」(『창비주간논평』 2015.10.21)가 있다.

발한 방식으로 대중과 소통하지 못한 문제점도 크게 다가온다. 내부에 존재하는 다양한 의견들을 생산적으로 드러내면서 공론장과 소통하는 과정의 필요성은 현재뿐 아니라 미래의 지속적인 과제라고 생각한다.

신경숙의 「전설」이 작가 본인은 읽은 사실을 망각했다지만 미시마 유끼오(三島由紀夫)의 「우국」의 영향 아래 씌어졌으며 어떤 경위로든 해당 대목을 거의 그대로 재생한 것은 분명한 사실이다. 작가는 자신의 부주의로 인한 표절 사실을 시인하며 사과했고 출판사 역시 작가의 의사를 존중하여 해당 작품집의 출고를 정지하였다. 『창작과비평』 가을호 머리말에서도 강조했듯이 이러한 조처는 문제에 대응하는 힘겨운 시작일 뿐이다. 단시간에 문제가 해결된다고 장담하기보다는 공론 속에 표출되는 불만과 질타를 환기하면서 생산적인 문학비평의 쟁점으로 연결시키는 데 최선을 다하고자 한다.

지난 계절의 논의들을 차례로 살펴보면 작품 자체에 대한 문학적 해석도 많이 등장했음을 알 수 있다. 표절 논란이 작품에 대한 실질적인 해석들로 이동하는 전환점에 윤지관(尹志寬)의 중요한 문제제기가 있었다. 윤지관은 "기억하든 못하든 「전설」에는 「우국」이 아니면 설명하기 어려운 단어나 문장의 유사성이 존재하는 것은 누구의 눈에도 분명하"다는 사실을 강조하며 그러나 유사한 문장이나 단어가 들어 있고 구성이 흡사하다고 해서 표절이라고 단정하기는 어렵다고 말한다.[2] 그가 주장하는 문학적 차용의 범위나 「전설」의 작품 평가에 대해서는 비평적 이견이 있을 수 있다. 핵심적인 것은 이 글이 창작의 영역에서 벌어지는 창조와 모방의 관계를 본질적으로 환기했다는 점에 있다. 장정일(蔣正一)은 윤지관과 다른 층위에서 "작가=창조자"라는 낭만주의 신화를 비판하며 "작가의 창조성이란, 사회와 역사를 비롯한 외부와의 교섭에서 나온 산물이며 그가

---

2 윤지관 「문학의 법정과 비판의 윤리」, 『창작과비평』 2015년 가을호 363면.

받았던 교육과 독서 편력도 거기에 포함된다"[3]라는 문학창작의 기본 속성을 강조한다. "표절을 윤리적이게 하는 것은 명시성(출처 표시)이 아니라 원본을 빌려 쓴 사람의 원본과의 대결 의식이며 원작을 극복하려는 노력, 곧 작품성이다"라는 전언은 오래전 그 자신이 개입하여 이인화, 박일문과 벌인 90년대 초의 포스트모더니즘 논쟁 및 표절 논란을 떠오르게 한다.[4]

윤지관과 장정일의 견해는 표절 논란이 한 방향으로 치닫고 있을 때 문제의 근본적인 발생 지점을 일깨우는 중요한 계기가 되었으며 이후 문학의 영역에서 다양한 논의가 진행될 수 있는 상대적인 참조가 되었다.[5] 이처럼 문학작품의 창작원리에 대한 논의와 더불어 저작권과 표절의 관계에 대한 문제도 제기되었다. 저작권 개념은 근대문학이 어떤 방식으로 '개인의 소유권'을 지닌 상품으로 서게 되는가를 새삼스럽게 알려준다. 저작권의 측면에서도 표절 문제가 지닌 함의는 단순하게 정리되기 어렵다. 가령 장은수가 다양한 표현의 차용과 인용, 패러디, 오마주에 대한 섬세한 고려를 요구하면서도 표절은 "어떤 개성적 '문장'의 '인용부호' 없

---

3 장정일「표절을 보호해야 한다」,『시사In』2015.7.25.
4 90년대 포스트모더니즘 수용과 연관된 표절 논란은 장정일「베끼기의 세가지 층위」,『문학정신』1992년 7·8월 합본호 참조.
5 『문학과사회』의 좌담(황호덕·김영찬·소영현·김형중·강동호「표절 사태 이후의 한국문학」, 2015년 가을호)이 대표적 사례이다. 좌담 참석자들은「전설」해당 대목의 표절 사실을 전제한 후, 윤지관의 논의를 언급하며「전설」과「우국」의 영향관계 및 비교 평가를 각자 세심하게 펼친다. 황호덕은「우국」이 남성적 말하기 방식을 극단까지 몰고 가는 작품이라면「전설」은 여성적 화법으로 '다시 쓰기'한 작품이라고 본다.(392~93면) 김영찬 역시「전설」이「우국」의 구조를 차용해 그 소설의 남근적 주제를 여성적 시선으로 다시 쓰기한 소설로 볼 여지가 있"(393면)음을 이야기했다. 한편 최원식은 논란이 된 대목은 표절이라 하더라도 작품 전체는 "표절관계가 아니라 영향관계"임을 분석하고 있으며(최원식「우리 시대 비평의 몫?」,『문학동네』2015년 가을호 49면), 권희철 역시 "「전설」은「우국」의 표절이다"라고 확언하면서도 두 작품이 "서로 다른 주제를 갖고 있고 서로 다른 감정들을 다루기 때문에 그것이 이 유사한 구절들조차 미묘하게 바꿔놓고 있는 것"이라고 말한다.(권희철「눈동자 속의 불안」,『문학동네』2015년 가을호 8면)

는 절취(截取)일 뿐"[6]이라고 단정하는 과정은 저작권 문제를 둘러싼 복잡한 갈등과 혼란을 잘 보여준다. 그는 특정 문장의 '절취'를 표절의 근거로 제시했다가 급작스럽게 "문학의 표절 기준은 내적 자율의 영역이지 외적 규칙의 영역이 아니다. 무엇보다도 양심의 문제이다"(70면)라고 결론짓는 등 논지의 혼란을 보여준다. 그는 문자적 유사성을 추출하는 층위에서 표절 시비를 멈출 수 있다고 주장하며 대신 모티프나 구조적 유사성 등의 다양한 층위로 번져나가는 표절 논란을 경계한다. 그러나 그가 제시하는 '문장 레벨'로 한정된 표절 범위는 창작의 자유를 보장하는 안전한 울타리가 되지 못한다. '절취'의 개념을 담고 있는 한 표절에 대한 판단은 문장의 동일함에서 끝나기 어려우며 모티프, 주제의 유사성까지 수많은 층위의 유사함을 판정의 시험대에 올리게 된다.[7]

문학의 원천인 창조와 모방의 관계에 대한 근본적인 성찰에서부터 저작권과 표절 문제의 관계, 그리고 문학권력론의 제기라는 광범위한 주제들은 단시간에 결론 내릴 수 있는 것이 아니다. 풀어나가야 할 여러 문제들이 있지만 개인적으로 가장 뼈아프게 와닿았던 것은 창비 문학비평 담론에 대한 평가라고 할 수 있다. 『오늘의문예비평』 좌담에서 구모룡(具謨龍)은 표절 문제가 창비 담론의 문학적 발현이라는 층위에서 사유되어야 한다고 강조한다. "'분단체제론'이나 '87년체제의 극복' '동아시아 담론' 등은 냉전체제의 와해 이후 창비 담론의 생산적인 국면입니다. 문제는 창비가 자신의 주도적인 담론에 상응하는 작품을 옹호했느냐 하는 점입니다"[8]라

---

6 장은수 「무엇을 표절이라고 할 것인가」, 『문학동네』 2015년 가을호 58면.
7 그런 점에서 장은수가 비판하며 갈라서고자 하는 정문순의 표절 논의(정문순 「통념의 내면화, 자기 위안의 글쓰기」, 『문예중앙』 2000년 가을호)는 그 나름대로는 일관적인 방향성을 취하며 확장되는 구도를 갖고 있다. 특정 대목의 동일함을 표절로 확정하면서 단죄하는 프레임은 그다음 수순을 취하여 구조의 유사성, 모티프의 유사성, 주제의 유사성 등으로 뻗어나갈 가능성이 많다.
8 조갑상·김곰치·최영철·구모룡·전성욱 「신경숙이 한국문학에 던진 물음들」, 『오늘의문

는 그의 발언은 그동안 창비의 문학비평 담론이 사회 담론과의 연계 속에서 어떤 쇄신을 시도해왔는가를 성찰하게 한다. 이는 작품이나 현실을 담지 못하는 경직된 담론이 있다면 그것을 점검하고 고민해야 한다는 궁극적인 요청으로 다가온다.[9] 그런 점에서 90년대 이후의 창비 문학비평 담론이 신경숙의 소설을 포함한 다양한 경향의 작품을 무차별하게 수용해왔다는 지적들을 상투적인 비판으로 외면해온 적은 없는지 스스로 돌아보게 된다. 이번 표절 논란 과정에서 그러한 비판은 신경숙의 작품에 대한 가치평가와 문학사에 대한 해석으로 확장되어 터져 나왔다. 특히 '리얼리즘의 퇴화'로 거칠게 토로되는 방향성에 대한 질타는 1980년대에서 1990년대를 넘어오는, 그리고 현재까지 지속되는 비평의 결정적인 한 흐름과 연결되어 있다. 이 글이 이러한 광범위한 문제의식을 감당하기는 버겁지만 80년대 급진적 문학이론들이 남긴 진영논리를 극복하려는 리얼리즘론의 논쟁 과정을 짚는 것으로 논의를 시작해보겠다.

2. 진영논리의 극복과 리얼리즘 논쟁

정은경(鄭恩鏡)은 표절 논란을 다룬 글에서 신경숙 문학의 신화화를 비판하며 "96~97년 창비 진영에서는 문학 담론적으로 진정석, 최원식, 황종

예비평』 2015년 가을호 40면.

9 그런데 비판의 진의를 감안하더라도 "세계문학론에 상응하는 작가로 황석영의 문학적 성취를 지지한 것은 옳은 선택이었습니다. 그런데 이와 동떨어진 신경숙 같은 작가가 왜 창비의 옹호 대상이었는지는 의문입니다"(구모룡, 40면) 같은 대목은 수긍하기 어렵다. 이러한 논의는 자칫하면 작가나 작품을 진영의 논리나 이론의 적용 대상으로 제한할 수 있는 문제점을 보여준다. 이론이 현실에서 산출된다고 하더라도 그 주제에 문학작품이 명확하게 호응하는 것은 아니며 주제적으로 호응한다고 해서 곧장 비평적인 지지를 얻는 것도 아니다. 문제적인 작품의 출현은 항상 이론을 파고들어 그것의 도식과 균열을 사유하게 만든다.

연 등으로 대표되는 논자들의 '리얼리즘과 모더니즘 회통론'과 화합론이 본격 제기되었는데, 이를 통해 '신경숙 문학'은 양 진영의 '명분도 갖춘 화해와 통일의 상징'이" 되었다고 주장한다.[10] 이 글에서 창비가 폐기한 '문학적 이념 진영과 당파성'은 '가치지향성' 혹은 '공동체에 기반을 둔 새로운 가치' 등으로 표현된다. 정은경이 이야기하는 '가치지향성'은 대체로 70~80년대를 거치면서 성장하고 심화해온 민족문학론, 민중문학론 및 리얼리즘론을 염두에 둔 것으로 읽힌다. 그가 90년대 이후 창비가 지향해온 문학비평 담론의 정체성이 무엇인지, 그리고 그 성취는 어떤 방식으로 구체화된 것인지 묻는 것이라면 공유하는 의제가 열리는 셈이다. 그러나 먼저 그가 전제로 삼는 80년대·90년대 문학의 차이와 '진영'의 의미를 짚어보지 않을 수 없다. 정은경은 문학사 인식에서 관행적으로 답습되어온 리얼리즘과 모더니즘의 문예사조적 대립 구도를 옮겨와 현재 문학 담론의 '진영'으로 치환한다. 이러한 구도 속에 소환된 96~97년 리얼리즘 논의는 80년대 후반의 비평 담론을 주도한 급진적 문학론과 뒤섞여 함께 해소되는 흐름으로 읽혀버린다.

정은경의 글에서 80년대와 90년대 문학의 차이를 설명할 때 당연한 전제처럼 등장한 이항대립적 틀을 새삼 문제 삼은 것은 이러한 논리 구도가 한국문학 비평과 연구들에서 일정한 편향으로 반복되기 때문이다.[11] 예컨대 장성규(張成奎)는 "1980년대 민족민중문학론의 인식구조와 1990년대 내면의 발견으로 표상되는 비평의 인식구조는 크게 다르지 않은 듯하다"[12]라는 전제를 제시한 후 현재의 표절 논란과 문학권력 논의의 구도가

---

10 정은경 「신경숙 표절 논란에 대하여」, 『창작과비평』 2015년 가을호 317면.
11 1980년대와 대립되는 1990년대 문학의 특성을 규정하는 '민주화'세대 담론의 도식성과 문제점을 비판적으로 고찰한 최근 논의로는 본서에 수록된 「'가능한 미래'를 성찰하는 문학: 한국소설에서의 '전망' 문제」 참조.
12 장성규 「신화의 종언, 또는 한 시대의 시작: 신경숙을 둘러싼 비평 담론에 대한 비판적 에세이」, 『실천문학』 2015년 가을호 187면.

결론적으로는 "순수와 참여, 또는 모더니즘과 리얼리즘 등의 이항대립적 비평 구도가 해체된 이후 더이상 이들 '진영'들이 날카로운 자기성찰과 타자에 대한 인식을 수행하지 못하"(193~94면)는 현실을 반영하는 것이라고 판단한다. 그는 "기실 리얼리즘 '진영'에서 신경숙을 호명하기 전에 먼저 수행해야 할 비평적 작업은 1980년대 일련의 급진적 리얼리즘론에 대한 객관적 평가"(189면)였다고 지적한다.

그러나 장성규의 이러한 논평은 90년대 이후 리얼리즘 논의가 진척시킨 성과에 대한 최소한의 실증적 접근조차 과감히 생략해버린 문제점을 노출한다. 실제로 90년대에 진행된 리얼리즘 논쟁사 속에서 가장 치열하게 점검되었던 것은 급진적 문학운동이 파생시킨 진영논리와 관념적인 현실이해였다. 백낙청은 80년대 급진적 리얼리즘론의 자체적인 한계를 분석하면서 "87년 6월항쟁 이후 민족문학이 새로운 과제에 부응하지 못한 내부적 요인이 더 결정적"[13]이라고 지적하였으며 최원식(崔元植)은 후일 논쟁을 돌아보며 "'개인적 개인과 계급적 개인의 분리'를 몰각하고, 전형의 이름 아래 평균성에 매몰된 측면이 있"[14]는 80년대 문학의 관념성을 비판했다. 90년대 벽두의 리얼리즘 내부의 이론 모색과 이후 1996~97년 진정석 김명환 윤지관이 주도한 민족문학론과 모더니즘 논쟁, 1999년 최원식의 리얼리즘-모더니즘 회통론, 2001년 임규찬 황종연 윤지관이 다시 촉발한 리얼리즘-모더니즘 논쟁에서도 이러한 80년대식 급진적 리얼리즘론이 남기고 간 관념성과 도식성의 극복은 중요한 논점이었다. 여러가지 복잡한 갈래 속에서 진행되는 90년대 리얼리즘 논쟁사는 단순한 해소의 과정으로 정리되기 어려운 맥락들을 거느리고 있다.[15]

---

13 백낙청 「2000년대의 한국문학을 위한 단상」, 『통일시대 한국문학의 보람』, 창비 2006, 187면.
14 최원식 「80년대 문학운동의 비판적 점검」, 『생산적 대화를 위하여』, 창작과비평사 1997, 55면.

정은경과 장성규의 견해는 표절 논란이 문학사 평가로 확산되는 가운데 90년대 리얼리즘 논쟁 구도를 80년대 급진적 리얼리즘론과 묶어 단순화해버리는 문제점을 고스란히 드러낸다. 물론 이러한 결과를 단지 왜곡과 과장으로만 보고 싶지는 않다. 어떤 의미에서건 그것은 '신경숙 문학'이 상징하는 다양한 경향의 90년대 문학이 관습적인 리얼리즘 논의를 어떻게 뒤흔들었는가에 대한 평가를 현재적으로 요청하기 때문이다. 신경숙을 포함하여 장정일 윤대녕 은희경 성석제 배수아 김영하 등의 소설로 이어지는 90년대적 문학의 낯선 흐름을 어떻게 해석할 것인가는 당대 리얼리즘 논의에서 중요한 고민거리였다. 리얼리즘과 모더니즘 논의의 과정에서 진정석(陣正石)이 "'근대성에 대한 미적 대응'을 기준으로 리얼리즘과 모더니즘을 포괄하는 '광의의 모더니즘' 개념"[16]을 제안한 것도 작품과 만나는 새로운 해석방식에 대한 탐색에서 비롯된다. 지금 그 글을 읽으면서 오히려 눈에 들어오는 것은 버먼(M. Berman) 식 모더니즘 개념의 활용보다도 '리얼리티'에 대한 언급이다. 진정석은 현재 필요한 것이 "리얼리즘과 모더니즘을 함께 동원하여 리얼리티 속으로 겸허하게 침잠하는 일"이며 "리얼리티야말로 모든 문학적 형상화의 출발점이자 근거이고 종착역인바, 이를 위해 리얼리즘론은 스스로를 과감히 해체하고 늘 새

---

15 90년대 리얼리즘 논쟁에 대한 비평적 고찰과 세부적인 주제의 분석은 별도의 지면을 필요로 한다. 90년대 초의 리얼리즘 논쟁은 실천문학편집위원회가 엮은 『다시 문제는 리얼리즘이다』(실천문학사 1992)를 참조할 수 있으며, 96~97년의 리얼리즘-모더니즘 논쟁은 최원식의 「'리얼리즘'과 '모더니즘'의 회통」(공저 『현대 한국문학 100년』, 민음사 1999 및 최원식 『문학의 귀환』, 창작과비평사 2001)과 백낙청의 「2000년대의 한국문학을 위한 단상」, 임규찬의 「리얼리즘과 모더니즘을 둘러싼 세 꼭짓점」(『비평의 창』, 강 2006)에서 종합적으로 평가되고 있다. 이 중 임규찬의 논의가 촉발하여 윤지관 황종연이 함께한 리얼리즘-모더니즘 논쟁은 김명인의 「자명성의 감옥」(『창작과비평』 2002년 가을호), 유희석의 「최근 리얼리즘-모더니즘 논쟁에 관하여」(『창작과비평』 2003년 봄호)에서 그 평가를 살필 수 있다.

16 진정석 「모더니즘의 재인식」, 『창작과비평』 1997년 여름호 152면.

롭게 생성되는 리얼리티에 몸을 열어놓아야 한다"(164면)라고 말한다. 다양하고 낯선 리얼리티들이 출현하고 있는 현실에서 그것을 포착하고 해석하기 위해서는 리얼리즘의 전면적인 자기쇄신이 요구된다는 주장이다.

리얼리티야말로 모든 문학적 형상화의 출발점이자 근거라는 이 호소는 진정석이 말했듯이 리얼리즘의 관습적 이해 및 개념의 자명함을 비판하는 문학 논의들에서 생산적인 암시를 얻을 수 있다. 진정석은 데리다(J. Derrida)와 하이데거(M. Heidegger), 로런스(D. H. Lawrence)의 예술론과 진리관을 비교하면서 전통적 리얼리즘론의 근거를 이루는 반영론과 재현주의를 재검토한 백낙청, 언어의 물질적 힘과 예술적 창조 자체의 '혁명성'을 통해 반영론의 한계를 극복하려는 정남영, 언어와 수사학의 주제를 리얼리즘론과 연결하려는 방민호의 논의를 간략하게 언급한다.[17] 이렇듯 반영론과 재현주의를 새롭게 검토하는 논의가 당시 한국문학사의 지평에서 적극적으로 수용되고 전개되었다면 '리얼리티' 및 리얼리즘 논의는 훨씬 풍부하게 이루어졌을지도 모르겠다. 그러나 당시 논쟁의 일부는 리얼리즘에 의한 모더니즘 인식, 혹은 모더니즘에 의한 리얼리즘 흡수라는 대립적 구도 속에 흘러갔다. 이 격렬한 토론의 과정은 고압적인 민중주의, 공식화된 리얼리즘, 미적 근대성의 의미를 비판하고 점검하는 데 일정한 역할을 했으나 '리얼리티'의 의미를 다양하게 살피는 리얼리즘론의 심화와 쇄신으로 나아가기는 쉽지 않았다.[18]

---

17 같은 글 173면. 언급된 자료는 다음과 같다. 백낙청 「로런스와 재현 및 (가상)현실 문제」,『안과밖』 창간호(1996); 정남영 「단절의 경험과 창조적 개인」,『내일을여는작가』 1996년 9·10월호 및 「바꾸는 일, 바뀌는 일 그리고 문학」,『창작과비평』 1996년 겨울호; 방민호 「정치성·미소니즘」,『실천문학』 1996년 겨울호 및 「언어·수사학」,『한국문학』 1997년 봄호.

18 이론적 논쟁과 더불어 '리얼리즘론의 심화와 쇄신'을 시도하는 실제 작품비평의 성과로 백낙청의 작업을 주목할 수 있다. 뒤에서 살피게 될『외딴 방』론과 '진성 모더니스트'의 성과와 한계를 논한『에세이스트의 책상』론, 그리고 리얼리즘론과 분단체제론의 결합 시도라고 할 수 있는『손님』론이 그에 해당한다. 「소설가의 책상, 에쎄이스트의 책

리얼리즘론의 쇄신을 갈망하는 치열한 논쟁이 그 당시 더이상 진전을 이루지 못한 원인은 여러가지가 있을 것이다. 그중의 하나는 문학사 속에서의 리얼리즘과 모더니즘의 대립 구도를 현재의 문학지형 속에 옮겨오는 비평적 도식이다. 90년대 전개된 리얼리즘-모더니즘 논쟁을 종합적으로 토론하고 극복하려는 최원식의 '회통론' 역시 그런 의미에서 다시 새겨봐야 한다.[19] 최원식은 "리얼리즘/모더니즘의 창안된 정체성을 떠나 작품의 실상으로 직핍하면, 리얼리즘의 최량의 작품들은 통상적 리얼리즘을 넘어서는 순간 산출되었으며, 모더니즘의 최량의 작품들도 통상적인 모더니즘을 비월(飛越)하는 찰나에 생산되었다는 것에 다시금 주목할 필요가 있다"[20]라고 주장했다. 최원식의 제안은 리얼리즘 논의의 오랜 갈등을 '근대의 적응과 극복'이라는 이중과제의 문제의식으로 옮겨 사유하려는 의욕적이고 야심찬 시도를 보여준다. 근대가 품은 모순을 직시하려는 그의 시도는 1930년대 모더니즘 소설이나 '중도적 성향'의 작가들이 머금은 문학의 사회성을 풍요롭게 읽어내는 데 기여하였다. 소설사에서 김유정과 박태원 이태준 채만식에 대한 균형있는 해석 역시 이러한 논의의 성과라 할 수 있다. 그런데 문제는 한국근대문학사의 이분적 도식을 넘어서려는 그의 시도가 다시 끌어들이는 대립의 구도일 것이다. 이 논의에서 '회통'의 전제로 소환된 '통상적 의미'의 리얼리즘과 모더니즘의 개념은 그 자체로 많은 균열을 갖고 있다. "모사론/비모사론의 방법적 대립에다 근대극복/근대비판이라는 역사관의 대립을 추가"[21]한 이 구도는 리얼리즘을 관습적인 개념 속에 집어넣고 그것을 다시 해체하는 안이한 작업으

상」,『통일시대 한국문학의 보람』; 같은 책의 「황석영의 장편소설『손님』」.
19 최원식의 '회통론'에 대한 집중적인 검토로는 백낙청의 「2000년대의 한국문학을 위한 단상」, 임규찬의 「리얼리즘과 모더니즘을 둘러싼 세 꼭짓점」, 황종연의 「살아있는 혼돈을 위하여」(『탕아를 위한 비평』, 문학동네 2012)가 있다.
20 최원식 「'리얼리즘'과 '모더니즘'의 회통」,『문학의 귀환』57~58면.
21 백낙청, 앞의 글 197면.

로 갈 수 있다. 카프 비평 이래로 우리 문학비평사에서 리얼리즘과 모더
니즘이 일정한 기간을 두고 서로 긴장관계를 일으키고 생산적인 영향을
준 것은 사실이지만 그것을 다시 80년대 문학과 90년대 문학의 대립이라
는 구도로 옮겨오면 "문학사적인 주류와 관행을 과녁 바깥으로 완전히 내
몰지 않고 오히려 그것을 제일의 표지로 삼"[22]게 되는 문제점을 피하기 어
렵다. 그런 점에서 리얼리즘과 모더니즘의 회통은 갈라진 지점을 껴안는
해결책이 아니라 문제의 기원을 들여다보는 출발점으로 다가온다.

　다소 길게 전사(前史)를 짚었지만 90년대 문학비평 담론 속에서의 리
얼리즘 논쟁사는 '가치지향성'이 소멸되는 과정이 아니라 오히려 '가치
지향성'을 열망하는 담론이 현실과 벌여야 하는 고투의 순간들을 보여준
다. 2000년대 이후 창비의 문학 담론은 분단체제론과 87년체제론, 이중과
제론, 세계문학론, 동아시아문학론, 문학과 정치, 장편소설론 등 다양한
주제를 경유하며 리얼리즘 논의를 펼쳐왔다고 생각한다. 그러나 80~90년
대 문학사적 논쟁의 순간들이 드러낸 갈등의 쟁점을 학술적 해석 속에 체
계화하고 대중적으로 가시화하지는 못했던 듯하다. 결과적으로 90년대의
리얼리즘에 대한 문학사적 논의는 자료의 객관적인 해석이 생략된 채 표
절 논란에 쉽게 연루되었다. 리얼리즘 논쟁이 남긴 갈등의 지점을 지금의
문학을 사유하는 비평의 쟁점으로 살리는 것은 이제 필자를 포함한 후학
들의 몫으로 고스란히 돌아온 셈이다. 문학사 안에 끈질기게 존재하는 상
호배타적인 이항대립 구도를 비판적으로 통찰하면서 새롭게 문학을 사유
하는 길이 필요한 것이다. 표절 논란과 문학권력 비판을 덧입은 90년대 문
학비평 담론은 이렇듯 쉽지 않은 과제를 지니고 우리 곁으로 귀환하였다.

---

22 임규찬, 앞의 글 36면.

3. 여성, 고유한 개별자의 삶

90년대의 신경숙 문학은 서로 다른 이념적 성향들이 자신의 정체성을 허물고 만난 '명분도 갖춘 화해와 통일의 상징'에 불과한가. 창비의 '가치 지향성' 폐기를 단정하는 이러한 주장의 바탕에 리얼리즘 논의를 단순화하는 진영논리와 문학사 내부에 존재하는 문예사조사적 시각의 오랜 관습이 동시에 작용하고 있다는 점을 앞에서 살펴보았다. 그 연장에서 당대 신경숙 소설에 대한 90년대의 비평적 평가들이 일관된 상찬으로 '행복한 합치'를 보였다는 주장들 역시 세심하게 살펴야 한다. 작품에 대한 호평이라도 각자 바탕은 다를 수밖에 없으며 어떤 근거로 작품의 성취를 평가했는지가 더 중요하다. 작품에 대한 상찬만이 있었다는 진단도 무리한 일반화이다. 뛰어난 작품으로 거론된『외딴 방』(문학동네 1995)만 하더라도 성취와 한계는 당시 비평에서 함께 논해졌다. 가령 염무웅(廉武雄)은 이 작품의 성취를 인정하면서도 문체의 감상성, 소설 속 '희재언니'의 형상화에 대해 비판했으며 백낙청 역시 작품의 성취와 함께 인물 형상화나 지역 감정을 다루는 측면에서 '산업역군의 풍속화'로서 완벽에 미달한 부분들을 지적했다.[23]

90년대 신경숙 소설을 읽는 비평의 관점을 주도했던 것은 '내면성의 문학'에 대한 고찰이라고 할 수 있다. 황종연(黃鍾淵)과 박혜경(朴惠涇)의 분석이 대표적인데 여기서 '사인성(私人性)'이라는 명명이 신경숙 소설의 특징을 가리키는 용어로 자주 인용되었다. 황종연은 신경숙의 초기 소설들에 나타난 '개인적 경험의 특수한 세목들'과 '동화되지 않는 타자의 존재'를 90년대 문학의 중요한 특성으로 부각한다.[24] 그의 분석에 따르

---

23 염무웅「글쓰기의 정체성을 찾아서」,『창작과비평』1995년 겨울호; 백낙청「『외딴 방』이 묻는 것과 이룬 것」,『통일시대 한국문학의 보람』.
24 황종연「개인 주체로의 방법적 귀환」,『문학과사회』1993년 겨울호 1317면.

면 신경숙 소설은 가족관계에 의해 떠받쳐지는 폐쇄된 친근성 또는 동일성의 세계에 강한 애착을 드러내며 '모성' 역시 이에 호응하는 가치가 된다. 박혜경도 "90년대 문학이 보여주는 사인성의 세계의 한 극단에 서 있는 작가가 신경숙"이며 소설에 등장하는 고립된 여성들이 타자와의 관계에서 깊은 절망과 상처를 체험한 사람임을 주목한다.[25] 신경숙 문학에 대한 초기의 비평을 대표하는 두 평자의 글은 감각적이고 유려한 작품 분석을 통해 지금까지 신경숙 소설의 해석에 영향을 미치는 주요한 논거가 되어왔다.

황종연과 박혜경이 주목한 '개인의 내면성'은 신경숙 소설의 개별 인물들이 지닌 심리적 상처와 갈등을 섬세하고 설득력 있게 풀어내는 통로가 된다. 그러나 두 평자의 글이 공유하는 '내면성'의 담론은 여성인물의 내면을 바깥 세계와 고립된 '사적인' 것으로 한정한다.[26] 이는 가족과 고향 역시 철저하게 고립된 여성 타자를 위무하는 아늑하지만 폐쇄적인 동일성의 세계로 읽게 한다. 여성의 '내면'을 '사적'인 영역으로 집중시키는 담론을 끝까지 밀고 가면 실존적 주체의 체험에 대한 특권적인 해석에 도달할 수밖에 없다. 작가 자신이 경험한 이야기를 진실하게 표현하면 할수록 그것이 뛰어난 작품성으로 연결되고, 그 체험이 소진되는 순간 태작이 나온다는 안이한 해석에 이르는 것이다. 보수적인 가족주의와 모성의 신비화로 신경숙의 소설을 일관되게 비판하는 논의들 역시 아이러니하게도

---

25 박혜경 「사인화된 세계 속에서 여성의 자기 정체성 찾기」, 『문학동네』 1995년 가을호 31면.

26 심진경은 90년대에 부각된 개인의 '내면성' 담론이 여성작가의 작품을 읽는 데 특정한 도식으로 작용하는 문제점을 비판한다. 그는 90년대 여성문학 및 여성문학 담론이 유례없는 활기에 휩싸여 있다가 2000년대에 이르러 갑자기 소강상태에 이르는 비평적 맥락을 분석하며 자서전과 자기고백의 문학, 성장소설을 여성적인 것으로 규정하고 그것에 과도한 미학적 의미를 부여하는 논의들이 여성문학의 범주를 협소하게 만들었다고 분석한다. 심진경 「2000년대 여성문학과 여성성의 미학」, 『여성과 문학의 탄생』, 자음과모음 2015.

이러한 내면성 담론에 기초하고 있다. 여성인물들의 내향적인 성격, 고향과 가족을 바라보는 따뜻한 시선 속에 가부장적 이데올로기에 순응하는 문제적인 현실인식이 있다고 보는 것이다. 이러한 현상은 이번 표절 논란을 계기로 더욱 격화되었다. 신경숙 소설을 '소녀적이고 감상적인 문학' 혹은 '보수적 가족이데올로기의 구현'으로 몰고 가는 과도하고 경직된 논의들이 따져보면 이렇듯 깊은 뿌리를 갖고 있는 셈이다.[27]

신경숙의 소설이 재현하는 인물들은 가부장적 삶 속에 존재하는 여성의 현실을 고스란히 담아내면서도 그것에 온전히 귀속되지 않는 독특한 면모를 갖고 있다. 신경숙이 그려내는 '개인'을 복합적인 논의 지형에서 살펴야 하는 이유는 이 '개인'에 대한 형상화가 그의 소설의 성취도를 가늠하는 기준이 되기 때문이다. 예컨대 『풍금이 있던 자리』(문학과지성사 1993)와 『오래전 집을 떠날 때』(창작과비평사 1996), 『외딴 방』, 『엄마를 부탁해』(창비 2008) 등의 세계와 『깊은 슬픔』(문학동네 1994), 『리진』(문학동네 2007)의 세계가 갖는 밀도의 차이는 어디서 오는 것인가. 이러한 격차는 기존의 평론들이 지적했듯이 감상주의의 분출에서도 비롯되지만 무엇보다도 '개인'을 다루는 문학적 형상화의 방식에서 기인한다고 할 수 있다. 신경숙의 좋은 소설들은 단자화된 '개인'이 자신의 방을 걸어 나와 '사회'와 만나는 경로를 보여주는 데 그치지 않고 이 '개인' 자체가 공동체와 관계되어 있다는 사실을 섬세한 문학적 형상화 작업을 통해 보여준다. 『외딴 방』은 그 성취의 정점을 드러낸 작품이다.

장편 『외딴 방』은 단편 「외딴 방」(1988)에 담아냈던 체험을 질료로 다루

---

27 여성문학적인 관점에서 신경숙 소설의 여성인물이 지닌 복합적인 측면에 대해 주목한 사례로 강미숙과 김양선의 논의가 있다. 이들 평자는 신경숙 소설의 여성인물이 "가부장적 질서 속에 존재해야 했던 여성인물들의 복합적 반응을 포착한 보기 드문 인물유형"임을 주목하며 신경숙 소설의 모성이나 여성성을 가부장사회의 미덕과 곧바로 연결시키는 도식적인 해석에 반대한다. 강미숙·김양선 「90년대 여성문학의 새로운 가능성: 신경숙과 김인숙의 근작을 중심으로」, 『여성과사회』 5호, 1994.1, 143~46면.

고 있지만 이 성취의 기원이 되는 것은 「모여 있는 불빛」(1993, 『오래전 집을 떠날 때』)이라고 생각한다. 이 작품은 신경숙 소설의 체험적 원천이라고 여겨지는 농촌과 가족을 배경으로 글쓰기의 욕망이 어떤 방식으로 독특한 문학적 장치를 이루며 개인의 삶을 풍부하게 그려내는가를 잘 보여준다. 글이 안 써져서 고민하던 '나'가 우연히 어머니에게 '송아지 사건'의 전모를 듣게 되는 것으로 이야기는 시작된다. '나'는 그 사건을 듣고 흥미가 생겨 30매 분량의 짧은 소설을 썼다가 고모에게 뜻하지 않은 오해를 산다. 「모여 있는 불빛」이 가족과 고향에 관련된 가장 내밀한 에피소드를 풀어 놓으면서도 자기고백적인 체험으로 환원되지 않는 이유는 사실과 허구의 긴장관계를 포착한 덕분이다. 소설 속에서 '이야기'들은 각각의 의도가 '실패'하는 과정을 통해 갇혀 있던 세계를 뚫고 다른 세계로 스며든다. 어머니는 '나'에게 아버지가 심란한 이유를 설명하느라 송아지 이야기를 꺼냈는데, '나'는 그것을 작품의 소재로 삼는다. '나'가 쓴 소설은 노부부의 삶을 곡진하게 형상화하는 데 초점이 있는데 생각지 않게 고모의 항의를 받는다. 고모는 '나'에게 집안의 궂은일을 광고하는 것이 소설이냐고 따지지만 사실 옛날이야기 속에 집안 이야기를 섞어 또다른 이야기로 만들어내는 역사는 고모 자신에게서 비롯된 것이다. 이처럼 뜻대로 풀려나가지 않는 이야기들의 꼬임 끝에 주인공에게 기습적으로 던져지는 아득한 질문은 "소설이라는 게 뭐냐?"(96면)라는 물음이다. '책 읽는 어린 그녀'가 성장하여 자신의 글쓰기 욕망을 탄생시켰던 헛간으로 되돌아와 신문을 펼쳐 들고 '소설의 의미'를 곰곰이 되짚어보는 장면은 신경숙 소설의 '개인'이 생동하는 현실과 깊이 맺어져 있음을 은유적으로 보여주는 결정적인 대목이다. 그 순간 화자는 문학만을 꿈꾸며 성장해온 한명의 작가이기도 하면서 동시에 평범한 부모의 딸이고 고모의 조카로서 '고달픈 인간 생활'을 마주한다. 화자가 안식을 구하고자 찾아온 고향과 가족은 오히려 소설 쓰는 행위의 근본을 날카롭게 묻는다. 그들은 사실과 허구, 문학과 삶의 긴장관계를 확인시키는 실체로 육박하는 것이다. 화자는 "글의 실마리가 되어줄 것 같았던 그 힐끗의 기미"(75면)가 누군가의 공감을 불러일으키는 '소설'이 되기까지는 지난한 고투가 필요함을 생생하게 자각한다.

이 지점에서 소설이 창조하는 '개인'을 읽어나갈 때 "개별자를 개별자로 대하며 나의 관념을 덧씌우지 않는 읽기야말로 '타자의 윤리학'을 이행하고 낯선이(l'étranger)를 '환대'하는 길"[28]이라는 작품 읽기의 태도는 중요한 비평적 참조가 된다. 그동안 신경숙 소설의 성취는 '농경공동체'의 상상력과 '구로공단 체험세대'의 자장 속에서 논의되어온 면이 크다.[29] 그러나 작품의 성취는 실존적 주체가 진술하게 체험을 드러내는 문제로 모두 해명되기 어렵다. 사실관계를 바탕으로 작품 속에서 고유하게 탄생하는 '개인'을 그 자체의 개별자로 대하는 것, 그것은 특정 소설에만 필요한 독법은 아닐 것이다. 소설 속의 '개인'이 누구나 상상할 수 있는 공감의 인물이 되기란 결국 가장 고유한 인물로 형상화되는 과정을 통해서 가능하다.

「모여 있는 불빛」에서 글쓰기의 욕망은 삶과 관계된 '나'를 깨닫게 하는 은유인적 장치이다. 『외딴 방』에서 그러한 글쓰기의 은유는 시제의 변화라는 독특한 서술장치를 동반하면서 여러 인물들과의 관계 속에서 성장하는 '나'의 모습을 생생하게 구축한다. 이처럼 예외적이면서도 전형적인 특성을 동시에 지닌 생동하는 '개별자'의 형상화는 백낙청의 「『외딴 방』이 묻는 것과 이룬 것」에서 정치하게 분석된다. 평자는 '나'가 작가가 되려는 열망을 품고 그것을 실현했다는 점에서 소설 속의 다른 여성노동자들과 구별되지만 상경하는 농촌 자녀들이 마주치는 일반적인 모순 속

28 백낙청 「우리시대 한국문학의 활력과 빈곤」, 『문학이 무엇인지 다시 묻는 일』, 창비 2011, 133면.
29 김윤식 「농경사회의 상상력과 구로공단 상상력」, 『농경사회 상상력과 유랑민의 상상력』, 문학동네 1999, 142면.

에 던져졌다는 점에서 경험의 대표성을 지닌다고 본다. 같은 맥락에서 희재언니 역시 '나'나 외사촌과 다르면서도 그 시대의 평균적인 '외딴 방' 거주자에 가깝다. '나'와 '희재언니'는 예외적인 특성을 갖고 있으면서도 삶의 일반적인 범주에서 전형적인 경험을 갖고 있는 고유한 개인의 모습인 것이다. 평자는 희재언니의 기억을 힘겹게 지니고 살아온 '나'가 "그녀를 객관화하면서 동시에 그녀와 자신의 일체성 비슷한 것을 깨닫는 경지에까지 도달하"[30]는 과정에 이 소설이 주는 깊은 감동이 있음을 설명한다. 이 세심한 작품 분석은 "일체성 비슷한 것을 깨닫는"이라는 표현을 통해 주인공이 기억과 벌이는 고투가 얼마나 힘겨운가를 전달한다. '나'가 가장 힘들어하고 두려워했던 것은 희재언니를 떠올리고 그녀의 비극적인 삶에 자기 마음을 대입해보아야 하는 순간이다. '나'가 과거와의 기억과 싸우며 간신히 '그녀'를 객관화할 수 있다 하더라도 그녀와 완전한 동일시는 이룰 수 없을 것이다. 그런 점에서 "희재언니와 '나'의 최종적 관계는 문자 그대로의 동일시라기보다 참된 의미의 화해이며, 일정한 동일시를 거친 뒤 마침내 그녀와의 작별이 이루어"[31]지는 것이라고 말할 수 있다. 이렇듯 그 자체로 존재하는 고유한 인격으로 소설의 인물들을 대하면서 그 인물들의 예외성과 대표성이 구축되는 과정을 읽어나가는 비평의 방식은 작품에서 '새롭게 생성되는 리얼리티'로 독자의 시선을 이끌어간다. 그 과정은 '통상적'으로 거론되어온 재현과 전형의 의미를 넘어서는 독특한 리얼리즘론의 확장을 보여준다.

세계와 관계된 '고유한 개별자'를 문학작품에서 만나는 일은 비평의 시야를 어떻게 넓혀주는가. 좋은 작품은 '있는 그대로의 삶'을 충실히 보여주면서도 그 삶에 귀속되지 않는 '다른 세상'을 함께 보여준다. 표절 논란

---

30 백낙청 「『외딴 방』이 묻는 것과 이룬 것」, 『통일시대 한국문학의 보람』 287면.
31 같은 글 288면.

이 직접적인 계기가 된 것은 아니지만 신경숙 소설은 보수적인 가족주의의 혐의와 전통적인 모성성을 지향한다는 비판으로부터 자유롭지 않았다. 그의 소설 속 인물들이 드러내는 온순하고 내향적인 특성 역시 수동적인 인물형으로 읽히곤 했다. 그러나 그의 소설이 때때로 누설하는 헌신적인 모성은 그 자체로 완결된 이미지라기보다는 균열과 모순을 보여주는 것에 가깝다. 예를 들어 『엄마를 부탁해』를 읽을 때 떠오르는 엄마의 형상은 가족에게 하염없이 소진당하는 희생적인 여성인 동시에 한편으로는 누구와도 무관하게 자기의 꿈과 욕망을 설계하는 고유한 개별자이다. 소설에서 엄마가 앓는 뇌졸중은 이렇듯 가족이 아는 엄마와 실제 엄마 사이의 간극을 드러내는 육체적 증상이라고 할 수 있을 것이다. 이 지점에서 "근대의 이중성이 여성에게만 해당되는 것은 물론 아니지만 근대는 여성 앞에서 그 모순적 '본질'을 한결 여실히 드러내"[32]게 된다는 말이 뜻깊은 울림으로 다가온다.

비평이 문학작품을 깊이 이해하고 그것을 통해 삶의 심연을 들여다보고자 하는 충동은 한 작가의 사적인 곤경을 근심하는 것과는 무관하다. 그런 점에서 표절 논란은 신경숙 소설로부터 시작되었지만 신경숙 소설을 넘어서 그동안 비평에 개입되었던 관습적 이해의 방식들을 세세히 돌아보게 한다. 개인과 사회, 남성과 여성, 공적인 것과 사적인 것, 이념과 욕망 등의 무수한 근대적 이항대립은 90년대를 건너서 사라진 것이 아니라 끊임없이 지금의 비평 속에서 참조되고 되돌아왔다. 이 완강한 세계는 지금껏 우리의 문학비평이 제대로 감당해본 적이 없는 표절이라는 가장 예민한 화약고와 엉켜서 자신의 존재를 드러냈다. 그런 점에서 모든 비평은 자신이 작품에 건넨 숱한 말들의 역사와 연결되어 있다. 표절 논란 이후 비평가로서 가장 힘든 시간은 그 말들의 역사를 돌아보고 스스로의 발

---

32 김영희 「페미니즘과 근대성」, 이남주 엮음 『이중과제론』, 창비 2009, 137면.

자취를 확인하는 순간들이었다. 가장 날카롭고 거친 비판의 글을 읽다보면 그 밑바닥에는 작품에 대한 깊은 애정을 지닌 비평들이 무심히 흘리고 갔을 뾰족한 말들의 조각이 나온다. 처음에는 애정을 가지고 발신했을 그 기록들이 어디로 옮겨가고 쌓이고 흩어졌는가를 찬찬히 따라가는 과정이 반드시 소모적이지만은 않을 것이다. 부족한 이 글이 여기 놓일 수 있는 것도 이러한 맥락에서이다.

제2부

페미니즘과 공공의 삶, 그리고 문학

페미니즘 비평과 '혐오'를 읽는 방식

1. 페미니즘 비평의 역사와 '래디컬 페미니즘'의 귀환

페미니즘과 여성혐오 문제는 최근의 문학 논의에서 가장 뜨거운 비평적 쟁점 중 하나이다. 강남역 살인사건과 '메갈리아'의 활동, 그리고 문학예술계 성폭력 문제, 다양한 개인들의 연합을 보여준 촛불광장의 혁명을 거치면서 우리는 삶의 현장과 만나는 여러가지 페미니즘 이슈를 접하고 있다. 문학계에서 세대론, 대중문화론과 결합되었던 페미니즘 논의는 작년 하반기 '성폭력 고발'의 참담한 사건을 통과하면서 더욱 직접적이고 강력한 정치적 발화를 확산시키게 된 듯하다.[1]

돌이켜보면 한국문학에서 페미니즘 비평은 급격한 사회적 변혁의 시

---

1 『문학과사회』 2016년 겨울호(기획 '#문단_내_성폭력'), 『문학동네』 2016년 겨울호(좌담 '문단 내 성폭력과 한국의 남성성'), 『21세기문학』 2016년 겨울호(좌담 '2016년 한국문학의 표정'), 『문예중앙』 2016년 겨울호(특집 '#여성혐오_창작'), 『릿터』 2호(커버스토리 '페미니즘'), 『더멀리』 11호('#문단_내_성폭력' 증언1~5) 등이 좌담, 비평, 고발과 증언의 수기, 창작 등 여러 분야에 걸쳐 '페미니즘'을 기획 특집으로 다루었다.

기와 맞물릴 때마다 정치적 동력을 입증하고 영향력을 발휘해왔다. 『여성』(1985) 『또 하나의 문화』(1985) 『여성운동과 문학』(1988) 등 페미니즘 비평매체의 본격적 출현도 당대 민주화운동 및 여성운동의 활성화라는 시대적 흐름에 힘입은 것이었다. 초창기 페미니즘 비평이 민족·계급·성차의 관련성을 고려하면서 '평등'을 주제로 첨예한 토론과 논쟁을 벌였다면 90년대 이후 페미니즘은 대중문화의 이슈와 만나 영역을 확장하며 여성 고유의 '차이'에 관한 담론들을 적극적으로 생산해왔다. 2000년대 이후 페미니즘 비평은 여성성, 여성적 글쓰기의 제한된 범주를 비판하면서 정신분석학, 포스트모더니즘, 해체주의의 흐름과 활발하게 접속해왔다.[2] 작가의 성별이 아닌 텍스트의 성별, 복수적이고 중층적인 정체성들의 출현이 부각되면서 여성문학 연구와 비평에서는 페미니즘이나 젠더라는 용어보다는 섹슈얼리티, 성정치, 소수자, 써발턴(Subaltern, 하위주체) 등의 분화된 키워드를 내세우는 경향이 점점 강해졌던 것도 사실이다. 이러한 경향의 변화 과정은 "여성문학이론의 좌표가 상실된 채 텍스트 추수주의에 경도되거나 여성문학이론 자체가 과잉담론화"된다는 비판을 불러오기도 했다.[3]

페미니즘 비평의 역사적 전개 과정을 간략하게 돌아본다면 현재 세대적 변화를 선언하는 급진적 페미니즘의 출현은 달라진 소통매체를 배경으로 새로운 방식의 운동성을 표방한다는 점에서 이전의 경향과 차이를 보인다. 특히 SNS 공간을 중심으로 여성이 겪는 억압과 차별에 맞서는 대중의 강력한 발화는 그동안 학계를 중심으로 진행되어온 페미니즘 문

---

2 90년대 이후 여성문학비평 담론의 전반적 흐름과 개인의 내면성 담론 및 여성적 글쓰기에 대한 비판적 고찰은 졸고 「비평의 질문은 어떻게 귀환하는가」(『창작과비평』 2015년 겨울호, 본서 제1부 수록)와 심진경 「2000년대 여성문학과 여성성의 미학」(『여성과 문학의 탄생』, 자음과모음 2015) 참고.
3 김양선 「탈주체, 탈중심 시대의 여성문학 비평」, 『오늘의문예비평』 2008년 봄호.

학비평이 실제의 삶과 떨어져 어느 순간부터 자족적으로 순환하고 있었던 것은 아닌지 돌아보게 한다.[4] 양효실은 우리나라뿐 아니라 미국과 전 세계에서 다시 래디컬 페미니즘이 대두되고 있는 현상 자체가 "역사의 반복(유사성)으로부터 차이(새로움)를 끌어낼 필요"를 보여준다고 강조한다.[5] 전지구적 자본주의체제에서의 불평등의 심화, 뿌리 깊은 여성 억압과 차별, 새로운 방식으로 펼쳐지는 광장의 민주주의, 소수자에 대한 다각도의 성찰 등 이제 페미니즘 비평은 다양한 영역에 걸쳐 강한 실천성을 담보한 담론으로 거듭나기를 요구받고 있는 듯하다.

　문학의 현장에서 제기되는 페미니즘 비평의 쟁점은 여러가지가 있겠지만 먼저 '여성혐오' 등 혐오를 둘러싼 다양한 담론들을 비평적으로 점검하는 것으로 논의를 시작하고자 한다. 근래 여성혐오를 포함한 '혐오'의 문제는 정동(情動)과 이데올로기 연구, 문화정치, 도시성 연구 등 다양한 분야에서 페미니즘 비평의 문제의식과 결합하는 중요한 테마가 되었다. 이 글에서는 여성혐오 비판 담론이 문학사 속의 남성주체를 해석하는 과정에서 어떤 비평적 시각으로 작용하는지의 문제, 신자유주의 비판 담론과 혐오 담론이 결합하는 과정, 그리고 실제 작품에 드러난 여성혐오의 주제를 새롭게 읽을 수 있는 가능성에 대해 차례로 탐색해보려고 한다.

---

4 1990년대 중반부터 현재까지 온라인 공간을 중심으로 새로운 세대의 페미니스트가 출현한 과정과 운동사에 대한 간결한 기록은 다음 논의를 참고할 수 있다. 권김현영 외 『대한민국 넷페미史』, 나무연필 2017; 류진희 「금기를 넘어서는 여성들의 패러디」, 『말과활』 2016년 가을 혁신호.
5 양효실 「페미니즘 선언물들, 미국 래디컬 페미니즘 '들'」, 『창작과비평』 2017년 봄호 409면.

2. 여성혐오 비판 담론과 신자유주의 담론

여성혐오와 관련하여 최근 페미니즘 논의에서 자주 인용되는 우에노 치즈꼬(上野千鶴子)의 『여성 혐오를 혐오한다』의 첫 장은 일본 근대문학사 속 남성작가들의 '정전'에 잠겨 있는 지독한 여성혐오에 대한 비판으로부터 시작한다.[6] 저자는 요시유끼 준노스께(吉行淳之介)와 나가이 가후우(永井荷風), 오오에 켄자부로오(大江健三郎)의 작품을 언급하면서 허구의 인물들이 드러내는 여성혐오의 양상과 작가의 실제 삶 및 여성의식을 과감하게 연결시킨다. 이 책은 "'남성 됨'이라는 성적 주체화를 이루기 위해 '여성'이라는 타자에게 의존할 수밖에 없는" 미소지니(misogyny)의 구조를 중요한 도식으로 부각한다. 이브 쎄즈윅(Eve K. Sedgwick)의 논의를 빌려 '호모소셜-호모포비아-여성혐오'의 도식으로 재구성된 여성혐오 구조 담론은 이성애 질서의 핵심에 여성혐오가 있으며, '나는 여성이 아니다'라는 정체성이 남성다움을 지탱하고 있음을 거듭 강조한다.

'남성연대'를 이루기 위해 여성이 타자화되는 과정에 여성혐오가 기원하고 있음을 강조한 우에노 치즈꼬의 논의는 시공간을 가로질러 현재 한국사회 곳곳에서 일어나는 여성혐오의 기원에 대해 부분적으로 명쾌한 해석을 내려주는 듯하다. 그러나 "개개인의 여성들을 하나로 환원해버리는 여자라는 기호에 탐닉하"는 남성주체에 대한 저자의 일관된 강조는 결과적으로 피해자를 여성으로 고착시키는 논의로 되돌아올 위험을 처음부터 보여준다. 궁극적으로 여성혐오의 비판 담론은 '남성연대를 위한 여성의 대상화' 과정 자체를 끊임없이 입증해내는 단일한 회로처럼 보인다. 물론 우에노 치즈꼬의 논의에서 핵심은 '여성혐오' 그 자체가 아니라 '미소지니'라는 구조의 문제라고 볼 수도 있다. 김신현경은 "근대에 이르러

---

6 우에노 지즈코 『여성 혐오를 혐오한다』, 나일등 옮김, 은행나무 2012, 14~30면.

헤아릴 수 없이 복잡하고도 정교한 방식으로 여성이 배치된 원리 그 자체를 가리키는 미소지니의 구조적 측면"이 여성혐오라는 용어에서는 잘 드러나지 않기 때문에 미소지니라는 용어를 그대로 쓰는 것이 낫다고 말한다.[7] 감정의 문제로 여성혐오 문제를 끌고 가기보다는 한국적 미소지니 정서의 물질적 기원을 탐구하는 시도를 제안하는 것이다. 그러나 '미소지니'라는 말을 쓰더라도 여성-남성과 피해자-가해자를 연결짓는 성별 도식의 전제 자체를 피할 수 있는 것은 아니다.

　이현재 역시 여성혐오 비판이 갖는 정치적 힘에 동의하면서도 이러한 성별 도식에 기반한 여성혐오 논의가 구조 바깥을 상상하기 어렵게 만든다고 지적한다. 혐오 비판 담론에서 핵심적인 것은 여성의 주체 되기, 여성의 행위자성을 어떻게 살려내는가의 문제일 것이다. 그렇다면 "타자를 배제함으로써만 정립될 수 있는 주체가 되지 않고도 여성혐오를 벗어나는 행위자성을 담보할 수 있"는 여성들의 연대는 어떻게 가능한가. 이현재는 이를 '비체(卑/非體abject) 되기의 전략들'[8]로 설명하면서 젠더 패러디, 미러링, 가면 쓰기, 여성성의 재전유, 퀴어 되기 등의 다양한 수행전략을 제시한다. 그런데 '비체'의 전략으로 제시된 가면 쓰기나 미러링의 방식은 90년대 이후 우리 여성문학에서 지속적으로 탐구해온 익숙한 방법이기도 하다. 예를 들면 소설에서는 캐릭터와 관련하여 유령, 괴물, 좀비, 싸이보그 등 다양한 존재들의 허구적 서사가 '비체'의 문법으로 해석된 바 있는데, 다만 이미지의 유형화나 소재적 분석 차원을 뛰어넘기 쉽지

7 김신현경 「미소지니를 넘어서기 위해 더 물어야 할 질문들」, 『말과활』 2016년 가을 혁신호 115~16면.
8 이현재는 줄리아 크리스테바 등이 설명한 바 있는 abject 개념을 여성혐오의 문제와 밀접하게 연관지어 강조한다. "경계를 넘나드는, 그래서 더럽다고 여겨졌던 것이며 잡힐 수 없기에 공포스러운 것"으로서의 비체는 특정한 사회적 질서와 동일성을 강화하려는 자들에게 공포를 넘어 혐오의 대상이 된다.(이현재 『여성혐오, 그 후』, 들녘 2016, 34~35면)

않았다. 살아 있는 현재로서 비체의 힘이 감각되기 위해서는 새로운 방식의 전략이 필요하다. 가령 메갈리아의 등장 이후 이전보다 급진적인 방식으로 행해지는 미러링의 전략과 혐오의 반사는 남성뿐 아니라 여성 간에도 소통되지 않을 수 있다는 우려를 가져온다. 무엇보다 상이한 관점과 인식체계를 갖는 비체 전략들끼리 통일된 연대를 구성하는 것이 쉽지 않음을 저자 역시 언급하고 있다.

근대적 성별구조를 통해 '여성혐오'를 설명하는 틀에 대해 또 하나 생각해볼 것은 신자유주의 담론과 여성혐오 담론의 상관관계이다. 최근 여성혐오 논의에서 쉽게 발견할 수 있는 것은 한국사회에서 거세게 일어나는 여성혐오의 문제를 신자유주의적 시장체제에서의 무한경쟁 및 '자기계발주체'라는 흐름과 연결짓는 분석이다. 임옥희는 신자유주의시대의 중간계급 추락이 남성가장에게 과도한 수치심을 안기고 이것이 젠더 무의식을 건드림으로써 폭력성으로 출현하는 과정을 주목한다.[9] 손희정은 직접적으로 "정치적 민주화와 시장적 자유화가 하나의 과정으로 진행되었던 87년체제와 그 체제의 정치, 경제, 문화적 실패"가 '혐오하는 스놉'을 등장시켰으며 주체는 "'반동적 복고주의'를 따라 자신의 혐오를 구성"하게 된다고 주장한다.[10] '혐오'가 결국 '87년체제의 실패로부터 비롯된 것'이라는 손희정의 단호한 진단은 미래의 상상력이 고갈된 상태에서 고립되고 파편화된 개인들의 모습, 자기의 욕망을 깨닫지 못하고 쉼 없이 달리는 속물적 주체와 여성혐오의 주제가 연결되는 지점을 부각한다.

신자유주의체제가 전면화된 이후 젠더갈등이 첨예화되는 과정 속에 혐오의 문제를 위치시키는 이러한 분석방식은 여성을 경쟁상대로 여기는 남성들의 심리현상에 관심을 둔다. 상당수 논의들이 신자유주의체제 속

---

9 임옥희 「수치의 얼굴」, 『젠더 감정 정치』, 여이연 2016, 162~65면.
10 손희정 「혐오의 시대: 2015년, 혐오는 어떻게 문제적 정동이 되었는가」, 『여/성이론』 2015년 여름호 14~15면.

에서 사회경제적으로 '왜소해진 남성성'의 수치와 불안이 야기하는 폭력과 혐오의 문제에 관심을 기울인다. 논의의 바탕을 살펴보면 IMF 위기 이후 근대문학 종언론이나 스노비즘 분석에 입각한 특정한 인간형에 대한 논의로 귀결된다는 점에서 매우 기시감이 드는 담론이라고 할 수 있다. 좀더 비판적으로 이야기하자면 자기계발의 주체, 왜소한 남성성에 대한 문화론적 분석은 페미니즘의 특정 논의와 결합하면서 새로운 출구를 찾기보다는 지난 시대의 신자유주의 비판이나 속물 담론을 반복적으로 확산하고 재구성하는 경향을 보여주기도 한다. 신자유주의 비판이라는 처음의 기획에서 벗어나, 혐오 현상을 읽어내는 문화정치의 담론을 신자유주의 담론이 보충하고 지원하는 형국이 되고 있는 것이다. 이 지점에서 정치경제 비판보다는 오히려 문화 비판을 전면화하면서 궁극적으로 자본주의 비판을 약화시키는 과정이야말로 신자유주의체제가 의도하는 것이라는 낸시 프레이저(Nancy Fraser)의 지적을 서늘하게 되새겨볼 필요가 있다. 여성혐오 비판 담론에서 종종 발견되는 젠더 이분법의 격화야말로 낸시 프레이저가 경계했던, 재분배(평등)와 인정(정체성 정치)이 분리됨으로 인해 페미니즘 운동이 사회경제적 불평등에 대한 관심과 분리되는 바로 그 지점을 보여주기 때문이다.[11]

3. 근대적 남성성과 자기혐오: 김승옥 「무진기행」

리타 펠스키(Rita Felski)의 말처럼 페미니즘 비평은 '가장 다양하고 다면적이며 종종 논쟁적인 학문 중 하나'임에도 불구하고 "일관적으로 성

---

11 낸시 프레이저 「인정을 다시 생각하기」, 케빈 올슨 엮음 『불평등과 모욕을 넘어』, 문현아 외 옮김, 그린비 2016, 202~20면.

차별주의를 비난하고 여성에 대한 긍정적인 이미지를 요구하도록 가르치는"것으로 종종 인식되곤 한다.[12] 실제로 문학작품을 읽을 때 허구적 인물의 젠더의식 속에서 곧바로 작가의 젠더의식을 추출하고 단정하는 방식을 선호하는 페미니즘 비평가는 거의 없을 것이다. 여성억압의 현실을 작품에서 직접적으로 읽어내고 함께 분노하는 것은 '저항하는 여성독자'로서의 정체성을 공유하는 첫 단계이지만, 그것은 비평적 읽기의 시작일 뿐이다. "문학에서 중요한 것이 당연히 젠더 하나만은 아니며 그것이 언제나 가장 중요한 것도 아니다. 그럼에도 불구하고 젠더는 중요한 관건이 된다"(26면)라는 리타 펠스키의 말은 이 점에서 여러모로 새겨지는 지적이다. 앞서 여성혐오 구조 담론이 보여주는 한계에서도 확인했지만 남성작가의 작품에 드러난 여성인물의 형상화를 살필 때 흔히 작동하는 도식 중의 하나는 '근대적 남성주체의 자기정립' 과정에 대한 해석이라고 할 수 있다. 최근 여성혐오 문제와 관련하여 문학사를 다시 읽는 작업에서도 이러한 비평적 해석은 비슷한 방식으로 되풀이된다. 한 예로 강화길은 1960년대의 김승옥(金承鈺) 소설에 나타난 남성주체의 성장서사가 보여주는 폭력적 구도와, 철저하게 지워지는 피해자로서의 여성인물 형상화를 창작자의 입장에서 비판한다.[13] 이때 논의의 배경에 깔려 있는 '근대적 남성성'의 문제나 '훼손된 여성'의 표상에 대한 비판은 성별 도식의 단일한 해석을 넘어서 당대 현실과 작품이 맺는 길항관계에 대한 좀더 세심한 분석이 수반되어야 한다.

그동안 문학사 연구에서 김승옥 소설에 등장하는 '자기세계'의 은유는 전후세대와 차별되는 근대적 남성의 성찰적 주체를 의미하는 것으로 많이 조명되어왔다. 자의식적인 남성인물은 대체로 여성인물들과의 온전

---

12 리타 펠스키 『페미니즘 이후의 문학』, 이은경 옮김, 여이연 2010, 11면.
13 강화길 「농담」, 『문예중앙』 2017년 봄호.

한 소통에 실패하는 과정을 통해 자기의 누추함을 확인한다. 김승옥 소설에 나타난 여성인물의 형상화 및 젠더의식을 읽어내는 초창기의 페미니즘 연구들이 아버지/남성의 부재와 어머니/여성의 대립 구도에 주목했다면,[14] 김승옥 소설에 대한 최근 연구들은 다양한 각도에서 주체 구성의 의미를 살피고자 한다. 정신분석학의 구도에서 남성인물의 우울증적 전략을 살펴본다거나, 사회 담론의 차원에서 1960년대라는 국가주의적 남성성이나 반공주의 이데올로기와 주체 구성의 연결관계를 짚어보려는 논의, 혹은 탈식민주의의 관점에서 여성인물들의 훼손된 양상의 의미를 고찰하거나 주변부의 남성성이 여성에게 혐오와 수치를 투사하는 방식을 분석하는 것이 그 예라고 할 수 있다.[15]

　김승옥 소설의 주요 배경으로 다루어지는 1960년대 서울은 분단 이후 본격화된 개발 중심의 경제적 근대화 과정을 압축적으로 표현하는 상징적 공간이라고 할 수 있다. 지식인 남성 주인공을 즐겨 다루는 그의 소설은 자본주의적 일상성을 향유하면서도 그것과 분열을 일으키는 인물의 갈등 양상을 집중적으로 묘파한다. 자본주의 근대의 일상현실에 대한 섬세한 포착을 담은 김승옥 소설에서 여성인물의 존재는 종종 도시에 의해 상처받고 타락한 성으로 변모하거나 반대로 관습과 편견을 해방시키는 기호로 다가온다는 점에서 양가성을 띤다. 김승옥 소설에서 여성인물이 흥미로운 것은 이들이 자본주의 도시의 기표와 밀접하게 연관된다는 점이

---

14 황도경 「김승옥 소설에 나타난 남(男)-성(性)의 부재」, 이화어문학회 엮음 『우리 문학의 여성성·남성성』, 월인 2000.
15 관련 논의로 차미령 「김승옥 소설의 탈식민주의적 연구」(서울대 대학원 국문과 석사학위논문 2002); 김영찬 「김승옥 소설의 심상지리와 병리적 개인의식의 현상학」, 『비평극장의 유령들』, 창비 2006; 신형철 「여성을 여행하(지 않)는 문학: 「무진기행」의 정신분석적 읽기」, 『한국근대문학연구』 제5권 2호(2004); 김은하 「이동하는 모더니티와 난민의 감각: 김승옥 소설에 나타난 지방 출신 대학생의 도시 입사식(入社式)을 중심으로」, 『한국학연구』 제60집(2017) 참고.

다. 어머니와 누이, 연인 등의 여성인물들은 남성인물과 마찬가지로 고향과 도시를 오가는 경계적 삶 속에서 모순적이고 균열적인 근대도시의 일상을 고스란히 체감한다. 자본주의 근대가 해방과 억압의 양면성을 지니고 있다는 사실이 여성들의 삶을 통해 더욱 선명하게 입증되는 것이다.

김승옥 소설에 드러나는 여성-남성의 관계 양상이 어떤 방식으로든지 일관된 틀에 잘 수렴되지 않는 점 역시 이러한 양면적이고 모순적인 근대의 모습을 보여주는 증좌이다. 특히 여성은 가부장적 억압의 타자로만 온전히 환원되지 않는, 근대와 다층적인 관계를 맺고 있는 모습으로 드러난다. 「서울, 1964년 겨울」(1965)과 더불어 도시의 일상성을 섬세하게 포착한 수작으로 손꼽히는 「무진기행」(1964)은 여성인물의 형상화라는 측면에서도 흥미로운 고찰을 요하는 작품이다. 이 작품에서 무진행을 권유한 아내, 기억 속의 어머니, 자기를 버리고 떠나간 옛 연인 희, 기차역에서 만난 미친 여자, 자살한 술집여자의 시체, 그리고 문제적 중심인물 하인숙에 이르기까지 과거와 현재를 넘나들며 윤희중의 여정에 동반하는 여성의 유형은 단일하지 않다. 이 중에서도 여성 주인공인 하인숙은 '훼손된 여성' '버려지는 여성'의 표상으로 회귀되지 않는 다면적인 인물이다.

그동안 「무진기행」은 자본주의 세속도시에서의 기만적인 삶을 수락하고 합리화하는 지식인의 내면적 갈등을 드러내는 남성인물의 서사로 해석되어오곤 했다. 그러나 이 소설이 표현하는 남성인물의 위악과 자기혐오, 그리고 부끄러움의 감정은 여성인물과의 관련 속에서 현재적으로 음미해볼 필요가 있다. 윤희중이 하인숙에게 썼던 편지를 찢고 서울로 황급히 돌아오며 느끼는 '심한 부끄러움'의 실체는 무엇일까. 신형철은 정신분석학적 관점에서 「무진기행」을 재독하며 윤희중이 마지막에 느끼는 부끄러움은 죄의식이기보다는 멜랑꼴리적 우울의 변형에 가깝다고 본다.[16]

---

16 신형철, 앞의 글 228면.

이러한 해석은 근대적 남성주체의 자기정립이라는 기존의 해석을 벗어나려는 시도를 보여주지만 남성주체의 근본적 불안과 욕망을 입증하는 데 초점을 맞추고 있다. 여기서 여성은 관계 맺기의 욕망을 회피하는 남성의 전략적 실패에 의해 영원히 도달할 수 없는 동경과 낭만의 대상으로 남겨진다.

상징계에 의해 억압된 무의식적 욕망 속에서 '무진'의 공간성을 음미하는 해석도 가능하겠지만, 소설 속의 하인숙은 때때로 그 아늑하고 따뜻한 공간을 깨고 나오는 현실적인 모습을 보여준다. 하인숙도 윤희중처럼 서울에서 대학을 다녔지만 현재는 자기를 만족시킬 수 없는 지방 소도시 무진에서 권태로운 교사생활을 이어가고 있다. 그녀는 윤희중 못지않은 욕망과 세속적 꿈을 가진, 주변부의 삶을 살고 있지만 나름대로 소시민적인 엘리트이다. 그녀는 경제적인 안정을 도모할 수 있는 결혼제도에 대해 실리적인 생각을 지닌 것처럼 보이기도 하고, 한편으로는 낭만적 사랑의 감정에 순간순간 충실한 사람처럼 보이기도 한다. 윤희중에게 '서울 냄새'가 난다고 말하며 서울로 데려다달라고 말하지만, 곧 말을 바꾸어 일주일만 멋있는 연애를 하자고 말하기도 한다.

소설은 만남의 엇갈림, 대화와 추측, 하인숙에게 편지를 썼다가 찢는 윤희중의 행동을 통하여 인물들의 단절 양상을 섬세하게 표현한다. 핵심적인 것은 남성들 중 하인숙의 욕망과 제대로 소통하는 인물이 아무도 없다는 점이다. 후배 박은 속물들 사이에 함부로 둘 수 없는 대상으로 하인숙을 이상화하고 반대로 세무서장 조는 하인숙을 성적 유희의 대상 이상으로 여기지 않는다. 윤희중은 어떤가. 청년 시절의 외롭고 고통스러웠던 시간을 떠올리며 바닷가 집을 찾아가 하인숙과 정사를 치른 그는 단박에 그녀의 마음을 얻은 유일한 남자처럼 보이지만 그것은 그 자신의 착각일 수 있다. 부치지 못할 편지를 쓰고 그것을 찢는 윤희중의 행동은 하인숙과의 연애관계를 제대로 진전시키지 못하는 내면적 갈등과 분열을 드러낸다.

윤희중이 느끼는 '심한 부끄러움'은 하인숙과의 불분명한 약속을 저버리고 서울로 귀환하는 장면에서만 일시적으로 발생하지 않는다. 서울에서나 무진에서나 그는 갈등과 균열의 삶을 살아간다. 그의 내면에는 재력을 지닌 처가와 아내에게 휘둘리는 현실에 스스로를 매끄럽게 일치시킬 수 없는 자괴감과 동시에 성공하고 싶은 욕망이 들끓는다. 무진에 올 때마다 고향 사람들의 부러운 눈길을 받으며 흐뭇한 마음도 있지만 세무서장 조의 조롱이나 문학청년 박의 순수함 앞에서는 자신에 대한 혐오와 부끄러움을 느낀다. 어떤 면에서 그 부끄러움은 무진에 갈 때마다 그가 충분히 예상했던 것이기도 하다. "서울에서의 실패로부터 도망해야 할 때거나 하여튼 무언가 새출발이 필요할 때"[17]마다 감행되던 무진행에서 그는 자신의 맨얼굴을 보는 부끄러움을 감당한다. 이때의 그가 느끼는 부끄러움은 소시민적 지식인의 위악이라는 한계와 윤리적인 성찰의 가능성 사이에서 흔들리는 불편한 감정에 가깝다. 「무진기행」을 읽는 평자마다 주인공의 여행의 의미를 다채롭게 해석하게 되는 것도 남성주체의 자기혐오와 수치심이 반드시 현실의 적응이나 반성을 촉구하는 결말로 고정되지 않기 때문이다.[18]

「무진기행」은 남성인물의 부끄러움과 자기분열의 갈등을 통해 현실 저너머에 타자로만 놓아둘 수 없는 여성의 존재를 깊이있게 각인한다. 그것은 폭력적 세계에 전면적으로 노출되어 타자화되는 여성의 모습에서 자

---

17 김승옥 「무진기행」, 『김승옥 소설전집 1』, 문학동네 1995, 128면.
18 이혜원은 「무진기행」에 나타난 '자연'에 대한 의식이 자연을 도구화하는 전형적인 근대적 자연관뿐 아니라 타자화된 자연에 대한 이질감과 공포, 치유의 공간, 그리고 근대적 시간에 대한 일탈과 반성 등 다양한 함의를 내장하고 있다고 본다. '자연'은 작품에서 형상화된 여성의 존재와 연결된다. 윤희중이 무진에 머무르는 동안 "자신의 내면과 조우하고 현실의 자신을 비판적으로 바라보"게 되는데 이는 무진의 자연이 제공한 치유와 성찰의 힘이라고 할 수 있다는 것이 이 글의 논지이다.(이혜원 「「무진기행」에 나타난 자연의 양상과 의미」, 『문학과환경』 15(2), 2016.6)

유롭지 않은 「생명연습」(1962) 「건」(1962) 「누이를 이해하기 위하여」(1963) 등과 비교해서도 진전된 면모를 보여준다. 「무진기행」이 이러한 작품들의 한계를 벗어나 일정한 성과를 거둔 지점이 있다면 근대의 분열과 모순을 감당하는 입체적 존재로서의 여성을 현재화한다는 점에 있을 것이다.

4. 혐오를 새롭게 읽는 방식: 김애란 「가리는 손」

성과 인종, 계급을 가로지르며 복잡하게 얽히는 혐오의 문제를 성찰할 때 여성으로서의 정체성은 어떤 성찰의 자리를 만들 수 있는가. 최근 발표된 김애란(金愛爛)의 「가리는 손」(『창작과비평』 2017년 봄호)은 어머니의 불안을 통해 혐오의 문제를 다룬다는 점에서 흥미로운 작품이다. 작품을 읽으면 피해자와 가해자의 도식을 가장 고통스럽게 성찰하게 하는 부모의 윤리적 위치를 드러낸 최근의 여러 작품들이 자연스럽게 떠오른다. 인종차별, 청소년폭력, 중산층 계급의식 등을 다층적으로 포착한 헤르만 코흐(Herman Koch)의 소설 『디너』(은행나무 2012)나 모성불안과 자녀의 폭력성을 치밀하게 고찰한 라이오넬 슈라이버(Lionel Shriver)의 소설 『케빈에 대하여』(알에이치코리아 2012), 미국 콜럼바인 총격사건의 실화를 어머니의 입장에서 기록한 쑤 클리볼드(Sue Klebold)의 『나는 가해자의 엄마입니다』(반비 2016)가 그 예라고 할 수 있다. 김애란의 「가리는 손」 역시 '어머니'의 자리에서 고민하고 갈등하는 사회적 윤리의 문제를 다룬다는 점에서 매우 예민한 시대적 쟁점을 드러내고 있다. 소설은 모성의 갈등, 인종차별, 청소년폭력, 노인혐오 등 사회적으로 중요한 이슈들을 아이의 생일파티라는 일상의 순간 속에 녹여놓는다. 주인공은 대학 시절 동남아에서 온 남성과 사랑에 빠져 아이를 낳게 되었지만 결국 헤어진 채 홀로 아이를 키워온 인물이다. 소설은 모성이라는 구체적 현실을 통해 여성의 정체성을 성찰하게 한다.

소설에서 주인공 스스로 실감하는 '어머니'의 자리는 어떤 것인가. 사랑했던 남자와 헤어져 이른 나이에 엄마가 된 그녀는 친정어머니의 '돌봄노동' 덕분에 따뜻한 밥을 먹으며 아이를 맡겨두고 직장생활을 할 수 있었다. 어머니가 돌아가신 후 아들과 정면으로 마주하면서 주인공이 느끼는 불안은 그동안 어머니가 거들어주었던 '모성'의 역할을 단독적으로 해나가야 하는 긴장과 낯섦에서 오는 것이기도 하다. 이제 그녀는 어머니로부터 분리된 상실감을 벗어나 스스로 어머니-되기를 실현해야 하는 것이다. 아이의 열다섯살 생일을 맞아 주인공이 미역국을 끓이는 장면으로 이야기가 시작되는 것은 그런 점에서 의미심장하다. 우럭의 뼈를 가르고 국물을 정성껏 고아내는 요리 과정은 주인공의 어머니가 주인공에게 해준 생일상 차림과 해산 뒷바라지의 기억을 재현하는 효과를 낳는다. 우럭 비린내와 뜨거운 국물은 "비리고, 뜨겁고, 미끌미끌한 덩이"(209면)의 감각적 구체성을 통해 남편과 헤어져 어머니와 함께 아이를 키워온 힘든 시간들을 돌아보게 한다. 흥미로운 것은 이렇듯 주인공이 과거의 기억을 떠올리며 정성스럽게 준비하는 생일 저녁식사가 사실은 아들이 연루된 폭력사건의 진실을 짚어나가는 자리라는 점이다.

이야기가 진행되면서 아이와 엄마의 심리적 갈등은 내밀한 방식으로 고조되고 혐오의 문제에 다층적으로 접근하게 된다. '다문화' '아빠가 동남아'라는 수군거림 속에서 아이를 키워온 주인공은 "차가움을 견디는 방식으로 누군가를 뜨겁게 미워하는 언어를 택하는 곳"(210면)에서 자신이 살아가고 있음을 체감해왔다. 그러나 당사자인 아이가 겪은 차별의 시간은 어머니의 자리에서 온전히 알 수 있는 것이 아니다. 편의점 앞에서 벌어진 학생들의 폭력사건을 우연히 목격한 아들 재이는 가해자들과 CCTV에 함께 찍히게 되고 그 낯선 모습을 통해 엄마는 아이가 남몰래 겪었을 차별의 시간과 더불어 혹시 자신이 알지 못한 그 무엇이 있을지 모른다고 불안하게 상상한다. 가장 가까운 자리에서 오히려 감지하기 어려운 낯선 타자로 만나게 되는 재이의 모습은 "엄마, 나 아니에요"(212면)라는 대답 속에서 더욱 혼란스럽게 다가온다.

　재이는 다문화가정의 아이로서 겪게 되는 차별과 배제에 조금씩 익숙해져왔다. 피부색을 감추기 위해 비 오는 날에도, 저녁 외출할 때도 썬크림을 하얗게 바르는 재이의 모습에는 어떤 방식으로든 공동체 속에 동화되어 눈에 띄지 않으려는 욕망이 스며 있다. 재이는 다문화가정의 아이라는 소수자의 정체성과 더불어 십대 청소년으로서의 정체성도 동시에 가지고 있다. 인형뽑기 기계에서 뽑은 라이언 인형을 가지러 폭력의 현장으로 되돌아간다거나, 폐지 줍는 노인을 폄하하는 '틀딱'이라는 말에 자기도 모르게 웃음 짓는 재이의 무심한 행동은 청소년이 일상에서 경험하는 은밀한 폭력들을 섬세하게 형상화한 것이다.

　어머니의 자리에서 주인공이 실감하는 불안은 그녀의 마음을 혼란스럽게 하지만 한편으로는 자신이 눈감아왔던 과거를 새로 들여다보게 한다. 그녀는 또래집단에서 차별을 겪으며 힘들어하는 아이에게 "재이야, 너희 아빠 여기 일하러 오지 않았어. 공부하러 온 사람이었어. 고향집에 하인도 있었대"(220면)라는 말을 들려주며 또다른 차별의 시선으로 아이의 마음을 위로하려 했던 자신의 허위적 행동을 돌아본다. 버는 소득을 모두 아이의 교육에 쏟아부음으로써 아이를 경쟁의 시스템에서 살아남게 하려 했던 그녀의 노력은 생계가장으로서의 어머니 역할에 최선을 다하는 과정이었지만 그 결과는 서서히 재이와의 관계에서 단절의 층들을 만들어온 것으로 드러난다. 폭력의 현장에서 보여준 재이의 방관적 행동이 차라리 "보복이 두려워 그랬"(223면)기를 바라는 주인공의 마음과 달리 재이는 인터넷에 떠도는 사건 동영상의 존재에 온 신경이 집중되어 있을 뿐이다.

　소설의 제목인 '가리는 손'은 그런 점에서 누군가의 죽음을 애도하고 슬퍼하는 마음에서 우러나는 의례가 그 허위의 껍질을 벗고 진실의 한 국면과 맞닿는 놀라운 상징이 된다. 타인의 죽음에 대한 애도라는 명분 속에 감추어진 불안과 폭력은, '4인용'으로 마련되어 있지만 모자가 단둘이 마주 앉은 식탁에서 피할 수 없는 현실로 드러난다. 그런 점에서 모성의 불안과 사회적 약자에 대한 차별의 문제를 복합적으로 얽어놓은 이 소설은 피해자와 가해자의 도식으로 쉽게 분별되지 않는 혐오의 문제를 포착하는 데 성공했다고 할 수 있을 것이다. 이 소설이 끝까지 유지하는 서늘한 서사적 긴장은 가장 가깝고도 먼 자리로서의 어머니의 자리를 윤리적으로 실감하고 되묻는 주인공의 분투에서 비롯된다고 할 수 있을 것이다.

혐오를 이야기할 때 가해자와 피해자의 관계라는 틀을 벗어나서 사유한다는 것은 어떤 의미일까. 특히 여성혐오와 관련하여 지금까지 살펴본 다수의 비평적 논의들은 혐오하는 적대자, 그리고 혐오 대상이 되는 존재 혹은 피해자라는 대립 구도에서 자유롭지 못하다. 미소지니로서의 메커니즘을 강조할 때 여성혐오는 주체의 어떤 가능성도 탐문하기 쉽지 않은 닫힌회로 속의 순환을 보여준다. 이 지점에서 트랜스젠더 퀴어와 바이섹슈얼의 위치에서 혐오의 양가성을 탐색하는 루인의 시도는 다른 방식의 성찰을 열어주는 듯하다. 루인은 가해자-피해자, 혐오자-혐오 대상이라는 구도 속에서는 혐오의 문제를 온전히 이해할 수 없다고 주장한다. 혐오는 "분명한 어떤 감정을 야기하는 사건이 아니라 양가적 감정을 불러일으키는 현상"[19]이기 때문이다. 적대적 대립으로 설정해서는 결코 풀어낼 수 없는 복잡하고 양가적인 얼굴을 지닌 혐오의 문제는 특히 트랜스젠더 퀴어와 바이섹슈얼에게 몸에 대한 감정과 인식을 새롭게 탐문하는 계기가 된다. 이때의 혐오는 "적대관계가 구축하는 얼굴이자 형상이기도 하지만, 관계를 구축하기 위해 자신의 몸을 날카롭게 인식하는 과정"[20]이 된

---

19 루인 「혐오는 무엇을 하는가」, 윤보라 외 『여성 혐오가 어쨌다구?』, 현실문화 2015, 173면.
20 같은 글 224면.

다. 루인은 존재를 학살/삭제하려는 혐오자의 의도에 갇히지 않으면서 혐오로 인한 고통을 부인하지도 않는, 감정이 축적된 몸, 아카이브적인 몸을 탐문하려는 시도 속에서 혐오가 열어놓는 새로운 성찰의 가능성을 제시한다. 존재를 지우지 않는 아슬아슬한 경계 위에서 절박하게 혐오의 문제를 성찰하고자 하는 이러한 시도는 혐오의 담론과 분투하는 비평의 시선을 자극하고 새로운 길을 고민하게 하는 의미있는 작업이라고 하겠다.

페미니즘과 공공의 삶, 그리고 문학

1. 페미니즘과 문학의 공공성

"개인적인 것이 정치적인 것이다"라는 슬로건은 페미니즘 운동을 대중적으로 확산시킨 오래된 표어이면서 현재적으로 많은 함의를 머금은 말이다. 그동안 우리 사회에서 지속적으로 전개되어온 페미니즘의 실천적 논의들은 강남역 살인사건, 문화예술계 성폭력 사건, 그리고 촛불혁명을 거치며 여러가지 새로운 국면을 만들어냈다. 세계적으로 확산된 미투운동을 배경으로 사회 각계에서 성폭력과 차별에 대한 적극적인 공론화 과정이 이루어지고 있는 것 역시 주목할 지점이다. 사회적 약자들이 겪는 구조적인 차별과 혐오 및 폭력의 문제를 공론장에서 제기하는 적극적인 행동 속에서 그동안 개인의 사생활 문제로 치부되었던 여러 종류의 불평등한 관계들이 가시화되고 있다. 이처럼 페미니즘의 주제는 개인의 일상적 관계들이 궁극적으로는 정당한 권리와 자유를 위한 공공적인 질문들에 열려 있다는 점을 일깨운다.

페미니즘의 문화적인 확산은 출판과 강연, 학술과 교육의 공론장에서도 뚜렷하게 감지된다. 현재 이들 분야에서 페미니즘은 뜨거운 관심을 모으는 대중적 주제이다.[1] 최근 청와대 국민청원 게시판에 올라와 호응을 얻은 초·중·고교 페미니즘 교육 의무화 청원 역시 교육현실에서 일상화된 성적 비하와 약자 혐오의 문제에 대응하려는 시민들의 적극적 의지를 담고 있다. 이 과정에서 페미니즘이 궁극적으로 인간해방이라는 목표를 염두에 두고 있다는 사실이 두루 공유되었다는 점은 새삼 반갑게 다가온다. 국민청원에 대한 정부의 답변 역시 페미니즘 교육이 근본적으로는 인권교육의 맥락에 서 있음을 살피며 "여성뿐 아니라 종교, 장애, 나이, 인종등 사회적 약자에 대한 차별과 혐오적 표현은 인간에 대한 기본 예의, 차이를 인정하는 인권 문제를 바탕으로 접근해야 한다"라고 강조했다.[2]

캐롤 페이트먼(Carole Pateman)은 '사적인 것과 공적인 것의 이분법'의 문제야말로 거의 두세기에 걸쳐 여성주의적 글쓰기와 정치투쟁에서 핵심적인 사안이라고 지적한 바 있다.[3] 근대적 가부장제의 이분법적 인식틀은 정치적 공공성의 영역에 계급, 성별, 인종과 관련된 무수한 차별과 배제를 기입해왔다. 김영희(金英姬)는 이성적 존재로서 보편적 개인을 정의하는 자본주의 근대 특유의 논리가 특정한 주체를 이성적 존재로 호명하는 차이 내지 차별의 논리를 필수적으로 요청한다는 사실을 환기한다.[4] 젠더 문제가 작동하는 가족, 개인의 일상적 삶은 흔히 사적인 영역으로 치부되는데 이러한 논리 자체가 타자를 배제하고 차별하는 가부장적·제국주의적 근대체제의 산물이라고 볼 수 있는 것이다. 백영경(白英瓊)은 공적인 것, 공공성에 대한 지금까지의 논의가 젠더 문제를 주요하게 다루지 못했음을 지적하며 "공(公), 공(共), 사(私) 영역 전반에 걸쳐 작동하"

---

1 「'미투' 확산에 페미니즘 출판·전시 꽃 피우다」, 『노컷뉴스』 2018.2.8 참고.
2 「靑, '초중고 페미니즘 교육 의무화 청원' 답변 살펴보니…」, 『뉴스웨이』 2018.2.27.
3 캐롤 페이트먼 『여자들의 무질서』, 이평화·이성민 옮김, 도서출판b 2018, 189면.
4 김영희 「페미니즘과 근대성」, 이남주 엮음 『이중과제론』, 창비 2009, 122~23면.

는 커먼즈(commons) 논의를 통해 국가나 특정한 조직과 공동체의 과제로만 제한되어 있던 젠더 문제 및 돌봄의 위기 현상을 돌파하기를 모색한다.[5] 공유지, 공유재, 공동자원 등으로 번역될 수 있는 커먼즈에 대한 적극적 해석은 여성 문제의 일부가 가족이나 사적인 차원으로 귀속되어 설명될 수 없다는 의식에서 한 걸음 더 나아가 "자각한 시민들이 스스로의 삶과 위협에 놓인 자신들의 자원들을 스스로의 손으로 책임지겠다는 비전"[6]을 실천하는 과정을 강조한다.

문학예술은 많은 사람들이 공감하는 소통의 형식을 시도한다는 점에서 기본적으로 공공성(publicness)을 추구한다. 예술과 정치는 공공성, 혹은 공공 영역에서 근본적으로 만나며, 문학은 작품이라는 언어예술을 통해 삶의 문제를 포착함으로써 공공성의 가치를 묻고 구현한다. 물론 문학예술의 공공성을 논의할 때 다른 분야의 그것과 차별되는 지점 역시 짚어둘 필요가 있다. 예술 영역에서 공공성을 사유하기 쉽지 않은 이유는 공공성이라는 개념 자체가 "공공의 이익이나 공공의 가치, 공공 영역, 공공재 등과 같이 다른 용어나 개념에 내재하는 속성"[7]으로 제한되어 사용될 우려가 크기 때문이다. 국가나 제도에 의해 이루어지는 공적 지원 영역의 문제, 공적 지원을 받은 대상들이 그 활동에서 공공성을 가져야 한다는 논의, 제도적 검열의 문제, 매체의 혁신성 등의 문제로만 공공성의 개념과 범위를 제한한다면, 예술작품의 가치평가와 구체적인 실현 문제는 추상적인 당위의 확인에 머무르기 쉽다.[8] 문학작품이 공공성에 기여하는 방식은 사회적 담론의 형식과 다른 층위에서 작동한다. 작품에 들어오는 사

---

5 백영경 「복지와 커먼즈: 돌봄의 위기와 공공성의 재구성」, 『창작과비평』 2017년 가을호 23면. 이 글에서 공공성과 공동체, 커먼즈의 개념적 논의에 대해 참고할 수 있다.

6 Thomas Allan, "Beyond Efficiency: Care and the Commons," 같은 글 30면에서 재인용.

7 김세훈 외 『공공성』, 미메시스 2008, 9면.

8 2015~17년 문학 영역에서 부각된 공공성의 주제 역시 '문학권력'과 출판사 상업주의 비판, 예술인 지원 문제, 매체 혁신 논의에 제한되어 다루어진 측면이 크다.

회적인 기록 역시 사물과 세계를 인식하는 특정한 문학의 형식과 관점을 통해 조직된다. 페미니즘을 다룬 문학작품의 예만 들더라도 폭력과 차별의 현실을 고발하는 것만으로는 좋은 작품이 될 수 없다. 여성과 소수자가 겪는 차별과 폭력의 문제는 별도의 주제로 존재하는 것이 아니라 '살아 있는' 존재의 삶 속에서 탐구될 때 깊은 감동을 주게 된다. 뛰어난 문학작품이 주는 감동은 계급과 젠더와 인종을 가로지르는 복잡다단한 삶의 양상 속에서 현실의 문제를 고민하게 함으로써 공공성의 주제와 연결된다.

더불어 문학과 연관된 공공성과 커먼즈의 개념을 이야기할 때 그것이 개방성을 지향하면서도 특정한 배제와 주변화의 힘 역시 갖고 있음을 거듭 환기할 필요가 있다. 커먼즈론에서도 지적되듯이 문화적·지적 자원들은 다른 자연자원처럼 희소성과 전용의 원리에 제한받지 않기 때문에 여러가지로 창조적으로 활용할 수 있는 것만큼이나 진부하고 관습적인 방식으로 남용될 우려도 있다.[9] 사회 제반 문제뿐 아니라 문학의 영역에서도 "이미 존재하는 커먼즈를 보호하는 차원을 넘어서 공동의 것을 새로 만들어나가는 노력"[10]이 절실히 필요한 셈이다. 이 글에서는 이러한 공공성과 커먼즈의 논의가 열어 보이는 비평적 시야를 참조하면서 페미니즘의 시각에서 바라보는 여성의 삶과 시민의 삶, 문학작품에 존재하는 젠더의 신호를 해석하는 문제, 최근의 페미니즘 서사가 직면한 고민과 과제를 차례로 탐색하고자 한다.

---

9 데이비드 하비 「커먼즈의 미래: 사유재산권을 다시 생각한다」, 『창작과비평』 2017년 가을호 58~59면.
10 백영경, 앞의 글 27면.

2. 여성의 삶과 시민의 삶

근대 가부장제 가족구조 속에서 여성이 자신의 주변부적 위치를 자각하면서 동시에 어떠한 방식으로 '시민'의 권리와 책임을 깨닫게 되는가에 대한 질문은 문학에서 중요한 주제다. 박완서(朴婉緒)의 단편 「조그만 체험기」(1976)는 이와 연관하여 평범한 주부로서의 여성의 자리가 시민으로서의 삶과 연동되는 과정을 흥미롭게 알려주는 텍스트이다. 1970년대 개발독재시대를 배경으로 공권력의 부정부패 현실과 물신주의를 날카롭게 풍자한 이 작품은 사소한 일상에서 출발하여 사회적인 문제로 번져가는 박완서 소설 특유의 스토리텔링으로 이루어져 있다.

통금시간이 지나도록 돌아오지 않는 남편을 초조하게 기다리던 주인공 '나'는 남편이 느닷없이 검찰청 수사과에서 나온 형사하고 같이 나갔다는 이야기를 듣고 검찰청으로 허겁지겁 찾아간다. 전기용품상을 운영하는 남편은 주위로부터 '법 없이도 살 사람'이라는 평을 듣던 고지식한 사람이었다. 검찰청 앞에 도착한 '나'는 자신처럼 "피의자 대기실 주변의 맨땅에 뙤약볕을 무릅쓰고 파김치처럼 늘어져"[11] 식구를 기다리는 무수한 여인들을 만나게 된다. 교도관 및 감시꾼은 피의자의 가족이라는 이유로 밖에서 기다리는 여성들에게 혹독한 구박과 욕설을 퍼붓는다.

소설은 특혜와 부정을 통해서라도 남편을 감옥에서 구출할 수 있을지 모른다는 희망을 품었다가 좌절하고 현실을 자각하기에 이르는 주인공의 심리적 요동을 흥미롭게 서술한다. '나'는 한 가정을 꾸리는 평범한 주부이기도 하지만 작가이자 지식인으로서의 개별성을 지닌 인물이다. "작가랍시고 언론의 자유니 표현의 자유니 하는 문제로 제법 잠 못 이루는 밤을 가진" 적이 있던 그였지만 "서방은 저녁에 계집이 기다리는 집으로

---

11 『조그만 체험기: 박완서 단편소설전집 2』, 문학동네 1999, 93면.

돌아갈 수 있고, 계집은 서방을 맞아 바가지 긁을 자유만 있으면 됐지 그 이상의 자유가 무슨 소용이랴 싶"(106면)은 체념과 원망에서 자유롭지 못하다. 불안한 마음에 "이럴 때 돌봐줄 유력한 빽줄"(94면)을 동원해 남편을 구할 수 있기를 간절히 바랐던 그녀가 주변을 찬찬히 돌아보기 시작한 것은 '억울함'에 대해 곰곰 생각해보면서이다. 피의자 옥바라지로 모여든 "맨 억울한 사람들"(110면)을 만나면서 주인공이 새삼 깨달은 것은 "어떤 세도가나 권력자에게도 동등하게 대우받아야 한다는 내 나름의 오만"(109면) 속에 살아왔다는 사실이다. 여러가지 갈등 끝에 '나'는 불법적 방식을 포기하고 변호사 위임도 취소한 채 다른 사람과 똑같은 방식으로 재판을 치른다.

일상적 현실과 촘촘히 얽혀 있는 공적 평등과 윤리의 문제를 실감나게 다룬 이 소설은 한 가정의 주부이자, 소시민이자 지식인으로서 체험한 '억울한 일'이 다른 사람들과의 관계 속에서 어떻게 비교되는가를 깊이있게 파헤친다. 주인공이 뼈저리게 느끼는 공정한 법에 대한 갈망과 시민으로서의 정치적 자각은 지식인이면서 작가라는 입장에서만 비롯된 것이 아니다. 한 가정의 주부로서 절실하게 매개되고 공감하게 되는 '체험기'는 '여편네'로 업신여겨지던 사람들이 정당하게 느끼고 항의하는, 법과 평등의 문제를 생생하게 담아낸다. 그런 점에서 '조그만 체험기'라는 제목은 전혀 조그만 것이 아닌, 일상현실 속에 새겨진 공공적인 문제들의 엄숙한 무게를 역설적으로 전달한다.

더불어 이 작품에서 중요하게 다뤄지는 것은 모든 개인이 예외 없이 똑같은 조건을 보장받는 것은 평등의 진정한 개념이 아니라는 사실이다. 주인공은 자신의 입장을 '억울한 사람'으로만 단순화하지 않는다. 그녀는 약하고 가난한 사람들이 체감하는 억울함과 자기 감정 사이의 차이를 분명히 직시한다. "자기나 자기 가족에 대한 편애나 근시안에서 우러나는 엄살로서의 억울함에는 그래도 소리가 있지만, 약하고 가난한 사람들에게 숙명처럼 보장된 진짜 억울함에는 더군다나 소리가 없다. 다만 안으로 안으로 삼킨 비명과 탄식이 고운 피부에 검버섯이 되어 피어나기도 하고, 독한 한숨으로 피어나기도 하고, 마지막엔 원한이 되어 공기 중에 떠 있을지도 모른"(116면)다는 냉엄한 관찰을 잊지 않는 것이다. 지식인이자 소시민으로서 자기가 느끼는 억울함과 이기심을 부정하지도 않으면서, 한편으로 거기서 더 나아가 법 앞에서 다 같이 평등해진다는 의미를 되묻는 이 소설은 공동체의 구성원으로서 자각하는 책임과 권리에 대해 진지하게 성찰한다. 소설은 부패와 비리로 가득한 재판현실을 보면서도 다시금 평등한 주체로서 법 앞에 서고자 하는 시민주체의 모습을 보여준다.

일상과 정치, 개인과 사회가 어떻게 연동되는가를 예민하게 형상화한 이 작품은 문학에서 요청되는 페미니즘의 시선이 얼마나 세심하고 깊어져야 하는가를 암시적으로 일러준다. 개별 존재들의 존엄성이 인정받는 평등한 삶을 위한 노력은 단순히 제도를 철폐하거나 초월하는 방식으로 성취되지 않는다. 현실의 적응과 극복은 불가피하게 당면한 현실의 압력을 견뎌내는 제도의 안과 밖에서 동시에 이중적으로 수행된다. 그런 점에서 김영희가 지적한 대로 근대체제 속의 "여성은 단순히 노동하는 자로서만이 아니라 심지어 '가정주부' '어머니'로서도 이미 근대에 들어와 있는 셈이다." 김영희의 강조대로 지배적인 근대인 개념에 비추면 여성은 근대적 주체라는 특정한 근대성에 미달하지만, 적응을 하든 못하든 이미 근대인으로 살고 있다는 점에서 근대적 주체이다. 근대에 쉽게 안착할 길도 없고, 그렇다고 근대를 쉽게 건너뛰거나 초월할 길도 열려 있지 않은 여성에게 근대는 "그 모순적 '본질'을 한결 여실히 드러내"는 것이다.[12]

---

12 김영희, 앞의 글 136~37면.

3. '젠더'의 신호를 읽는다는 것

개인적인 것과 정치적인 것, 사적인 것과 공적인 것의 경계가 면밀히 얽힌 여성의 삶에 대한 박완서 소설의 통찰은 최근 소설들이 다루는 젠더의 테마를 들여다보는 실마리가 되어준다. 일상에서 시민의 공정한 삶을 살려는 노력들은 젠더 문제의식과 어떤 관계를 맺는가. 최근 몇년간의 페미니즘 서사는 여성을 포함한 소수자의 목소리를 전면적으로 부각함으로써 뚜렷한 주제의식을 드러내왔다. 사회적 약자들이 당면한 (성)폭력과 차별, 배제의 경험은 격렬한 증언과 고발의 형식으로 작품에 스며들어 독자들에게 강한 공명을 불러일으킨다. 그러나 권김현영(權金炫伶)이 지적한 대로 최근 여성에 대한 폭력 문제를 다루는 페미니즘 인식론은 '개인적인 것이 정치적인 것'이라는 구호 이후 피해자중심주의를 넘어서야 하는 교착상태에 직면하였다. 그것은 법 담론 중심의 피해자 권리 담론이 문제를 다시 개인적 차원으로 이동시키는 현실, 피해자중심주의라는 새로운 도덕주의의 부상, 소수자와 약자 혐오 현상 심화의 문제점으로 드러나고 있다.[13] 심진경(沈眞卿) 역시 최근 페미니즘 서사에서 드러나는 피해자중심주의와 '페미니스트 신원조회'로 집중되는 관습적인 재현의 방식이 서술 주체를 재현 대상과 동일시하는 한계를 보여주며 "여성혐오 논리의 전도된 거울상이 돼버릴 위험"성을 지적한다.[14]

가까운 사례로 대중적으로 화제가 된 조남주(曺南珠)의 『82년생 김지영』(민음사 2016)만 하더라도, 작품의 성취 평가와 더불어 사회적인 반향을 불러일으키는 맥락에 대해 다양한 관점의 토론과 비평적 논의가 행

---

13 권김현영 「성폭력 2차 가해와 피해자 중심주의의 문제」, 권김현영 엮음 『피해와 가해의 페미니즘』, 교양인 2018, 28~29면.
14 심진경 「새로운 페미니즘서사의 정치학을 위하여」, 『창작과비평』 2017년 겨울호 56면.

해진 바 있다.[15] 주인공 김지영이 '여성'으로서 살아온 과정에서 겪은 불평등과 차별, 혐오의 문제에 공감하지 않을 이유는 없을 것이다. 이 소설이 다루는 육아와 돌봄의 문제, 사회적 경력이 단절된 여성이 느끼는 심리적 박탈의 문제는 2000년대 이후의 여성서사들이 결여해온 중요한 소재적 공백을 짚었다는 점에서 일정한 기여를 했다. 그럼에도 신문기사나 통계자료, 단평에 입각한 내적 독백에 의존하여 구성되는 단조로운 인물의 형상화는 차별과 혐오의 대상이 되는 여성의 삶에 대한 심화된 성찰을 전달하기에는 아쉬움을 준다. 정신과 의사의 관찰기로 구성된 소설의 액자구조도 인물의 시점과 발언을 감싸기에는 헐거운 형식이라고 할 수 있다. 여성이라면 으레 공감할 것이라는 가정하에 그려지는 '평균적'이고 '일반적'인 삶이나 인물 모형은 서사의 활력을 떨어뜨릴 수밖에 없다. 다양한 세부의 결을 지닌 여성적 삶을 '보통 여성의 삶'이라고 짐작되는 특정한 모형으로 단순화하는 과정은 창작과 독서에서 모두 상상력을 제한한다.[16]

---

15 이 소설을 둘러싼 일부 비평적 논의는 정치적 올바름과 예술의 자율성을 대립시키는 구도에서 진행되었다. 그러나 미학성과 정치성, 메시지와 형식을 대립시키는 논의 구도는 작품의 의미를 충분히 토론하기 어렵게 한다.(졸고「문학과 삶, 그리고 비평의 자리」,『포지션』2017년 가을호 126면) 관련 평문으로는 조강석「메시지의 전경화와 소설의 '실효성': 정치적·윤리적 올바름과 문학의 관계에 대한 단상」,『문장웹진』2017.4.1; 조연정「문학의 미래보다 현실의 우리를」,『문장웹진』2017.8.10; 박숙자「'세월호 이후', 증언으로서의 문학」,『문학의오늘』2017년 가을호; 김영찬「비평은 없다」,『쓺』2017년 하권 참고.

16 리타 펠스키는 "여성이라면 한결같이 공통된 심리와 공통된 정체성을 공유한다고 너무 쉽게, 너무 편리하게 가정"하는 것이야말로 페미니즘 비평의 역사가 도전해온 중요한 장벽이라고 강조한다. 그는 여성독자가 자명한 개념으로 간주되기 힘들어진 시점에서 독자의 세분화된 정체성을 규명해보려는 페미니즘 비평의 다양한 시도들을 존중하면서도, 독자 모형에 따라 독서경험을 제한적으로 분석하는 일이 독서의 다양한 기능과 측면을 자기인정이라는 단일한 요소로 축소시킬 수 있음 역시 경계한다. 리타 펠스키『페미니즘 이후의 문학』, 이은경 옮김, 여이연 2010, 74~75면.

페미니즘 비평에서 작품이 보내는 젠더의 신호를 읽는다는 것은 고정된 성적 정체성을 확인하는 것이 아니라 특정한 정체성으로 간주되는 관습적 형상화들을 깨나가며 살아 있는 현실을 발견하는 과정을 뜻한다. 그것은 사회적 주제들의 발화 형식에 대한 비평적인 가치평가와 더불어 서사 관습 속에 잠겨 있는 젠더적 신호들의 다양한 양태를 파악하는 작업과 맞물린다. 한 예로 황정은(黃貞殷)의 「양의 미래」(『아무도 아닌』, 문학동네 2016)는 한 인물의 내면적 갈등을 통해 공동체의 윤리 문제를 내밀하게 묻는 작품인 동시에 젠더적 관점에서 읽어낼 부분이 적지 않은 흥미로운 작품이다.

수수께끼 같은 이 소설의 제목부터 살펴보면 '양'은 여성을 향한 지칭으로, '아랫사람을 조금 높여 이르거나 부르는 말'이다. 소설에서 '양'은 끊임없이 고된 노동에 시달리는 주인공으로 하여금 수치심을 느끼게 하는 '아가씨'라는 명명과도 연관된다. 다른 맥락으로 등장하는 '양'의 의미도 무심하게 지나치기는 어렵다. "매일 엄청난 양의 물건을 계산대 위에서 끌어당기거나 밀쳤고 엄청난 양의 사람들을 계산대 바깥으로 서둘러 내보"(42면)내는 노동에 지쳐 온몸과 마음이 황폐해진 주인공의 상태를 '양'이라는 단어가 반영하고 있다.

어릴 때부터 쉬지 않고 일해온 '나'는 오랫동안 병을 앓고 있는 어머니와 무기력한 아버지를 대신해 생계가장의 역할을 떠맡고 있다. "묵묵히 어머니를 돌보는 아버지. 남성성이 완전히 사라진 듯한 모습으로, 아버지라기보다는 할머니 같은 모습으로 집안 살림을 하는 왜소한 체구의 아버지"(45면)는 나에게 깊은 부담이 된다. 새로 구한 서점 일자리에서 '나'는 남자친구를 사귀게 되는데, 사랑과 위무로 시작된 관계는 지친 일상 속에서 어느덧 무감각한 관계가 되어간다. 섹스 역시 어느 순간, 감각이 마비된 상태에서 습관처럼 이루어진다.

나는 밤이 깊어서야 가방에 두꺼운 영수증 묶음을 넣은 채로 호재를 만나러 갔다. 호재는 모텔에서 기다리고 있었다. 밤을 새우다시피 일한 뒤라서 나는 호재가 내 위에 있는 동안 깜박깜박 졸았다. 어느 순간 호재가 멈췄고 호재의 턱인가 어딘가에 맺혔던 땀방울이 내 입으로 떨어졌다. 나는 놀라서 눈을 떴다. 뱃속에 퍼지는 한줌 온기를 느꼈는데 그 느낌이 몹시 섬뜩했다. 나는 호재를 손바닥으로 두드렸다. 하지 마.
　하지 마, 라고 하면서 호재의 등을 찰싹찰싹 때리는 동안 호재는 멍한 눈빛으로 내 얼굴을 내려다보고 있었다.(46~47면)

　'나'를 둘러싼 가족환경의 폭력적 현실은 바깥 세계에서 겪는 노동의 고단함, 무시와 경멸과 얽혀 있다. 아픈 어머니와 그를 간호하는 아버지는 어떤 변명도 없이 "숨을 죽이고"(43면) 주인공의 생계노동 위에 얹혀 있음으로써 나의 삶을 황막하게 만든다. 미래가 보이지 않는 삶에서 온전한 사랑과 소통 역시 꿈꿀 형편이 못된다. '나'가 호재와 섹스하는 도중에 소스라치듯 느낀 "한줌 온기"는 무감각해진 일상의 그 어떤 국면을 일깨운다. 피곤하여 졸면서도 섹스를 거절하지 못했던 그 순간 내뱉은 "하지 마"라는 대사는 폭력적 일상에 어느새 길들여져 있는 무심한 삶을 뒤흔드는 날카로운 외침을 담고 있다.
　「양의 미래」에서 "멍한 눈길"(48면)이 되어 끔찍한 존재로 사물화되는 인물들의 모습은 여러가지 형태로 나타난다. 서점에서 함께 일하던 재오는 "소중하거나 두려운 것이 없다는 듯 피복된 전선에 아무렇게나 손을 대는 둔감함, 어떤 마비 상태"(49면)를 보여준다. 서점에 딸린 지하실 창고에서 습관처럼 매일 점심을 먹어야 하는 서점 직원들의 피폐한 일상도 마찬가지다. 작품 속 젠더의 층위는 주인공의 가족적 현실과 일터의 만남, 그리고 우연히 한 소녀의 실종을 목격했다는 이유로 갑작스럽게 증언자가 되어버린 상황까지 깊게 스며들어 있다. 실종된 딸 진주 때문에 땡볕에 엎드려 "묵은 곡식 같은 살냄새"(59면)가 나는 상태로 하루하루를 버티는 진주 어머니의 모습을 통해 주인공은 자신의 삶과 더이상 무관할 수 없는 소녀의 실종사건을 깊이 체감하게 된다.

"비정한 목격자"이자, "보호가 필요한 소녀를 보호해주지 않은 어른"이 되어버린 주인공은 "그때 무얼 하고 있었느냐"라는 냉엄한 질문 앞에 마주 서게 된다. 별생각 없이 매일 내려가 밥을 먹던 서점의 지하실 창고에서 하나의 "터널"(56~57면)을 상상하게 된 것도 그 이후부터이다. 창고 안에서 불어오는 알 수 없는 바람은 그녀에게 생생한 감각을 환기한다. 소녀 진주는 실종된 채로 돌아오지 않고, 주인공은 어머니가 돌아가신 후 집을 나와 "여전히 직장에 다니고 사람들 틈에서 크게 염두에 두지 않을 정도의 수치스러운 일을 겪는다."(61면) 삶은 변함없이 지속되는 듯 보이지만 진주의 실종은 그녀에게 깊은 흔적을 남긴다. 소설은 가족적·사회적 폭력과 억압에 노출된 여성 개인의 일상을 서늘한 풍경으로 포착하여 보여준다. 주인공이 평소에 여성이자 사회적 약자로서 겪는 차별과 폭력은 소녀의 실종을 목격하는 사건을 통해 주인공의 내면에 변화를 남긴다. "아무도 없고 가난하다면 아이 같은 건 만들지 않는 게 좋아. 아무도 없고 가난한 채로 죽어"(61면)라는, 뼈아픈 고통이 고스란히 주인공의 내면에 간직되어 있다는 것이다. 주인공은 자신이 발 딛고 서 있는 현실을 잊지 않으면서, 누구나 바라보고 함께 고민하는 세계의 가능성을 찬찬히 응시한다. 이렇듯 각자의 차이를 기반으로 한 공동의 삶에 대한 탐색이야말로 문학적인 공공성의 의미와 맞닿는 세계라고 할 수 있을 것이다. 그런 맥락에서 이 소설의 마지막 문장은 독자에게 그 어떤 목소리보다 강한 울림으로 다가온다. "나는 이런 이야기를 어디에서고 해본 적이 없다."(62면)

한강(韓江)의 「눈 한송이가 녹는 동안」(『창작과비평』 2015년 여름호)에서도 타자와의 소통 문제는 젠더의 층위를 통과하며 세밀하게 다루어진다. 기억과 애도, 고통과 구원이라는 근원적 주제를 투시하는 이 작품은 성차별적인 고용현실에서 빚어지는 인간관계의 갈등을 포착함으로써 서사에 생기를 불어넣는다. 남성과 여성, 산 자와 죽은 자, 인간과 비인간의 경계에서 각자의 정체성에 매인 인물들이 자신의 한계를 넘어 어떤 방식으로 타자와 소통하는가의 문제가 깊이있게 다루어지는 것이다. 그런 점에서 소설이 배경으로 다루는 여성차별의 고용현실은 소재적 차원에만 머무르지 않는다.

청탁받은 희곡 각색 작업을 하지 못해 괴로워하는 주인공 '나'에게 깊은 밤 임선배의 유령이 찾아온다. 오래전 그와 경주언니, '나'는 한 직장에서 만난 사이인데 '나'가 입사할 무렵 결혼한 여성을 무조건 퇴사시키는 사내 규율에 반대하는 사원들의 움직임이 있었다. 부당한 현실에 적극적인 저항을 보인 경주언니는 다소 방관적이었던 임선배와 격하게 충돌하고 그 과정에서 '나'는 두 사람의 이야기를 들어주는 입장이 된다. 임선배와 경주언니의 서먹한 사이가 완전히 해소되지 않은 가운데 세명 모두 직장을 떠나고 얼마 지나지 않아 경주언니의 사고사와 임선배의 병사 소식이 전해져온 후 '나'는 '살아남은 자'의 고통과 죄의식에서 쉽게 헤어나오지 못한 상태이다.

경주언니를 매일 생각하던 '나'에게 임선배의 유령이 갑자기 찾아온 이유는 무엇일까. 임선배의 유령은 어쩌면 주인공이 안간힘을 다해 불러낸 기억과 환영일 수도 있다. 이 작품에 은밀히 작동하는 로맨스 플롯은 진부한 클리셰에 그치지 않는 흥미로운 서사적 긴장을 준다. 소설은 직장에 다닐 때 속내를 털어놓을 정도로 가까운 사이는 아니었지만 임선배와 '나' 사이에 존재했을 우정과 호감을 섬세하게 그려간다. 유령과의 대화를 통해 차츰 풀려가는 기억의 실꾸러미는 유령으로 찾아온 자, 살아남은 자, 죽은 자 세명이 각각 안고 있는 마음의 빚을 서로 다른 결로 그려나간다. 경주언니와 '나', 임선배가 함께 경험했던, 정의와 평등을 둘러싼 개인들의 갈등과 고통은 각자의 내면에서 "재미없는 이야기"로 간직된다.

그러나 남들에게는 사소하고 지루해 보이기까지 하는 '재미없는 이야기'는 임선배와 '나', 경주언니 각자에게 가장 중요한, 정체성을 고민하는 현실의 자리와 연관된다. 두 사람이 세상을 떠나고 현재의 '나'는 자신만이 '고통의 바깥'에 남겨졌다는 죄의식을 느낀다. '나'의 자의식은 타자의 고통을 얼마나 체감할 수 있는가에 대한 힘겨운 고민을 담아낸다. 결국 임선배의 유령이 깊은 밤 '나'를 찾아와 선사한 "눈 한송이가 녹는 동안"의 짧은 시간이 주는 평화는 개인의 내면에만 머무르지 않는 고통의 공유와 극복 가능성을 암시하는 듯하다.

황정은의 「양의 미래」와 한강의 「눈 한송이가 녹는 동안」에서 공동체와 개인의 문제는 젠더의 층위를 통과하며 섬세하게 주조된다. 친족성폭력의 문제를 직접적으로 다룬 최은미(崔銀美)의 「눈으로 만든 사람」(『자음과모음』 2016년 봄호) 역시 자칫하면 소재주의로 함몰될 수 있는 극적 사건을 고유한 서사장치로 포착한 작품으로 기억할 만하다. 우애령의 「정혜」(『정혜』, 하늘재 2005)가 친족성폭력의 트라우마에 시달리며 고립되어 있는 내향적 여성의 모습을 찬찬히 그려나갔다면 최은미의 소설은 폭력의 기억을 계속 마주해야 하는 고통스러운 여성현실을 더욱 냉엄한 방식으로 부각한다.

어린 시절 삼촌 강중식에게 성추행을 당한 강윤희는 몸과 마음에 새겨진 폭력의 기억 때문에 고통스러운 삶을 살아간다. 소설은 폭력이 한 개인에게 남긴 깊은 상처가 일상과 가족현실 구석구석 스며들어 축적되는 과정을 선명하게 보여준다. 강중식은 사업이 기울고 아들이 암에 걸린 현재의 불행 앞에서 지난날 강윤희에게 저질렀던 폭력을 돌이켜본다. 그러나 "……다 내 잘못이다"라는 그의 고백은 "손가락밖에는 안 넣었다"라는 하소연으로 강윤희를 어이없게 한다.(135면) 가해자의 무심한 폭력과 뻔뻔스러움, 그것이 은폐되는 국면을 보여주는 이 소설은 강윤희를 둘러싼 일상적 가족관계 역시 녹록지 않음을 실감하게 한다. 그녀는 딸을 키우면서 자신이 겪은 폭력의 트라우마를 끊임없이 떠올릴 수밖에 없고, 섹스와 피임 문제에서도 남성주도적인 현실의 폭력성을 견뎌야 한다. 소설은 이 삼엄한 폭력적 현실의 순환을 포착하면서도 병에 걸린 민서가 건네는 소통의 몸짓을 외면하지 않는다. 강윤희가 아이들과 함께 흑미를 부어 '눈으로 만든 사람'은 이 고통스러운 현실의 무게 아래에서도 짓눌리지 않는 삶의 가능성을 상징한다. 어떤 낭만이나 환상 없이 폭력적 현실을 냉정하게 들여다보는 이 소설은 죄와 벌, 피해와 가해의 순환을 깨고 '살아 있는' 여성 존재의 모습을 보여준다. 이 소설의 성취 역시 단순히 성폭력을 고발하는 것이 아니라 '생존자'로서 버텨온 주인공이 현재 견디고 넘어서려는 가족적인 현실의 문제를 서늘하게 포착하는 과정에서 확인된다.

4. '다시 읽는' 페미니즘 서사

초창기 페미니즘 문화실천을 주도했던 글쓰기 작업 중의 하나는 '동화 재해석'과 '다시 쓰기'의 실험이었다. 한 예로 이링 페처(Iring Fetscher)의 『누가 잠자는 숲 속의 공주를 깨웠는가』(이진우 옮김, 철학과현실사 1991)는 90년대 동화 다시 쓰기의 붐을 주도했던 대표적인 저작이다. 백설공주와 신데렐라, 헨젤과 그레텔의 이야기 속에 당대 민중을 억압하는 어떤 금기와 이데올로기가 작동하는가를 신랄하게 파헤친 이 책은 당시 페미니즘의 시선으로 동화를 재구성하는 좋은 교본이 되기도 했다. 이링 페처가 각색한 동화들 속에서 백설공주는 반란군에 가세하여 혁명정부를 수립하고, 신데렐라는 부엌데기들의 연대를 도모하여 조직된 노동공동체를 만든다. 이들은 왕자의 청혼을 당당하게 거절하고 모든 인간이 자유롭게 존중받는 미지의 땅으로 떠난다. 이처럼 대안문화운동으로서의 페미니즘 독서실천이 시도한 정전 해체는 관습적인 독서에 잠겨 있는 성차별과 왜곡된 체험을 돌아보는 데 기여했다. 그러나 '저항적인 독서'와 다시 쓰기가 매달렸던 '정치적 올바름'이 가져온 도식성의 문제는 페미니즘 서사가 극복해야 할 새로운 과제가 되고 있다. 오늘의 페미니즘 서사는 결말을 바꾸거나 스토리를 바꾸는 것으로 충족되지 않는 젠더갈등의 복잡한 지점들을 마주하고 있다.

그런 맥락에서 미셸 오슬로(Michel Ocelot)의 애니메이션 「프린스 앤 프린세스」(1999)가 시도하는 정전 해체는 좀더 섬세한 방식으로 성차의 문제에 접근한 현대적 해석을 보여준다. 마법에 걸린 동화 속 왕자와 공주는 키스를 하면서 수많은 동물로 변신한다. 인간의 모습을 되찾고 싶어 여러번의 키스를 거듭한 왕자와 공주가 최종적으로 도달한 것은 성별이 바뀐 모습이다. 인간으로 되돌아오긴 했지만 성별이 바뀐 현실에서 왕자는 공주보다 훨씬 더 슬퍼한다. 여러 동물의 모습을 거쳐 각자가 마주 보는 남성과 여성의 신체로 돌아온다는 발상도 흥미롭지만, 익숙하지 않은 각자의 신체에 대해 불평하면서 여성과 남성이라는 성별 속에서 다시 살아야 한다는 결말 자체가 인상적으로 다가온다. 물론 오늘날의 페미니즘 서사는 이 스토리에 훨씬 더 발랄한 상상력을 개입시킬지도 모르겠다. 인간이 아닌 그 무엇, 눈에 보이지 않는 유령이든 사물이든, 어떤 성으로든 변신할 수 있는 다채로운 버전의 이야기가 만들어질 수 있다.

페미니즘 서사에서 여성으로서의 다시 읽기와 다시 쓰기의 과정은 바람직한 인물과 긍정적인 미래를 제시해야 한다는 압박 속에서 다양한 시도들을 거쳐왔다. 80년대 사회현실과 여성문학의 긴밀한 관계를 논할 때 다가왔던 주문 중의 하나는 '여성해방문학'이 보여주어야 할 '여성노동자계급의 관점'이었다. '여성'과 '계급'의 문제가 어떻게 긴밀하게 연관되는가를 탐구하려는 노력들은 90년대의 다양한 해체주의 담론 및 여성문학의 활황기 속에서 개인을 압박하는 코드처럼 오해되고 왜곡되기도 했다. 의도와는 달리 실제비평에서 여성들의 삶이 어떻게 구체적으로 재현되는가의 문제보다는 작품이 실현해 보여야 할 참다운 인간상, 혹은 올바른 여성해방의식에 대한 관념적 이상을 피력하는 데 치우친 경우들도 적지 않았다. 여성과 계급, 노동의 문제를 주시하는 이러한 관점들이 90년대 중산층 여성의 삶, 속물의 문제, 도시적 삶에 대한 소설적 형상화가 폭발적으로 증가하는 시점에서 변화한 현실에 대한 유연한 분석을 충분히 담아내지 못한 것은 오늘날 쇄신해야 할 비평적 과제로 되돌아왔다. 90년대 이후의 페미니즘 서사에서 여성 문제를 사회문제와는 독립된 자율적 영역으로 진단하려는 과잉된 문화주의의 흐름이 필요 이상으로 강화되었던 것도 이러한 시대적 흐름과 관계된다고 할 수 있다.

민족, 계급, 성차의 관련성을 염두에 둔 80년대의 비평 논의, 그리고 여성성, 여성적 글쓰기의 미학성을 발견하는 90년대의 논의들을 거쳐 2000년대 이후 성차 허물기와 탈근대 이론들이 쉼 없이 교차해오면서 페미니즘 서사와 비평 담론은 그 어느 때보다 강한 실천적 동력을 요구받고 있다. 지금은 여성문학이론의 과잉담론화와 텍스트주의에 경사된 현실을 쇄신하는 새로운 공공적 성찰의 계기가 그 어느 때보다 긴요한 시점이라고 할 수 있겠다. 그것은 각자의 삶에서 경험하는 차별과 폭력의 문제를 어떠한 방식으로 공공의 것으로 가시화하고 형상화할지에 대한 근본적이고 치열한 고민을 필요로 하는 문학적 작업이기도 하다.

시간 속을 여행하는 어머니

◆

봉준호 「마더」

1. 시간 속을 여행하는 어머니

마쯔모또 레이지(松本零士)의 원작을 영상으로 옮긴 일본 애니메이션 『은하철도 999』(1978~81)는 우주여행이라는 소재를 통해 한 소년의 성장 서사를 탐구한 매력적인 작품이다. 도래하는 기술문명의 세계에 대한 비 판적인 시각을 담은 이 작품에서 흥미로운 것은 남성 성장서사와 어머니 의 존재가 맺는 관계의 양상이다. 어머니의 소원에 따라 영원한 생명을 얻고자 갈망하는 테쯔로오는 메텔이라는 묘령의 여인의 도움으로 은하철 도 999에 승차하게 된다. 메텔은 본래 기계화 모성(母星)을 지배하는 프로 메슘의 딸로, 테쯔로오를 납치하라는 지령을 받고 테쯔로오 어머니의 몸 을 복제해서 나타난 인물이다. 여행을 통해 테쯔로오와 긴밀한 유대관계 를 맺게 된 메텔은 결국 자신의 어머니인 프로메슘에게 맞서 테쯔로오를 구한다. 그녀는 위기의 순간마다 테쯔로오를 보호하는 어머니의 대체자 이자 신비스러운 연인으로 현현한다.

모성의 결핍으로부터 출발한 테쯔로오는 메텔이 재현하는 어머니의 상상적 환영을 통해 심리적인 안정을 얻으며 프로메슘과 대적함으로써 자신을 억압할지 모르는 위험한 어머니를 제거한다. 여기서 주목할 존재는 부정하고 넘어서야 할 모성으로 등장하는 프로메슘이다. 근대 테크놀로지의 무시무시한 마력을 암시하는 프로메슘은 살아 있는 인간 주체를 위협한다. 메텔이 테쯔로오에게 결핍된 어머니의 존재를 상기시킨다면 영원한 기계제국을 건설하려는 야심을 품은 프로메슘은 피도 눈물도 없는 잔인한 기계괴물로 등장한다.

테쯔로오의 어머니는 결핍과 부재로 인한 그리움을 추동하면서 길을 떠나게 하지만 결정적인 대목에서는 프로메슘처럼 공포와 혐오의 대상으로 현현한다. 어머니를 대신해 여행을 인도했던 메텔은 여정의 끝에서 영원 속으로 사라진다. 메텔은 테쯔로오와 작별하면서 "이제부터 나는 너의 추억 속에만 있는 사람. 너의 소년 시절의 마음속에만 있는 사람"이라고 속삭인다. 이 장면은 프로이트(S. Freud)가 설명한 바 있는, 아이가 어머니와의 근친상간적 환상을 극복하고 "가장 의미심장하고 가장 고통스러운 사춘기의 심리적 성취가 완성"[1]되는 지점을 보여준다.

인간과 비인간의 경계에서 영원의 시간을 가로질러 아들을 수호하는 어머니의 이야기는 우리 문화 담론에 부상한 모성서사를 들여다보는 출발점이 될 수 있다. 어머니 이야기는 현재 소설과 영화, 연극, 드라마 등 문화 영역 전반에 걸쳐 관심의 대상이 되면서 독자와 관객의 뜨거운 호응을 얻고 있다. 가족 구성원 각자의 기억 속에서 어머니의 존재를 재구성한 신경숙의 소설 『엄마를 부탁해』(창비 2008), 감옥에 갇힌 아들을 구하려는 어머니의 분투를 그린 봉준호의 영화 「마더」(2009), 모녀관계의 애틋함과 끈끈함을 그린 정기훈의 영화 「애자」(2009)를 포함하여 최근 우리 소설과 영화에 집중적으로 등장하는 어머니 이야기는 단순히 가족주의의 복

---

1 지그문트 프로이트 『성욕에 관한 세 편의 에세이』, 김정일 옮김, 열린책들 1996, 354면.

권이나 과거에 대한 향수만으로 정리되지 않는 복잡한 맥락을 지닌다. 이러한 모성서사의 강력한 자장은 신자유주의의 심화와 경제적 불안, 민주주의의 가치에 역행하는 공권력의 폭력으로 얼룩진 사회현실 속에서 개인이 당면한 위기와 불안을 어느 정도 반영하고 있다. IMF 이후의 경제위기를 배경으로 "경제적 몰락과 계급 강등 그리고 가족의 해체에 대한 불안감을 젠더 간의 유동하는 관계와 점점 더 욕망의 주체가 되어가는 여성에게 집중적으로 투사"[2]하는 문화적 대응물이 나타났다면, 모성서사의 부활은 그 연장선상에서 근대화 과정의 핵심으로 작용해온 폭력적인 남성성과 가부장적 질서에 편입되지 않는 타자들의 정치학과 깊은 연관을 맺고 있다고 할 수 있다.

이 글에서 본격적으로 살펴볼 봉준호(奉俊昊)의 영화 「마더」는 한국사회의 모성 문제를 집중적으로 다룬 문제적인 작품이다. '아무도 믿지 마, 엄마가 구해줄게'라는 홍보문구를 내세운 이 영화는 개봉 직후부터 모성에 관한 무수한 문화 담론을 끌어냈다. "남성의 세계에서 자신의 존재를 인준받기 위한 절박한 전략"[3]으로 모성을 내세운다는 해석에서부터, 부권이 실추되고 정치의 위기가 도래한 시대에 찾아온 정치적인 것으로서의 모성마저 "더이상 정치를 복원할 사회적 통일성의 원천이 되지 못"[4]하는 현실을 상징적으로 드러낸다는 평까지 다양한 해석이 이루어졌다. 평자들의 논의대로 「마더」가 민주화의 위기와 공권력의 억압이 심화된 한국의 정치현실에 대한 상징적 은유를 담고 있는 것은 분명하다.

앞질러 말하자면, 「마더」는 어머니를 향한 죄의식과 공포와 애도와 향수가 모두 엉겨 있는 작품이다. 사회의 약자들을 보호하지 않는 현실에 맞서 사투하는 어머니의 모습을 담은 영화는 헌신적이고 희생적인 어머

---

2 주유신 「한국 영화의 성적 재현에 대한 연구」, 중앙대 박사학위논문, 2003, 10면.
3 이택광 「여전히 엄마는 엄마여야 한다」, 『프레시안』 2009.6.9.
4 김종엽 「너는 엄마가 없니?」, 한겨레 2009.6.30.

니 상을 뒤집는, 분열되고 히스테리적인 어머니의 이미지를 보여준다. 작품에 드러난 어머니의 분열된 이미지는 공동체의 죄의식을 상상적으로 환기하고 심문한다. 이 영화가 어머니의 이야기를 풀어내는 과정에서 국가 및 공권력의 지배질서와 버려진 타자들의 문제를 다룬다는 사실은 그런 점에서 중요하다. 영화가 탐구하는 모성 및 모성 이데올로기[5]는 가부장적인 근대 담론 속에서 굴절되는 어머니의 존재를 담아낸다. 어머니는 국가의 억압질서로부터 탈주하는, 혹은 튕겨 나간 아들을 보호하기 위해 여행길에 오른다. 아들을 위해서 언제나 싸울 태세를 갖춘 어머니, 하지만 결과적으로는 성장서사의 외곽에 머무르며 영원의 시간을 맴도는 어머니의 여정은 현실 속의 아들이 호명하는 모성의 실체에 대한 다양한 이야기들로 우리를 인도한다.

---

5 이 글에서 다루는 모성 및 모성 이데올로기, 모성서사의 개념은 다음의 정의를 참조한다. 모성은 "임신, 출산, 수유 같은 생물학적 요소뿐 아니라 양육 및 이데올로기라는 사회적 요소까지 포함하는 복합적인 개념"(이연정 「여성의 시각에서 본 '모성론'」, 심영희 외 『모성의 담론과 현실』, 나남 1999, 22면)이라고 할 수 있다. 모성 이데올로기는 아이를 낳고 기르는 것이 여성의 본질적 정체감을 이루며 더 나아가 여성은 '모성애'라는 생물학적, 태생적 본성을 지니고 있다는 통념을 말한다. 이때 여성의 출산능력이라는 생물학적 특징은 자녀 돌보기, 나아가 남자와 연장자를 포함한 다른 사람들에 대한 보살핌, 정서적 안정을 제공하는 능력의 본성적 근거가 된다. 따라서 여성은 아이를 낳은 사람이건 아니건 모성적 자질을 본질적인 역할로 가진(또는 가져야 할) 주체로 간주되며, 여성은 그러한 이데올로기를 통해 모성적 주체로 구성된다. 결국 모성 이데올로기는 출산 행위, 보살핌의 행위와 친밀성의 정서를 하나의 통일체로서 모든 여성에게 내재하는 자연스러운 본질로 표상하는 것이다.(김현숙·김수진 「영화 속의 모성, 영화 밖의 모성」, 같은 책 280면) 이 글에서 모성서사는 이같은 내용을 포함하여 여성 주인공이 경험하는 모성적 현실을 담아낸 이야기를 지칭하는 것으로 규정하기로 한다.

2. 국가와 법의 바깥에 선 모성

「마더」의 첫 장면은 황량한 벌판에서 무엇에 홀린 듯 느리게 춤을 추는 어머니의 모습을 화면 가득히 담으면서 시작된다. 읍내 약재상에서 일하면서 근근이 생계를 이어가는 어머니는 여고생 문아정 피살사건의 유력한 용의자로 구금된 아들 도준을 구하기 위하여 사방으로 뛰어다닌다. 아들의 이름이 씌어진 골프공이 사건현장에서 발견되었다는 이유 하나로 간단하게 수사를 마감하려는 경찰에 항거하기 위해 어머니는 살해된 문아정의 주변인물을 샅샅이 뒤지기 시작한다. 스스로 수사관이 되어 증거를 찾아다니던 어머니는 마침내 중요한 목격자인 고물상 노인을 만나는데, 정작 노인은 도준이 진범이라는 충격적인 사실을 알려준다. 아들의 유죄를 믿을 수 없는 어머니는 우발적으로 노인을 살해하고 증거를 없애기 위해 현장에 불을 지른다. 때마침 기도원에서 탈출한 종팔이 붙잡히면서 아정을 살해한 범인으로 구속되는 엉뚱한 상황이 전개되고 도준은 풀려나서 어머니의 품으로 돌아온다.

아들을 지키기 위해서라면 무엇이든 할 수 있는 강인하고 극단적인 어머니의 모습을 보여주는 「마더」는 모성의 심층적 해부라는 측면에서 쉽지 않은 모험을 감행한 작품이다. 감독인 봉준호가 이 영화에서 형상화한 모성의 의미는 두가지 측면에서 주목할 만하다. 우선 영화 속 모성애는 살인자인 자식을 감싸고 그를 위해서라면 본인도 살인을 저지를 수 있는 극단성을 보여준다. 물론 어머니가 이러한 상황으로 치닫는 배경에는 소외된 계층을 거침없이 제도 바깥으로 밀어내는 공권력의 횡포가 놓여 있다. 광기와 분노에 가득 찬 어머니의 형상화는 모성이 국가 밖에서, 혹은 제도 밖에서 몸부림칠 수밖에 없는 현실을 드러낸다. 모성 이데올로기의 부정적인 실체와 더불어 「마더」가 시도하는 또다른 작업은 모성을 성욕의 주체로서 호명하는 것이다. 도준의 무죄를 입증하려는 과정에서 어머니가 마주치는 성적인 이미지들은 모성 안에 은폐된 성욕의 문제를 상징적으로 포착한다.

「마더」의 서사구조는 어머니가 범인을 쫓는 순간부터 본격적인 흡입력을 발휘한다. 기존의 봉준호 영화와 마찬가지로 「마더」에서도 추격의 구도는 수시로 전도된다. 출발점에서 추격자였던 주인공이 후반부에 쫓기는 신세가 되곤 했는데, 「마더」에서 범인을 쫓던 어머니 역시 아들이 살인자라는 사실에 망연자실한다. 범인이 밝혀져서 정의와 선에 부응하는 합당한 결말이 구현되는 것이 아니라 범인이 드러나면서 오히려 판단을 내리기 힘든 곤경의 상태로 전도되는 것, 그것은 「살인의 추억」(2003)이나 「괴물」(2006) 등 기존 봉준호 영화에서 즐겨 사용되던 반전의 미학이다. 일반적인 추리의 과정은 물증을 분석하여 그를 토대로 사건이 일어난 객관적 정황을 재구성하는 순서를 보여준다. 그러나 「마더」의 어머니는 아들에 대한 무조건적인 믿음을 토대로 추리를 시작하고 그것을 뒷받침할 물증을 찾아 나선다. 아들이 살인자인지 아닌지가 중요한 것이 아니라 아들이 석방되는 일이 중요한 것이다. 그런 점에서 어머니가 추리를 통해 구성하는 사건의 정황은 처음부터 주관적이면서 모호할 수밖에 없다.

경찰이 진행하는 공식적인 수사 과정을 부인하면서 개인의 주관적 신념에 의해 새로운 기록을 구성하려는 어머니의 집착과 의욕은 기억의 정치학이라는 측면에서 흥미롭게 읽힌다. 실제로 「마더」를 움직이는 시간 서사는 기억의 복원과 은폐가 복잡하게 뒤얽히는 과정으로 구성되어 있다. 시간의 흐름을 고려하면, 어머니를 중심에 둔 기억의 서사는 크게 세 가지 층위로 나뉜다. 첫번째는 과거의 기억 속에 은폐된 도준과 어머니의 관계이다. 생활고에 시달리던 어머니가 견디다 못해 도준에게 농약 섞인 박카스를 마시게 하고 함께 자살하려 했던 사건은 모자가 함께 기억하는 끔찍한 과거다. 어머니는 아들을 죽이려 했던 죄에서 벗어나기 위해 온 힘을 다해 아들을 보호하며 살아왔다. 그녀는 괴로운 기억이 떠오를 때마다 아들과 자신에게 침을 놓으면서 부정적인 기억들을 상징적으로 지우고자 한다. 두번째 기억의 서사는 마을에서 벌어진 살인사건을 둘러싼 증인들의 발언을 통해 구성된다. 돌아서면 잊어버리기를 밥 먹듯 하는 아들에게 어머니는 무죄를 입증할 수 있는 기억을 끄집어내라고 주문한다. 그러나 정작 도준은 사건에 관련된 기억을 끄집어내지 않는다. 그는 친구 진태에 대한 이야기와 농약 박카스 이야기로 어머니의 관심을 분산시킨다. 살인사건의 정황을 가장 정확하게 재현해야 할 도준의 기억은 본인의 범죄를 부인하는 의미에서 끝내 발화되지 않고 결말까지 모호한 상태로 은폐된다.[6] 세번째 기억의 서사는 앞선 기억들의 서사를 지우고 은폐함으로써 이루어진다. 여기서 아들과 어머니의 관계는 결정적으로 전도되는데, 기억을 추적하고 재구성하는 주체였던 어머니는 자신의 고물상 노인 살인을 아들이 알고 있을지 모른다는 사실을 알고 경악한다. 화재현장에서 발견한 어머니의 침통을 건네주면서 아들이 "이런 거 흘리고 다니면 어떻게 해, 엄마는……"이라고 말하는 장면은 어머니가 가까스로 재구성하려 했던 허구의 기억을 산산조각으로 만든다.

「마더」에서 드러난 '기억의 정치학'[7]은 타자들의 억압된 목소리를 불러오는 동시에 그것이 다시 봉합되는 경계의 지점을 보여준다. 어머니는 경찰이 관심을 기울이지 않는 음지의 증인들을 찾아다니며 그들의 목소리를 담는다. 그녀가 경찰 수사에 대항하는 방식은 아들과 주변부 타자들의

---

6 어머니는 도준의 증언이 아니라 아정 주변인물들의 증언을 통해 살인사건의 실체에 다 가선다. 당시 상황을 가장 정확하게 말할 수 있는 도준의 기억이 끊임없이 은폐되고 지연되는 반면, 시종일관 정신이 온전치 않은 인물로 묘사되던 아정의 할머니는 결정적 증거인 아정의 휴대전화를 어머니에게 찾아준다.

7 우에노 치즈꼬가 이야기했듯이 여성이 타자로서 기억하고 증언하는 과정은 공적인 역사가 은폐한 자신의 과거를 의미있는 것으로 위치시켜 자신의 정체성을 복구하는 과정이라 할 것이다. 그것은 이야기에 대한 이중적인 물음을 촉발시키는데, '누가 이야기하는가'라는 문제와 '누구를 향해 이야기하는가'라는 문제가 그것이다.(우에노 지즈코 『내셔널리즘과 젠더』, 이선이 옮김, 박종철출판사 1999, 180~81면)

기억을 되살리고 그 기억을 공적인 담론으로 바꾸는 것이다. 그녀는 아들의 기억을 통해 친구인 진태를 추적하며, 사진관 주인에게서 문아정의 휴대전화에 관련된 중요한 기억을 건져낸다. 아정의 친구들을 통해 아정의 소외된 삶을 알게 되며, 자신의 기억까지 뒤져서 아정의 휴대전화에 찍힌 고물상 노인을 만난다. 그러나 법과 제도의 사각지대 속으로 잠입하여 담아낸 주변인들의 목소리는 어머니 자신에 의해 다시 어둠 속으로 사라진다. 그런 점에서 영화에 수시로 등장하는 아들의 '저주받은 관자놀이'와 어머니의 '침놓기'는 기억의 복원과 은폐를 오가는 모순된 행위를 상징적으로 보여준다. 도준의 관자놀이는 어머니가 은폐한 농약 박카스 사건을 복원하는 동시에 살인현장에서 자신이 저지른 행위를 감추는 역할을 한다. 어머니의 침놓기 역시 살인사건의 실체를 구성하기 위해 증인들에게 접근하는 매개가 되는 동시에 결정적인 대목에서 아들과 자신의 범죄를 감추는 은폐의 기능을 수행한다.

누가 이야기하는가, 그리고 궁극적으로 누구를 향해 이야기하는가라는 물음을 염두에 둔다면 정작 영화에서 어머니가 복원하려는 증언과 기록들은 아들을 넘어서 자기 자신을 향한 것으로 수렴된다. 그것은 적어도 '사람 죽일 위인은 못되는' 아들에 대한 맹목적 애정으로 일군 자신의 삶에 대한 합리화 과정이라고 할 수 있다. 분열된 자아를 통합하고 정체성을 복원하는 데 기억의 일차적인 목적이 있다면, 「마더」에서 작동하는 기억의 정치학은 허구적으로 이루어지는 모성적 정체성의 서사에 대해 날카로운 물음을 던진다. 영화의 가장 큰 반전이라고 할 수 있는 도준의 살인은 아들을 믿고 보호해온 어머니의 헌신적 삶에 자리한 거대한 확신과 허구의 이미지들을 단숨에 깨버린다. 아들의 죄를 믿을 수 없는 어머니는 경악하고 흥분한 나머지 사건의 목격자인 고물상 노인을 우발적으로 살해하고, 이 순간 영화가 주는 소름과 충격은 극에 달한다.

공적 역사와 사적 기억의 경계, 준법과 위법의 경계에 선 어머니를 극단까지 밀어붙이는 「마더」의 후반부는 자식을 위해서라면 살인도 저지를 수 있는 끔찍한 모성을 집중적으로 조명한다. 아들을 돌보는 어머니로서의 자기정체성을 한순간도 포기하지 않는 어머니의 모습은 법과 제도의 바깥에 머무르는 초월적인 이미지로 스스로를 자리매김한다. 이는 공동체가 눈감는 폭력과 억압을 손수 해결하는 초인적 전사로서 어머니를 그려내는 일부 영화들의 설정을 은연중 떠올리게 한다.[8] 「마더」에 다른 점이 있다면 자식에 대한 어머니의 집착과 사랑이 가져오는 함정과 모순을 정의나 명분으로 포장하지 않고 끔찍하고 충격적인 것으로 환기한다는 것이다. 그러나 국가와 법의 세계 바깥으로 어머니를 밀어내고 모험을 감행하게 하는 이 지점 속에는 어머니의 존재를 통해 부조리한 현실에 대한 대결을 상상적으로 유보하는 시선이 분명 존재한다.[9] 소외된 자들을 보호하지 못하는 국가 시스템과 실정법의 한계를 비판하고 그것을 넘어 자신의 아들을 지키기 위해 떠난 그녀는 역설적으로 자신을 소외시킨 사회체제에 의해 '광기'라는 이름으로 호명되고 관리된다. 「마더」의 후반부는

---

8 한 예로 「오로라공주」(방은진, 2005)에서 어머니는 교묘하게 법망을 피해 정신병원으로 도주한 유괴살해범을 찾아가 복수하는 극단적 선택을 보여준다. 그녀의 살인 행위는 자식을 가진 어머니라면 누구나 공분할 수밖에 없는 상황을 가정한다. 그러나 여기서 주목해야 할 것은 어머니의 살인 행위의 정당성 자체가 아니다. 왜 어머니는 법의 바깥에서 직접 심판을 수행하는 주체로 나서게 되는가. 어머니로 하여금 살인까지 저지르게 하고 이를 정당화하는 상황은 모성을 영원히 법 바깥에서 맴도는 초월적 존재로 머무르게 한다.

9 유인호는 「마더」에서 어머니의 살인이 아들을 보호하기 위한 광기의 범죄가 아니라 오히려 신념의 균열, 그 실재를 대면한 주체의 필사적 방어에 가깝다고 분석한다. 그에 의하면 「마더」는 단순히 어머니의 광기에 대한 영화가 아니다. 영화 속의 아들들은 '아버지가 되기를 거부하는 자들'이며 계속 아들로 남아 있기 위하여 어머니와의 이자관계를 연장하고자 한다. 이상적 '엄마의 향유를 영속화하기 위한' 아들들의 기만 행위를 읽어내는 그의 분석방식은 텍스트 바깥에서 벌어지는 봉합의 시선을 언급한다는 점에서 흥미롭다.(유인호 「미친 엄마들을 위한 변명: 〈마더〉의 안과 바깥의 아들들의 카르텔에 대하여」, 『문화과학』 2009년 가을호 360면)

그런 점에서 어머니가 어떻게 사회 밖의 '괴물'로 규정되는가에 대한 중요한 질문을 우리에게 던진다.

3. 괴물이 된 어머니, 광기의 상상력

아들을 구하기 위해 전사처럼 길을 떠난 어머니를 시종일관 따라다니는 것은 이성적으로는 설명되기 힘든 '광기와 불안'의 모호한 이미지들이다. 프로이트의 전언대로 기괴함은 친숙했던 것의 변형이라고 할 수 있다. 특정한 억압기제에 의해 친밀했던 대상이 어느 순간 낯설고 두려운 것으로 변모하며, 그것이 회귀하는 과정에서 '기괴함'으로 다가온다. 기괴함의 충격은 그것이 갖고 있던 허구적 이미지를 폭로하는 데 있다.[10] 「마더」에서 어머니가 보여주는 두렵고도 섬뜩한 광기 역시 모성의 헌신적이고 친숙한 이미지가 감춘 '기괴함'에서 비롯된다. 경찰서에 다녀온 아들에게 닭백숙을 만들어 먹이고 몸에 좋다는 약을 달여 마시게 하며 한방에서 잠드는 어머니는 그 누구보다도 친밀하고 가까운 대상이다. 그러나 이토록 헌신적이고 지극한 어머니는 한때 아들을 죽일 뻔했던 사람이자 아들을 구한다는 명분으로 살인을 저지르는 두려운 대상이다.

「마더」에서 억압된 광기와 욕망을 분출하는 '낯선' 어머니의 모습은 성적인 모티프들과 연결될 때 중요한 의미를 지닌다. 성인 남성으로 인정받지 못하는 아들과 그런 아들을 아기처럼 감싸는 어머니 사이에는 근친상간을 상징하는 기묘한 대화가 수시로 흐른다. 영화 초반부에 도준은 진태에게 불쑥 "나 여자랑 잤어"라고 말한다. 진태가 "여자 누구?"라고 묻자

---

10 한국의 공포영화에서 '모성적 공간으로의 회귀가 불러일으키는 기괴함'을 집중적으로 분석한 성과로는 손희정 「한국의 근대성과 모성재현의 문제: 포스트 뉴 웨이브의 공포영화를 중심으로」(중앙대 석사학위논문, 2005)를 참조할 수 있다.

도준은 진지한 표정으로 "엄마"라고 대답하여 진태를 실소하게 한다. 도준은 살인사건이 일어난 날의 알리바이를 대라는 형사에게도 "잤습니다. 집에서 엄마랑"이라고 대답하여 "근데 너 엄마랑 자냐?"라는 외설적인 호기심을 보이는 형사의 질문을 유도한다. 속옷만 입고 누워 어머니의 가슴을 만지며 잠드는 도준의 모습은 모자간에 형성된 성적 분위기를 희미하게 암시하는 듯하다. 그러나 영화 속에서 '어머니와 자는 도준'의 이야기는 그야말로 '소문'으로 흘러 다니며 실재의 어머니와는 별개로 존재하는 성적 언술로 기능할 따름이다. 그것은 '엄마와 같이 자는 아들'에 대한 세간의 호기심 가득한 시선 이상의 의미를 확보하지 못한다.

성적 언술이 흘러 다니지만 언술의 주체는 어머니가 아니다. 오히려 어머니는 성욕의 주체라는 측면에서 소외된 존재다. 그녀를 향한 성적 언술들은 폭력적이고 억압적인 구도 속에서 희화화된다. 한 예로 아정과 알고 지냈던 남학생들이 본드를 흡입한 상태에서 도준과 엄마의 관계를 상상하며 킬킬거리는 장면을 보자. 남학생들이 도준과 어머니의 근친상간적 행위를 상상하며 발화하는 순간 진태는 이들을 발로 찬다. 경찰의 역할을 연기하는 진태는 어머니가 자신을 모욕하는 남학생들의 성적인 발언에 대항하기 전에 이들을 폭력으로 처벌한다. 그것은 어머니를 보호하는 행동처럼 보이지만 실제로는 금지된 상상의 공간 자체에 어머니가 연루되지 않도록 방어하는 사회적 행동이기도 하다. 이처럼 영화 속에서 어머니를 향한 성적인 언술들은 발화되는 순간 곧장 그것을 차단하는 사회적 금기에 의해 정리되며, 어머니는 성적 이미지들 속에 수동적으로 위치한다.

영화에서 어머니와 성욕망을 대면시키는 집중적인 장면을 살펴보아도 마찬가지다. 아들의 무죄를 입증할 증거를 찾기 위해 어머니는 진태의 집에 숨어들어갔다가 진태와 미나의 정사 장면을 우연히 훔쳐본다. 관음증의 대상이 된 객체는 지켜보는 이의 시선을 통제하거나 벗어날 수 없다. 그때 응시는 일종의 권력이 된다. 화면 속에서 어머니의 시선에 의해 두 남녀가 응시의 대상으로 포착되는 것처럼, 성행위를 훔쳐보는 어머니는 카메라를 통해 관객의 응시 대상이 된다. 어머니는 이들의 정사 장면을 훔쳐보지만 관객은 정사 장면을 훔쳐보는 어머니를 훔쳐본다. 이러한 시선의 연쇄적 관계 속에서 어머니는 성적 욕망을 스스로 발화하는 주체가 아니라, 상황에 의해 성적 욕망을 자극받는 주체로 상상되고 해석된다.

관객의 시선에 의해 성욕망을 지닌 주체로 호명되는 어머니의 모습은 고물상 노인과의 관계 속에서도 잘 드러난다. 어머니가 도준의 무죄를 입증하기 위해 노인을 찾아가는 장면은 우발적인 살인과 이어진다는 점에서도 영화에서 가장 긴장감을 고조시키는 장면이다. 노인은 자원봉사를 하러 다닌다는 어머니에게 노골적으로 성적 암시를 던진다. 그는 "오신 김에 놀다 가. 자고 가면 대환영"이라는 음흉한 농담에서 시작하여 침을 놔주겠다는 어머니에게 "허벅지? 바지 벗을까?"라는 성희롱을 건넨다. 이때 어머니는 쌀을 받고 성을 매매하던 아정처럼 성적 유혹을 받는 수동적인 주체로 설정된다. 어머니가 자신의 성을 확인하는 때는 그것을 필요로 하는 외부적 시선의 강제를 느끼는 순간뿐이다. 도준을 위해 변호사를 찾아가기 전 립스틱을 짙게 바르는 장면을 빼놓고 어머니가 자신의 외모를 의식하는 경우는 거의 나타나지 않는다.

「마더」에서 형상화되는 어머니의 성과 육체적인 이미지는 일상을 낯설게 하는 기괴하고 공포스러운 것으로 포착된다. 혼이 빠져나간 사람처럼 너울너울 춤을 추는 어머니, 어둠 속에서 약재를 썰면서 아들을 주시하는 어머니, 자기 아들이 사람을 죽일 리 없다고 부르짖으며 둔기로 노인을 내리치는 어머니의 모습은 이성으로는 설명될 수 없는 본능적이고 불안한 광기의 폭발 그 자체를 보여준다. 물론 이 대목은 줄리아 크리스테바(Julia Kristeva)가 '비체'(abject)라고 명명한, 억압된 타자들이 귀환하여 돌아오는 지점이라고 해석할 수도 있다. 실제로 영화에서는 어머니의 자궁을 상징하는 집의 공간이 억압기제에 의해 낯설고 두려운 공간으로 형상화된다. 어머니가 일하는 캄캄하고 동굴 같은 약재상이라든지 진태가 기거하는 강가의 외딴집, 고철 쓰레기가 가득한 노인의 집은 한편으로는 억압에 의해 뒤틀린 여성적 육체의 이미지를 의도한 공간들이다. 영화에 등장하는 '피'의 이미지도 마찬가지이다.[11] 어머니가 도준이 경찰에 잡혀가는 순간 놀라서 자신의 손가락을 칼날에 베이며 흘리는 피는 아정이 수시로 흘리는 코피로 연결되며, 고물상 노인을 살해하는 현장에서 흘러넘치는 피를 통해 공포와 광기 그 자체로 현현한다. 영화가 공들여 형상화한 이러한 피의 이미지는 어머니의 신체와 자궁의 이미지를 낯설고 공포스러운 것으로 만드는 중요한 역할을 한다.

그러나 이렇듯 「마더」에서 공들여 형상화된 여성의 육체적 이미지와 성적 모티프는 현실의 삶을 되비추며 동일성의 세계를 교란하는 전복의 힘까지 성취하지는 못한다. 불결하고 혐오스러운 이미지들이 지향하는 궁극적인 목표는 우리가 살고 있는 세계가 근본적으로 얼마나 폭력적인가를 사유하게 하면서 동시에 그것이 억압했던 자유로운 욕망의 세계를 들여다보게 하는 것이다. 이러한 점을 염두에 둘 때, 「마더」가 포착한 억압된 힘으로서의 여성적 공간과 성욕은 오히려 제도적인 금기의 힘을 확인하는 형식적 요소에 머무른 아쉬움을 준다. 어머니는 자신을 습격하는 성적 이미지들 앞에서 머뭇거리며 한발짝 물러선다. 고물상 노인을 살해한 후 자신의 손에 묻은 피를 보면서 경악하는 어머니의 모습은 비체적 세계로부터 완강하게 자기를 수호하려는 몸짓으로 읽히기도 한다. 어머니는 더이상 타자들의 불안한 경계에 머무르려 하지 않으며 체제 안으로

---

11 여성의 피에 대한 금기적 인식은 근대 이후 종교와 사회 영역에 걸쳐 확장된 형태로 나타났다. 남자의 피가 생명을 의미한다면 여자의 피는 죽음을 상징하는 것으로 여겨졌다. 이때부터 생리를 포함하여 여자의 피를 금기시하는 관습은 사회를 운영하는 실질적 제도 속에 반영되었다. 한 예로 1920년대에 여성의 선거권 폐지를 주장한 근거 중의 하나는 여성의 성적인 흥분이 생리기간에 증가한다는 이유였다.(크리스티나 폰 브라운 『히스테리』, 엄양선·윤명숙 옮김, 여이연 2003, 122~24면)

의 고통스러운 귀환을 갈망한다. 그러나 그녀를 받아줄 공간은 어디에도 없다. 아들마저도 심판자가 되어 '네가 한 일을 알고 있다'라는 뉘앙스를 풍길 때 그녀는 어느 곳에도 머물 수 없는 진정한 괴물이 되고 만다. 그런 점에서 광기에 휩싸인 어머니는 국가 대신 정의와 명분을 수행하려는 개인이 빠져드는 블랙홀을 상징한다. 거대한 국가권력에 의해 손쉽게 인권을 박탈당하는 힘없는 개인은 그 자신의 의도와 달리 손쉽게 국가권력의 동조자가 된다.

「마더」는 모성이 도달하는 광기의 상태를 충동적이고 모호한 것으로 그려냈지만 사회적 맥락에서 살펴보면 어머니의 광기는 어느 정도의 필연성을 지니고 있다. 어머니는 남편이 부재한 상태에서 홀로 생계를 담당하며 도준을 키워왔다. 그녀가 도준에게 집착하는 것은 죄의식이나 본능의 차원에서만 설명되지 않는다. 그것은 핏줄이 아니면 (때로는 핏줄임에도 불구하고) 거두지 않는 소수자에 대한 사회적 억압에서 비롯된 것이다. 민생보호라는 표어가 무색할 정도로 소외계층의 삶에 무관심한 경찰들, 금전과 권력으로 빈민들을 조롱하는 대학교수, 위법을 능력으로 자랑하는 법조인 등 어머니가 아들을 지키기 위해 상대해야 하는 그 모든 부당한 세력은 그녀를 광기의 상태로 몰아간다. 그녀는 어미라는 단순하고 본능적인 이유로도 아들을 지키지만, 자신이 아니면 그 어떤 공동체도 아들을 받아들이고 보살피지 않기 때문에 아들을 지킨다. 이처럼 「마더」는 어머니가 당면한 사회적 곤경의 지점을 포착함에도 불구하고, 어머니의 심리를 다루는 결정적인 대목들에서 개인적인 죄책감의 차원으로 문제의식을 되돌려보낸다.[12]

---

12 영화는 어머니가 도준을 필사적으로 지키려고 하는 이유 중의 하나로 죄책감을 거론한다. 삶의 의욕을 잃고 지친 어머니가 도준과 함께 자살하려 했던 사건은 어머니가 은폐하고 싶은 기억으로 존재하면서 자식을 향한 끝없는 희생을 감행하게 한다. 어머니는 아들에게 "그때 내가 얼마나 힘들었으면……"이라고 변명하기도 하고 사진관 주인

이야기의 절정에 해당하는 어머니의 살인 장면은 이러한 모성의 아슬 아슬한 경계 위반적 특성이 '어미의 본능'이라는 이름으로 봉합되는 과정 이라고 할 수 있다. 그것은 어머니가 괴물이 되는 순간이기도 하다. 이쯤 에서 봉준호의 진작인 「살인의 추억」이나 「괴물」을 떠올리게 되는 것은 자연스러운 일인 듯하다. 잡히지 않는 연쇄살인범은 검열과 억압의 공포 가 가득했던 군부체제하의 삶을 환기하며, 한강의 폐수를 먹고 자라난 괴 물은 의식하지 못했던 일상의 안전을 위협한다. 봉준호는 이제 괴물로 변 한 어머니를 통해 더이상 신비한 성역으로 남아 있을 수 없는 가족과 모 성을 이야기한다. 한국의 파행적인 근대화 과정에서 양산된 괴물들은 이 제 일상으로 스며들어 구성원들을 역습하기 시작한다. 「마더」에서 괴물 로 변한 어머니가 환기하는 불안과 공포는 바로 이런 것이다. 바우만(Z. Bauman)의 설명에 기대자면 공포는 근대사회를 움직이는 일상의 한 원 리가 되어 있다. "공포에 대응하는 인간 주체의 반응 중의 하나로 우리는 방어적 행동을 명령한다. 방어적 행동을 취하는 순간 그 즉시 공포의 원 천이라고 생각된 쪽에서 진짜로 위협이 가해지고 있다는 느낌이 생생해 지고 믿음이 굳어진다. 어설픈 조짐을 실제로 만드는, 허깨비에게 살과 피 를 부여하는 것은 불안에 대처하는 우리의 반응이다. 공포는 우리의 동기 와 목적에 뿌리를 내린다. 우리의 행동방식에 자리잡고, 우리의 일상생활 방식을 다시 짠다. 이제 공포는 더이상 외부적 자극이 필요 없다."[13]

근대의 일상을 구성하는 원리로서의 공포는 전복적인 이미지들을 삼 키고 녹이며, 그것에 방어하는 가상적 전략을 세우게 한다. 때로 우리는

여자에게 "그래도 그다음엔 이 세상에서 좋다는 것만 다 골라 먹였는데……"라고 한탄 하기도 한다. 이러한 묘사는 모성 이데올로기를 추동하는 심리의 밑바닥에 죄의식이 숨어 있다는 점을 암시하기는 하지만, 그 죄의식을 지극히 개인적인 차원으로 한정한 다는 점에서 제한적이라고 할 수 있다.

13 지그문트 바우만 『유동하는 공포』, 함규진 옮김, 산책자 2009, 218면.

경험세계의 현실에 입각하여 도래하지도 않은, 혹은 부재할지도 모르는 공포의 대상을 상상하고 그에 대응하는 방법을 고민한다. 그렇게 본다면 「마더」의 괴물-어머니는 우리가 두려워하는, 만나고 싶지 않은 어머니들에 대한 상상적 환영일지도 모르겠다. 이 영화가 모성의 한 측면을 광기에 휩싸인 괴물의 형상으로 규정하면서 역설적으로 이것에서 벗어나는 안전한 가족과 어머니의 가치를 은밀히 환기하는 듯한 느낌을 주는 것도 이 때문이다. 그러나 자식을 하염없이 사랑하고 끝까지 돌봐주면서도 그를 구속하지 않는 어머니, 나아가서 자기 자식뿐 아니라 세상의 모든 버려진 자식까지 품에 끌어안는 어머니, 그런 완전한 어머니가 존재하기나 하는 것일까. 「마더」가 강력하게 부인하는 끔찍하게 이기적인 모성의 세계는 그것이 연루된 타자들의 삶, 그리고 우리가 희구하는 모성의 환상에 대해 마지막 질문을 던진다.

4. 버려진 타자들은 어디로 가는가

캄캄한 동굴 같은 곳에서 지루하고 고된 노동에 시달리며 틈틈이 불법 침시술로 생계를 연명하는 어머니의 삶은 2000년대 현재 한국의 자본주의 일상과 연결되어 있다. 아버지가 부재한 영화 속의 모자관계는 근대화 과정을 통과해오면서 양산된 모중심적 가족의 실제적 삶을 보여준다.[14] 아버지가 부재한 삶 속에서 어머니는 가장의 무게를 지고 더욱 강인해진다. 「마더」의 어머니는 쉬지도 않고 아프지도 않고 폭우 속을 헤치며 아들을 위해 뛰어다닌다. 어머니의 내적인 고통과 슬픔은 오로지 아들을 지키

---

14 조성숙은 급속한 사회변동기나 산업사회에서 주로 나타나는 가족 형태로 "모중심적 가족"을 들며 모중심적 가족의 어머니들이 가사노동과 생산활동에 집중하여 가족을 부양해왔음을 설명한다.(조성숙 『'어머니'라는 이데올로기』, 한울 2002, 66~67면)

지 못하는 상황에서만 발생한다. 그녀는 아들과의 삶을 꾸리기 위해 수시로 법의 경계를 아슬아슬하게 넘나든다. 중국산 장뇌삼을 국산으로 속여 파는 것을 방관하고, 불법으로 침시술을 시행하며, 아들이 사고를 칠 때마다 경찰서를 들락거려 소소한 뇌물을 바쳐왔다. 법이나 정의가 모든 것을 해결해주지 않는다는 것을 그녀는 현실 속에서 체감해왔다. 그녀가 가장으로서 살아온 지금까지의 삶과, 살인사건 이후 아들을 구하기 위해 각계각층의 사람들을 만나는 경험은 2000년대 한국사회의 세속일상을 비판적으로 탐구하는 과정으로 보아도 무방하다.

아들을 감옥에 보내면서 어머니는 자신이 살고 있는 한국사회의 일상 현실을 속속들이 파헤치는 형사가 된다. 감독인 봉준호의 장기가 발휘되는 지점도 바로 여기다. 뺑소니 사고를 내고도 당당한 대학교수, 피의자에게 사과를 물리고 발로 차면서 강제 진술을 유도하는 폭력적인 경찰, '이빨 두개 부러진 값' 운운하며 수임료를 논하는 변호사, 법조인과 담합하여 범죄를 은폐해주는 정신과 의사의 모습은 우리 사회에 만연한 도덕불감증과 윤리의식의 퇴행을 명징하게 보여준다. 이 과정에서 반전의 기법을 활용한 감독의 유머감각 또한 세밀하게 살아난다. 과학적 방법을 동원한다고 립스틱 자국이 찍힌 골프채에 비닐장갑을 씌워 벌판을 달리는 어머니의 모습이라든가, 진지해야 할 살인사건의 현장검증 때 마네킹의 목이 덜렁거리는 장면 등은 탁월하고 정교한 일상 묘사의 사례를 보여준다.

「마더」가 형상화하는 한국사회의 일그러진 세태일상은 어머니가 들여다보는 타자들의 삶에서 절실함을 확보한다. 고물을 주우며 생계를 이어가는 독거노인, 성을 팔며 살다가 억울한 죽음을 맞는 여고생, 가정을 벗어나 음지를 떠도는 비행 청소년, 기도원에 갇혔다가 탈출하고 다시 살인죄의 누명을 쓰고 수감되는 장애인 등은 어머니가 새롭게 확인하는 타자들의 세계를 보여준다. 이 중에서도 삶의 밑바닥에서 가장 큰 고통에 시달리는 인물은 아정이다. '쌀떡소녀'로 불리는 아정은 타자들의 삶을 들여다보는 어머니의 시선에서도 소외되어 있다. 그녀는 유령처럼 주변인들의 희미한 기억에서 출몰하며 현실에서는 허리를 굽힌 시체의 모습으로만 형상화된다. 영화에서 실제로 기괴한 것은 어머니의 존재가 아니라 음담패설의 대상으로 떠도는 아정의 존재라 할 것이다.

어머니의 삶에서 출발해 사회에서 소외된 타자의 문제, 나아가 국가권력과 거기 연결된 공동체의 폭력 문제까지 아우른다는 점에서 「마더」는 예민한 문제의식을 보여준다. 적극적으로 말하자면 이 작품은 어머니의 이야기로부터 출발하는 아들의 이야기며, 아들의 이야기로부터 퍼져나가는 타자들의 이야기가 될 수 있는 대목들을 우리에게 보여준다. 그러나 어머니가 모성적 정체성의 허구를 고통스럽게 응시해야 할 그 순간, 영화는 어머니를 다시 괴물로 만들어 현실로 귀환시킨다. 도준 대신 수감된 종팔을 대면한 어머니가 힘겹게 "너…… 부모님은 계시니?" "엄마 없어?" 라고 물을 때, 그 고통스러운 물음은 그 어떤 공동체도 보호하지 않는 버려진 존재들의 삶을 향한 괴로운 자의식을 드러내는 것이기도 하다. 어머니의 물음은 자신과 도준이 서로에게 보호막이 되어줄 최소한의 공동체-가족을 마련하고 있다는 상대적 안도감을 담은 발언이라는 점에서 모순을 드러낸다. 어머니는 아들 대신 종팔이 구속되는 것을 기만적으로 수락한다. 지켜줄 부모가 없다는 이유로 어머니의 동정과 연민을 사는 종팔과 기억 속의 배경으로만 흐릿하게 자리잡고 있는 아정은 「마더」가 건져내는 동시에 버리고 마는 타자다.

자신을 위해 달려줄 어머니조차 없는 타자들을 희생시킴으로써 얻는 안전과 평화는 이전보다 더 무거운 족쇄가 되어 모성의 세계를 옥죈다. 가부장적 질서의 세계로부터 뛰쳐나온 어머니는 다시금 미끄러져 그 질서의 세계로 회귀한다. 이 세계는 이미 허위의식의 파열을 경험한 후의 조각난 세계이며, 이제 어머니와 아들이 꾸려갈 가족일상은 안전을 보장할 수 없다. 시끄러운 관광버스 안에서 홀로 느리게 춤을 추는 어머니의 모습은 기만적인 형식이라도 붙잡고 계속 살아나갈 수밖에 없는 현실 자체의 고단함을 드러낸다. 그녀는 앞으로도 아들을 위해 경찰서를 소소하게 들락거릴 것이고 약을 달이고 밥상을 차리고 빚에 쫓기며 살게 될 것이다. 스스로의 허벅지에 침을 놓고 기억을 지우는 어머니의 상징적인 행위는 어떻게든 아들을 붙잡고 살아나가야 하는 삶의 절박함을 보여주면서도 기만적인 가족일상의 순환이 가져올 미래에 대한 불안함과 허망함을 짙게 드러내는 듯하다.

영화 속의 어머니는 사회로의 진입을 거부당한 아들을 보호하기 위해 길을 떠난다. 그녀는 심지어 괴물이 되어서까지도 아들을 지킨다. 이 괴물은 모성 이데올로기를 구현하도록 강요받는 여성주체의 분열과 상상적인 자기봉합을 동시에 보여주는 모순된 상징이다. 「마더」는 폭압적인 자본주의 일상의 세계에서 모성조차도 더이상 성역일 수 없음을 호소하지만, 이때 전제된 모성의 세계는 영원성의 시간 속에 갇혀 있다. 아들들은 가질 수 없는 모성을 찾는 대신 가부장적 현실을 흡수한 잔인하고 이기적인 모성을 상상하고 비난함으로써 현실에 대한 공포와 불안을 해소한다. 어머니를 괴물로 만듦으로써 자신을 위협하는 폭압적인 질서로부터 비켜서는 동시에 타자적 삶을 인지하는 성장의 서사 역시 유보하는 과정은 「마더」에 깃든 모호한 광기의 실체를 보여준다. 이 복잡하고 역설적인 서사의 세계는 어머니의 로드무비에서 출발하여 어머니를 지워내려는 아들의 로드무비로 옮겨간다. 모성의 실체에 관한 우리의 질문은 이 지점에서 다시 시작되는 것인지도 모르겠다. 어머니는 자신을 괴물로 바라보는 아들과 앞으로 남은 날들을 어떻게 살아갈 수 있을 것인가. 어머니를 불러냈지만 어머니를 스쳐가는 영화, 어머니를 말하는 것이 아니라 어머니를 바라보는 우리의 시선에 대해 말하는 영화. 「마더」가 남긴 힘겹고 고통스러운 물음은 이제야 시작된다.

낭만적 사랑은 어떻게 부정되는가

◆

이만교·정이현의 작품

1. 사랑의 부재를 알리는 서사

낭만적 사랑의 유효성을 부정하는 냉소적인 나르시시스트는 우리 소설에서 자주 볼 수 있는 캐릭터 중의 하나이다. 소설 속의 나르시시스트들은 수많은 물질적 기호와 상품이 넘쳐흐르는 대중문화 속에서 사랑의 환상이 쉽게 변질될 수 있음을 직시한다. '사랑은 아무런 장벽도, 아무런 계급도, 아무런 법도 알지 못한다'라는 낭만적 신념은 사랑의 이데올로기가 본질적으로 환상을 필요로 함을 알려준다. 문학 속의 나르시시스트들이 부정하는 것은 이 환상의 허구성이다. 온통 사랑의 상품으로 치장되어 있는 문화현실 속에서 낭만적 사랑에 대한 의심과 부정의 태도는 연약한 자아를 감정의 상처로부터 보호하는 방식이기도 하다.

이만교(李萬敎)와 정이현(鄭梨賢)의 소설에서 발견되는 사랑의 담론 역시 냉소적 나르시시즘의 자기보호적 측면을 반영하고 있다. 이들의 소설은 자본주의 사회의 결혼과 가족제도를 둘러싼 물신화 현상, 계층화 현상에 민감한 촉수를 들이민다. 낭만적 사랑의 유효성을 진단하는 나르시시스트들의 책략은 이미 은희경과 김영하의 소설에서 노출된 바 있다. 은희경의 소설이 거듭 천명하는 자조와 냉소는 타인으로부터의 상처를 예감하는 자들이 보여주는 자구(自求)의 방식이며, 김영하의 소설이 보여주는 단절의 태도 역시 같은 맥락에 서 있다. 이들의 소설은 낭만적 사랑을 견제하는 자기보호의 전략을 만들어내지만 그것 자체가 사랑에 대한 기대를 완전히 단절시키는 것은 아니다. 이들의 냉소적 나르시시즘은 오히려 타인과의 단절이 가져오는 고독의 공포를 암암리에 호소한다. 김영하의 소설에서 종종 드러나는 삶의 낭만성에 대한 감각이나 은희경의 소설에서 드러나는 자기연기술의 허구는 나르시시즘의 본질이 소통 욕구에 있음을 짐작하게 해준다.

이만교와 정이현의 소설이 이들 소설과 견주어 한결 가볍게 다가온다면 그것은 나르시시즘에 덧씌워지기 쉬운 감정적 상처를 말끔히 지워내고 있기 때문일 것이다. 이만교와 정이현 소설의 인물들은 어떤 부담감도 없이 사랑의 문화적 기호가 퍼뜨려놓은 이미지들을 적극적으로 포식한다. 경제적인 조건으로 상대를 가늠하는 결혼시장의 풍속, 여성과 남성을 묶어두는 순결 이데올로기의 강박, 연애의 기술 속에 스며들어 있는 물신적 기호들, 행복을 과시하는 가족의 내적인 분열 등등 소설 속에서 파헤쳐지는 사랑의 위선적인 행태는 다양한 모습으로 드러난다. 낭만적 사랑이 포장해놓은 온갖 세속적인 가치와 물신적 욕망을 세세히 거론하고 분석하는 이들 소설은 통속적 세태 묘사를 거침없이 동원한다. 결혼식장의 한 풍경 속으로, 맞선을 보는 남녀의 어색한 눈빛 사이로, 정결한 연인으로 보이려고 안간힘을 쓰는 여대생의 수줍은 미소 속으로 파고드는 작가들의 시선은 그 자체로 경쾌하고 유연하다. 더이상 묘사의 강박이나 윤리적 미의식에 얽매이지 않는 이들의 작품은 소비적 생산품으로서의 소설이 지닌 특징을 선명하게 보여준다. 무수한 기호 속에서 자기연기술마저도 철저한 쾌락 행위가 될 수 있음을 보여주는 이 과정은 소비사회의 소설이 지닌 새로운 특징을 내포한다.

2. 가족 로망스의 몰락과 결혼제도의 세속화: 『결혼은, 미친 짓이다』

이만교의 『결혼은, 미친 짓이다』(민음사 2000)는 물질화된 결혼문화에 대한 직설적인 공격을 담은 작품으로서 영화로도 제작되어 화제에 올랐다. 자본주의적 결혼 세태에 대한 작가의 비판적 관심은 이후에 씌어진 『머꼬네 집에 놀러 올래?』(문학동네 2001)에도 지속적으로 드러난다.

'머꼬네' 식구들이 겪은 경제공황 속의 서민 생활사를 세밀하게 그려낸 『머꼬네 집에 놀러 올래?』는 'IMF 시대의 가족 로망스'라고 명명할 만하다. 복숭아밭으로 둘러싸인 마을 언덕 오르막에 자리한 아담한 단층집에 살던 식구들은 도시개발과 재건축 바람에 휩싸여 '지하로 내려앉고 있는 무덤'과도 같은 집에서 소시민의 삶을 이어나간다. 여유롭지는 않지만 소박하고 행복한 생활을 영위하던 식구들은 IMF 경제공황이 닥치면서 수난을 겪기 시작한다.

『머꼬네 집에 놀러 올래?』에서 그려지는 가족적 가치에 대한 신뢰는 경제적 궁핍 속에서도 여전히 서로를 아끼고 보듬는 화목한 식구들의 모습에서 발견된다. 식구들은 "꾀죄죄하니 차려입고는 다만 먹고살기 위해 다급하게 뛰어다니"(92면)지만 서로에 대한 우애와 사랑을 잃지 않는다. 이만교가 다른 소설들에서 보여주는 냉소적 시선과는 사뭇 다른 이 따뜻한 분위기는 『머꼬네 집에 놀러 올래?』가 지향하는 가족 로망스가 다분히 과거지향적인 추억담임을 암시한다. 주인공에게는 귀여운 조카 머꼬와 자신이 사랑하는 여자친구가 함께하는 가족의 공간만이 바깥 세계의 폭풍우를 막아줄 수 있는 행복한 곳이다. "세상에서 가장 순결하고 가장 빠르게 자라나는 머꼬와 세상에서 가장 예쁘고 가장 매력적인 해연이 마루에서 노는 모습"(160면)에 황홀해하는 주인공의 모습에서 짐작되듯이 머꼬네를 감싸는 것은 소박한 소시민적 행복론이다.

추억의 가족 로맨스는 농담과 과장에 의해 힘을 얻는다. 이전 시대의 가족소설과 달리『머꼬네 집에 놀러 올래?』가 보여주는 새로운 면모가 있다면 세밀한 풍속을 다루는 유머러스한 묘사라고 할 수 있을 것이다. 돈을 벌기 위해 나물을 다듬던 사돈할머니가 잠결에 자기 손을 칼로 다듬는 바람에 병원에 실려 가는 장면이나 다세대주택으로 변모한 머꼬네 집에 유명인들이 머물다 갔다는 식의 과장된 해학은 이 소설을 움직이는 중요한 힘이다. 소설을 빛내는 밝고 명랑한 웃음의 화법은 머꼬네 식구들에게 닥쳐온 외부적 역경이 얼마나 불합리한가를 역설적으로 드러내는 장치이기도 하다.

머꼬네 식구들은 가족공동체의 행복한 삶을 영위하려고 노력하지만 비정한 현실은 이를 허락하지 않는다. 이들이 꿈꾸는 가족애의 가치는 비정한 자본주의 사회에서 쉽게 허락되지 않는 것이다. 경제적 불황을 견뎌나가는 식구에게 수해마저 닥치자 주인공은 탄식한다. "우리 집을 지나간 그 어떤 정치경제사의 불운과도 무관하게 우리는 또 행복할 수 있었다!"라는 주인공의 자부심은 "우물 안 개구리의 안일한 자기만족이었을 뿐"(239면)임이 드러난다. 가족공동체의 해체와 더불어 계층화 현상에 의해 소외되고 단절되기 시작한 서민층의 삶에서 머꼬네 식구들 역시 자유로울 수 없었던 것이다.

머꼬네 집이 보여주는 가족의 붕괴 과정은『결혼은, 미친 짓이다』가 배경으로 하는 황량한 가족현실과 맞물린다. 머꼬네에서 든든한 가장의 역할을 했던 어머니는 병약한 모습으로 아들의 결혼을 걱정하며, 낭만적 사랑의 신봉자였던 주인공은 실연의 경험 이후 매사에 씨니컬하게 반응하는 자유주의 독신론자가 된다. 『머꼬네 집에 놀러 올래?』가 보여준 가족

간의 따뜻한 사랑과 낭만적 로맨스는『결혼은, 미친 짓이다』에서 자본주의적 삶의 프로그램 속에서 생기를 잃고 박제된 가족일상으로 현현한다. 도시화와 핵가족의 시대에 '머꼬네 집'은 물에 잠겨버린 '추억 속의 공간'이 된 것이다.

낭만적 사랑에 대한 담론을 냉소적으로 파헤친『결혼은, 미친 짓이다』는 결혼제도의 상투성과 통속성에 세부 묘사를 집중한다. 자본주의 사회의 결혼제도는 계층끼리의 물물교환 의식에서 자유로울 수 없다. 결혼을 전제한 모든 연애는 물질적인 조건에 의해 계산되고 연출된다. 소설의 인물들이 보여주는 연애와 결혼의 형태는 그래서 기만적이고 비극적이다. 주인공의 친구인 규진의 결혼은 그의 불륜으로 인해 파경에 이른다. 화려한 삶을 꿈꾸던 주인공의 여동생은 유부남의 애인이 되어 '강남'의 아파트를 얻는다. 주인공과 연희 역시 불륜을 통해 그들의 로맨스를 실현하고자 한다.

이만교 소설의 인물들이 당면한 부조리한 사랑의 세계는 등장인물들이 왜 냉소적인 자기애의 방식으로 삶을 재단할 수밖에 없는가를 보여준다. 이들에게 낭만적 사랑은 추억 속의 '머꼬네 집'에서나 존재하는 환상의 감정이다. 위악과 거짓이 가득한 세계 속에서 버텨내려면 자기연기술을 발휘하지 않으면 안 된다. 인물들은 고의적으로 단답형의 대화와 농담을 통해 타인과의 감정적 마찰을 피한다. 짧고 건조한 대화는 이만교 소설에서 종종 선보이는 시나리오 기법을 넘어서 등장인물의 성격을 암시하는 특징이다.『결혼은, 미친 짓이다』가 보여주는 신선함 역시 낭만적 사랑의 세속화라는 주제의식을 표현하는 '가볍게 말하기'의 방식에 있다고 할 수 있다. 한 예로 주인공과 연희가 나누는 건조하고 경쾌한 대화는 질투와 열등감을 포함한 복잡한 사랑의 감정을 담고 있다.

　"선 봤어."

"아하" 나는 상황을 이해했다. "어떤 사람이야?"

"의사야. 형제가 모두 의사래."

휘파람을 날리고 나서 말했다.

"나이스 히트! 드디어 찾았군."

"그런데, 좀 못생겼어."

"안성맞춤이군."

"왜?"

"원래 옷을 고를 때는" 담배연기 속으로 한숨을 집어넣고 나서 말했다. "마음에 드는 물건일수록 오래 들여다보아야 해. 흠집이 없기를 바래서가 아니라 찾기 위해서지. 흥정할 때 유리해지거든." (150~51면)

콤플렉스를 잔뜩 숨기고 있는 주인공의 훈계는 연희의 감정적 소통을 의도적으로 차단한다. 그는 결혼 상대를 고르는 것을 물건 사는 일에 빗대는 신경질적인 어법을 통해 자신의 감정적 불만을 해소한다. 농담과 냉소를 통해 그는 연희의 세속적인 결혼관과는 다른 '비판적'인 자신의 입지를 만들고자 한다. 그러나 낭만적 사랑에 대한 신념을 비웃으면서 물질적 가치에 좌우되지 않는 안전한 세계로 자기를 피신시키는 그의 모습은 그렇게 당당해 보이지 않는다. '독신으로 살고 싶어하는 신세대적 자유주의'를 구가하지만 정작 자신이 결혼시장에서 형편없는 조건임을 알고 있는 주인공은 선본 남자들을 평가해달라는 연희에게 "일단 나를 비롯해서" "가난한 자식들은 빼!"(170면)라고 일갈한다. "사랑은 세상에서 신축성이 가장 뛰어난 고무줄일 뿐"(187면)이라는 그의 자조는 낭만적 사랑을 위악적으로 부정함으로써 현실을 견디려는 태도를 보여준다.

주인공의 자기연기술은 타인과의 교류나 스스로의 내적 변화를 염두에 두지 않는다. 그는 결혼이 상품화된 현실을 관망하고 냉소할 따름이다. 냉혹하게 이야기해서 그가 독신으로 살고 싶어하는 중요한 이유는 결혼제도에 대한 비판적 성찰에 있지 않다. 그의 독신주의는 결혼시장에서 상품으로서의 가치를 인정받지 못하는 초라한 자신의 환경에서 비롯된 열등감을 견디기 위한 위악적 방어전략에 불과하다.

불안정한 직업을 지닌 주인공에 비한다면 연희는 미모와 재력을 갖춘, 나름대로 '상품가치'를 지닌 신붓감이다. 연희는 자신의 경제적 기대수준을 채울 수 있는 의사 남편을 고를 수 있으며, 자신의 성적 취향을 만족시키는 주인공과 함께 비밀스러운 동거생활도 꾸려나갈 수 있다. 소설에서 연희가 보여주는 '사랑'과 '결혼'의 분리는 세속화된 자본주의 결혼제도를 보완하는 새로운 '대안'인 셈이다. 그녀는 자신의 이중생활에 대해서 당당하게 변명한다. "날이 갈수록 아무런 죄책감도 느껴지지가 않아. 그냥 언젠가 네가 말한 것처럼 두개의 드라마에 겹치기 출연을 하고 있는 것 같을 뿐이야. 그래서 남들보다 약간 바쁘게 살아가는 듯한 느낌뿐이야"(271면)라는 연희의 고백은 결혼제도에 대한 부정과 냉소를 드러낸다.

그렇게 볼 때 이 소설에서 낭만적 사랑의 신화에 도전장을 내미는 주체는 지식인적 언술로 사랑의 개념을 거론하는 주인공이 아니라 사랑과 결혼을 분리시키는 연희라고 할 수 있다.[1] 자본주의 사회의 결혼문화가 만들어낸 욕망을 적극적으로 받아들인 연희는 그 자체로 소비되어가는 사

---

[1] 이만교의 소설을 원작으로 삼은 영화인 「결혼은, 미친 짓이다」(유하, 2002)가 연희의 욕망을 전면적으로 보여주었다는 것은 그런 점에서 의미심장하다. 소설과 영화의 세부적인 비교는 별도의 지면을 필요로 하지만, 영화에서 연희의 욕망은 물질적인 권력을 행사하는 지점까지 나아간다는 점에서 주인공을 현실적으로 압박한다. 소설과 달리 애인의 자취방을 마련하는 데 연희의 경제력이 동원된다는 영화의 설정은 두 남녀의 심리적 신경전을 더욱 구체적인 것으로 만든다. 결혼과 사랑의 분리를 꿈꾸는 연희의 욕망이 본질적으로는 가부장적 결혼제도가 생산한 물신적 욕망에서 벗어나지 못한 것이라는 사실은 소설보다 영화에서 더욱 선명하게 드러난다. 영화에서 연희는 결혼제도의 권태를 보완하는 비밀 동거관계 속에서도 '이상적인 아내'의 모습을 연출한다. 옥탑방에서 분주하게 식사를 차리고 살림을 담당하는 그녀의 모습은 그녀가 꿈꾸는 사랑의 판타지가 사실은 결혼제도의 형식에 얽매여 있음을 선명하게 보여준다.

랑의 환상에 탐닉한다. 그녀에게는 결혼제도 속의 사랑이건, 불륜 속의 사랑이건 모두 권태를 견디기 위한 한시적 소모품에 지나지 않는다. 그녀는 세속적인 결혼신화 속에서 위장된 낭만적 사랑을 차갑게 떼어낸 후 불륜의 형태로 자신의 사랑을 실현한다.

물론 사랑과 결혼을 분리하려는 연희의 야심찬 기획은 출발지점이 지닌 모순성으로 인해 난관에 부딪칠 수밖에 없다. 낭만적인 사랑과 물질적 조건이 합치되는 이상적 결혼에 대한 환상이 암암리에 존재하는 한 그녀의 욕망은 늘 균열을 드러낸다. 그녀는 자신의 결혼관계에서는 가슴 두근거리는 사랑에 목말라하며, 연인과의 관계에서는 안락한 경제적 조건을 아쉬워한다. 그런 의미에서 냄비 뚜껑과 국자를 든 채 '약간 부끄러움을 타는 듯한 표정'으로 웃어 보이는 연희의 사진은 자신의 결혼생활에 대한 냉소와 경멸을 암시하기도 하지만 사랑과 물질이 결합된 이상적 결혼에 대한 동경을 드러내는 것이기도 하다. 결국 연희가 탐색한 자유로운 사랑의 환상은 위반과 정착의 경계에서 모호하게 멈춰 서 있는 것이다.

『결혼은, 미친 짓이다』가 주는 아쉬움이 있다면 소설 속 남녀가 자각하는 결혼제도의 모순성을 평이한 교훈적 해석으로 마무리하는 데 있을 것이다. 주인공과 연희가 감지하는 물신적 욕망의 모호함이 계층적 환경의 격차라는 수준 이상으로 탐구되지 못하는 것은 이 소설의 한계이다. "우리 역시 두개의 길을 모두 가볼 수는 없는 거였어. 우리가 이런 식으로 만나는 건 사랑 없이 의사와 결혼한 것보다 훨씬 더 치사한, 두개의 길을 다 가보려는 욕심에 불과해"(273면)라는 주인공의 고백은 결혼에 대한 이상적 기대를 간접적으로 드러내는 데 그치고 만다. 이 지점에서 작가가 투시하는 사랑의 담론은 지극히 평범한 발견에 머무른다. 결혼제도 속에 위장된 낭만적 사랑을 냉소하던 이들의 유희적인 연애는 결국 제도를 초월하는 또다른 사랑에 대한 아련한 동경을 드러내는 아이러니한 결과로 귀착되는 것이다.

3. 소비욕망을 연출하는 여성: 『낭만적 사랑과 사회』

사회학자인 울리히 벡(Ulrich Beck)은 일상의 고통에서 빠져나와 일상성에 새로운 아우라(aura)를 줄 수 있다는 점에서 낭만적 사랑을 '세속적 종교'에 빗댄 바 있다. 그의 지적대로 "현대의 시민들은 계급적 연결망이 안락한 사회적 확실성과 사회적 지위를 충족시켜주지 못하기 때문에 자신에게만 고유한 사귐을 생각해내야 한다"[2]는 강박에 시달리고 있다. 『낭만적 사랑과 사회』[3]라는 저서를 통해서 사랑의 개념을 명쾌하게 분석한 재클린 싸스비(Jacqueline Sarsby)는 낭만적 사랑이 근대사회에 이르러 관습적인 형태로 길들여지는 과정을 분석했다. 그녀에 따르면 남성의 구애가 중심을 이루던 중세시대에 비해 개인주의적 사회경제질서로 재편된 산업사회에서는 사랑의 중심이 여성들의 적극적인 욕망과 감정으로 이동했으며, 결혼과 가족이 사적인 영역으로 분리되면서 낭만적인 사랑 역시 제도적인 결혼으로 흡수되었다.

싸스비의 사회적 통찰을 문학적으로 빌려온 듯이 보이는 정이현의 소설집 『낭만적 사랑과 사회』(문학과지성사 2003)는 낭만적 사랑이 결혼이라는 현실로 귀결되는 과정을 여성의 눈으로 바라본다. 물질적 욕망을 적극적으로 표출하는 여성상의 등장은 한국소설의 새로운 면모라 할 만하다. 정이현 소설의 여성들은 낭만적 사랑을 덧씌우는 사회의 편견과 관습에서 자유롭다. 사랑이 연출될 수 있음을 과시하는 여성들의 출현은 이전의 소설에서는 보기 드문 것이었다. 여성인물들은 자신의 소비욕망을 당당히 드러냄으로써 가부장제 물신사회가 여성의 육체와 정신에 요구하는 허위의식을 가차 없이 뒤집는다. 소비사회의 여성적 욕망을 충실하게 연출

---

2 울리히 벡·엘리자베트 벡-게른스하임 「사랑, 우리의 세속적 종교」, 『사랑은 지독한, 그러나 너무나 정상적인 혼란』, 강수영 외 옮김, 새물결 1999, 326면.
3 *Romantic Love and Society*, 1983, 박찬길 옮김, 민음사 1989.

한다는 점에서 정이현 소설의 인물들은 현대적인 의미를 지닌다고 할 수 있다.

　소비의 욕망을 통제할 수 있다고 믿는 소설 속 주체들은 스스로 구상한 전략에 맞춰 사랑의 관습을 부숴나간다. 어린 소녀를 대상으로 하는 관음증적 물신과 화해로운 가정의 이미지를 적극적으로 이용하는 여학생(「소녀 시대」), 일과 사랑을 동시에 성취하는 경쟁력 있는 커리어우먼의 이미지에 탐닉하는 여성(「트렁크」), 순결하고 모범적인 부부의 이미지를 연출하기 위해 좌충우돌하는 연인들(「홈드라마」), 육체적인 고통을 감내하며 아름다운 신체의 이미지를 보존하려는 여성(「신식 키친」) 등 정이현 소설의 인물들은 욕망의 세속성을 직접적으로 찬탄하며 향유한다.

　흥미로운 것은 이들이 표출하는 소비욕망이 때로는 애초에 추구했던 본질적인 대상으로부터 끊임없이 어긋나가는 '불안정성'을 지닌다는 점이다. 계층화된 사회에서 풍족하게 물질을 소유하고 자신이 상상하는 이상적인 연애와 결혼생활을 추구하는 여성들의 욕망은 결정적인 지점에서 균열을 드러낸다. 「트렁크」의 주인공이 "어딘가, 빛이 들어오지 않는 작고 캄캄한 공간에서 사지를 웅크리고 잠들고 싶었다"(61면)라고 피로감을 드러내는 장면이나 「소녀 시대」의 주인공이 "다음에 진짜로 집을 떠날 때는 절대 다시 돌아오지 않을 테니까"(94면)라고 결심하는 장면은 그녀들이 포획되어 있던 소비의 욕망이 진정한 대상을 상실하는 순간을 보여준다.

　물질을 향유하는 여성의 욕망이 정체를 잃어버린 채 극단적인 자기몰입으로 향하는 순간은 「순수」에서 잘 드러난다. 계획적인 결혼과 살인을 통해 부를 축적하는 여성에게 어느 순간 욕망은 경제적 안정이라는 지상 목표를 벗어나 불안정한 형태로 일그러진다. 남편과 근친상간 관계에 놓인 예민한 의붓딸을 자극하여 남편의 살인을 사주하는 그녀의 모습은 사악함 그 자체이다. 그녀의 욕망은 남편을 살해하여 재산을 증식하는 목표를 이미 지나쳐 있다. 소비의 충동에서 비롯된 욕망이 자기증식을 거듭하여 도덕적 습속을 위반하는 나르시시즘으로 향해가는 장면은 이 소설의 여성인물을 주목하게 만든다. "어디에 있든 나는 점점 더 강해지고 아름다워질 겁니다. 운명이 주는 어떤 시련에도 굴복하지 않겠어요"(120면)라는 그녀의 진술은 소비의 욕망을 전유하는 여성이 욕망의 대상 그 자체를 넘어서 상상 속의 나르시시즘으로 향하는 지점을 보여준다.

정이현 소설의 여성인물들이 보여주는 이러한 욕망의 불안정성은 물신 사회가 추동하는 사랑의 환상을 뒤흔들기에 충분하다. 여성들은 무제한으로 강해지고 사악해질 수 있으며, 또한 탐욕스러워질 수 있다. 리타 펠스키(Rita Felski)가 지적한 대로 이렇듯 소비하는 여성성, 욕망하는 주체로서의 여성들은 전통적인 가부장적 금기와 낭만적 사랑의 환상으로 둘러싸인 위선적 가족·결혼제도를 폭파하는 모종의 힘을 지니고 있다.[4] 그러나 한편 그 욕망은 더욱더 많은 상품과 기호 속으로 자아를 이끌고 가는 것이기도 하다. 장 보드리야르(Jean Baudrillard)에 의하면 소비하는 자아는 '사물에 의한 증명' 없이는 견딜 수 없다. 소비의 대상이 지위의 계층화를 만들어내며 소비에 의해 지위가 이동하는 사회 속에서 인물들은 계층 상승의 욕망에 휘둘리고 만다. 정이현 소설의 인물들이 낭만적 사랑이나 순결 이데올로기에 대해 보여주는 명민한 통찰은 계층의식의 물질적 기호로 수렴된다는 점에서 결국 자기소모적인 것이 되고 만다. 9억대의 싯가를 자랑하는 강남의 아파트, 은색 렉서스, 폴크스바겐 비틀, 타사키 지니아의 보석, 루이뷔똥 백 등등 소설 속 물신의 기호들은 그 자체로 쾌락성을 지시하며 소비된다.

소비의 주체를 자임하던 여성인물이 물적 욕망 자체에 포섭되는 아이

---

4 리타 펠스키 「상상적 쾌락: 소비의 성애학과 미학」, 『근대성과 페미니즘』, 김영찬·심진경 옮김, 거름 1998, 146~47면.

러니는 표제작 「낭만적 사랑과 사회」를 통해서 선명하게 드러난다. 소설은 순결 이데올로기를 역이용하여 자신의 연애와 결혼을 규정짓는 대담한 여성화자의 목소리를 전면에 내세운다. 여러 남자친구 중에서 자신의 장밋빛 미래를 보장해줄 최고의 남자와 결혼하려는 그녀는 자신의 순결한 육체를 적극적인 상품가치로 내건다. 여자의 몸은 마치 유리잔과도 같다는 어머니의 설교나 남자친구를 사랑해서 임신하게 되었다는 혜미의 고백은 그녀의 비웃음을 살 따름이다. 순결은 그렇게 쉽게 소모되어서는 안 되는 귀중한 가치이다. 주인공은 자신의 순결을 이용하여 결혼이라는 상품시장에서 승리하기 위해 세부적인 연애기술을 연마하고 신중하게 결혼 상대를 고른다. 드디어 상대가 나타나고 첫날밤을 치르기 위한 주인공의 '십계명'이 실천되지만 안타깝게도 그녀가 그토록 조심스럽게 준비해온 첫날밤의 환상은 '혈흔'이라는 결정적 증거가 나타나지 않음으로 인해 수포로 돌아간다.

그녀는 자신의 육체를 담보로 하여 시장에 등장했으나 순결 이데올로기와 낭만적 사랑이라는 환상을 떨치지 못했다. 소설 속의 그녀가 착각한 것이라면 결혼시장에서 순결이 (설사 그것이 위장된 관념일지라도) 본인이 상상한 것만큼 그다지 훌륭한 상품가치가 되지 못한다는 점이다. 순결이나 사랑을 논하기에 결혼시장은 지나치게 냉혹하다. 엄격히 계층화된 서열이 존재하는 결혼시장에서 연애와 순결을 무기 삼아 덤벼든 그녀의 발상 자체가 너무 순진했던 것은 아닌가. 그녀의 패배는 어떻게 보면 예상된 것이다.

소비 이데올로기를 스스로 통제하는 주체로 나섰지만 결국 물신화된 욕망에 포박된 여성의 모습은 그녀의 전술이 체제의 감옥에 갇힐 수밖에 없는 것임을 드러낸다. 「낭만적 사랑과 사회」나 「이십세기 모단걸」을 제외한 작품들에서 여성은 늘 '완벽하게' 승리하거나 변함없는 일상을 살아가는 인물로 등장하지만, 이들에게서 욕망의 시스템을 벗어나는 탈주를 기대할 수는 없다. 물신사회의 속성을 철저히 드러냄으로써 낭만적 사랑에 대한 틈 내기를 시도하는 정이현 소설의 전략은 욕망이 달성되는 순간 유효성을 상실한다. 여성이 소비의 욕망을 증식시키는 주체라는 점을 인지하고 소비를 통해 새로운 수준의 욕망을 성취하려는 계획을 세우는 지점에서만 이들은 당당하고 아름다울 수 있다. 여성은 유혹하고 소비하는 존재로 스스로를 정의하지만 넘쳐흐르는 풍요의 기호 속에서 어느새 유혹당하는 존재로 고착되고 만다. 낭만적 사랑을 의심하는 작가의 도발적인 질문에 우리가 되돌려줄 수 있는 것은 이러한 의구심이다. 물신의 욕망이 여성을 압도하는 순간 낭만적 사랑은 다시금 기만적인 책략으로 여성의 욕망 속으로 파고든다. 이 순간 여성의 욕망은 얼마나 절실하게 읽힐 수 있는 것일까. 그 질문의 답은 앞으로 씌어질 작가의 작품에서 찾아야 할 것이다.

4. 낭만적 사랑은 어떻게 부정되는가

이만교와 정이현의 소설은 물신숭배로 가득한 현대의 사랑 담론을 경쾌한 어법으로 해부한다는 점에서 공통점을 지닌다. 이들의 소설이 보여주는 물질적 기호의 쾌락은 소설의 미학적 자의식으로 요구되어온 윤리적 덕목을 손쉽게 해체한다. 소설은 지극히 사소한 잡담이 되어버릴 수 있다. 이들의 소설이 보여주는 언어유희는 전통적인 비유와 상징의 세계를 벗어나 상품의 이미지에 바싹 다가서 있다. 문학적 규범마저도 가볍게 부정되는 의도적인 농담의 세계에서 자아의 심각한 고뇌는 의도적으로 탈색된다. 감정을 드러내는 것 자체를 촌스럽게 여기는 냉소적 인물들에게 진지한 사랑의 고백은 그 어떤 것보다도 우스꽝스러운 농담이 되고 만다.

이만교의 소설이 전통적인 가족공동체의 정서가 사라진 현대적 도시

공간을 배경으로 지식인의 화법을 동원하고 있다면, 정이현의 소설은 소비하는 여성의 욕망을 적극적으로 지시하는 물질적 기호들의 세계를 보여준다. 이들의 소설은 소비상품의 기호가 바로 계층을 상징하는 현실을 냉혹하게 자각한다. 풍요로운 소비생활에 대한 선망은 결혼과 사랑의 세속화 과정 구석구석에 스며들어 있다. 이만교와 정이현 소설의 인물들은 부조리한 세계를 견디기 위한 방식으로서 적극적인 소비와 욕망을 선택한다. 낭만적 순애보의 초대장을 거절한 채 곧장 물신적 세계에 뛰어드는 이들의 모험은 용감하고도 위태로워 보인다.

　사랑의 이데올로기로 물든 결혼시장에서 소설의 인물들은 소비적 쾌락을 적극적으로 실현함으로써 욕망의 주체로 나서고자 하지만 이들의 시도는 제도 자체에 포박되는 결과를 낳는다. 『결혼은, 미친 짓이다』의 연희는 사랑과 결혼을 분리하는 대담한 모험을 시도하지만 준영과의 관계에서 낭만적인 사랑을 연출하려는 꿈을 이루지는 못한다. 그녀가 꿈꾸는 이상적인 결혼은 사진 속에서나 존재하는 이미지일 따름이었다. 「낭만적 사랑과 사회」의 주인공이 시도한 정숙한 처녀의 연극은 한순간에 무너지고 그녀는 순결의 정체마저 의심받는 지경에 이른다. 인물들이 처한 이 아이러니한 정황은 물신적 가치로 치장된 시스템 안에 갇힌 자아의 모습을 그대로 드러낸다.

　우리는 현실을 견디는 치료제로서 사랑의 환상을 갈망하지만 그것은 자아를 구원해주지 못한다. 자아의 고립을 위무하기 위해 등장하는 사랑의 이미지는 때때로 현실 속의 우리를 더욱 고통스럽게 한다. 이만교와 정이현의 소설이 씨니컬하게 바라보는 바 역시 사랑의 미망에 갇힌 현대인의 불안한 삶일 것이다. 이들의 소설은 일상을 위무하는 아름다운 연애소설들의 반대편에 서서 사랑의 명언들을 재해석하기 시작한다. 그것은 소비시대의 소설이 외면할 수 없는 자기해부의 과정이기도 하다.

페넬로페의 복화술

공선옥·천운영·윤성희의 작품

1

그리스 신화에서 페넬로페의 옷감 짜기에 얽힌 이야기는 서구 페미니스트들에게 자주 인용되는 문학적 비유이다. 트로이 전쟁이 끝난 후에도 돌아오지 않는 남편 오디세우스를 기다리던 페넬로페는 시아버지의 수의를 짜는 일이 끝나면 청혼을 받아들이겠다고 남자들에게 약속한다. 낮에는 수의를 짜고 밤에는 남몰래 그 수의를 풀어버리는 페넬로페의 모습에서 페미니스트들은 여성적 서사의 상징을 읽어낸다. 페넬로페는 밤 동안 아무도 모르게 그녀의 수의를 풀어버리듯 자기의 본심이 담긴 진술을 숨겨둔 채 늘 다른 방식으로 이야기한다. 페넬로페처럼 오랜 시간 동안 여성작가들은 자신의 경험과 삶을 진술하는 데 어려움을 겪어왔다.

의미가 감추어진 텍스트 속에서 여성적 목소리를 창조적으로 읽어내야 하는 지난 시대의 작품들에 비하면 근래 여성작가들이 전면화하는 성(性)과 사랑, 가족의 테마는 도발적이기까지 하다. 페넬로페의 후손들은 자신이 밤새 수의를 풀어버렸노라고 당당히 고백한다. 권위적인 아버지와 강인한 어머니의 담론을 넘어서 변화해가는 여성적 서사의 새로운 양상은 거침없는 자기노출을 보여주기도 한다. 그러나 자유로운 외형과 달리 여성적 글쓰기의 내부에는 여전히 모순과 균열이 존재한다. 문화상품이 넘쳐흐르는 이미지의 시대에 여성의 글쓰기는 육체와 욕망의 담론만큼이나 빠르게 번성해왔으며 그만큼 쉽게 오해되고 왜곡되어왔다.

공선옥의 『수수밭으로 오세요』(여성신문사 2001)와 천운영의 『바늘』(창작과비평사 2001), 윤성희의 『레고로 만든 집』(민음사 2001)이 공통적으로 보여주는 여성적 글쓰기의 양상도 단일하지 않다. 이들의 작품에서 공통적으로 발견되는 것은 기존의 가족서사로부터 벗어나려는 새로운 여성적 정체성의 탐구다. 공선옥 소설에서 탐구되는 모성은 전통적인 가족 형태와 힘겨운 싸움을 예고하는 갈등의 서사로 드러나며, 천운영 소설이 탐색하는 욕망의 담론은 여성의 육체에 대한 새로운 미학적 탐색을 예고한다. 윤성희의 소설은 얼굴이 지워진 타자의 희미한 씰루엣 속으로 여성을 이끌고 간다. 또한 공선옥의 소설이 고백적인 서사에 가까이 가 있다면 천운영과 윤성희의 소설은 사적인 기록이나 근거를 배제한 글쓰기를 시도한다. 이들의 소설은 생존의 보호막이 파괴된 폐허의 현실 속에서 움트는 다양한 여성적 글쓰기의 형태를 보여준다는 점에서 흥미로운 고찰을 유도한다.

2

공선옥(孔善玉)은 가난과 사회적 소외를 여성의 생존방식과 연결짓는 보기 드문 작가다. 1980년대 광주 체험의 여진 속에서 남은 가족을 부양하는 힘겨운 여성가장의 삶은 공선옥의 초기작에서 자주 나타나는 소재였다. 소설집 『피어라 수선화』(창작과비평사 1994)와 『내 생의 알리바이』(창작과

비평사 1998), 장편소설『오지리에 두고 온 서른살』(삼신각 1993)과『시절들』(문예마당 1996)에서 드러나는 생의 절박한 몸부림은 공선옥 소설만이 보여줄 수 있는 힘의 원천이기도 하다.

『수수밭으로 오세요』에서 공선옥은 경험적 어머니의 세계를 본격적인 장편 형식으로 풀어놓는다. 주인공 필순이 전남편의 아이 한수를 데리고 이섭을 만나 아이를 낳고 새로운 가정을 이루었다가 다시 '홀로이맘'으로 돌아오는 과정이 이야기의 뼈대이다. 새로운 가족의 탄생과 해체를 소재로 한 이 소설은 기존의 여성소설에서 보기 힘든 재혼 문제, 의붓아버지의 존재, 핏줄이 섞이지 않은 새로운 공동체로서의 가족 개념을 골고루 다룬다.

공선옥의 소설답게 가장 실감나게 묘사되는 부분은 아이를 건사하는 어머니의 모습이다. 배고프다고 칭얼거리는 아이들을 달래고 씻기고 먹이는 고단한 일상은 공선옥의 이전 소설에서도 익히 보아온 장면들이다. 필순이 친구 은자의 아이들인 소정과 소란을 데려와 자신의 아들 한수·산이와 함께 키우는 어머니로서의 일상은 공선옥 소설에서만 풍기는 삶의 훈기를 느끼게 한다. 한번도 본 적 없는 남자가 필순에게 찾아와 여동생 필례의 아이라고 봄이를 맡기고 가는 장면도 가슴을 찡하게 한다. "누구의 아이면 어떠랴 싶었는지도 모른다. 분명한 것은 눈물이, 제 가슴 가득, 눈물이 어룽져서 만들어낸 무늬가 사방연속무늬의 도배지처럼 번져나가고 있었다는 것, 봄이를 놓고 가라 말한 그때 제 가슴 가득 눈물의 무늬가 어룽졌다는 것"(187면)이라는 필순의 고백은 핏줄을 넘어서 어린 생명을 끌어안을 수밖에 없는 절박한 심정을 고스란히 전달한다.

어머니 노릇에 대한 세부 묘사가 자신감을 띤다면 새로운 가정을 이루고 사는 남편과 아내가 겪는 갈등은 다분히 일방적인 서술로 그려진다. 필순의 눈으로 바라본 재혼가정의 갈등은 아버지 노릇을 거부하며 가난과 고통의 실체를 모른 채 지식인적 허위의식에 사로잡힌 이섭에게 책임이 있다. "아버지는 아저씨였을 때 참 좋았다가 아빠였을 때부터 싫어졌고 아버지라고 부를 때부터는 무서워졌다"라는 한수의 고백은 필순의 뇌리에 오래도록 남는다. 이섭은 핏줄이 아닌 한수에게 종내 서먹함을 버리지 못하며 자신이 속한 지식인 사회에 쉽게 편입하지 못하는 아내를 경원시한다. 그가 필순에게 안겨주는 소외감은 "자기 같은 사람으로서는 닿을 수 없는 아주 먼 세상 사람 같기도"(87면) 한 느낌이다.

따뜻한 모성과 비정한 부성의 대립 구도는 필순과 이섭의 환경적 차이에서 오는 모순을 단순하게 만든다. 가난한 자-부유한 자, 지식인-노동자, 부성-모성으로 이분화된 갈등 구도는 필순과 이섭이 처음부터 평안할 수 없는 관계였음을 암시한다. 이섭이 언젠가부터 멀어지게 된 것은 부모를 잃은 가엾은 '새끼'를 대책 없이 떠맡은 필순의 행동에서 비롯된다. 그러나 본질적으로 이들은 계층적인 환경의 차이를 극복하지 못함으로써 결별하고 만다. 이섭의 어머니와 형수는 필순을 무시하기 일쑤며 이섭 역시 그것을 변명하려 하지 않는다.

소설에서 처음부터 끝까지 유지되는 필순의 고백적 서술이 어느 대목에 이르러 공평하게 여겨지지 않는 까닭은 이러한 이분법적 구도를 긍정적인 '어머니 되기'의 방식으로 돌파하려는 데 있다. 아이들과 어머니가 이루는 친근한 풍경에 대한 묘사와, 지식인들의 허구적 욕망에 대한 씨니컬한 묘사는 불협화음을 이루며 계속 삐걱거린다. 이섭으로 대표되는 아버지의 모습은 어머니인 필순의 관찰적 시선에 의해 이기적이고 허약한 사람으로 형상화된다. 이섭의 동료로 등장하는 전병순 일가의 모습도 마찬가지다. 가난이 무엇인지 모르면서 가난하고 소박한 삶을 살겠다는 지식인들의 행태는 필순의 눈에 우스꽝스럽게 포착된다. 한때 은자에게 책 읽기를 권유하며 진정한 아름다움은 정신에서 나오는 것이라고 설교했던 속셈학원 원장이 졸렬한 바람둥이였다는 사실은 작가가 보는 '돈 있고 배운' 사람들의 형편없는 작태를 표현하기에 충분하다.

필순의 분노는 아이를 키우며 먹고살기에 발버둥쳤던 자신의 진실한 과거에 대해 끝까지 냉담한 이섭의 모습에서 비롯된다. 필순은 어머니와 아내 사이를 동동거리며 오가다가 자신의 온전한 의지와는 상관없이 '홀로어멈'의 입장으로 되돌아온다. 그것은 세상의 미물을 껴안는 '어미'의 마음을 알지 못하는 비정한 경쟁사회에 대한 분노로 향한다. 결국 이 소설에서 모성은 지극히 윤리적이며 도덕적인 가치로 정리된다. 남편과의 관계에서 겪는 심리적 소외감과 계층적 콤플렉스를 견디는 유일한 출구가 바로 모성인 것이다.

'어미'와 '새끼'는 공선옥 소설의 핵심을 보여주는 단어지만, 모성이란 단순히 힘없고 가엾은 어린 자식들을 껴안는 행동만을 의미하는 것은 아니다. 모성은 절대적인 헌신과 희생의 자질만이 아닌, 갈등하고 좌절하는 삶의 흡수라는 점에서 힘을 가질 수 있다.『수수밭으로 오세요』에서 작가가 보여주는 어머니 되기의 과정은 이러한 복잡한 감정의 굴곡을 포착하는 데는 다소 미흡함을 드러낸다. 소설에서 부각되는 것은 거친 노동과 가난을 다시 끌어안는 억척스러운 모성의 모습이다. 재혼가정의 위기와 갈등이라는 상황이 주인공의 경험적 모성의 확인이라는 관습적인 결말로 향한다는 것은 아쉬운 점이다. 그런 의미에서 모성적 서사의 새로운 설정은 작가가 고심하고 다루어야 할 또다른 주제로 남은 것 같다. 그것은 아이를 낳고 기르는 행위가 자연적이고 본능적인 차원으로 규정되는 것에서 자유롭지 못한 현실을 역설적으로 알려주는 일이기도 하다.

3

천운영(千雲寧)의 첫 소설집『바늘』은 인물들의 내면에 숨겨진 어두운 욕망의 세계와 억압된 야생적 성의 세계를 끄집어내는 데 힘을 발휘한다.

천운영 소설의 독특한 인물 설정은 문신술사, 횟집 주방장, 가축도살업자, 고물상 등의 특정한 직업이나 추하고 그로테스크한 외모 속에 공격적인 성과 야수성을 숨겨둔 모습으로 드러난다. 인물들이 한결같이 육식에 대한 강박적 집착을 보이는 것도 특징이다. 육식에 대한 갈망은 금기시된 욕망의 세계에 대한 호기심과 욕구를 상징한다. "손가락 두께로 썰어서 피가 살짝 날 정도로 구운 쇠고기나 마늘과 양파를 많이 넣고 삶은 돼지고기를 좋아"(「바늘」17면)하는 소설의 주인공들은 뜨거운 피가 흐르는 날것의 세계를 그리워한다. 천운영의 소설에서 식욕과 성욕은 궁극적으로는 혐오와 공포, 전율이 아닌 철저히 미학적인 아름다움으로 탐구된다. 지극히 정제된 묘사와 상징은 비루한 욕망의 세계를 예술적 세계로 변화시킨다.

지루하고 반복적인 일상을 효과적으로 미학화하는 천운영의 소설기법은 일상의 삶을 순간적인 판타지로 전이시킨다. 「유령의 집」에서 낡은 철제 의자에 앉아 있는 그로테스크한 여성의 존재는 천운영의 소설세계가 인도하는 초월적 판타지의 영역을 암시한다. 고단하고 어두운 일상사에서 한 걸음 나아가 비밀의 문을 열면 우리가 알지 못하던 놀랍고 무서운 욕망의 세계가 드러난다. "심장 속에서 핏줄을 옭아매게 하는 두려움"(「유령의 집」191면)의 세계야말로 작가가 독자들에게 보여주고 싶은 고통과 아름다움의 세계다.

"고통을 이겨내는 사람만이 협각류의 외피를 얻을 자격이 있는 것이다"(「바늘」12면)라는 전언에서 감지되듯이 천운영의 소설에서 고통과 쾌락, 미와 추, 증오와 사랑은 동전의 양면과도 같다. 추함과 고통스러움은 아름다움과 쾌감으로 전도된다. 이러한 전도의 미학은 소설 속 가족의 형상에도 고스란히 반영된다. 천운영의 소설에서 가족관계는 욕망에 대한 억압이 발생하는 근원적인 곳이다. 가족은 사회적인 애착관계라기보다 삶의 본질을 지배하는 숙명적이고도 윤회적인 것으로 그려진다. 부모의 삶이 자식의 생에 그림자를 드리운다는 운명론적인 설정은 여러 작품에서 반복되는데, 특히 전적으로 부상되는 것은 어머니와 할머니, 아내와 연인으로 이어지는 여성의 가계다.

공격적이고 적극적인 삶의 의지를 분출하는 천운영 소설의 여성들은 다른 소설에서 보기 힘든 강렬한 이미지를 선사한다. 어머니나 할머니가 표현하는 소비적이고 왕성한 욕망의 세계는 그것을 바라보는 자식들을 제압하기에 충분하다. 「바늘」의 딸은 어머니가 현파스님에게 품었던 집착과 살의를 읽어내고 경악한다. 「눈보라콘」에서 "한입 베어문 아이스크림처럼 목젖을 간질이며 내 속 깊은 곳으로 흘러들어"(88면)오는 어머니의 목소리는 소년의 욕망을 지배한다. 「숨」에서도 싱싱한 소골을 찾는 할머니의 탐욕스러운 식욕은 손자를 위축시키기에 충분하다. 어머니의 이미지는 때로 아내와 연인의 이미지로 대체된다. 「등뼈」에서 육식에 탐닉하던 애인이나 「행복고물상」에서 폭력을 휘두르는 아내의 모습이 그 예다.

야성적이고 폭력적인 욕망의 세계는 불구화되고 황폐화한 욕망의 세계와 짝을 이룬다. 「숨」의 노쇠한 육체나 「바늘」「월경」「포옹」의 그로테스크한 육체, 「행복고물상」의 불임 이미지는 좋은 예다. 어머니와 할머니의 존재에 억눌린 딸과 손자, 혹은 남편과 연인이 품은 보상심리는 타인과의 접촉으로 드러난다. 「바늘」에서 화자는 남자들의 육체에 문신을 새겨주면서 어머니의 부재로 인한 결핍을 해소한다. 그녀는 문신을 가할 때마다 섹스를 한 것 같은 깊은 피로를 느낀다. 「월경」에서 딸이 갈구하는 모태의 이미지는 야생의 분위기를 지닌 떠돌이 젊은 '계집'의 존재로 대체된다. "두려움에 떠는 날짐승의 냄새"(68면)가 나는 웅크린 '계집'의 몸을 만져보는 딸의 처연한 모습은 모태로 회귀하려는 욕구를 드러낸다. 「숨」에서 할머니가 뿜어내는 공격적인 식욕을 혐오하는 손자는 애인 미연과의 섹스에서 심리적 위로를 얻는다. 「눈보라콘」에서 '점집 가시나'와 '눈보라콘' 역시 어머니의 존재를 대리하고 보상하는 상징이다.

천운영 소설에서 욕망은 현실을 건너 환상의 세계로 진입함으로써 미학화된다. 핏줄의 관계로 맺어진 운명론적인 인연이 이 환상을 강화한다. 천운영 소설에서 표현되는 여성적 욕망의 세계는 인간의 욕망에 잠재한 보편적 양태로 읽히며 그것은 때로 남성의 욕망으로도 표현될 수 있다. 어머니와 할머니, 딸의 가계가 사회적인 의미를 갖기 위해서 필요한 구체적인 서사는 때때로 작가가 부여하는 운명론적 틀에 의해 고착된다. 그녀의 소설에서 인물의 클로즈업 효과는 강한 개성을 보여주지만 일상의 서사로 전이하는 순간 힘을 잃곤 한다.「포옹」과「당신의 바다」가 일상적인 스토리를 동원함에도 불구하고「숨」이나「바늘」같은 완성도를 보이지 못하는 것도 이와 관련 있다. 여성적 욕망에서 원초적인 야생성과 탈주 욕구를 도출하는 방법론적 도식이 인물의 캐릭터를 단일하게 만드는 함정도 여기에서 기인한다.

작가도 이를 의식한 듯 변화를 모색하고 있다.「눈보라콘」에서 어머니에 대한 집착을 벗어나 사회적인 성장의 단계로 접어드는 아이의 모습을 보여주는 것이 좋은 예가 될 수 있다. 이 소설은「바늘」이나「숨」만큼 강렬한 개성을 보여주지는 않지만 작가가 고민하는 부분을 절실하게 드러낸다. "나는 어머니만 있으면 된다. 어머니의 손을 잡고 어머니의 목소리를 듣고 어머니의 품에서 잘 수만 있으면. 내게 필요한 것이 더 있다면 아버지가 아니라 어머니를 닮은 부라보콘뿐이다"(100면)라고 고백하던 소년은 자신을 둘러싼 욕망의 세계가 이미지로 둘러싸인 가짜 세계일 수 있음을 인식한다. 그가 사로잡혔던 소녀의 '부라보콘'은 알고 보니 그것의 유사품인 '눈보라콘'이었다. 결국 소년은 어머니의 재혼 소식을 듣고 자신의 욕망을 돌아보는 계기를 갖는다. 한밤중에 복천사에 가서 돌부처 머리에 오줌을 누고 돌아오는 소년은 비로소 자신을 강박하는 욕망으로부터 풀려남을 느낀다. 자신을 붙드는 운명론적 서사로부터 풀려나는 성장의 과정 속에서 천운영 소설은 일상세계와의 희미한 소통을 보여준다. 그것은 그의 소설이 일상과 제도로부터 탈주하려는 진정한 월경(越境) 행위를 꿈꾸고 있음을 보여주는 징표라 할 수 있다.

4

최근 젊은 작가들의 작품에서 자주 볼 수 있는 일상사의 세부적인 묘사는 소외된 인간 존재를 표현하는 효과적인 전략이다. 내면심리 묘사를 극도로 억제하고 대신에 등장인물을 둘러싼 환경을 관찰자의 시각으로 표현하는 방식은 윤성희(尹成姬)의 첫 소설집 『레고로 만든 집』에도 잘 드러난다. 윤성희의 소설이 특이한 점은 시각적인 관찰 묘사를 기법으로 취하면서도 그 사이에 사람들의 얼굴을 조금씩 끼워 넣는다는 점이다. 극단적인 소외의 풍경을 그리고 있지만 결국 그의 소설에서 인간적인 온기를 발견하게 되는 것도 이 때문이다.

무심한 일상에 대한 이 꼼꼼한 기록들을 읽다보면, 작가가 사물적 묘사를 극적인 반전으로 활용하기보다는 인물의 외부에 흘러가는 풍경으로 놓아둔다는 것을 알 수 있다. 주인공들은 타인 앞에서 쉽게 입술을 움직이지 않는다. 그는 홀로 있을 때만 말하고 움직인다. 그렇게 보면 윤성희의 소설은 여성인물을 주인공으로 자주 등장시키지만 특별히 성적인 정체성의 강박을 표현하지는 않는다. 남성/여성의 의미 이전에 이들은 '타자'라는 소외된 풍경 속에 이름과 나이, 성을 잃고 가라앉아 있기 때문이다. 사회적인 성차와 역할을 분담하고 교육하는 모든 공동체로부터 주인공들은 철저하게 소외되어 있다. 이들은 가족의 따뜻함을 그리워하지만 그것을 구성할 적극적인 비전이나 의지를 갖지 못한다.

임시직으로 생계를 이어나가며 하루하루의 고독한 삶을 들여다보는 윤성희 소설의 주인공들은 '얼굴과 이름이 지워진' 타자들이다. 등단작 「레고로 만든 집」에서도 소외된 존재의 풍경은 세밀하게 포착된다. 화자가 저녁 준비를 하며 아버지의 기침 소리를 듣는 첫 장면은 오정희(吳貞姬)의 「저녁의 게임」을 연상시킨다. 그러나 「레고로 만든 집」의 주인공은 「저녁의 게임」의 주인공처럼 극단적인 소외와 일탈의 충동을 표현하지 않는다. 그녀는 묵묵히 오빠와 아버지의 수발을 들고 직장에서 피곤한 하루의 일과를 보낸다. 그녀에게 삶의 따뜻함은 복사기에 얼굴을 대고 눈을 감는 순간에만 주어진다. 기계의 열기 속에서 일상의 고단함을 달래야 하는 그녀의 모습은 현대인의 소외된 풍경을 새로운 모습으로 전달한다. 초라하고 낯선 자신의 얼굴을 응시하는 이 조용한 침묵의 행위는 윤성희의 소설만이 보여줄 수 있는 탈주의 표현이다.

윤성희 소설의 '침묵하는 타자들'은 운명적 동일성을 가진 외로운 이들을 통해 위로를 받는다. 침묵하는 주인공들은 자신과 유사한 대상을 찾아 끊임없이 고독을 투영한다. 타인의 행위를 흉내냄으로써 그 사람의 욕망 속에 스며들어 간접적인 소통의 욕구를 표현하는 행위는 윤성희의 소설에서 반복적이고 강박적으로 드러난다. 「이 방에 살던 여자는 누구였을까?」에서 주인공이 이전에 그곳에 살던 여인 은오에게 갖는 호기심은 결국 은오를 흉내내는 상상으로 변한다. 「서른세 개의 단추가 달린 코트」에서 기억 속의 은오를 떠올리려 애쓰는 주인공의 모습 역시 타인의 정체성에 자신을 대입하는 과정을 보여준다. 「당신의 수첩에 적혀 있는 기념일」에서 주인공은 가난한 자들의 소외감과 울화를 '허공에 대고 총 쏘기'를 흉내내며 해소한다. 「악수」에서 눈먼 할머니가 허공을 향해 누군가와 악수하는 장면을 흉내내는 주인공의 모습도 같은 맥락에서 읽힌다.

타인의 욕망으로 스며드는 동일화의 행동은 종종 동시적 탄생이라는 운명론적인 설정을 동원하기도 한다. 가족서사의 운명론은 거부하면서도 오히려 타자들 간의 운명적인 동일성에 집착하는 것은 윤성희 소설만의 특징이다. 「계단」과 「모자」에서 등장인물들이 같은 생일을 공유하는 것은 그 흥미로운 예이다. 「모자」에서 생일을 모르는 E는 H의 생일로 자기 생일을 대신할 정도로 H와 친하게 지낸다. 결국 E가 H의 돈을 훔쳐 도망가긴 하지만 H는 E를 미워하지 못한다. 이들은 혼자 남겨진 운명에 대한 본능적인 연민을 서로에게 갖고 있는 것이다. 「계단」에서 두 남자는 물고기자리라는 동일한 탄생의 별자리를 지닌다. 아내가 남긴 흔적으로부터 벗어나고 싶었던 504호 남자와 어머니의 자취를 견디기 힘들었던 104호 남자는 서로의 집을 바꾼다. 이들은 타인이 남긴 존재의 상처로 괴로워하는 자신들의 운명적 동질성을 느낀다. 결국 놀이동산에 같이 놀러 가서 바이킹을 타는 두 남자의 모습은 윤성희의 소설이 꿈꾸는 아주 작고 소중한 소통의 가능성을 암시한다.

고아가 다른 고아에게 갖는 연민과 이해는 「이 방에 살던 여자는 누구였을까?」에도 나타난다. 주인공은 거처를 마련해준 선배에게 왜 호의를 베푸느냐고 묻는다. 그녀의 대답은 명료하다. "나도 너처럼 세상에 혼자란다"(37면)라는 이 전언이야말로 윤성희 소설의 인물들이 수긍하는 삶의 고통이다. 「그림자들」에서 보험회사 직원이 어머니의 자살을 방조한 혐의가 있는 여자를 묵과하는 행위의 의미도 단순하지 않다. 그것은 타인의 삶에 간섭하지 않는 극단적인 단절과 소외의 풍경이기도 하지만 달리 생각해보면 아무것에도 기댈 것이 없는 외로운 자의 상황에 대한 무의식적인 연민과 동일시를 드러내는 것이기도 하다. "알맞게 촉촉하고, 알맞게 따뜻한 손"(「악수」 126면)과의 만남은 윤성희의 소설이 희망하는 최소한의 인간적인 교류다. 그들은 어쩌다가 식사를 함께한 상대방에게 들리지 않는 작은 목소리로 "누군가와 같이 밥을 먹는 건, 올해 들어 처음이야"(「그림자들」 144면)라고 중얼거린다. 울음과 고통을 속으로 삼킨 채 자신을 향해 중얼거리는 이 장면은 읽는 이의 마음에 오랜 울림을 남긴다.

공동체로부터의 단절을 극복하기 위한 타자 간의 운명적 동질성의 발견은 윤성희 소설이 희구하는 비전이다. 그러나 '닮은꼴'을 통해 발견하는 삶의 미약한 온기는 위태롭고 아슬아슬하다. "우리들은 모두 닮은꼴"이라는 자의식은 "똑같다는 것만큼 외로운 건 없"(「터널」197면)다는 쓸쓸한 감상으로 귀결된다. 고아라는 동일한 운명을 통해 최소한의 허기를 달래는 것은 순간뿐이다. 윤성희의 소설이 더이상 나아가지 않고 머뭇거리는 지점도 여기다. 인물들은 간혹 운명의 인연을 만나기도 하지만, 그것은 '레고로 만든 집'처럼 단단하고 폐쇄된 자신의 우물에서 맴도는 일시적인 환영이다. 독자의 입장에서는 건조한 사물들의 세계에 갇혀 있는 이 인간들에게서 좀더 적극적인 고백을 듣고 싶기도 할 것이다. 그의 소설이 고수하는 침묵의 글쓰기가 '자아'를 드러내기 위해 앞으로 어떻게 변화할지 궁금하다.

5

　여성의 성과 사랑에 대한 무수한 문화적 담론들은 우리가 쉽게 즐기고 향유하는 일상으로 다가왔지만, 역설적으로 그 풍요로운 세계는 아직도 온전히 입술을 열지 못하는 고립된 자아의 모습을 선명히 보여준다. 공선옥과 천운영, 윤성희의 소설에 등장하는 여성자아의 모습은 새로운 문화 담론 속에서 탄생했던 냉정한 나르시시스트들의 모습과는 변별된다. 이들의 소설은 기댈 곳 없이 홀로 세상에 던져진 사람들이 감당해야 하는 존재의 소외와 결핍을 드러낸다. 공선옥의 소설이 견지하는 모성적 세계와 천운영의 소설에서 시도되는 욕망의 새로운 고찰은 제도화된 현실을 뚫고 나가려는 글쓰기의 의지를 보여준다. 공선옥의 소설이 생물학적인 본능으로 규정되는 제도적 모성의 한계를 끊임없이 의식해야 한다면, 천운영의 소설은 이론적인 명명으로 한정되기 쉬운 욕망의 담론을 계속 고민해야 하는 지점에 놓여 있다. 윤성희의 소설은 성과 이름이 희미해진 여성의 얼굴들을 그려나가며 보이지 않는 타인들 간의 연대를 조심스럽게 모색한다. 그의 글쓰기가 꿈꾸는 작고 소박한 희망들이 세밀한 일상의 풍경에 갇히지 않기를 바란다. 생의 보호막을 일찌감치 상실한 단자들에 대한 기록들 속에서 여성의 글쓰기는 감추어진 무한한 욕망의 세계를 이끌어낸다. 현실적 혹은 운명적인 소외를 견뎌야 하는 진정한 타자들의 기록은 여성적 글쓰기가 개척한 미지의 영역이다. 소외된 타자와 감추어진 욕망을 주시하는 이 섬세한 시도들 속에서 우리는 침묵의 공간을 가로지르는 수많은 여성들의 목소리를 듣고 있는 것이다.

예술적 구원과 자아 발견의 여정

강석경론

1. 산업화 현실과 여성적 체험

1970년대 이후의 한국소설을 특징짓는 중요한 경향 중의 하나는 자본주의적 근대화의 양상에 대응하는 개인의 성찰적 서사가 뚜렷한 형태로 드러나기 시작했다는 것이다. 4·19혁명과 5·16군사쿠데타로 특징지어지는 1960년대를 거쳐 본격적인 유신시대이자 분단자본주의의 심화 시기라고 볼 수 있는 1970년대는 다양한 장르적 특징을 지닌 소설을 탄생시켰다. 산업화, 도시화의 양상이 일상적 삶의 구석구석에 스며들면서 사회 구성원으로서의 개인들 역시 다양한 방식으로 이를 내면화했으며, 소설작품 역시 이를 민감하게 반영하게 되었다.

여성소설의 흐름 속에서 1970년대 이후부터 근대화 과정에서 생겨나는 모순과 결핍의 복잡한 양상을 여성의 관점에서 본격적으로 소설화하기 시작했다는 점은 주목해볼 만하다. 전후세대의 경험을 핍진하게 드러낸 박경리, 송원희, 한말숙, 박시정, 이세기, 안영 등의 활동에 이어 오정희, 박완서, 이순, 강석경, 김채원 등의 개성적인 작품세계의 출현은 이후

1980~90년대를 본격적으로 가로지르는 여성작가들의 활동을 예고하는 것이었다. 박완서 소설이 묘파한 분단 체험 및 산업화시대 다양한 세태풍속의 날카로운 현시, 그리고 오정희 소설이 투시하는 존재의 심연과 탈일상의 욕구로 특징지어질 만한 이 시기 소설의 흐름은 다른 여성작가들에게도 각기 개성적인 양상으로 연결된다.

이 글에서 살펴볼 강석경(姜石景) 역시 1970년대에 작품활동을 시작하여 현재에 이르기까지 독특하고 개성적인 소설세계를 펼쳐오고 있는 작가다. 1974년 『문학사상』에 「근(根)」을 발표하면서 등단한 강석경은 도시일상의 고독과 소외된 개인의 절망적 의식을 탐색한 작품들을 발표하였다. 그의 소설에 깃들어 있는 절망적인 세계의 풍경이나 낭만적 일탈의 표지는 동시대의 작가들과 공유하는 영역이다. 그것은 이제하나 최인호 소설에서 나타나는 낭만적 일탈의 표지, 이문열의 초기 소설이 표현했던 젊음의 낭만 등과 관련되어 있다. 『밤과 요람』(민음사 1983) 『숲속의 방』(민음사 1985)이 소시민적 일상의 권태, 고립된 개인의 밀폐적 자의식을 바탕으로 하여 시대적 분위기를 폭넓게 포함한 다양한 주제를 소설화했다면, 『청색시대』(한벗 1989) 『가까운 골짜기』(민음사 1989) 『세상의 별은 다, 라사에 뜬다』(살림 1996) 『내 안의 깊은 계단』(창작과비평사 1999) 『미불』(민음사 2004)에 이르는 장편소설들은 초월적인 삶을 꿈꾸는 아웃사이더들의 정신적 편력을 고스란히 노출한다.

강석경 소설이 집중하고 있는 '예술적 구원'이라는 주제는 우리 소설사에서 최인훈, 김승옥, 이청준, 이문열 등의 소설과도 흥미롭게 비교해볼 만하며, 특히 그 중심인물이 여성 지식인이라는 점은 다른 소설들에서 찾기 힘든 특징이라 할 수 있다. 여성 지식인들이 부조리한 삶에서의 개인의 소외 양상을 정신주의로 극복해가는 여정을 보여주는 강석경 소설은 부조리한 현실과 개인의 정신적 소외를 독특한 상징으로 드러낸 오정희의 소설이나 초월적인 자기 견디기의 영역을 지향하는 서영은의 소설, 예술가적 자기통찰의 성과를 보여준 김승희의 소설과 만난다. 이들은 자의식의 내성적 탐구라는 측면에서 강석경 소설과 공유하는 바가 적지 않다.

전후 체험의 형상화와 자아의 일탈적 충동을 섬세하게 투시하는 것으로부터 출발한 강석경의 소설은 왜곡된 현실의 모습을 불안정한 공간들로 상징화하여 표현한다. 이 글에서는 여성자아의 현실인식 과정을 중심으로 하여 그의 소설이 거쳐온 일련의 변화 과정을 살펴보고자 한다. 가족과 결혼제도의 일상적 묘사를 바탕으로 인간을 얽매는 광범위한 사회제도로부터 자유롭고자 하는 개인의 초월의지를 그려내는 강석경 소설의 변화 과정은 당대 여성문학의 좌표 속에서도 또렷하고 개성적인 발자취를 보여준다.[1]

2. 부조리한 삶과 낭만적 일탈의 충동

심미적인 자의식과 예술적 감수성에 대한 강렬한 자부심을 일상의 삶으로 치환하려는 자의 욕망은 언제나 그렇듯이 벽에 부딪치게 된다. 강석경 소설의 모태를 엿볼 수 있는 「밤과 요람」(1983)에는 '어둠'과 '방'의 이미지가 소외된 개인의 좌절감을 암시하는 상징과 복선으로 돌출된다. 이 소설은 도시의 변두리에서 고독에 시달리는 일상인들의 풍경을 하나의 정물화처럼 선명하고도 또렷하게 포착한다. 더불어 이 소설에 투영된 해체된 가족의 실상, 단절된 개인의 비애, 부조리한 삶과 그것을 자기모멸로

---

1 본문에서 인용하는 작품의 판본 및 수록지면은 다음과 같다. 「물속의 방」 「밤과 요람」 「페구」 「근」(강석경 오늘의 작가총서 『숲속의 방』, 민음사 2005), 「지상에 없는 집」(『숲속의 방』, 민음사 1995), 「이사」(『밤과 요람』, 책세상 2008), 「나는 너무 멀리 왔을까」(『21세기문학상 수상 작품집』, 이수 2001), 장편 『숲속의 방』(민음사 2005), 『세상의 별은 다 라사에 뜬다』(살림 1996), 『내 안의 깊은 계단』(창작과비평사 1999), 『미불』(민음사 2004). 이하 인용시 면수만 표기한다.

써 견디려는 강한 자의식 등은 당대의 소설이 갖고 있는 시대적 감수성을 그대로 담아낸다.

「밤과 요람」은 기지촌 여성의 삶을 다루면서도 그것을 폐허화된 풍경으로만 그려내지 않고 구원이 불가능한 전락의 구렁텅이로 자신을 밀어넣음으로써 역설적으로 생의 의지를 확인하는 독특한 캐릭터를 만들어냈다. 이 기지촌 여성의 이미지는 동세대 남성작가의 소설에서 희생자 혹은 주변인으로 머무르는 여성들의 이미지와는 확연하게 다르다. 강석경 소설의 인물들은 자기의 삶을 구원하는 역설적인 방식으로서 스스로를 소멸시키는 방식을 선택한다.[2] 같은 맥락에서 권택영(權澤英)은 주인공 선희의 캐릭터가 "허영이나 방종이나 환락 때문이 아니라 삶의 공허를 견디지 못해, 세상에 겉도는 자아를 젖은 몸을 소낙비에 내던지듯 소멸시켜버리"는 독특한 개성을 지니고 있다고 해석한다.[3]

「밤과 요람」에서 육체를 상품화하여 살아가는 여성의 현실과 이들이 맞닥뜨려야 하는 계급적·성적 차별의 세계는 어두운 '밤'의 이미지와 '요람'으로 형상화되어 있다. 기지촌 여성은 미국이라는 자본주의적 경제질서의 유입과 이로 인해 발생하는 식민지화된 질서 속의 모순을 투영하고 있다.[4] 소설에서 기지촌 여성들과 실질적인 연애감정을 나누는 애인들은

---

2 강석경 소설의 인물들이 부조리한 상황에 대응하는 방식으로 자기를 소멸시키는 모습은 '주체의 자기방기'의 일종으로서 동세대 작가의 소설들에도 공통적으로 나타나는 것이라고 할 수 있다. 일례로 소영현은 최인호 소설에 나타난 병리적 현실과 인물들의 자기방기적 성격을 분석하면서, 이를 산업자본주의시대의 부정성에 직면한 주체가 그 세계와 대결한 정직한 결과물이라고 해석한다. 논자에 따르면 이러한 자기방기의 태도는 이미 세속화된 현실에서 벗어날 수 없는 인간이 존재의 파탄을 자신의 힘으로 막고자 하는 절망적인 시도라고 할 수 있다.(소영현「스스로 희생자 되기, 혹은 견딤의 서사」, 민족문학사연구소 『1970년대 문학연구』, 소명출판 2000, 445면)

3 권택영「역설과 무의지의 아름다움」, 『우리 시대의 소설가/숲 속의 방』(한국소설문학대계 80) 해설, 동아출판사 1995, 595면.

4 1970년대 기지촌 여성에 대한 연구서에서 캐서린 문은 이 여성들의 서구식 의상, 머리,

흑인으로 묘사되어 있는데, 그것은 인종우월주의와 지배자의 입장에서 타자를 종속적 시선으로 바라보는 백인 군인들에 대한 비판적 묘사와도 잇닿아 있다. 물론 이러한 대립의 갈등 양상은 '연민'의 시선으로 처리되며, 특히나 주인공 선희는 어떤 상황에서도 자신의 존재를 깊숙이 던지지는 않는 초월적인 관조자로 등장한다. 그런 관조자의 시선은, 작품 곳곳에서 튀어나오는 직설적인 현실비판과 충돌하는 모순을 보여주기도 한다.

이 소설에 형상화된 기지촌 여성의 이미지는 전후 한국소설에 자주 나타나던 '희생자'로서 타자화된 여성의 이미지와는 본질적으로 다르다고 할 수 있다.[5] 남성의 시선에 의해서 성적인 기호로서 타자화된 기지촌 여성의 이미지, 혹은 주체화되지 못하고 상황에 의해 규정지어지는 대상적 여성의 이미지와는 다른 이러한 여성들의 모습은 다분히 작가의 이상적 열망을 반영한, 관념화된 일면을 지니고 있기도 하다. 그 관념성은 주변인물보다는 주인공인 선희의 삶이나 가치관에서 더욱 뚜렷이 드러난다. 진정한 사랑에 대한 확신을 지닌 애니나 생활전선으로서 기지촌의 삶을 수

화장 스타일의 모방 등이 전통과 서구식 근대성 사이에 붙들려 있던 한국사회의 모습이기도 함을 지적한다. 그에 의하면 당시 기지촌 여성들은 파괴, 가난, 전쟁의 살육, 전쟁으로 인한 가족과의 분리를 보여주는 살아 있는 상징이다. 또한 그들은 남북한의 지리적·정치적 분단과 남한 군대의 불안, 그리고 미국에 대한 끊임없는 종속의 살아 있는 증언과도 같다.(캐서린 H. S. 문『동맹 속의 섹스』, 이정주 옮김, 삼인 2002, 28~29면)

5 주유신은 강석경의 「밤과 요람」 「낮과 꿈」이 기지촌 여성의 일상과 내면에 가까이 간 유일한 작품이며, 제국주의적인 군사매춘과 이에 공모하는 신식민지의 가부장적 질서에 의해 이중으로 착취받고 재식민화되는 존재로서 기지촌 여성들을 그려내고 있다고 호평한다.(주유신 「'자유부인'과 '지옥화': 1950년대 근대성과 매혹의 기표로서의 여성 섹슈얼리티」, 공저『한국영화와 근대성』, 소도 2001, 30~31면) 김은하 역시 강석경의 「낮과 꿈」에 나타난 기지촌 여성의 캐릭터를 분석하면서 이 소설이 희생자나 타락자라는 이분법적 도식을 벗어난다고 해석한다. 이 소설에는 '가부장제만으로도 민족 문제만으로도 제국주의 군대 매춘 문제를 풀 수 없다'는 작가의 생각이 뚜렷이 담겨 있다는 것이 김은하의 주장이다.(김은하 「탈식민화의 신성한 사명과 '양공주'의 섹슈얼리티」, 『여성문학연구』10호, 2003.12, 169~73면)

긍하는 기순언니의 모습에서 발견되는 현실적인 생활력이 생생한 리얼리티를 지닌 반면에 선희의 행로는 직접적인 언술로 토로되는 지식인적 인물의 특성을 강하게 표출한다.

선희는 가만히 몸을 일으켜 창가로 걸어갔다. 찬물을 잔에 따라 숨 가쁘게 마시고 여름 천의 낡은 커튼을 젖혔다. 술병이 뒹구는 거리도 어린아이처럼 어둠 속에 누워 있다. 자부심을 지닌 백인과 그 빛의 어둠인 흑인, 거대한 체구의 아메리칸에게 달러와 사랑을 뺏는 여자들, 그들 모두가 밤의 요람에 잠들어 있다. 발 딛고 내릴 제 땅을 찾지 못하고 욕망의 허공에서 허우적거리는 색색의 인종들이. 그러고 보면 이 기지촌은 하나의 요람과도 같다. 국명 없는 또 하나의 요람 나라. 선희의 눈앞에 순간 거리 전체가 거대한 요람처럼 흔들렸다.(191면)

누드모델로 일하던 선희는 우연찮은 계기로 기지촌에 정착한다. 인용문에서 기지촌 여성이지만 동시에 폐허화되고 식민지화된 전후현실을 살아가는 지식인의 시선을 지닌 선희의 음성은 이 소설이 여성을 단순히 주변부의 존재로 묘사하는 것이 아니라 갈등 상황의 주체적인 인지자로 상정하고 있음을 보여준다. 그녀는 육체를 팔며 살아가지만 자신을 그 상황의 피해자라고 생각하지 않는다. 오히려 전락해가는 삶을 관조하는 아웃사이더로서의 자신을 끊임없이 발견하는 회의의 시선이 그녀가 삶을 지탱하는 원동력이 된다. 세속화된 삶의 규율 속에 자신을 무감각하게 던지면서 그것을 애써 현실적 삶의 조건과 연결짓지는 않는 이 독특한 세계는 강석경의 이후 소설에도 고스란히 살아 있다. 선희의 눈에 비친 기지촌 여성들의 삶 역시 희생자로서의 삶이 아니라 스스로 선택한 삶의 한 국면으로 표현된다. 비만 오면 양자로 보낸 아이 생각에 인형을 안고 돌아다니는 모나, 늘 약물에 취해 있는 미라, 바람을 피우다가 동거인인 탐슨과 사랑싸움을 벌이는 애니 등 여성들의 삶은 스스로의 선택에 의해 꾸려져 나가는 것으로 묘사된다.

그런 점에서 강석경 소설에서 삶의 모순적인 국면들은 주인공에게 직접적인 행동이나 전환의 계기로 작용한다기보다 이탈자적, 초월자적 성향을 확인시키는 일종의 배경으로 한정된다. 예컨대 「폐구」(1982)에서도 빈부격차와 중산층의 속물의식은 주인공의 가족과 가정교사를 대조시키는 구도를 통해 뚜렷하게 비판된다. 가정교사는 사사건건 말썽을 피우는 큰형에게 "형편없는 새끼 부르주아군"(362면)이라고 냉소적으로 대꾸하며, 노동자들의 시위현장에 주인집 아들을 끌고 나가서 "자, 봐라. 배고픈 사람들은 저렇게 싸울 수밖에 없는 거다"(364면)라고 가르치기도 한다. 그러나 이러한 빈부의 대립은 중심적인 극적 갈등으로까지 상승하지는 않는다. 「폐구」 역시 원천적으로 잠복해 있는 삶의 부조리함과 균열을 그려내는 하나의 배경적 소재로서 세속적 삶의 현상들을 다루고 있으며, 보다 두드러지는 것은 그 어떤 가치나 상황에도 쉽게 몸을 담그지 못하는 소외된 개인들의 형상에 대한 작가의 성찰이라고 할 수 있다.

3. 떠 있는 '집'의 세계

삶의 세속적 가치를 바라보는 지식인적 인물들의 회의적인 시선은 초기 소설 이후에도 주인공들의 중요한 특징으로 나타난다. 「밤과 요람」이 기지촌의 삶을 본격적으로 재현하거나 포착하기보다는 한 여성인물의 내적 고뇌와 현실의 부조리를 다소 관념적으로 묘파하는 것도 이러한 작중인물의 특성에서 말미암은 것이다. 현실과 쉽사리 타협하지 못하면서도 한편으로 생의 균열과 위기를 견뎌나갈 수밖에 없는 지식인의 자의식은 「지상에 없는 집」(1984)에서도 암시적으로 드러난다. 세속적 삶의 원리에 둔감한 주인공이 무허가 집에 세 들어 살면서 부딪치는 소소한 사건들은 부조리한 삶의 일면을 간접적으로 드러낸다. 가령 중산층의 속물의식에 대한 따가운 비판은 집주인 여자의 묘사를 통해 선명하게 드러난다. 파출부에게 임금도 제대로 주지 않으면서 늘 사방에 빚을 지고 사는 집주인 여자는 우리가 쉽게 만날 수 있는 세속적 일상의 한 측면을 고스란히 표현한다. 아름다운 정원에 반해서 입주한 주인공에게 이 집은 그녀가 피해왔던 삶의 가장 비루한 부분과 정면으로 맞닥뜨리게 한다. 그녀가 고고하게 꿈꾸었던 조용하고 아름다운 집은 허깨비 같은 것이었다. 생활 속에 쉽게 뿌리내릴 수 없는 지식인의 허위적 자의식에 대한 풍자적 소극과도 같은 이 작품은 강석경 소설에서 자주 변주되는 소재들을 압축적으로 보여준다.

「지상에 없는 집」에서 드러나는 것처럼 강석경 소설에서 뚜렷한 비판의 초점이 되는 것은 산업화시대의 물질적 욕망과 중산층의 모순적인 허위의식이다. 초기작 중의 하나인 「폐구」는 균열 위에 가까스로 서 있는 위태로운 가족관계와 중산층의 세속적인 삶에 대한 비판을 보여준다. 부유한 가정 내부에 잠재한 불화와 단절의 양상이 성장소설의 외양을 빌려 나타난 「폐구」에서 '성장'은 환멸적인 세계를 맛보는 충격과 고통으로 표현된다. 이 소설은 이후 작품인 장편소설 『숲속의 방』(1986)의 전신이라 할 만큼 유사한 모티프들을 내장하고 있다. 소설에서 비누공장을 운영하는 아버지 덕분에 가족 성원들은 경제적인 어려움을 모르지만 내면적으로는 제각기 고립되고 폐허화되어 있다. 서울에 따로 여자를 두고 출장을 간다며 집을 자주 비우는 아버지, 아버지의 외도를 짐작하면서도 물질적인 풍요와 안락에 타협하는 어머니, 병약한 동생 등 어둡고 침울한 분위기가 소설에 무겁게 깔려 있다. 주인공 소년의 눈에 어른들의 삶은 이해 불가능한 환멸적인 세계이다.

이 균열은 구체적으로는 이중생활을 꾸려가는 아버지를 비롯해 세속적인 일상과 자신의 자의식을 조화시키지 못하는 식구들의 분열적 성격에서 말미암은 것이지만, 한편으로는 선험적으로 주어지는 운명적인 불행의 성격을 짙게 드러내기도 한다. 삶이란 본래 위악적이고 모욕적인 것이며 인간은 늘 이 모욕을 감당할 수밖에 없는 연약하고 허무한 존재라는 인식이 이 소설에 깔려 있다. 인물들은 어떠한 맥락과 이유도 없이 자신을 덮쳐오는 운명적 불행과 싸워야 한다. 자신의 부유한 환경에 대한 껄끄러운 자의식을 감추지 못하는 누나는 새 옷 위에 교복을 껴입고 교문으로부터 먼 곳에서 자동차에서 내리는 섬세한 아이지만 집에 스며들어온 불길한 기운인 정택의 흑심을 피하지 못한다. '형편없이 배가 부른 인간들'이라며 부르주아 중산층의 삶을 공격하는 가정교사는 큰형 종호의 느닷없는 광기에 휘말려 총을 맞는다. 이처럼 평화로운 가족일상 속에 늘 균열과 위기가 잠복해 있다는 암시는 「물속의 방」(1984)에서도 "풍뎅이가 갉아먹은 누런 꽃자리"(60면)로 상징되어 드러난다.

황폐한 가족관계의 설정은 다른 작품들에서도 나타나는데, 「이사」(1981)의 주인공은 글을 쓰기 위해 가족과 결별한다. 사실 그녀가 떨어져 지내는 이유는 "입사한 지 팔년이 되도록 진급을 못했고 그 갈등에다 식구들을 먹여살릴 의무를 짊어진 오빠, 결핵을 앓으며 매일 야근을 하고 돌아오는 출판사 직원 수미, 거기다 고등학교도 제대로 마치지 못한 철부지 건달 민구. 가난하고 약하며 제각기씩 응어리를 지닌 채 살아가는 가족"(228면)에 대한 부담감 때문이다. "사실 우리들의 결혼은 애초부터 잘못된 것이었다"(「근」, 1974, 403면)라고 되뇌는 또다른 주인공의 모습은 「거미의 집」(1983)의 숙모와 삼촌의 관계에서도 되풀이된다. 아버지의 존재를 알지 못한 채 자란 소년은 숙모와 삼촌의 부부싸움을 목격하고 자신이 삼촌의 숨겨진 아들일지도 모른다는 불길한 암시를 받는다.

강석경의 이름을 가장 널리 알린 『숲속의 방』은 이러한 단절된 가족관계와 고통스러운 성장의 의미를 우울한 청춘의 노래와 결합한 수작이다.

그동안 간간이 나타난 어둠과 방의 이미지는 이 작품에서 중요한 상징으로 전면에 부각된다. 자아를 위무해줄 다정한 공간을 간절히 원하는 주인공들은 집으로부터 흘러나와 자기만의 방을 찾아 헤맨다. 그러나 안식의 방은 그 어느 곳에도 없다. 이 소설에서도 성장 모티프는 자아의 참된 각성이나 발견, 현실사회로의 성공적인 진입이 아니라 더 큰 어둠으로 빨려 들어 깊이 추락하는 고통과 혼돈의 시간으로 형상화된다. 우선 이 소설에서 그려지는 성장서사가 서로 다른 두 형태로 포착된다는 점은 흥미롭다. 언니 미양이 겪는 청춘의 고통과 갈등을 한 축으로 하는 성장서사는 동생 소양이 겪는 갈등과 방황을 한 축으로 하는 성장서사와 다른 지점을 가리킨다. 일반적인 성장서사가 사회 구성원으로서의 안전한 정체성 확립을 의미한다면, 청춘 시절 지울 수 없는 기억을 통해 삶의 권태와 허무를 알아버린 미양의 제도적 진입은 전형적인 성장서사로 읽힐 수 있다. 반면에 소양의 이야기는 특정 사회가 요구하는 관습과 이데올로기로 결코 안착할 수 없는 철저한 이방인의 서사라고 할 수 있을 것이다. 이렇듯 서로 다른 두가지 성장서사의 교직은 이 소설이 품고 있는 주제를 복합적으로 제시한다.

두가지 성장서사가 교직되긴 하지만 두드러지는 쪽은 소양의 서사이다. 돈밖에 모르는 속물적인 아버지, 깔끔한 성격 탓에 좀처럼 자식들에게 애정을 표현하지 못하는 어머니, 나름대로의 성인식을 고통스럽게 치른 미양, 공부벌레인 동생 혜양은 방황하는 소양을 쉽게 이해하지 못한다. 허위적인 가족관계, 속물적인 일상, 극단적인 저항과 권태로운 유희가 춤추는 캠퍼스는 소양의 정신적 방황을 부추기는 외적 요인들이다. 촛불만을 켜놓은 "굴 같은 방"(74면)에서 까만 우산을 들고 누워 있는 소양은 자기만의 세계에 밀폐된 젊은 영혼의 상징이다. 그녀가 원하는 "피 흘리는 작은 양을 잠재우고 놀라 뛰는 노루 가슴을 쉬게 하고 내 푸른 단도 날까지 어루만져주는 방"(136면)은 지상의 어디에도 없다.

"제 스스로 당겨놓은 불을 못 견뎌서"(74면) 우산으로 빛을 가리는 소양의 모습은 젊다는 이유로 감내해야 할 고통과 열정을 암시한다. 소양이 선택하는 자살이라는 행위에는 자포자기의 심정보다는 벗어날 수 없는 세계에 억지로 몸을 담근 자신에 대한 격렬한 모멸의 감정이 담겨 있다. 평범한 의미에서의 성장은 이 소설에서 완강하게 거부된다. "숲에도 방이 없었다. 숲에는 혼란과 미로가 있을 뿐"(185면)이라는 의미심장한 문구는 이 소설이 표방하는 젊음의 정의라고 할 수 있을 것이다.

"모욕이 준비되었을 때"(148면) 인생은 비로소 시작된다는 절망적인 현실인식은 다분히 자학적이며 자기파괴적인 견디기의 방식을 이끌어낸다. 이 소설에서 누벼지는 1980년대 시위문화의 흔적이라든가 소시민적 세태일상은 부차적인 위치에 있다. 『숲속의 방』이 매혹적인 것은 어디에서도 자기의 공간을 발견하지 못하는 회색인의 자의식을 끄집어냈기 때문이다. 모든 종류의 집단으로부터 튕겨져 나와 순수한 자아를 찾고 싶어하는 젊음의 수사학을 민감하게 포착했다는 점에 이 소설의 강점이 있는 것이다. 자아를 곤경에 밀어 넣고 그것을 참담한 고통으로 극화하여 견디는 이 역설적인 추락의 이미지는 이후의 강석경 소설이 보여주는 초월적인 상승의지로 나아가는 중요한 돌파구가 된다. 소양의 방황이 현실적인 것이라고는 할 수 없을지라도 이 소설의 전반에 흐르는 일탈충동과 자유로운 의식에 대한 열망은 강석경 소설의 한 매듭을 선명하게 보여주는 것이다.

4. 예술적 구원과 자아 발견의 여정

자아 찾기라는 보편적 테마와 더불어 강석경 소설을 규정하는 중요한 특징은 여행의 모티프이다. 그의 소설 인물들은 사회의 일반적인 제도 규약과 폭력적인 관습을 혐오하고 그것으로부터 탈주하기를 꿈꾼다. 현실적으로 일상 탈출을 가장 쉽게 달성할 수 있는 계기가 바로 여행이다. 자기만의 방을 찾아 집을 뛰쳐나왔지만 집시처럼 헤맬 수밖에 없는 인물들은 자신을 옭아맨 시공간을 적극적으로 벗어난다. 삶과 제도, 사회와 관습의 영원한 이방인을 자처하는 주인공들은 작가의 목소리를 생생하게 투영한다. 강석경 소설에 등장하는 예술적 지식인들은 작가의 내면을 깊숙이 투영한 정신적 쌍생아들이다.

예술적 지식에 대한 깊은 관심과 철학적 성찰은 소설뿐 아니라 그의 산문집에도 같은 두께로 축적되어 있다. 『일하는 예술가들』(열화당 1986) 『인도기행』(민음사 1990)과 『능으로 가는 길』(창작과비평사 2000)에서 볼 수 있다시피 이 산문들은 단순한 여행기나 풍물기가 아니라 작가의 작품세계에 깊이 스며 있는 정신의 편력을 보여준다는 점에서 흥미로운 자료들이다. 예컨대 『일하는 예술가들』은 『가까운 골짜기』에 그려진 예술가적 초상과 밀접하며 『인도기행』은 『세상의 별은 다, 라사에 뜬다』와 함께 읽힌다. 『내 안의 깊은 계단』의 배음을 이루는 일련의 지식들은 『능으로 가는 길』과 깊은 관계에 있다.

산문집과 소설이 깊은 친연성을 갖는 이같은 특징은 강석경 소설의 뚜렷한 개성을 다시 한번 강조한다. 작가는 근래의 작품들에서 허구적 이야기의 세계를 탐하기보다는 예술적 지식과 잠언의 투영을 통해 인물의 내면을 창조하는 데 주력한다. 『세상의 별은 다, 라사에 뜬다』에서 누벼지는 인도에 대한 애정적 헌사와 예술적 호기심은 『내 안의 깊은 계단』에 묘사된 경주의 문화적 유산에 대한 기록과 쌍을 이룬다. 문희와 주원이 인도에 감응하는 것도, 고고학자인 강주가 경주에서 분묘 작업에 몰두하는 것도 모두 그들이 예술적 내면을 지니고 있다는 표시이다.

예술과 여행이 지친 일상을 구원하는 절대적인 가치로 상승하면서 소설들은 구도적 여로의 모습을 강하게 보여준다. 『세상의 별은 다, 라사에 뜬다』에서 문희와 주원 자매가 자신들을 속박하는 가식적이고 모순적인 결혼생활에 환멸을 느끼고 자유로운 삶을 선택하는 과정은 인도라는 종교적이며 초월적인 공간에서 가능하다. 마찬가지로 『내 안의 깊은 계단』에서 소정이 남편과의 결혼생활을 벗어나 일본인 히로와 일시적으로 자유로운 사랑을 나누는 낭만적 여정도 여행길이기에 가능하다.

비루한 일상의 풍경을 단숨에 백지로 만드는 절대적인 평화의 공간에 대한 열망은 무한한 상승의 이미지를 낳는다. 『세상의 별은 다, 라사에 뜬다』에서 영혼을 구원하는 도시인 '라싸'는 세상의 모든 별이 다 뜨는 곳이며 세계의 지붕이라고 불리는 티베트의 수도이다. 신의 음성이 가까이서 들릴 듯한 고도의 세계 속에서 주인공들의 상상력은 마음껏 날아오른다. "천오백년간 캄캄한 지하세계에서 비상을 꿈꾸어온 새의 이미지에서 구상되었"(309면)다는 『내 안의 깊은 계단』 역시 신라 경주의 역사적 향기와 상상의 이미지를 지속적으로 연결시킨다.

강석경이 오랜만에 발표한 단편소설 「나는 너무 멀리 왔을까」[6]도 세속 일상의 허무함과 영원성의 미학을 대립적인 구도로 형상화한 흥미로운 작품이다. 소설은 '관(觀)'이라는 남자의 사념과 일상을 중심부에 두고 진행된다. 강석경의 여타 소설처럼 이 작품에서도 결혼제도는 지극히 부정적인 것으로 그려진다. 사랑이 아니라 이해타산과 의무에 의해 지속되는 불행한 결혼관계는 강석경의 소설에 수시로 등장한다. 그렇게 맺어진 모든 인연에 대해 주인공들은 냉소적이면서 방관적이다.

주인공인 관 역시 타인에게 좀처럼 마음을 열지 않는 냉정한 남자이다. 그는 오래전 쌘프란시스코에서 비뇨기과 의사 '닥터 박'과 "결코 동화될 수 없는 이방의 세계"에 자신의 몸을 던지는 기분으로 동성애를 나누었다. 오년여의 시간이 흐른 지금도 그의 삶은 불투명한 혼돈상태라는 점에

---

6 이 작품은 『현대문학』 2001년 6월호에 「觀」이라는 제목으로 발표되었다.

서 크게 달라지지 않았다. 그가 감독으로 데뷔한 영화의 제작자가 떨어져 나가고 설상가상으로 잠자리를 같이했던 여자 'O'와 그녀의 가족이 임신을 빌미로 그에게 결혼을 재촉한다. 이 상황에서 닥터 박이 이 가난한 예술가의 영혼을 금전적으로 사겠다며 그에게 끈적끈적한 제의를 해온다.

사방을 둘러보아도 혐오스럽고 속물적인 인간밖에 없는 세계 속에서 관이 취하는 삶의 방식은 다름 아닌 '방기'이다. 그는 '급진적 여성해방주의자'를 자처하며 자유분방한 남자관계를 맺었던 O가 갑자기 요조숙녀로 탈바꿈하는 데 혐오감을 감출 수 없지만 그렇다고 해서 별다른 대책이 있는 것도 아니다. 그는 단지 중얼거릴 뿐이다. "결혼제도 같은 건 없어져야 해. 난 가부장이 되고 싶지 않아."(139면) 마찬가지로 닥터 박에게도 정면에 대고 싫다는 소리를 하지 못한다.

관은 자신을 감싸는 허무주의가 무엇으로부터 싹텄는지 정확히 기억하지 못한다. 소년 시절 목격했던 동창의 기차 사고 때문인지, 쌍둥이 조카의 죽음 때문인지 명확하지는 않다. 단지 그는 "삶에서 몇번 가슴을 채이고, 영화 대사처럼 인간이 행복하기 위해 태어난 게 아니란 걸 깨닫게 되면 흐르는 물결에 가랑잎처럼 몸을 맡기고 싶을 때도 있는 법"(28면)이라고 고백할 따름이다. "사랑이든 무엇이든 결사적으로 매달려본 적이"(41면) 없는 관은 스스로에게 자괴감을 느낀다.

관을 둘러싼 속물주의적 현실과 대조를 이루는 인물과 공간은 다름 아닌 옛 여자친구 재연과 그녀가 거주하는 경주다. 물론 관이 안식을 얻기 위해 방문한 경주도 온전한 성소는 되지 못한다. 재연과의 사랑도 약속받지 못한데다 바닷가에 방생법회를 보러 모여든 인간들의 모습은 "완연한 아수라장"(42면)으로 혐오감을 불러일으킨다. 강석경 소설의 인물들이 여행을 통해 자신을 돌아보는 것처럼 관도 재연에게 품었던 사랑을 확인하지만 재연은 "행복을 믿지 않는 회의의 남매"(44면)에게 결혼은 어울리지 않는다고 대꾸한다. 허무주의적인 세계관을 공유하는 관과 재연은 대왕

암에서 정월 보름밤의 풍경을 함께 구경하면서 서로에게 이해와 연민을 가질 수 있을 따름이다.

"생식기가 거세된 관의 시신"(48면)의 환영에서도 암시되듯이 관은 일상의 폭력에 영혼을 앗긴 무기력한 자신을 잘 알고 있다. '세상 어느 곳에도 영원한 안식처는 없다'라는 작가의 뼈저린 잠언은 이 작품에서도 고스란히 반복된다. "자신의 전부라고 생각했던 것들이 돌연히 끝났을 때의 허무를 나는 알지. 사랑도, 거목 같은 가정도 서커스의 천막처럼 한날에 무너질 수 있다. 인생에서 불변하는 것은 없으니. 그걸 알면서도 막상 텅 빈 무대에 서면 우리는 신의 버려진 아이가 되어 절망에 몸을 던진다"(『세상의 별은 다, 라사에 뜬다』 21면)라는 고백에서도 드러나는 허무주의적 인식은 이 작품에서 섬세한 내면 묘사로 응축되었다. 냉소적이면서 회의적인 관이 잠시나마 "예리한 날이 가슴 한가운데를 가로지른 듯 아픔을 느"(44면)끼며 재연에게 사랑을 고백하는 장면은 안타까움과 슬픔을 불러일으킨다.

낯선 이국땅에서 방황하던 유목민은 예술적 향기를 간직한 신라의 능으로 잠시 회귀하였다. 「나는 너무 멀리 왔을까」에서 인간 존재의 미약함과 덧없음에 대한 작가의 끈질긴 탐구는 세속적 일상과 경주 수중왕릉의 대비를 통해 고적하고 허무한 아름다움을 만들어낸다. 가족과 독신, 세속과 신성, 속박과 자유, 일상과 여행은 경주라는 역사적 공간에서 아득한 환영으로 날아오른다. "땅에 온몸을 문지르고 다니며 피 흘리"(『숲속의 방』 185면)던 어린 새는 오랜 시간을 뛰어넘어 이 소설 속의 고독한 영혼을 지닌 '관'으로 성숙하여 환생한 것일까.

최근에 발표한 장편 『미불』에서도 예술적 구원과 고독에 대한 탐구는 인간의 실존을 구속하는 근원을 뛰어넘어 한없이 자유로워지고 싶어하는 예술가의 욕망을 통해 나타난다. 성과 속의 경계를 자유롭게 가로지르려는 노(老)화가 '미불'의 욕망은 강석경 소설이 궁극적으로 추구하는 삶의 정신주의를 표현한다. 이 소설에서도 인도와 경주라는 배경 공간은 작가가 추구하는 예술가의 자의식을 상징적으로 드러낸다. 미불이 딸과 함께 떠나는 인도 여행은 자기 찾기의 여정으로서 소설 주제를 드러내는 핵심적인 전환점이 된다. 이 소설이 형상화하는 것 역시 삶의 모순을 견디게 해주는 정신적 힘으로서의 예술에 대한 신념이라고 할 수 있을 것이다.

5. 천상을 꿈꾸는 유목민의 글쓰기

초기작에서 폐허화된 가족관계와 도시적 일상 속에서 소외된 개인의 모습을 선명하게 포착했던 강석경은 이후 소설에서 이러한 속물적 일상을 견디는 예술적 자의식을 점차 발전시켜나간다. 소설의 구체적 모티프로 살펴본다면 닫힌 공간을 상징하는 '어둠'과 '방'의 이미지에서 점차 '천공'과 '우주'라는 열린 공간으로 배경의 이미지들이 확장되는 양상을 볼 수 있다. 「밤과 요람」 「물속의 방」 『숲속의 방』에서 나타나는 갇힌 공간의 이미지들은 『세상의 별은 다, 라사에 뜬다』 『미불』 등에서 존재의 초월적 의지를 상징하는 열린 공간의 이미지로 나타난다. 이러한 공간적 이미지의 확장은 강석경 소설이 차츰 예술가 소설과 지식인 소설로서의 분명한 특성을 확보해가는 과정으로 읽힌다.

여성문학의 측면에서도 강석경 소설은 여성자아를 제약하는 다양한 사회적·정신적 금기와 억압을 날카롭게 현시한다는 점에서 주목된다. 소설속 인물들은 삶의 부조리와 폭력을 극복하는 방식의 하나로 정신적 초월의지를 든다. 예컨대 『세상의 별은 다, 라사에 뜬다』와 『내 안의 깊은 계단』은 결혼과 가족제도의 무서운 폭력성과 여성적 삶의 부당함에 대해 거침없는 비판을 쏟아낸다. 이러한 비판은 구질구질한 생활공간을 떠나 자유로운 해방과 안식의 초월적 삶으로 나아가는 구도의 길에서 그 극복방식을 찾아낸다. 주인공이 염원하는 정신적 초월은 합리화된 위악적 세계에 구멍을 내고 여신처럼 날아오르기를 갈구하는 자만이 끌어내는 낭만적인 비전이라고 할 수 있을 것이다.

강석경 소설의 인물들은 자신을 얽어매는 사회제도와 쉽게 타협하지 못하는 정신적인 유목민이라고 할 수 있다. 영혼의 자유로운 비상을 꿈꾸는 주인공들은 초월적 구도자의 삶을 희망한다. 결혼과 가족이라는 구체적 연줄에서 풀려나고 싶어하는 이들은 천성적으로 집시의 피를 이어받은 낭만적인 유목민으로 살아나가야 한다. 현실세계에서 이들은 영원한 이방인이며, 그 이방인의 운명은 스스로의 자율적 의지에 의해 선택된 것이다. 삶의 어떤 곳에도 안식처가 없으며 우리 모두는 떠돌이일 수밖에 없다는 작가의 전언은 소설 곳곳에서 주인공의 입을 빌려 고백된다.

"누구의 가슴속에나 저만이 딛고 내려가는 깊은 계단이 있어. 인간은 다 고독해. 고독해서 불안정하고 격정에도 휩싸이는 거야. 부나비처럼" (『내 안의 깊은 계단』 198면)이라는 전언에서도 감지되듯이 고독과 방랑은 강석경 소설의 중요한 테마이다. 상처와 그늘이 깊지만 내면에 단단한 심지를 가진 인물들은 선험적인 고독을 감내하며 자신의 삶을 꾸려나간다. 개인의 존재를 고통과 슬픔으로 몰아넣는 삶의 무수한 계기들 앞에서 주인공들은 초월적인 생의 의지를 다진다. 고독을 운명적으로 수락하는 연습을 통해 이들은 인간사의 별리를 생의 법칙으로 받아들인다. 연인과의 이별도, 핏줄의 끈끈한 애증도 이들 앞에서는 인간의 선험적 고독을 증거하기 위한 수많은 사건들 중의 일부일 따름이다. 지상의 고독을 발판 삼아 천상의 삶을 꿈꾸는 이들의 방랑은 강석경 소설이 끊임없이 관심을 기울이는 주제라고 할 수 있을 것이다.

식민지 현실과 모성의 재현 양상

◆

백신애론

1. 식민지 현실의 포착과 여성의 타자적 경험

백신애(白信愛)는 1929년 조선일보에 「나의 어머니」를 발표하면서 작품 활동을 시작했다. 1939년 췌장암으로 타계할 때까지 20여편의 소설과 산문을 발표하면서 십여년간 왕성한 작품활동을 벌인 그녀는 강경애, 박화성, 이선희 등과 더불어 1930년대 활동한 대표적인 여성작가로 손꼽힌다.

백신애가 본격적인 활동을 전개했던 1930년대는 식민지 현실의 문제를 사회적인 맥락 속에서 담아내려는 소설적 시도가 활발하게 이루어졌던 시기다. 근대 신여성들의 계몽과 자각 의지를 선언적으로 드러냈던 나혜석, 김일엽, 김명순 등의 선배 작가들과 변별되는 이 시기 여성작가들의 행보는 식민지 근대라는 특수한 상황에서 여성들이 겪어야 했던 다층적인 억압의 문제를 형상화하는 쪽으로 집중되었다. 여러 작가들 중에서도 백신애는 식민지 현실에서 지식인들이 겪는 내적 고민, 빈민들의 생활상, 국경 바깥을 떠도는 이주자의 문제 등을 두루 포괄한다는 점에서 폭넓은 체험의 영역을 보여준 작가이다.

문학사에서 백신애의 대표작으로 거론되는 「적빈」(1934)과 「꺼래이」 (1934)는 빈민 여성의 생활고와 유랑민들의 삶을 생생하게 포착한 뛰어난 작품이다. 실제 백신애는 부유한 환경에서 자라 교육받은 지식인 여성의 삶을 살았으나 그의 소설에는 다양한 사회적 억압의 실체를 토로하는 폭넓은 시선이 담겨 있다. 초기 작품에 나타난 지식인 여성의 관념적인 자기고백에서부터 당대 빈민들이 겪는 생활고와 가부장적인 억압을 두루 포괄하는 백신애의 소설은 사회적인 의식을 표명하면서도 특정한 이념의 주창으로 귀결되지 않는 독특한 개성을 보여준다. 가부장적 가족주의와 식민지 현실이라는 다층적인 갈등 상황을 드러내는 여성자아의 경험이 중심이 되지만 당대 지식인 남성들이 보여주는 고민과 허위의식을 폭로한 작품도 많다. 「학사」(1936)나 「정현수」(1935)가 보여주는 남성 지식인의 허위의식과 내적 분열은 식민지 현실의 문제를 폭넓게 조명한 예라고 할 수 있다.

1925년 조선여성동우회와 경성여자청년동맹에서 사회적인 활동을 벌였던 백신애는 1927년 시베리아 체험 이후 고향 영천을 중심으로 지역사회 운동가로 활약하였다. 그러나 1928년 근우회 활동에 참여한 이후로는 등단과 도일, 결혼 등 개인사로 인해 사회활동을 거의 하지 않았던 백신애는 문단의 중심에서도 거리가 먼 생활을 했다고 할 수 있다. 파란만장한 삶과 질병과의 고투로 인해 그가 실질적으로 작품활동에 전념할 수 있는 시간은 길지 않았다. 그러나 그 어떤 작가보다도 뜨겁고 절실하게 창작에 임했던 그는 중앙 문단과 거리를 둔 독특한 입지 조건에서 자신만이 쓸 수 있는 독특한 개성의 작품들을 발표했다.

백신애의 독특한 개인적 이력은 그의 작품을 연구하는 데도 중요한 접근 방향을 제시해온 것이 사실이다. 백신애만큼 삶의 이력과 작품이 긴밀한 연관관계 속에서 논의되는 경우도 흔치 않다.[1] 부유한 집안에서 태어나 사회주의를 공부한 오빠로부터 사상적 감화를 받고 소설을 쓰게 되고, 교원생활도 했다가 가족의 권유로 결혼에 뛰어들고 끝내는 이혼을 하는 등 백신애가 보여준 삶의 행보는 식민지 시기의 지식인 여성들이 보여준 파란만장한 생애를 압축해놓은 듯하다. "신여성, 향촌인, 여행자, 식민지인, 사회활동가, 강제 결혼자, 여류작가, 이혼녀 등 작가 백신애의 상호 모순적이고 이질적인 정체성"[2]은 그의 소설들에도 고스란히 녹아 있어서, 소설집으로 채 한권이 되지 않는 분량임에도 매우 다채로운 경향을 보여준다.

그동안 백신애 문학에 대한 연구는 크게 두가지 방향에서 진행되어왔다. 가장 큰 흐름은 식민지시대의 궁핍한 현실과 억압받는 하층민의 삶을 사실적으로 드러냈다는 평가들이다. 「적빈」과 「꺼래이」를 중심으로 이루어진 이러한 접근방식은 여성 문제를 계급적인 시각에서 바라보는 관점을 강조한다. 식민지시대 민중이 겪어야 했던 삶의 고통을 리얼하게 재현했다는 점에서 백신애의 소설은 강경애, 박화성의 소설과 함께 거론되어왔다. 이러한 맥락에서 최근의 연구성과 중 하나는 사회주의 사상의 수용과 백신애 문학의 관계를 살펴보는 시도이다. 강경애를 포함하여 백신애, 박화성 등이 당대 문학의 이념적 성향과 일정한 관계를 맺고 있다는 점을 상기할 때 백신애의 정치적 행보와 이력은 작품과 관련하여 긴밀하게 해명될 수 있는 중요한 근거이다.[3]

---

1 백신애는 「자서소전」(1937)에서 자신이 소설을 쓰게 된 배경과 계기를 간략하게 소개한 바 있다. 그는 "다섯살부터 글 배우기 시작하여, 학교 구경은 못하고 열다섯까지 한문과 여학교 강의록을 독선생에게 배웠으니, 남들은 소, 중, 대학을 졸업하는데 홀로 나는 글방에서 케케묵은 한문책"을 들여다보았으며, "일년 팔개월간의 교원생활 중에서 밤낮 여자 대학생이 되어보고 싶어 갖은 애를 다 쓰는 중에 오빠에게 감화되어 서울로 빽소니쳐 올라간 후 '여성동우회' '여자청년동맹' 등에서 노란 기염을 막 토했"노라고 회고한다.(이중기 엮음 『백신애 선집』, 현대문학 2009, 456면)
2 김지영 「백신애 소설 연구: 경계인의 정체성과 모성 강박을 중심으로」, 『현대소설연구』 38호, 2008.8, 39면.
3 백신애가 보여주는 사회주의 사상의 수용과 작품활동의 관계를 해명한 연구로는 김

다음으로 여성주의적 관점에서 진행되어온 연구들이 있다. 이 연구들은 여성작가로서 백신애가 다루는 결혼제도, 가부장제의 인습 문제, 모성의 문제 등을 주목한다. 사회제도의 안과 밖을 넘나들면서 다양한 타자적 체험을 드러낸 백신애의 소설은 당대 여성문학의 지형에서도 독특한 좌표를 형성한다. 최근에는 백신애가 타계하기 직전에 집필한 「아름다운 노을」(1939~40 연재) 「혼명에서」(1939) 등의 작품을 중심으로 적극적인 조명이 이루어지는 추세이다. 이 작품들이 적극적으로 조명되면서 백신애 소설이 품은 여성문학적 가능성은 경계성, 혼종성, 타자성 등의 맥락에서 해석된다.

식민지시대 지식인과 하층민의 삶을 두루 포괄하는 백신애의 소설에서 반복적으로 드러나는 체험 중의 하나는 '어머니'와 '딸'의 관계이다. 등단작인 「나의 어머니」에서도 절실하게 드러났듯이 어머니를 포함한 가족의 지극한 사랑과 보호는 지식인 여성인 작가를 갈등하게 하는 요인으로 나타난다. 백신애 소설에서 노출되는 이러한 모성의 재현 양상을 중요하게 바라본 선행연구로는 최혜실, 홍기돈, 김지영의 논의가 있다. 최혜실은 어머니 공포증으로부터 자유롭지 못한 작가의 무의식이 지식인 남성의 사회주의 담론을 소설적으로 차용하면서 보여주는 괴리의 양상이 광인, 병자, 죄인의 고백 형식으로 드러난다고 보았다.[4] 홍기돈 역시 이러한 논리의 연장선상에서 백신애 소설에서 긴장을 구축하는 기본 축으로서 '어머니=일상'과 '오빠=혁명' 사이의 갈등을 지적하면서, 특히 유작인 「혼명에서」가 이념의 고수와 전향 사이에서 괴로워한 흔적을 잘 드러낸다고 보

연숙 「사회주의 사상의 수용과 여성작가의 정체성」(『어문연구』 128호, 2005년 겨울)과 홍기돈 「백신애가 지향한 이념의 방향과 문학 좌표의 설정」(『우리문학연구』 27집, 2009.6)이 있다.
4 최혜실 「백신애 소설에 나타난 이중적 타자성: 궁핍과 여성성을 중심으로」, 『현대소설연구』 24호, 2004.12, 45면.

왔다.[5] 김지영은 백신애 소설이 가족애와 신문명의 이념이라는 해소되지 않는 두가지 가치의 갈등의 산물로서 '경계성'과 '모성 강박'을 드러낸다고 지적한다. 신문명의 신념과 어머니에 대한 정서적 동일화 사이 양가감정의 산물이 소설 속 지식인들의 분열 양상으로 나타난다는 것이다.[6]

백신애가 문학적 활동을 전개했던 1920~30년대에 집중적으로 유포되었던 신여성 담론과 모성 담론은 전통적인 가부장적 가족 담론과 근대 가족제도가 결합되는 방식을 보여주는 사례였다. 한국의 근대화 과정에서 모성 담론이 국가 담론과 맺어온 다양한 접합의 양상은 모성이 지닌 다양한 특성을 고찰하는 데 유용한 근거가 된다. 모성은 국가 담론을 대신하는 지배 이데올로기의 속성으로 현현하기도 하며, 반대로 지배질서의 언어에 반하는 본능적이고 비천한 속성으로 규정되기도 한다.[7]

백신애 소설에 드러나는 모성서사 역시 근대 여성들이 당면한 새로운 담론을 투영하면서도 동시에 이것이 현실과 부딪쳐 좌초하는 양상을 보여준다고 할 수 있다. 소설에 나타난 모성서사는 신여성 담론과의 관계 속에서 딸과 어머니의 갈등 양상으로 주조되기도 하고, 가부장제 현실과 식민지 현실의 빈궁을 견디는 생존의지와 연관되어 형상화되기도 한다. 1930년대 후반에 씌어진 일련의 작품들에서 모성은 가부장제를 벗어나기 위한 분열의 양상으로 포착되기도 한다. 이러한 모성의 다양한 재현 양상은 식민지시대 여성이 처한 복합적인 억압과 질곡의 현실을 작가가 어떻

---

5 홍기돈, 앞의 글 365면.

6 김지영, 앞의 글 참조.

7 군국주의나 민족주의와 결합된 모성 담론은 국가 담론의 지배질서에 호응하는 '숭엄한' 모성과 이것에 반하는 '비천한 모성'으로 드러나기도 한다. 이은경은 공·사의 경계와 개체의 경계를 흐르는 모성의 위험한 본능은 '비천한' 것으로 비난받으며, 이러한 본능적 모성을 극복해야만 국가에 자식을 헌납할 수 있는 '숭고한' 모성을 획득할 수 있었다고 설명한 바 있다.(이은경 「광기/자살/능욕의 모성공간」, 태혜숙 외 『한국의 식민지 근대와 여성공간』, 여이연 2004, 124면)

게 인식하고 소설적으로 형상화했는가를 보여준다.

여성 주인공이 경험하는 모성적인 현실을 담아낸 이야기를 모성서사라고 한다면, 백신애 소설에 드러난 모성서사는 당대 식민지시대의 여성적 현실인식을 잘 드러내는 이야기 구조라고 할 수 있다. 이 글에서는 화자의 시점을 중심으로 모성의 재현 양상을 살펴보고자 한다. 백신애의 소설에는 어머니-딸의 관계에서 딸의 시점으로 진행되는 서사(「나의 어머니」「낙오」「혼명에서」)와 어머니의 시점으로 진행되는 서사(「광인수기」「아름다운 노을」), 그리고 이를 객관적인 시점에서 들여다보는 서사(「적빈」)가 혼합되어 있다. 이에 따라 소설에서 재현되는 모성의 양상도 다양하다. 식민지시대의 지식인 여성이 바라보는 전통적인 모성 역할의 모습, 생계를 담당하는 빈민 여성의 현실적인 모성 역할, 제도적인 틀에서 비켜나는 모성의 분열 양상 등 다채롭게 형상화되었다. 이는 모성을 포함해 여성에게 주어지는 사회적인 정체성이 하나의 단일한 형태로 환원될 수 없음을 보여주는 문학적 증거이기도 하다.

2. 신여성과 구여성, 모성적 정체성의 균열

백신애의 초기 소설에서 모성이 형상화되는 방식은 주로 신여성과 구여성의 갈등구조 속에서 포착된다. 근대적 교육을 받고 자기실현을 중시하는 신여성의 입장에서 구여성이 고수하는 전통적인 어머니 역할은 인습적이고 억압적인 것으로 보인다. 흥미로운 것은 자기성찰과 여성해방을 내세우는 신여성 담론이 처한 모순적 지점이다. 대체로 1920~30년대에 신문과 잡지를 통해 유포된 신여성에 관한 담론들은 국가체제와 결합하여 '현모양처'와 모성에 관한 '서구적'이고 '과학적'인 기준들을 만들어냈다. 신여성은 조혼과 가부장제 습속에 안주하는 구여성에 대한 비판의식을 드러내지만 그 자신이 자유연애에 의해 선택한 '신가정'의 새로운 '현모양처'로 교육되는 딜레마에 빠지게 되었다. 전미경은 1920~30년대 신여성 담론이 "어머니 교육의 구체적 양상"과 결합하여, "어머니란 현모 양처의 핵심적 요소로 일제 식민지 정책은 여성 교육을 통해 현모양처의 신여성상을 수립하였으며, 조선 내 민족주의 세력 역시 신여성다운 참된 삶의 지표로 현모양처를 제시하고 있었"음을 지적한 바 있다.[8] 윤영옥 역 시 남성과의 차별화에서 시작하지만 결국 "아내와 어머니로서의 역할"에 포획되는 신여성의 비극을 지적하였다.[9] 여성의 독립과 교육의 필요성을 역설하면서 등장한 신여성이 성적인 방종과 사치의 일단으로 상품화되 거나 새롭게 건설되는 신가정의 견고한 제도적 모성으로 자리매김되는 과정은 여성의 자기실현을 내세우는 담론이 식민지시대의 통치원리 속에 빠르게 스며든 결과라는 것이다.

자전적 체험을 바탕으로 한 백신애의 소설 역시 이러한 신여성의 내면 적 갈등을 구시대 어머니와의 갈등 상황 속에 잘 담아내고 있다. 어머니는 딸에 대한 지극한 사랑을 표현하는 고마운 존재지만 딸은 자기실현이라 는 측면에서 어머니가 요구하는 인습적인 삶을 살아갈 수 없다. 근대적 교 육을 받은 지식인으로서 자신의 진로를 결정할 수 없는 현실에 대한 고민 과 갈등은 등단작인 「나의 어머니」에서부터 선명히 드러난다. 소설 속에 서 구시대 여성을 상징하는 어머니는 딸의 정치활동을 이해하지 못한다. 어머니가 바라는 것은 딸이 집안에서 권하는 상대와 결혼하여 가정에 봉 사하고 사는 것이다. 반면 딸이 바라보는 어머니는 구시대의 풍습에 안주 하며 가부장적 가족주의의 이기적인 이데올로기에 갇혀 있는 존재이다.

---

8 전미경 「1920~30년대 '모성담론'에 관한 연구: 『신여성』에 나타난 어머니 교육을 중심 으로」, 『한국가정과교육학회지』 36호, 2005.6, 96면.
9 윤영옥 「1920~30년대 여성잡지에 나타난 신여성 개념의 의미 변화와 사회문화적 의 의: 『신여성』을 중심으로」, 『국어문학』 40집, 2005.12, 219면.

"연극하는 데라니? 아이고 이애 좀 보게, 그곳이 글쎄 네가 갈 데냐! 아무리 상것의 소생이라도 계집애가 그런 데 가는 것을 본 적이 있니? 모이는 자식들이란 모두 제 아비 제 어미는 모른다 하고 사회니 지랄이니 하고 쫓아다니는 천하 상놈들만 벅적이는데……"10

'상것'과 '상놈'이라는 말에서 느껴지듯이 화자의 어머니는 "나면서부터 완고한 옛 도덕과 인습에 푹 싸인"(27면) 한계를 지니고 있다. "자신의 편함과 혈육을 사랑하는 것밖에 아무것도 모르고 도덕과 인습에 사무친 저 어머니"(29면)의 모습은 자기실현을 중시하는 화자로서는 받아들이기 힘든 구시대 여성의 면모이다. 흥미로운 것은 주인공이 그럼에도 어머니에게 맹목적인 반발만을 보이지 않는다는 점이다. 헌신적이고 애정적인 어머니의 사랑이 주는 편안함에 대해서 일종의 안도감을 느끼기도 하는 화자는 자신의 이중적 심리에 괴로워한다. '어머니의 따뜻한 사랑 속에서 숨을 쉬는 듯한 행복'을 느끼지만 어머니가 원하는 대상과는 결혼할 수 없다는 화자의 고백은 신여성이 당면한 현실의 갈등과 고통을 동시에 드러낸다. '가엾은 나의 어머니'라고 부르면서도 어머니가 원하는 대로 살 수는 없는 근대 신여성의 고민과 갈등이 소설에 생생히 드러나고 있는 것이다. 특히 주인공이 생각하는 자기실현의 방식은 자유연애의 이상과 관련이 있다. 전근대적인 봉건 이데올로기의 습속을 비판하면서 집에서 정해놓은 상대와의 결혼을 거부하고 "내가 사랑하는, 장래 나의 남편이 되기를 어머니 모르게 허락한"(31면) 남자와의 열애를 꿈꾸는 주인공은 당대 지식인들이 주창했던 자유로운 연애와 결혼에 대한 신념을 체화한 인물이다.

---

10 「나의 어머니」, 『백신애 선집』 26~27면. 이하 작품 인용시 면수만 표기한다.

독립적인 자기실현을 주창하는 신여성의 선택을 긍정적으로 그려낸
「낙오」(1934) 역시 구시대의 인습에 갇힌 결혼제도를 비판한다. 보통학
교 교원으로 근무하던 경순과 정희는 일개 소학교 교원으로 만족하지 말
고 동경에 공부하러 가자는 약속을 한다. 그러던 중 느닷없이 정희의 결
혼 소식이 들려온다. 정희를 찾아간 경순은 정희가 결혼식장에서 도망쳐
동경으로 유학 가겠다고 말하자 놀라지만, 그녀가 실천을 감행하자 감복
하며 스스로를 반성한다. 경순은 정희의 도망을 두고 수군거리는 사람들
을 향하여 다음과 같이 부르짖는다. "알지도 못하고 떠들지 마세요. 정희
는 참으로 용감한 여자라오. 꼭 연애하는 사람이 있어야만 부모가 함부로
정한 결혼에 반대하는 것일까요. 남의 불행한 일이라면 거지가 떡이나 본
것같이 떠들면서 조금도 그 사실을 이해하려고 하지 않는 당신들과는 인
간이 다르답니다. 앞으로 나아가려는 열정과 용기가 눈앞의 안일에만 만
족하는 당신들이나 나와 같은 무리들과는 레벨이 틀립니다."(114면) 전통
적인 결혼제도를 거부하는 신여성에게 가해지는 따가운 사회적 시선에
대한 항거를 담은 경순의 발언은 당시 신여성이 겪어야 했던 갈등의 양상
을 선명하게 드러낸다. 더불어 의지가 부족한 자신에 대한 그녀의 반성적
시선은 지식인으로서 자기가 감당해야 할 실천의 문제에 자각을 드러내
기도 한다.

「나의 어머니」와 「낙오」가 공감을 주는 이유는 봉건적 습속에 대항하
는 신여성들의 꿈과 열망을 담으면서도 그것이 막상 현실에서는 여지없
이 제도 속에 갇히고 굴절될 수밖에 없는 비극을 보여주기 때문이다. 실
제로 당시의 지식인 여성들이 주창했던 자유연애와 자기실현의 열망은
서지영이 지적한 대로 문명개화론을 통해서 근대교육의 계몽적 욕구에
소환될 수밖에 없었다.[11] 잡지와 신문을 통해 사회를 풍미했던 신여성 담

---

11 서지영 「민족과 제국 '사이': 식민지 조선 신여성의 근대」, 『한국학연구』 29집,

론은 여성해방이라는 목표 속에 자유연애와 현모양처라는 상이한 욕망이 충돌하는 지점을 보여준다. 백신애 소설에서 이러한 갈등은 구시대 여성에 대한 비판의식을 지니면서도 신여성으로서 온전히 자리잡지 못한 자기 자신에 대한 갈등으로 드러난다. 「낙오」에서 정희처럼 현실을 박차고 나서지 못하는 경순의 절실한 자기토로는 자기실현이라는 계몽의 이념과 대립되는 현실의 비극을 잘 드러내는 것이다. 신문명의 이념과 열망이 현실과 괴리되는 장면은 「일여인」(1938)에서도 나타난다. 서구 문명의 허례허식을 풍자하는 듯한 「일여인」은 아침마다 오트밀을 먹고 크림을 바르고 세수를 하면서 봉건 구습을 비웃는 듯한 신세대 어머니의 모습을 보여주는데, 실제 이러한 서구 풍습의 모방은 일상의 삶과 괴리된 허례허식으로 그려진다. 소설의 마지막에서 "자기가 지금 어디로 가던 길인지를 잊어버"(294면)리는 주인공의 행방은 작가가 바라보는 식민지시대 신여성의 한 모습이기도 하다.

　구시대 어머니를 괴로워하면서도 막상 현실의 실천 속에 자신을 던지지 못하는 비겁한 삶에 대한 자조적 태도는 구여성 역시 현실의 피해자임을 명징하게 알려준다. 백신애의 소설에서 여성을 이중적으로 얽매는 조혼 풍습에 대한 통렬한 비판은 소설의 비극적 결말을 통해 드러난다. 「정조원」(1936~37)에서 정조관념에 대한 강박에 시달리는 주인공 여성은 끝내 사랑을 이루지 못하며, 「어느 전원의 풍경」(1936)에서 본처는 어떤 권리도 보장받지 못한 채 내쫓길 궁지에 몰린다. 이처럼 백신애 소설이 포착해 보이는 구여성과 신여성의 대립이나 전통적 모성에 대한 양가적인 감정은 지식인의 자기풍자 의식과 결합되어 당대 현실의 구조적 모순을 생생하게 드러낸다. 신여성이 바라보는 구여성-어머니는 인습에 갇힌 고리타분한 대상이기도 하지만, 한편으로는 식민지 상태에 놓여 있는 국가

2008.11, 179면.

의 통치 담론에 의해 재구성되는 어머니의 모습이기도 한 것이다. 식민지 시대에 제도적으로 유포된 신여성 담론은 전통적인 모성 역할을 거부하기만 한 것이 아니라 국가가 모성을 새롭게 규정하고 교육하는 계몽적 관리의 토대가 되는 이중적 구속의 상태를 부르기도 한 것이다. 김양선이 지적한 대로 "민족이 상실된 민족-국가를 환기하고 상상의 공동체를 구축하는 전형적인 방식은 여성의 섹슈얼리티를 관리하거나 '모성성'의 영역에 가두고 거기에 의미를 부여하는 것이다."[12] 백신애의 소설은 이러한 모성적 정체성이 구성되는 과정에서 여성들이 드러내는 감정적 혼란과 균열을 그린다는 점에서 주목을 요한다고 할 수 있다.

3. 가난과 폭력, 생존의 현실로서의 모성성

백신애의 소설에서 전통적인 모성 역할에 대한 작가의 인식은 전통과 근대가 뒤섞인 복잡한 식민지 현실을 보여준다. 김혜경이 지적한 대로, 당대의 가족구조는 "식민지의 근대가족적 변형에서 가장 큰 희생자는 역시 무력하게 이혼당하는 구여성이었으며, 결국 신남성과 신여성, 구여성의 위계적인 희생의 구조 속에서 이혼과 '제2부인들'이 만드는 핵가족과 같은 기묘한 구성의 식민지적 근대가족이 대다수의 전통가족과 공존하"는 복합적인 양상을 띤다.[13]

지식인 여성을 주인공으로 다룬 백신애의 소설이 딸의 시선으로 바라본 어머니의 서사를 드러낸다면, 빈민 여성을 주인공으로 다룬 소설들은 소설 속의 어머니를 객관적인 시점으로 포착한다. 지식인 여성들의 고민

---

12 김양선 「식민 시대 민족의 자기 구성방식과 여성」, 『한국근대문학연구』 8호, 2003.10, 52면.
13 김혜경 『식민지하 근대가족의 형성과 젠더』, 창비 2006, 318면.

이 주로 조혼 풍습, 여성의 사회적 활동에 대한 제약, 사회적 시선의 따가움에서 비롯된 자기갈등을 바탕으로 한다면, 빈민 여성들이 당면한 고민은 생존 자체를 위협하는 빈궁과 폭력의 현실이라고 할 수 있다.

가난과 성의 침탈에 시달리는 여성의 비극은 원치 않는 결혼을 했다가 남편 독살 혐의로까지 몰린 어린 신부의 비극(「소독부」, 1938), 가난과 병으로 숨을 거두는 아내(「악부자」, 1935), 폭력과 굶주림에 시달리다가 매 맞아 죽고 마는 불행한 여성(「호도」)의 사례로 다양하게 나타난다. 특히 「호도」(발표 당시 제목은 '식인'. 1936)에서 남편의 상습적 폭력에 시달리다가 몇번이나 유산하고 결국 제물로 쓸 음식의 간을 보는 실수를 저질러 매 맞고 죽은 여성에 대한 이야기는 여성이 처한 최악의 삶의 조건을 여과 없이 드러낸다. 소설에서 끊임없이 욕설과 폭력에 시달리는 옥계댁은 자신의 성과 육체를 침탈당하는 과정을 통해 불임이 되어버리는 비극을 고스란히 현시한다. 백신애의 소설에서 하층민 여성이 경험하는 성과 사랑은 지식인 여성이 꿈꾸는 추상적인 그것과는 층위 자체가 다르다. 이들은 생존을 위협하는 현실 앞에서 자신의 정체성마저도 자각할 수 없는 철저히 주변화된 존재로 포착된다.

「적빈」은 빈민 여성이 겪는 폭력과 가난 속에서도 이러한 현실을 딛고 나가는 생존력으로서의 모성을 형상화하고 있어 주목되는 작품이다. 매촌댁은 오래전에 남편이 세상을 떠난 후 아들 둘을 건사하며 고되게 생계를 이어온 노파이다. 그녀는 아들들이 장성하여 각기 장가를 들었는데도 생계의 부담에서 자유롭지 못하다. "두 아들이 다 말 못되게 되어 일년 열두달 남의 집으로 돌아다니며 일을 거들어주고 밥 얻어먹고 하는 신세"(90면)가 되어 "매촌네 늙은이"로 격하된 매촌댁은 마을 사람들의 천대를 견디며 하루하루를 이어나간다. 이러한 매촌댁에게 유일한 자산으로 남아 있는 것은 그녀의 질긴 생명력이다.

"몸뚱이는 곯아 비틀어졌어도 오직 그의 창자만은 무쇠같이 억세고 튼

튼하여 지금까지 배앓이라는 것을 해본 적이 없"(97면)는 매촌댁의 육신
은 그가 빈궁의 현실을 버텨내는 힘이 된다. 표면적으로 볼 때 이 소설에
서 매촌댁이 말썽꾸러기 두 아들을 건사하며 생계를 위협하는 현실 속에
서도 쉽게 주저앉지 않고 끈질기게 삶을 이어나가는 힘은 '어머니'로서
자식을 건사하려는 욕망에서 비롯된 것이기도 하다. 물론 이 소설을 두고
모성의 절대적인 힘을 합리화한다는 비판도 가능하다. 특히 매촌댁이 큰
며느리의 아들 출산에 기뻐하면서 산후거리를 장만하는 모습은 자신을
둘러싼 인습적인 현실에 대한 비판적인 인식 없이 그저 생존본능으로 살
아가는 모성의 모습을 보여주는 것이기도 하다.

그러나 이 작품에서 형상화된 모성은 한편으로 식민지시대 현실에 존
재하는 관습적인 모성성의 재현뿐 아니라 그 형상화에서 새로운 틈새의
전략을 엿볼 수 있는 개성적인 결과를 보여주기도 한다. 특히 매촌댁이
며느리의 출산을 돕고 내일의 식량거리를 걱정하며 집으로 돌아가는 마
지막 장면은 관습적인 모성 역할에만 수렴되지 않는 생명의 문제를 생각
하게 한다. 이 장면은 배설의 이미지[14]를 몸의 생명력과 연결시켜 희극적
이면서도 짠한 느낌을 주는 대목이라 할 수 있다.

> 그는 이윽히 걸어가는 사이에 몹시 뒤가 마려워져 잠깐 발길을 멈추고
> 사방을 둘러본 후 속옷을 헤치려다가 무엇에 놀란 듯 다시 재빠르게 걷기
> 시작하였다.

---

14 육체적 배설물의 이미지는 현실세계가 억압한 금기들을 상징하는 것으로도 해석할
수 있다. 바바라 크리드는 "피, 토사물, 오줌, 똥과 같은 것들의 이미지는 문화적, 사회
적으로 구성된 공포의 개념"이라고 설명하면서, 육체적인 배설물의 이미지가 환기하는
혐오감이 역설적으로 "어머니와 자연이 혼합되어 있던 그 시절을 환기시"키면서 어머
니와 아이의 관계 안에서 몸과 그 몸의 배설물들을 '가지고 노는' 구속되지 않은 즐거
움을 느낄 수 있었던 시절로 되돌아가는 쾌락을 일깨운다고 설명한다.(바바라 크리드
『여성괴물』, 손희정 옮김, 여이연 2008, 42~43면)

'사람은 똥 힘으로 사는데……'

하는 것을 생각해내었던 것이다. 이제 집으로 돌아간들 밥 한술 남겨두었을 리가 없으며 반드시 내일 아침까지 굶고 자야 할 처지이므로 지금 똥을 누어버리면 당장에 앞으로 거꾸러지고 말 것 같았던 까닭이었다.

그는 흘러내리는 옷을 연방 움켜잡아 올리며 코끼리 껍질 같은 몸뚱이를 벌름거리는 그대로 뒤가 마려운 것을 무시하려고 입을 꼭 다문 채 아물거리는 어두운 길을 줄달음치는 것이었다.(102면)

'내일 아침까지 굶고 자야 할 처지'라는 비참한 현실 속에서 똥이라도 참아야 버틸 수 있다는 웃지 못할 상황은 억눌린 여성자아가 비어져 나와 생명의 틈새 속에서 살아가는 실감나는 리얼리티를 확보한다. 매촌댁의 긍정적인 사고는 한편으로는 못난 자식이라도 품을 수밖에 없는 어머니의 역할을 받아들이면서도 거기에만 한정되지 않는 역동적인 역할을 보여준다. 그녀는 망나니에 가까운 두 아들을 건사하면서 같은 여성의 처지인 며느리들을 끊임없이 보살핀다. 물론 이러한 보살핌과 희생, 헌신의 자세를 여성에게 주어진 어머니 역할의 합리화라고 비판할 수도 있겠지만, 소설에서 이러한 모성의 재현은 단순히 희생의 논리로만 귀결되지는 않는다. 이 마지막 장면이 암시하는, 자기의 삶을 구축하는 태도 자체가 그러하며, 주인공 여성이 며느리들에게 보이는 여성으로서의 공감과 연대가 그렇다.

'빌어먹을 놈' '빌어먹을 인간'이라는 욕을 퍼부으면서 큰며느리 해산 수발을 들고, 또 작은며느리가 마음을 상할까 신경 쓰는 매촌댁의 모습은 단순히 "남들의 천대함을 슬퍼할 줄 몰랐고 낙심할 줄도"(93면) 모르는 것에만 한정되지 않는 폭넓은 성격 형상화를 보여준다. 「적빈」을 수작으로 평가할 수 있는 까닭은 굶주림과 폭력에 노출된 빈곤계층 여성의 삶을 생생하게 드러내면서도 현실 속에서 어떻게든 살아가는 여성의 모습을 리얼하게 포착했다는 점에 있을 것이다. 일례로 직접적인 모성서사의 구조를 보여주지는 않지만 「꺼래이」는 타자의 정치학이 이끌어내는 연대의 문제를 이야기하는 뛰어난 작품이라고 할 수 있다. 이 소설은 아버지의 유골을 수습하기 위해 국경을 넘는 체험 속에서 '꺼래이'(러시아인이 조선인을 낮추어 부르는 말)로 수난과 설움을 겪는 일가족의 이야기를 다룬 작품이다. 순이와 쿨니의 관계는 국가의 테두리 안에서 보호받지 못하는 '꺼래이'의 설움을 타인에 대한 이해와 배려의 시선으로 연결시키는 흥미로운 지점을 보여준다. "그때 쿨니의 심정은 꺼래이로 태어난 이들에게는, 아니 더구나 보드라운 감정을 가진 처녀 순이는 남 몇배 잘 살펴볼 수 있었습니다"(45면)라는 대목에서도 등장하지만 '무력하고도 불쌍한 인간들의 표본'으로 멸시당하고 차별당하는 경험은 자신의 위치와 같은 이들을 연민하고 이해하는 중요한 체험이 된다. 이처럼 백신애 소설에서 모성으로서 경험하는 자기정체성의 갈등과 고통은 자신을 타자화하는 통로가 되며, 이는 소수자로서 억압받는 다양한 위치의 타자들을 이해하는 가능성도 열어놓는 것이다.

4. 제도적 모성의 분열과 고백의 소설 형식

제도적 모성의 분열과 고백의 소설 형식을 드러내는 「광인수기」 「아름다운 노을」 「혼명에서」는 앞에서 논의된 작품들과는 다른 방식으로 모성의 정체성을 탐구한 작품이라고 할 수 있다. 백신애의 초기 소설들이 신여성의 이상과 전통적인 구여성의 삶에 대한 비판적 시각 사이의 갈등을 드러냈다면, 이 소설들은 지식인 여성을 주인공으로 삼되 이들에게 강요되는 제도로서의 모성적 역할이 분열되는 양상을 독특한 서술기법으로 포착하고 있다.

이 중에서도 「광인수기」(1938)는 '광인'이라는 독특한 캐릭터를 설정하여 제도 바깥으로 밀려나간 모성이 어떠한 방식으로 자신을 노출하면서 가부장적인 억압구조를 비판하는가의 문제를 드러낸다. 이 작품은 구시대의 여성이 겪어야 하는 불합리한 결혼생활에 대한 고발과 이를 수행하는 위선적인 남성 지식인상에 대한 혐오를 동시에 드러낸다. 지식인의 타락에 대한 비판을 담은 이 소설은 두가지의 서술 층위를 지닌다. 남편과 있었던 일들을 비교적 객관적인 어조로 기록해가는 서술과 객관적 상황을 의도적으로 혼란스럽게 만드는 광인의 고백이 서로 교차되면서 이야기는 단일한 서사로 쉽게 수렴되지 않는다.[15] 특히 광인의 목소리는 "아이, 아이고 무서워라" "하하하! 웃기는구나" "아이고 아이고 흑흑……"이라는 직접적인 수사들을 통해서 스토리를 교란한다.

고등보통학교를 졸업하고 일본으로 유학 간 남편 때문에 시가에서 온갖 구박과 멸시를 받은 주인공은 전형적인 가부장제의 억압으로 인해 고통을 겪는다. 전통적인 가족관계의 억압은 시누이의 부당한 구박을 겪는 에피소드로 나타난다. 유학 중 돌아와 사회주의자로 활동한 남편 때문에 감옥 수발도 여러번 하며 고생한 주인공은 남편이 몰래 다른 여자를 만난다는 충격적인 사실을 알게 된다. 남편은 본처에게 함부로 대하고 위선적 행동을 일삼는 기만적인 지식인이다. 그는 주인공에게 "무엇이 어쩐다고? 무식한 계집이란 할 수 없다니까. 그래 네가 자식을 얼마나 훌륭하게 낳았기에 배운 것도 모르는 멍텅구리 같은 자식 놈인가 말이다. 계집이 건방지게 사나이를 아이새끼들 앞에서 꾸짖고 야단이야"(252면)라는 가부장적 권위의식을 내세우며 자신의 행동을 합리화한다. 이러한 남편

---

15 이미순은 "광기의 담론, 아이러니스트의 자기독백"이라는 의미 속에서 이러한 서술 전략이 갖는 힘을 설명한다. 그는 이 작품에 나타나는 분열된 서술이야말로 "실제 세계와 결코 화해할 수 없는 주인공의 내면에 대한 적절한 기술방식"이 되고 있다고 평한다.(이미순 「백신애 문학의 수사학적 연구」, 『개신어문연구』 22집, 2004.12)

에 대해 주인공은 "당초에 인간이란 게 공부를 잘못하면 제 행동이 옳든 그르든 간, 아니 아무리 틀린 일이라도 교묘하게 이론만 갖다붙여서 그저 합리화하려고만 하는 재주만 늘어갈 뿐"(257~58면)이라는 냉소적인 비판을 보낸다.

주인공이 보여주는 분열의 증세는 가부장적인 가족구조에 순응할 수 없는 여성의 모습을 의미하는 것이기도 하다.[16] 시집 식구들의 구박보다도 그녀를 더 힘들게 한 것은 믿었던 남편의 배신이며, 특히 사랑의 약속을 어긴 그의 거짓말과 위선 앞에 그녀는 더이상 정상적인 어머니와 아내로서 살아갈 수 없게 된다. 남편의 위선적 행위는 봉건 가부장 가족구조의 모순과 더불어 식민지시대 지식인들의 위선적인 행로를 보여준다. 신념과 용기도 없으면서 쓸모없는 지식인 행세만 하려 드는 남성들에 대한 풍자가 아내의 처절한 고백을 통해서 행해지고 있는 것이다. 속물적 행태를 보여주면서도 가족구조 속에서는 여전히 위엄있는 가부장이고자 하는 남편의 위선적인 행위는 아내를 속이고 정신병자로 몰아가는 행위로까지 연결된다.

웃음과 울음을 오가는 혼란스러운 고백체의 소설 속에서 백신애는 제도적 모성으로부터 이탈할 수밖에 없는 타자화된 여성들의 목소리를 생생하게 포착한다. 이러한 여성의 내적 분열과 갈등은 여성 스스로가 제도적인 모성으로서의 자기를 회의하는 과정으로 나타나기도 한다. 「아름다

---

16 여성작가들의 작품에서 발견되는 '광인'의 이미지가 대개 작가의 분신이며 이러한 인물들은 가부장적 문화에 의해 억눌린 자아의 정체성이 무엇인지를 드러낸다는 분석은 이미 쌘드라 길버트와 쑤전 구바의 『다락방의 미친 여자』(Madwoman in the attic, 1979)에서 시도된 바 있다. 물론 이러한 광기와 분노, 우울의 이미지를 여성적 글쓰기에 일반적인 것으로 단정하기는 곤란하다. 토릴 모이는 여성작가의 작품에 존재하는 분노와 우울의 이미지를 신비화하는 일련의 경향에 대해 비판적으로 언급하며 '영원불멸한 페미니즘적 분노'에 대해 경계의 입장을 취한 바 있다.(토릴 모이 『성과 텍스트의 정치학』, 임옥희 외 옮김, 한신문화사 1994, 72면)

운 노을」에서 핵심이 되는 것은 시대의 관습이 요구하는 '어머니'에 대한 도덕적인 이미지로부터 이탈하는 여성의 연애관이다. 화자가 미망인 순희에게 듣는 이야기를 액자식 구조로 서술한 이 작품에서 중심을 이루는 것은 어머니와 여성의 정체성 사이에서 갈등하는 지식인 여성의 이야기이다. 아들과 비슷한 연배의 소년을 사랑하게 된 미망인의 이야기는 당대의 사회관습을 생각하면 파격적이고 대담하기까지 한 설정이라고 할 수 있다. "미술전문 양화과를 나온 규수 화가"인 순희는 "아이까지 있는 몸으로서 사랑을" 하게 된 자신의 처지에 대한 고민을 화자에게 토로한다. "가슴이 전광을 만진 듯 기쁨에 일순간 마비된 듯"한 감정으로 순식간에 사랑에 빠져든 순희는 "오늘까지 머릿속에 그리고, 그리워해오던"(338면) 이상의 얼굴을 소년에게서 발견한다. 중학교 제복을 입은 소년에게 순식간에 빠져든 순희는 당장 그의 얼굴을 화폭에 담고 그날부터 머릿속을 떠나지 않는 소년의 생각에 괴로워하지만, "네가 어미냐! 네 아들이 지금 열여섯살이나 되었다"(348면)라는 외침은 순희의 심적 갈등을 강화한다. 순희는 "서른이 넘은 여인, 더구나 소년보다 단 세살 떨어지는 아들이 있는 사람"(351면)으로서 가져서는 안 될 생각이라는 자의식에 괴로워하지만 어느새 불같은 연애감정에 빠져든다. 결국 세상의 도덕적 인습을 견디지 못하여 소년을 만날 수 없는 곳으로 숨어드는 여성의 슬프고도 고통스러운 연애담은 일견 낭만적인 사랑의 열병에 빠져든 한 여성의 자기고백으로도 읽힌다.

흥미로운 것은 이 소설에서 제도를 넘나드는 사랑에 대한 열망이 백신애의 초기 소설에서부터 꾸준히 등장해온 자유연애론과 연결된다는 점이다. 소설에서 낭만적 사랑은 소년에게 어머니 같은 존재가 되어주고 싶기도 한 순희의 모성적 욕망과 뒤섞여 혼란스러운 감정으로 표현된다. "어머니도 누나도 없는 고독한 생활"(361면)을 하는 소년에게 의지가 되어주고 싶은 순희의 생각은 곧 연애에 대한 상상으로 걷잡을 수 없이 빠져든다. 이러한 자유연애의 상상은 그러나 관습의 벽에 부딪쳐 자신의 욕망을 부정하고 제도적 현실에 순응할 수밖에 없는 결과를 낳는다. 작가는 주인공으로 하여금 사랑을 부정하고 현실에 순응하는 선택을 하게끔 했지만 소설이 실제로 호소하는 것은 진정한 사랑을 실현할 수 없는 현실의 비극이다.

「아름다운 노을」은 지식인 여성이 당면한 고뇌와 불안을 가감 없이 털어놓은 작품으로 백신애 소설 가운데 결혼제도의 문제점과 욕망의 문제를 가장 대담하게 토로한 작품이다. 같은 해 씌어진 「혼명에서」에도 제도적 모성에 대한 고민과 자의식이 자신을 둘러싼 가족에 대한 갈등심리를 통해 드러난다. 이 소설에서 주인공은 'S'에 대한 편지글 형식을 통해 이혼 후 자신이 어떻게 살아나갈 것인가를 고민한다. 주인공은 자신을 사랑하는 어머니와 언니 등 가족의 따뜻한 정성에도 불구하고 이들의 마음을 배반할 수밖에 없는 자신의 상황을 절실하게 털어놓는다. "왜? 나는 내 사랑하는 가족들을 기쁘게 해주며, 그들이 원하는 딸이 되지 못합니까?" (298면)라는 물음을 던진 주인공은 '어머니의 눈물'이 안일을 주려는 지극한 사랑으로만 이루어져 있음을 혹독하게 비판한다. "조용한 어머니의 눈물은 나에게서 모든 용기를 앗아가는 무기"(306면)라고 신랄하게 고백하는 주인공의 태도는 등단작 「나의 어머니」에서 나타난 화자의 고민스러운 태도에서 한 걸음 나아가 자신의 독립적인 삶을 주창하는 의지를 보여준다. 이러한 독립적인 사고는 소설에서 실질적인 배경이 되는 지식인의 '방향 전환' 이후의 삶과 관련이 있다. 단체에서 떨어져 나온 주인공은 그 고독과 외로움을 치유해준 것이 어머니의 사랑임을 인정하지만, "착한 딸이 되고, 칭찬받고 부러움 받는 정숙스런 여인"(311면)이 되라는 어머니의 주문을 도저히 받아들일 수 없다는 확고한 입장을 보이는 것이다. 실제로 이 작품에서 제도적인 모성의 역할과 그것이 암시하는 가부장적 사회의 순응적인 여성상에서 벗어나 자신의 길을 가겠다는 의지의 표명은 다분히 추상적이고 관념적인 고백에 그치는 것으로 보이기도 한다. 구체적인 사건의 서술보다는 관념적인 형식의 자기토로를 보여준다는 점에서 「아름다운 노을」과 「혼명에서」가 갖고 있는 한계 또한 선명해 보인다. 제도적인 모성의 역할과 그것이 갖는 영향력에서 벗어나서 참다운 자기정체성을 수립하고 싶어하는 작중인물들의 내적 고투가 일인칭의 사변적인 고백을 통해서 발화될 수밖에 없는 정황이 아쉽게 느껴지는 것이다.

지금까지 살펴본 것처럼 백신애 소설이 보여주는 모성서사와 모성 재현의 양상은 식민지시대의 소설이 포착한 시대적 진실을 복합적인 층위에서 드러내는 통로라고 할 수 있다. 백신애의 초기 소설에서부터 꾸준히 등장하는 모성성에 대한 의문과 고민은 근대화 과정의 핵심으로 작용해 온 가부장적 질서와 그것이 억압하는 타자들의 정치학을 환기한다는 점에서 의미가 있다. 여성이 겪는 다양한 가부장적 억압을 식민지 시기의 삶과 연관시켜 생생하게 포착한 그의 소설은 다른 여성작가와 변별되는 개성을 확보한다. 백신애 소설이 보여주는 이러한 개성과 다양성은 그의 소설이 아직도 여러가지 층위에서의 미학적 규명을 필요로 한다는 점을 입증한다.

도시의 거울에 갇힌 나르키소스

◆

김승옥론

1. 새로운 자의식의 출현

김승옥(金承鈺)[1]의 소설 인물들은 우리 문학사에서 보기 드문 독특하고 매혹적인 지식인의 자의식을 보여준다. 그의 소설에서 젊은이들은 고향의 아름다운 황혼과 서늘한 해풍을 가슴에 품고 도시의 뒷골목을 배회한다. 번잡한 도시의 어느 골방에 갇힌 청춘이 감당해야 했던 자의식의 번민을 김승옥만큼 섬세하고 예리하게 통찰한 작가도 없다. 이들은 자신을 덮쳐오는 거대한 문명과 도시의 폭력에 저항하기 위해 낭만과 치기가 섞인 '자기세계'의 표지를 내민다. 그 누구도 쉽게 함락시킬 수 없는 성곽처럼 단단하게 자리잡은 자의식이야말로 김승옥 소설의 주인공들이 평생 가지고자 몸부림쳤던 방패다.

개인을 억누르는 모든 집단적 실체로부터 떨어져 나와 홀로 선 단독자

---

1 본문에서 인용하는 작품들은 『김승옥 소설전집』(전5권, 문학동네 1995)을 참조하였다. 이하 작품 인용시 전집 권수와 면수로 표시한다.

이기를 기도했던 김승옥 소설의 주인공들은 그들이 태어난 시대적 배경을 전달한다. 4·19혁명과 5·16군사쿠데타로 시작된 1960년대는 전후사회의 허무주의적 분위기를 쇄신하고 구체적인 일상과 역사를 개인의 체험으로 끌어들일 수 있는 문학적 공간을 작가들에게 제공하였다. 김승옥과 동세대적인 감성을 공유한 일군의 비평가들은 김승옥 소설의 '자기세계적' 의미를 높게 평가했지만[2] 그러한 세대적 체험이 아니더라도 그의 소설이 지닌 현대적인 의미는 퇴색되지 않는다.

　도시적 삶에 침윤된 일상인의 자의식을 포착했다는 점에서 김승옥의 소설은 산업화시대의 소설적 주제를 날카롭게 꿰뚫고 있다. 서울을 주무대로 지식인적 캐릭터를 내세우는 김승옥의 소설이야말로 본격적인 도시 탐구형 소설이라 지칭할 수 있다. 1960년대 서울이라는 시공간 속에서 작동하기 시작한 작가의 의식세계는 개인적 체험으로 구성된 영역을 크게 벗어나지 않는다. 개인의 자의식을 고백적으로 투영하는 내면적 글쓰기의 형식은 김승옥의 소설이 바탕으로 하는 고립된 개인의 자의식을 섬세하게 투영하는 틀거리가 되어준다. 따라서 김승옥 소설에서 자주 소재화되는 도시 입성의 모티프는 빈곤한 계층의 사회 체험을 비롯한 각종 모순의 현실을 총체적으로 투영하는 밑그림으로 보기에는 무리가 있다. 그것

2　김승옥 소설에서 김현이 평가했던 '자기세계'와 김주연이 옹호했던 '자기의식'은 1960년대 문학에 대한 세대적인 옹호를 반영한다는 점에서 문학사적인 비판을 불러일으키기도 했다. 권성우는 김현 등 4·19세대의 문학적 의식이 전후세대와의 차별화를 꾀하는 비평적 인정투쟁의 욕망에 근거한다고 비판한 바 있다.(권성우 「60년대 비평문학의 세대론적 전략과 새로운 목소리」, 문학사와비평연구회 엮음 『1960년대 문학연구』, 예하 1993, 19면) 또한 정희모는 김승옥 소설이 구성한 자기세계의 새로운 모습과 내면적 주체의 탐색을 높이 평가하면서도 서사성의 확보나 진보에서는 전후의 소설들과 별다른 차이를 보이지 않는다고 비판한다. 그 역시 김승옥의 소설이 1960년대 소설을 여는 중요한 작품으로 평가된 데는 1960년대 소설에 대한 김현과 김병익, 김주연의 평가가 주된 역할을 했다고 본다.(정희모 「1960년대 소설의 서사적 새로움과 두 경향」, 민족문학사연구소 현대문학분과 『1960년대 문학연구』, 깊은샘 1998, 63면)

은 대학생이라는 지식인의 프리즘에 포착된 경험과 현실을 즐겨 형상화한다는 점에서 특정한 도시 체험의 영역을 전제한다.[3]

김승옥의 소설에서 1960년대 사회현실의 직접적인 형상화를 추출하는 것은 논의의 본질이 되지 못하지만 지식인의 자의식이 작동되는 근대적 도시의 소외된 풍경을 읽어내는 것은 충분히 의미있는 작업이다. 김승옥의 소설은 우리 소설사가 만나보지 못했던 위악적이고 나르시시즘적인 자아를 탄생시켰다. 동세대적 감수성으로 그를 마주 보았던 김현의 설명을 인용하자면 "의식 내부에서 조작된 세계를 산다는 일"을 통해 "무의식적으로 세계를 살아나가거나, 아니면 가상의 관념 세계 속에서 허우적대는 재래의 인간형에 대한 날카로운 도전"[4]이 김승옥의 소설에서 벌어졌던 것이다.

전쟁 체험을 담은 1950년대 소설들의 무기력하고도 혼란스러운 내면 고백에서 벗어나 외부의 현실세계를 바라보는 새로운 인식적 주체[5]가 김승옥 소설에 등장했다는 것은 주목할 만한 일이다. 그의 소설이 지식인의 자의식을 투영한 매력적인 예술가형 주인공들을 전면적으로 부각시켰다는 점도 주의를 기울일 필요가 있다. 관념적이고 탐미적이라고까지 할 수 있을 김승옥 소설의 낭만적인 캐릭터는 번뇌하는 지식인의 초상을 그린 최인훈 소설이나 병리적인 의식의 해부를 보여주는 이청준 소설과도 구

---

3 염무웅은 김승옥의 소설적 체험의 핵심이 "시골을 떠나서 대학생 신분으로 서울에 온 것"에 있다고 지적하며 본격적인 산업화, 도시화의 총체적인 체험을 그의 소설에서 곧바로 읽어내기가 어려움을 지적한 바 있다.(염무웅·김윤태 대담 「1960년대와 한국문학」,『작가연구』 3호, 1997, 238~39면)

4 김현 「구원의 문학과 개인주의」,『김현 문학전집 2』, 문학과지성사 1992, 385~86면.

5 하정일은 1960년대 문학의 새로움을 삶에 대한 합리적 인식의 가능성이 확장되면서 현실과 주체의 상호작용을 보여주는 성찰적 서사에서 찾는다. 그는 손창섭, 장용학, 김성한 등의 전후작가들이 삶의 비극을 인간의 존재론적 운명으로 환원시켰다면 김승옥, 최인훈, 하근찬 등의 작가들은 삶을 규정하는 구체적인 조건들을 찾으려 노력하는 주체의 인식적 노력을 보여준다고 설명한다.(하정일 「주체성의 복원과 성찰의 서사」,『1960년대 문학연구』, 깊은샘 1998, 19~20면)

별된다. 도시가 탄생시킨 문화적인 기호와 이미지들의 영향을 입은 나르시시즘적인 인물의 출현이라는 점에서 김승옥의 소설은 특별한 의미를 차지한다.

더불어 김승옥의 소설이 자주 변주하는 도시 체험이 황폐한 가족서사와 여성의 육체에 대한 물신화된 이미지들로 드러난다는 점은 세밀히 분석해볼 만하다. 전후소설의 한 계보가 되는 '부계(父系) 부재의 서사'는 김승옥 소설에도 공통적으로 발견된다. 특히 아버지가 부재한 가족현실에서 '어머니'와 '누이'가 부여하는 성적인 강박관념은 집요할 정도로 반복되어 표현된다. 그것은 곧 소설에 포착된 도시 체험과 성, 가족이 맺는 상징적 관계가 남다르다는 점을 암시한다. 가족들은 도시로 이주하면서 해체 혹은 분열되었고 어머니와 누이는 도시가 흩뿌리는 물신적 이미지의 세계에 휩감겨버렸다. 어머니와 누이를 향한 주인공의 애증과 안타까움, 두려움과 좌절은 자아를 둘러싼 도시현실에 대한 상징적 반응이기도 하다. 김승옥 소설의 인물들은 홀로 새로운 정체성을 획득해야 하는 통과의례의 공간 앞에서 전율한다. 어머니와 누이가 사라진 그 진공의 공간은 어른이 되기 위해 익혀야 할 위악과 권태와 기만의 속임수가 시작됨을 알리는 표지판이었던 것이다.

2. 도시의 거울에 비친 여성

잿빛 거리의 소음과 우울한 낯빛의 군중, 곳곳에 넘쳐나는 쓰레기들, 술과 담배 연기로 꽉 찬 홍등가 골목, 권태로운 대학 강의실 없이는 김승옥 소설 역시 씌어지지 않았을 것이다. 대도시의 공간에서 개인의 존재가 짓눌리고 때로는 소리 없이 사라지는 광경에 대한 공포와 두려움은 그의 소설에서 반복적으로 표현된다. 대학생의 부푼 꿈을 안고 서울로 진입한 청년들의 눈에 비친 1960년대의 도시 풍경은 어떤 모습인가. 1960년대는 군사정권의 본격적인 경제개발계획이 추진되면서 사회의 전부문에서 산업자본주의화가 급속하게 진전되는 시점이다. 수출지향적인 산업화 정책이 적극적으로 추진되고 농촌의 노동인구는 도시로 편입되면서 본격적인 계층이동이 시작되었다. 특히 서울은 일제강점기부터 파행적인 식민자본주의화의 모습으로 출발하여 서구적인 유행과 전통문화가 빠르게 뒤섞이면서 불균형한 문화를 창출해낸 모든 도시문화의 근거지로 기능했다.[6] 정치적 혼란과 부의 편중 현상이 심화되면서 한국사회의 구조적 모순이 서서히 구체화되기 시작하던 상황을 그 어떤 공간보다도 예민하게 담아낸 곳이 서울이다.

"빈민가에 저녁이 오면 공기는 더욱 탁해진다. 멀리 도시 중심부에 우뚝우뚝 솟은 빌딩들이 몸뚱이의 한편으로는 저녁 햇빛을 받고 다른 한편으로는 짙은 푸른색의 그림자를 길게 길게 눕힌다. 빈민가는 그 어두운 빌딩 그림자 속에서 숨 쉬고 있었다"(「역사」, 1권 79면)에서도 감지되듯이 빈민층과 부유층이 골목 하나를 사이에 두고 존재하는 서울의 기괴한 풍경은 관찰자에게 놀라움을 안겨준다. 지방에서 서울로 편입된 대학생이 느끼는 것은 정체성의 혼돈이다. 자신이 화려한 빌딩과 깨끗한 양옥집의 세계에 속해 있는 것인지 아니면 빈민가의 비참한 현실에 속해 있는 것인지 그는 혼란스러울 뿐이다.

소설 속의 대학생 지식인이 감각하는 신세계의 물질과 쾌락은 감탄하고 동경할 만한 것이다. 그러나 실제적으로 개인의 궁핍한 현실은 화려한 물질세계로부터 철저하게 소외되어 있다. 더욱이 청년에게는 거대한 도시에 맞서 개인을 위무할 고향과 가족이 존재하지 않는다. 김승옥 소설에서 건강한 생명으로서의 성이나 남성 가부장의 전통적 가족관계가 부재

---

6 김진송 『서울에 딴스홀을 許하라』, 현실문화연구 1999, 269~70면.

한다는 것은 이미 많은 평자들이 지적한 바 있다. 실제로 김승옥의 소설에서 부모의 존재는 가족서사의 위계적인 존재가 아니라 연민의 대상, 관찰의 대상으로 형상화되곤 한다. "비단을 싼 큰 보퉁이를 이고 시골의 장날을 찾아 돌아다니는 어머니"와 "허구한 날 집 안에 틀어박혀 화초나 가꾸고 사군자(四君子)나 끄적거리고 있는 아버지"(「환상수첩」, 2권 25면)는 김승옥 소설에서 종종 그려지는 나약하고 무기력한 부모의 모습이다. 청년들에게는 더이상 권위와 존경을 가진 강력한 존재로서의 부모나 가문이 존재하지 않는다. 부모라는 보호기제를 일찌감치 벗어난 김승옥 소설의 주인공들은 자신이 주인이 될 왕국을 스스로 건설할 수밖에 없다.

대도시 서울은 젊은이들이 자기만의 왕국을 건설하게 될 첫 무대다. 순식간에 부와 물질을 거머쥘 수 있을 듯한 환상이 가득하고 안락한 환경에 금세라도 편입될 수 있을 듯한 환경 속에서 젊은이는 참을 수 없는 유혹을 느낀다. 도시에는 늘 변화의 가능성이 잠복해 있다. 익명의 군중 속에서는 관습과 도덕을 비켜서는 은밀한 일탈과 음모가 도사리고 있으며 그 누구도 타인의 삶에 함부로 끼어들지 않는다. 자고 일어나면 늘 새로운 공간이 솟아오르고 또 금세 사라진다. 여기서 일탈의 삶은 아주 자연스러운 생존방식으로 놓이게 된다. 소설 인물들은 재빠르게 도시의 일탈을 온몸으로 행한다. 거대한 괴물 같은 도시에 잡아먹히기 전에 스스로가 위악과 일탈로 이에 맞서는 것이다.

김승옥 소설에서 근대적 도시가 상징하는 새로움과 낡음, 부와 빈곤, 해방과 족쇄, 타락과 구원의 양가적 가치는 여성인물의 형상화에 적나라하게 투영된다. 흔히 고향-누이-순결한 이상향/서울-창녀-타락한 일상으로 쉽게 도식화될 수 있는 김승옥 소설의 구도[7]는 여성인물이 도시의 기

---

7 김승옥 소설의 남성인물들과 성의 양상에 대한 황도경의 분석을 참조하면, 김승옥의 소설에서 생명을 낳는 원천으로서의 아버지-남성은 부재하며 그것은 폭력과 정복의 이름으로만 존재하는 사악한 가짜 아버지의 세계로서만 존재한다. 그에 비해 소설 인물

표와 밀접하게 연관되어 있음을 암시한다. 때로 이 도식은 그 경계를 넘어 서로의 대상에 침투되며 뒤섞이기도 한다. 예컨대 소설 속에서 여성은 '창녀'이기도 하지만 동시에 '성스러운' 누이이기도 하다. 이들은 도시에 의해 상처받고[8] 타락한 성으로 변모하기도 하고, 반대로 관습과 편견을 해방시키는 유혹적이며 해방적인 기호로 다가오기도 한다.

고향과 서울, 누이와 어머니, 유토피아와 일상이라는 대립항은 그 경계 사이로 끊임없이 넘나드는 욕망들을 보여준다. 어머니와 누이의 상징은 육체적 성의 부활과 생명의 회복을 암시하지만 반대로 근대도시의 부패하고 도구화된 성욕망의 왜곡된 양상을 보여주기도 한다. 도시의 역동적인 현실이 뿜어내는 온갖 빛을 담아낸다는 점에서 여성인물들은 도시에 대한 주인공의 매혹과 두려움이 동시에 투사된 존재이다.

한 예로 「무진기행」(1964)에서 여교사 하인숙은 '서울의 타락한 일상'에 대한 주인공의 심리적 갈등을 상징적으로 표현하는 인물이다. 그녀는 시골구석에서 자기를 끄집어내어 화려하게 변신시켜줄 꿈같은 기회를 갈망한다. 주인공이 그녀에게 점점 빨려드는 이유는 서울을 사랑한다는 그녀의 솔직한 고백 때문이다. 하인숙은 그에게 '서울 냄새'가 난다는 단 하

들이 어머니-여성의 세계로 다가갈 때 성은 부활하며 생명도 회복된다. 이 논의에 따르면 김승옥의 인물들이 맞이하는 비극은 자신의 육체와 욕망과 여성을 버리고 투쟁과 정복의 원리로 움직이는 근대세계에 편입하는 과정에서 발생한다.(황도경 「김승옥 소설에 나타난 남(男)-성(性)의 부재」, 이화어문학회 엮음 『우리 문학의 여성성·남성성』, 월인 2001)

8 서울은 누이를 상처받고 귀향하게 만든 매정한 공간이며(「누이를 이해하기 위하여」), 형을 죽음으로 몰아넣은 사실을 망각하고 어머니의 부도덕을 어쩔 수 없이 일상으로 받아들이게 만든 공간이다(「생명연습」). 그뿐 아니라 누이를 육체적으로 훼손시키고 심지어 부도덕한 일상에 적응하게 만든 무시무시하고 폭력적인 곳이기도 하며(「염소는 힘이 세다」), 돈과 권위로 치장된 허위적인 일상공간 그 자체다(「무진기행」). 젊음의 치기와 자기모멸을 발산하게 만든 서울의 대학생활(「환상수첩」)은 김승옥 소설에서 도시가 형상화되는 방식을 고스란히 드러낸다.

나의 사실에 끌렸다고 말한다. "미칠 것 같아요. 금방 미칠 것 같아요. 서울엔 제 대학 동창들도 많고…… 아이, 서울로 가고 싶어 죽겠어요."(1권 41면) 주인공에게 서울은 쾌락과 모멸감이 동시에 존재하는 공간이다. 그는 무진에서 '고향'을 발견하는 것이 아니라 '서울'을 자신처럼 동경하고 동시에 미워하는 공통적인 감수성을 지닌 여인의 존재를 발견한다. 그녀는 또다른 '나'이거나 나의 '누이'다. 동시에 그녀는 하룻밤의 정욕을 아무렇지 않게 해소할 수 있는 창녀 같은 존재이기도 하다. 하인숙에 대한 연민과 호기심은 '나' 자신에 대한 연민과 분노다. 그러나 호기심과 연민의 감정은 오래가지 않는다. 그는 자신의 위악적인 일상으로 다시 회귀해야 하는 것이다. 하인숙을 버려두고 황급히 서울로 돌아오면서 주인공이 느끼는 부끄러움은 자기모멸감의 또다른 표현이다. 그는 외면하고 싶은 자신의 욕망을 버리는 심정으로 무진을 떠난다.

「무진기행」의 하인숙이 '누이'와 '창녀' 사이를 오가는 도시의 상반된 이미지를 형상화한다면 「생명연습」(1962)은 '어머니'와 '창녀' 사이를 오가는 도시의 이미지를 포착한다. 소설에서 어머니는 아버지를 대리 보상하는 존재가 아니다. 어머니의 남자 편력은 아버지를 찾아 헤매는 보상적인 심리로 설명되지만 실상 그녀가 분출하는 성적 에너지는 관습과 규범을 깨뜨리는 악마적이고도 유혹적인 힘으로 자식들에게 다가온다. 어머니의 남자관계를 참을 수 없어 하는 형의 모습은 오이디푸스 콤플렉스를 반영하고 있지만 그것을 두려운 마음으로 지켜보는 동생의 입장은 다르다. 동생에게 아버지는 결핍을 불러일으킬 그 어떤 존재감도 갖지 않는다. 오히려 형이야말로 아버지의 존재를 투영하고 있는 아버지의 화신이다. 형은 "어머니를 죽이자고 끈끈한 음성으로 나와 누나를 꾀고 있었"(1권 30면)으며 어머니의 남자관계를 참지 못하여 어머니를 구타하기도 한다. 어머니의 금기 위반을 위태로운 마음으로 지켜보는 '나'와 누이는 결국 형을 절벽에서 밀어버리려는 모의를 하게 된다. 이들은 아버지를 대리한 규범과 관습의 상징적 인물인 형을 배반함으로써 어머니의 손을 들어주고 만 것이다. 도덕과 규범을 넘나드는 대담한 어머니는 유혹과 타락의 상징이기도 하면서 매혹과 공포, 거부와 동경을 동시에 불러일으키는 다면적인 존재다.

어머니와 누이, 성녀와 창녀 사이를 위태롭게 오가는 여성인물들은 도시가 상징하는 냉혹함과 폭력성, 유혹과 쾌락을 고스란히 투영한다. 「환상수첩」(1962)은 대학생의 자기방황이라는 스토리 속에 스며든 여성인물의 양면적 이미지를 선명하게 보여준다. 여대생 선애는 정우의 난잡하고 위악적인 서울 대학생활을 증거하는 인물이다. 정우는 그녀의 순수한 사랑을 정욕이라 일갈하며 친구 영빈의 성욕 상대인 창녀 향자와 선애를 맞바꾼다. 정우의 잔인한 행동은 결국 선애의 자살을 부르고 충격을 받은 정우는 귀향한다. 그러나 위악적이고 일탈적인 성적 유희는 고향에서 춘화를 그리는 수영의 행동을 통해 더욱 심화된다. 스스로를 극도로 모멸하고 짓밟으며 자학적인 쾌감을 느끼는 수영을 바라보며 정우와 윤수는 여행길을 떠난다. 윤수는 정우와의 여행길에서 곡예단 아가씨 미아와의 순정한 사랑을 약속하지만 여행 후 돌아와 수영의 동생 진영이 윤간당한 충격을 이기지 못하고 깡패들과 싸우다가 숨을 거둔다. 수기를 쓴 정우 역시 자살한다. 결국 살아남는 자는 영빈과 수영이다. 이 소설 속에서 누이와 창녀, 연인의 이미지는 계속 섞여들고 겹친다. 이들은 남성인물의 유희와 위악, 허위적인 위무의 대상으로 철저하게 타자화되어 나타난다.

여성의 육체를 정복하고 모욕하는 것에 대한 쾌감과 부끄러움은 김승옥 소설의 일탈성을 드러내는 주된 정서다. 주인공들은 "천사인지 돼지발톱인지, 어느 풀밭으로나 끌고 가서 내 가슴 밑에 그 여자를 깔아뭉개버리고 싶"(「다산성」, 2권 96면)다는 욕망에 시달리곤 한다. 「환상수첩」의 예처럼 누이와 연인은 순정한 사랑/천사의 미소로 표상되고 창녀는 이에 맞서는 물화된 성의 양상으로 드러나지만 이 경계는 늘 섞이고 지워진다. 「건」

(1962)에서 순진한 윤희누나를 윤간의 음모에 밀어넣는 어린이의 잔인한 눈빛은 순결한 여성을 순식간에 나락으로 떨어뜨린다. 성녀와 창녀는 이 순간 한 여성의 육체로 겹쳐지는 것이다. 「다산성」(1966)에서 '나'가 "숙이의 이마 위에 있는 보일 듯 말 듯한 까만 점 한개를 창녀의 이마 위에 옮겨 놓기 위하여 이를 악"(2권 113면)무는 장면은 그야말로 상징적이다. '나'는 숙이의 음전하고 차분한 '천사'의 이미지에 창녀의 '돼지 발톱' 같은 난폭한 욕망을 덧칠하고 싶은 초조감에 몸부림친다.

여성에 대한 남성인물들의 모순적인 시선은 여성의 육체와 욕망을 지극히 권위적인 시선에 의해 도구화하고 대상화하는 지점에 도달한다. 김승옥 소설에서 종종 작동하는 순결에 대한 강박도 여성의 육체를 대상화하는 시각에서 비롯된다. 소설 속에서 여성인물은 동등한 가능성을 지닌 존재로서 주인공과 교류하는 것이 아니라 그의 욕망을 자극하는 타자의 위치로서 자리할 따름이다. 환멸적인 세계 속에서 여성인물은 결핍을 자극하고 욕망의 계기를 이루는 대상화된 존재로서만 놓여 있는 것이다.[9]

9 리타 펠스키는 근대 모더니즘의 텍스트가 보여주는 탐미적이며 전위적인 것에 대한 탐닉이 암암리에 여성 육체에 대한 거부와 경멸을 드러내고 있음을 주목한 바 있다. 펠스키가 인용한 찰스 번하이머의 '성별과 초기 모더니즘의 관계'는 특히 의미심장하다. "19세기 중반부터 20세기 초엽까지, 모더니즘은 남성의 환상 속에서 창녀로 집약되는 여성의 성적 육체를 파편화시키고 훼손시키는 것으로 자신의 혁신의 욕망을 강박적이고 열렬하게 드러내고 있다"라는 번하이머의 지적(리타 펠스키 『근대성과 페미니즘』, 김영찬·심진경 옮김, 거름 1998, 180면)을 염두에 둔다면 김승옥 소설의 남성 주인공들이 집착하는 자기세계의 문제와 여성적 육체에 대한 왜곡된 시선은 긴밀한 연관관계 속에서 해석될 수 있다. 김승옥 소설의 인물들 상당수는 관념적이고 미학화된 취미를 가진 '댄디 보이'들로서 이들이 매달리는 '순결 콤플렉스'는 오히려 여성의 육체를 정복하는 모순적 행위로 표출된다. 남성은 여성의 '처녀성'을 깨뜨림으로써 폭압적인 세계에 대응할 힘을 얻는다. 이때 여성은 한결같이 어리석고 가엾고 무지한 존재로 타자화되어 남성의 시선에 포착된다. 「무진기행」에서 순진할 정도로 주인공에게 매달리는 하인숙이나 「환상수첩」에서 육체를 내주고 자살하는 선애, 「생명연습」에서 한교수가 육체적으로 정복한 정순은 모두 남성의 일방적 욕망 속에서 감각적 쾌락을 안겨주는 동시에 유희의 대상이 되는 여성인물상을 보여준다.

결국 김승옥 소설의 인물들에게 여성은 도시의 모습을 비춰주는 절망적인 거울이며 이미지로 기능한다. 청년 나르키소스는 악마의 미소가 넘실거리고 천사의 합창 소리가 들리는 도시의 달콤한 지옥에서 빠져나오려 몸부림치지만 그가 깊숙이 빠져드는 것은 타자의 시선 속에서 처참한 모습으로 뭉개지는 자기 자신의 모습이다. 김승옥이 바라보는 여성과 육체의 모습은 다름 아닌 자신을 둘러싼 도시적 일상성의 모습인 것이다. 완벽한 자기세계를 확립하기 위해서는 도시적 일상의 벽을 넘어야 하지만 그것은 요원한 일이다.

3. 나르키소스의 위악적인 전투

여성의 육체를 시선과 쾌락의 대상으로 삼는 가학적이고도 모욕적인 일탈은 속악한 도시일상에 소설 인물들이 유일하게 되돌려줄 수 있는 반발의 방식이다. 도시에 떠도는 가짜 이미지와 맞서 인물들은 자기파멸의 길을 걸어간다. 타인을 학대함으로써 자기의 인격마저도 바닥에 떨어뜨리는 모멸의 방법은 비루한 일상의 욕망을 견뎌내는 출구라고 할 수 있다. 그러나 이 출구는 욕망을 정화하는 하수구 역할을 하기보다는 심한 수치심과 자괴감, 존재를 상실할 정도의 위협과 공포를 자아에게 안겨준다. 김승옥 소설에서 종종 나타나는 '귀향'의 모티프는 이러한 자기의식의 고통을 드러내는 장치다.[10]

---

10 소외된 자아를 위로하는 유일한 방식은 자신을 소외시킨 세계에 대한 철저한 경멸과 냉소이다. 인물들이 이따금씩 서울을 떠나 고향으로 떠나는 장면은 순결한 회귀로 해석되기보다는 서울에 대한 애증과 집착의 또다른 표현이기도 하다. 「생명연습」의 주인공이 방학만 되면 여수에 내려와 바닷가를 헤매는 것이나 「누이를 이해하기 위하여」에서 도시에서 상처입은 누이가 돌아와 고향집에 몸을 의탁하는 것이나 「무진기행」의 짧은 방랑과 편력 등은 고향으로의 완전 회귀가 아니라 도시에 대응하는 자기의식을 마

창밖은 벌써 캄캄한 밤이었다. 나의 헝클어진 머리카락과 움푹 그늘이 진 볼이 그 창에 비치고 있었다. 바깥의 풍경을 보여주지 못하는 것이 미안하다는 듯이 야행열차만이 주는 선물이었다. 나는 오랫동안 나의 표정 없는 얼굴을 들여다보았다. 거기에는 하향한다는 기쁨도 그렇다고 불안도 없었다. 늙어버린 원숭이 한마리가 어둠 속을 지켜보고 있는 모습일 뿐이었다. 새벽이 오면 습관에 따라 열매를 따러 나가겠다는 듯이 지극히 무관심한 표정. 그러자, 괴롭구나, 하는 생각이 들었다.(「환상수첩」, 2권 11면)

「환상수첩」에서 정우는 기차간 유리창에 비친 자신의 모습을 바라보며 자조적인 탄식을 내뱉는다. 숨 막히는 서울생활에 대한 권태와 분노를 여자친구 선애에 대한 유린으로 폭발시킨 그는 정작 선애가 자살하자 스스로 절망과 비애에 빠져 귀향하는 대학생의 포즈를 취한다. 처참한 심정으로 귀향하는 것이야말로 그가 자신에게 부여하는 모멸의 방법이다. 그러나 냉정히 들여다보면 그의 내면에는 아무런 흥분도 고통도 없다. 단지 '늙어버린 원숭이 한마리'에 대한 쓸쓸한 자조와 냉소가 '괴롭구나'라는 가벼운 탄식으로 흘러나올 따름이다. 평범하고 권태로운 도시생활로부터 자기를 빼내어 독창적인 일상을 만들고자 했지만 그 위악과 학대의 방식은 실패로 돌아갔다. 일상의 삶을 연극적인 행위로서 즐기던 자아는 어느새 자신의 거울에 갇히고 말았다. 서울 대학생활의 온갖 위선적이고 기만적인 자기방황에 스스로 염증을 내며 귀향을 선언하지만 그가 귀향하는 장면이야말로 또다른 파멸의 덫으로 걸어 들어가는 모습이다.
　위악을 통한 견디기의 방식은 「확인해본 열다섯 개의 고정관념」(1963)에서도 드러난다. 화자는 "헤밍웨이와 말르로 소재에다가 황순원의 문체

_____

런하기 위한 단기적인 휴식 같은 것이다.

가 뒤범벅이 된 말하자면 길가에서 파는 만병통치약"(1권 119~20면) 같은 표절 소설을 신춘문예에 투고하고 당선소감까지 써둔다. 표절 소설을 응모한 그는 가짜임이 폭로되면 돈이 필요해서 투고했다는 진실을 말하려고 마음먹는다. 그러나 기만적인 세상은 그에게 진실할 기회를 주지 않는다. 일상을 지배하는 하찮은 기만과 위선의 생활방식은 「싸게 사들이기」(1964)에도 등장한다. 헌책방 주인을 속여 책을 싸게 사들이려는 주인공, 그리고 R, 약은 척하는 '곰보딱지' 주인 영감이 서로를 기만하는 행위는 쓸쓸한 미소를 짓게 한다. 가짜가 횡행하는 세상에서 살아가는 방법은 똑같이 가짜로 살아가는 것이다.

  타인의 시선에 의해 창조된 허구적 이미지를 사랑하는 신화 속의 나르키소스와 달리 음울하고 황막한 도시일상의 현대적 나르키소스는 스스로 이미지를 창조하고 스스로 그 이미지에 의해 포박된다. 그는 자신을 감염시킨 가짜 욕망을 향해 한없이 씨니컬한 미소를 날리지만, 그 가짜 욕망은 어느새 그를 단단히 포박하고 있다. 가짜 세계를 향한 위악적인 몸짓은 「무진기행」에서 절정에 달한다. "한번만, 마지막으로 한번만 이 무진을, 안개를, 외롭게 미쳐가는 것을, 유행가를, 술집 여자의 자살을, 배반을, 무책임을 긍정하기로 하자. 마지막으로 한번만이다. 꼭 한번만. 그리고 나는 내게 주어진 한정된 책임 속에서만 살기로 약속한다"(1권 152면)라는 주인공의 다짐은 허위적인 연애편지를 쓰고 곧 그것을 찢어버리는 연극적인 행위로 이어지면서 유희의 절정을 만든다. 진정한 사랑을 향한 제스처 역시 위악의 행위임을 인지한 주인공이 서울로 귀환하기로 결정하는 그 장면이야말로 나르키소스의 절망을 암시하는 핵심적 장면이다. 그는 무진이 안개로 상징되는 모호한 가짜 욕망들로 둘러싸여 있음을 암암리에 체감하고 있는 것이다. 무진에 머무른다고 해서 그를 휩싼 허구적 욕망이 사라지지는 않을 것이다. 그럴 바에야 다시 돌아가서 지금까지 그랬던 것처럼 위선적으로 살아갈 수밖에 없다.

일상이라는 이름으로 포장된 가짜 욕망을 향한 연극적인 도발 행위가 패배로 돌아가는 결말은 「역사」(1963)에서도 잘 드러난다. 하숙생 주인공은 깨끗한 양옥집과 지저분한 창신동 빈민가의 뒷골목이 근접해 있는 서울의 모순된 모습을 견디지 못한다. 그는 "버스 하나를 타면 곧장 갈 수 있다는 평범한 가능성마저를 송두리째 말살시켜버리는 간격의 저쪽에 있"(1권 78면)는 지옥 같은 곳이 바로 서울이라는 사실에 치를 떤다. 그가 가장 참을 수 없는 것은 깨끗한 양옥집에 살고 있는 가족들의 정돈된 풍경이다. 전형적인 중산층 부르주아 가정에 대한 참을 수 없는 역겨움은 그로 하여금 반란을 도모하게 한다. "이 가족의 계획성 있는 움직임, 약간의 균열쯤은 금방 땜질해버릴 수 있도록 훈련되어 있는 전진적 태도, 무엇인가 창조해내고 있다는 듯한 자부심이 만들어준 그늘 없는 표정"(1권 86면)을 뒤흔들기 위해 음료수에 흥분제를 타는 하숙생의 모습은 애처롭기까지 하다. 양옥집 식구 중 그 누구라도 소리를 지르며 한밤중에 뛰쳐나오길 갈망했던 그는 결국 실패한다. 그는 자신보다도 더 강한 철로 무장된 '양옥집 식구들' 앞에서 타인의 장벽을 실감하며 무너져 내린다.

생활의 규율이 잘 정비되어 있고 빈틈없는 일상이 평화롭게 유지되는 곳에서 사람들은 자신만의 고독한 유희에 몰두한다. 밀실에 틀어박혀 외로운 자기와의 대화에 몰두하는 고독한 인간군상이야말로 김승옥이 파악한 1960년대 서울의 한 풍경이다. 「서울, 1964년 겨울」(1965)에서 25세의 부유한 대학원생 안, 그와 동갑내기인 구청 병사계 공무원은 추운 밤거리의 선술집에서 우연히 만나 유희적인 대화를 나눈다. "서울은 모든 욕망의 집결지입니다. 아시겠습니까?"(1권 206면)라고 안이 중얼거리고 이들은 화신백화점 6층의 창들에서 몇개의 불빛이 뿜어져 나오는지, 서대문 버스정류장에 여자가 몇명 서 있는지에 관한 시시껄렁하고 무료한 말놀이를 시작한다. 타인과의 관계가 철저하게 절연된 독백의 말놀이야말로 도시적 공간에 대한 유희적 탐닉과 동시에 절망적 패배의식을 보여주는 이중적인 행위다. 함께 어울렸지만 잠잘 때는 각자의 방으로 떨어져 나오고 결국 누군가의 죽음을 못 본 척 돌아서는 차가운 단절의 공간은 도시 체험이 탄생시킨 비극적 나르키소스들의 실체를 만나게 한다.

타인들의 형식적인 사교술, 그리고 일상적 관습에 대한 유혹과 공포는 「차나 한잔」(1964)에도 나타난다. 해고 결정을 내리면서도 "차나 한잔 하러 가실까요?"라고 관습적으로 상냥하게 권유하는 신문사 문화부장을 만나고 오면서 만화작가가 겪는 자괴감은 다른 게 아니다. 내일을 유지시킬 수 없다는 것, 자신을 얽매고 가동시켜줄 외압적인 힘이 이제는 부재하다는 데 만화가는 두려움을 느끼는 것이다. "이렇게 계단 위에서 서서 사람과 자동차들이 밀려가고 밀려오는 거리를 내려다보고 있으려니 그는 겁이 나기 시작했다. 어서 또 무엇을 붙들어야 한다. 오늘 중으로 무언가 확실한 걸 붙들어둬야 한다. 어제와 오늘과 그리고 내일을 순조롭게 연속시켜주는 것을 붙잡아야 한다"(1권 185면)라는 솔직한 독백은 "차나 한잔. 그것은 이 회색빛 도시의 따뜻한 비극이다. 아시겠습니까? 김선생님, 해고시키면서 차라도 한잔 나누는 이 인정. 동양적인 특히 한국적인 미담……말입니다"(1권 199면)라는 자조적 탄식으로 이어진다.

결국 김승옥 소설의 인물들이 도시적 일상에서 느끼는 강박감은 밀실 속에 강제된 건조하고 황막한 인간관계에 대한 절망감이라고도 할 수 있다. 그의 소설이 가장 절실한 감각을 확보하는 순간은 두려움과 유혹, 공포와 좌절을 들여다보는 명료한 자기인식의 순간이다. 위선과 기만의 껍질을 뒤집어쓸 수밖에 없는 초라하고 비참한 일상인으로서의 자아를 모멸적 시선으로 들여다볼 때 그의 소설적인 위악의 방식은 의미를 갖는다. 생계를 근근이 이어가는 소시민의 자의식을 섬세하게 들여다보는 「차나 한잔」과 차갑고 고독한 도시인의 일상이 밑그림으로 그려지는 「서울, 1964년 겨울」, 낭만과 위악이 팽팽하게 맞서는 「무진기행」을 수작으로 꼽을 수 있는 것도 이 때문이다.

그러나 자기연기술의 어느 지점을 지나치면 공포와 두려움이 습관적인 감정으로 변모하고 형식적인 일탈만이 작품의 전면에 나서게 된다. 그러한 맥락에서 「야행」(1969)의 현주가 "자기 몸에 늘어붙고 있는 사내의 시선"(1권 261면)을 통해 감지했던 일탈의 절실함이 "공포와 혼란"이 없는 관습적 의식으로 바뀌는 순간을 두려워하는 장면은 의미심장하다. 그녀는 이전에 타자의 욕망이 전이되어 자극받았던 자신의 욕망이 어느 순간부터 자극 없이도 습관적으로 행해짐을 직감하고 전율한다.

일상의 욕망이 가짜인 줄 알면서도 어느새 그 가짜 욕망이 만들어놓은 이미지의 덫에 걸린 자들은 스스로의 파멸을 자초하는 길로 걸어갈 수밖에 없다. 이들은 이미지가 불어넣은 욕망에 의해 자기파멸의 길로 움직여지며 그것은 만족을 모르는 끊임없는 결핍의 체험을 낳는다. 자기의식의 긴장된 모순이 사라지는 그 순간 주인공들은 절망하고 만다. "그 여자가 바라는 것은, 그렇다, 파멸이 아니라 구원이었다. 속임수로부터의 해방이었다"(「야행」, 1권 279면)라는 간절한 진술에도 불구하고 의식적인 일탈은 달콤한 자학으로 자아를 이끌어간다. 이제 자아는 습관적으로 구토를 하고 몸서리친다. 「서울의 달빛 0장」(1977)에서 "썩은 냄새, 썩은 음부(陰部)"로 상징되는 도시 세태의 속물성에 대한 구토는 정확한 의미에서 "가슴 복판에서 시작하여 독사처럼 외줄기로 목구멍까지 치달려오는 통증마저도 상투적"(1권 299면)으로 여겨지는 삶에 대한 구역질인 것이다.

한때 서울은 진보와 문명, 그리고 동경과 유혹이 숨 쉬던 공간이었지만 이제는 끔찍한 타락과 퇴폐의 공간일 따름이다. 주인공들은 쾌락과 풍요가 넘치는 번화한 거리로 끌리지만 내적인 자의식은 빈곤과 소외를 향하는 의식의 모순을 겪는다. 그는 도시를 그 누구보다도 동경하고 사랑하지만 역설적으로 그렇기 때문에 더할 나위 없이 도시를 경멸하고 미워한다. 김승옥에게 서울은 현대문명의 쾌락과 유혹을 표상하는 지상낙원인 동시에 안락과 유혹을 숨긴, 마땅히 경멸해야 할 속물과 타락 그 자체다. 서울은 "사람들이 결국 바라는 건 필요 이상의 음식, 필요 이상의 교미(交尾). 섹스의 가수요(假需要). 부잣집 며느리 여름철에 연탄 사 모으듯, 남의 아내건 남의 아내가 될 여자건 닥치는 대로 붙는"(같은 곳) 구역질 나는 풍경으로 요약된다. 도시가 선사하는 물질의 쾌감은 어느새 사악하고 퇴폐적인 것으로 바뀌었고 도덕과 윤리가 교묘하게 포장된 위선의 일탈은 도처에 널린 것이 된다.

이후 김승옥이 점차 단편소설 집필을 중단하고 장편소설의 세계로 빠져든 것은 이처럼 도시적 일상성에 대해 더이상 새로운 긴장감과 의식적 탐구를 갖지 못한 데서 기인한다. 『내가 훔친 여름』(1967)과 『60년대식』(1968) 『보통여자』(1969) 『강변부인』(1973)은 자아의 허위적 인식의 모순을 들여다보는 작업이 아니라 위악적 일탈 자체의 모험으로 빠져드는, 혹은 그것을 관조적 시선으로 들여다보는 데서 멈춘다. 「서울의 달빛 0장」에서 성과 욕망을 철저하게 상품화하는 비극을 결혼이라는 과정 속에서 지극히 속물스럽게 들여다보는 것이라든지 「야행」에서 보인, 권태롭고 평범한 일상을 급습하는 일탈적 성의 모습에 대한 자괴감 어린 인식은 초기 단편소설들의 주제적 반복에서 벗어나지 못한다. 그것은 어쩌면 타자를 대상화된 시선으로 남겨두고 자폐의 미학으로 빠져든 나르키소스의 운명인지도 모른다. 지식인의 자기 허위의식이 치달은 위악적 종점이 여기서 확인되는 것이다.

4. 순수의 공간을 향한 동경과 좌절

도덕과 윤리, 관습과 편견으로부터 자유로운 유토피아적인 자기세계에 대한 갈망은 김승옥의 소설 인물들이 일상을 견디게 하는 힘이었다. "한 오라기의 죄도 거기에는 섞여 있지 않는"(「생명연습」, 1권 40면) 순수한 우리들의 왕국, "피하려고 애쓸 패륜도 아예 없고 그것의 온상을 만들어주는 고독도 없는 것이며 전쟁은 더구나 있을 필요도 없"(같은 곳)는 그곳, 고향 작은 강둑에서 "해풍이 퍽 세게 불어와서 내 곁에 말없이 앉아 있는 누이의 머리칼을 흩날리고 있"(「누이를 이해하기 위하여」, 1권 101면)던 그곳이야말로 김승옥이 열망했던 순수의 유토피아인지도 모른다. 그러나 그 순수의 공간은 곧 "차표 없어 불안한 기차여행, 신분을 속여 맡은 일거리, 땀 내음에 찌든 아가씨, 겁탈 같은 유혹, 비린내 나는 여인숙에서의 정사, 그러고 나면 기다리고 있는 괴로운 휴식"(『내가 훔친 여름』, 3권 191면)처럼 습하고 끈적거리는 우울한 일상으로 둔갑한다. "어느 영화장면 흉내를 내"(191면)는 것처럼 이름을 가르쳐주기를 거부하는 주인공들은 스스로 그 냄새나고 구역질 나는 도시 속으로 천천히 가라앉는다.

김승옥이 문학적으로 형상화한 1960년대의 서울은 온갖 문화기호가 풍요롭게 넘쳐흐르는 신천지인 동시에 소외와 결핍을 부추기는 이중적인 공간이다. 서울은 김승옥에게 매혹과 좌절을 동시에 안겨주었다. 도시의 거울은 조로를 예감하는 자아의 절망적인 내면 풍경에 여성의 육체와 황폐한 성을 반사해 보인다. 순정하고 여린 고향의 누이로, 때로는 비천하고 퇴폐적인 창녀로 인물들 앞에 현현하는 여성들은 김승옥 소설 인물의 자의식이 가진 한계를 뚜렷이 보여준다. 정서와 감정을 교류하는 인간적 존재로 출현하는 것이 아니라 도시의 특징을 구현하는 타자적인 대상으로 출현하는 여성의 모습은 그 안에 현실인식의 모순을 내장하고 있었다. 자살과 수음, 흥분제와 사창가가 함께하는 지옥 같은 청춘을 보내면서 인물들은 생존의 방법으로 무료하고 권태로운 유희를 선택한다. 거대하고 화려한 도시의 야경 속에 음침한 변두리 골목과 부랑자들, 술주정뱅이 행인들, 쓰러져가는 판잣집이 공존해 있는 이 지독한 모순 속에서 주인공들은 자기세계를 건립하려 발버둥친다.

근대도시의 문물에 대한 동경과 좌절, 유혹과 패배가 공존하는 혼란스러운 일상에 대한 인식은 김승옥 소설이 정직하게 보여준 현실비판이면 서 동시에 자아비판이기도 했다. 타자의 욕망에 사로잡히지 않기 위해 자 아의 위악적인 유희를 극대화시키는 지점이야말로 김승옥 소설의 매력이 들끓는 곳이다. 도시적 감수성과 지식인의 자의식을 핵심적인 주제로 놓 고 볼 때 김승옥의 소설은 시대를 거슬러 올라가 1930년대의 모더니즘 소 설들과 만난다. 일본 파시즘의 제도 안에서 마주친 근대적인 도시 체험은 당대 지식인들에게 갈등과 혼란을 안겨주었다. 그들은 도시에 대한 놀라 움과 동경, 그리고 좌절과 패배의식을 작품으로 분출하였다. 이상의 「날 개」와 박태원의 「소설가 구보씨의 일일」이 일찍이 보여준 바 있는 도시 체험은 전후소설의 환멸적이고 비관적인 내면 풍경을 거쳐 김승옥의 나 르시시즘적 자의식과 연결된다. 손창섭과 장용학의 소설에서 씰루엣으로 표현되었던 자폐와 내면의 독백은 김승옥의 소설을 통해 비로소 화려한 육체를 얻었다.

김승옥이 소설화한 근대적 도시와 일상의 모습은 그 자신의 개인적 체 험의 음영이 드리워진, 지식인 특유의 위악적인 제스처가 담긴 독특한 문 법을 창조했다. 그가 들여다본 근대적 도시의 세계는 이호철, 박태순, 김 정한, 이문구가 보여준 소외된 현실의 사실적 보고와는 구별되는 자폐적 프리즘을 노출하였다. 도시사회의 물화된 허위의식과 그것을 견제하려 는 지식인의 자의식을 드러내는 그의 감수성은 때로는 감수성 그 자체만 을 노래하는 허약함에 갇혔던 것이 사실이다. 그럼에도 불구하고 본격적 인 산업화 현실이 소설 안으로 스며들기 시작하면서 형성된 문학의 새로 운 흐름 속에서 김승옥이 단연 돋보이는 개성적 자리를 마련했음은 부인 할 수 없는 사실이다.

그 누구보다도 새롭고 완벽한 자기만의 세계를 건설하기를 추구했던 젊은 영혼은 세속도시의 네온사인 아래 고독하게 시들어갔다. 그의 소설 이 보여준 도시의 초상은 어느 순간부터 내면의 거울에만 비치는 자폐적인 것으로 고착화되는 비극에 처한다. 도시적 일상을 파악하는 작가적 태도가 관습적이고 일면적인 것으로 향하면서 그의 소설적 호흡은 가빠지기 시작했던 것이다. 그럼에도 불구하고 그의 소설이 보여주는 도시인의 방황과 일탈은 여전히 매혹과 연민을 느끼게 한다. 한국소설사에서 유례없이 섬세하고 예민하며 때로는 강박증적이기까지 한 이 인물들의 내성적인 목소리야말로 도시적 지식인의 현재적인 자화상으로 여전히 살아 숨 쉬고 있는 것이다.

제3부

장편소설의 현재와 가능성

장편소설의 현재와 가족서사의 가능성

◆

천명관·김이설·최진영의 작품

1. 장편소설의 현재를 바라보다

근래 한국문학의 현장에서는 유례없이 많은 장편소설이 출간되고 있다. 몇년 전부터 문예지 및 온라인 공간에서 장편연재가 고정된 형식으로 자리잡고 신인과 중진을 대상으로 한 장편소설상이 신설되면서 장편소설의 활황은 어느 정도 예측했던 것이기도 하다. 드라마나 영화 등 각종 문화산업과의 관련 속에서 부각되는 서사 장르의 다양화 역시 장편소설에 대한 기대와 필요성을 높이는 요인이다. 무엇보다도 문학현장에서 장편소설에 대한 관심과 주문은 독자와의 폭넓은 공감과 소통을 확보하는 활력있는 이야기 형식으로서의 소설문학에 대한 기대를 반영한다.

장르문학과의 접합, 에세이와 소설의 경계 파괴, 역사 소재의 가공 등 다양한 형식이 꾸준하게 시도되고 있지만 그중 뚜렷하게 부각되는 현상 중의 하나는 가족서사를 다룬 작품들의 흐름이라고 할 수 있다. 대중독자의 각별한 관심을 받은 신경숙의 『엄마를 부탁해』(창비 2008)와 김애란의 『두근두근 내 인생』(창비 2011)을 포함하여 윤성희의 『구경꾼들』(문학동네 2010), 강영숙의 『라이팅 클럽』(자음과모음 2010), 천명관의 『고령화 가족』 (문학동네 2010), 최진영의 『끝나지 않는 노래』(한겨레출판 2011), 김이설의 『환영』(자음과모음 2011), 성석제의 『위풍당당』(문학동네 2012) 등 가족 이야기를 다룬 많은 작품들이 발표되고 있다.

장편소설의 역사에서 19세기 이래 '가족'은 '성장'과 더불어 가장 익숙하고 친근하게 다루어져온 소재 가운데 하나다. 장편소설이 감당해야 하는 '긴 이야기'의 시간적 흐름을 생각한다면 가족의 탄생과 변화, 쇠락의 과정은 인간사의 굴곡을 담아내기에 좋은 형식이라고 할 수 있다.[1] 물론 개인과 사회의 긴밀한 관계를 담아내는 주제의식이 강력하게 작동했던 근대적인 가족서사와 비교한다면, 근래 한국의 장편소설이 보여주는 가족서사는 확실히 다른 변모의 지점을 보여준다.

한 예로 신경숙(申京淑)의 『엄마를 부탁해』는 각기 다른 서술시점을 활용하여 가족의 변화와 쇠락이라는 흐름 속에서 '엄마'에 대한 기억을 담아낸다. 서사의 중심이 되는 엄마의 생애는 단일한 줄거리로 환원되지 않고 각자의 기억에 따라 조금씩 달라지는 복합적인 모습으로 나타난다. 이 소설을 감싸는 애도의 곡진한 정서적 효과는 다성적인 목소리에 의해 변주되는 다양한 층위의 이야기들을 펼쳐 보이는 데서 발생하는 것이다. 김애란(金愛爛)의 『두근두근 내 인생』이 보여주는 가족 이야기 역시 주인공 소년의 기억과 상상 속에서 입체적으로 구성된다. 이 소설은 따뜻한 연민의 시선을 통하여 부모 세대의 위계적 서사를 자연스러운 방식으로 해체하며 독자의 공감을 불러일으킨다.

위계적 가족서사의 해체와 더불어 최근의 장편소설은 가족연대기의 흐

---

1 최원식은 일본이나 중국과 비교하여 한국소설사에서 '긴 이야기를 만들어내는 전통'이 풍요롭지 않았던 현실을 지적하며 이러한 곤경이 장편소설의 창작에서 이중적인 긴장으로 작용해왔다고 말한다.(최원식·서영채 대담 「창조적 장편의 시대를 대망한다」, 『창작과비평』 2007년 여름호 152~53면)

름을 허구의 새로운 원천으로 적극 활용한다는 점에서 특징적이다. 천명
관이나 김연수, 최진영과 김이설의 소설에서 활용되는 가족서사는 개인
의 정체성 찾기의 과제로만 수렴되지 않는, 그 자체로 증식하고 확장하는
이야기의 출발점이 되고 있다. 인물의 탄생과 성장에 얽힌 사회적 연대기
를 담아내면서도 그것의 기원이 되는 가족관계에 얽매이지 않는다는 점
에서 이전 소설과는 다른 양상을 보여주는 것이다.

허구의 이야기 세계가 그 어느 때보다도 확장되지만 정작 이것을 변주
하는 시선의 한편에 파국과 종말의 상상력이 자리잡고 있다는 사실도 현
재 장편소설의 흐름을 이해하는 데 중요하다.[2] 김사과, 최진영, 안보윤과
백가흠의 소설이 보여주는 비관적인 세계인식과 과도한 폭력 상징은 근
래 소설들에 나타나는 중요한 징후다. 시대의 흐름을 담아내는 절망과 종
언의 서사는 긴 이야기를 마무리하는 일정한 결말을 요구하는 장편소설
에서 피할 수 없는 형식이기도 하다. 넘쳐흐르는 허구적 이야기들과 대조
되는 파국의 상상력은 우리 시대의 장편소설이 서 있는 자리를 잘 보여준
다고 할 수 있다. 이렇듯 장편소설에 드러나는 가족서사의 다채로운 조합
과 변형은 우리가 익숙하게 접해온 근대소설의 서사 형식을 돌아보게 하
면서 그것을 새로운 방식으로 해체하고 조립하는 장르적 변화 가능성을
보여준다. 이 글에서 살펴볼 천명관과 최진영, 김이설의 소설은 그 사례를
살피기에 유효한 좌표가 될 것이다.[3]

---

2 역사의 종언마저도 소설 내러티브로 삼는 파국의 서사가 그 사례가 될 수 있을 것
   이다.(임경규 「역사의 종언 그리고 지시대상체의 귀환」, 『문학과사회』 2011년 봄호
   279~80면)
3 본문에서 다룰 작품은 천명관 『고령화 가족』 『나의 삼촌 브루스 리』(예담 2012), 최진영
   『당신 옆을 스쳐간 그 소녀의 이름은』(한겨레출판 2010) 『끝나지 않는 노래』, 김이설
   『환영』이다. 이하 인용시 면수만 표기한다.

2. 이야기의 향연, 모험의 형식과 가족서사

다양한 서사 장르의 요소들을 모사하고 조합하는 소설의 흐름은 모레띠(F. Moretti)가 분석한 바 있는 '브리꼴라주'(bricolage)의 특징을 보여주고 있다. 소설은 본디 유기적이고 자기완결적인 장르가 아니라 여러 장르의 특성을 '재기능화'하는 특성을 지니고 있다는 모레띠의 주장[4]은 최근의 장편소설을 둘러싼 논의에서 다양한 장르의 접합을 시도하는 작품들을 해석하는 근거로 사용되고 있다. 허구와 현실의 혼합, 비평적 에세이와 소설의 혼합, 단편과 장편의 경계 부수기 등 이질적인 선행 텍스트들에서 추출한 파편을 조합하여 새로운 의미를 창조하는 서사적 실험이 이러한 맥락에서 설명될 수 있을 것이다.[5] 이렇듯 근대소설 형식에 각종 인접 장르문학의 특징들이 녹아들고 있는 현상은 실제로 근대소설사 초기부터 두드러졌을 뿐 아니라, 이러한 맥락에서 보자면 특정한 서술기법의 유형이나 고정된 길이의 개념으로 장편소설을 정의할 수 없음을 알게 된다.

다양한 서사 장르와의 접속을 꿈꾸는 이야기의 향연을 통해 장편소설이 지닌 혼종적 특성을 뚜렷이 드러내는 사례는 천명관(千明官)의 소설에서 발견된다. 허구를 창조하는 이야기꾼의 등장과 소설의 모태가 되는 다양한 이야기 형식의 탐색이라는 점에서 천명관의 소설은 성석제를 연상시키는 바가 있다. 더불어 그의 소설이 보여주는 대중문화적인 상상력은

---

4 프랑코 모레티 『근대의 서사시』, 조형준 옮김, 새물결 2001, 44~47면.
5 유럽중심적인 서구 근대소설의 모형을 비판적으로 검토한 모레띠의 근대서사시론은 오히려 근대 리얼리즘 소설의 정형화된 일부 형식을 비판적으로 인식하는 방식으로 활용될 수 있다. 소설 장르가 안고 있는 가능성의 풍부함을 환기한다면 소설의 브리꼴라주적인 성격은 장편 자체가 가능하지 않은 종언적 현실을 지시하는 것이 아니라 역설적으로 그 현실마저 재료로 삼아서 무한한 변형을 시도하는 소설 장르의 경계 변화를 보여준다고 할 수 있다.

김영하를 거쳐서 박민규나 최제훈과 어깨를 나란히 한다. 그의 첫 장편 『고래』(문학동네 2004)에서 펼쳐지는 무한 증식하는 이야기의 파편들은 다양한 서사 장르들의 특성을 모사하고 조합하며 일종의 축제를 벌인다. 허구로 직조된 이야기의 공간을 한껏 부풀린 『고래』에 견준다면 근래 발표한 『고령화 가족』과 『나의 삼촌 브루스 리』는 가족서사를 매개로 하여 인물들이 자리하는 시대적 현실을 가깝게 끌어들인다.

한 인물의 성장과 모험을 둘러싼 시대적 연대기를 활용한다는 점에서 천명관 소설은 성석제가 활용하는 인물의 전기(傳記) 형식을 연상케 한다. 천명관은 능란한 이야기꾼의 면모를 보여주지만 성석제 소설이 보여주는 "기억과 지혜에 있어서 공동체에 의존하고 있는 이야기꾼"[6]의 고전적인 자의식 세계와는 다른 맥락에 있다. 천명관 소설에서 인물들의 일대기는 공동체의 이야기를 환기하는 애도의 세계로 집중되는 것이 아니라 그 자체로 자유로운 모험의 세계로 향한다.

천명관의 소설이 주목하는 것은 해체된 가족과 그것으로부터 미끄러져 나온 아웃사이더들의 인생유전이다. 『고령화 가족』에서 이러한 떠돌이 아웃사이더들을 결집하는 중심인물은 가족 구성원 중 가장 나이가 많은 '엄마'이다. 제목에서도 암시되듯이 성장해서 떠난 자식들이 거꾸로 다시 집에 돌아오면서 시작되는 '늙어버린' 식구들의 이야기는 쇠락한 가족의 형태를 직접적으로 암시한다. '평균 나이 49세'인 '고령화 가족'의 자식들은 실패한 영화감독, 교도소를 드나들다가 빈털터리가 된 백수, 딸을 데리고 친정으로 돌아온 이혼녀이다. 이들의 범상치 않은 삶의 이력은 엄마의 비밀과 관련이 있다. 주인공인 영화감독의 형 '오함마'는 아버지가 첫 부인 사이에서 낳은 아들이고 동생인 미연은 엄마가 다른 남자 사이에서 낳은 딸이다. 자신의 욕망에 충실했던 엄마는 자신이 낳지 않은 오함마 역

---

6 황종연 「시장사회의 돈키호테」, 『탕아를 위한 비평』, 문학동네 2012, 145면.

시 친자식처럼 사랑하고 아낀다. 스스로의 욕망에 솔직한 만큼 자식들에게도 관대한 엄마는 독립된 가정을 꾸려야 할 자식들이 빈손으로 집에 돌아와도 아무 말 없이 그들에게 집과 먹을거리를 제공한다. 엄마를 중심으로 다시 모여든 '고령화 가족'은 딱히 혈연관계에 집착하지 않는다. 부모가 각각 다른 이 형제·남매는 서로에게 짜증과 욕설을 퍼부으면서도 오갈 데 없는 쓸쓸한 서로의 운명을 연민하며 공감을 주고받는다.

천명관이 보여주는 가족서사는 가족의 관계를 억압의 대상으로 소환하지 않는다는 점에서 특징적이다. 혈연관계에 머무르지 않고 뻗어나가는 연민과 이해의 시선은 천명관 소설을 움직이는 힘이다. 각자의 가정이 깨져서 뒤늦게 다시 모여든 '고령화 가족'의 작은 연립주택은 종래의 집과는 다른 유대감을 준다. 가족을 경유하지만 가족 내부의 질서로는 환원되지 않는, 아웃사이더의 공동체에 대한 연민과 공감은 천명관 소설이 형성하는 독특한 감수성의 세계라고 할 수 있다. 이 지점에서 윤성희의 『구경꾼들』이 보여준, 가족을 매개로 뻗어나가는 우연의 공동체와 천명관 소설의 한 대목을 연결시킬 수도 있겠다.

아버지는 물론이고 어머니도 구심점이 아닌 가족 속에서 이야기는 자유분방하게 뻗어나간다. 『고령화 가족』에서 의외로 중요한 내용이 되는 것은 후반부에 펼쳐지는 오함마의 모험담이다. 동생을 구하기 위해 깡패들의 범죄에 합류했다가 그들을 배신하고 해외로 도주하는 데 성공한 오함마의 인생역전은 주인공이 끝내 이루지 못한 영화적인 삶을 대리 실현해준다. 전반부의 가족서사와 멀리 떨어져 있는 것처럼 보이는 오함마의 여정은 현실을 떠나 낭만적인 모험을 떠나는 영웅의 한 모습을 연상시킨다. "꼬일 대로 꼬인 막장인생"을 청산하고 「스팅」의 주인공처럼 멋지게 한탕해서 「쇼생크 탈출」의 주인공처럼"(233면) 인생을 전환한 오함마의 이야기는 가족서사가 탄생시킨 모험서사의 새로운 한 장을 암시한다.

부계가족의 해체와 출생의 비밀에서 뻗어나간 모험 형식의 활극은 『나의 삼촌 브루스 리』에서도 만개한다. 할아버지의 숨겨둔 아들로 뒤늦게 가족에 편입된 삼촌 도운의 모험담은 이 소설의 드라마틱한 인생유전을 이끌어가는 핵심 요소다. 흥미로운 부분은 서자(庶子)로 여겨졌던 삼촌이 사실은 이 집안과 혈연적으로 관계없는 사람임이 뒤늦게 알려지는 대목이다. 화자의 관점에서 삼촌을 억눌렀던 것은 진정한 가족의 계보에 속하지 않는 '서자'의 자의식이었다. 삼촌은 액션대역배우의 고단한 삶 속에서도 영화배우 브루스 리에 대한 열망과 동경을 놓지 않는다. 마찬가지로 영화배우 '원정'을 향한 삼촌의 순정이 그토록 중요했던 이유는 그것이 스스로 열망하는 진짜의 삶을 확인하는 여정이기도 했기 때문이다. 주인공이 우연히 알게 되는 삼촌의 출생 비밀은 서자의식 역시 삼촌 자신의 모험을 자극하는 연기술이었음을 허무하게 보여준다. 결국 이 소설에서도 핏줄이나 출생의 비밀과 관련된 가족의 이야기는 영화 속의 맥거핀처럼 분위기만 유도한 채 소설의 후반부에서 사라져간다. 모험의 원동력은 사연과 비밀에서 생성되는 것이 아니라 낙천성과 활력을 품은 인물들이 펼쳐가는 이야기 그 자체에서 흘러나온다.[7]

혈연가족으로부터 이탈한 삼촌이 펼쳐가는 모험세계는 천명관이 보여주려는 소설 장르의 경계 확장을 비유적으로 드러내는 것이기도 하다. 1970년대에서 1990년대를 관통하는 삼촌의 모험과 생애는 한국사회의 근대화 과정과 맞물려 있지만, 군부독재, 민주화운동, 자본주의 소비현실의 심화라는 환경은 삼촌의 삶을 스치고 가는 외부의 것으로 놓여 있다. 『나의 삼촌 브루스 리』는 『고령화 가족』보다 훨씬 많은 역사연표를 소설 속

---

7 오함마나 삼촌 등 천명관 소설에 등장하는 인물들이 품은 낙천성과 선량함은 소설의 장르적 혼종성을 배가하는 요소라는 점에서 따로 눈여겨볼 만하다. 민담이나 설화의 등장인물을 연상시키는 순진하고 활달한 풍모는 환상과 모험으로 질주하는 내용에 어울린다. 더불어 타인과의 소통에 열려 있는 모습은 천명관 소설이 전달하는 연민과 위무의 정서를 확장시켜준다.

에 기록하면서도 그것을 인물의 동선과 굳이 연결짓지 않는다. 역사연표를 넘나드는 인물의 모험은 남성 영웅서사의 쓸쓸한 판타지를 부분적으로 재생하면서 그 자체로 위무되는 고독과 추억의 감수성을 자극한다. 그런 점에서 이 모험의 세계는 수많은 이야기의 활극을 거느리면서 그것을 감싸 안는 애잔한 추억의 정서로 귀착한다.

출생의 비밀에 얽힌 가족사의 사연을 모험의 여정으로 변환시키는 마력은 우리 시대 장편소설이 가족서사를 활용하는 유동적인 한 경계를 암시하는 듯하다. 집단적 귀속성으로부터 자유로운 순수한 위무와 공감의 세계, 성장의 입사 절차를 판타지의 공간으로 확장시켜버리는 이 긴 이야기의 모험세계는 향후 장편소설의 한 영역을 예측하게 한다. 그런 점에서 『고령화 가족』의 결말은 끝없이 이어지는 이야기의 향연을 암시하기에 충분하다. 엄마의 죽음으로 '고령화 가족'은 해체를 맞지만 주인공은 에로영화 감독이 되어 계속 영화를 찍고 오함마는 캄보디아에서 두 아이를 입양하여 또다른 인생을 살아간다. 그렇게 이야기의 탈주는 계속된다. 천명관 소설은 가족에서 출발하여 가족 바깥으로 향하는 가장 활달한 모험의 양식을 우리 앞에 펼쳐 보이는 것이다.

3. 가부장적 가족의 부정과 파국의 상상력

천명관 소설의 주인공이 가족서사로부터의 이탈을 통해 허무와 연민의 정서로 가득한 모험세계로 길을 떠난다면, 최진영(崔眞英) 소설의 주인공은 폭압적 가족체제에 대한 강렬한 부정의식을 끝까지 밀고 나감으로써 자신의 존재를 증명한다. 첫 장편 『당신 옆을 스쳐간 그 소녀의 이름은』에서 주인공 소녀는 폭력적인 아버지와 그것을 방관하는 어머니에게 반발하며 가출을 감행한다. 자신의 부모를 부정하면서 진짜 부모가 따로 있을 것이라 생각하는 아이의 환상은 프로이트가 분석한 가족이론의 한 대목을 떠올리게 한다.

주목되는 부분은 이러한 소녀의 '길 찾기' 서사가 자기정체성을 확인하는 구조로 귀결되지 않는다는 점이다. '진짜' 부모의 세계를 찾아가는 소녀의 여정은 비극적인 현실의 구조를 차례로 확인해가는 과정과도 같다. 부모를 찾는 길에서 소외받는 이들의 고달픈 삶을 차례로 들여다보게 되는 주인공이 종국에 확인하는 것은 가족구조를 포함한 환멸적 현실세계의 모습 그 자체다. 진짜 부모를 찾기 위해 떠난 상상적인 여정은 살인이라는 극단적 결말을 통해 세계에 대한 분노와 저항의 감정을 폭발시킨다. 소설에서 주인공이 내세운 길 찾기의 여정은 "폭력의 기원으로서의 아버지와 아버지를 꼭짓점으로 한 가족 로망스를 해체하고 재맥락화"[8]하는 과정이라고도 할 수 있다.

가부장적 가족에 대한 부정이 세계에 대한 절망과 분노로 연결되는 구조는 근작 『끝나지 않는 노래』에서도 선명하게 드러난다. 식민지시대에서 현재에 이르기까지 여성인물 삼대의 가족사를 압축한 이 작품에서 '두자'는 한 많은 여인의 전형으로 소설의 중심부에 놓여 있다. 그녀가 겪는 삶의 고난은 철저하게 남성중심적인 가부장적 사회구조의 모순에서 비롯된다. 남편에게 버림받고 남의 집 씨받이 노릇을 하다가 고달픈 여성가장으로 살아가야 하는 두자의 고단한 삶은 자식들에게까지 이어진다.

소설 속에서 아버지는 모순적이고 억압적인 기원으로 놓여 있으며, 어머니 역시 그러한 현실을 무기력하게 방관한다. 폭압적인 아버지에 견준다면 어머니는 상대적으로 인간적인 온기를 지녔지만, 그렇다고 해서 어머니가 현실적인 구원의 축은 될 수 없다.[9] 두자가 겪는 고난의 삶은 딸들

---

8 심진경 「무서운 소설, 무서운 아이들」, 『자음과모음』 2012년 봄호 186면.
9 한 예로 봉선과 수선은 학교폭력을 겪은 아이를 위해 어떤 현실적인 해결책도 내놓지 않는다. 자기 아이를 때린 아이에게 거꾸로 음식을 사주면서 나중에 우리의 마음을 알

의 삶으로 이동하면서 그 억압의 기원마저 흐릿하고 희미해진다. 부모에게 기댈 수 없는 세계에서 딸들은 스스로 현실을 헤쳐나갈 수밖에 없다. 비극적 세계 속에서 억압받는 타자들끼리의 공명과 연대 역시 구원의 길을 제시해주지는 못한다. 절망과 고난의 현실에서 공감의 연대는 매우 가냘픈 가능성으로 남아 있을 따름이다.

이 소설에서 인물들이 위치한 시대는 간략한 연표의 기록과 압축된 사건 묘사로 편집된다. 최소한의 사실만 선형적으로 늘어놓는 연대기의 구성은 사건과 인물의 관계를 극히 단순한 인과로 설정하는 것처럼 보인다. 익숙하고 오래된 여성 수난사를 가공하는 문제적인 대목은 바로 과거와 현재의 교차 구성으로서 삽입되는 고시원 화재현장의 기록이다. 대대로 내려온 고단한 여성들의 삶은 서울에 올라와 안간힘을 쓰며 고시원에서 살아가는 한 청춘의 삶과 번갈아서 기술된다. '88만원세대'의 비극을 체현하는 고백적 화자의 등장은 과거의 여성 수난사를 현재에 가져다놓으려는 의도를 담고 있다. 엄마와 할머니의 무수한 사연들이 풀려나오는 과거 이야기에 반해 정작 그 스토리를 엮어야 하는 현재 화자의 전망은 비관적이다. 엄마들의 고통스러운 삶은 가부장제의 폭력이라는 수난사 속에서 요약되지만 휴학과 복학을 반복하며 아르바이트를 하는 주인공의 삶은 그 어떤 틀로도 요약되지 않는 암담함 속에 놓여 있다.

전작인 『당신 옆을 스쳐간 그 소녀의 이름은』이 세상에 대한 분노와 우울을 인물의 적극적인 행위로 발산했다면 『끝나지 않는 노래』의 인물은 그마저도 할 수 없는 무기력한 상황에 처해 있다. 이 소설이 당면한 서사적 곤경은 여성들의 삶을 억눌렀던 가부장적 삶의 질곡과 '88만원세대'의 시선이 접속하는 비관주의의 지점에서 발생한다. 역사 속에서 여성의 삶

거라고 이야기할 따름이다. 이처럼 선량하지만 무기력한 어머니의 모습은 『당신 옆을 스쳐간 그 소녀의 이름은』에서 주인공을 맡아 한동안 키워준 태백식당 할머니에게서도 나타난다.

에 깃든 고통을 들여다보려는 애정 어린 시선에도 불구하고 이 기록들은 현재의 인물이 갖는 비관적 현실인식과 생동감 있게 연결되지는 못한 듯하다. 엄마들의 과거로 거슬러 올라가는 이야기의 세계는 거침없이 확장되는데 정작 그것을 상상하고 더듬는 화자의 현실은 고시원 화재현장처럼 폐쇄되어 있다. 두 세계의 기묘한 대조는 최진영 소설을 포함한 최근의 한국소설에서 보이는 서사적 모험의 한 국면을 상징적으로 드러낸다. 닫힌 세계에 대한 체념과 비관은 역설적으로 허구적 공간에서의 기억과 상상을 부풀린다. 확장된 허구의 세계는 파국과 종말마저도 하나의 예정된 서사의 형식으로 흡수한다. 이 지점에서 "종말의 상상이 반드시 재앙을 필요로 하지는 않으며 종말의 주체가 반드시 불안과 위기를 속성으로 삼지는 않는다"[10]라는 전언을 새삼스럽게 상기해볼 필요가 있을 것이다. 파국의 상상력은 종말을 단언하는 것이 아니라 그 끝이 어디에 존재하는지를 끊임없이 성찰하는 과정에서 생성된다. 고시원에 갇힌 우울한 청춘이 감당해야 하는 고민이 가부장적 가족구조를 포함한 세계에 대한 인식과 섬세하게 결합되기 위해서는 이 비관주의의 한 국면을 냉정하게 바라볼 필요가 있다. 그런 점에서 가족구조의 모순을 격렬하게 부정하는 이 파국과 고통의 서사는 또다른 성찰과 모험을 새롭게 필요로 한다. 긴 이야기의 여로를 거쳐 현재로 돌아온 최진영 소설이 앞으로 펼쳐갈 서사적 모험이 궁금해지는 것은 바로 이 지점에서다.

4. 전락하는 가족과 여성, 윤리의 경계를 묻다

가난과 폭력 속에서 자신의 삶을 훼손당하는 여성들의 전락 과정은 김

---

10 황정아 「재앙의 서사, 종말의 상상」, 『창작과비평』 2012년 봄호 307면.

이설(金異設) 소설에 자주 등장하는 소재다. 『나쁜 피』(민음사 2009)와 『아무도 말하지 않는 것들』(문학과지성사 2010)이 보여주는 것은 가부장적 가족구조와 가난으로 표현되는 핍진한 현실에서 살아남아야 하는 여성의 고단한 삶이라고 할 수 있다. 김이설 소설에서 포착되는 여성의 삶과 경험은 자본주의 일상의 물화 현상을 극단적으로 드러낸다. 유사한 소재를 다룬 최근의 한국소설을 돌아보아도 이토록 처절하고 노골적으로 '돈'의 세계와 '몸'의 세계가 전면에서 부딪치는 소설을 만나기는 쉽지 않다.

한 가정의 주부가 생계의 전선에서 윤락여성으로 변해가는 비극적인 도정을 그린 『환영』은 김이설 소설에서 중요한 분기점이 되는 작품이다. 『환영』을 이끌어가는 이야기의 흐름은 소설 속 가족이 보여주는 '전락의 서사'를 통해 구축된다. 가부장적 폭력과 헤어날 수 없는 가난, 아버지의 병으로 인해 와해된 가족은 주인공 윤영에게 깊은 트라우마를 남긴다. "이미 끝장났던 집 아냐? 다 내 탓인 것처럼 그러지 마. 나 아니어도 산산조각 난 집구석이었어, 뭘!"(55면)이라는 동생 미연의 말처럼 구제하기 힘들 정도로 전락한 부모와 형제는 윤영에게 무거운 짐이다. 이 가족을 벗어나기 위해 윤영이 새롭게 구성한 가족 역시 비슷한 구도에서 벗어나지 못한다. 고시원에서 만난 남편은 공무원시험 공부를 핑계로 생계전선에서 뒤로 물러나 있고 아이 역시 윤영이 치료비를 벌며 보살펴야 하는 책임의 대상이다. 어머니와 형제, 남편과 아이를 동시에 부양해야 하는 윤영의 황폐한 현실은 왕백숙집에서 윤락행위를 하게 되는 실질적 계기이다.

"열일곱살 이후로 단 한순간도 쉬어본 적이 없이 돈벌이를 했"(13면)던 윤영에게 가족은 고통을 주는 현실인 동시에 그로부터 벗어나기 위한 상상적 구성물이다. 이 소설이 특히 마음을 불편하게 하는 직접적인 이유는 가족을 구성하고 지탱하려는 욕망의 한가운데 자리잡은 '모성'의 위치를 환기하는 데 있다. 생계의 압박은 윤영에게 어머니로서의 역할을 일깨우는 절박한 명분이 되는 것이다. "내가 밥을 먹는 것도, 잠을 자는 것도 모두 아이를 제대로 키우기 위해서였다"라는 고백은 "내 배로 낳은 아이였으므로, 나처럼 살게 할 수는 없었다"(15면)라는 합리화로 나아가고 끝내는 "엄마가 평생 몸을 팔아서라도 네 다리 고쳐줄게"(164면)라는 의지로 굳어진다.

그러나 윤영이 자각하는 모성적 정체성은 아이에 대한 집착과 사랑이 자본주의 사회에서의 욕망으로부터 분리된 것일 수 없다는 점에서 균열에 봉착한다. 그녀는 가족을 지탱하는 경제적 버팀목의 위치가 화폐가치가 작동하는 소비의 욕망 한복판에 있음을 수시로 자각한다. 윤락행위를 하는 명분에는 이렇게라도 뒷바라지를 해 나중에 남편이 벌어오는 돈으로 넓은 집에서 안정되게 살고 싶다는 평범한 소시민적 욕망이 함께 스며 있다. 이러한 욕망의 균열은 이 이야기를 자본주의적 현실에서 상품화되는 여성의 모습에 대한 자연주의적 묘사로 제한할 수 없게 한다.

좀더 넓은 방으로 이사 가는 것이 "많이는 아니고, 조금만. 그건 욕심이 아니라 희망이라고 생각했다"(29면)라는 윤영의 토로는 심리적 균열의 징표를 보여준다. 윤락행위를 해서라도 번듯한 직업을 가진 남편을 만들고 싶은 욕망은 가족을 먹여 살리고 어머니 노릇을 한다는 자의식에서 크게 벗어나지 않는다. 그러나 돈을 벌면 벌수록 감당해야 할 가족의 빚은 늘어가고 그녀의 욕망도 수입 이상으로 증식해간다. 그녀의 물질적 욕망과 그 충족을 위한 몸의 상품화 과정이 조응하지 않는 비극은 처음부터 예정되어 있던 결과이기도 하다. 『환영』이 보여주는 전락의 양상은 그런 점에서 무섭도록 현실적이다.

전락의 서사로 펼쳐지는 가족과 모성의 이야기는 물신세계의 소비욕망으로부터 자유롭지 못한 여성의 자의식을 동시에 묻는다. 『환영』이 극단화하는 여성의 고단한 삶에 대한 묘사는 극히 건조한 사건기록들로만 나타나지만, 디테일이 압축된 사건 위주의 묘사는 역설적으로 현실의 가장 핍진한 구석을 드러낸다. 어떤 맥락에서는 이와 같이 일그러뜨리고 압축하는 형상화 방식이 현실을 객관적으로 재현하는 방식에 대한 거부처럼 읽히지만, 디테일의 과장과 압축이 곧바로 재현의 거부를 의미하는 것은 아니다. 『환영』에서 과도하게 넘쳐흐르는 듯한 성과 육체의 황폐한 이미지는 현실에서 자각하지 못했던 억압의 실체를 거꾸로 환기한다.

더불어 『환영』에서 인물들의 행로를 압축하는 전략의 서사는 윤영의 삶에서만 작동하는 것이 아니라는 점에서 입체성을 확보한다. 왕백숙집에서 함께 일하는 이모와 언니, 공판장 여자 등 주인공의 일상으로 섞여드는 주변 여성들의 삶은 『환영』이 보여주는 전략의 서사를 다양하게 직조해 보인다. 윤영의 전략에 큰 원인을 제공하는 여동생 민영도 마찬가지다. 전화기 목소리를 통해서만 드러나는 민영은 물화 현상 속에 자취도 없이 스러진 존재로 표상된다. 학자금 대출과 카드빚과 다단계와 인신매매에 휩싸여 비참한 생을 마감하는 민영의 존재는 몸을 던져서라도 질기게 살아남고자 하는 윤영의 욕망을 가동하는 절실한 계기가 된다.

빈궁을 해결하기 위해 다시 왕백숙집으로 돌아오는 윤영의 선택은 '윤리의 경계 위에서 살아남기'라는 명제를 이야기하는 참으로 절박하고도 아슬아슬한 지점을 보여준다. 현실의 고통에 무감각해짐으로써 버티고 살아남는 방법을 선택하지만, 이 살아남기는 예민한 질문을 되돌려준다.[11] 윤영이 왕백숙집으로 돌아와 윤락행위를 계속하게 되는 소설의 결말은 표면적으로 볼 때 두가지 효과를 실현할 수 있다. 하나는 어느 정도의 도덕적인 결과가 소설의 말미에서 실현되기를 바라는 독자의 윤리적

---

11 작가가 처음 의도했던 '환영'의 뜻에 'illusion'과 'welcome'의 의미가 함께 담겨 있다는 사실은 의미심장하다. 'welcome'이 파국의 현실을 어떤 방식으로든 수용하고 버티겠다는 의지를 암시한다면 'illusion'은 인물이 처한 상황 자체를 현실과 허구의 경계에서 어떻게 바라볼 것인가에 대한 고민을 담고 있다. 작가의 의도와 달리 많은 독자들이 환영을 'illusion'의 맥락에서 읽는 것도 이 소설이 포함한 윤리적 계기를 어떻게 읽어낼 것인지와 관련된 흥미로운 대목이다.(김이설·최정우 대담 「알리바이 없는 현실을 환영 없이 환영하기」, 『자음과모음』 2012년 봄호 243면)

기대지평을 배반하는 효과이며, 다른 하나는 서사적 갈등의 끝을 내부적으로 완결하는 효과라고 할 수 있다.『환영』의 결말은 기묘하게도 두가지 효과를 모두 보이는 것 같으면서도 양쪽 다 온전히 충족시키지만은 않는다. 그 이유는 윤영이 왕백숙집으로 돌아오는 결말 자체를 체제 안에서 버티고 살아남는 문제로 곧장 환원시키기 곤란하기 때문이다. 소설에서 윤영의 선택은 세계 내의 정착을 이야기하는 것이 아니라 세계 바깥의 결단이 무엇일 수 있겠는가라는 질문을 되돌려준다는 점에서 의미를 지닌다. 벗어날 수 없는 황폐한 현실의 극단을 제시함으로써 오히려 그 극단의 세계 너머를 상상하게 하는 힘, 김이설 소설의 전언이 있다면 여기서 발견될 것이다. 왕백숙집으로 향하는 경계의 물가에 어른거리는 환영은 주인공이 상상하는 그 너머의 세계를 암시하는 것이기도 하다. 그것은 그 어떤 가족과 어머니의 자리도 투명하게만 존재할 수 없는 현실의 세계를 돌아보게 하는 고통스러운 경계선이다.

5. 이야기의 끝, 세계의 끝을 넘어서

근대 소설 장르가 태생적으로 안고 있는 주변부의 활력 및 '범주의 불안정성'은 지금 생산되는 장편소설에서도 중요한 흐름으로 이어지고 있다. 최근 작품들이 드러내는 가족서사의 해체와 재구성은 관습적인 소설 양식을 적극적으로 해체하고 조립하면서 새로운 틈새를 보여준다. 부계 부재의 서사를 넘어서 부모 세대로부터 이탈하는 고아들의 이야기, 늙어가는 소년, 기억 속에서 재구성되는 어머니의 모습 등 우리 시대의 가족서사는 길 찾기와 모험에 얽힌 인생유전의 이야기를 새로운 방식으로 모사하고 변형하고 있다. 가장 오래되고 고전적인 이야기를 통하여 가장 해체적인 이야기를 꿈꾸는 가족서사의 변주는 역설적으로 양면성을 담고 있다. 그것은 모순된 현실의 서사를 쾌락적으로 재현하면서도 한편으로는 관습화된 서사 너머의 서사를 열망한다. 그 어느 때보다 강한 서사성을 강조하는 우리 시대의 장편소설에서 확인되는 것은 "그 자체가 역사적일 수밖에 없어서 역행 불가능하고 영원히 가속할 수밖에 없는 변화 과정에 매여 있는 근대 내러티브 텍스트의 역동성"[12]인 동시에 그 역동성을 기반으로 삼아 서사의 관습적 형식들을 현실의 맥락에서 새롭게 소화하고 가공하는 흐름이다.

시간의 연대기와 호응하여 인물의 내적 발전을 거치는 장편소설의 공식을 상기한다면 천명관과 최진영의 소설이 보여주는 역사적 연대기의 압축은 우리가 접해온 관습적인 플롯에 현저히 미달하는 것처럼 보이기도 한다. 식민지시대를 거쳐 6·25와 분단, 근대화 과정에서 자본주의 세계체제의 심화를 목도하는 현재에 이르기까지 펼쳐지는 서사의 파노라마 속에서, 인물과 호응하는 역사적 연대기들은 파편적 에피소드로서 스쳐간다. 이러한 서사의 압축 혹은 과잉 현상은 가족서사의 중심부로 모여들지 않는 정서적 충동을 발생시킨다. 천명관의 소설에서 아웃사이더 인생을 상징하는 오함마나 삼촌의 삶이 환기하는 연민과 위무의 세계, 최진영의 소설에서 나타나는 부조리한 세계를 향한 격렬한 부정과 비판은 소설에서 구사되는 새로운 리얼리티의 가능성을 질문한다.

김이설의 소설이 보여주는 가족서사의 파국과 물화된 현실에 휩싸인 여성의 전락 과정은 장편소설이 감당할 수 있는 윤리의 가능성을 묻는 가장 예민한 지점을 보여준다. 소설이 이끄는 전락의 서사는 자본주의 일상에 포섭된 여성의 이미지를 담아내는 데 그치지 않는다. 생계와 모성이라는 명분으로도 가려지지 않는 인물의 욕망은 더이상 나아갈 곳이 없을 듯한 바로 그 지점에서 균열을 일으키며 윤리의 가능성을 질문한다. 김이설

---

12 피터 브룩스 『플롯 찾아 읽기』, 박혜란 옮김, 강 2011, 83면.

소설이 보여주는 비관주의는 종말과 파국을 표면적으로 선언하지 않으면서도 그러한 극단의 세계를 상상하는 리얼리티를 확보하면서 서사의 잠재적 가능성을 예시한다.

그 어느 때보다 흥미진진하고 다채로운 가족 이야기가 넘쳐흐르는 것 같지만 그 이야기의 세계는 역설적으로 비극적 현실의 일면을 가리키고 있다. 과도하게 넘쳐흐르는 이야기의 형식은 장편소설이 담아낼 수 있는 세계의 위태로운 경계를 상상하고 비춰보게 하는 중요한 징후이다. 그것은 현실을 향한 강렬한 분노와 부정의 에너지를 뿜어냈던 파국의 상상력이 얼마나 쉽게 서사의 고정된 틀에 장착될 수 있는지 그 위험성도 동시에 알려준다. 종말의 예언마저도 허구적 서사로 순식간에 흡수하고 확장하는 이야기의 놀랍고도 아슬아슬한 가능성이 여기에 있다. 소설의 마지막 장이 끝나더라도 삶은 계속되며 이야기 역시 끝나지 않는다. '끝나지 않는' 이야기의 세계로 달려가는 이 소설들의 모험은 우리 시대 장편소설의 한 흐름을 진단하는 계기로서 주목을 요구한다.

장편소설의 곤경과 활로

◆

김려령·구병모의 작품

1. 문제는 여전히 장편소설인가?

장편소설이 다시 문학비평의 이슈가 되고 있다. 지난 계절에는 장편소설의 경향과 과제를 점검하는 논의 및 장편소설 비평론을 다루는 메타비평이 문예지의 주요 특집으로 등장했다.[1] 장편소설의 쟁점과 현황을 점검하는 비평적 논의[2]는 그동안 꾸준히 제기되어왔으나 최근 제기된 장편소설론의 메타비평적인 접근은 문학비평의 수세적인 현황을 연상시키는 측면이 더욱 강하다. 문학과 정치에 관한 논의, 문학과 공동체에 관한 다양한 이론비평의 탐색에 견준다면 장편소설의 현재를 둘러싼 그간의 현장

---

[1] 주요 특집기획으로는 『문학의 오늘』(2013년 가을호) 특집 '한국의 장편소설, 어디로 가고 있나'(정여울·정주아·최유찬)와 『문학과사회』(2013년 가을호) 특집 '문제는 "장편소설"이 아니다: "장편 대망론" 재고(再考)'(강동호·김태환·조연정), 개별 작품론으로는 강지희「좀비월드에서 웅전하는 문학들: 정유정과 김영하의 근작 장편들을 통해」(『세계의 문학』 2013년 가을호)를 참조할 수 있다.

[2] 장편소설 장르에 대한 비평적 고찰과 그간의 논의들은 한기욱의「기로에 선 장편소설」(『창작과비평』 2012년 여름호)에서 종합적으로 다루어진 바 있다.

비평들은 생산적인 쟁점의 산출로는 연결되지 못한 측면이 있다. 이러한 현상의 이면에는 독자가 크게 감소된 문학출판시장의 전반적인 위축이 자리잡고 있다. 문학잡지의 연재지면 확대와 각종 문학상을 통한 생산량의 증가에도 불구하고 독자의 관심을 끄는 새로운 경향의 작품은 발견하기 어렵다. 올해(2013년) 출간된 소설만 보더라도 정유정, 김영하, 조정래, 무라까미 하루끼(村上春樹), 공지영 등으로 이어지는 화제작들이 있지만, 문제적인 경향으로 떠오른 새로운 작품의 사례는 많지 않다.

최근 반복되어 제기되는 장편소설 회의론과 불가능론은 이제 장편소설을 독려하는 비평적 논의 자체에 대한 비판으로 시선을 돌린다. 이러한 입장에 따르면 장편소설을 호명하는 비평 담론의 뒤에는 시장의 요구와 출판자본의 욕망이 있으며 이것은 장편소설의 개념적 상투화를 이끌어 현재 장편소설의 위기를 심화시킨 직접적 원인이 된다. 이는 2000년대 이후의 '장편소설 대망론'이 "'근대'라는 기표를 호명하면서 거대담론을 바탕으로 한 장르의 위계화"[3]를 도모하고 있다는 진단으로 이어진다. 장편소설 무용론을 따라가다보면 현재 장편소설이 출간되고 유통되는 출판구조 속에서 긍정적 가능성을 찾기란 불가능해 보인다. 그뿐 아니라 이제 문학은 "불안한 유희를 지속함으로써 시스템에 편입되지 않는 방식"을 고수하는 특정한 형태의 소수적 글쓰기만을 통해 가까스로 존립 근거를 가질 수 있게 된다.[4]

위의 논의는 시장의 생산체제에서 자유로울 수 없는 장편소설의 운명에 대해 비판적인 태도를 취하고 있지만, 근대 장편소설에 대한 제한적이고 관습적인 이해의 노식에 갇혀 있다는 점에서 근본적인 문제를 드러낸

---

3 강동호 「리얼리즘이라는 이데올로기의 숭고한 대상」, 『문학과사회』 2013년 가을호 270면.
4 조연정 「왜 끝까지 읽는가: 최근 장편소설에 대한 단상들」, 『문학과사회』 2013년 가을호 317면.

다. 장편소설론과 관련된 문제의 핵심은 현실에서 생산되는 작품이 근대 장편소설의 관습적 형식에 얼마나 부합되는가에 있지 않다. 잠시 바흐찐 (M. Bakhtin)의 논의를 환기하자면 근대의 장편소설이야말로 권위화된 담론들을 적극적으로 해체하고 비판하는 다양한 언어적 모험들을 통해 창출된 형식이다. 소설에 스며든 다양한 언어들의 투쟁과 상호갈등은 근대 자본주의체제의 모순과 갈등을 반영하는 동시에 그것으로부터 이탈하고 맞서는 이질적인 흐름들을 드러낸다.[5] 한국문학사에서 장편소설과 중편소설, 세태소설과 본격소설, 로만개조론 등 장편소설 이론이 가장 화려하게 펼쳐졌던 1930년대를 보더라도 창작자와 비평가가 함께 참여한 장편소설론의 전개는 실제로 생산되는 소설들과의 접합에서 가능한 산물이었다. 이 시기의 이론들이 서구 문학이론의 영향과 일본 제국주의의 자장에서 자유로울 수 없는 시대적 한계를 지닌 것은 사실이지만, 어떤 의미에서건 당대의 소설을 해명하려는 나름대로의 자생적인 입론을 만들어낸 성취를 이룬 점도 간과할 수 없다. 이러한 문학사의 복합적인 맥락을 편의적으로 떼어낸 채 근대의 권위화된 담론 속에 장편소설론을 묶어둔 후, 그것을 현재의 비평이론이 대항해야 할 목표로 설정하는 문제제기는 그 자체로 심각한 해석의 오류를 드러낸다.[6] 이러한 입장은 어떠한 대안도 마련하지 못한 채 상업주의에 대한 모호한 비판을 반복하는 방식으로 스스로를 소진시킬 수밖에 없다.

　장편소설의 장르적 분투는 시장의 요구와 사회현실의 급박한 문제제기가 첨예하게 부딪치는 과정을 담아왔다. 노동자 주체의 형상화가 중요

5 허구적인 상상의 공동체를 만들어내는 국민국가의 문법에서 일탈하는 근대소설의 양상과 그 이질적인 감각을 주목한 글로는 변현태 「바흐찐의 소설이론과 그 현재적 의미」(황정아 엮음 『다시 소설이론을 읽는다』, 창비 2015)를 참조.
6 그런 점에서 식민지 시기의 장편소설론을 현재 속에서 읽어내려는 시도에서 오히려 경계해야 할 것은 "근대를 식민 기원의 시간으로 규정하고 식민주의를 특권화하는 경향"(김흥규 『근대의 특권화를 넘어서』, 창비 2013, 162면)이라고 할 수 있다.

한 과제였던 1980년대의 문학현실에서 장편소설은 급진적인 해체와 경계 확장을 직접적으로 감당해야 했던 장르였다. 시와 비평에 견줄 때 이 시기의 소설적 성과는 상대적으로 위축된 것으로 평가받는다. 그러나 이 시기의 장편소설은 비평과 르뽀르따주, 노동자의 생활수기, 일기, 편지 등의 다양한 산문 양식에 가장 급진적으로 개방된 장르였다. 대중문화 콘텐츠의 영향력이 직접적으로 작동하기 시작한 1990년대의 문학현실에서도 장편소설은 자본에 맞서 자신의 미학적 존립근거를 주장해야 하는 대상으로 호명되었다. 이러한 흐름을 염두에 둘 때 시장자본과 장편소설의 관계는 일방적 영향관계로 설명되는 것이 아니며 대중독자 역시 시장의 흐름을 수동적으로 받아들이는 존재로 명명될 수 없다.

장편소설론에서 필요한 현실적인 논의는 장편소설의 형식 안에서 소용돌이치는 다양한 현실비판적 요소들을 주목하고 그것이 만들어내는 서사적 활력의 다양성이 어떤 성과로 드러나는가를 살피는 것이다. 현재 장편소설의 가능성을 진단하는 비평론 역시 안정된 서사 형식으로서의 장편소설을 고수하는 것이 아니라 오히려 근대체제를 비판하고 전유하는 새로운 상상력을 담은 장편소설을 탐색하는 과정에서 의미를 지닐 수 있다. "탈근대의 충동과 계기를 자본주의 상품화 과정과 체제 내의 회로에 포섭되게 하지 않고 근대극복의 소중한 예술적 자원으로 만드느냐를 고민해야"[7] 하는 현실을 제대로 직시한다면, 장편소설을 '내용 없는 텅 빈 기표'로 몰아붙이는 소모적인 논쟁에 경사될 이유가 없다.

서사의 해체와 파편화 현상만으로 온전히 해석되지 않는 최근 장편소설의 흐름에서 눈여겨볼 것은 장편소설의 형식적 원리를 구성하는 다양한 요소들의 배합이다. 기존의 본격 장편소설들에 섞여 있던 '서로 다른 서사적 구조와 관습을 내장한 개별 장르들'이 어떠한 방식으로 떨어져 나

---

7 한기욱, 앞의 글 225면.

와 발전해왔는지, 그리고 이것이 다시 본격 장편소설들의 관습화된 서사
구조를 어떤 방식으로 공격하고 뒤흔드는가가 주목의 대상이라 할 수 있
다.[8] 그 가까운 사례는 김려령, 구병모 등의 소설에서 찾을 수 있다. 청소
년소설을 통해 주목받은 이들 작가는 장르서사의 다양한 조합을 본격 장
편소설의 문법에 장착하는 적극적 시도를 보여준다. 이 글에서는 이렇듯
장르화된 장편소설들의 경계 확장이 본격 장편소설들과 어떤 방식으로
뒤섞이는지를 살피는 것으로 이야기를 시작하고자 한다.

2. 관습적 성장서사에 맞서는 주체의 가능성

오세란(吳世蘭)은 "성장소설이 근대의 산물이라면 청소년소설은 근대
의 철학과 탈근대의 철학을 모두 품을 수 있는 장르"[9]임을 강조한 바 있
다. 이 논의에 따르면 청소년문학에서 다루어지는 주체들은 기존의 관습
적인 성장서사와 달리 성인사회로의 진입을 중요한 목표로 놓지 않는다.
어린이문학과 성인문학의 양쪽 세계에 온전히 흡수되지 않는 불완전하면
서도 저항적인 주체의 발견은 청소년소설의 독자성을 이끌어낸다. 김려
령(金呂玲)의 『완득이』(창비 2008)에서도 소설의 중심은 주인공 완득이가
어떻게 어른의 세계에 진입하는가에 있지 않다. 소설은 완득이뿐 아니라
다른 인물들이 처한 삶의 환경을 폭넓게 묘사해나간다. '난쟁이' 아버지
와 베트남인 어머니, 담임선생 '똥주'는 소외된 이들의 현실을 담아내는

---

8 백낙청은 현재의 장편소설들에서 일어나고 있는 장르 혼종의 양상을 바라볼 때 '본격
　문학 대 장르문학'의 대비보다도 '총체적 장르를 지향하는 장편소설'(본격 장편소설)
　과 '장르화된 장편소설'의 대비를 살펴보는 것이 생산적인 구도임을 제안한 바 있다.
　(백낙청 「문학이 무엇인지 다시 묻는 일」, 『문학이 무엇인지 다시 묻는 일』, 창비 2011,
　54면.)
9 오세란 「『완득이』 이후」, 『창작과비평』 2010년 여름호 347면.

구체적인 인물로 표현된다. 이처럼 소설에서 그리는 성장의 다의적 문맥과 삶의 진실을 직시하려는 적극적인 주체의 형상화는 관습화된 성장서사의 틀을 깨는 신선한 시도라고 할 수 있다. "빈부격차와 공교육 붕괴, 이주노동자와 장애인 차별, 다문화적인 가족 구성 등의 사회문제들이 그물처럼 촘촘히 엮여 있"는 이 소설은 사실주의 소설에 담겨 있는 탈근대적 상상력의 좋은 사례를 보여준다고 할 만하다.[10]

김려령의 소설 가운데 성장서사의 관습을 전복하는 주체의 형상화가 좀더 미묘하고 복합적인 경로로 드러난 예는 『우아한 거짓말』(창비 2009)에서 찾을 수 있다. 이 작품은 십대가 직면한 학교폭력과 왕따 문제를 소재로 다루고 있어서 전형적인 청소년소설로 보인다. 그러나 작품에서 그려지는 언어폭력과 왕따의 체험은 십대 청소년만의 고민에 한정되지 않고 사회구조에 스며들어 있는 폭력적 현실과 소외된 타자에 대한 정치한 비유로서 의미를 갖게 된다. 형식적으로도 이 작품은 어떤 특정한 장르로 환원되지 않는 독특한 장편소설의 형식을 보여준다. '천지'가 왜 자살했는가를 밝혀가는 추리서사의 활용을 통해 이야기의 긴장감은 극대화된다. 여기서 천지가 겪었던 고통과 갈등은 엄마, 언니, 친구 등 여러 인물의 추측과 진술로써 간접적으로 형상화된다. 이 소설이 차용한 미스터리 구조와 판타지 서사의 특성은 소설을 전체적으로 이끌고 가는 사실주의적인 묘사들을 효과적으로 뒷받침한다. 천지가 남긴 털실뭉치에서 메시지를 하나씩 해석해가는 구조는 판타지 모험서사에서 흔히 활용되는 플롯이다. 장르서사의 흔한 틀거리가 될 수 있을 이러한 내용은 이 소설에서 용서와 화해의 메시지를 복합적인 층위에서 전달하는 신비스러운 분위기로 형상화된다. 특히 소설의 마지막에서 죽음 직전에 구출되는 천지의 모습과 실제로는 식구들과 작별을 고하며 자살을 결정하는 천지의 모습이

---

10 원종찬 「우리 청소년 문학의 발전양상」, 『한국 아동문학의 쟁점』, 창비 2010, 329면.

극적으로 대비되는 장면은 이야기의 결말을 복합적인 해석의 층위로 열어놓는다.

장르적 장치로서의 추리서사가 사실주의적 묘사와 어우러져 발생하는 의미의 중층화는 김려령의 최근 작품인 『너를 봤어』(창비 2013)에서도 드러난다. 이 작품은 성과 사랑의 탐구, 물화된 세태현실로서의 문학제도에 대한 비판, 폭력적인 가족현실의 문제라는 이질적인 소재들을 미스터리의 서사 형식 속에 흥미롭게 결합시킨다. 세속화된 예술일상에 대한 풍자적 묘사는 강렬한 극적 전개를 동반함으로써 기존의 본격 장편소설이 취하는 지식인적 자의식의 서술과는 다른 개성적 서술을 보여준다. 특히 이 소설에서 다루어지는 주인공의 가족사는 근대 가부장적 현실에서 추동되는 폭력의 악순환을 생생하게 환기한다. 아버지로부터 비롯된 폭력의 연쇄고리는 아버지가 죽은 이후에도 사라지지 않고 트라우마가 되어 주인공과 가족을 억누른다. "늘 눈감을 때는 없다가도 눈뜨면 구석에서 술 냄새를 풍기며 자고 있었기에, 함께 누워 있지 않았다 하여 새삼스러울 게 없"(52면)는 아버지의 죽음보다도 더 무겁게 주인공을 짓누르는 것은 고단한 생계현실 속에서 서로에게 상처를 주며 공존해야 하는 가족의 존재다. 차갑고 고통스러운 가족의 현실은 부친살해의 트라우마와 뒤얽혀 또다른 폭력과 살인을 부른다. '개천에서 난 용'의 임무를 자각한 주인공은 사랑 없는 건조한 결혼을 선택하게 되고 이는 부인의 자살로 이어진다.

『우아한 거짓말』에서 드러난 폭력의 성찰이 인물들의 다성적인 목소리 교차를 통해 효과적으로 형상화되었다면 『너를 봤어』도 산 자와 죽은 자의 시선과 목소리를 교차시켜 환상적 분위기를 만들어낸다. 아쉬운 점은 주인공의 내적 독백을 매개하는 '영재'의 해설이다. 작가의 음성을 직접적으로 반영하는 듯한 한계를 드러내는 이 서술방식은 소설의 중층적 의미를 약화시키는 요인이다. 한 가족의 내부에 잠재한 폭력의 양상에 대한 날카로운 주시가 좀더 살아나지 못한 것은 인간의 본성에 잠재한 폭력과 광기의 충동을 '내 속의 놈'으로 환원시키는 해설적 설명에 있기도 하다. 이렇듯 부분적인 아쉬움을 주긴 하지만 이 소설에서 섬뜩하게 묘파되는 폭력의 연쇄 과정은 한 가족의 내부를 떠나서 사회구조에 만연된 폭력의 기원이 무엇인가를 성찰하게 만든다.

김려령 소설은 장르화된 장편소설이 사실주의적 장편소설과 섞어드는, 장편소설의 새로운 면모를 보여준다. 익숙한 듯한 기법들을 낯설게 동원하는 이 흡인력 있는 소설을 읽고 있으면 "미적 장치와 그것이 묘사하는 삶의 내용 사이의 의도적인 부조화"[11]가 이루는 서사 효과에 대해 진지하게 생각해보게 된다. 슈바르스(R. Schwarz)가 지적했듯이 중심부에서 작동하는 문학 형식과 주변부에서 작동하는 문학 형식은 동일하지 않다. 중심부에서 이미 죽은 예술 형식이 주변부에서는 살아나서 새로운 이질적인 형식을 창출할 수 있다. 그렇다면 장르화된 장편소설과 본격 장편소설역시 "중심과 주변이 상호 연관된 현실"의 한 특성으로 이해할 수 있을 듯하다. 이러한 이질적인 요소들의 뒤섞임은 곤경에 부딪친 장편소설의 한 국면을 허물어서 "역사적 과정 전체의 핵심적이고 종종 그로테스크한 불균형을 통찰할"(121면) 풍부한 가능성을 또한 보여주고 있다.

3. 캐릭터의 서사, 소비현실에 흡수되는 주체

장르화된 서사들이 스며들면서 드러나는 '그로테스크한 불균형'의 또 다른 이면에는 철저하게 장르 내부로 귀속하는 인공적인 캐릭터들이 존재한다. 서사의 필연성에 얽매이지 않는 선명한 캐릭터의 조형은 파편화된 이야기들을 이어가는 최소한의 뼈대로 작동한다. 이러한 캐릭터의 조

---

11 호베르뚜 슈바르스「주변성의 돌파」, 황정아 옮김,『창작과비평』 2008년 겨울호 115면.

형은 낙천적인 모험가의 형태로, 혹은 기계적으로 임무를 수행하는 무자비한 냉혈한으로, 혹은 하염없이 잠언을 쏟아내는 무기력하고 허무한 인물 등으로 평면화되어 나타난다. 이같은 조형은 실존적인 주체의 고독과 외로움을 호소하는 감성적인 소설에서도 선명하게 나타난다. 한 예로 무라까미 하루끼의 근작인 『색채가 없는 다자키 쓰쿠루와 그가 순례를 떠난 해』(민음사 2013)는 이전의 하루끼 소설보다도 더욱 직접적인 형식으로 상품현실의 지배력을 드러낸다. 대도시 교외의 중상류 가정에서 자란 다섯 명의 동창생이 어떤 계기로 사이가 멀어져서 오해와 비밀을 갖게 되었는지와 주인공 쓰쿠루가 그 비밀을 풀어가는 과정이 스토리의 핵심이다. 하루끼가 여전히 공들여 묘사한 것은 『노르웨이의 숲』에서 이미 축적된 바 있는 쿨하고 건조한 나르시시즘적 인물형이다. 이 소설이 호소하는 것은 그런 의미에서 새로운 스토리가 아니다. 페이스북과 구글과 트위터 검색을 통해서 동창생들의 행적을 찾는 이들의 정체성을 규정하는 것은 그들을 둘러싼 상품현실의 기호다. 하루끼의 이전 소설이 고독과 우울을 앓는 단독자로서의 개인을 통해 일정한 시대적 현실을 담아냈다면 이 소설은 노골적으로 이 '단독자'들을 지워나간다. 더이상 타인과 변별되는 미학적 취향을 가질 수 없는 이들이 심취하는 것은 상품기호 그 자체다. 그런 점에서 소설이 거듭 강조하는 '색채가 없는'이라는 수사는 의미심장한 상징이다. 렉서스와 스타벅스와 구글과 페이스북을 경유해서 이들이 만나는 것은 아무 색채도 없는 자아이다. 아버지와의 기억은 '태그호이어 자동 손목시계'로 추억되며 라자르 베르만이 연주하는 「순례의 해」는 주인공의 서정적인 감수성을 대체한다. 무엇을 찾는지 모호한 쓰쿠루의 모험은 최소한의 인과적 서사마저도 더욱 가볍게 휘발시킨 소비적인 캐릭터의 행보를 드러낸다.

일찍이 아즈마 히로끼(東浩紀)가 포스트모던시대의 소설적 흐름으로 제시했던 '라이트노벨'(light novel)에서 핵심이 되는 것은 게임적 캐릭터와 메타서사의 출현이다. 캐릭터 소설의 형태는 라이트노벨뿐 아니라 포스트모던한 현실을 묘파하는 장편소설들에서 두드러지게 나타난다. 라이트노벨의 메타서사에서는 "무엇을 '리얼'로 느끼고 있는가가 아니라 무엇을 리얼이라고 느낀다고 하고 있는가"[12]가 핵심이 되며, "살아있는 신체를 가진 인간이 아닌 가공의 캐릭터"(44면)가 서사의 중심에 나선다. 최근 한국의 장편소설에 자주 등장하는 '킬러 시리즈'는 이러한 캐릭터 소설 및 게임서사의 영향과 어느 정도 밀접한 관계를 맺는다. 김영하의『살인자의 기억법』(문학동네 2013)에서 드러나는 킬러의 삶 역시 이러한 캐릭터 서사의 한 모사로 읽힌다. 김영하 자신의 초기작인『나는 나를 파괴할 권리가 있다』(문학동네 1996)를 느슨하게 모사한 느낌을 주는 이 소설은 알츠하이머에 걸린 노인의 독백을 통해 서사를 진행시켜나간다. 살인을 감행해온 킬러가 자신의 기억과 싸우는 과정 자체는 서사적 인과성과 상관이 없다. 혹자는 "단절된 문단 사이의 공백을 통해 망각으로 향하는 불완전한 의식을 효과적으로 재현하려 했다"[13]는 해석을 내리기도 하지만, 사실 이 소설에서 형상화되는 킬러의 모습은 허무의 포즈를 연기하는 가상적인 캐릭터에 가깝다.

그렇다면 본격 장편소설로 스며들어온 이러한 가공된 캐릭터들에서 서사의 관습들을 전복하는 새로운 힘을 발견할 수 있을까. 하루끼와 김영하의 소설은 기호로 체감되는 현실의 국면을 그 자체로 증명하는 효과적인 징표들이지만, 한편으로는 이 소비현실 바깥에서 들여다볼 수 있는 복합적인 시선을 제시하지 않는다. 정유정의『7년의 밤』(은행나무 2011)이나『28』(은행나무 2013)이 주는 극적 서사의 속도감 역시 의도적으로 축소되고 가공된 강렬한 캐릭터의 설정에 힘입고 있다. 작가는 잔인하고 섬뜩한 세

---

12 아즈마 히로키『게임적 리얼리즘의 탄생』, 장이지 옮김, 현실문화연구 2012, 45면.
13 강지희, 앞의 글 405면.

계의 한 국면을 극화하기 위해 극단적인 캐릭터를 설정하면서 인물의 내면적인 갈등을 수면 밑으로 가라앉힌다. 인간의 본성에 잠재한 악마적인 특성, 선과 악의 선명한 대비를 이루는 캐릭터의 구축은 다양한 장르소설의 서사들에서 착안된 특징이지만 이것을 어떤 방식으로 활용하는가에 따라 그 전복적인 의미는 달라지는 셈이다.

그런 점에서 보면 비슷한 캐릭터를 등장시키더라도 구병모(具竝模)의 『파과』(자음과모음 2013)에서 실현되는 판타지의 상징성은 훨씬 혼종적이고 복합적이다. 이 소설을 관통하는 판타지의 상상력은 자본주의 일상의 부조리한 현실에 대한 작가 특유의 블랙유머를 끈질기게 견지한다. 한 예로 소설에서 60대 여성 킬러인 '조각'이 킬러로서의 자기 직업을 냉정하게 평가하는 구절을 보자. "노후는커녕 2,3,40대조차 무사통과하지 못하는 불황의 시기다. 이런 총체적 난국에서 언제고 내킬 때 찾을 수 있는 자신의 노동 수당을 생각해보면, 자식들 눈치를 보아가며 용돈을 타는 노인들이나 그조차 안 되어 쪽방에서 식어가는 경우에 비추어 견딜 만한 말년이다"(34면)라는 구절에서 조각은 킬러인 자신을 스스로 희화화하고 풍자한다. 은퇴한 킬러들이 식당이나 세탁소에서 일하는 풍경 역시 잔혹하고 비정한 자본주의 일상을 유머러스하고도 섬뜩하게 드러내는 대목들이다.

인간과 벌레가 구별되지 않는 황막한 일상 속에서 조각이 냉정하고 쉼 없이 자신의 임무를 수행해가는 과정은 강도 높은 목표를 차례로 완수해가는 게임서사의 플롯을 그대로 반영한다. "본질적으로 이야기를 '리셋' 가능한 것으로서 그리는 미디어"의 속성을 드러내는 게임서사에서 죽음은 가상적인 체험으로 그려진다. 주인공은 죽음을 맞이하면 플레이어 캐릭터처럼 최초의 지점으로 돌아가 또다시 적과 싸우기 시작한다.[14] 조각역시 생명의 위협을 받을 정도의 격렬한 싸움을 치르고 손이 잘려 나가는

---

14 아즈마 히로키, 앞의 책 93~94면.

부상을 입지만 다시 원점으로 돌아와 킬러의 생을 살아간다.

김려령의 소설과 마찬가지로 구병모의 소설에서도 흥미로운 지점은 그 매끈한 리셋의 과정과 부딪치는 그로테스크하고 이질적인 사실주의 묘사의 기법이다. 『위저드 베이커리』(창비 2009)나 『아가미』(자음과모음 2011) 등 구병모의 이전 소설들과 달리 『파과』는 판타지와 게임서사의 플롯을 가져오되 이와 상반되는 디테일한 서술과 묘사를 끝까지 밀어붙인다. 여기에서 사물에 대한 사실주의적인 묘사들은 어떤 현실의 세부를 옮기는 데 목표가 있는 것이 아니라 낯설고 공포스러운 이물감을 확장시키는 데 기여한다. 조각의 외모가 상세하게 묘사된 소설의 시작 부분을 읽어보자. "아이보리 면 모자로 잿빛 머리를 가리고 작은 꽃무늬가 인쇄된 티셔츠에 수수한 카키색 바람막이 점퍼와 검정 일자바지 차림을 하고 짧은 손잡이의 중간 크기 갈색 보스턴 백을 팔에 건 이 여성은 실제 65세이나 얼굴 주름 개수와 깊이만으로는 일흔 중반은 넘어 보인다"(10면) 같은 쇄말적인 묘사는 킬러가 칼을 휘두르는 장면에서도 이어진다. "손목에 그어진 붉은 금에서 피가 흩날리고, 그녀는 측면으로 방향을 바꿔 몸을 낮춰서 마침 경동맥으로 날아오던 칼날을 피하며 벅나이프를 수평으로 질러 그의 허벅지를 찌른다"(308면)에서처럼 사물에 대한 의도적인 클로즈업과 세세한 시각적 묘사가 이루어진다. 이처럼 가독성을 방해할 정도의 꼼꼼한 묘사는 사건의 속도감 있는 진행을 지연시키는 독특한 이물감을 선사한다.

게임서사의 플롯과 충돌하는 사실주의적인 묘사로 인해 『파과』가 갖는 소설적 층위는 좀더 두터워졌지만 한편으로 이 소설이 취하는 킬러 캐릭터의 틀은 '늙음'에 대한 주인공의 내부적 감정을 서사화하는 데 일종의 덫으로 작용한다. '현재진행형이 아닌 현재멈춤형'에서 '훌륭하게 부속이 조합된 기계의 속성'에 가까운 신체를 지니고 살아온 조각은 우연히 늙은 개를 맡아 기르게 되면서 상실하고 소멸해가는 자신의 육체를 절감한다. 조각이 연모했던 남자 '류'의 기억으로부터 쉽게 놓여나지 못하는 장면 역시 인물을 '서정적으로' 돌아보게 만드는 순간을 만든다. 그러나 이 서정적인 순간은 서사적 연관성 속에 스며드는 것이 아니라 일시적인 반짝임의 장면을 연출한 후 쉽게 스러진다.

캐릭터 소설의 문법을 일탈하는 '내면'의 주목은 냉혹한 여성 킬러를 강타하는 '늙음'과 '상실'에 대한 연민과 두려움을 담고자 한다. 그러나 킬러로서의 삶이 다시 리셋되는 한 소설의 기본적인 플롯은 흔들리지 않는다. 결말에서 조각이 자신의 손톱에 얹어놓은 인조손톱을 바라보며 "농익은 과일이나 밤하늘에 쏘아 올린 불꽃처럼 부서져 사라지"(332면)는 어떤 찬란했던 순간을 환기하는 장면은 그런 맥락에서 의미심장한 상징이 된다. 잔혹한 킬러의 쉼 없는 임무수행으로만 달려가는 서사의 진행은 이 어둡고 끔찍한 세계의 단면을 순간적인 이미지의 점철 속에 가두어둔다. 캐릭터를 끝내 뛰어넘지 못하는 그 이미지의 순간은 시간의 흐름을 무화하는 장르의 관습으로 빨려들어간다. 종래의 장르화된 판타지소설의 플롯 속에 쉽게 흡수되지 않는 이질적인 묘사들을 보여주는 이 독특한 소설이 지닌 한계도 여기서 비롯된다.

4. 장편소설의 곤경과 활로

현재의 자리에서 장편소설의 행로를 논하는 것은 자본주의적 세계체제 속에 위치한 문학의 미래를 판단하는 과제와 연결되어 있다. 대중문화 콘텐츠로 기능하는 흥미로운 이야깃거리가 우선시되는 환경에서 한국의 장편소설 장르만이 독자에게 특별한 관심을 끌 수 있으리라고 확신하긴 어렵다. 그러나 현재 생산되는 숱한 장편소설들은 그 자신으로부터 갈라져 나온 수많은 장르서사의 귀환을 맞이하여 또다시 팽창하고 변화되고 있다. 오래되고 익숙한 사실주의의 기율을 새롭게 바라보게 만드는 이러한 장르서사의 움직임은 장편소설이 여전히 품고 있는 장르적 역동성을 체감하게 한다.

장르화된 장편소설들이 근대적 장편소설의 관습적 서사와 뒤섞이면서 드러내는 이질적인 감각들은 김려령과 구병모의 소설에서 잘 드러난다. 김려령의 소설이 주목하는 소외된 타자와 해체적인 가족현실은 폭력의 연쇄고리를 주목하는 서사장치를 통해 극적으로 형상화된다. 사실주의적 묘사와 뒤섞이는 환상의 기법은 장르화된 장편소설이 본격 장편소설과 섞여들면서 이루는 경계의 확장과 작품의 성취를 드러낸다. 구병모의 소설 역시 캐릭터 서사와 판타지가 사실주의적 묘사와 배합되는 방식을 통해 비정한 근대 자본주의의 일상성에 대한 차가운 응시를 전면화한다.

중심과 주변의 전도는 장르화된 장편소설에서만 벌어지는 현상이 아니다. 본격 장편소설에서도 장르문법을 장착하여 새로운 서사들을 만들어내는 움직임은 꾸준히 이루어지고 있다. 배수아와 한강의 장편소설에서 산문과 에세이는 소설의 경계를 넘나들며, 최진영과 천명관의 소설이 구사하는 가족연대기의 방식은 기존의 가족소설과는 다른 서사 스타일을 만들어낸다. 르뽀르따주를 도입한 역사소설의 변모 양상 역시 근대 장편 역사소설의 관습과 규율을 끊임없이 뒤흔든다. 가독성에 대한 고민을 새로운 방식으로 조정하고 흡수하는 장편소설의 변화 과정은 긍정적인 효과와 비판적인 의미를 동시에 작동시킨다. 고정된 형식을 늘 이탈하고자 하는 이 복잡한 해체와 혼합의 세계는 불안정한 경계성을 드러내는 장편소설 장르 자신의 역동적인 가능성을 증명한다. 그렇다면 문제는 근본적인 지점으로 되돌아온다. 비평적 과제의 핵심은 장르의 경계를 허무는 소설의 모험이 활력으로 자리하는지, 아니면 그 자체가 소모적으로 탕진되는 경로를 걷는지에 대한 판단과 해석에 있다. 지금의 문학비평은 그 곤경과 활로를 동시에 직시하며 작품과 함께 한걸음씩 나아갈 수밖에 없다.

역사를 호명하는 장편소설

공선옥·한강의 작품

1

2010년대 중반 한국소설의 중요한 경향 중 하나는 역사적 시공간을 부각하는 장편소설들의 등장이라고 할 수 있다. 사회현실의 변화에 민감하게 대응하는 소설 장르의 본래적 특성을 고려하더라도 최근 소설들에서 근현대사를 가로지르는 다양한 사실적 기록이 적극적으로 등장하는 현상은 주목을 요한다. 보도연맹 사건을 다룬 조갑상의 『밤의 눈』(산지니 2012)과 월북한 아버지의 삶을 다룬 김원일의 『아들의 아버지』(문학과지성사 2013), 노근리 사건을 다룬 이현수의 『나흘』(문학동네 2013), 1970년대 새마을운동과 광주항쟁을 다룬 공선옥의 『그 노래는 어디서 왔을까』(창비 2013)와 광주항쟁의 증언적 기록을 서사화한 한강의 『소년이 온다』(창비 2014)가 대표적인 예라고 할 것이다. 근대화 과정을 지나온 '산업역군세대'의 빛과 그늘을 포착한 성석제의 『투명인간』(창비 2014)과 '부산 미문화원 방화 사건'에 연루된 한 개인의 인생역정을 담은 이기호의 『차남들의 세계사』(민음사 2014) 역시 개성적인 형식 속에서 역사와 현재의 삶을 문학적으로 접합시킨다.

근래 한국소설들이 호명하는 역사 소재들은 일차적으로 현재의 한국 사회가 당면한 각종 위기와 문제에 대한 시대적인 해석 욕구와 맞물려 있다. 특히 아직도 진상규명이 이루어지지 않고 있는 세월호참사의 문제는 인간의 존엄성 문제와 사회구조적인 폭력의 문제에 문학이 어떤 방식으로 응답할 것인가를 숙고하는 계기가 되었다. 수많은 목숨을 앗아간 대참사의 고통스러운 파장은 사건들을 움직이는 역사적 구조의 심층성과 더불어 특정한 역사적 국면들을 돌아보게 만든다. 많은 이들이 공감하듯 세월호참사의 원인은 자본주의체제의 일반적 모순으로 해석될 수 없으며, 한국의 공공 부문에서 확산되어온 신자유주의적 정책의 실현 과정이라는 특정한 요소로도 충분히 해명되지 않는다.[1]

세월호참사 이전으로 거슬러 올라가면 가깝게는 용산참사, 강정마을 진압, 한진중공업 노조와 쌍용자동차 노조 탄압으로 이어지는 공권력의 폭력과 진실 은폐에 대응하는 다양한 소설적 실험이 진행되어왔음을 알 수 있다. 르뽀르따주 작가군의 활성화와 더불어 다양한 종류의 증언서사가 2000년대 중반부터 꾸준히 발표된 바 있으며, 작품들이 호명하는 역사적 소재 역시 이러한 증언서사들을 일정하게 흡수하고 있다. 최근 장편소

---

1 정용택은 자본주의의 파국과 종말론적 해석을 통해 세월호참사를 분석하는 시각을 경계하면서 "한국사회의 여러 층위가 '접합'된 순간의 복합적 구조가 세월호참사라고 하는 정세 속에서 그 모습을 드러낸 것"임을 강조한다. 그러나 여기서 제기되는 역사적 구체성은 "97년체제로 명명되는 신자유주의적 역사의 시간 계열 안에서 주기적으로 순환하면서 정세를 구성하고 있는 사건"으로 한정됨으로써 분단체제 속에 가동되어온 '한국 자본주의 구조의 특정한 정세'를 경제중심적 체제론에 가두는 단절론적 틀을 암암리에 보여주게 된다. 세월호참사를 이해하는 방식에서도 신자유주의적 역사의 영향력을 결정적인 것으로 간주한다면 그가 의도하는 '위기구조를 이해하는 다양한 비판적 주체의 가능성'을 타진하는 연결고리를 찾기 쉽지 않다.(정용택 「정세적 조건에 의해 강제된 개입의 시간: 세월호 참사의 역사적 현재성에 관하여」, 『자음과모음』 2014년 가을호 200~205면 참조)

설들에서 자주 활용되는 시점 교차와 연대기적인 서술의 방식은 이러한 기록적 서사에서 일부 파생된 형식이라고도 할 수 있다. 이렇듯 사실적 기록과 문학적 허구의 긴장 속에 다양하게 상반되는 요소들을 결합하고 조정하는 장편소설의 실질적 생산 과정은 장르 자체의 탄력성과 유효성을 여전히 증명하는 것이기도 하다.

이 글에서는 공선옥(孔善玉)의 『그 노래는 어디서 왔을까』와 한강(韓江)의 『소년이 온다』를 중심으로 장편소설에서 역사적 소재가 재현되는 구체적인 양상에 대해 살펴보고자 한다. 무엇보다도 이들 소설을 묶는 직접적인 요소는 소설의 배경으로 놓이는 광주항쟁의 서사이다. 주지하다시피 한국사회에서 광주항쟁의 상흔은 "개인을 넘어 집단적이고 대사회적인 차원에서 행해진 참극"으로 남아 있다. 이는 1980년대의 정신적 외상에 해당하며 "빠른 시일에 치유되지 않는다는 점에서 역사적으로 잠재적인 원상(冤傷)"에 해당한다고 할 수 있다.[2] 공선옥의 소설이 1970년대의 새마을운동과 광주항쟁의 후일담을 연결시킨다면, 한강의 소설은 항쟁의 직접적인 증언과 기록을 서사의 중심부에 위치시키는 접근방식을 선택한다. 공선옥의 소설이 사실적 기록의 세계를 언어의 상징 속에 집요하게 변주하는 시도들을 보여주었다면 한강의 소설은 고백적 서사를 결합하는 사실적 기록들의 세계를 전면화함으로써 눈길을 끈다. 더욱이 이들 소설의 변모가 갑작스러운 돌출적 변화라기보다는 작가 개인의 작품들에서 꾸준히 시도된 미학적 실험들과 깊은 연계를 맺는다는 점도 주목할 부분이다.[3]

---

2 김정숙 「5.18 민중항쟁과 기억의 서사화」, 『민주주의와 인권』 제7권 1호, 2007.4, 193면.
3 '광주'서사를 중심으로 최근 장편소설에 나타난 역사의 문제를 고찰한 논의로는 서영채 「광주의 복수를 꿈꾸는 일: 김경욱과 이해경의 장편을 중심으로」, 『문학동네』 2014년 봄호; 이경재 「광주를 통해 바라본 우리시대 리얼리즘」, 『자음과모음』 2014년 여름호; 유희석 「문학의 실험과 증언: 한강과 공선옥의 최근 장편을 중심으로」, 『창작과비평』 2014년 겨울호를 참조할 수 있다.

2

'광주' 체험이 남긴 상흔을 안고 살아가는 고통스러운 사람들은 공선옥 소설이 주시하는 소외된 타자들의 원형이라고 할 수 있다. 공선옥 소설은 80년대가 남긴 고통스러운 상흔을 입증하는 인물들을 그리되 그것을 기층민중의 삶이라는 현실적인 지평 속에서 구체적으로 위치시키는 고유한 자리를 가져왔다. 대표작인 「목마른 계절」(1993)을 떠올려보더라도 소설 속의 '광주' 서사는 지나간 역사가 아니라 여성가장들의 고단한 삶 속에 현재적으로 개입해 있다. 단수로 인한 목마름과 통증은 인물들이 시달리는 광주의 기억을 되살리는 구체적인 감각이라고 할 수 있다. 과거의 상흔을 안고 하루하루 고단한 삶을 살아가는 이들에게 '문민시대의 위대한 신한국'이라는 정치적 슬로건은 "귀청을 찢다 못해 뇌수까지 파고드는 듯한 소음" 그 이상도 이하도 아닌 것이다.

공선옥의 『그 노래는 어디서 왔을까』는 전작인 『꽃 같은 시절』(창비 2011)에서 시도된 바 있는 환상 형식과 언어실험 등을 한층 세밀하게 가공하여 형상화한 작품이다. 『꽃 같은 시절』에 등장하는 꿈과 현실, 산 자와 죽은 자, 생물과 무생물의 경계를 넘나드는 이야기들은 『그 노래는 어디서 왔을까』에서도 지속적으로 변주된다. 1960년대부터 시작하여 새마을 사업이 한창이던 70년대를 거쳐 80년대의 폭압적 현실을 아우르는 이 작품에서 핵심이 되는 것은 힘없고 소외된 여성들이 겪는 고통스러운 수난사이다. 소설은 '새정지'라는 농촌마을에서 야만적으로 벌어지는 경제적, 성적 침탈의 과정이 '광주'의 끔찍한 학살로 옮겨지는 과정을 의도적으로 대비시킨다. 이처럼 광주항쟁에서 벌어진 공권적 폭력과 학살의 사건을 한국사회의 개발주의와 근대화 과정의 폭력적 구조 속에 위치시켰다는 점에 이 소설의 새로운 면모가 있다.

농촌을 휩쓰는 새마을운동은 도시공간에서도 마찬가지로 작동한다.

묘자와 정애는 초가집을 슬레이트로 바꾸는 '부로꾸'의 물결 속에서 많은 것을 빼앗기고 고향을 떠난다. 정애뿐 아니라 마을 사람들 역시 지붕에 슬레이트를 올리고 부로꾸담을 쌓고 해마다 종자와 비료와 농약과 비닐을 사기 위해 빚을 지다가 고향을 떠난다. 급속한 개발 과정에서 드러나는 소외와 어둠은 소설의 도입부에서 '시멘트'가 마을에 스며드는 뛰어난 비유를 통해 형상화된 바 있다. "동네에 시멘트 아닌 것은 아무것도 없었다. 사람들은 시멘트가 된 소한테 시멘트 여물을 주었다. 시멘트 여물을 먹은 소가 싼 시멘트 소똥이 시멘트 길 위에 쏟아져 바로 굳었다. 시멘트 소똥은 결코 땅에 스며들지 않고 다시 시멘트 가루가 되어 공중으로 날아갔다"(18~19면)에서 보듯이 '시멘트'는 자연을 파괴하는 근대적 물결의 한 흐름으로 상징화된다. 시멘트가 마을에 스며드는 장면은 산업화되는 시공간 속에서 파괴되는 자연의 리듬을 속도감 있게 그려낸다. 삶의 소박한 공간을 박탈당하고 자연의 리듬과 순환적인 시간을 파괴당하는 과정은 인간과 생태계 전체에 가해지는 폭력에 다름 아니다.

시멘트의 범람과 침탈로 상징되는 근대적 공간에 바로 정애와 묘자의 고통스러운 삶과 '잃어버린 말들의 세계'가 놓여 있다. 가슴에 울음이 가득 찬 정애의 아버지는 "융구 쇼바 슝가 아리따 슈바 슈하가리 차리차리 파파"(9면)로 자기 의사를 전달하고 어머니는 "흥웅으으으으으" 혹은 "꾀꾀"(10면)이라고 감정을 표현한다. 말을 하고자 하지만 말이 되지 못하는 아버지의 답답한 이야기와 대조적으로 어머니의 말은 자신의 감정을 분명하게 표현한다. 침묵과 울음, 혼잣말과 노래 등 다양한 몸짓과 소리의 세계는 일상적 언어에 담기지 못하는 복합적인 감정과 슬픔을 표현한다. 소통의 언어는 인간뿐 아니라 그를 둘러싼 자연의 온갖 생물과의 관계 속에서 확장된다. 한 예로 자신도 성폭력을 겪은 정애가 역시 겁탈의 충격으로 병사한 동생을 가슴 아파하며 가죽나무, 뜸부기, 구렁이들과 나누는 대화(42~43면)는 실제적인 사건의 묘사보다도 더 생생하게 현실을 전달한다. 이 말들의 세계는 명시적인 언어들이 결여한 감수성과 소통의 영역을 보여줌으로써 역설적으로 그 언어들이 재현하지 못했던 폭력적 세계의 실상을 동시에 드러내는 것이다. 아감벤(G. Agamben)의 말을 빌리자면 소설 속의 인물들이 나누는 언어는 '소통 가능성의 소통'을 보여주는 몸짓과도 같다. 이렇듯 일반적인 언어활동 속에서 파악되지 않는 다양한 몸짓의 세계는 또다른 언어이며 "어떤 초월성도 없이 말 고유의 매개성 속에서, 그 자체의 수단으로-존재함 속에서 그 말을 전시"한다.[4]

소리와 몸짓의 언어는 '5·18'의 참상을 다룰 때도 고유한 상징적 장치로 작동한다. 소설의 극적 긴장을 주조하는 핵심적 사건인 '5·18'이 정면으로 다루어지지 않는다는 점은 매우 흥미롭다. 폭력과 학살의 참상은 그 상흔을 직접적으로 입고 망가져버린 사람들의 처참한 모습을 통해서 형상화된다. 그것은 이 소설에서 가장 강력한 상징인 '오일팔 또라이'로 불리는 이들에 대한 묘사로 대변된다.

> 바람이 불었다. 찌푸린 하늘에서 눈이 내리기 시작했다. 바람 불고 눈 오는데 용재가 꼼짝도 않고 서 있다고 카센터 골목 사람들이 오며 가며 말하고, 기름 묻은 장갑을 벗으면서 말하고, 끼면서 말했다. 그러면서 그들은 그냥 일했다. 그들은 혀를 찼다. 오일팔 또라이들이여, 쟈들이. 깡깡깡. 시내 가봐. 순 저런 애들이 길 가상에 앉아서 비구경허는 중들 모냥으로 오는 사람 가는 사람 쳐다보고 있더라고. 치지직치지직. 누군들 속 편하겠는가마는, 헐 수 없는 일이제.(89면)

박용재가 보여주는 '오일팔 또라이'의 모습은 '광주'에서 벌어진 참혹한 일들을 고스란히 상상하게 한다. 5·18 당시 숙소에서 갑자기 끌려

---

4 조르조 아감벤 『목적 없는 수단』, 김상운·양창렬 옮김, 난장 2009, 71면.

가 폭행을 당하고 거리로 휩쓸려 나갔다가 감옥과 삼청교육대까지 다녀오게 된 박용재는 온전한 말을 잃어버리고 "끼루루룩, 쿡쿡쿡, 하요이하요……"같은 중얼거림만 계속한다. 광주에 와서 콩나물 장사를 하던 정애 역시 총소리가 울려 퍼지던 날 군인들에게 윤간을 당하고 거리를 떠도는 '미친년'이 되며, 용순의 남편 오만수는 공수부대 무전병으로 5·18을 겪고 그 죄책감으로 정신질환을 앓고 있다. 가해자와 피해자가 다 같이 고통을 겪는 이 참혹한 상황은 그들을 지켜보는 주변 사람들에게도 고통으로 다가온다.

'오일팔 또라이'의 상징과 더불어 광주에서 사람들이 맞닥뜨린 폭력과 학살의 구조는 이 야만의 체험이 순식간에 일상으로 흡수되는 과정 또한 보여준다. 진상의 은폐가 얼마나 순식간에 이루어졌는지는 숙자의 딸 당금이가 무심히 던진 말에서도 드러난다. "엄마, 뭔 세상이 이런다요? 군인들이 사람들을 맥없이 두들겨패고 죽이고 했던 것이 다아 거짓말 같네. 지난봄에 사람들이 죽기는 죽었었던가?"(117면) 폭력과 학살을 은폐하는 섬뜩한 일상의 세계는 정애가 다시 고향인 새정지에 돌아와서도 겪어야 하는 폭력과 고통의 세계로 드러난다.[5]

이 소설이 그리는 광주가 "1970년대와 분리해서 말할 수 없는 일련의 역사적 흐름"[6]과 연동하고 있는 것, 광주항쟁 자체의 기록에 한정되지 않고 "항쟁을 전후한 시대적 변화를 포착하고 있다"[7]는 사실은 중요한 논점

---

5 넋이 나간 정애는 박샌 및 마을 남자들에게 지속적인 폭력의 대상이 되고, 용재의 폭력을 방어하다가 살인을 저지르고 수감된 묘자에게 찾아온 용재의 동생은 5·18 피해 보상금을 수령하려고 하니 도와달라고 한다. '그 사건에 대하여 화해 계약'하겠다는 문구가 삽입된 서류는 광주의 학살과 수난이 시간의 흐름 속에 무심히 봉합되는 한 장면을 보여주는 것이기도 하다. 새정지에서 약한 사람들을 괴롭히고 온갖 악행을 일삼는 박샌이 마을의 이장으로 이득을 누리며 살아가는 모습 역시 광주의 폭력과 학살이 은폐되는 현실의 또다른 비유이다.

6 이경재, 앞의 글 336면.

7 유희석, 앞의 글 108면.

이다. 아쉬운 점은 이러한 폭력과 착취의 반복, 그리고 그것에 저항하는 인물들의 분열된 내면 이야기가 소설의 후반부에서 같은 강도로 반복된다는 것이다. 소설의 공간이 광주에서 다시 새정지로 옮겨가면서 '오일팔 또라이'에 얽힌 고통스러운 현재적 사연들은 '노래 부르는 여자'와 분열된 기억들의 상징성을 반복하는 형식적 장치에 압도되는 문제를 보인다. 묘자가 수감되고 정애의 귀향과 실종으로 이어지는 소설 후반부의 생활적 에피소드들 역시 상대적으로 밋밋하고 병렬적인 방식으로 제시된다.[8] 사람들의 눈에 나타났다가 사라지기를 거듭하다가 오랜 시간이 흐른 후 묘자와 조우하는 듯한 착시를 주는 정애의 모습 역시 환상과 현실을 가로지르는 상징에 과도하게 얽매인 인상을 준다. 이러한 형식적 장치의 반복성에 대한 비판적 논평은 광주 이후의 삶은 과연 어떻게 이어지는가에 대한 서사적 응답을 요구하는 것이기도 하다. 과거와 현재, 꿈과 현실을 가로지르는 인물들의 다양한 사연과 분열된 목소리는 폭력적이고 억압적인 언어의 성채에 구멍을 내고자 하는데 궁극적으로 그것이 가닿아야 할 것은 현실과의 대면이다. 그런 점에서 소설의 마지막 장면에서 "빗속으로 멀어지면서 어느 순간 가뭇없이 사라"(259면)지는 여자의 모습은 여전히 계속되어야 하는 또다른 '오월 이야기'의 과제를 암시하는 듯하다.

---

8 착취와 폭력의 양상과 대조되어 그 속에서도 나름대로의 생계를 꾸려가는 인물들이 서로 주고받는 공감과 위무는 공선옥 소설의 고유한 활력이다. 이 소설에서도 그러한 활력은 부분적으로 감지되지만 짧은 삽화로 스쳐 지나간다. 묘자가 '공비 놈의 새끼'로 의심받는 아이 산돌을 데려다가 일곱살까지 키우는 에피소드나 정애와 묘자를 진심으로 보듬어주는 숙자의 이야기, 묘자와 용순이 나누는 공감대 등이 그 예다.

3

공선옥의 『그 노래는 어디서 왔을까』가 분열된 말들의 상징적인 세계를 통해 광주항쟁이 남긴 트라우마를 서사화했다면 한강의 『소년이 온다』는 학살과 고문의 피해자들이 토로한 직접적인 증언의 세계를 소설의 중심부에 놓는다. 공선옥 소설에서도 내면의 고백과 기록을 뒤섞는 방식이 잘 드러나지만 한강의 소설은 시간적 연대를 의미하는 핵심적 장치로서 시점 교차를 도입하고 있다. 이 소설은 5·18 당시 함께 시위대에 휩쓸렸다가 총을 맞고 쓰러진 친구를 찾는 소년 동호의 이야기로부터 시작되어 정대의 혼, 김은숙, 나, 임선주, 동호 어머니 등의 목소리를 교차해나간다. 동호의 행적을 중심으로 5·18 당시 도청에 있었던 인물들의 이야기가 차례로 서술되면서 에필로그에서 이들의 증언을 모으고 기록하는 '나'의 존재를 부각하는 방식이다. 여러 평자가 지적했듯이 『소년이 온다』는 증언서사의 소설화를 통하여 공동체의 소명의식과 접속되는 개인의 윤리의식을 강렬하게 환기하는 작품이다. "미학으로 하여금 정치에 이르게 하는 윤리의 힘"[9] 혹은 "치유될 수 없는 트라우마로 여전히 남아 있는 1980년 광주"[10]를 향한 애도의 작업을 보여주는 이 소설은 고백의 화법을 통하여 역사적 기억을 현재화한다.

『소년이 온다』는 한강의 소설로서는 보기 드물게 사회역사적인 시공간을 직접적으로 작품의 무대로 끌어들인다. 이 소설이 활용하는 고백적 화법은 『희랍어 시간』(문학동네 2011)에서 이미 실험된 바 있다. 말을 잃어가는 사람과 시력을 잃어가는 사람이 서로의 존재를 감각하고 소통하는 이야기는 『소년이 온다』가 탐색하는 증언의 문제와 맞물린다. 『희랍어 시

---

9 서영채 「문학의 윤리와 미학의 정치 」, 『문학동네』 2014년 가을호 553면.
10 이소연 「사자의 길, 산 자의 몫 」, 『21세기문학』 2014년 가을호 253면.

간』이 주목하는 '언어의 발화 양상'은 비극적인 세계를 견뎌내려는 실존적인 주체의 초월의지를 중심으로 형상화된다. 글쓰기, 혹은 언어의 가능성을 탐색하는 인물들의 예술가적인 고투를 통해 세계에 대한 질문을 던지는 한강 소설의 특징은 『소년이 온다』에서도 공유된다.

진실을 알리겠다는 증언의 욕구와 더불어 이 소설에서 무엇보다 두드러지는 것은 시대적 현실과 연결된 윤리적인 책무의식이라고 할 수 있다. 이 윤리의식은 '살아남은 자'의 죄의식과 부끄러움을 수반한다. 동호는 정대를 마지막으로 본 것이 동네 사람들이 아니라 동호 자신이라는 사실을 마음에 숨기고 있다. 정대가 "옆구리에 총을 맞는 것까지"(31면) 본 동호는 거리에서 정대의 손을 놓치고 그에게 달려가지 못했던 자신에 대해 격렬한 죄책감과 부끄러움을 느낀다. 무명천을 걷기 전에 눈을 감지 않겠다고 다짐하는 동호는 *"아무것도 용서하지 않을 거다. 나 자신까지도"*(45면)라고 되뇐다. 이 속삭임은 "묻고 싶었어. 왜 나를 죽였지. 왜 누나를 죽였지, 어떻게 죽였지"(52면)라는 정대 혼의 고통스러운 물음과 마주하는 것이기도 하다. 끔찍한 학살이 행해진 거리 분수대에서 흩어지는 물줄기를 보며 "어떻게 벌써 분수대에서 물이 나옵니까. 무슨 축제라고 물이 나옵니까. 얼마나 됐다고, 어떻게 벌써 그럴 수 있습니까"(69면)라고 항변하는 은숙의 목소리는 김진수의 죽음을 가슴 아파하는 증언자의 목소리로 연결된다. 이들을 옥죄는 것은 "왜 그는 죽었고, 아직 나는 살아 있는지"(108면)라는 절박한 물음이다.

소설에서 서사를 연결하는 중요한 고리가 되는 동호는 각기 다른 인물들의 기억과 상상 속에서 조립되는 인물이다. 동호의 어머니에 의해 동호와 관련된 가족의 기억이 좀더 풍부하게 드러나지만 애초에 이 인물은 완성된 형상화를 전제하지 않는다. 현재로 점점 다가올수록 동호의 존재는 완결된 기억 속의 인물이 아니라 복잡한 질문을 떠안는 개방된 의미로 다가온다. 각기 다른 인물들의 증언을 연결하는 것은 동호에 관련된 기억이지만 동호의 이야기를 통해 서사를 실질적으로 구성해가는 것은 에필로그 화자인 '나'이다. 에필로그 화자이면서 인물들의 증언을 수합하는 '나'의 존재는 1장에서 등장한 '너'의 호명에서 이미 암시되고 있기도 하다. 이처럼 『소년이 온다』를 움직이는 기본적인 동력은 '말하는 자'와 '듣는 자', '묻는 자'와 '답하는 자'의 간결한 구조 속에서 파생된다. 소설은 역사적 기억을 문학적으로 증언하려는 강력한 욕구와 더불어 그것을 들어줄 사람을 끊임없이 호명하고 있는 것이다.

이 대목에서 개개의 증언들이 내뿜는 정서적 파장을 추동하는 에필로그의 기능을 좀더 면밀히 살펴보지 않을 수 없다. 소설의 말미에서 모습을 드러낸 에필로그의 화자는 동호의 이미지라는 분산된 기억들을 수습하여 이 증언이 행해지게 되는 현재적 배경을 분명히 설명한다. 화자가 용산에서 망루가 불타는 영상을 보다가 *"저건 광주잖아. 그러니까 광주는 고립된 것, 힘으로 짓밟힌 것, 훼손된 것, 훼손되지 말았어야 했던 것의 다른 이름이었다. 피폭이 아직 끝나지 않았다. 광주가 수없이 되태어나 살해되었다. 덧나고 폭발하며 피투성이로 재건되었다"*(207면)라고 중얼거리는 장면은 이 소설이 '광주'를 소설의 역사적 시공간으로 귀환시킨 이유를 직접적으로 드러낸 것처럼 보인다.

작위적으로도 보일 수 있는 이 관습적 서술장치의 노출은 적어도 소설 내부에서는 서사를 엮는 필연적인 플롯에 해당한다.[11] 그것은 모순적이면서도 흥미로운 서사전략이다. 텍스트 바깥에서 관찰자로 머물러 있던 기록자는 직접적으로 소설로 걸어 들어와 독자에게 질문을 던진다. 왜 나는 광주를 기록하려고 하는가. 당신은 왜 지금 이 기록을 읽고 있는가를

---

11 그런 점에서 이 소설이 활용하는 에필로그의 설명적 기능은 신경숙의 『엄마를 부탁해』와 비교해봐도 흥미롭다. 『엄마를 부탁해』의 에필로그가 경험적 현실의 한 축으로 자리잡은 화자의 목소리를 담은 것이라면 『소년이 온다』는 숨은 관찰자로 존재하던 화자의 목소리를 들여오는 형식을 취하고 있다.

질문하는 이 직접적인 화법의 세계는 다양하게 들끓는 증언의 목소리들을 통합하려는 안이한 서술방식으로 읽힐 수도 있다. 그런데 자칫하면 독자에게 권위적인 존재로 다가올 수 있을 이 목소리를 찬찬히 살펴보면 그 설정 자체부터 작품을 장악할 수 없는 위치에 있음을 알 수 있다. 에필로그의 화자는 광주에서 어린 시절을 보내고 5·18이 일어나기 직전 서울로 이주했으며, 동호와 정대는 화자가 떠난 후 그 집에 이사 온 소년들이다. 오랜 시간이 흐른 후 화자가 왜 이들의 삶을 복원하고 추적하는지에 대한 실질적인 계기가 여기에서 설명된다. 그러나 엄밀하게 보면 '광주'를 직접적으로 겪지 않은 이 화자의 관찰자적 위치는 소설을 읽고 있는 독자의 위치와 크게 다르지 않다. 그가 소년들의 죽음에서 느끼는 고통과 분노는 직접적인 경험세계를 벗어나 '광주의 열흘'이 갖는 의미를 상상하고 의미 짓는 공동체의 윤리와 연결된다. 화자가 갖는 이러한 유동적인 서술 위치는 주관적 체험 속에 묻힌 후일담을 벗어나는 중요한 출구가 된다. 설사 화자가 광주에 살지 않았다 할지라도 소년들을 기억하고 그들의 죽음에 얽힌 진실을 해명하고자 하는 책임의식은 한 사회공동체의 일원으로서 마땅히 공유되어야 하는 것이다. 기록자가 호소하는 이 윤리적 소명의식은 체험을 넘어서는 간절한 상상력의 울림으로 다가온다. 소설의 도입부에서 동호가 들여다보는 "초의 불꽃"(12면)이 에필로그의 화자가 응시하는 "반투명한 날개처럼 파닥이는 불꽃"(215면)으로 연결되어 다가올 수 있는 것도 이런 맥락에서이다.

그렇다면 이 지점에서 광주의 기억을 역사적으로 애도하는 이 소설의 의의와 관련하여 좀더 깊은 질문을 던져볼 수 있을 것이다. 『소년이 온다』가 가동하는 역사적 트라우마의 문제는 특정한 세대론적 체험이나 개인의 윤리 문제로만 귀환하지 않는 세심한 독법을 요구한다. 가령 서영채는 한강의 소설이 '민주화 이후 세대'로서 "문학과 정치의 직접적 결합태로부터의 원심적인 경향과 흐름을 같이하면서" 자기세계를 구축해왔다고 논하면서『소년이 온다』가 보여주는 문학의 정치성이 "자기 충실성을 향해가는 윤리적 과정의 결과물"이라고 해석한다.[12] 이 논의는 윤리적 의식을 가진 개인이 타인과 소통할 수 있는 보편성을 지닌 개인이 되는 과정을 작품 속에서 섬세하게 규명하면서도 궁극적으로 이 작품에서 구현되는 문학적 윤리는 '집단적인 이념을 통해서가 아니라 개인적인 것으로서의 윤리'임을 강조한다. '민주화 이후 세대'라는 명시 속에 90년대 이후의 한국소설들이 담아내는 사회적 상상력이 모두 해명될 수도 없지만, 무엇보다도 집단과 개인, 이념과 윤리를 대조시키는 구도 속에서는 이 소설이 보여주는 트라우마의 미학적 한계 역시 말하기 어렵게 된다.

역사적인 시간의 차이를 개입시켜 바라본다면『소년이 온다』가 부각하는 공권력의 폭력과 학살의 참상은 소설이 채 다루지 못한 지점 역시 환기한다. 소설은 광주항쟁의 현장에서 출발하지만 80년대 중반과 90년대, 2000년대를 거쳐 현재까지 이동한다. 이처럼 각 장에서 인물을 바꾸어 진행되는 증언의 형식은 동시에 그것이 놓인 각각의 역사적 시간대를 성찰하는 방식으로 연결되지 않을 수 없다. 작가는 인간의 존엄성을 파괴하는 끔찍한 폭력과 학살에 대한 증언이 '광주'에만 머무르는 것이 아님을 거듭 강조한다. '광주'의 참상은 역사적 시공간을 가로질러 '베트남전'과 '관동·난징' '보스니아 내전' '제주도 4·3항쟁' '용산'으로 접속된다. 이처럼 증언의 진정성은 역사의 현재성을 강조하지만 한편으로 이러한 역사적 시간들의 '차이'를 '학살'이라는 동일화된 상징을 넘어서 어떻게 구체적으로 서사화할 것인가에 대해서는 새로운 고민을 남긴다. 소설에서 김진수에 대한 기억을 증언해달라는 윤선생에게 화자는 간절하게 되묻는다. "지금 내 말들을 녹취함으로써 김진수가 죽어간 과정을 복원할 수 있습니까? 그와 나의 경험이 비슷했을지 모르지만, 결코 동일하지는 않았

---

12 서영채「문학의 윤리와 미학의 정치」,『죄의식과 부끄러움』, 나무나무 2017, 452~53면.

습니다. 그가 혼자서 겪은 일들을 그 자신에게서 듣지 않는 한, 어떻게 그의 죽음이 부검될 수 있습니까?"(108면)라는 질문은 결국 '그의 죽음'과 '나의 해석'이 위치한 역사적 시간대의 차이와 구체성을 묻는 질문이기도 하다.

역사적 체험을 문학화한다는 것은 개별 주체들의 서사적 기억이 갈등하고 부딪치면서 공동체의 서사적 기억을 형성하고 변화시켜나가는 과정을 의미한다. 그런 점에서 앞에서 살펴본 공선옥과 한강의 소설은 현재적 시점에서 광주서사를 새롭게 가다듬는 중요한 소설적 시도를 보여준다. 결국 문학이 역사의 시간대를 성찰한다는 것은 단순한 과거회귀를 의미하는 것이 아니라 현재의 체제가 가두고 있는 사고를 전복적으로 열어놓는 것을 의미한다. 제임슨(F. Jameson)의 표현에 기대자면 그것은 "사회체제 너머에 있는 또 하나의 사회체제를 상상하"는 지난한 작업이다.[13] 그의 전언대로 우리가 하나의 체제 내에서만 사고한다면 또다른 체제를 어떻게 상상할 수 있을지 알기는 어렵다. "부재 자체가 하나의 역사적 현상일 수 있음을 생각함으로써 역사의 새로운 단계들을 상상하려고 노력할 수 있는 가능성을 회복할 수 있다"[14]라는 말은 문학이 주목하는 결핍과 상처가 궁극적으로는 현재의 장막을 걷어 그 너머의 역사적 지평을 상상하게 하는 힘을 갖고 있음을 알려주는 것이다.

---

13 프레드릭 제임슨 「오라시오 마친과의 인터뷰」, 『문화적 맑스주의와 제임슨』, 신현욱 옮김, 창비 2014, 232면.
14 같은 곳.

역사적 사실과 문학적 진실의 경계

◆

홍석중 『높새바람』

1. 벽초 홍명희의 『임꺽정』과 홍석중의 작품세계

홍석중(洪錫中)은 북한에서 벽초 홍명희(洪命熹)의 친손자로 잘 알려져 있는 작가다. 홍명희의 장남인 홍기문(洪起文)의 아들로 태어난 홍석중은 어릴 때부터 조부인 홍명희의 영향을 많이 받아 책 읽기를 즐겨 하였다. 소설가 홍석중에 대한 개인적 자료는 홍명희의 생애에 대한 연구를 통해 간접적으로 추정할 수 있으며 북한을 방문한 사람들의 후일담을 통해서 알려지기도 했다. 홍명희의 생애를 다룬 강영주(姜玲珠)의 연구에 따르면 홍석중이 태어난 해인 1940년에 아버지 홍기문과 식구들은 홍명희의 집에서 멀지 않은 경기도 양주군 노해면 방학동에서 살았던 것으로 보인다.[1] 소설가 황석영(黃晳暎)의 북한 방문기에도 단편적으로나마 홍석중의 이야기가 언급된다.[2] 홍명희와 그의 일가족은 해방 후 월북을 권유받고 서

---

1 강영주 『벽초 홍명희 연구』, 창작과비평사 1999, 353면.
2 황석영 『사람이 살고 있었네』, 시와사회사 1993.

울을 떠나 평양에 정착하였다. 김일성은 사상가이며 문학적 거성인 홍명희를 평생 극진히 대우했으며 그의 일가도 북한에서 고위직을 맡아 명문 가계로 인정을 받았다. 북한에서 홍석중이 갖는 작가적 위치가 이러한 가문의 힘에 어느 정도 힘입고 있는 것은 당연한 일인지도 모른다.

소설가 홍석중을 이야기할 때 그의 가계를 언급하게 되는 것은 그의 문중 사람들이 한국의 근현대사와 긴밀하게 맞물려 있는 상징적인 인물들이기 때문이다. 판서를 지낸 홍우길(洪祐吉), 참판을 지낸 조부 홍승목(洪承穆), 군수로서 경술국치 당시 순국한 홍범식(洪範植), 소설가이자 민족지도자로 한국 근대사의 전개에 영향을 끼친 홍명희, 식민지 시기 사회운동가요 국어학자였으며 월북 후 사회과학원 원장을 지낸 홍기문 등을 아우르는 홍명희 일가의 역사는 한국 근현대 지성사의 변천을 집약적으로 보여주는 하나의 축도로 평가된다.[3]

어릴 때부터 조부에게 영향을 받아 소설가의 욕망을 가지고 있었으면서도 홍석중의 실제 작품활동은 뒤늦게 시작되었다. 사십대에 이르러서야 『높새바람』(1983)이라는 작품으로 독자와 만난 그는 출발점에서부터 조부인 홍명희의 작품과 자신의 작품이 깊은 친연성을 갖고 있음을 드러낸다. 『높새바람』은 한동안 북한에서 홍명희의 숨겨진 유작이라는 소문이 떠돌 정도로 홍명희의 『임꺽정』과 유사한 면모를 보여준다. 유작 소문을 들은 홍석중의 마음이 상하자 아버지 홍기문이 "어쨌든 네 작품이 할아버지가 쓰신 것으로 소문이 돌 만큼 세상에 인정이 되었다면 너로서도 기뻐해야 할 일이 아니냐?"라고 반색하였다고 한다. 실제 홍석중은 "내가 뒤늦게 문단에 첫발을 내딛으면서 력사소설을 쓰려고 생각한 것부터가 『림꺽정』을 떼어놓고 생각할 수 없는 일이며 내가 처녀작의 소재를 『림꺽정』의 시대적 배경과 대단히 가까운 시기로 선택한 것도 우연한 일이 아

---

3 강영주, 앞의 책 12면.

니다. 나는 내 소설에서 벽초 식의 조선적인 맛과 향기와 흥미를 이어보려고 했고 풍부한 어휘와 성격적인 대사 묘사를 배우려고 했었다"라고 고백한다.[4] 홍명희의『임꺽정』은 어린 손자였던 홍석중에게도 매우 인상 깊은 작품이었으며, 언젠가 조부의 작품을 넘어서보고 싶다는 욕심을 품게 한 것이다. 홍석중이『임꺽정』의 축소판인『청석골 대장 림꺽정』(1989)을 출간하게 된 것도 같은 맥락에서다.

홍석중은 홍명희를 회고한 글을 통해 자신의 유년 시절을 다음과 같이 이야기한다. "우리 집 가풍이 워낙 그렇다보니 나는 형님들헌데 졸경을 치러가며 일찍 글을 깨쳤고, 글을 깨치자마자 곧 무서운 책벌레가 되어버렸는데, 그 정도가 어찌나 지나쳤던지 온 집안의 미움받이 노릇을 하게 되었다. 서울 돈암정에 살고 있을 때는 아무도 모르게 다락에 올라가서 책을 보다가 그대로 잠이 드는 바람에 아이를 잃어버렸다고 온 집안이 밤새 거리로 뛰어다니는 소동을 빚어냈는가 하면, 전쟁이 끝난 직후 언젠가는 소설책에 미쳐 공부를 하지 않는다고 아버지가 화를 내시는 바람에 어쩔 수 없이 골방에 쌓아두었던 백여권의 책을 함실 아궁이 앞에 끌어내다놓고 밤새 그 책들을 뜯어 불을 때야 했던 일도 있었다."[5]

어린 홍석중은 학교에서 쉬는 시간에도『임꺽정』을 붙잡고 있을 정도로 조부의 소설에 심취해 있었다. 홍명희는 손자 앞에서는『임꺽정』을 '잘난 이야기책' 정도로 이야기할 뿐 자신의 작품을 소설로 공인하지 않았다. 어린 시절『임꺽정』을 통해 감동과 희열을 맛보았던 홍석중은 한편으로 '주인공의 성격에 대한 의혹과 불만'도 가졌다. 그것이 홍석중으로 하여금 훗날『청석골 대장 림꺽정』을 쓰게 만들었던 것이다.[6]

---

4 홍석중「벽초의 소설『림꺽정』과 함축본『청석골 대장 림꺽정』에 대하여」,『노둣돌』 1993년 봄호 329~33면 참조.
5 같은 글 329면.
6 홍석중은『청석골 대장 림꺽정』에 대해 다음과 같이 설명한다. "『임꺽정』의 미완성 부

홍석중에 대한 자료가 많지 않은 상황에서 그의 작품세계를 언급하기란 녹록지 않다. 구해볼 수 있는 자료는『높새바람』과『청석골 대장 림꺽정』인데 후자가 어린이를 독자로 생각하고 쓴 창작물이라는 점을 감안하다면 본격적인 작품으로 고찰할 수 있는 것은『높새바람』이다.『높새바람』은 홍석중의 작품세계를 보여주는 중요한 작품인 동시에 1980년대에 창작된 북한소설이라는 점에서 최근 북한소설의 경향을 가늠할 수 있는 중요한 징표로서 가치를 지니는 작품이라고 할 수 있다.

2. 1980년대의 북한소설

북한문학의 성격이 1967년을 기준으로 이전과 이후 시기가 확연히 구분된다는 것은 많은 연구자들에 의해 밝혀진 바 있다. 1967년 이전의 북한문학이 일제강점기와 해방기의 특성을 공유하는 연속성을 지닌다면 그 이후의 작품들은 주체사상의 문학적 수렴을 목표로 한다는 차이점을 지닌다. 항일혁명문학의 전통을 내세우는 주체문예는 목표와 주제를 선명

분인 임꺽정 농민 무장대의 청석골과 구월산 싸움 장면까지를 더 보충하였으며, 이 부분에서 임꺽정을 비롯한 주인공들의 최후와 농민 무장대가 싸움에서 실패한 이야기를 담음으로써 작품을 내용상 완결시켰다. 실제로 벽초의 원래 구상을 따르면 림꺽정이가 죽은 다음에도 백손이와 황천왕동의 운명선을 좇아 소설이 더 앞으로 나가야 했다(원작에 나오는 관상쟁이 마씨의 말을 상기해보라). 그러나 나는 벽초의 구상대로 백손이와 황천왕동이가 살아남는 것으로는 만들었으되 그 이후 그들의 운명에 대한 이야기는 작품권 안에서 잘라버리고 말았다. 왜냐면 주인공의 죽음으로 이야기는 이미 끝나버리는 것이며 그 다음에 이어질 이야기는 군더더기로서 오히려 작품이 여운을 남기는 데 방해가 되리라 생각하였기 때문이었다. (…) 나는 지금도 내가 어린 시절『림꺽정』을 읽으며 느끼지 않을 수 없었던 주인공의 성격에 대한 의혹과 불만을 잊을 수가 없다. 나는 림꺽정이가 깨끗하고 정의로운 영웅으로서 어린 독자들의 사랑을 받는 주인공이 되기를 원했다. 그래서 의도적으로 성격을 리상화시켰다."(같은 글 336~37면)

히 하는 창작방법론을 독려하였다. 이러한 창작원리가 일부 작가들에게 는 강박으로 작용하여 인물과 구성의 도식화, 주제의 천편일률성이라는 문제점을 낳은 것도 사실이다.

1980년대에 접어들자 북한의 소설계는 주체사상 구현이라는 획일적인 도식을 일상적인 공간으로 끌어들이려는 시도를 보이기 시작했다. 새로 운 인간을 창조하고 현실의 구체성을 확보하라는 당의 문예적 요구는 '사 회주의 현실 주제의 문학'으로 명명되어 '역사 주제의 문학'과 변별되었 다. 일상적 공간과 역사적 공간의 구분은 단편소설과 장편소설 장르를 구 분하려는 움직임과도 연결된다. 현실성을 띤 주제를 선택한 작가는 단편 소설 양식을 선호했고 역사 주제를 선택한 작가는 장편소설에 관심을 기 울였다.

소재의 변화뿐 아니라 인물군상의 변화도 1980년대 북한소설의 중요한 양상이다. 특히 '숨은 영웅'의 형상화는 이 시기 소설을 지배한 주요 원리 였다. 일상공간을 소재로 하는 만큼 비범한 인물보다는 일반인이 친근감 을 느낄 수 있는 인물을 주인공으로 내세우되 그들의 사상 변화 과정을 세밀하게 포착함으로써 리얼리티를 확보하고 감동을 배가하는 것이 이 시기 문학의 요구사항이었다.

최근 북한소설에서의 인물은 "과거의 영웅적 인물이 아니라 일상생활 속에서 충분히 가능하고 존재하는 숨은 영웅이라는 점에서 이전 시기의 인물과 다르다. 이러한 인물은 막연한 지향이 아니라 현재 북한의 현실에 서 추출해낸 인물의 모습"[7]으로 형상화된다. 예컨대 고병삼의 『대지의 아 침』(1983)이나 최상순의 「나의 교단」(1982), 김봉철의 「나의 동무들」(1982) 은 '숨은 영웅'의 한 예를 잘 드러내준다. 김재용(金在湧)은 이러한 현상

---

7 김한식 「북한소설에서 현실모순의 형상화 문제」, 최동호 엮음 『남북한 현대문학사』, 나 남 1995, 484면.

을 "주인공의 성격변화가 80년대 북한의 현실 주제 소설에서 예외 없이 드러나고 있는 것은 단순한 우연의 일치가 아니고 어디까지나 당의 문예 정책에 크게 기대고 있음을 간과해서는 안 된다. 80년대의 북한 문예정책의 기본을 담고 있는 예의 편지에서 드러나고 있는 것처럼 이 시기에 들어서는 '숨은 영웅을 발굴하고 그들을 따라 배우자'는 운동이 일어나고 이것에 맞추어 소설에서도 과거와는 달리 숨은 영웅을 그리게 된 것이다" 라고 해석한다.[8] 이러한 지적은 '숨은 영웅'을 형상화한다는 대전제가 주체적이고 긍정적인 이념형의 인간을 암암리에 상정하고 있음을 뜻하는 것이다.

긍정적이고 주체적인 '숨은 영웅'의 형상화와 더불어 역사 소재를 다룬 소설에서 핵심적으로 부각되는 것은 '항일혁명투쟁'에 얽힌 이야기들이다. 1959년 이후 북한에서는 항일혁명문학 자료를 대대적으로 발굴하고 출판함으로써 혁명적 문예전통을 공고히 했다. 1961년 조선문학예술총동맹의 규약은 "우리나라의 유구한 역사를 통하여 발전한 진보적인 민족문화 유산과 조선프롤레타리아문학예술동맹의 문학예술 전통, 특히 1930년대 항일 무장투쟁 시기의 혁명적 문학예술 전통을 발전시킨다"라고 선언하고 있는데, 실제 많은 작품이 이러한 창작지도에 힘입어 『피바다』와 같이 영화, 가극 형식으로 발전되기까지 했다.

홍석중 역시 이러한 문학적 흐름을 직간접으로 의식하고 창작에 반영한 것으로 짐작된다. 그의 『높새바람』은 시대, 인물, 구성의 역사적 특징을 통해 북한소설의 한 경향을 반영한다. 갈등하고 고뇌하는, 그러면서도 긍정적 주체성을 잃지 않는 '숨은 영웅'에 대한 형상화는 『높새바람』의 주제와 암암리에 연결된다. 흥미로운 지점은 '숨은 영웅'에 대한 홍석중의 형상화가 단순히 긍정적이고 주체적인 인물상을 부각하는 것으로만

---

8 김재용 『북한 문학의 역사적 이해』, 문학과지성사 1994, 262~63면.

치우치지 않았다는 점이다. 『높새바람』이 다루는 중종반정, 삼포왜란 등은 민초인 놉쇠와 양반계급인 이우증을 내세워 관찰되고 새롭게 해석된 역사다. 등장인물들은 역사적 흐름 속에서 자신의 계급적 정체성을 고민하고 갈등하는 인물들로서 리얼리티를 확보하고 있다. 이 점이야말로 『높새바람』을 북한소설의 테두리에 고정시키지 않고 읽게 하는 힘이 된다.

3. 역사적 사실과 문학적 진신의 경계

『높새바람』[9]의 줄거리를 간추리면 다음과 같다. 몰락한 양반의 자식인 이우증은 중종반정을 도모하는 정치세력에 합류했다가 우연히 천민 놉쇠를 알게 된다. 놉쇠와 이우증은 부모를 왜적에게 빼앗긴 공통적인 아픔을 안고 있다. 놉쇠에게는 순정한 사랑을 나누던 희영녀란 인물이 있었지만 그녀마저 연산군에게 끌려가고, 놉쇠와 이우증은 폭군 연산군의 섭정을 뒤엎자는 대의를 함께한다. 그러나 반정이 이루어지고도 관료세력과 왜인의 결탁은 은밀하게 진행된다. 놉쇠는 정부의 관료들마저 왜인들과 밀통하여 부를 축적하는 현실을 강하게 비판하며 화적 마을과 민중적 연대를 도모한다. 심정적으로는 양반 집단에서 쉽게 물러날 수 없었던 이우증 역시 삼포왜란의 와중에 장렬히 전사하면서 자신의 정체성을 깨닫는다. 고향인 밤내말을 지키려고 저항하던 놉쇠는 희영녀와 함께 자신의 몸을 불살라 왜란 진압에 기여한다.

임규찬(林奎燦)은 『높새바람』이 지닌 자유로운 상상력과 민중적 생명력을 적극적으로 평가한다. 그에 따르면 이 소설은 "이조 중기 부패한 권

---

9 『높새바람』의 텍스트는 1993년 연구사에서 총 4권으로 출간된 판본을 참조하였다. 이하 인용시 권수와 면수만 표기한다.

력과 악랄한 왜적에 맞서 자기 한 몸을 불지른 놉쇠란 민중적 영웅을 위한 진혼제이자 민중적 역사의 복원"이라 평가할 수 있으며, 주인공 놉쇠는 "민중의 한을 가슴에 안고 당대 현실을 향해 울부짖으며 자기 몸을 던지는 불화살 같은 삶을 통해 우리 민족사의 뿌리를 보여주"는 긍정적인 인물이다.[10]

이와 달리『놉새바람』의 주제를 가장 적극적으로 재현한 인물인 놉쇠에 대한 평가는 신형기와 오성호에 의해 비판적으로 검토된다. 이들은 놉쇠나 이우증이 "설 곳이 없는 인물들", 즉 완전한 애국자도 혁명적인 인민도 아니라 그 틈바구니에 끼어 갈등하는 특성을 지니고 있다고 분석한다.[11] 이러한 인물들이 각성하는 과정은 목적론적 역사서술의 한 조건이라는 점에서 개연성을 지니지만 이 때문에『놉새바람』역시 불안정한 역사소설이 되었다는 것이 이들의 비판 요지다. 즉『놉새바람』은 북한문학의 한 목적론적 특성을 구현한 작품인 한편 역사적 진실의 구현이나 감동에서는 다소 미흡한 점이 있다는 것이다.

『놉새바람』의 완성도를 따지는 가장 핵심적인 기준은 역사소설의 특성과 덕목을 어느 정도로 구현하고 있느냐일 것이다. 이 소설은 공적인 역사나 기록적인 사실성, 야사적 사실성을 따지는 일반적인 역사소설의 장르적 특징과는 거리를 두고 있다.『놉새바람』이 추구하는 역사성은 "역사적인 사실에의 충실도와 함께 사적인 역사 및 허구적인 측면으로서의 가장적이고 창안적인 독립, 일탈적 요소가 적지 않게 융합된 합성형 역사소설"[12]에 가깝다. 소설이라는 장르의 허구적 상상력을 한껏 끌어들이고자 한 작가의 의도는 이 소설에서 놉쇠라는 인물을 새롭게 탄생시킨 것으로 나타난다.

---

10 임규찬「민족사의 한가운데에서 솟구치는 '놉쇠'의 바람」,『놉새바람』4권 해설, 325면.
11 신형기·오성호『북한문학사』, 평민사 2000, 308면.
12 이재선『현대한국소설사』, 민음사 1991, 327면.

상상력의 영역이라는 측면에서 『높새바람』은 놉쇠와 희영녀의 애절한 사랑, 이우중의 번민이라는 드라마적 갈등요소를 한껏 부각시킨다. 이 점은 여타의 북한소설과 차별화되는 지점이기도 하다. 작가는 직접적으로 자신의 창작관을 다음과 같이 밝히고 있다.

"기록이나 사료가 곧 역사는 아니다. 진정한 역사는 민중들의 마음속에 깃들어 대를 거쳐 마음으로 전해지는 것이니 우리의 주인공 놉쇠에 대하여 전해지는 노래와 전설과 이야기들이야말로 당시의 역사적 진실을 그대로 보여주는 산 자료들이요, 우리 민중들이 마음속에 간직하여 잊지 않고 있는 교훈을 여실히 증명하여주는 것이다.

음력 사월 초, 삼포왜란이 일어났던 그 계절이 돌아오면 매해 어김없이 바다에서 거센 북동풍이 터지곤 한다. 삼포 연안의 배꾼들은 그 바람을 가리켜 높새바람, 또는 녹새바람이라고 부르는데 바로 그 바람이 삼포왜란 당시에 희생된 밤내말의 배꾼 놉쇠가 죽은 원혼이요, 처음에는 놉쇠바람으로 불리우던 것이 차차 와전되어 발음이 변화된 것들이라고 전하고 있다."[13]

『높새바람』이 북한소설의 도식성으로 비판되는 일정한 이념성을 띠고 있는 것은 사실이다. 1967년 이후 북한소설의 당대 과제로 제시되었던 '항일혁명투쟁'의 이념은 작가가 삼포왜란 당시의 민중적 항거에 대해 창작적으로 해석할 수 있는 지반을 제공했다고 볼 수 있다. 폭군인 연산군에게 맞서는 화적들과 민중, 그리고 연이어 터지는 왜적과의 싸움이야말로 '숨은 영웅'을 등장하게 할 수 있는 혁명적 서사의 배경이 된다. 그럼에도 불구하고 작가의 고백에서 엿볼 수 있는 것처럼 놉쇠에 대한 구전적 이야기들은 역사를 넘어 허구적 상상력의 차원에서 재가공된 것이라 볼 수 있다. 그러한 의미에서 작가 자신이 단순한 도식이나 목적론적 이념에

---

13 『높새바람』 4권 맺음말, 318~19면.

의해서만 이 소설을 창작했다고 판단하기는 어렵다. 『높새바람』이 내세우는 민중적 주인공들은 역사소설의 총체성을 구현하기에는 미완적인 인물일 수 있으나 북한소설의 전형적 도식을 무비판적으로 담아낸 것은 아니다. 주인공들의 생생한 내면 묘사를 동반한 데서 오는 문학적인 흡입력이야말로 『높새바람』이 여타 북한소설의 형식적 진부성을 극복하는 동인이 된 것이다.

4. 갈등하는 인물들

『높새바람』의 인물들은 크게 실존인물과 허구적 인물로 나누어 살필 수 있다. 이우증과 류순정, 김세균, 삼포왜란을 일으킨 왜인들이 실존인물군에 해당한다면 놉쇠와 희영녀, 표서방, 날치꾼, 개불이 등은 역사적 개연성에 허구를 가미한 인물군에 해당한다고 볼 수 있다. 여기서 특히 이우증과 놉쇠는 각기 역사와 구전설화 속에 등장하는 인물이지만 소설을 통해 완전히 새롭게 해석되므로 허구적 성격을 강하게 띤 인물들이라 할수 있다. 이우증이 가막개 첨사로 부임하여 삼포왜란의 실질적 진압에 기여했다는 소설적 설정은 사료와 정면으로 대치된다. 더불어 삼포왜란의 승리에 밤내말 사람들의 헌신적인 희생과 놉쇠라는 허구적 인물의 활약이 결정적이었다는 것 역시 독특한 역사해석이다.

이 소설에서 인물들 간의 본격적인 갈등은 지배계급과 피지배계급의 구도 속에서 발생한다. 이우증, 놉쇠, 희영녀, 날치꾼, 개불이는 민중적 건강성을 지닌 선한 인물들이며, 자신의 이득만을 챙기는 류순정, 김세균, 주룡갑, 왜인들은 전형적인 지배계층의 폭압성을 드러내는 사악한 인물로 묘사된다. 지배계급 대 피지배계급의 구도를 악과 선으로 대치하는 설정은 도식적이라고도 볼 수 있다. 이러한 이분법적 구도를 완화시켜주는 인물이 바로 실존적 성격과 허구적 성격을 겸비한 이우증과 놉쇠다.

이우증은 몰락한 양반이지만 본질적인 측면에서 천민인 놉쇠와 같은 신분적 소외감과 박탈감을 맛보는 인물이다. 아버지 이생원은 삼포에 사는 왜인들을 쫓아내자고 임금에게 글을 올렸다가 가덕섬에 끌려가 귀양살이를 하던 중 왜인의 칼에 맞아 불우한 일생을 마친다. 어린 아들과 두 조카아이가 굶어 죽고 역병으로 아내와 어머니와 형수가 죽으면서 서울에 올라온 이우증은 전 이조판서 류순정을 통해 반정 계획에 참여할 것을 권고받는다.

이우증이 보평역말에서 우연히 만난 놉쇠는 왜인의 앞잡이인 장안이와 왜인 사부로를 죽인 죄로 쫓기고 있었다. 그는 이생원과 함께 희생된 밤내말 김서방의 아들이다. 아이러니하게도 왜인과 내통한 주룡갑의 하인인 표서방이 부모를 잃은 놉쇠를 키운다. 파도에 휩쓸려갈 때 놉쇠의 도움을 받으면서 이우증은 운명적인 연대감을 느낀다.

그러나 무엇보다도 강한 힘으로 우증이를 격동시킨 것은 왜놈으로 해서 빚어진 자기들 두 사람의 공통된 불행과 엇비슷한 운명이었다. 왜놈에게 죽은 아버지, 왜놈에게 죽은 김서방, 아버지와 김서방의 유다른 관계와 한날한시의 비참한 죽음.

비록 그들 사이에는 양반과 상놈이라는 하늘과 땅 같은 엄청난 간격이 놓여 있었으나 그러한 공통성만으로도 손을 내밀어 잡기에 충분한 거리만큼 공간이 좁아진 듯싶었다.(1권 131면)

이우증과 놉쇠가 맺는 민중적 연대감은 핍박받는 민중의 궐기라는 소설적 테마를 더욱 공고히 한다. 부패한 정권과 지배계층에 의해 가족사적 아픔을 겪는다는 점에서 이들은 동일한 내적 갈등을 겪는다. 이우증이 부패한 정권에 반감을 표시하며 중종반정 도모에 참여할 수 있었던 데는 몰락한 양반이라는 자신의 신분이 불러일으킨 소외감과 박탈감이 중요한 역할을 했다. 이우증은 이로 인하여 놉쇠에게 친밀감을 표현하고 그를 반정 계획에 끌어들인다. 그는 놉쇠를 통해 계급의 차이를 초월한 인간적 동료애를 맛보고 흐뭇해한다. "진정이 담긴 관심을 가지고 아랫사람의 말에 귀를 기울이"(1권 267면)는 이우증의 변모는 놉쇠와의 연대감으로 인해 가능해진다.

왜인에게 가족을 빼앗기고 살인범으로 몰려 도주하던 놉쇠 역시 이우증의 양반답지 않은 겸손하고 소탈한 풍모에 이끌려 그의 말에 귀 기울이게 된다. 그는 이우증의 설득을 통해 자신의 개인사적 아픔에서 벗어나 대의명분에 눈길을 돌린다. "너나없이 왜놈 때문에 불행과 고통을 겪어야 하는 사람들, 왜놈에게 부모를 잃고 아내를 잃고 남편을 잃고 자식을 잃은 참혹한 운명의 비극들, 오로지 왜놈 때문에 흘려야 했고 흘리고 있고 또 앞으로도 흘려야 할 가깝고 친근한 사람들의 피와 눈물…… 그것이 바로 자신과 이들 모두의 운명을 하나의 축으로 관통하고 있다는 것을 새삼스럽게 깨달은 놉쇠는 깜짝 놀랐다. 지금껏 자기에게 실린 무거운 마음의 짐 속에 눌리어 허덕이며 부모의 원수를 갚아야 할 자신의 의무 이외에는 더 다른 것을 생각할 수 없었던 그가 비로소 주위를 둘러본 것이었다"(1권 249면)라는 대목에서 볼 수 있듯이 신분의 차이를 넘어선 놉쇠의 각성은 이우증과의 만남에서 비롯된 것이다.

이우증과 놉쇠의 관계는 이처럼 공고한 연대감으로 시작되지만 소설이 진행되면서 이들의 관계는 내면적 갈등과 더불어 많은 변화를 겪는다. 그 갈등의 원인 중 하나가 바로 개불이와 날치꾼으로 대변되는 천민계층의 적극적인 반정의지다. 지배계급의 권력을 빼앗기지 않으려는 양반들은 화적이나 백정이 반정세력에 포함되는 것을 거부하며, 이로 인해 놉쇠와 이우증은 자신들이 참여하는 반정의 정당성을 조금씩 회의하게 된다. 이우증이 화적들의 반정의지를 거부하는 고위관료들 때문에 복잡한 생각에

사로잡힌다면, 놉쇠는 "반정이든 쥐뿔이든 양반놈들하구 짝짜꿍이를 노는 건 부림소 노릇을 하는 거나 다름이 없다는 거야. 실컷 부려먹구는 생일날 잡아먹는다던가?"(2권 44면)라고 비아냥대는 동료들의 말에 공감하게 된다.

작가는 이우증과 놉쇠의 심경 변화를 주목하면서 이들이 자신의 계급적 성분으로부터 완벽히 자유로울 수 없음을 주목한다. 이우증이 "복잡한 생각과 타산을 가진 양반"이라면 놉쇠는 "바른 세상을 만든다는 것 이외에 그 어떤 다른 것도 생각하지 못하는 올곧고 단순한 '상놈'"(2권 101면)인 것이다. 결국 놉쇠는 왜인의 밀서를 발견하면서 폭리를 취하는 관료들의 음모를 알아채게 된다. 반정 직전에 새로운 깨달음을 얻는 놉쇠의 변모는 소설의 매우 중요한 전환점이 된다.

> 반년 전 옥 안에서 어린 대추나무를 바라보며 갱생의 새로운 계시를 받을 때처럼 놉쇠의 머릿속에는 또다시 크고 중대한 그 무엇이 섬광처럼 번쩍이고 있었다. 하지만 그것은 새로운 계시가 아니라 왜놈들의 칼끝과 마주 서 있는 고향 사람들의 이지러진 얼굴들이었으며 그들의 목에서 터져 나오는 울부짖음의 괴로운 재생이었다."(2권 283~84면)

반정에 성공하더라도 천민들은 지배계급에게 여전히 봉사하면서 고통과 부담을 견뎌야 하는 피지배계급임을 명확히 깨닫는 놉쇠의 모습은 『높새바람』의 역사적 해석이 '민중적 봉기'로 향해 있음을 잘 보여준다. 결국 놉쇠는 훈련소의 외소부장이라는 벼슬을 거부하고 고향인 밤내로 돌아온다. 본질적으로 양반계층의 한계를 극복하지 못하는 이우증은 놉쇠를 설득하려고 하나 실패하고 그 이후로 놉쇠에게 거리감을 갖게 된다.

『높새바람』의 전반부가 이우증과 놉쇠의 만남, 두 사람의 연대와 갈등으로 꾸려진다면 후반부에서는 삼포왜란의 시발점이 되는 사건들, 관료들의 부정부패, 그리고 놉쇠와 희영녀의 사랑이 핵심적으로 다루어진다. 이 가운데 놉쇠와 희영녀의 사랑은 건조해지기 쉬운 역사적 서술에 낭만적인 분위기를 불어넣는다. "탐스러운 머리채, 유난히 반짝이는 검은 눈, 햇빛에 탔으나 선이 부드러운 갸름한 얼굴, 색시꼴이 잡혀가는 동그스름한 어깨와 탄력 있는 다리…. 그보다도 얼굴과 온몸에 넘쳐흐르는 생기와 정열은 흰 눈 위에 갓 피어난 빨간 매화꽃"(1권 101면) 같은 희영녀의 모습은 놉쇠에게 마음 깊이 간직되어 떠날 줄을 모른다. 희영녀도 마찬가지로 무뚝뚝한 놉쇠에 대한 사모의 정을 쉽게 접지 못한다.

두 사람의 로맨스에 가장 큰 장벽으로 작용하는 존재가 왜인의 앞잡이인 거부 주룡갑이라는 점은 매우 의미심장하다. 희영녀의 양부가 되어 놉쇠를 이용하려는 주룡갑의 음모는 소설의 절정부에서 표서방과 희영녀가 진실을 알게 되면서 수포로 돌아간다. 『높새바람』의 후반부는 놉쇠와 희영녀의 안타까운 로맨스가 혁명을 향한 숭고한 사랑으로 변화하는 과정에 중심을 두고 있다.

놉쇠의 자기각성이 계급적 자각과 필연성을 동반한다면 갈등하는 양반계급인 이우증의 자기각성은 소설의 후반부에서 급박하게 이루어진다. 이우증의 내적 갈등은 왜인들의 침략에 정면대응하지 않고 밤내말 사람들만을 몰아냄으로써 자신의 이득을 취하려는 관료들의 행태를 보면서 절정에 달한다. 그러나 그는 자신이 품었던 이상적 정치가의 신념을 이루기 위해서는 현재의 직위를 쉽게 포기할 수 없다고 생각한다. "왜놈들을 찍어누르고 나라의 기강을 바로 세우는 것이 내 신념이라면 뉘라서 저 성실한 군사들이나 놉쇠네들이 손발을 묶여 꼼짝달싹을 못하는 첨사보다 작은 몫을 한다구 나무랄 수 있을 것인가?"(3권 231면)라고 괴로워하던 이우증은 결국 자신의 나약함을 승인하고야 만다. 이처럼 자신의 신분과 지위를 포기하지 못하는 이우증의 내면 갈등에 대한 소설적 묘사는 비중은 적지만 전형화된 인물상을 탈피하여 상당한 실감과 사실성을 불어넣는다.

내면 갈등의 사실적 묘사에도 불구하고 소설의 결말부에서 이우증이 날치꾼을 풀어주고 그가 왜인과 싸우는 과정을 보며 깨달음을 얻는 과정은 의도된 설정이라는 비판을 면하기 힘들다. 이우증이 관료의 부패 상황을 보면서 내면 갈등을 일으키고 자신의 신분을 초월하여 민중적 대의에 뜻을 표하며 전사하는 장면은 상당히 급박하게 처리된 느낌을 준다. 그것은 작가가 이우증과 날치꾼, 희영녀와 놉쇠의 연대감과 민중적 봉기라는 주제의식을 강조한 데서 비롯된 설정이기도 하다.

태연히 웃으며 염초에 불을 다는 그의 모습에는 드센 파도 속에서 솟아오르는 해돋이와 같이 그 어떤 거룩하고 장엄한 것이 있었다.
'바루 저것이다. 저것이 나를 그토록 괴롭힌 모든 번민과 후회를 깨끗이 정화시켜주는 유일무이한 것이다.'
그러자 우증은 불현듯 자신이 지금껏 몸부림쳐온 무서운 악몽의 세계로부터 순식간에 평범한 현실세계로 옮겨 앉은 것 같은 마음의 안정을 느꼈다. 그는 이제야 비로소 자신을 당황하게 만들었던 놉쇠의 초연한 눈길이나 자신을 서글프게 만들었던 국아의 애련하고 지친 눈길의 참뜻을 속속들이 이해할 수 있을 것 같았다.(4권 175~76면)

소설의 절정에서 이우증의 깨달음은 작가가 강조하려는 역사적 해석과 일치된다. 그것은 역사가 민중의 힘에 의해 움직여지는 것임을 뼈저리게 자각한 지식인의 고백이기도 하며 소설적인 허구 속에서 확인되는 이념적 지향점이기도 하다. 이우증의 자기각성이 갖는 필연성의 미흡함은 희영녀의 변화에서도 발견된다. 놉쇠만을 사랑했던 희영녀가 후반부에서야 진실을 깨닫고 대의명분을 각성하는 장면은 다소 어색하다. 날치꾼이 횃불을 휘두르며 장렬하게 전사하듯이 희영녀 역시 놉쇠의 뜻을 이어 왜인들이 모인 곳에 불을 지른다. 그녀는 놉쇠를 향한 단순한 사모의 감정에서 더 큰 동지애로 발전한 감정의 변화를 느낀다. "놉쇠를 바라보는 처녀의 얼굴에서 빛나는 것은 단순한 환희나 기쁨이 아니라 처음으로 하늘 높이 날아오른 어린 매의 도도한 긍지와 같은 것"(4권 313면)이라는 묘사는 풍성한 심리 포착이라고 보기 힘들다.

궁극적으로 『놉새바람』이 역사소설 양식 속에서 보여주는 문학적인 해석은 이우증과 놉새, 날치꾼과 개불이, 표서방과 희영녀의 삶 속에 담겨 있던 '숭고한 자기각성의 정신'을 규명하는 데 집중되어 있다고 할 수 있다. 『놉새바람』은 '숨은 영웅'을 통해 독자의 감정 몰입을 유도하는 북한의 문예정책적 방향을 반영하는 한편 문학적 허구를 활용하여 역사소설의 새로운 경지를 보여준 작품이라고 할 수 있다. 놉쇠의 계급적 자기각성이 비교적 현실감 있게 포착된 반면 이우증과 그 외의 인물들에게서 자기변화의 과정이 세밀하게 그려지지 못한 점은 이 소설의 약점이라고 할 수 있다. 그럼에도 불구하고 평범한 민중이 어떻게 자신의 사상을 변화시켜나가는가를 세밀하게 포착함으로써 감정적 흡입력을 높인 점은 이 소설의 가장 큰 덕목이라고 할 수 있다.

5. 맺음말

홍석중의 『놉새바람』은 '항일혁명투쟁'의 역사적 전통을 문학적으로 계승하려는 북한소설의 한 흐름을 대변하는 작품이다. 역사의 뒤편에 서 있는 민중의 존재가치를 소중히 여긴다는 근본적인 전제는 『놉새바람』이 발표되었던 1980년대의 북한문단을 지배했던 창작원칙이다. 작가는 『놉새바람』을 통해 역사의 독창적인 창조와 해석뿐 아니라 주인공을 형상화하는 방식에서 개성을 보여주었다. 더불어 이 소설은 생생한 인물 내면 묘사와 갈등구조를 동원함으로써 '북한소설'이라는 고정된 틀거리를 넘어 소설적 재미와 독자의 공감을 불러일으키는 흥미로운 면모를 갖고 있다.

홍석중의 작품세계는 홍명희의 『임꺽정』이 보여준 바 있는 민중성과 리얼리즘을 탁월하게 계승하고 있으며, 지배층이 아닌 다양한 유형의 하층민들을 역사의 주인공으로 내세운다. 『높새바람』의 민중적 주인공들은 자신의 개인적 이익을 떠나 집단과 사회의 대의명분을 고민할 줄 아는 의인이기도 하지만 인간적인 약점도 노출하는 지극히 평범한 인물이기도 하다. 물론 등장인물의 폭이 그다지 넓지 못하고 각 계층을 대표하는 인물들의 전형이 대립 구도 속에서 풍부하게 포착되지 못했다는 점은 이 소설의 한계라고 할 수 있다. 그것은 삼포왜란이라는 특정 시기의 역사적 사건을 한정적으로 다루는 데서 빚어진 문제이기도 하다. 부분적 한계를 지니고 있지만, 결론적으로 홍석중의 『높새바람』은 정감 있는 어휘 구사와 민중적인 인물들에 대한 애착을 통해 독특한 역사소설의 면모를 보여준 작품이라고 할 수 있다. 인물들의 내면에 대한 치밀한 묘사와 민중 계층의 삶에 대한 애정적 관심은 『높새바람』이 확보하고 있는 리얼리티의 수준을 입증한다. 무엇보다도 이 소설은 북한의 역사소설들이 도식적이고 경직된 이념에 의해 형상화되고 있다는 통념을 부수는 모범적인 사례로서 주목할 작품이라고 할 수 있다.

제4부

이야기의 미래

사라진 '아비'와 글쓰기의 기원

1. 가족 로망스와 자기발견의 여정

근대 이후의 소설사에서 가족 로망스는 소설의 주인공들이 자기의식을 정립하는 과정을 설명하는 유효한 틀이 되어왔다. 한 개인이 최초로 정치적이고 사회적인 경험을 하게 되는 장이 바로 가족이라는 점을 상기한다면, 가족 로망스야말로 인간의 삶을 다루는 소설 장르의 특성을 가장 잘 드러낸다고 할 수 있다. 프로이트(S. Freud)의 정의에 따르면 가족 로망스는 자신이 부정하고 폄훼하는 친부모 대신 더 높은 지위를 지닌 다른 사람들로 부모를 대체하려는 신경증 환자들의 환상이다. 소설의 주인공들이 부모와 집으로부터 뛰쳐나가려는 욕망의 기원을 설명했다는 점에서 프로이트의 이론은 중요한 참조틀을 제공한다.

프로이트가 부모에게 강박된 자녀의 심리를 중심으로 가족 로망스를 해석한다면, 린 헌트(Lynn Hunt)는 모든 가족 로망스의 구도가 반드시 부모를 대체하거나 부모의 자리를 메우려는 것은 아니라고 주장한다.[1] 소설의 주인공들은 자신이 고아라고 여기며 낯선 곳에 홀로 내팽개쳐져서 자기 힘으로 살아나가야 한다고 생각한다. 그런 의미에서 소설이 '아버지의 보호 없이 살아가는 어린이들'을 내세우는 지극히 반가부장적인 특성을 지닌 장르라는 헌트의 지적은 공감할 만하다.

2000년대 이후 소설의 흐름을 살펴보더라도, 가족을 다룬 많은 이야기들은 부모에 대한 뚜렷한 강박관념이나 열등의식을 보여주지 않는다. 아버지의 존재를 규명하려는 강박의식으로 시작되는 이야기더라도, 아버지를 극복하거나 복원하는 길로 향하지 않는다. 주인공은 처음부터 아버지의 부재를 당연시한다. 그의 공허와 결핍을 채우는 것은 그 자신에 대한 연민과 애증이다. 탄생의 기원을 찾아가는 여정에서 아버지 대신 자기 자신을 발견하게 되는 이 불안하고도 가슴 설레는 이야기는 최근 소설들에서 자주 발견할 수 있는 특징이다.

그 첫번째 이야기로 구효서의 「소금가마니」(『시계가 걸렸던 자리』, 창비 2005)를 주목해보자. 이 작품은 출생의 비밀을 지닌 주인공이 어머니의 삶을 복원하는 과정을 통해 자아를 발견하는 결말을 드러낸다. 아버지 부재의 현실과 고아의식을 발랄한 화법으로 포착한 김애란의 「사랑의 인사」(『달려라, 아비』, 창비 2005)가 주목되는 것은 구효서의 소설과 다른 세대적 층위에서 자기애의 서사가 성립되는 지점을 보여준다는 점에서다. 이들이 자아 찾기의 일환으로 가족 로망스에 접근한다면, 심윤경의 「토토로의 집」(『문학동네』 2005년 봄호)과 이기호의 「누구나 손쉽게 만들어 먹을 수 있는 가정식 야채볶음흙」(『갈팡질팡하다가 내 이럴 줄 알았지』, 문학동네 2006)은 가족 로망스의 구조를 이야기의 기원으로 새롭게 활용하는 사례로서 관심을 끈다. 마지막으로 살펴볼 박완서의 「거저나 마찬가지」(『친절한 복희씨』, 문학과지성사 2007)와 박민규의 「코리언 스탠더즈」(『카스테라』, 문학동네 2005)는 구체적인 자본주의 일상에서 집과 가족의 의미가 해석되는 과정을 보여

---

1 린 헌트 『프랑스 혁명의 가족 로망스』, 조한욱 옮김, 새물결 1999, 52~53면 참조.

준다. 두 작품이 세태풍자의 기억으로 호출하는 1980년대의 이야기도 비교해서 살펴볼 만한 흥미로운 지점을 제시한다.

2. 사라진 '아비'와 글쓰기의 기원

「소금가마니」는 농밀한 서정성에 도달한 구효서(具孝書) 소설의 한 지점을 일러주는 수작이다. 동시대의 소설이 감당해야 할 사회적 주제의식과 실험적 형식에 늘 민감한 반응을 보였던 구효서의 전작들을 떠올려보면 이러한 내향적이고 서정적인 탐구방식은 희귀하게 다가온다. 「소금가마니」는 「이발소 거울」「시계가 걸렸던 자리」(이상 『시계가 걸렸던 자리』)와 연결되는 '기억' 연작이라 할 만하다. 그중에서도 「시계가 걸렸던 자리」는 어머니의 죽음과 고향 이야기를 소재로 밀도 높은 자기성찰을 이끌어낸다는 점에서 「소금가마니」와 유사한 점이 많다.

「소금가마니」에서 기록적 복원의 대상이 되는 어머니의 삶은 가부장제 사회 속의 전형적인 여성 수난사를 보여준다고 할 만하다. 여기서 어머니를 둘러싼 남성들의 형상이 부정적인 것은 당연한 설정으로 보인다. 어머니의 첫사랑으로 알려진 박성현은 6·25전쟁 때 처형당할 뻔한 어머니를 구출하긴 했으나 그녀의 고통스러운 삶을 근본적으로 구원하지 못했으며, 아버지는 박성현의 존재를 빌미로 평생 그녀를 구타하고 괴롭혔다. 부정적인 두 남성의 모습과 견준다면 어머니는 상대적으로 성스럽고 인내심 많은 존경의 대상으로 신비화된다. 그녀는 온갖 수난을 스스로 견디며 자식에 대한 헌신적 사랑으로 집을 지켜나간다. "어둠과 습기를 기꺼이 받아들이고 자식을 사랑으로 지켜"낸 어머니는, "간수를 빼낸 새하얀 소금처럼 정화되어 꽃상여 안에 누워"(82면) 아흔일곱해의 생을 마감한다.

어머니의 삶에 대한 이야기로만 한정해서 읽을 때 이 소설이 보여주는 일대기는 다분히 신비화된 모성성을 보여준다. 어머니는 평생 아버지에게 학대당하면서도 아무런 대응을 하지 않고, 자식들에게는 헌신적인 열정을 바쳤다. 그러나 정작 어머니가 왜 그토록 글을 읽고 쓰는 것에 집착했는지, 자신의 첫사랑을 어떤 방식으로 가슴속에 갈무리했는지, 그리고 생부의 존재에 대해 왜 화자에게 말해주지 않았는지는 아무도 알지 못한다. 그녀의 삶은 인내와 침묵 속에서 철저히 장막에 가려져 있다. 어떻게 보면 어머니-여성은 남성자아가 아버지 부재의 현실을 견디기 위한 통로에 지나지 않는 것처럼 보인다. 이 소설에서 어머니의 삶으로 재현되는 역사적 기억들이 구체적으로 다가오기보다는 신비롭고 아득한 에피소드로 여겨지는 것도 이런 이유 때문인지 모른다.

그런 점에서 이 소설에서 설득력 있게 다가오는 지점은 어머니의 삶보다는 그것을 들여다보는 주인공의 내면에 소용돌이치는 자기발견의 욕구라고 할 수 있다. 작품에 미학적 긴장을 부여하는 대목 역시 주인공이 어머니의 책과 자신의 책을 비교하며 읽어가는 과정에 있다. 어떻게 보면 「소금가마니」를 이끌어가는 핵심은 '풍문으로 태어난 아이'인 화자의 탄생 비밀이 끝내 풀리지 않은 채 미궁으로 빠져드는 과정에 있다고 할 수 있다. 박성현과 아버지의 허망한 죽음 역시 이 '비밀'이 무의미해지는 과정을 드러내주는 상징적인 예로 읽힌다. 노루 사냥에 나섰다가 덫에 걸려 심장이 뚫린 박성현과, 호화로운 세보(世譜)를 욕심내다가 어이없이 죽음을 맞게 된 아버지의 이야기는 새로운 집의 서사가 '아비'의 부재를 통해 이루어짐을 알리는 사건이다.

비밀의 해답을 찾는 과정이 유보될수록 모성의 신비적인 형상화라는 표층적 이야기 역시 조금씩 분열된다. 아버지가 사라진 빈집과 어머니가 외종형에게 남긴 "무엇이든 읽고 써야 한다는 다짐"(78면)이나, "일흔세명의 원혼의 무덤, 그 복숭아밭 터에 위령비를 쓰는 일"(79면)을 부탁하는 외종형의 말은 아버지의 존재가 사라진 바로 그곳에서 자기확인과 글쓰기의 욕망이 시작되고 있음을 알려준다.

어머니의 삶을 통과한 자기성찰의 서사는 집-소금가마니-글쓰기라는 일련의 연결 과정을 통해 밀도 높은 서정적 비유를 성취한다. 자기 존재의 기억을 끊임없이 건져내려는 주인공의 정신적 고투는 어머니의 삶에 대한 평범한 묘사로 가라앉을 수 있는 이야기에 내밀한 정서적 긴장을 부여한다. 어머니가 두부를 만들며 삶의 불안과 공포를 견뎠던 부엌 헛간은 주인공이 스스로를 확인하려는 글쓰기의 욕망을 담은 공간으로 전환된다. 이 지점에서 「소금가마니」는 아버지의 질서 속에서 자신의 위치를 확인하려는 전형적인 가부장적 가족 로망스와 행보를 달리하게 된다.

구효서의 「소금가마니」가 어머니의 공간을 가로질러 아버지-집이 부재하는 현실을 수락하는 과정을 보여준다면, 김애란(金愛爛)의 「사랑의 인사」는 부재하는 아버지에 대한 집착과 연민을 발랄한 감수성에 담아 표현한다. 이 작품은 작가의 전작 「달려라, 아비」(『달려라, 아비』)의 연장선상에 있다. 아버지가 어머니와 자식을 버리고 간 상황을 유머러스하게 포착한 「달려라, 아비」는 「사랑의 인사」와 더불어 작가가 종종 변주하는 '고아의식'의 실체가 무엇인지를 들여다보게 한다. 김애란의 소설은 윤성희와 강영숙의 소설에서 볼 수 있는 소외된 개인의 고립감을 포착하면서도 그 속에서 타자와의 친밀한 애착의 끈을 놓지 않으려는 순간을 종종 보여준다. 특히 부모와 자식의 관계에서 재현되는 이러한 애착의 양상들은 김애란 소설의 독특한 일면이다.

「달려라, 아비」에서 아버지가 부인과 자식을 버리고 신나게 달려서 사라져버린 것처럼 「사랑의 인사」의 아버지는 공원에 어린아이를 놓아두고 사라져버린다. 수족관 관리요원이 되어 하루하루 고단하고 권태로운 삶을 살아가는 주인공에게 아버지는 마치 "나타났다 사라진, 혹은 사라졌다 나타나는 괴물"(141면)인 '네시' 같은 존재로 다가온다. 『세계의 불가사의』를 옆구리에 끼워주고 사라진 아버지를 이해하기 위해 주인공은 긍정적인 고아의식을 연출한다. '아버지가 나를 버린 것'이 아니라 그냥 '아버지가 사라져버린 것'이라는 자기위안은 주인공에게 현실을 견디게 하는 힘이 된다. 이러한 해석은 긍정적인 부모에 대한 환상과 더불어 유아적인 고착심리를 연상케 한다.

그러나 주인공의 간절한 환상에도 불구하고 어느날 아버지는 예고 없이 수족관 앞에 나타나 다시 한번 주인공을 배반하고 만다. 아들은 자신과 아버지가 운명적으로 서로 알아볼 것이라 믿었지만 '아비'의 자의식을 갖추지 않은 아버지는 자식을 알아보지 못한 채 다시 사라진다. "사랑의 인사를 하러 온"(159면) 것처럼 보였던 아버지가 가벼운 손짓을 남기고 대책 없이 사라지는 장면은 '아비'의 환상이 깨질 수밖에 없는 단절의 상황을 서글프고도 우스꽝스러운 방식으로 환기시킨다. 그의 머릿속에 존재하던 아버지는 처음부터 허상에 불과했던 것이다.

김애란의 소설은 아버지에 대한 격렬한 대결의식을 더이상 필요로 하지 않는 새로운 세대의 감수성을 포착했다는 점에서 매력적으로 읽힌다. 사라진 아버지는 처음부터 복원할 필요도 없는 가상의 이미지였다. 운명이며 인연으로 믿었던 아버지의 존재가 허상에 불과함을 자각하는 장면은 이미 예상된 파국인지도 모른다. 작가는 고아의식 자체를 경쾌하게 수락하면서도 부재를 일상화하는 그 지점에서 애착과 머뭇거림을 보여준다. 소설의 결말이 모호하게 여겨지는 것도 사라진 '아비'에 대한 주인공의 감정을 드러내는 장면 때문이다. 아버지가 떠나고 수족관에서 울던 주인공은 어느 순간 권태로운 현실로 돌아올 수밖에 없음을 자각하지만 그 발견이 아버지에 대한 환상과 애착 자체를 부정하는 것은 아니다. 그것은 이 부재의식이 언제든지 평범한 향수와 동경으로 대체될 수 있는 아슬아슬한 지점에 있다는 것을 의미하기도 한다.

3. 허물어지는 '집'의 세계

심윤경의 「토토로의 집」과 이기호(李起昊)의 「누구나 손쉽게 만들어 먹을 수 있는 가정식 야채볶음흙」(이하 「누구나」)은 활달한 입담과 이야기의 매혹을 보여주는 흥미로운 작품들이다. 특히 심윤경은 전통적인 소설 장르의 미덕을 신뢰하는 이야기꾼의 감각을 보여주는 작가인데, 전작 『나의 아름다운 정원』(한겨레신문사 2002)과 『달의 제단』(문이당 2004)에서도 집과 가족은 인간사의 가장 직접적이고 내밀한 드라마가 전개되는 장으로 포착되었다. 「토토로의 집」과 더불어 「루이지애나」(『문학사상』 2005년 2월호)와 「죽은 말들의 사회」(『실천문학』 2005년 봄호) 역시 심윤경 소설의 탄탄한 스토리가 갖는 흡인력을 실감케 하면서, 한편으로는 기존 서사의 한계를 새롭게 돌파하는 지점이 무엇인가 고민하게 만드는 작품이다. 예컨대 선명한 알레고리 형식을 지닌 「죽은 말들의 사회」는 상품으로 소진되는 문학과 언어에 대한 강력한 고발이 돋보이지만, 문학의 상품화가 이미 뚜렷하게 가시화된 상황에서 이러한 주제의식 자체를 새롭게 평가하기는 어렵다. 마찬가지로 「루이지애나」의 경우 흑인 노인이 고백하는 노예의 역사는 옛 시대에 대한 눈물 나는 향수와 기묘하게 겹쳐져서 작품이 지닌 문제의식을 불투명하게 만든다.

집과 가족의 역사 속에서 전통의 몰락을 지켜보는 작가의 시선에는 애틋한 연민이 어려 있다. 이러한 시선은 때때로 인물의 내적 고민을 모호하게 만들면서 집과 가족이 은폐하고 있는 환상이나 허위의식을 묵인하게 한다. 그것은 섬세한 심리 묘사가 돋보이는 「토토로의 집」에서도 약점으로 떠오르는 문제이다.

일찍 부모를 여의고 외삼촌 밑에서 자란 주인공은 부유한 집안의 남자와 결혼하여 행복한 생활을 꿈꾸지만, 시부의 주식투자 실패로 경제적 위기를 맞게 된다. 소설의 흡인력은 "착한 남편, 든든한 시아버지, 주체할 수 없이 많은 재산, 예쁜 아기"(141면)에 대한 만족감이 순식간에 사라지면서 집안의 가장으로 나서야 하는 여성의 내적 고민을 섬세하게 짚어가는 데서 생겨난다. '온실 속에서 자란 고운 꽃나무'와도 같은 남편이 대학교수로 어서 자리잡기를 열망하는 주인공의 갈등은 "우리는 서로 떠안은 커다란 자격지심과 열등감을 가면처럼 덮어쓰고 함께 만나 같이 살게 될 날을 차일피일 미루어왔다"(140면)라는 고백으로 드러난다. 주인공의 절박한 육성은 경제적 안정과 사회적 지위, 단란한 가정이 다 갖추어진 표준적인 '행복한 가정'에 대한 일상인의 욕망이 얼마나 깊고 집요한 것인가를 숨김없이 드러낸다.

세속적 성공에 대한 간절한 기원은 한편으로 그것을 부끄러워하는 자의식을 불러오기도 하는데,「이웃의 토토로」라는 애니메이션은 주인공의 자의식을 비추는 매개체가 된다. 숲의 정령에게까지 남편이 교수가 되게 해달라고 빌기는 부끄럽다는 그 자의식은 이 소설이 호소하는 가냘픈 윤리적 자존의 세계이기도 하다. 그러나 이 부끄러움은 어떤 지점에서 더는 나아가지 않는다. 세속적 삶과 가치에 대한 열망은 소설 초반에 덧씌워졌던 불행한 운명에 대한 강박관념으로 합리화되며, 남편의 무능력함과 자신의 은밀한 성공 욕구를 날카로운 시선으로 들여다보지 못하게 한다. 물 흐르듯이 활달하게 펼쳐지던 이야기가 머뭇거림으로 끝나는 것은 이러한 현실적인 갈등에 대한 주인공의 유보적인 시선 때문일 것이다. 과연 주인공이 꿈꾸듯이 완벽하고 아름다운 '스위트 홈'이 지구상 어디에 존재하기는 하는 것일까. 부부간에 야기되는 근원적인 갈등을 봉합하는 허위의식에 대해서 작가는 미미한 암시만을 남길 따름이다.

심윤경 소설이 보여주는 이야기의 복원이 전통적인 의미에서의 가족과 집에 대한 애착을 담고 있다면, 이기호의 소설은 이와 정반대의 지점에서 가볍고 산뜻한 이야기로 가족서사를 변화시킨다. 직업군인인 아버지가 지하벙커를 마련해놓고 '적'의 침략에 대비해서 아들과 함께 지하대피

훈련을 하는 이야기로 시작되는 「누구나」는 허물어지는 집의 세계를 발랄한 화법으로 포착한다. 이 소설은 어떤 인과성이나 필연성도 의도하지 않은 채 꼬리에 꼬리를 무는 서술방식으로 진행된다. 새로운 집으로 이사 간 주인공은 눈먼 소녀 명희를 데리고 지하벙커로 들어가 8킬로미터의 흙을 함께 먹어치우고 '땅굴 발굴조사단'에 의해 비무장지대 초입에서 발견된다. 소녀를 납치해 흙을 먹였다는 이유로 구속되었다가 급기야는 정신병원에 감금되는 주인공의 황당한 모험활극은 어떤 주제나 교훈도 제시하지 않는다.

작가는 순간순간 등장하는 에피소드에 현재의 삶을 통찰하는 풍자들을 실어 나르지만 그것 자체가 응집된 주제를 의도하는 것은 아니다. 그렇다고 해서 이 에피소드들이 고정된 의미체계를 분산시키는 전략을 취하는 것도 아니다. 그 예로 인민군이 남한을 침략할지 모른다는 아버지의 강박증이라든지 명희가 대리하는 소외된 아이들의 형상, 벙커 소동을 통해 희화화되는 분단 상황은 현대인을 괴롭히는 여러 종류의 강박증에 대한 가벼운 패러디에 한정된다. 소설 속의 사랑방식을 현실로 재현하려다가 비웃음을 사는 우스꽝스러운 강박증 환자의 모습을 그린 「나쁜 소설」(『갈팡질팡하다가 내 이럴 줄 알았지』) 역시 단편적으로 문학의 권위를 조롱할 따름이다.

이기호의 소설에서 우리는 한껏 텅 비워진 이야기들의 심연을 본다. 그러나 다양한 이야기의 형식들을 동원하는 이 작가의 경쾌한 소설적 행보는 그것이 전복하려는 소설적 전범이 무엇인지 아직은 선명하게 보여주지 않는다. 그 생생한 입담의 성찬은 1990년대 이후의 소설들에 등장한 능란한 이야기꾼의 출현에 힘입고 있지만 선배 작가들이 반발하고 나선 문학적 권위나 진지한 담론의 강박에는 무심하고 초연하다. 신파와 감상조차도 부담스러워하는 이 매끈한 이야기의 성채는 가벼워질 대로 가벼워진 소설의 한 자락을 보여주는 듯하다.

4. 세속적 일상을 가로지르는 '집'과 '우주'

자본주의 일상공간으로서의 집은 각종 정치적·사회적 방식으로 구성원을 길들이고 훈육하는 동시에 이기적이고 물질적인 욕망을 구성하는 생활의 장이다. 박완서(朴婉緖) 소설에 등장하는 집 역시 이러한 사회적 의미를 담아낸다. 「거저나 마찬가지」에서 '집'의 상징은 1980년대를 통과한 386세대의 내면적 기억과 결부되어 드러난다. 그것은 이념적 명분을 내세워 속물적 부르주아지의 삶을 합리화하는 지식인 계층과, 자신의 힘으로 가족을 이루려 하지 않는 무기력한 민중 계층을 함께 비판하는 배경으로 동원된다.

소설에 등장하는 운동권 출신 선배 언니는 노동자 계층을 끊임없이 경멸하면서도 '민중 사랑'의 구호를 입에 달고 다니는 전형적인 속물 지식인이다. 그녀는 각종 쓸 거리를 타인에게 대필시키면서도 부끄러움을 모르고 후배인 '나'를 수시로 이용하여 자기 이익을 챙기기 바쁜 인물이다. 이런 천박한 지식인이 성공적인 삶을 사는 것은 '바야흐로 운동권이 빛을 보기 시작한 시대' 덕분이라고 주인공은 일갈한다.

시종일관 경멸과 비웃음의 대상이 되는 '386세대 지식인의 타락상'은 작가가 마음먹고 감행하는 따가운 세태비판을 전달한다. 그러나 소설 곳곳에서 희화화되는 속물 지식인의 민망한 행동들은 어느 순간 묵직하고 답답한 감상을 불러일으킨다. 그것은 그들에게 따가운 시선을 보내는 우리 자신 또한 희화화의 대상에서 얼마나 자유로운가라는 의문을 갖게 하는 불편함이다. 특히 "언니가 그 사람을 그렇게 얕보면 어떡해? 그 사람이야말로 민중이야. 언니가 사랑하자고 외쳐 마지않던 민중"(163면)이라는 화자의 빈정거림은 풍자 대상에 대한 작가의 시선이 선악의 가치판단 문제로 일면화되는 느낌마저 갖게 한다. 더구나 타락한 이들이 독점한 것처럼 비치는 세속의 성공과 부, 안정된 여가의 삶은 현대사회의 구성원들이 공통적으로 갈망하는 매력적인 자본의 가치라는 점에서 쉽게 경멸할 만한 것은 아니다.

지식인 계층의 가식과 위선을 조롱하는 풍자의 기운이 절정에 달할 지점에서야 작가는 '관찰자로서의 자의식' 문제를 끄집어낸다. 그 자의식은 글 쓰는 일을 도와준다는 명목으로 선배 언니의 별장에 전세 보증금 500만원을 걸고 '거저나 마찬가지로' 사는 사람이 되어버린 주인공이 느끼는 참담함에서 드러난다. 소설의 후반부는 적당히 '먹물' 세례를 받은 대학 중퇴자지만 뚜렷한 직장을 갖지 못한 주인공이 프리랜서라는 허명에 매혹되어 정당한 노동 댓가를 착취당한 채 살고 있는 현실이 얼마나 기만적인가를 파헤친다.

엄연하게 댓가를 지불하고 자기 몫을 얻어내야 하는 자본주의 사회의 경제법칙을 위반하고 '가짜 집'에 대한 약속을 주고받았던 주인공은 윤리적 자존심을 새삼스럽게 의식한다. 주인공이 '가짜 집'을 빠져나와 때죽나무 그늘에서 연인인 기남과 섹스를 치르는 장면은 그러한 자존심이 발동하는 대목이라고 할 수 있다. 주인공이 기남을 채근하여 '거저로 사는 삶'을 청산하고 진짜 집과 가족을 꾸리자고 제안하는 것은 자기기만을 벗고 냉정하게 현실을 직시하자는 호소를 담고 있다. 자본주의적 일상에 대한 비판적 시선이 자존심의 자각으로 환원되는 이 과정은 박완서 소설 특유의 개인주의적인 윤리감각을 표출하면서 세태풍자의 수위를 조절해 준다.

박완서의 소설이 바라보는 집과 가족의 세계가 자본주의적 일상의 비정함을 드러내는 것이라면, 박민규(朴玟奎)의 소설에서 집과 가족은 모든 사람의 생활양식을 획일화하는 자본의 위력을 드러내는 공간이다. 「코리언 스탠더즈」는 우리를 숨 막히게 죄어오는 '한국인들의 표준적' 일상이 무엇인지를 유머러스하게 포착한다.

소설에서 대학 시절 학생운동의 '스타플레이어'로 활약했던 '기하형'

은 주인공이 한때 존경했던 '80년대의 아비'와도 같은 존재다. 그는 "동지가 간 데를 알아도, 깃발은 나부끼지 않"(184면)는 2000년대의 현실에 적응하지 못하고 자신만의 신념을 고집한다. 80년대를 통과해온 다른 선배들이 정치권에 투신하여 유명인사가 되거나 이상한 '~꾸아' 체를 연발하는 스타 강사가 되어 돈을 많이 벌어들일 때, 몰락한 '아비'는 홀로 농촌운동에 투신한다. "한국의 표준이라 봐도 무방한 34평의 아파트"(183면)에 살고 있는 주인공은 이 버려진 '아비'를 비장한 마음으로 바라본다.

박민규 소설에 등장하는 아버지 혹은 선배들은 이처럼 폐쇄적인 일상 회로에 갇혀 소외된 자들의 전형이다. 「아, 하세요 펠리컨」에서 오리배를 타고 세계일주를 떠나는 선착장 주인이라든지, 「헤드락」(이상 『카스테라』)에서 레슬링 기술 연마에 삶의 에너지를 집중시키는 주인공의 모습에서 우리는 일상적 질서에서 일탈하기 위해 나름대로 안간힘을 쓰는 소시민들을 발견한다. 그의 소설 주인공들이 순간적으로 만나는 환상인 '우주'의 세계는 권태롭고 지루하고 때로는 견디기 힘든 삶의 압박이 가해지는 '집'의 세계를 일시적으로 벗어나게 한다. 그러나 순간적인 우주적 초월의 방식은 거창한 메시지를 약속하는 것이 아니라 현실을 일시적으로 위부하는 대중예술의 소비적 성격을 강하게 드러낸다. 이러한 박민규 소설이 지닌 대중적 흡인력의 정체는 김영찬(金永贊)에 의해 편집증적 내러티브의 개념으로 설명된다. 즉, "강요된 자본주의적 삶의 제도가 기만의 전략이자 음모라는 인식론적 내러티브"는 한국사회를 지배하는 일상의 가치체계와 이데올로기를 비웃으며 뒤집는 반전의 묘미와 기발한 풍자를 유발하지만, 본질적으로는 무력한 개인의 인식론적 상상지도라는 점에서 깊은 성찰적 사유를 제약할 수밖에 없다는 것이다.[2] 그러나 박민규의 소

---

2 김영찬「개복치 우주(소설)론과 일인용 너구리 소설 사용법」, 『문학동네』 2005년 봄호 257~58면;『비평극장의 유령들』, 창비 2006 참조.

설에서 이러한 교훈적 메시지나 인식론적 내러티브는 소설의 뚜렷한 특징이나 한계로 작용한다기보다는 그의 소설이 보여주는 언어유희 속에서 순간적인 호소력을 발휘한 후 자동 폭파되어버리는 자기소비적 성격이 강하다. 오히려 그의 소설이 벌이는 언어유희는 의미의 응집성이나 서사적 긴장을 끊임없이 분쇄함으로써 이런 반전의 내러티브에서 벗어나고자 한다.

「코리언 스탠더즈」 속 우주적인 상상력도 그런 점에서 찰나의 감동을 주는 순간적인 세계를 그려 보인다. 기하형을 안쓰러워하며 착잡한 마음으로 시간을 보낸 주인공은 "어스름한 언덕의 어둠을 배경으로, 강렬한 형광색의 발광체가 떠 있"(199면)는 모습을 목격한다. 쌀개방조약이 기습적으로 발표되고, 소중히 키우던 젖소가 죽어나가며 하루하루 새로운 빚더미에 올라앉는 농촌의 비참한 삶은 기하가 주장한 대로 외계인의 음모와 습격이 아니고서는 도저히 받아들이기 어려운 현실이다. 황량한 농토에서 갑자기 우주로 비약하는 이 소설의 절정은 박민규 소설이 지향하는 '따뜻한 위무'의 본질이 무엇인지 실감하게 만든다. 외계인에게 습격당한 것은 80년대의 투사이자 존경스러운 '아비'였던 기하뿐만이 아니다. 외계인은 농촌과 전혀 상관없이 평화롭게 살고 있던 주인공까지도 순식간에 포박해오는 자본의 덫인 것이다. 그 누구도 이 자본주의의 획일화 프로그램에서 자유로울 수 없음을 실감하는 순간 '아비'를 향한 동정의 시선은 공감의 시선으로 바뀐다.

단순해 보이는 이 진리의 깨달음은 의뭉스러운 말놀이를 통해 입체성을 갖게 된다. 인과의 서사에 얽매이지 않으려는 자유로운 단락 배열과 단어의 고정된 의미를 뒤집는 자유연상식 서술(운동권, 농촌, 헤드락, 문학 등등 모든 단어의 사전적 의미가 자유로운 방식으로 패러디되고 확장된다)은 심각해지려는 사건의 국면을 순간순간 뒤집는다. 예컨대 감옥에 있던 때보다 지금이 훨씬 더 외롭다고 기하가 고백하는 그 짠한 순간에,

"표면장력이 강한, 투사의 눈물"(197면)이 다시 눈 속으로 스며드는 장면을 목격하는 주인공의 유머러스한 시선은 박민규 소설에서만 볼 수 있는 것이라 할 만하다.

자유롭게 뻗어나가는 말놀이의 세계는 시시때때로 '한 방울의 눈물'의 세계, 혹은 "저렴한 인생들 사이에 흐르는 심야전기"(「아, 하세요 펠리컨」 130면)의 세계와 접속한다. 박민규 소설은 이 울컥거림의 순간에 모든 사람들을 동정하고 연민하면서, 실은 그 소외된 군중 사이에 자신도 속해 있다는 메시지를 전달한다. 비애와 신파를 매우 효과적으로 결합하는 이 감성적 세계의 지향은 온갖 장르의 대중문화적인 정보를 '새로운 소설'의 이름으로 호명하는 결정적 요소이기도 하다. 우리 소설의 중요한 서술 전략 중 하나였던 사물과 풍경의 세심한 관찰 및 감정적 소통을 차단하는 냉정한 인물에 대한 형상화 방식을 떠올려본다면, 박민규 식의 친근한 소설화법은 미학적 긴장을 거침없이 해제한 후 대중적 연민의 정서를 부담 없이 동원한다는 점에서 이채롭다. 읽는 이를 위로하는 동정과 연민의 감정은 소설적 영토 안에 들어오는 모든 대상을 휘어감아 순간적인 카타르시스를 제공한다. 소설의 경계를 대중문화 장르와 끊임없이 접속시키는 이 따뜻한 세계는 사라진 '아비'의 시대를 활보하는 새로운 글쓰기의 징후로 우리 앞에 현현하고 있는 것이다.

망각과 기억의 사이

1. 돌아오는 유령들

임철우(林哲佑)의 단편 「나비길: 황천 이야기 2」(『문학동네』 2005년 여름호)는 황천읍에서 벌어지는 유령 소동으로 시작된다. 마을의 중학교에 부임해온 생물선생 '기병대'가 추문에 휩싸여 실종되는 과정을 그려가는 이 소설은 스토리의 재미라는 측면에서도 뛰어난 흡입력을 발휘하는 작품이다. 소설 전반을 휘어감는 끈적끈적한 늪의 이미지, 소리 없이 목을 죄어오는 악몽과 추문, 산 자와 죽은 자를 오가는 나비의 상징은 소설의 분위기를 고조시키는 적절한 배경으로 등장한다. 황천읍이라는 고립된 공간 역시 학교와 직장, 가족이 지시하는 규범적 삶에서 크게 이탈하지 않는 마을 사람들의 삶을 효과적으로 드러내는 무대가 된다.

여성과 남성, 사회와 가정, 삶과 죽음, 이성애와 동성애, 실재와 환상, 정상과 비정상으로 나누어진 이분법적 가치기준을 비판하는 이 소설은 집단의 욕망과 광기가 지닌 폭력성을 드러낸다는 점에서 그동안 임철우 소설이 꾸준히 다루어왔던 주제들을 연상시킨다. 장편소설 『백년여관』(한겨레신문사 2004) 역시 영도(影島)에 있는 '백년여관'에 모여든 억울한 사람들의 이야기를 다룬다. 죽은 자와 산 자가 함께 등장하는 구도라든지 현재와 과거, 실재와 환상이 교차하는 방식의 서술기법은 「나비길」을 포함한 황천 이야기 연작에 영향을 미치고 있다. 황천 이야기 첫번째에 해당하는 「칠선녀주」(『문학판』 2004년 겨울호)에서도 신비한 술을 빚는 모녀의 이야기를 중심으로 한국 근대사의 비극적 사건들이 등장한다.

연작의 두번째 작품에 해당하는 「나비길」은 추문에 휩싸여 삶의 근거지를 박탈당한 나비 연구자 기병대의 이야기를 통해 집단의 규율과 질서에서 튕겨져 나간 타자들의 운명을 그리고 있다. 푸꼬(M. Foucault)의 지적대로 근대사회의 각종 제도와 기관들은 '비정상적' 사람들에 의해 '정상적' 사람들이 희생되지 않도록 면밀한 감시와 처벌을 행해왔다. 19세기 중반에 대대적으로 체제가 구축된, 비정상인들을 판별하고 가려내어 사회에서 격리시키는 역할을 정당화했던 서구 정신의학의 학문적 부상은 그 대표적인 기획 중의 하나라고 할 수 있을 것이다.[1] 변태 선생으로 놀림당한 '나비 선생' 역시 비정상으로 보이는 특이한 행동으로 서서히 집단에서 이탈하기 시작한다. 권위적인 남자 교사의 이미지로부터 멀리 떨어져 있는 그의 부드럽고 다정한 태도는 사람들에게 이질감을 불러일으킨다. 성정체성의 고정관념에서 자유로우며 장애인에 대해서도 편견을 갖지 않는 그의 태도는 일반인들에게 오히려 혐오와 의문의 대상이 된다.

나비 선생에게 마을 사람들이 보여주는 편견과 차별은 집단의 '정상적' 가치관에 흡수되지 않는 타자가 박해당하는 과정이 어떤 것인지를 리얼하게 드러낸다. 나비 선생과 더불어 또다른 타자로 부각되는 인물은 황천 이발관 주인 양성구다. '양마담'이라는 별명을 지닐 정도로 소심하고 수줍은 양성구는 객지에서 날아온 미지의 인물 나비 선생에게 단숨에 매혹

---

1 미셸 푸코 『비정상인들』, 박정자 옮김, 동문선 2001, 349~80면 참조.

된다. "나이를 가늠하기 불가능한, 완전한 소년의 얼굴"을 지닌 나비 선생은 "희고 정갈한 목덜미에 보송보송한 솜털이 보얗게 돋아 있"는 "눈부신 순백의"(209면) 모습으로 이발사의 가슴을 설레게 한다. 실제로 소설에서 애절하게 부각되는 것은 기병대와 양성구의 로맨스다. 집단에서 소외된 주변인임을 본능적으로 자각한 이발사와 나비 선생이 서로를 위무하는 모습은 애틋한 감정을 불러일으킨다.

그러나 두 사람의 간절한 감정이 주는 여운에도 불구하고 나비 선생을 배신한 죄책감에 괴로워하는 이발사의 모습을 그린 소설의 결말은 이 작품이 결국 넘지 못한 경계가 무엇인지를 일깨운다. 소설 초반에 제기되었던 소수자에 대한 억압과 폭력의 문제는 집단과 개인, 가해자와 피해자의 대립 구도 속에서 극화된다. 나비 선생의 선량한 성품과 비교한다면 그를 괴롭히는 자율방범대장 나수칠은 지독하게 혐오스러운 악인으로 그려진다. 나수칠이 남성 가부장 사회의 모순과 폭력을 집약하는 상징적인 인물로 전형화되는 것은 그가 부정한 방법으로 재산을 모아 귀향한 포악한 사업가라는 설정에서도 드러난다. 더불어 나수칠의 횡포를 묵인하고 지지하는 마을 사람들의 차별적 태도도 구체적인 에피소드보다는 막연한 소문의 분위기로 형상화된다.

동성 사이의 욕망이 발생하는 내밀한 과정에 끊임없이 개인의 가족사나 정신적 상처를 개입시키는 작가의 설명적 묘사는 이 소설이 제기한 욕망과 금기에 대해 다양한 해석 층위를 제한하는 아쉬움을 준다. 두 사람 사이에 싹튼 사랑의 형태가 이성애자의 시선 속에서 가족과 군대 집단 등 환경적 요인의 영향으로 거듭 규정되는 것은 눈에 띈다. 나비 선생을 향한 이발사의 욕망은 그가 군대 시절 겪었던 억압적 체험에 대한 보상심리로 설명되며, 나비 선생 역시 어머니를 여읜 고독감으로 인해 내성적이고 여린 사람이 될 수밖에 없었던 것으로 묘사된다. 특히 나비 선생은 정체를 알기 힘든 아름답고 유혹적인 모습으로 끝까지 머물러 있다는 점에서 상당히 신비화된 인물이다. 여성이 영원한 자연적 모성과 흔히 연결되는 것처럼 나비 선생은 자라지 않는 소년의 이미지로 고정된다. 그는 집단적 금기가 밀어낸 어둠의 지대에 웅크리고 숨은 애처로운 피터팬처럼 보인다.

'나는 남자다'라는 주문에서 자유롭지 못한 이발사의 혼란스러운 심경이나 모성 콤플렉스에 시달리며 성인사회로의 진입을 거부하는 나비 선생의 심리에 대한 묘사는 우리 소설이 환기하는 타자에 대한 상상력이 아직도 많은 금기에 사로잡혀 있음을 새삼 확인시킨다. 나비 선생의 유령을 불러낸 것은 그를 어둠의 영역으로 밀쳐낸 우리 모두라고 소설은 강조하지만 집단의 구성원들이 공감해야 할 그 죄의식과 자책감은 모호하고 막연한 분위기로 작품 속에 떠다닌다. 그런 맥락에서 나비 선생이 무고한 희생자이자 '유령'으로밖에 귀환할 수 없는 것은 당연한지도 모른다. 그는 죄의식과 공포를 환기하는 수수께끼로 남을 뿐 세속에 안착하지 못한다. 결국 아무도 손길을 내밀지 않는 타자의 영역에서 유령으로 맴도는 나비 선생의 존재는 제도와 금기를 돌파하는 다양한 방식의 사랑에 대한 질문을 우리에게 되돌려주고 있는 것이다.

2. 잃어버린 기억, 고립의 방식

실재와 환상의 경계를 더듬어가는 심리적 기록을 통해 개인의 숨은 꿈과 욕망을 추적하는 서술방식은 최근 우리 소설에서 두드러지게 나타나는 경향이라 할 수 있다. 최인석(崔仁碩) 역시 현실의 질곡을 강렬하게 되비추는 환상구조를 적극적으로 활용하는 소설가라고 할 수 있다. 「내 님의 당나귀」와 「목숨의 기억」(『목숨의 기억』, 문학동네 2006)은 '숨은 아비 찾기'라는 모티프를 통해 역사적 상흔과 인간다운 삶에 대한 희망을 절망적인 환상의 형식으로 포착한 작품이다.

할아버지와 아버지를 포함한 최인석 소설의 부계인물들은 남성가장이라는 측면에서 한국 가족의 전형적 위계질서를 재현하지만, 억압받는 사회계층에 속해 있다는 점에서 주변화된 인물들이다. 지배와 억압을 동시에 구현하고 있는 이 특이한 인물형은 사회체제에 대한 분노를 적극적으로 표출하는 '괴물'로 상징화된다. 「내 님의 당나귀」만 하더라도 '순이 애비'로 자처하는 노인은 욕설을 퍼붓고 행패를 부리며 병원 이곳저곳에 나타나 사람들을 제압하는 '도깨비'에 비유되며, 「목숨의 기억」에서 가족사의 상처로 신음하는 할아버지는 물갈퀴를 지닌 그로테스크한 환상으로 표현된다.

두 작품 중에서도 이미지와 상징의 측면에서 주목되는 작품은 「목숨의 기억」인데, 이 소설은 '할애비'의 기억상실을 통해 분단 역사의 고통을 암시하고 있다. 간첩이라는 누명을 쓰고 죽은 아들에 대한 아픈 기억을 지닌 할애비는 치매를 앓으면서 꽃을 먹고 어린애 같은 행동을 벌인다. "입당원서 쓰러 가야"(85면) 한다는 할애비의 고통스러운 되뇜은 "다 잊어먹었다. 그런 거 다 기억하고 어찌 산다냐. 다 잊고 살아야 헌다. 다 잊어야 살어……"(86면)라는 할미의 한 맺힌 고백과 대조를 이루며 상처받은 가족사의 면면을 암시한다. 치매에 걸린 할애비가 꿈꾸는 수궁의 세계는 "사람이 채송화하고도 풍뎅이하고도 얘기를 하고, 단풍나무하고도 호랑나비하고도 사랑을 하고 결혼을 한다"(95면)는 곳이다. 억울하게 아들을 잃은 고통스러운 현실을 견디기 위해 할애비는 수궁 세계를 상상하며 그 속에서 행복한 꿈을 꾸는 것이다.

기억을 잃은 조부를 바라보며 자신의 잃어버린 과거를 되찾아가려는 주인공의 간절한 몸짓은 결국 수포로 돌아간다. 그는 '빵떡모자'를 쓴 예술가가 진짜 아버지인지 아니면 간첩 혐의를 쓴 채로 억울하게 죽은 사람이 아버지인지 끝까지 알지 못한다. 현실을 되비추는 고독한 환상의 세계는 지옥 같은 세상에서 달아날 출구는 그 어디에도 없다고 이야기하는 듯하다. 최인석 소설의 미덕은 이렇듯 허황된 낙관과 희망 대신 절망적인 고립이나 자폭의 방식을 선택할 수밖에 없는 상황의 절박성을 포착하는 데 있다. 풍요로운 물질문명의 뒷골목에는 터질 듯한 고함과 분노, 비명이 들끓는 고통의 삶이 변함없이 현존한다. 최인석 소설의 전언대로 강자와 약자, 부자와 빈자, 지배자와 피지배자가 대립하는 현실을 벗어나는 것은 처음부터 불가능한지도 모른다.

증오와 복수의 형식이 강렬한 이미지로 포착되었던 전작들에 비해「목숨의 기억」을 포함한 최인석의 근작들은 환상의 형식이나 탈주의 결말을 부각함으로써 주제의 경직성을 완화하려는 시도를 보인다. 그럼에도 불구하고 지옥 같은 현실과 극적 환상을 대비시키는 최인석 특유의 서사적 가공방식이 예정된 도식이나 모호한 탈주의 결말을 이끌어내는 문제점은 새삼 짚어볼 필요가 있다.

그의 소설이 표출하는 집요한 비관주의가 선험적인 절망의식으로 변질될 위험이 있다는 지적 역시 되새겨볼 만하다.[2] 강자와 약자가 대결하는, 그리고 현실 그대로 약자가 늘 패배하는 그의 소설에서는 환상조차도 짊어지기 힘든 십자가가 되어 주인공들을 짓누른다. 당나귀로, 물갈퀴로, 수궁으로 현현하는 환상들은 세상을 향해 더이상 손을 내밀지 않는다. 아비 찾기를 내세우면서도 진짜 아버지를 확인하지 못한 채 혼돈의 상태에 남겨지는 이 두 소설의 결말이 미진하게 다가오는 이유도 그 때문이 아닐까. 화해가 불가능한 현실 속에서 주인공이 빠져드는 정체성의 혼란은 최인석 소설이 고민하는 새로운 출구가 무엇인지를 생각하게 만든다.

최인석의 소설이 절망 속의 꿈꾸기를 통하여 비참한 현실의 일면들을 환기한다면, 정지아(鄭智我)의 소설은 내적인 응축의 방식으로 역사적 상처와 고단한 가족사의 기억을 끌어안는다. 여러 작품 중에서도「풍경」(이

2 서영인「피안과 현실」,『충돌하는 차이들의 심층』, 창비 2005, 130면.

하 『봄빛』, 창비 2008)이 눈에 띄는 이유는 균질화된 역사의 기억을 뚫고 솟아오른 개인의 욕망과 꿈을 작가가 절실하게 붙잡고 있기 때문이다.

치매에 걸린 어머니와 단 둘이 살아가는 한 노인의 삶을 묘사한 이 소설에서 어떤 격정의 순간을 포착하기란 쉽지 않다. 지난 시대의 소설들 같으면 서사의 중심부에 내세웠을 전쟁과 분단 이야기는 이 고독한 소설 뒤에 꼭꼭 숨겨져 있다. 가족사의 아픈 기억은 어머니의 치매상태 속에서 흐릿하게 비춰질 따름이다. 어머니와 아들이 살고 있는 산골의 고적한 집 역시 역사적 풍랑으로부터 의도적으로 차단된 폐쇄적 공간이다. 이 산골에서 큰아들과 작은아들이 여수 14연대를 따라 입산하여 다시는 돌아오지 않게 된 불행한 기억은 "가마솥에 물 끓는 소리, 닭 우는 소리, 군인들의 웃음소리, 얼굴을 발갛게 물들인 누이들이 쫑쫑 달리던 소리, 달그락거리며 부딪는 총소리"(62면)의 행복한 추억 속에 은폐된다.

호젓한 산골에서 평화롭게 살 수 있었을 가족들이 뿔뿔이 흩어진 후 집에 남은 어머니와 막내아들은 망각과 고립의 삶을 살아간다. 어쩌면 이 고립의 삶은 외부의 폭력으로부터 자신을 보존하는 유일한 수단인지도 모른다. 세속과 분리되어 시간의 흐름을 잊기만 한다면 모든 것이 안전할 수 있다는 철저한 고립의 전략은 개인을 압도하는 외부의 폭력에 대한 격렬한 항거를 보여준다. "날이 풀리고 개구리가 뛰어다니면 곡식을 심었고, 그것이 쑥쑥 자라 땡볕에 열매가 익으면 따먹었으며, 날이 추우면 군불을 지피고 방에 들앉"(60면)는 삶만을 살아온 모자에게 현재는 과거의 고통스러운 기억을 서서히 잊어가는 시간으로 의미를 갖는다.

상처의 중심부에서 의도적으로 벗어나 외부로부터 스스로를 단절시키는 고립의 삶은 정지아 소설이 주된 테마로 삼아왔던 '운명에 항거하는 자아'의 문제와 연결된다. 「운명」에서 우연적 사랑을 피해 달아나는 주인공의 모습은 단절과 격리를 통해 스스로를 보존하려는 자아의 안타까운 집념을 보여준다. 「풍경」의 세계에서도 그것은 완고한 단독자의 결벽으로 나타난다. "아랫마을부터 기어올라온 어둠이 어머니와 그를 집어삼키고 산 정상을 향해 달려갔다. 낡아 부스러질 듯한 두개의 기둥처럼 어머니와 그는 세월을 버티고 있었다. 아직 달은 떠오르지 않았다. 잠시 후면 손톱 끝만한 그믐달이 어둠 속으로 스며들 것이었다"(69면)라는 구절을 읽으면, 내면의 '풍경' 속에 침잠하는 자아의 결연한 의지가 느껴진다. 그런 점에서 「풍경」이 창조한 완전무결한 고독의 시간은 역사적인 상처를 새로운 방식으로 비끄러매는 독특한 자기성찰의 영역과 만난다. 시간 속에 기억들을 봉인해놓고 찬찬히 들여다보는 이 성찰의 자세는 손쉬운 화해나 용서를 허락하지 않는 결벽함으로 감동을 준다. 역사적 물결 속에 부표처럼 떠다니는 사람들의 상처와 회한을 조심스럽게 싸매는 이 내성적 서술의 방식을 옹호하고 싶은 이유도 여기에 있다.

3. 도시를 가로지르는 추억의 마술

최인석과 정지아의 소설에서 망각과 고립은 현재의 고통을 견디기 위한 존재의 필사적인 생존방식으로 형상화된다. 기억의 강박에서 풀려나기 위해 기꺼이 고독을 선택하는 고집스러운 인물들은 집단 속에 묻혀 있던 개인의 다양한 욕망과 조우한다. 여기서 도시적 일상성의 빛과 어둠을 예민하게 응시하는 은희경(殷熙耕)과 하성란(河成蘭)의 소설로 시선을 옮겨가보자. 이들의 소설은 분열과 소외의 경험으로 가득한 현대적 일상에서 기억의 힘이 얼마나 매혹적이고 교묘한 마력을 갖고 있는지 예민하게 자각해 보인다는 점에서 눈길을 끈다.

특히 은희경은 장편소설 『비밀과 거짓말』(문학동네 2005)을 통해 개인의 정체성을 형성하는 혈연과 운명적 인연들의 문제에 관심을 집중하고 있어 주목을 요한다. 『비밀과 거짓말』을 포함한 최근 은희경의 소설은 부정적이고 환멸적인 세계에 몸담고 있는 자아의 기원을 세심히 들여다보는 것에 관심을 둔다. 낭만적 추억의 힘을 상기시키는 「유리 가가린의 푸른 별」(『아름다움이 나를 멸시한다』, 창비 2007)의 밑바닥에 깔려 있는 것도 그러한 인연과 운명의 만남에 대한 긍정과 사색이라고 할 수 있다.

이 소설에서 '1991년의 코스모나츠'는 주인공의 젊은 날을 일깨우는 상징적인 시대기호이다. 한 중년 남자의 내면적 고백 속에서 시공간을 가로지르는 여러 에피소드를 배열해 보이는 방식이 인상적인 이 소설은 쏘비에트연방의 몰락, 유리 가가린의 우주비행, 연인이었던 은숙의 결혼식, 술에 취해 소설 원고를 잃어버린 청춘의 어느날을 차례로 엮어나간다. 조국이 사라진 후 귀환하게 될 코스모나츠의 아이러니한 운명처럼 주인공과 그를 둘러싼 인물들 역시 자신의 미래를 짐작할 수 없는 불안과 막연한 혼돈 속에서 청춘을 보냈다.

운명이 빚어내는 삶의 결정적 순간들을 회고하는 이 작품은 덧없고 우연적인 계기들로 이루어진 삶의 불가해성에 대해 이야기한다. 건조하고 반복적인 일상, 불안과 설렘으로 가득한 아름다운 청춘은 소설에서 대비를 이루는 두 세계로 드러난다. 주인공은 현재와 과거의 경계에 서서 추억을 회상한다. 타인의 시선으로 끊임없이 자기 자신을 돌아보고 감정적 노출을 경계하던 은희경 소설 속 인물들의 냉소적 화법을 상기한다면 주인공이 보여주는 감상적인 몸짓은 의외의 것으로 여겨진다. 성장을 멈추어버렸노라고 단언하던 소녀의 확신에 찬 음성이 아닌, 나이를 먹어도 삶에 대해 자신할 수 있는 것은 아무것도 없다는 불안하고 수줍은 목소리가 어디선가 들려오는 듯하다.

"오늘 나는 시간을 가로지르는 통로에 잠깐 서 있는 건지도 모른다. 유리 가가린의 세상에서는 종이접기를 하듯 시간을 접어두는 것이 가능한 일일 수도 있다"(209면)라는 고백에서 짐작되듯이 추억은 순식간에 도시의 건조한 일상을 가로지르고 다가와 주인공을 소환한다. 유리 가가린의 이야기와 주인공의 회상이 상징적으로 결합되는 이 장면은 예정되어 있는, 그러나 다소 어색한 반전의 분위기를 띤다. '리버 쎄느'에서의 약속을 확인해가는 미스터리 형식의 서사는 삶의 피로와 허무를 고백하는 주인공의 진술 속에서 흩어진다. K의 자살이나 은숙의 결혼은 아련한 추억의 마술 속에서 흐릿하게 환기되는 영상일 따름이다. 주변인물의 사연들에서 거듭 미끄러져 나가는 주인공의 자기회상은 삶을 위로하는 잠언록 속에서 힘겹게 맴돌고 있는 것이다.

주관적 자아의 극대화가 인물과 서사 간의 유기적 관련성을 제약하는 아쉬움이 있지만, 이 소설이 보여주는 고백의 화법은 최근 은희경 소설의 변모의 지점을 드러낸다는 점에서 의미있게 다가온다. 자아가 외부환경에 제약당할 수밖에 없는 숙명적 조건들을 섬세하게 들여다보려는 시도는 소설 속에서 따뜻한 연민의 시선으로 분출된다. 환멸적 세계에 대한 날카로운 아이러니를 창출했던 작가가 자기긍정을 통해 삶의 숙명성에 대한 성찰을 시도하고 있는 것이다. 극대화된 자기연민과 몰입, 그럼에도 불구하고 끊임없이 스스로를 응시하는 자기성찰의 지점은 그 자체로의 완결적 의미보다는 이후의 소설 여정 속에서 의미를 갖는 것이라고 할 수 있다. 『상속』(문학과지성사 2002)의 세계가 면밀히 탐색해 보였던 일상의 희비극적 풍경, 그리고 『비밀과 거짓말』이 묘파한 드라마틱한 가족서사의 연장선 위에 서 있는 이 작품은 내면적인 고백의 글쓰기가 향하게 될 다음 행로를 궁금하게 만든다.

하성란의 「1984년」(이하 『웨하스』, 문학동네 2006)에서도 추억의 화법을 통해 개인의 삶과 맞닿는 시대적 기호를 만날 수 있다. 찬찬하게 복원되는 추억의 세계는 도시일상을 살아가는 개인들의 삶을 다양하게 탐색하기 위한 작가의 정공법적 대응을 암시한다. 치밀한 사물 묘사와 긴장감 있는 스토리텔링의 힘은 여전히 유지하면서 등장인물들의 내면에 더욱 밀착하는 서술은 그의 최근 소설에서 달라진 부분이다. 「웨하스로 만든 집」 등에서 가족적 소재 속에 내밀한 화자의 목소리를 자주 개입시키는 점도 눈에 띈다. 특히 이전 소설에서 부재하다시피 했던 아버지의 존재가 실물감을 띠고 등장하는 것도 흥미로운 부분이다.

"철저한 계급사회로 정체를 알 수 없는 독재자가 권력을 휘두르고 '사상경찰'이라 불리는 경찰들이 텔레스크린으로 당원들의 일거수일투족을 감시하는, 조지 오웰이 제시한 암울한 '1984년'"(37면)에 열아홉살인 주인공은 실업계 고등학교에 다니고 있다. 어머니가 바느질해서 버는 돈으로 여섯 식구가 먹고살아야 하는 현실은 "책가방에는 늘 구직용 이력서 다섯 통이 비치되어 있"(같은 곳)고 "하루에도 몇번씩 마음 한구석으로 정찰용 헬리콥터가 불안하게 날아오르고 저벅저벅 군홧발 소리가 꿈자리를 밟고 지나"(38면)갔던 기억으로 저장되어 있다. 주인공이 취직을 준비하기 위해 상식책을 외우던 그 시절, 많은 사람을 일시적으로 위로했던 것은 유리 겔라의 마술이다.

대학을 가지 않은 사람에게는 잿빛이기만 한 사회, 언제 취직이 될지 모르는 불안한 나날들, 그 속에 문득 기적처럼 유리 겔라의 숟가락 마술이 찾아오고 주인공은 친구와 뒤바뀌어 엉겁결에 오퍼상에 취직을 하게 된다. 기적이 일어날 것 같지 않은 일상의 삶에서 잠시나마 사람들을 위로했던 그 가짜 마법의 세계를 응시하는 작가의 찬찬한 시선은 주변화된 청춘의 한 시절을 섬세하게 복원한다. 운 좋게 직장을 구해서 기뻐하던 것도 잠시뿐, 어머니는 바느질 품삯을 떼이고, 여섯 식구의 고단한 일상은 평소와 다름없이 진행된다. 에나멜 구두와 비로드 투피스를 장만하여 출근을 시작하지만 수백명이 실내체육관에 앉아 타이프라이터를 기계적으로 두드려대던 그 황막한 일상의 풍경은 고스란히 현실 속에 박혀 있는 것이다.

현대 일상을 살아가는 우리 모두가 텔레스크린에 의해 감시당하는 오웰 소설의 주인공들과 같다는 식의 진부한 서술이 의식적으로 등장하긴 하지만, 이 소설이 포착하는 주변부 삶의 고단함은 여러 대목에서 솜씨있게 그려진다. 일거리에서 묻어나온 실오라기가 국그릇에 떠다니다가 아이들의 양말에 묻어나가는 장면, 이효석의 「메밀꽃 필 무렵」을 타이핑하다 새끼손가락이 자꾸 미끄러져 자판에 끼는 모습, 양복 꾸러미를 머리에 이고 호두까기 인형처럼 입을 앙다문 엄마를 길가에서 만나는 모습 등은 이 소설이 갖는 기억의 힘을 생기있게 담아낸 뛰어난 대목들이다. 「웨하스로 만든 집」에서 무너지는 집, 엇갈리는 운명, 가족에 대한 애착의 시선을 흥미롭게 교차시킨 것처럼 작가는 이 소설에서도 현실에 밀착한 기억의 모티프를 통해 그 어떤 과장 없이 추억의 시절을 이끌어내는 데 성공한다. 열아홉의 소녀가 무한경쟁체제의 사회에 첫발을 들여놓는 과정을 기록한 이 쓸쓸한 고백록은 십대 시절의 추억이야말로 우리를 미혹하는 가장 고통스러운 환상일 수 있음을 암시한다. 꿈 많은 학창 시절로 치장되기 쉬운 십대 시절은 냉정한 경쟁사회로 진입하기 위한 덧없는 대기 과정에 지나지 않았던 것이다. 성장이란 인격적으로 성숙한 그 무엇인가를 얻어가는 과정이 아니라 그저 사회의 냉엄한 규율 속으로 매끄럽게 빨려들어가는 것에 불과함을 작가는 담담하게 진술하고 있다.

4. 망각과 기억의 사이

공식적 역사의 기록 뒤에 숨겨진 개인들의 다양한 사연을 포착하는 서사의 방식은 최근 소설에서 자주 발견되는 경향이다. 환상과 현실의 교차를 기법적으로 활용하여 개인의 내면적 기록을 절실하게 부각하는 방법에서부터 본격적인 허구의 공간 속에서 역사적 기록을 활용하는 소설까지 다양한 형태의 작품이 발표되고 있다. 역사에서 억울하게 희생되어간 이름 없는 사람들을 돌아보는 소설들의 흐름 중에서도 정지아의 소설이 견지하는 거리감각과 내적인 응축의 방식은 눈에 띄는 미덕을 보여준다.

수많은 차별과 배제가 은밀히 행해지는 일상의 삶에서 임철우와 최인석의 소설이 환기하는 타자의 상상력도 주목할 필요가 있다. 이들의 소설은 유령과 괴물 등의 타자적 세계를 상징적으로 포착함으로써 소수자를 배제하는 집단의 차별논리가 우리 삶에 얼마나 깊이 스며들어 있는가를 증거한다. 임철우 소설이 호소하듯이 '정상적인' 삶에서 배제된 타자들의 유령은 우리 내부에 소리 없이 스며들어 끊임없이 우리 자신의 죄의식을 호출한다. 그것은 일상에 깊이 스며 있는 다양한 형태의 억압과 규율에 대한 새로운 성찰을 요구한다.

도시적 일상이 부여하는 추억의 모티프를 통해서 삶의 심연을 들여다보려는 은희경과 하성란의 소설도 주목되는 작품들이다. 은희경 소설에서 보이는 우연성의 담담한 수락은 이전 작품과는 달라진 변화의 징후를 보여준다. 하성란의 소설 역시 가족사의 기억과 내적 화자의 부각이 이후에 어떤 작품들로 연결될지 궁금하고 흥미롭다.

기억의 빈 곳을 채워가는 오랜 여정을 거쳐 우리는 드디어 덧없는 현재로 귀환한다. 「유리 가가린의 푸른 별」의 한 대목처럼 어느 한순간은 "지워져버렸던 청춘의 어느 하루가 선명하게 되살아나면서 오히려 현재의 모든 것이 비현실적으로 느껴"(202면)질 때도 있으리라. 그러나 이 혼돈의 시간여행이 궁극적으로 귀환하는 곳은 '지금-여기'임을 새삼스럽게 자각할 수밖에 없다. 벤야민(W. Benjamin)은 "지나간 과거의 것을 역사적으로 표현한다는 것은 〈그것이 도대체 어떠했는가〉를 인식하는 것을 뜻하는 것이 아니다. 그것은 어떤 위험의 순간에 섬광처럼 스쳐 지나가는 것과 같은 어떤 기억을 붙잡아 자기 것으로 만드는 것을 의미한다"[3]라고

---

3 발터 벤야민 「역사철학테제」, 『발터 벤야민의 문예이론』, 반성완 옮김, 민음사 2008, 345~46면.

말한 바 있다. 이야기꾼의 참된 저력은 과거를 현재 속에서 소통시켜주는 데 있으며, 소설이 선택하는 고통스러운 기억의 여정 역시 현재의 삶 속에서 생명력을 갖는 것이다.

성장서사와 균열의 상상력

1. 성장서사와 균열의 상상력

성장서사는 오래전부터 문학 독자를 매혹해온 이야기 양식이다. 개인이 집단에 적응하는 고난의 과정을 다룬다는 점에서 성장서사는 한 사회가 지닌 내부적 모순을 가장 명징하게 드러낸다. 그것은 집단에 적응하기 이전의 자아의 혼란과 절망을 보여주면서도 결국에는 사회체제 속에 안전하게 합류하게 되는 자아의 모순적인 모습을 극명하게 드러낸다. 성장서사가 근본적으로 균열의 도정을 보여줄 수밖에 없는 위기의 서사라고 할 수 있는 것은 이 때문이다.

최근 소설들의 흐름을 살펴보아도 자기성찰의 여정 속에서 대두되는 고향 모티프나 성장서사는 기원 찾기 이상의 의미를 지닌다. 성석제와 은희경, 구효서와 윤대녕, 조경란과 하성란의 소설에서 각기 다른 방식으로 표출되는 가족과 성장의 모티프는 이전의 나르시시즘 서사와는 다른 각도에서의 계보적 고찰을 필요로 한다. 가족적 유대가 희미해진 김애란과 박민규의 소설들 역시 '아비 없는' 성장서사의 한 유형을 보여준다는 점에서 주목되는 사례이다. 위기와 균열을 극화하는 성장서사는 주인공이 목표로 삼은 성숙의 지점이 아니라 그것을 향해가는 힘겨운 과정 그 자체를 돌아보는 데서 의미를 새롭게 만들고 있는 것이다.

다양한 모색과 성찰의 과정을 보여주는 최근의 성장서사들 중에서도 전성태, 김중혁, 윤성희, 공선옥의 소설은 소외의 현실과 타자적 존재의 발견이라는 주제를 깊이있게 형상화한 작품들로 다가온다.

전성태(全成太)의 「아이들도 돈이 필요하다」(『늑대』, 창비 2009)는 압축적인 대화의 묘미와 서정적인 감수성을 잘 살린 뛰어난 성장소설의 형식을 보여주는 작품이다. 장전리 마을의 한 학교에서 시행되는 하프마라톤 훈련을 소재로 삼은 이 작품은 고장의 풍속과 시대상을 절묘하게 연계시키는 풍부한 입담의 세계를 그려낸다. 마라톤 대표선수인 '오쟁이'의 종아리 굵기를 재며 성장신화를 역설하는 학교 교장, 11대 대통령 취임식을 축하하는 현수막, 방과 후 달리기 연습에 동원되는 아이들, 편도선이 부은 아이들에게 모나미볼펜 대롱을 통해 가루약을 불어 넣는 노인의 모습 등은 이 소설이 장악하고 있는 풍속의 세계를 잘 보여준다. 동네 아이들의 우상인 오쟁이의 과묵한 모습이나 늘 건들거리며 아이들을 괴롭히는 쎄비형, 새침한 명심이와 순박한 돼지어멈의 생생한 캐릭터 역시 이 소설을 활기차게 만드는 데 일조한다.

아이들이 달리기를 통해 속도경쟁체제의 원칙을 습득해가는 일련의 과정은 성인사회로의 편입을 준비하는 동시에 그것이 지닌 모순과 균열을 들여다보게 한다. 오쟁이의 신발이 부러웠던 '나'는 우연히 주운 돈으로 육미관 설렁탕을 사 먹고 스파이크 슈즈를 사 신는다. 그러나 돈의 임자인 돼지어멈이 나타나는 바람에 행운은 곧 불운으로 바뀐다. 멋모르고 쓴 돈을 갚기 위해 쎄비형에게 돈을 빌린 나는 다음 날부터 개구리를 잡아 다리 껍질을 벗기고, 라면봉지를 주워다 나르며 돈을 모으려 하지만 고단한 노동의 뜀박질은 해도 해도 끝이 없다. 주인공이 체감하는 물신사회의 가혹한 원리와 속도경쟁체제의 부조리함은 오쟁이가 짐수레에 밀려 사고를 당하는 데서 절정에 이른다. "괜찮다니게. 이대로 서울까장도 달리겄구만"(254면)이라는 오쟁이의 자신만만한 음성은 과하게 짐을 실은 수레의 무서운 가속도에 휩싸여 힘없이 사라진다. 이 장면은 성장신화가 균열을 일으키고 붕괴되는 한 지점을 현시한다. 속도전의 선두에 서 있던 오쟁이가 궤도 밖으로 이탈해 사라져버리는 장면은 주인공이 느낀 어깨의 격통과 더불어 비극적인 성인식의 한 장면을 상징하는 듯하다. 사고로 실려 간 오쟁이는 돌아오지 않지만, 눈속임으로 오쟁이의 종아리를 재던 교장은 '야구시범학교'라는 타이틀을 내세우며 또다른 성장신화 재건에 몰두한다. 이 소설이 일러주는 진정한 비극은 바로 오쟁이의 사고 후에도 냉혹한 경쟁사회의 논리가 변함없이 지속된다는 사실일 것이다. 성장의 화법을 통해 부조리한 현실의 일면을 날카롭게 포착했다는 점에서 소설의 마지막 장면이 남기는 비극적인 여운은 상징적인 것으로 다가온다.

이 작품은 『매향』(실천문학사 1999)의 세계가 일찍이 가리켜 보인 농촌공동체의 서정적인 기억을 절실한 체험의 형태로 가져다놓았으며, 『국경을 넘는 일』(창비 2005)이 묘파한 제도적 억압의 양상을 구체화하는 데도 성공했다. 물론 비극적인 아이러니의 장치가 전성태의 모든 작품에서 효과적으로 가동되는 것은 아니다. 그의 소설에서 즐겨 변주되는 비극적 반전은 현실의 암울함을 충격적으로 환기하지만, 반대로 그 비극 자체가 극적 장치로만 머무르는 경우도 종종 있다. 한 예로 탈북자의 고통스러운 현실을 다룬 「강을 건너는 사람들」(『늑대』)은 긴박한 분위기 속에서 탈출하는 사람들의 모습을 간명한 서술로 포착하지만, 결말 부분에서 자식을 잃은 어미의 심리를 극적 소재 이상으로 드러내지 못한 아쉬움을 남긴다. 이에 견준다면 「아이들도 돈이 필요하다」가 보여준 비극적 아이러니는 풍부하고 다양한 에피소드들의 유기적 관계를 통해 이러한 한계를 넘어선다. 그것은 중심부의 역사와 주변부의 역사, 집단의 기억과 개인의 기억이 교차하는 경계선의 이야기들을 붙잡아내려는 작가의 시도를 보여주는 귀한 성과라고 할 수 있다.

2. 탐색과 소통, 아웃사이더들의 자의식

등단작 「펭귄뉴스」(이하 『펭귄뉴스』, 문학과지성사 2006)에서 「무용지물 박물관」에 이르기까지 김중혁(金重赫)의 소설들이 한결같이 무엇인가를 발견하고 찾아가는 탐색구조를 드러낸다는 점은 의미심장하다. 「무용지물 박물관」에서 눈 감고 상상하는 사건이 직접 목격하는 사건들보다 훨씬 더 풍부하고 아름답다는 사실을 발견하는 주인공의 모습이나, 「바나나 주식회사」에서 고물 쓰레기들로 가득 차 있는 호수를 찾아가는 주인공의 이야기는 탐색의 여정을 거쳐 인식의 변화를 갖는 성장서사의 한 특징을 보여준다.

어머니를 잃은 주인공이 삼촌과 마음의 대화를 나누는 과정을 그린 「에스키모, 여기가 끝이야」 역시 그런 점에서 독특한 성장서사를 지닌 작품이다. 아버지에 이어 어머니마저 여읜 주인공에게 이국땅에 있는 삼촌이 선물로 나뭇조각을 보내온다. 그것은 에스키모가 사용하는 지도임이 밝혀지는데, 인터넷을 통해 지도 사용법을 찾던 주인공은 "이것은 눈으로 보는 지도가 아닙니다. 이것은 상상하는 지도입니다. 손가락을 나무 지도의 틈새에 넣은 다음 그 굴곡을 느껴야 합니다"(95면)라는 설명을 발견한다.

소설 속의 '에스키모 지도'는 시각적 상상력의 테두리를 벗어나 자유로운 마음의 움직임을 포착하는 상상력의 세계를 제안한다. 이 상상력의 세계는 구체적인 삶의 전망을 제시하는 것은 아니지만 고립의 현실을 견디게 하는 소통의 출구가 되고 있다. 실제로 에스키모의 지도를 통해 주인공은 부모를 잃은 현실을 위무하며, 지도에 열광했던 자신의 유년을 돌아보게 되고, 오랫동안 만나지 못한 삼촌과 대화를 나눌 수 있게 된다. 상상력을 통해서만 해독할 수 있다는 에스키모 지도는 문학이 호소하는 상상력의 세계와 만난다는 점에서도 흥미롭다. 김중혁 소설에 자주 출현하는 '상상력의 소중함'은 그런 점에서 '문학적 양식'의 존재 의미를 나타낸다고 보아도 무방하다. 화려한 감각적 이미지들의 성찬 속에서 문학은 소리없이 대중으로부터 멀어지고 있으며 점점 현실적 영향력이 약화되는 것처럼 보인다. 어쩌면 미래의 문학은 창고에 처박히는 골동품이 되어 마니아들의 수집품으로만 그 명맥을 이어나갈지도 모른다. 그런데 문학적인 상상력은 바로 그 '쓸모없어 보이는' 점 때문에 소설 주인공의 관심 대상이 된다. 더불어 그것은 문명의 속도에 현기증을 느끼는 고독한 아웃사이더들을 연결하는 은밀한 통신매체의 가능성을 제시한다.

압축과 진보의 신화에 묻혀 소멸되어가는 인문학적 상상력의 세계에 대한 발견과 옹호는 김중혁의 소설이 끊임없이 드러내는 주제적 진술이다. 물론 이 진술 자체가 새롭게 다가오는 것은 아니다. 작가는 때때로 상식적인 차원의 문명비판론을 작품 속에 늘어놓는다. 「멍청한 유비쿼터스」도 견고한 감시체제 속에 살고 있는 현대인의 운명을 지나치게 평범한 에피소드로 형상화한 느낌을 준다. 우리는 "마치 거대한 컴퓨터 속 쿨러팬의 소음 같"(140면)은 소리들에 둘러싸여 살아간다는 단정이나, "모든 톱니바퀴들이 1밀리미터의 오차도 없이 맞물려나가는 듯한"(「펭귄뉴스」281면) 세상에 대한 허무주의적 인식, 혹은 "지구가 둥근 이상 모든 곳이 세상의 끝"(「에스키모, 여기가 끝이야」 100면)이며 "이제 혼자서 살아가야 하지만 나는 너무 늙어버린 듯하고 아무것도 가진 게 없었다"(「에스키모, 여기가 끝이야」 87면)라는 고백은 다른 소설들에서도 익숙하게 만날 수 있는 진술이다.

김중혁 소설의 인물들은 자신의 마음을 두드리는 따뜻한 상상력의 세계를 발견하고 행복해하지만, 그것이 삶을 일시에 바꿀 수 있다는 환상을 갖지는 않는다. 이들은 그저 세상에 소음을 보태고 딴지를 걸며 조금씩 느리게 가는 것만으로도 즐거워하고 기뻐하는 친근한 아웃사이더들이다. 「에스키모, 여기가 끝이야」의 주인공은 삼촌과 대화를 나누면서 자신의 삶이 앞으로 어떻게 바뀌리라는 섣부른 확신을 하지 않는다. 「무용지물 박물관」의 주인공은 사물과 세계를 새롭게 발견하는 상상력의 세계에 감동하지만, 그 자신의 일상은 여전히 압축된 첨단문명제품을 디자인하는 일로 채워져 있다. 그것은 고립된 단자들의 풍경을 긍정적으로 수락하면서도 그 속에서 작은 틈새를 찾아가는 개인들의 느릿느릿한 발걸음을 보여준다. 어쩌면 김중혁의 소설에 이르러 우리는 통증과 콤플렉스를 벗어나기 시작한 새로운 성장서사를 기대할 수 있을지도 모르겠다. 자기애의 서사를 여유롭게 해석하고 수용하는 긍정의 방식은 소통을 향해 천천히 다가가는 새로운 인식주체의 발견으로 다가온다.

김중혁 소설에서 발견할 수 있는 고립된 현실에 대한 따뜻한 긍정은 윤성희(尹成姬)의 소설에서 적극적인 소통의 열망으로 나타난다. 최근 윤성희의 소설은 단절된 개인들이 느끼는 결핍심리의 섬세한 묘사에서 나아가 이들이 이루는 소통의 가능성을 확대하는 데 몰두한다. 「자장가」(『한국문학』 2005년 가을호)에서 포착된 따뜻한 소통의 양상들도 이러한 가능성의 세계를 잘 보여준다.

「자장가」에서 인물들이 시달리는 심리적 강박의 구체적인 양상은 '꿈'으로 나타나는데, 이는 인물들이 성장 과정에서 체험한 가족의 존재와 무관하지 않다. 오빠가 떠난 이후 당근밭에 서 있는 꿈을 꾸는 주인공, 13년 동안 맨발로 어딘가를 걷고 있는 꿈에 시달리는 남자, 한글의 자음들이 비처럼 쏟아지는 꿈을 꾸는 사람 등 '언제나 그 꿈'이라는 동호회 회원들은 개인이 견뎌야 하는 근본적인 단절의 위기와 고통을 꿈으로 표출한다. 그러나 자세히 들여다보면 의지하던 여동생을 놔두고 이민을 떠나버린 오빠나, 사업 파트너로서의 자식에게만 관심이 있는 아버지의 모습이 주인공들에게 절대적인 영향력을 발휘하는 것은 아니다.

한 개인이 결정적인 위기를 극복하고 성인사회로 편입하는 자각의 과정이 평범한 성장의 의미라면 윤성희 소설의 인물들은 성장서사의 일반적인 구도에서 멀어져 있다. 이들이 딛고 넘어야 할 가족이라는 최초의 사회집단은 이미 영향력이 희미해져버린 화석화된 기억일 뿐이기 때문이다. 그들은 자신의 삶 속에 잠복한 위기의 양상을 자각하고 있지만 그것을 일탈의 행위로 분출할 수 없는 지극히 소극적이고 평범한 개인들이다. 이들이 할 수 있는 것은 단지 비슷한 상처를 지닌 사람들을 알아보고 만남을 갖는 일뿐이다. 소설 속의 '그녀'는 남편과 친구로부터 상처입은 304호 여인과 302호 여인의 줄넘기 시합을 주선하며 소통의 출구를 찾는다. 꿈의 강박에 시달리던 그녀가 비슷한 강박을 지닌 '그'에게 "당신을 만나고부터, 꿈을 꾸지 않는 날이 점점 늘어나요"라고 고백한 순간 인물들이 꿈꾸는 장밋빛 소통의 세계는 이미 달성된 듯하다. 그 만남의 세계는 낭만적인 이상향처럼 보인다.

우연한 기회에 만난 타자들이 엮어내는 찰나적인 공감의 세계는 우리의 일상 깊숙이 스며들어 있는 관습적이고 형식적인 소통관계가 갖는 균열의 지점을 들여다보게 한다. 생기를 잃고 가라앉아 있는 사물과 세계에 따뜻한 기운을 불어넣는 소통의 상상력은 소외된 존재들끼리 이룰 수 있는 위무의 영역을 넓힌다는 점에서 그 자체로 고유한 것일 수 있다. 반면에 이 따뜻한 시선이 비관적인 삶의 풍경을 어느 만큼 견뎌갈 수 있을지는 궁금한 일이다. 염려되는 것은 통증의 징후를 예민하게 캐내던 소설이 성급하게 치유의 서사로 향하는 것은 아닌가 하는 점이다. 소설 인물들은 핏줄의 집단에서 기대할 수 없었던 안식과 위로를 낯선 이들에게서 구하지만, 이것은 어쩌면 가족을 대체하는 또다른 환상인지도 모른다. 가족이 껴안을 수 없었던 상처를 낯선 타인들은 어느 만큼 껴안을 수 있을까? 이것은 개인 존재가 느끼는 결핍의 징후들을 섬세하게 그려왔던 그의 소설이 맞이한 새로운 변화에 대한 궁금증이자 앞으로의 작업에 대한 기대를 담은 질문이기도 하다.

3. 사랑의 좌절과 소외의 풍경

스물한살의 여성이 겪는 실연담을 다룬 공선옥(孔善玉)의 「명랑한 밤길」(『명랑한 밤길』, 창비 2007)은 연애서사를 표층으로 하여 고단한 가족사와 주변부의 궁핍한 삶의 현장들을 엮어 올린 작품이다. 이 작품은 공선옥 소설의 활기와 매력을 유감없이 보여주면서도 한편으로 작중인물의 묘사나 스토리 전개 과정에서 약점을 노출함으로써 해석과 평가의 상이함을 낳는다. 우선 연애서사에만 초점을 맞춰본다면, 여성인물이 겪는 실연의 과정은 가해자/피해자, 남성/여성의 구도를 평면적으로 드러낸다. 특히 여성인물의 내면에 개입하여 남성인물을 필요 이상으로 희화화하고 풍자하는 작가의 시선은 캐릭터를 단순화하는 데 일조한다. 여성의 시원한 복수극도, 남성의 잔인한 돌아섬도 뚜렷하게 그려지지 않는 이 특이한 연애담은 독자들을 불편하게 만들면서, 매끄러운 사랑 이야기로는 흡수되지 않는 거칠고 생생한 현실의 한 부분을 끄집어낸다.

사실 공선옥 소설에서 그려지는 낭만적 연애의 좌절 과정은 여성인물들이 수시로 처하는 삶의 곤경 중 하나이다. 공선옥 소설에서 사랑의 실패는 모든 이야기가 풀려나가는 계기를 제공한다. 나아가 주인공이 체험하는 연애는 성과 사랑, 결혼과 가족제도를 둘러싼 갖가지 편견과 모순을 한꺼번에 노출한다는 점에서 다른 이야기를 감싸 안는 중요한 극적 장치가 된다.[1] 현실적으로 따져보아도 공선옥의 여성인물들이 지닌 삶의 여건

---

1 공선옥 소설에서 인물들이 엮어내는 연애서사가 소설 속의 가족제도를 성찰하는 중요

은 사랑의 통념과 이데올로기에 도전할 수밖에 없게 만든다. 극빈층의 모자 가정, 재혼녀 등 그녀의 주인공들이 지닌 연애의 조건은 제도와 불화할 수밖에 없는 것이다. 「명랑한 밤길」에서도 주인공의 감상적인 연애를 실질적으로 가로막는 것은 남자에게 풍족한 선물을 할 수 없는 궁핍한 경제환경이다.

연애 실패담을 전면에 내세운 이 소설이 부각하는 것은 남성의 배신으로 인해 좌절한 여성의 심리 속에 투영된 탈주의 욕망이다. "태어나 살던 이 고장을 떠나 먼 곳으로, 도시로 나가 살고 싶은 그 열망 하나"(103면)를 지니고 간호학원을 나온 그녀에게 도시 남성과의 연애는 치매에 걸린 어머니, 신용불량자인 오빠들, 이혼하고 모자 가정을 꾸리며 살아가는 언니로 둘러싸인 갑갑한 현실을 탈출할 수 있는 실질적 출구가 되는 셈이다. 그것은 빈곤한 가족현실로부터 벗어나 신분을 바꾸고 싶은 이십대 여성의 강렬한 변신 욕망이라고 할 수 있다. 순진하고 낙천적인 여성으로 묘사된 것과 달리 이 여성은 세속적인 연애 과정을 어느 정도 꿰뚫고 있는 물정 밝은 사람이다. 그녀는 "이 고장 여자들에게는 털끝만큼의 관심도 없"는 병원장의 속내를 쉽게 읽어낼 수 있는 눈을 가졌고, 공장에서 일하

한 계기를 이룬다는 점은 새삼 강조될 필요가 있다. 이 '사랑 이야기'는 무의식적으로 작동하는 사회제도의 그물망을 드러낸다는 점에서 중요한 역할을 하지만 간간이 노출되는 상투적 소극의 성격으로 인해 종종 평가의 대상에서 벗어나곤 한다. 한기욱이 공선옥의 『수수밭으로 오세요』(여성신문사 2001)를 두고 "사랑 이야기는 껍데기처럼 느껴지고 어미 '강필순'을 중심으로 하는 모계적 가족 구성의 이야기가 알맹이처럼 느껴진다"고 지적한 것이나 임규찬이 이 소설의 구성 자체가 '사랑'에 초점을 맞춘 것은 아니라고 본 것은 그 예라고 할 수 있다. 두 평자의 세심하고 밀도 높은 작품분석에서 사랑 이야기가 소설의 핵심과는 동떨어져 있는 별개의 영역으로 간주되는 것은 아쉬운 일이다. 소설에서 이섭과 필순의 연애담은 서사의 중심부에 있지는 않지만 모계적 가족 구성이나 빈곤한 삶의 묘파라는 전체 주제와 긴밀히 연결되는 중요한 복선의 역할을 맡고 있기 때문이다.(한기욱 「우리 시대의 사랑, 성, 환경 이야기」, 『문학의 새로움은 어디서 오는가』, 창비 2011; 임규찬 「공선옥 문학은 어느만큼 와 있는가」, 『비평의 창』, 강 2006 참조)

는 "세상을 열어 보일 능력이 없는 자들"(107면)에게 잘못 걸려들까봐 늘 경계한다. 연인 노릇을 하던 남자가 연락을 끊고 자기보다 형편이 나은 친구에게로 마음을 돌리는 과정조차도 다 눈치채고 있는 그녀는 연애소설의 비극적 여주인공이 되기에는 너무나 영리한 여성이다.

"나는 남자가 이 고장 남자가 아니라는 사실 앞에서 흥분하고 있음에 틀림없었다"(113면)라는 고백이 직접적으로 일러주듯이 여성 주인공이 매혹당한 것은 지식인 남자인 동시에 '도시'이다. 그런데 그녀를 유혹했던 남자 역시 엄밀히 말하자면 도시의 경쟁체제에서 밀려난 보잘것없는 낙오자에 불과하다. 남자의 입장에서 보자면 주인공과의 결별은 너무도 당연한 결과이다. "내가 잘나가는 사람 같으면 뭐 이런 데서 이러고 있겠냐?" (121~22면)라는 남자의 부르짖음이 나름대로 절실하게 들리는 것도 그 때문이다. 그는 주인공과 마찬가지로 낭만적 연애에는 어울리지 않는 지나치게 현실적인 인물이다. 그런 점에서 주인공이 느끼는 분노와 슬픔은 남성의 배신에 말미암기는 했지만, 근원적으로는 도시를 향한 허위적인 욕망이 깨져 나가는 고통과 자기환멸에서 비롯된 감정으로 해석될 수 있다.

도시에 대한 동경과 매혹이 좌절당하는 쓰라린 과정은 역설적으로 주인공이 지닌 허위의식을 환기한다는 점에서 흥미로운 전환의 지점을 보여준다. 그것은 비극적 연애담의 결말로서는 기대하지 않았던 삶의 구체적 현장으로 우리를 끌고 들어가는데, 정작 공선옥 소설이 보여주는 힘과 매력은 여기에서 발휘된다. 남자와 한바탕 실랑이를 벌이고 서글픈 마음으로 돌아오는 길에서 그녀는 자신이 은근히 경계하고 피해왔던 이주노동자들과 마주치게 된다. 연인과 은밀한 사랑을 나눌 뻔했던 물레방앗간에서 그녀가 몸을 숨기고 듣게 되는 이들의 고단한 삶의 사연은 어느 순간 마음 한구석을 절박하게 파고든다.

한국인 사장에게 월급을 떼이고 고향에 가보지도 못하는 비극적 삶을 살면서도 "내일은 시내 가서 윤도현 음악 씨디하고 고무장갑하고 소주하고 옷하고 신발하고 여러가지를 살 거야. 난 윤도현 왕팬이야"(123면)라고 중얼거리는 이주노동자들의 모습은 이 소설의 전반부가 꼼꼼하고 섬세하게 묘파한 소외의 현실을 한꺼번에 압축해 보여준다. 길에서 우연히 주운 채소를 보며 즐거워하는 노동자들의 모습은 가난한 밥상 앞에서 치매 걸린 어머니의 중얼거림을 상대해야 하는 막막하고 아득한 주인공의 현실과 순식간에 연결된다. 그녀의 고단한 일상은 낯선 타지에서 고향의 달을 그리워하는 이주노동자들의 궁핍한 일상과 다르지 않은, 소외된 삶 그 자체인 것이다. 이 장면은 공선옥 소설이 포착하는 삶의 진경이 무엇인지를 고스란히 보여준다. 어쩌면 물레방앗간 장면 하나를 보여주기 위해 이 소설은 멀고 먼 길을 돌아왔는지도 모른다. 굳이 타자와의 연대 운운하는 해석을 붙이지 않더라도 단번에 이해될 수 있는 이 짠한 감수성의 세계는 공선옥 소설만이 건져낼 수 있는 것이기도 하다.

그런 점에서 공선옥 소설이 응시하는 사랑의 실패는 매우 전략적이고 매혹적인 서사의 산물이다. 이 소설이 보여주듯이 제도와 불화할 수밖에 없는 여성들의 궁핍한 삶은 타자들의 삶을 들여다보게 하는 소중한 매개체가 된다. 공선옥 소설의 고유한 개성과 상상력도 이 마르지 않는 체험의 샘에서 흘러나온다.

그러나 소외된 이들을 이어주는 이 체험의 세계는 과연 생래적 조건으로, 혹은 운명적 조건으로만 주어지는 것일까. 공선옥 소설에서 여성의 자기정체성과 연결된 궁핍한 삶의 현장은 지극히 자연스러운 공감대를 가져오지만, 한편으로는 체험의 영역에 소외의 다양한 양상들을 가두어 놓고 있기도 하다. 그런 점에서 이 소설을 향한 질문은 밤길을 뚜벅뚜벅 걸어 집으로 돌아오는 그녀의 이야기에서부터 다시 시작되어야 하는지도 모른다. 그것은 소설 속의 표현을 빌리자면 "아름답고 슬프고 쓰라린 여행" 이후에 새로운 눈으로 바라보게 될 "낯익고 낯익어서 슬픈 풍경"(114면)에 대한 이야기가 될 것이다.

전도된 시선의 비밀

◆

하성란론

1. 사물과 인간의 전도(顚倒)

하성란(河成蘭) 소설[1]의 개성적 면모는 무엇보다도 일상성이라는 테마 속에서 변주되는 세밀한 사물 묘사에서 찾을 수 있다. 현재형 시점을 고수하며 건조하고 분절적인 묘사로 일관하는 서술방식은 하성란 소설의 트레이드마크라 할 수 있다. 인물의 움직임과 외부 사물의 디테일에 대한 의도적인 집착은 서사의 흐름을 끊임없이 방해하고 지연한다. 이렇듯 불연속성과 단절을 내세우는 글쓰기 방식은 권태와 반복의 수사를 동반하는 현대적 일상을 묘파하는 데 매우 효과적인 흡인력을 발휘해왔다.

"마이크로 묘사"와 "카메라의 시선"(김윤식)으로 명명된 바 있는 하성란 소설의 꼼꼼한 묘사방식은 인물의 내면 표현을 과감하게 생략하고 사물과 외부세계로 독자의 시선을 이동시킨다. 하성란의 소설이 시도하는 서

---

1 이 글의 분석 대상이 되는 텍스트는 『루빈의 술잔』(문학동네 1997) 『식사의 즐거움』(현대문학 1998) 『옆집 여자』(창작과비평사 1999) 『삿뽀로 여인숙』(이룸 2000) 『푸른수염의 첫번째 아내』(창작과비평사 2002)이다.

사의 파격은 "모험도 없고, 의식도 없는, 이제 사물이 자립적이 되어버린 시대의 소설의 모습"(강상희)에 대한 모종의 암시를 던져준다. 시각적 이미지의 강렬한 병치와 반복은 서사의 기본 규칙들을 끊임없이 뒤집을 뿐만 아니라 캐릭터의 형성에도 영향을 미친다. 작가는 주인공을 자신의 분신으로 생각하는 틀에서 벗어나 냉정한 관찰자의 자리를 고수한다. 그는 무대 위에서 움직이는 인물들을 위해 충실한 배경장치를 마련할 따름이다. 어떠한 경우에도 감정의 파고를 노출하지 않은 채 관찰자의 위치를 지키려는 작가는 비정한 현대적 일상의 이면을 가감 없이 포착하려는 궁극적 목표를 망각하지 않는다.

첫 소설집인 『루빈의 술잔』과 장편소설 『식사의 즐거움』을 거쳐 두번째 소설집인 『옆집 여자』에 들어서면서부터 하성란 소설 특유의 마이크로적 묘사는 새로운 전기를 맞았다. 전작들에서 고집되었던 집요하고도 의도적인 사물 묘사가 상당 부분 압축되었고 스토리를 구성하는 기교와 트릭이 보완되었다. 형식적으로 볼 때 이러한 변모는 서사적 장치를 강화한 것으로 볼 수 있다. 물론 서사적 가독성의 보완이 기존 소설의 전통으로 회귀하는 것을 의미하지는 않는다. 완강하고 폐쇄적으로까지 보였던 디테일한 묘사방식이 독자의 시선을 끌어들일 수 있는 기법적 영역으로 진입하여 소통을 시도했다고 보는 것이 옳다. 반전과 트릭이 제공되는 스토리 구성은 소설 양식보다도 영화기법과의 상관성을 암시한다. "대도시의 전형적인 건물과 풍경을 '조안각(鳥眼角)'으로 찍은 흑백영화의 한 장면"(한기욱)과 같은 설정은 하성란의 초기 소설에도 종종 등장하는 것이다. 시각적 이미지의 배치에 주안점을 둔 장면 묘사들은 영화의 클로즈업 기능이나 왜곡된 사물 병치의 꼴라주 효과가 갖는 낯섦의 미학과 관련이 깊다.

하성란 소설에서 사물을 응시하는 카메라의 렌즈는 작가의 특정한 시선과 기법에 의해 조종된다. 작가의 렌즈는 특정한 물상을 확대하고 왜곡하고 변형한다. 철저한 무표정과 무반응으로 무장된 그의 렌즈는 선택적 시선에 의해 사물을 병치하고 그것에서 소격효과를 일으킨다. 그것이 목표하는 미학의 쾌감은 불편함으로부터 시작된다. 극적인 절정에 도달하기까지 배경 세팅의 모든 모습을 다 보여주지 않는 스릴러 영화의 방식이나 사물의 낯설고 기괴한 클로즈업의 기능은 하성란 소설이 갖는 반전의 서사나 꼴라주식 사물 병치와 연관된다. 꼼꼼히 그려진 사물의 일그러진 이미지들을 조각조각 이어 붙여 하나의 그림을 완성하는 과정 속에서 독자가 애초에 느꼈던 불편함은 어느새 미적인 쾌감으로 인도된다.

이 분석이 타당하다면 하성란의 소설을 읽는 방식은 장면 연출의 기법이 아니라 그것을 관장하는 작가의 '시선'으로 향할 수밖에 없다. 인간학적 욕망이 깃든 모든 풍경을 박제화하는 무덤덤한 관찰자의 시선이 의미하는 것은 무엇인가. 그것은 독자의 렌즈조차도 자신의 의도 속에 장악하는 새로운 관찰자의 시선이다. 관찰자의 시선은 독자를 대신하여 사물의 미세한 균열을 주목하고 그것을 미적으로 재구성한다. 그것은 독자가 상상하지 못했던 기괴하고 낯선 이미지들을 끌어들여 인간과 사물의 위치를 바꾼다.

인간과 사물의 위치를 바꾸는 전도의 시선은 하성란 소설이 거두는 미적인 효과 및 변화 양상을 가늠하는 출발점이라 할 수 있다. 하성란의 소설에 떠도는 유령 같은 인간들의 얼굴은 사물과 배경에 인간학적 풍경의 냄새를 넘겨준 채 창백하게 박제되어 있다. 이들은 오히려 사물에 자신의 자리를 내준 극단적 소외의 풍경으로 현현하고 있다. 작가가 고수하는 전도의 시선은 일상성의 정체를 효과적으로 묘파한다. 그것은 자신이 온전한 삶의 주인공이라고 믿는 모든 낭만적인 환상을 치명적으로 가격하면서 순식간에 물상의 풍경과 인간의 얼굴을 바꾸어놓는다. 그 순간 독자는 사물들의 생로병사를 기록하는 역설적인 묘사 속에서 뒤로 밀려나 있는 인간의 낯선 얼굴을 들여다보게 된다. 우리는 인간의 몸짓과 행동이 야기하는 욕망을 응시하고 엿보는 것이 아니라 사물들이 일으키는 낯선 소음 속에서 사물화된 인간의 욕망을 서서히 감지하게 되는 것이다.

2. '벽'의 이미지, 폐쇄된 일상

시각적 이미지의 호소에 집중된 치밀하고 세심한 사물 묘사와 그것이 일구어내는 소통 단절의 현실은 하성란의 등단작인 「풀」(『루빈의 술잔』)에서 이미 선명한 형태로 주조된 바 있다. 「풀」의 도입부를 보자. "건물과 옆 건물의 그림자가 교차하듯 떨어지는 그 틈새에 케이크 조각 같은 양지가 있다. 미끄럼틀은 그 작은 양지 속에 서 있다. 미끄럼대의 양철판이 눈부시다. 놀이터와 골목 하나를 사이에 두고 키 낮은 낡은 양옥들이 줄지어 서 있다. 건물들 쪽으로 뚫린 창마다 커튼이 쳐 있다. 건물 꼭대기 첨탑의 그림자가 놀이터를 넘어 길 밖으로 늘어진다."(270면~71면) 한 여자가 건물 창으로 주변 풍경을 응시하는 이 장면은 이후의 하성란 소설에서도 내재적으로 작동되는 관찰자의 시선을 암시한다. 여기서도 현재형 시점의 단문체, 각각 분절된 장면과 이미지들, 하나의 형상이 독자적인 프레임으로 완성되어 있는 듯한 묘사, 정지화면을 보고 있는 착각마저 일으키는 느린 시선 이동은 눈여겨둘 만한 특징이다. 미끄럼대의 양철판에서 낡은 양옥으로, 건물들의 창으로, 그리고 첨탑의 그림자로 천천히 유영하는 시선은 황량한 도시의 한 풍경을 고스란히 독자의 눈앞에 가져다놓는다.

묘사의 세밀함과 더불어 초기 작품들에서 발견할 수 있는 또 하나의 특징은 밀폐된 공간의 상징성이다. 첫 소설집인 『루빈의 술잔』에는 존재와 존재를 단절시키는 '벽'의 이미지를 지닌 수많은 밀폐공간이 소설 곳곳에 설정되어 있다. 번화한 도심의 고층빌딩, 빽빽이 들어선 소형 아파트, 미로처럼 얽혀 있는 좁고 어두운 변두리 골목 등 평범한 도시일상에서 발견할 수 있는 수많은 벽들이 소설 속에 등장한다. 주인공들은 자신을 가두는 벽 속에서 하루 종일 빙글빙글 돌고 있다. 사무실의 권태로운 환경과 누추한 집을 숨 가쁘게 오가는 여자(「풀」), 도시가스와 수도와 전기가 끊긴 아파트에서 침낭 속에 몸을 웅크리고 있는 여자(「루빈의 술잔」), "썩은 배추와 생선 내장을 한데 버무린 듯한 냄새"가 들끓는 변두리 극장에서 자신이 쓸 기사 내용을 상상하는 남자(「꿈의 극장」), '지하 4층 지상 52층'의 고층빌딩(「지구와 가까운 소행성과의 랑데부」)에서 근무하는 남자 등 밀폐된 공간과 그곳을 맴도는 허깨비 같은 현대인의 이미지는 하성란 소설에 자주 등장한다.

첫 소설집에 나타난 폐쇄적 공간의 이미지는 이후의 작품에서도 반복된 상징으로 간간이 나타난다. "칠 년이 흘렀지만 옥상 위에서 보낸 군생활에서 크게 달라진 것이 없다. 여전히 남자는 사방이 꽉 막힌 정사각형의 협소한 공간 속에 있다. 이곳에서는 달조차 보이지 않는다"(「치약」, 이하 이 단락은 『옆집 여자』. 201면)라는 고백이나 "남자는 지난 이 년 동안 오십 센티 남짓한 높이의 고정대 위에서 보냈다. 합판으로 짜맞춘 고정대는 남자의 체중을 이겨내지 못하고 네번이나 부서졌다"(「당신의 백미러」 143면)라는 회상은 예사롭지 않다. 아파트 단지의 쓰레기봉투를 모아와 자신의 욕실에서 외롭게 해부 작업을 하고 있는 남자의 모습(「곰팡이꽃」)에서도 욕실은 폐쇄된 공간을 상징한다.

여러 작품들 중에서도 「꿈의 극장」은 사물화된 기능인으로서의 현대인의 형상이 가장 선명하게 주조된 수작이다. 이 작품은 사물과 인간이 전도된 상황과 존재의 소통을 단절시키는 '벽'의 이미지를 탁월하게 결합했다. 소설의 주인공은 중저가 브랜드 패션 회사의 피팅 모델인 여자, 그리고 그녀와 함께 사는 프리랜서 기고가인 남자이다. 여자는 몸무게를 늘리려 열량 높은 음식을 꾸역꾸역 먹고 단것을 입에 물고 살지만 살이 빠지는 것을 막지 못한다. 그녀가 서서히 몸무게를 잃어가는 동안 아이스크림의 단내는 집 안을 가득 채우며 먹다 남은 드롭스가 휘감긴 여자의 머리카락은 매일 사정없이 잘려 나간다.

남자는 어떤가. 그 역시 프리랜서로 생계의 압박을 받고 있다. 맹인 체험에 관한 기사를 쓰기 위해 눈 감고 길을 가다 봉변을 당하는 남자는 한때 죽음 체험에 관한 기사를 쓰기 위해 공원 묘지의 관 속에 파묻혀 있기도 했다. 그는 관 속에서 생똥과 오줌을 싸며 혼절한 후에야 "웃으면 한쪽 입끝이 말려올라가는 특유의 미소를 머금고 우산을 받쳐든 한과장"(129면)의 모습을 볼 수 있었다. 피팅 모델을 하며 마네킹 취급을 받는 여자는 집에 돌아오면 온몸이 시침핀에 찔린 자국투성이다. "가끔 여자가 낮게 신음 소리를 낼 때면 그제서야 아주 잠깐 디자이너들은 아, 마네킹이 아니었지, 새삼스럽게 여자의 얼굴을 올려다보고는 한다"(131면)라는 대목에서도 짐작되듯이 여자와 남자는 사용가치로 평가되는 소외된 존재의 비극을 선명히 보여준다. 사물의 체취가 인간적 숨결을 대신하는 전도된 상황 속에서 일상은 무서운 본질을 드러낸다. 살이 자꾸만 빠져 스트레스를 받던 여자는 회사 사장 앞에서 옷을 입어보던 중 구토를 참지 못하고 결국 모델일을 그만둔다. 결국 이들은 피팅 모델과 기고가 일을 그만두고 자신들이 세 든 건물의 치킨집을 주인 대신 운영하며 생계를 잇기 시작한다.

소설에서 맹인의 삶을 대리 체험하라는 회사의 주문을 성실하게 수행하는 남자가 눈을 감고 가다가 치킨집 앞에 세워진 이상한 물체에 부딪치는 장면은 '벽'의 메타포가 안겨주는 차가운 단절감을 선명히 형상화한다. "왼쪽으로 한발짝 물러서서 한 걸음 떼어놓다가 남자의 얼굴은 차디차고 단단한 무언가에 부딪친다. 손바닥으로 더듬어본다. 손바닥이 닿는 곳은 온통 그것으로 막혀 있다. 밤사이에 벽 하나가 쌓인 것일까. 막대기로 두드려보니 속이 빈 것 같은 공명이 울린다. 귀를 바싹 대어보니 그것은 율동감을 가지고 조금씩 떨리고 있다."(135면) 남자가 안대를 느슨하게 하고 확인한 미지의 물체는 어이없게도 시동을 걸어둔 치킨 냉동트럭이었다. 남자가 무덤 속에서 죽음의 고통을 맛보고 멀쩡한 눈을 감고 맹인 노릇을 하며 존재가치를 잃어가는 이 순간 트럭은 숨을 토해내고 있다. 거대한 철벽을 상징적으로 표현한 트럭의 떨림 속에서 작가는 인간과 사물이 뒤바뀐 현실의 아이러니를 날카롭게 포착한다.

소설 속의 어떤 주인공에게도 인간의 숨결과 존재가치는 쉽게 허락되지 않는다. 건조한 묘사 속에서 개인의 존재는 상징적 사물로 남은 채 휘발된다. 그것은 "미끄럼틀 음지에서 발견한 작은 풀"(「풀」)이고 "인화지에 하얗게 맺히는" 방 열쇠(「두 개의 다우징」)이며 "네온 간판의 수탉"(「꿈의 극장」)이고 "새 여권"(「루빈의 술잔」)이다. 하성란의 소설에서 개별 존재의 가치성이 혼란을 겪는 과정은 종종 '쌍둥이'나 '자매' '동명이인'의 변형된 상징으로 출몰하기도 한다. 직접적인 쌍둥이 모티프를 다룬 『삿뽀로 여인숙』은 쌍둥이 남동생의 환영과 자신의 삶을 겹쳐놓는 주인공의 긴 여정을 그려 보인다. 주인공은 남동생의 기억을 조립하는 십여년의 시간 속에서야 자신의 욕망과 기억을 되찾게 된다. "동그란 얼굴의 쌍둥이"가 주변인물로 등장하는 「내 가슴 속의 부표」나 언니와 동생의 겹쳐진 삶이 소재로 등장하는 「두 개의 다우징」(이상 『루빈의 술잔』)은 판에 박은 듯한 일상의 시간을 견디는 인물들의 모습을 암시적으로 드러낸다.

주민등록번호가 똑같은 두 사람의 인생유전을 소재화한 「루빈의 술잔」이나 신생아실에서 부모가 뒤바뀐 남자의 인생유전을 모티프로 한 『식사의 즐거움』도 마찬가지의 주제를 전달한다. 『식사의 즐거움』의 남자는 자신의 집과 친부모를 기억하고 있다. 그는 친부모가 사는 집 근처를 어슬렁거리다가 도둑으로 오인받기도 하고 정신병원에도 억지로 끌려간다. 그는 결국 친부모 앞에 나서지 못한 채 그들의 아파트를 한달에 한번 소독하는 것으로 만족한다. 대신 동물원 앞에서 버려진 이름 모를 아이를 자신이 키우기로 마음먹는 결말의 장면은 인생의 우연적 비극을 자신의 것으로 받아들이는 초월의 태도를 보여준다. 작가는 "도시의 어느 골목에 나와 똑같은 사람이 존재한다 한들 나의 인생은 크게 달라지지 않는다"라는 삶의 진실에 주목하고 있는 것이다. 이는 우리 누구에게도 온전히 자기만의 개성적인 삶은 허여되지 않음을 명징하게 알려주는 서사이다.

타인과 구별되지 않는 익명성의 삶, 벽과 벽으로 구획된 공간 속에서 다른 존재와의 소통을 원천적으로 봉쇄당하는 삶이야말로 하성란 소설의 진정한 관심 대상이다. 소설 속에서 네모반듯한 사각형의 폐쇄공간은 문명과 시스템의 통제를 암시하는 거대한 상징물로 놓여 있다. 그것은 인간 존재의 욕망을 조절하는 거대한 감시체제에 다름 아니다. 사람들은 현기증이 날 정도로 높디높은 건물들 속에서 엘리베이터를 이용해 각 층에 '배달된다'. 그 누구도 거대한 통제 시스템의 속도를 방해해서는 안 된다. 타인과의 대화는 언제든지 단절될 수 있으며, 사람들은 잡념을 걷고 자기의 일과에만 몰두하도록 요구받는다. 이들은 전시장에 서 있는 마네킹과 다름없는 존재들이다. 사용가치가 떨어지면 고민 없이 바로 폐기처분되는 것이 이들의 운명인 것이다. 출구 없는 공간의 상징을 통해 하성란 소설이 무섭도록 환기하는 것은 주체성이 철저히 망각된 일상의 비극적 현실이다. 달아날 비상구가 발견되지 않는 암흑의 일상이야말로 하성란 소설의 인물들을 억누르는 실존적 환경인 것이다.

3. '엿보기'의 비극성, 환상의 숨 쉬기

벽과 벽 사이에서 인물들이 숨 쉬는 공간은 과연 존재하는 것일까. 잠시라도 서로를 위무하는 화해와 자유의 통로는 있기나 한 것인가. 고유한 자기정체성을 갖는 데 실패한 이들의 인생은 어디에서 출구를 찾을 수 있을 것인가. 작가의 시선이 조심스럽게 닿는 소통의 지점은 다름 아닌 '엿보기'이다. 자기 삶을 자신있게 노출할 수도 없으며 그렇다고 타인의 삶에 섣불리 끼어들 수도 없는 소극적인 이들이 행할 수 있는 유일한 삶의 태도가 바로 엿보기이다. 엿보는 행위는 작가가 작동시키는 냉엄한 관찰자의 시선 그 자체이기도 하다. 소설 속의 등장인물들은 타인의 삶을 훔쳐보면서 탈일상의 욕구를 대리 보상받는다.

일반적으로 대중문화 장르에서 엿보기(peeping) 행위는 관음증(voyeurism)의 욕망과 연관되어 해석된다. 자신의 삶은 숨겨둔 채 타인의 삶을 지켜보는 은밀한 쾌감은 영화예술의 쾌락을 설명하는 기본적인 틀이다.[2] 르네 지라르(René Girard)의 방식으로 설명하면 모든 욕망은 모방적인 것이며 순수하게 자발적인 욕망은 존재하지 않는다. 우리는 모두 타자가 불어넣은 욕망에 의해 자극받고 대상을 갈망한다. 엿보기 행위는 이러한 모방 욕망을 보여주는 대표적인 사례이다. 엿보기의 시선은 흥미롭게도 나르시시즘적 시선 속에서 그 정체를 더욱 선명하게 드러낸다. 엿보는 자는 노출하는 자를 동반할 수밖에 없다. 타인을 엿봄으로써 쾌감을 느끼는 심리는 타인의 시선을 즐김으로써 쾌감을 느끼는 심리와 맞닿아 있다. 타인을 대상화함으로써 자신의 욕망을 확인하는 엿보기의 비극은, 타인의 시선 속에서 자기를 확인하는 과시적 나르시시즘의 비극과 맞물려 있는 것이다.

하성란의 소설에서 등장인물들이 엿보기를 통해 자기 존재를 확인하는 과정은 『옆집 여자』에 실린 단편들에서 구체적으로 드러난다. 주인공들은 타인의 삶을 엿보거나 그것에 대해 상상의 나래를 펼침으로써 지루하

---

2 엿보기가 남성, 여성의 사회적 성차(gender)를 매개로 할 때는 남성중심적인 바라보기가 문제가 된다. 흔히 영화예술에서 엿보기와 관음증의 욕망은 여성을 대상화하는 관점에서 논의되곤 한다. 트뤼포는 히치콕과의 대화에서 "친밀감을 느끼는 영화를 볼 때 우리 모두는 관음증 환자입니다"라고 말한다. 실제 히치콕의 영화는 관음주의적 시선과 여성 육체의 대상화를 표현하는 대표적인 사례라 할 수 있다.(프랑수아 트뤼포『히치콕과의 대화』, 곽한주·이채훈 옮김, 한나래 1994, 278~92면 참조)

고 갑갑한 일상을 잠시라도 탈주할 꿈을 꾼다. 「당신의 백미러」의 백화점 감시원이 최순애에게 연민과 사랑을 느끼는 것은 그녀의 도둑질을 목격하면서부터이다. 정확히 '이십팔일 주기'로 매장에 들러 머리핀과 스카프와 손수건과 양말을 훔치는 여자를 발견하면서 남자는 본능적인 연민과 이해를 느낀다. 「깃발」의 전화국 직원은 전신주에 차례로 옷을 벗어놓고 맨 꼭대기에 팬티를 걸어놓는 한 사내의 기이한 행동 속에서 자신의 삶을 되돌아본다. 그가 옷을 벗어놓고 사라진 남자의 연락을 애타게 기다리는 것은 남자의 행동 속에서 자신의 탈일상적 욕구를 읽었기 때문이다. 「치약」의 주인공은 삼류 모델로 스러질 뻔하다가 각고의 노력 끝에 화려하게 대형 광고모델로 데뷔한 최명애의 삶을 통해 광고전쟁에 시달려온 쌜러리맨의 삶을 돌이켜본다. 「올콩」의 직장남성이 전철에서 만난 건강한 십대 소녀의 육체에 매혹되는 것은 직접적인 관음증의 모티프를 차용한 경우이다.

타인의 육체와 욕망을 엿보는 행위 속에서 등장인물들은 일상을 벗어날 실낱같은 틈을 발견한다. 그것은 타인과 직접적으로 정서적 온기를 나눌 수 없는 소외된 존재들의 절실한 자기위로의 방식이다. 한 예로 「곰팡이꽃」에서 "쓰레기야말로 숨은그림찾기의 모범답안"(188면)이라고 믿는 남자가 사랑의 상처를 잊기 위해 아파트 단지의 수많은 쓰레기봉투를 뒤지는 장면은 연민을 금치 못하게 한다. 자신도 실연당한 형편이면서 타인의 실연을 위로하고 "진실이란 것은 쓰레기봉투 속에서 썩어"(192면)간다는 사실을 애써 확인하는 주인공의 모습은 안타까움을 안겨준다. 감시와 통제의 일상적 벽에 부딪친 인물들은 미세한 구멍을 통해서라도 타인의 이미지를 소유하고자 갈망한다. 오물투성이의 쓰레기봉투를 통해 들여다보이는 타인의 씰루엣은 매혹적이면서 가슴 저리는 환영이다.

소유될 수 없는 타인의 이미지를 끊임없이 재생산하는 엿보기의 방식은 처음부터 단절의 벽을 뛰어넘지 못하는 운명을 예시한다. 주인공들의 시선에 포착되는 타인의 영상은 실상 그 자체가 허구적인 이미지일 수 있다는 가능성을 암시한다. 엿보는 자의 눈에 비친 타인의 매혹적인 이미지는 어쩌면 엿보는 자의 내면에 이미 생성되어 있는 덧없는 환각일지 모른다. 단절된 소통 상황에서 개인에게 미미하나마 간접적인 위무가 되어주지만 본질적으로 타자와의 벽을 허물지 못한다는 점에서 비극성을 예정하고 있다.

한 예로 「당신의 백미러」에서 "깨진 백미러 속으로 보이던 두 다리"(166면)는 남자로 하여금 사랑하던 최순애가 남자였음을 알게 하는 충격적 사건으로 다가온다. 기억상실증에 걸린 남자가 최순애를 스쳐 지나가는 마지막 장면은 이미 예정된 파국인지도 모른다. 정답고 친절했던 옆집 여자가 남편과 아이를 노리는 교활한 거짓말쟁이일 수 있다는 가능성(「옆집 여자」), 어린 학생으로만 보이던 여자아이의 "검정콩 같은 눈"에서 왜곡된 욕망을 읽는 충격(「올콩」)은 예정된 결과이다. 엿보기의 시선은 부정적인 의미에서 지극히 자기충족적인 방식이다. 그것은 소통의 욕구가 처음부터 차단된 단자화된 현실에서 드러난 또다른 욕망의 좌절을 보여준다.

최근의 하성란 소설은 엿보기의 시선에서 환상적 꿈꾸기로 이행해가는 일련의 과정을 통해 탈주 욕망의 출구를 조심스레 모색한다. 엿보기의 시선이 자기위무의 차원을 넘어서 타인의 삶과 자신의 삶을 동일화하는 환상으로까지 확장되는 예는 장편소설 『삿뽀로 여인숙』에서 잘 드러난다. 이 소설은 장편으로서의 밀도와 구성에서 많은 약점을 안고 있지만 욕망의 환상적 측면이라는 점에서 눈여겨볼 부분이 있다. 쌍둥이 남매로 태어난 '진명'이 '선명'이 남긴 수수께끼 종의 메시지를 찾아 십여년의 세월을 방황하는 소설의 전체 스토리에는 등장인물들의 소외된 사랑과 욕망이 함께 얽혀 있다. 선명이 사고로 목숨을 잃은 후 진명은 극심한 이명과 환청을 경험한다. 그녀가 느끼는 일본인 남자 고스케의 존재는 선명의 부재로 인한 심리적 결핍을 메우기 위한 환각이다. 진명은 흐르는 시간 속에서 선명의 기억을 차례로 조립해가려 애쓴다. 진명이 기억을 재구성하는 여정에서 고스케의 존재는 환상의 영역에서 실존의 영역으로 이동하여 다가온다. 또한 진명과 윤미래의 우정은 진명이 선명의 삶을 엿보는 과정을 넘어서 그것을 자신의 일부로 받아들이는 보상심리의 과정을 보여준다. 진명은 선명을 사랑했던 윤미래를 위로하고 만남으로써 오히려 선명의 존재를 자기 마음속으로 옮겨놓은 것이다. 결국 선명의 모든 욕망은 고스란히 진명의 것으로 이전된다.

「악몽」(『옆집 여자』)에서 이미 배밭 인부에게 강간당했다고 믿는 처녀의 이야기를 통해 실재와 허구의 경계 넘기를 시도해온 작가는 「기쁘다 구주 오셨네」(『푸른 수염의 첫번째 아내』)에서도 비슷한 모티프를 통해 동일한 주제를 의미화한다. 결혼을 앞둔 여자가 약혼자의 친구들과 하룻밤 술자리를 같이하면서 취한 상태에서 약혼자와 성관계를 맺고 임신을 한다. 그러나 정작 약혼자는 그날 밤 여자와 잠자리를 한 상대가 자기가 아니며 친구 중의 한명일 것이라고 발뺌한다. 자신과 관계한 남자가 누구인가를 찾는 과정에서 여자는 이들이 과거에 비슷한 상황 속에서 한 여자를 겁간했다는 추측을 하지만 물증은 찾지 못한다. 무엇이 현실이고 무엇이 허구인지 알지 못하는 이 애매한 상황은 하성란 소설이 최근 즐겨 다루는 환상 모티프의 의미를 잘 알려준다.

실제 「악몽」에서 여자가 시달리는 겁탈의 기억은 온전한 그녀의 착각일 가능성이 높다. 또 「기쁘다 구주 오셨네」에서 여자가 그날 밤 누구와 성관계를 가졌는지는 끝까지 미스터리로 남는다. 진위를 가릴 수 없는 애매한 환상의 존재는 하성란 소설이 부각하는 낯선 타인의 얼굴을 좀더 효과적으로 만드는 장치이기도 하다. 그것은 "약혼자에 대해 속속들이 알고 있다고 자부했었"(「기쁘다 구주 오셨네」)던 여자의 착각에 대한 경종이며, "한가족이나 다름없"(「옆집 여자」)다고 믿었던 옆집 여자에 대한 의구심을 현실로 만드는 것이다. 결론적으로 하성란 소설에 드러난 환상적 메타포는 "평범한 인물들의 내면에 도사린 치사량의 독성이, 충격적인 사건이 만들어낸 틈새로 틈입해 들어오는 심리적 리얼리티"(황광수)를 증명하는 계기가 되고 있는 것이다.

4. 비정한 현실과 위태로운 희망 사이에서

인간이 사물화되고 사물이 인간화되는 전도의 시선 속에서 하성란의 소설은 초기 작품의 디테일적 강박에서 벗어나 스피디한 사건 전개와 반전의 기법을 도입하는 변화 과정을 보여왔다. 단문체의 반복적 리듬, 절제된 대사와 건조한 사물 묘사, 황량하고 적막한 도시일상의 풍경은 주체가 파편화된 일상문화의 단면을 예민하게 끄집어내는 데 도움을 주었다. 쇄말주의적 집착으로 보일 수도 있을 묘사방식을 추리와 반전이라는 대중적 스토리텔링 기법으로 전환시킨 그의 최근 소설들은 안정감 있게 잘 읽히는 흡인력을 발휘한다.

더불어 하성란의 근작에서 환상 모티프가 하나의 고정적 요소로 발견되는 점은 흥미롭다. 환상 모티프는 사실 의미의 서사로 규정되기를 암암리에 거부하는 작가의 의지를 담은 미적 장치이다. 한 예로 아파트의 소음을 불러일으키는 위층 식구들에 대한 이야기를 소재화한「고요한 밤」(이하『푸른 수염의 첫번째 아내』)은 남편이 유괴범일지도 모른다고 생각하는 아내의 환상이 부여한 서사적 긴장감 덕분에 단순할 수 있었던 의미구조를 벗어났다. 화재사건으로 아이를 잃은 어머니의 내면적 고통을 배음에 깔고 있는「별 모양의 얼룩」역시 아이가 혹시 살아 있을지도 모른다는 환각이 주는 긴장감이 없었더라면 평이한 스토리에 그쳤을 것이다.

정직하게 말해서 하성란 소설이 보여주는 도시일상의 형상화는 그 자체로 새로운 주제는 아니다. 암울한 미래도시에서 단자처럼 고립되어 영혼 없는 기계처럼 묵묵히 고통을 견뎌가는 인간의 형상화는 이미 '부조리'라는 이름을 건 수많은 예술작품을 통해 시도되었던 것이다. 그렇다면 여기서 현실의 비정성과 그것을 초월하려는 탈주의 욕망 사이에 위태롭게 자리한 연민과 가냘픈 희망의 논리가 갖는 의미를 짚고 가지 않을 수 없다. 하성란 소설에서 우회적으로 고백되는 소통에 대한 신뢰와 따뜻한 유대감은 때때로 의도적인 주제로 설정되어 소설의 의미지평을 좁히는 한계점으로 작용하기도 한다. 그것은 한정된 기법과 형식의 반복이 낳은 상투성이기도 하며 다른 한편으로는 물화된 일상성을 형상화하는 작가의 출발점에 이미 잠복해 있던 의식이기도 하다.

앞에서 살펴보았듯이 하성란 소설에서 엿보기의 시선은 단자화된 현실의 비극성을 전제조건으로 받아들인 자가 선택할 수 있는 지극히 제한된 소통방식이다. 일상의 조그만 구멍 사이로 시도하는 욕망의 엿보기는 자신을 실존적으로 투여하는 방식이 아닌 간접적인 소통의 시도가 될 수밖에 없다. 실재의 기록으로부터 떨어져 나와 현재의 시간 속에 모든 이미지와 사건을 끌어들이는 그의 소설은 본질적으로 환상과 현실의 줄타기를 감행할 수밖에 없는 조건에 놓여 있다. 문제는 이 아슬아슬한 균형감각이 때로 스토리의 완성을 위한 작위적 장치에 의해 흔들린다는 것이다. 차가운 일상을 건조한 필치로 다루면서도 인간 존재의 근본적 유대 가능성에 대한 미약한 희망을 포기하지 않는 작가의 따뜻한 시선은 때로 작품의 의미 확장을 막는 한계점으로 되짚어볼 필요가 있다. 예컨대 「새끼손가락」 같은 작품은 환상을 위한 환상으로 만들어진 이야기라는 혐의를 쉽게 지울 수 없으며 「고요한 밤」 역시 남편을 타인으로 느끼는 시선이 결말의 반전장치에 의해 다소 균형을 잃었다고 생각된다. 『삿뽀로 여인숙』의 구성적 미비함 역시 여러 인물의 뒤틀린 욕망을 응시하는 작가의 시선이 일관성을 갖지 못한 데서 비롯되었다고 할 수 있다.

위태로운 연민과 희망을 내장하고 있음에도 불구하고 인간과 사물의 전도된 풍경을 통해 인간의 소외성을 적나라하게 투시하는 작가의 시선은 우리가 밀쳐둔 타자의 영역을 새삼 환기한다는 점에서 문제적이다. 하성란 소설의 주인공들은 자아의 정체성을 유기한 채 타인의 욕망 속에서 자신의 욕망을 발견해야 하는 소심하고 나약한 이들이다. 눈, 코, 입이 없는 이들의 얼굴은 인간이라는 이름에 덧씌워진 황홀한 휘장을 단숨에 벗겨내고 텅 비고 공허한 형식의 무수한 묘사들을 소설에서 끄집어낸다.

위계적이고 진화적인 시간의 서사에 반역하는 하성란의 소설은 전통서사의 외양을 빌려 반서사를 구축할 수밖에 없는 소설의 과도기적 운명을 암시한다. 인간이 주체가 되어 의식하고 기록하는 모든 진화의 시간 논리를 진공상태로 되돌리는 은밀한 모반의 작업을 보여준다는 점에서 그의 소설은 시사적인 의미를 갖는다. 작가는 아무런 의미도 없어 보이는 지루하고 반복적인 일과 뒤에 숨어 있는 하염없는 시간과 공간의 덩어리를 끊임없이 탐색한다. 일상에서 발견되는 소외의 현상에 이처럼 예민한 눈길을 보내는 작가가 있을까. 그의 소설은 대사를 절제하고 단지 인물의 고독한 몸짓과 배경의 소음을 통해 일상을 투시하는 차이 밍량(蔡明亮)의 영화처럼 섬뜩한 침묵과 시간의 사색을 요구한다. 전도의 시선에서 엿보기의 시선으로, 그리고 환상의 영역으로 끊임없이 전환점을 모색하는 하성란의 작품은 소설의 정체성을 시험하는 또 하나의 저울대로 다가온다.

도시의 꿈과 기억, 그리고 어떤 만남

◆

강영숙론

1. 재해의 도시를 순례하는 산책자

단조롭고 무심한 듯 보이는 일상이 변주하는 다양한 불안과 욕망의 양태, 그리고 그 밑바닥에 흐르는 우울과 비관의 심리를 강영숙(姜英淑)만큼 침착하고 집요하게 그려내는 작가도 드물다. 지금까지 소설집『흔들리다』(문학동네 2002)『날마다 축제』(창비 2004)『빨강 속의 검정에 대하여』(문학동네 2009)와 장편소설『리나』(랜덤하우스코리아 2006)『라이팅 클럽』(자음과모음 2010)을 통하여 강영숙 소설이 일관되게 보여온 것은 현대인들이 직면한 '불확실한 삶'에 대한 치밀하고 담담한 형상화라고 할 수 있다. 최근소설들에 이르러 작가는 문명이 야기한 폐해와 비극에 토대를 둔 '재해의 상상력'을 집중적으로 펼치고 있다. '도시'라는 공간 설정이 유독 두드러지는 소설집『아령 하는 밤』(창비 2011) 역시 이러한 재해와 비극의 상상력을 기반으로 하고 있다. '도시 연작'이라고도 할 수 있는 이 작품집은 자연재해와 환경오염에 직면한 황폐한 도시의 모습을 차례로 보여준다. 구제역을 소재로 다룬「문래에서」, 원전사고와 도시개발을 배경으로

한 「프리퍄트창고」, 산업재해와 환경오염을 소재로 다룬 「아령 하는 밤」, 홍수 이후의 도시 풍경을 다룬 「라디오와 강」과 「재해지역투어버스」 등의 작품은 문명의 폭력성을 경고하는 자연재해의 무시무시한 위력을 고스란히 드러낸다. 도시개발 과정에서 야기되는 환경오염과 생태파괴의 위기는 소설 속에 등장하는 구체적인 지명들을 통해 실감을 얻는다. 영등포와 문래(「문래에서」), 황학동의 창고와 신당창작아케이드(「프리퍄트창고」), 뉴올리언즈(「재해지역투어버스」), 중국의 윈난성과 서울의 강변북로(「죽음의 도로」), 옥인동과 광화문광장(「불안한 도시」) 등 실제 지명을 지닌 공간들이 배경으로 등장하는 것이다. 흥미롭게도 이 공간들은 우리가 흔히 연상하는 메트로폴리스의 화려한 불빛과는 거리가 멀다. 작가는 도시의 외곽과 경계에서 형성되는 유동적이고 불안한 공간을 부각한다. 원인 모를 악취와 기름냄새, 마른 먼지와 쇳내, 뿌연 황사로 가득한 도시의 공간은 현대인들이 체감하는 모호하고 불안한 위기의 삶을 암시하는 비유로서 활용된다.

도시 바깥의 도시, 도시의 경계를 넘나드는 도시의 유동적인 공간성을 포착하는 일련의 작품들 속에서 우리는 문명의 진보를 경고하는 황량한 공간들을 새롭게 발견한다. 인물들은 도시를 벗어나고 싶어하면서도 다시 도시로 돌아올 수밖에 없는 여정을 반복한다. 그들이 그리는 무료하고도 고독한 산책과 배회의 동선은 재해의 도시에 잠겨 있는 꿈과 기억, 불안과 공포를 채집하는 고독한 순례자의 움직임으로 우리에게 다가온다.

2. 폐허의 공간, 실종과 배회

도시의 일상을 잠식하는 불안과 공포의 징후는 텁텁한 황사와 산성비, 쓰레기의 악취, 흘러넘치는 분비물, 쇳내와 모래바람, 하염없이 달리는 버스와 트럭, 도살당하는 가축들, 시체, 깨진 유리 조각, 시멘트 바닥 등 단일한 의미로 환원되지 않는 수많은 기호로서 소설 속에 떠돌고 있다. 그것은 일정한 양태로 파악되지 않는 불안하고 모호한 현실에 대한 비관적 인식을 드러낸다.

「불안의 도시」로부터 이야기를 시작해보자. 하루하루 따분한 일상을 반복하며 사는 한 남자가 어느날 이혼한 전 부인 '미나'가 가출했다는 소식을 듣고 그녀를 찾아 나선다. 미나의 실종을 계기로 시작된 배회는 그 자신을 숨 쉬게 하는 일탈의 방식으로 확장된다. 일반적인 산책이 대상에 대한 미적 판단의 거리감각과 도시경관에 대한 관찰적 기능을 포함한다면, 산책의 형식 중에서도 배회는 좀더 특별한 양태를 지닌다. 소설 속의 배회는 잃어버린 기억의 퍼즐을 하나씩 발견하는 고통스럽고도 슬픈 여로와 맞닿아 있다. 이전의 그는 익명의 군중 속에서도 초연한, 어떤 것에도 아랑곳하지 않는 무심한 태도를 체화한 사람이었다. 그러나 배회를 시작하면서 그의 내면에 숨어 있던 욕망과 기억이 자유분방하게 파동을 일으키기 시작한다. "안개 때문인지 황사 때문인지 쌀뜨물처럼 뿌옇게 흐린 하늘"(157면)의 고요한 풍경은 그의 내면에 파문이 일기 시작했음을 알려준다.

배회와 함께 시작된 기억의 복원은 어두운 옥인동 골목에서의 옛 추억을 상기하는 것으로 시작된다. 오래전 미나와 함께 걸으며 그녀에게 팔을 둘렀을 때 "겨드랑이와 허리선으로 전해져오던 부드러운 느낌"(같은 곳)이 새로운 감각으로 되살아난다. 그는 찾을 수 없는 미나를 만나기 위해 도시를 순례한다. 결혼하고 함께 살았던 서울 외곽의 한 아파트, 같이 영화를 보았던 인사동의 낡은 영화관 옥상, 서촌의 까페 등 종잡을 수 없는 배회의 여정은 그의 조용한 일상을 파괴한다.

미나의 실종은 "무기력하게 늙기 시작하는 지점"(163면)에 서 있는 주인공 자신을 발견하는 계기가 된다. 옥인동 골목, 홍대 앞 거리, 인사동, 서촌의 골목길을 떠돌며 그녀의 흔적을 찾는 그의 여정은 도시의 삶에서 진정한 안착을 이루지 못한 자신의 삶을 돌이켜보게 한다. "거리는 산책자를 아주 먼 옛날에 사라져버린 시간으로 데려간다. 산책자에게는 어떠한 거리도 급경사를 이루고 있다"[1]라고 벤야민(W. Benjamin)이 말하기도 했지만, 도시의 거리는 산책자에게 이전에 예견하지 못했던 상상의 역동적 순간을 선사한다. 도시 거리의 배회에 나서기 시작한 순간 그는 파편화된 기억들을 수집하는 산책자가 된다. 파편적 기억이 환기하는 우울과 불안은 소통 단절의 현실과 연관되어 있다. 실질적인 관계의 부재가 고통을 부르고, 이 고통은 규칙적인 일상의 바닥에 깊이 가라앉아 있다가 어느날 그를 찾아온다. 주인공이 거리에서 목격한, 열정이 모조리 빠져나간 지친 미나의 모습은 바로 그 자신의 모습이기도 한 것이다.

「불안한 도시」에서 두드러지는 '실종'과 '배회'의 모티프는 여러 작품에서 공통적으로 드러난다. 가까운 존재의 부재, 그리고 그것이 남기는 감정의 깊은 여운은 「아령 하는 밤」에서 주인공의 머릿속을 맴도는 죽은 언니의 기억으로 드러난다. 「라디오와 강」에서는 친구의 죽음이 남기는 감정적 파문이, 「죽음의 도로」에서는 자살한 아버지와 헤어진 연인의 추억이 남긴 불안과 혼란이 각각 나타난다. 인물들이 앓는 우울증과 무기력증은 쉽게 출구를 찾을 수 없는 현실에 대한 고통스러운 자의식과 연결되어 있다.

「라디오와 강」은 「불안한 도시」와 더불어 부재하는 이에 대한 상실감이 애도의 감정으로 변화하는 과정을 보여주는 작품이다. 도시 외곽의 공장에서 일하는 주인공에게 가까운 직장동료이자 친구인 킴이 어느 건물 지하실에서 의문의 시신으로 발견된 사건은 그에게 상처와 결핍의 기억으로 남아 있다. 어느날 주인공이 감행한 '여름휴가'는 "아주 오래전에 잊혀져, 동그란 알루미늄 필름보관함에 담긴 채 아카이브의 한 귀퉁이에 처

---

1 발터 벤야민 『부르주아의 꿈』, 조형준 옮김, 새물결 2008, 367면.

박힌"(60면) 기억들을 되살리는 계기가 된다. 그의 휴가는 라디오를 틀고 강을 따라 드라이브를 하는 경계의 탈주 행위로 시작된다. "집에서 점점 멀어지고 있"(67면)는 자유로운 느낌은 "기차가 수시로 오고 가는 것 말고 아무 일도 일어나지 않는"(73면) 한 마을에서 일주일을 보내는 것으로 이어진다. 근사하고 멋진 곳으로 떠난 휴가는 아니지만, 하루 종일 기차 소리를 듣고 알지 못하는 사람들의 모임에 참석하며 무료하게 보내는 시간은 그에게 내면적인 회상의 자유를 찾아준다.

휴가를 끝낸 주인공이 킴의 시신이 발견된 아트센터 지하의 벽에서 복원된 그림을 바라보는 장면은 배회의 여정이 도달한 소설의 가장 아름답고도 슬픈 장면이다. 벽화의 복원은 주인공 내부에 감춰져 있던 기억을 복원하는 것이기도 하다. 반복적인 일상 속에서 킴의 죽음을 묻어두고 있던 주인공은 벽화를 통해 킴의 부재가 남긴 빈자리를 환기한다. 창틈으로 쏟아져 내리는 흰빛, 그의 눈에만 보이는 킴의 모습, 킴과 그가 나누는 무언의 대화는 일상 속에 은폐되어 있던 상실과 고독의 감정을 고스란히 담아내며 가슴을 뭉클하게 한다. 그의 무료하고도 정처 없는 배회와 산책은 자신의 기억 속에 담겨 있던 부재한 존재를 새롭게 만나기 위한 여정이었던 것이다.

3. 일상과 악몽, 망각과 기억의 사이

강영숙의 소설은 일상과 악몽이 동전의 양면과도 같은 것이며, 불안과 공포를 직시하는 것이야말로 현실을 살아나가는 정직한 방식이라고 이야기하는 듯하다. 실제로 오늘날 현대인들이 감각하는 정체 모를 불안은 일종의 "정신적 외상"에 가까우며, "집단 학살과 절멸 사태가 사실상 아무 경고 없이 어느 때라도 닥쳐올 수 있다는" 공포와 두려움 속에서 대부분의 사람들이 겪고 있는 증상이기도 하다.[2] 강영숙의 소설이 떠올리는 환영과 악몽은 현실과의 긴장관계를 끊임없이 상기시키며, 황폐한 사물들의 이미지를 통해 고통스러운 현실에 대한 인물들의 예민한 자의식을 담아낸다. 이혼과 실직의 불안, 유년의 상처, 죽음의 공포, 전염병의 창궐 등등 실제의 삶에서 드러나는 위협이 악몽과 환영의 이미지들 속에 감춰져 있다. 이렇듯 고통의 감각을 은폐하지 않고 삶의 미세한 불안을 예민하게 응시한다는 점에서 강영숙 소설이 고수하는 정직한 비관주의는 적극적으로 해석할 필요가 있다.

나는 평온한 풍경을 볼 때도 불행한 장면을 겹쳐놓는 유전자를 갖고 있는 것 같다. 행복하고 느긋해 보이는 풍경 위로 온통 황폐한 그림들이 겹쳐졌다. 깨진 유리조각들, 시멘트 바닥과 흰 운동화에 점점이 떨어진 피, 소금을 끼얹은 듯 따끔거리는 피부, 버둥거리며 죽어가는 소들, 암 환자의 등을 비추는 긴 거울, 불에 타죽는 사람들, 여자들의 통곡 소리, 내리는 산성비 그리고 천지사방으로 흩어지려는 내 몸뚱이. 지난여름, 몸이 사방으로 터져나갈 것처럼 아팠다. 그러나 그것도 어쩌면 나의 나쁜 습관이었던 건 아닐까. 실제로는 아프지 않으면서 아프다고 통각을 호소하고 소리를 질러대야 살아 있는 듯 느끼는 오래된 습관.(「재해지역투어버스」 113면)

여자는 늘 안 좋은 상상에 시달렸다. 비가 내리고 눈 내리는 바깥 풍경은 아름답고 낭만적인데 눈만 감으면 악몽이 펼쳐졌다. 딱히 어디에서 연유한 것이라고 말할 수 없는 이상한 풍경들이었다. 여자는 그 풍경 안에서 칼로 다른 사람을 난자해 죽였다. 낯선 도시의 강변에서 구더기가 핀 시체를 내려다보며 서 있기도 했다. 누군가 계속 두 다리를 옭아매어 도망도 가지 못

2 수전 손택 『해석에 반대한다』, 이민아 옮김, 이후 2003, 333면.

했다. 여러번 도망가려고 하다가 잠에서 깨어나 입술을 문지르면 손에 피가 묻어났다. 깜짝 놀라 거울을 보면 실내가 건조해 바짝 마른 입술이 찢어져 피가 흐른 것일 따름이었다.(「어떤 싸움」 208~209면)

산책자의 관찰적 시선이 두드러지는 「재해지역투어버스」에서 주인공이 느끼는 통각은 삭막하고 고단한 현실에서 기인한다. 그는 거리에 물대포가 터지고 사람들이 끌려가고 어린 학생들과 노인들이 수시로 자살을 하고 참혹한 사건이 연이어 벌어지는 고국을 떠나 허리케인이 휩쓸고 간 뉴올리언즈로 왔다. 그가 씨티투어버스에서 바라본 타국의 도시는 재해의 흔적을 내부에 품은 채 표면적으로는 평화로운 일상을 유지하고 있다. 그러나 "박살난 집들, 질서가 깨진 스카이라인, 부러진 전신주들, 길에서 나뒹구는 식민지시대의 앤티크 소품 시계들, 깨어진 간판, 들쑤셔진 보도블록"(118면) 등을 생생하게 증언하는 버스기사의 설명은 고요하고 황량한 거리 위에 그로테스크한 악몽들이 겹쳐 있음을 알려준다. 평온한 일상 뒤에 숨은 끔찍한 재난의 풍경을 응시하는 주인공의 시선은 불행과 악몽을 성찰하는 통각의 상상력을 생생하게 일깨운다.

「어떤 싸움」에서도 여성인물이 시달리는 "쓰레기 같은 환영"(201면)은 원인이 뚜렷하지 않은 불안 증세와 연관되어 있다. 눈만 감으면 악몽에 시달리는 그녀는 도심의 영화관, 도서관, 공원 콘서트를 헤매고 다닌다. 칼을 들고 누군가를 난자해 죽이고, 도시의 강변에서 구더기가 핀 시체를 내려다보는 끔찍한 환영은 소통이 단절된 도시적 삶에서 느끼는 몽상과 우울의 증상을 표현한다. 그 몽상과 우울 속에는 어린 시절 목격한 장례 행렬의 음산한 기억도 자리해 있다. 가족이나 친구와의 따뜻한 소통의 경험을 갖지 못한 그녀는 비슷한 마음으로 극장을 찾은 남자와 뜻밖의 만남을 갖는다. 자식도 아내도 없고 실직으로 내몰린 남자가 느끼는 삶의 고통은 그녀보다 훨씬 구체적이지만, 두 사람 모두 메마른 도시적 삶에서 결핍과 불안을 느끼기는 마찬가지다.

　개인의 예민한 통각을 통하여 현실의 문제를 절실하게 환기하는 방식은 「문래에서」를 통해 본격적으로 드러난다. 이 소설에서 주인공이 거주하는 공간은 '문래'와 'Y지역'으로 대립되어 형상화된다. 철공소들의 거리로 이루어진 문래는 그 사이사이에 예술가들의 작업실이 존재하는 인간적인 도시였다. 이에 비해 그녀가 남편을 따라 이사한 Y지역의 개발지구는 아파트를 둘러싸고 끔찍한 살육의 공기가 흐르는 공간이다. 흰 논바닥 위에 죽어 있는 새들과 계곡 주변에 얼어붙어 있는 핏물, 지독한 냄새를 묻히고 돌아오는 남편, 도살한 가축을 싣고 가는 검은 휘장을 친 수많은 트럭의 이미지는 인간의 잔인한 이기주의가 가져온 생태파괴의 비참함을 암시한다. 문래를 떠나 Y지역으로 온 주인공은 문래에서 만난 소녀 예술가가 울고 있는 악몽에서 벗어나지 못한다. 사람들이 가축의 피로 손을 물들이고 전염병이 창궐하는 Y지역에서 그녀가 시달리는 악몽은 죄 없는 생명을 죽이는 끔찍한 문명의 공간에서 살고 있다는 죄의식이 담긴 것이기도 하다.

　이렇듯 강영숙 소설의 인물들은 허기와 공포, 정체 모를 불안, 그리고 악몽을 통해 황폐하고 비극적인 현실에 반응한다. 구역질, 악몽, 진땀, 냄새 등 온갖 고통스러운 감각의 귀환은 그동안 억눌려왔던 소외된 타자들의 세계를 환기하는 것이기도 하다. 아파할 줄 모르는 무감각의 상태로는 현실의 모순을 인지하지 못하며 그것을 벗어나는 출구도 발견할 수 없다. 강영숙의 인물들은 고통을 느낌으로써 재해가 휩쓸고 간 도시에서 견디고 살아가는 방식을 모색하고자 한다. 타인과 세계의 고통에 대한 공감을 바탕으로 할 때만이 스스로의 치유도 가능한 것이라고 할 때, 강영숙의 소설은 고통의 발견을 통하여 윤리적인 감각을 획득한다고 할 수 있다.

4. 소통의 모색, 예술가의 '아케이드'

도시는 낯선 이방인들이 서로 만나는 공간이다. 솔직하게 자신의 마음을 나누는 친교의 형태는 이곳에서 쉽게 성립되지 않는다. 도시의 이방인들은 현재와 과거, 미래의 시간적인 연결점을 상상하지 않는 고립된 개인이다. 강영숙 소설의 인물들 역시 이러한 소통의 희망에 대하여 서투른 환상을 품지 않는다. 자신의 내면을 숨긴 채 적당한 예의와 거리를 고수하는 방식은 타인뿐 아니라 가족과의 관계 속에서도 잘 나타난다. 한 예로 「그린란드」에서 별문제 없이 유지되는 듯 보이던 가족들의 일상은 남편들의 느닷없는 실종과 더불어 위기를 맞이한다. 가족도, 친구도, 연인도 그 자신의 고민과 고통을 대신 감당해줄 수는 없다. "왠지 딱딱한 등껍데기에 둘러싸인 사람 같은 어깻짓"(「라디오와 강」 60면)은 타인과의 관계뿐만 아니라 가족과의 관계 속에서도 실감되는 것이다.

강영숙의 소설에서 비관적 현실인식을 무화하는 낭만적인 소통의 환상을 찾기란 쉽지 않다. 인물들은 무심한 포즈로 서로에게 다가선다. 「어떤 싸움」에서 여자는 남자와 함께 고향 마을을 찾아가지만 거기서 특별한 유대감의 확인이나 감정의 진전을 바라지 않는다. 이들은 우연히 만난 영화관에서 영화를 보고 커피를 마시고 라면을 먹으면서 조금씩 말문을 연다. 적당한 예의와 거리를 고수하던 남자와 여자는 꼭 그만큼의 사소한 다툼을 시작한다. 여자는 이제 만남을 시작한 남자에게 등산복 차림이 마음에 안 든다며 시비를 걸고, 남자 또한 그에 대꾸하여 당신의 모습도 마음에 썩 들지 않는다고 말한다. 소통은 이처럼 사소한 갈등으로부터 조심스럽게 시작된다. 두 사람을 둘러싼 무겁고 답답한 현실의 무게를 한꺼번에 덜지 않고 그들의 관계를 주시하는 것, 강영숙의 소설이 모색하는 소통의 과정은 이렇듯 담담한 형식으로 이루어진다.

부재의 아픔 속에서 조심스럽게 모색하는 소통의 환영은 표제작인 「아령 하는 밤」에서 잘 나타난다. 주인공은 함께 살던 언니의 죽음 이후 고립된 삶을 살고 있다. 그녀가 살고 있는 공장지대에서는 노동자들이 원인 모를 병으로 죽어가고 끔찍한 살해사건이 연이어 일어난다. 변기는 고장나고 폐수가 넘쳐나는 가운데 언니의 죽음이 시시각각 악몽의 형태로 주인공을 압박한다. 죽음과 질병의 공포는 깊고 푸른 물에서 헤엄치는 언니의 푸르죽죽한 얼굴의 환영으로 나타난다. 폐허의 도시에서 살아남기 위해 주인공은 끊임없이 김밥을 만든다. 병든 육체에 대한 두려움, 도시를 덮치는 오염과 악취, 살해의 공포가 기묘하게 어우러진 도시에서 김밥을 마는 노인 여성의 씰루엣은 기묘한 분위기로 다가온다.

흥미로운 것은 외부에서 침입해오는 죽음의 기운과 공포에 대응하여 주인공이 품는 욕망들이다. 건강한 육체와 생명이 지닌 에너지에 대한 그녀의 관심은 건너편 철판볶음집 노인의 건장한 팔뚝에 대한 호기심과 선망으로 표출된다. 이웃과 다정한 친교를 나누고 싶은 욕망은 고장난 변기를 고치러 방문한 수리기사에게 발화된다. 집 안에서 별달리 사람을 만날 수 없던 주인공이 남몰래 꿈꾸는 소통의 환상과 욕망은 강영숙 소설이 은근히 발휘하는 기묘한 유머의 방식을 보여준다. 그녀가 '아령 노인'에게 품었던 욕망은 그가 살인사건의 범인일지도 모른다는 두려움과 공포로 변하고, 결국 아령 하는 노인이 기거하는 공단지대 옆의 야산으로 찾아간 그녀는 자신이 가져간 김밥 도시락을 그의 문 앞에 놓고 돌아온다. 기괴함과 유머가 공존하는 주인공의 환상과 오해는 죽음의 도시에 맞서는 존재의 강렬한 생존 욕구를 보여준다.

불안과 공포, 먼지와 악취가 가득한 도시 속에서 이방인끼리의 소통은 서서히 진행된다. 사소한 시비를 걸든, 다정한 친교를 원하든, 자기가 싼 김밥을 건네든, 그것은 어떤 고정된 형식의 만남을 의도하지 않는다. 단지 현재의 순간에 함께 있다는, 그리고 말을 나눈다는 교감을 느끼는 것이 중요하다. 최근 강영숙의 소설에서 때로 이러한 존재들의 교감은 '예술가들의 공동체'에 대한 탐색을 통해서 적극적인 방식으로 드러나기도 한다. 근작 장편인 『라이팅 클럽』이 그 대표적인 예이다. 여기서 황폐한 세계를 견디는 일은 글쓰기를 통한 소통의 공간 만들기와 연결된다. 가족서사의 희망적인 탐색이 좀처럼 나타나지 않는 강영숙의 소설에서는 보기 드물게 인물들의 따뜻한 유대가 그려진 이 소설은 최근 소통의 상상력을 모색하는 강영숙 소설의 변모를 보여준다.

이번 소설집에서도 「문래에서」와 「프리퍄트창고」는 도시공간에서 움트는 예술적 소통의 희망을 탐색한 작품으로 눈길을 끈다. 「문래에서」 속 주인공이 거주했던 문래는 "곳곳이 기름 냄새 나는 철공소들의 거리"였지만 "그 사이사이 버려진 작은 가게들이 울긋불긋 색을 입고 그림이 그려진 예술가들의 작업실"이 있던 곳이기도 했다. 예술가와 노동자들이 섞여서 정담을 나누고 술을 마셨던 "복순네 식당", 그리고 식당에서 나와 바라본 "붉게 변하며 저만치 높아지는 문래의 회색 하늘"은 주인공에게 따뜻한 위무를 안겨주었다(12~13면).

강영숙의 소설에서 탐색되는 황량한 도시의 공간들은 낡고 오래된, 버릴 수 없는 추억들을 품은 곳이기도 하다. 도시의 낡은 아케이드는 사물들의 체험을 집적한 꿈과 기억의 저장공간이다. "지나가버린 것, 더이상 존재하지 않는 것이 사물들 속에서 격렬하게 작용하고 있다. 역사가는 그것에 주제를 맡긴다. 그는 이러한 힘에 의존해 사물들을 마치 더이상 존재하지 않게 된 순간에 있는 것처럼 인식한다. 이처럼 더이상 존재하지 않게 된 존재의 기념물이 아케이드"[3]라는 설명이 알려주듯이, 도시의 아케이드는 낡은 거리의 이름들 속에 하나의 세계를 보존하고 있는 꿈과 기억의 공간이다.

'존재의 기념물'로서의 아케이드에 대한 비유는 「프리퍄트창고」에서

---

3 발터 벤야민, 앞의 책 270면.

상세하게 나타난다. 2006년 서른살이 된 '나'는 어머니 김영출씨로부터 '제일창고'를 물려받는데, 이 창고는 청계천이 복개되기 이전 황학동의 기억과 물품들을 담아놓은 공간이다. 아버지의 유품이 담겨 있기도 한 제일창고는 스스로 구소련의 '프리퍄트'를 고향으로 선언하는 주인공에 의하여 '프리퍄트창고'라는 이름으로 명명된다. 자신의 세대가 인류 역사상 가장 불행한 세대가 될 것이라고 믿는 주인공은 체르노빌의 아이들처럼 '잠재적 암환자'라는 두려움에서 쉽게 벗어나지 못한다. 그녀의 내면 풍경 속에는 가본 적도 없는 프리퍄트의 오염된 공간과 황학동의 아케이드들이 나란히 서 있다.

어두운 길이 갈색으로 환해지고 프리퍄트로 들어가는 길목이 보였다. 울퉁불퉁한 진흙길. 목에 측정기를 매단 프리퍄트의 아이들이 퀭한 눈으로 날 쳐다봤다. 저만치 앞에서 덩치 큰 남자들이 디지털 방사능 오염 측정기를 손에 들고 하늘을 향해 높이 올린 채 버튼을 눌렀다. 숲은 가지만 남은 회색 나무들이 우거지고 어디선가 우수수, 소리가 들리며 땅이 흔들렸다.(188면)

유령도시가 된 프리퍄트에서 황학동까지 바람을 타고 날아온 존재로 스스로를 정의하는 주인공의 내면에는 문명의 재해를 민감하게 인식하는 세대의 불안과 공포가 깃들어 있다. 자신들을 잠재적인 암환자로 규정하는 세대가 품은 비관적 인식은 예술가 집단과의 교류를 통해 희미한 가능성의 틈새를 찾는다. 프리퍄트창고를 개장한 주인공은 "좁은 가게에 앉아 작은 무언가를 만들고 있는 예술가"(189면)들이 자신의 창고를 찾아올 고객들이라고 믿는다. 황학동 거리는 거대한 개발 시스템에 의해 깨끗한 공간으로 정비되었지만, 프리퍄트창고는 낡고 볼품없어진 쇠락한 유물과 추억들을 모아서 그 거리 속에 당당히 존재한다. 상품적 가치와는 무관해진, 낡고 쓸모없는 것들이 예술의 감각과 활기 속에서 새롭게 되살아나는 것, 어쩌면 강영숙 소설이 꿈꾸는 도시의 활기와 생명력은 이 틈새공간의 발견으로부터 시작되는지도 모른다. 소설에서도 '아케이드' 예술가들의 동참으로 창고는 북적거리기 시작하고 그들의 '어떤 만남'은 다채로운 방식으로 창고를 채운다. 죽은 남자친구, 잃어버린 예술가의 꿈, 가족 몰래 모으는 수집물들이 더해지는 창고 안에서 주인공도 프리퍄트의 기념물들을 모아놓는다. "죽음, 기억, 추억. 보관할 수 없는 것을 보관해주는"(195면) 곳으로서의 프리퍄트창고는 낡은 유물로 치부되었던 오래된 아케이드들을 새롭게 되살려놓는다.

문명의 재앙과 그것이 파괴한 삶의 참혹한 양태를 엄정한 눈길로 주시하는 강영숙의 소설은 도시 속에 스며 있는 개인들의 실존적인 불안을 섬세하게 포착한다. 골목 모퉁이에서 벌어지는 우연적 만남들, 사소한 눈빛의 나눔까지 들여다보는 작가의 시선은 도시공간의 새로운 면면을 세심하게 조명한다. 그의 소설에서 변주되는 도시의 황막한 풍경들은 장소적 정체성을 갖지 못한 채 떠도는 현대인들의 고단한 일상을 숨김없이 담아낸다. 현대인의 실존을 둘러싼 불안에 대한 깊은 공감의 힘은 강영숙의 소설이 단단히 뿌리박고 있는 현실의 지반을 환기시켜준다. 이 은성한 도시의 불빛 속에 가려진 폐허와 쇠락의 징후들, 단조로운 일상에 숨겨진 악몽들을 천천히 통과한 그의 소설은 오랜 배회의 여정 끝에 '그리고 삶은 계속된다'라는 깨달음에 다다른다. 그것은 소외된 삶의 환부를 들여다보는 끈질기고 애정 어린 시선만이 성취할 수 있는 소설적 상상력의 귀중한 덕목을 우리에게 보여준다.

'세계의 끝'에서 시작되는 이야기의 모험

◆

윤이형론

1. 소설, 미래의 시공간으로 날아가다

윤이형(尹異形) 소설은 환상과 현실의 경계를 허무는 개성적인 문법과 상상력을 우리에게 보여준다. 장르문학의 상상력을 동원하는 그의 소설은 발랄하고 자유로운 이야기로 독자적인 영역을 개척하고 있다. 윤이형 소설을 포함해 최근 여러 작가들의 작품에서 판타지, 무협, 추리, SF, 게임서사 등 장르문학의 소재와 문법을 적극적으로 도입하는 경향이 강해지고 있다. 더불어 소설에 등장하는 시공간 역시 과거와 미래를 가로질러 우주로까지 확장되면서 한층 역동적이고 입체적인 배경들을 보인다. 윤이형은 그중에서도 가장 적극적인 방식으로 장르서사를 활용하면서 소설 영역의 확장을 시도하는 작가라고 할 수 있다.

첫 소설집 『셋을 위한 왈츠』(문학과지성사 2007)에서부터 최근 소설집 『큰 늑대 파랑』(창비 2011)에 이르기까지 윤이형 소설은 현실의 경계를 확장하는 자유로운 시공간적 배경을 소설 속에 지속적으로 등장시켜왔다. 우주적 시공간의 배경과 미래사회에 대한 상상력을 바탕으로 한 그의 소설은 흥미로운 이야기의 설정이라는 즐거움을 주면서도 그것이 담아내는 현실의 문제를 끊임없이 질문한다는 점에서 진지한 고민을 안고 있다. 소설에 나타난 현실과 환상의 경계 탐색은 성장기나 모험담 형식으로 펼쳐지는데, 이는 인물들의 내면적 혼돈과 자의식을 탐색하는 다분히 고전적인 글쓰기의 주제와 연결되어 있다. 환상과 현실을 오가는 소설의 탐색 과정은 현실로 쉽게 편입하지 못하는 불안정하고 위축된 청년세대의 내적 고민을 일정하게 반영하고 있다.

인물들의 자기탐색 과정을 기반으로 하여 장르서사의 문법을 매혹적으로 변주하는 윤이형 소설은 문명사회에 대한 비판적 상상력을 다양한 각도에서 펼쳐 보인다. 그의 소설이 흥미롭게 변주하는 미래의 시공간은 인간과 비인간, 생물과 무생물, 원본과 사본, 남성과 여성의 경계를 초월하는 낯선 타자들의 세계를 자연스럽게 소설적으로 호명한다. 좀비, 싸이보그, 컴퓨터 프로그램 등 인간 주체의 범주를 질문하는 다양한 타자들의 소설적 등장은 기술문명의 폭력성과 제도성을 환기하는 의미를 담고 있다. 자신의 기원을 의심하고 되묻는 낯선 타자들의 출현은 사회체제가 지닌 억압과 한계를 일깨우며 그것으로부터 탈주하고 비상하기를 추동한다. 인간의 존재방식을 입체적으로 사유하게 하는 이러한 타자들의 기획은 미래사회에 소설이 존재하는 방식에 대한 궁금증을 불러일으키며 소설 속으로 우리를 끌어들인다.

2. 장르서사의 활용과 세대적 체험의 발화

이번 소설집 『큰 늑대 파랑』에서 가장 압도적이고 강렬한 이미지로 시선을 사로잡는 표제작 「큰 늑대 파랑」에서부터 이야기를 시작해보자. 이 작품은 환상과 현실의 접합관계, 종말론적 사유와 문명비판적 상상력의 발화, 장르문학적 상상력의 가능성, 인물들이 품고 있는 세대적 감수성의 독특함 등 여러 층위에서 다양한 논의가 이루어질 수 있다는 점에서 흥미롭다.

소설은 네 명의 대학 동창인 사라, 정희, 재혁, 아영이 컴퓨터 프로그램에서 탄생시킨 가상의 이미지 '늑대 파랑'의 이야기에서 출발한다. 재난이 일어나면 세상을 구원하기 위하여 등장하라는 네 친구의 주문을 간직하고 있던 늑대 파랑은 도시에 좀비들의 공격이 시작되자 컴퓨터 화면 밖으로 탈출한다. 어머니와 아버지인 사라, 정희, 재혁을 구하기 위해 달려온 파랑은 이미 좀비로 변해버린 이들을 만나게 된다. 좀비로 변한 부모들을 물어뜯으면서 점점 더 크고 강한 존재로 변한 파랑은 마지막으로 아영을 만난다. 네 명의 친구 중 유일하게 파랑을 먼저 알아본 아영은 좀비가 되어 자신에게 달려드는 부모를 물리친 후 파랑의 등에 올라타고 길을 떠나게 된다.

「큰 늑대 파랑」이 주는 이야기의 속도감과 흥미로움은 우리가 익숙하게 접해온 대중문화적 코드들을 발견하는 데에서 기인한다. 좀비 서사, 컴퓨터게임 서사, SF나 공포영화에서 접했던 묵시록적 비전 등 익숙한 모티프와 상징들이 작품에 고스란히 담겨 있다. 도시를 공격하는 좀비들은 근대 문명사회의 악과 불안을 상징하는 낯선 타자들로서 그동안 여러 소설과 영화에서 자주 형상화되어왔다. 더불어 컴퓨터를 통해 늑대 파랑의 이미지가 탄생하고 실체화하는 과정은 이미지와 현실의 경계가 무너진 기술문명사회의 현실을 그대로 반영한다. 이미지인 파랑이 현실로 뛰쳐나와 좀비와 맞서 싸우는 스토리 형식도 흥미롭다. 파랑은 게임 속 전사처럼 전투를 거듭할수록 강해지고 커진다. 파랑이 좀비들을 해치울 때마다 커지고 단단해지는 모습은 한 단계를 통과할 때마다 더 강한 존재로 거듭나는 게임 캐릭터를 연상시킨다. 더불어 파랑이 자신을 탄생시킨 '인간 부모'를 찾아 끊임없이 달리는 스토리는 싸이보그를 소재로 한 SF영화에서 자주 접하는 내용이기도 하다.

각종 장르서사와 게임서사에서 익히 접했던 플롯과 캐릭터를 뒤섞어놓은 듯한 이 소설은 '늑대 파랑'을 탄생시킨 청년들의 세대적 체험을 생생하게 되살리고 있다는 점에서도 주목된다. 소설의 구체적인 시간 배경으로 설정된 1996년에서 2006년까지의 십년은 대학을 다니고 졸업하여 사회에 입사한 청년들이 겪는 정체성과 자의식의 혼돈 과정을 고스란히 드러낸다. 파랑이 탄생한 배경 속에 네 주인공이 잠시 목격했던 거리의 시위대 행렬이 있다는 점은 의미심장하다. 여기에는 현실의 정치공동체에 쉽게 스며들지 못하고 각자의 방에 머무를 수밖에 없었던 아웃사이더 청년들의 자의식이 깃들어 있다. 길에 늘어선 시위대 끝자락에 잠시 서 있다가 빠져나와 쿠엔틴 타란티노의 영화를 보고 다음 날 심심풀이로 컴퓨터 바탕화면에 그려봤던 늑대의 이미지가 십년 후에 이들을 찾아온다. 늑대 파랑은 가상게임 속의 전투와 유희가 현실의 삶보다 리얼했으며, 거대한 행렬과 함께하는 것보다는 마음에 맞는 소수의 친구들과 취미를 나누는 것이 편했던 이들의 무의식을 들추어낸다.

정치적 관심사와 공적 토론의 세계에서 비켜서 있던 네 친구는 자기를 감싼 세계가 불합리하다는 것을 느끼면서도 그것을 어떻게 바꿀 수 있을지는 몰랐다. 학교를 졸업하고 그럭저럭 힘겹게 사회에 적응하며 살아가는 네 친구들은 세계를 바꿀 힘이 없다는 무기력감에 시달린다. "이럴 줄 알았으면 대학 때 맑스의 『자본론』이라도 읽어둘걸. 그때는 그런 공부를 하는 사람들을 이해할 수 없다고 생각했지"(138면)라는 푸념이나 "우리가 뭘 잘못한 걸까? 그 사람들처럼 거리로 나가 싸워야 한 걸까? 그때 그러지 않아서 지금 이렇게 되어버린 걸까? 난, 무언가를 진심으로 좋아하면 그걸로 세상을 바꿀 수 있을 줄 알았어. 재미있는 것들이 우리를 구원해줄 거라고 생각했어. 그런데 이게 뭐야? 창피하게 이게 뭐냐고? 이렇게 살다가 그냥 죽어버리라는 거야?"(138~39면)라는 질문에는 취미와 즐거움을 공유하는 상상의 공동체에서만 편안함을 느꼈던 세대의 자책감과 고민이 담겨 있다.

"부모님이 오래전에 골라놓은 것들"(134면)에서 자유롭고 싶지만 '철밥통'의 삶에서 벗어날 수 없어서 꾸역꾸역 살아가는 청년들은 자괴감과 고통을 느낀다. "자신이 하는 일이 언제나 부끄러웠고, 모두가 입술을 깨물며 참아내는 그 부끄러움을 참지 못하고 매번 비겁하게 도망쳐나오는 자신이 버거웠"(128면)던 이들은 불합리한 세상이 언젠가는 무너질 것이라는 막연한 예감을 느낀다. 아영의 고백대로 "즐겨 입는 옷 스타일부터 학력과 직장, 지지하는 정당과 정기구독하는 잡지, 배우자가 될 사람의 외모와 성격까지"(134면) 부모님이 정해놓고 훈련시켜온 타율적인 삶 속에서 자신의 뜻대로 이루어지는 것은 하나도 없다.

「큰 늑대 파랑」이 담고 있는 종말론적 사유와 비극적 상상력은 지금 살고 있는 현실에서 그 어떤 희망도 지닐 수 없다는 비관적인 메시지를 전하는 듯하다. 세상은 쉽게 바꿀 수 없는 "거대한 한계들의 연속"(136면)이 된 지 오래이며, 이 거대한 시스템이 순식간에 '삭제'되지 않고는 새로운 세계는 열리지 않는다. 아영은 "이해할 수는 없었지만, 언제나 찾아올 것 같기만 하고 정작 오지는 않던 세상의 끝이 어딘가에서 이미 시작된 듯했다. 땅과 하늘 모두가 천천히 죽음에 먹히고 있었다"(137면)라고 예감한다. 좀비의 공격이 시작되고 이제 아영이 할 수 있는 것은 부모와 대적한 후 홀로 전사가 되어 길을 떠나는 것이다. 좀비가 된 자신의 부모를 물리친 후 늑대를 타고 먼 길을 떠나는 모습은 그동안 무기력한 주체였던 아영 스스로가 보여주는 가장 큰 변신이다.

"서른한살, 친구들은 철밥통이라고 불렀고 부모님은 한심해했으며 자신에게는 그저 꾸역꾸역 삼켜야 하는 반(半)고형 화학물질 같던"(139면) 삶은 세계의 종말 앞에서 이제 모험가의 삶으로 변신한다. 어쩌면 아영을 찾아온 '큰 늑대 파랑'은 견고한 외부의 시스템에 대응하기 위해 그녀 자신이 불러낸 환상인지도 모른다. 그것은 잔혹한 환상 속에서만 스스로를 실현할 수 있는 청년들의 불안과 자기분열을 절실하게 드러내는 상징이기도 하다. 극단적인 경쟁체제 속에서 각자의 '스펙' 쌓기에 몰두할 수밖에 없는 청년세대의 불안과 고통은 이 작품에서 묵시록적 예언으로 발화되고 있는 것이다. 사회에 진출해서도 끊임없는 성장통과 자괴감에 시달리는 청년세대의 고통을 내장한 이 매혹적인 판타지는 윤이형 소설이 보여주는 환상성이 어디에 뿌리를 내리고 있는가 짐작하게 하는 중요한 좌표이다.

3. 세계의 끝, 유목적 예술가의 탄생

죽음의 기운이 가득한 도시에서 살아남은 주인공은 거대한 늑대를 타고 길을 떠난다. 손도끼를 들고 늑대에 올라탄 주인공은 세상에 태어나서 처음으로 자유로워졌다. 그러나 암흑밖에 없는 그 세상에서 할 수 있는 일은 무엇일까. 세상의 끝이 다가오고 새로운 모험이 시작되었지만, 다시 시작되는 세상에서도 비극과 종말이 반복되는 것은 아닐까. 현재 세계의 타락과 종말을 경험한 다음, 인간 이후의 인간, 문명 이후의 문명은 어떠한 방식으로 존재할 것인가. 윤이형 소설이 담고 있는 묵시록적 사유는 미래사회에 대한 상상 속에도 깃들어 있다. 기술문명이 고도화된 미래사회, 혹은 새롭게 열린 문명세계에서 인간은 더이상 삶의 중심이 되지 못한다. 가상 이미지와 로봇, 싸이보그, 동물과 마찬가지로 인간 역시 소외된 타자로 서 있을 따름이다.

오십년 후로 시간여행을 떠나고(「맘」), 노트북 프로그램이 소설을 써주며(「로즈 가든 라이팅 머신」), 핵전쟁 이후 새로운 인류사회가 생겨나고(「스카이워커」), 자아 튜닝 시스템이 가능하며(「완전한 항해」), 자아와 분리체 간의 결투가 이루어지는(「결투」) 사회에서 우리는 과연 어떤 고민을 하며 살게 될 것인가. 윤이형 소설이 보여주는 문명비판적인 상상력은 여러 SF소설들이 탐색했던 철학적 주제들을 공유하고 있다. 특히 미래사회를 소재로 한 윤이형 소설에서 중요하게 부각되는 것은 생명복제시대에 새롭게 탄생한 '기계-복제물'들이다. 작가는 자아가 무한 복제되고 확장되면서 원본과 복제물의 경계가 무너지는 현실을 소설 속에 자주 등장시킨다.

　기계-복제물은 인간중심주의를 비판적으로 성찰하는 의미를 담는다. 동시에 이 복제물은 시스템의 생산물로서 체제를 온전히 초월하지 못하는 비극적인 존재로 그려진다. 「완전한 항해」에서 시스템이 예고하는 죽음의 운명에서 자유롭지 못한 '창'과 '루', 「이스투아 공원에서의 점심」에서 가상공간에 방을 만들고 끊임없이 대화와 소통을 갈망하는 '스팸봇', 「결투」에서 자신의 사본들을 대적해 죽여야만 하는 인간들의 고민은 인간과 비인간 모두 통제와 관리의 시스템에서 자유롭지 못함을 알려준다.

　미래사회는 시간여행을 가능하게 하고 자유로운 가상공간에서 수많은 자아들과 접촉할 수 있는 신세계를 열어준다. 자본이 있다면 타인의 자아를 얼마든지 복제 흡수하여 영원한 생명을 지속할 수 있다. 그러나 이 세계를 지배하는 기술문명 시스템은 인간과 비인간, 생명체와 비생명체를 모두 장악하는 엄격하고 획일적인 통제력을 행사한다. 윤이형 소설은 시스템 밖으로 탈주하려다 결국 실패하는 비극적인 존재들의 운명을 환상의 형식으로 포착한다. 흥미로운 것은 이들 존재가 열망하는 것이 예술적 가치라는 점이다. 이 세상에 단 하나밖에 없는 자기 자신과 순수한 유희의 쾌락을 열망하는 이들은 기술시대에 새롭게 탄생한 낭만적 유목민들이라고 할 수 있다.

　영원한 생명을 거부하고 시스템으로부터 이탈하는 존재의 운명을 그린 「완전한 항해」는 윤이형 소설이 꿈꾸는 유목적인 예술가의 초상을 아름답게 그려낸 작품 중 하나이다. 주인공 창연은 심리학, 철학, 화술, 언어 등

각 부문에서 가장 완벽한 형식의 자아들을 찾아내 끊임없이 튜닝할 수 있는 재력가이다. 미래사회의 튜닝 에이전시에 의해 가장 완전하게 통합된 자아인 창연은 오십세 생일을 맞이하여 새로운 종족인 '창'의 자아를 통합하기로 선택한다. 튜닝 에이전시에 의해 죽음을 통보받은 창은 부유하고 새로운 세계에서 창연과 통합되어 영생을 보장받기를 권유받는다. 그러나 루와의 자유로운 비행을 열망하는 창은 창연의 자아에 흡수되기를 거부하고 결국 죽음을 맞는다.

'에디션'의 운명을 거부하고 고유한 원본으로 살아남겠다는 창의 결정은 정해진 기계 시스템으로부터 튕겨져 나와 운명에 저항하는 유목적 예술가의 면모를 보여준다. 창은 완벽한 자아의 삶을 거부하고 유한적인 삶을 선택한다. 그가 죽기 전까지 실현하고 싶었던 일은 루와 함께 가장 멀리 나는 것이다. "루족 역사상 달에 가장 가까이 간 사람, 그리고 가장 멀리, 가장 빠르게 난 사람"(93면)으로 남은 창은 기억의 흔적을 좇는 미래사회의 예술가이다. "누군가가 나와 나란히 날고 있어서 그 설명할 수 없는 느낌을 공유하고, 내 눈에 들어오는 것들이 가짜가 아니라는 사실을 알아"(69면)주기를 열망하는 창의 마음은 기술문명의 시대에 사라진 아우라를 추적하는 예술가의 자의식을 드러낸다.

시스템의 획일성에 맞서 예술가적 초월성과 낭만성을 보여주는 창의 존재는 윤이형 소설이 주목하는 새로운 존재방식을 암시한다. 창과 루는 '종족의 기억을 물려받지 않은' 버려진 아이들이면서, 시스템 속으로 스며들지 않는 예외적인 존재들이다. 창의 종족은 출산이 아닌 환생을 통해 종족을 보존하며, 엄지손톱보다 작고 엄청나게 빠른 괴물 비행기를 타고 날아다니는 돌연변이체다. 그는 인간 주체가 의식하지 못했던 낯선 타자, 괴물이다. 창이 타고 다니는 루 역시 식물인 동시에 동물이고 생물인 동시에 기계이다. 물론 미래사회에서 이러한 새로운 종족들은 시스템의 지배자들에 의해 끊임없이 추적당하고 제거되는 비극적 운명에 처해 있다.

창과 루는 시스템에 의해 결국 제거되지만, 자신들의 정해진 운명을 거부하고 사소하게나마 시스템의 예측을 뒤흔들어놓는다.

좀비, 로봇, 싸이보그, 분리체 등은 미래사회의 새로운 종족이자 타자로서 소설 속에 부각된다. 윤이형 소설에서 흥미로운 것은 이 종족이 자신의 정해진 항로를 거부하고 예외적인 선택을 한다는 점이다. 핵전쟁 이후의 종교사회에서 트램펄린의 순수한 유희적 욕망을 추구하는 이단자들의 이야기를 다룬 「스카이워커」도 이러한 낭만적 유목민의 가능성을 암시하는 작품이다. 루를 타고 날아오르면서 자신의 운명을 시험하는 창처럼 소설 속의 '탕탕' 선수들은 중력을 이기면서 허공을 자유롭게 오가는 '탕탕' 놀이에 순수하게 열중한다. 문명 이후의 종교사회에서 스포츠 기술을 엄격하게 제한당하는 트램펄린 선수들과 달리 탕탕 선수들은 중력을 마음대로 다루고 종교적 금기를 넘어서는 즐거움을 보여준다. 소설 속에서 주인공이 열망하는 스카이워킹 기술은 시스템에 포섭되지 않는 자유로운 존재의 실존 욕망을 담고 있는 것이라 할 수 있다.

고유한 자아와 순수한 유희를 열망하는 유목적 존재들의 반란과 비상은 시스템의 미세한 틈새와 균열을 불러일으킨다. 완고한 시스템이 이러한 예외적 타자들로 인해 전복될 가능성은 거의 없지만, 이들의 존재 자체는 현실을 새롭게 바라보는 중요한 가능성으로 다가온다. 작가는 체제 속에 흡수되지 않는 이방인들이 꿈꾸는 세계가 예술적인 초월의 영역과 닿아 있음을 보여준다. 에디션들이 열망하는 자유로운 비상의 순간은 인간 중심의 사회가 지닌 폭력성과 억압성을 되돌아보게 한다. 이 자유로운 유목민의 세계는 도나 해러웨이(Donna Haraway)가 예시한 바 있는, 인간과 기계, 인간과 동물, 물질과 비물질의 경계들을 해체하고 융합하는 싸이보그의 해방적 가능성을 연상시키기도 한다. 문제는 이들이 열망하는 예술적 가치일 것이다. 예술적 가치 추구의 열망이 인간 주체에게만 귀속되는 것이 아니라면, 이 순수한 유희의 열망은 어떤 방식으로 발화될 수 있을까. 작가의 질문은 이야기의 기원을 묻는, 소설의 출발점으로 돌아간다.

4. '맘'의 세계: 이야기의 기원을 묻다

영혼까지도 복제할 수 있는 미래세계에 소설은 어떠한 방식으로 존재할 수 있을까. 제도적 형식에 묶이지 않는 자유로운 비상을 꿈꾸는 문학은 어떤 것인가. 메타소설로서 「맘」이 흥미로운 이유가 여기에 있다. 이 작품은 '엄마의 삶'을 쓰고 싶었던 딸의 이야기에서 출발한다. '노인미래연구소'에 등록되어 아르바이트를 하던 엄마가 어느날 실종되었다. 엄마는 시간여행을 할 수 있는 타임워프 능력자였는데 연구소의 프로젝트를 수행하다가 사라졌다. 엄마가 과거로 이동했을 것이라 생각한 딸은 엄마를 찾기 위하여 지나간 기록들을 추적하는데, 정작 엄마는 딸이 쓴 소설을 읽고 오십년 후의 미래로 이동했음이 밝혀진다.

미래사회의 시간여행이라는 흥미로운 소재를 빌리긴 했지만 이 소설의 핵심은 소설 쓰기란 무엇인가에 대한 진지한 질문에 닿아 있다. 소설을 쓰는 소현과 소현의 소설을 읽는 엄마가 서로 어긋나는 과정이 흥미롭게 펼쳐지는 이 작품은 전통적인 재현의 의미에 맞서는 소설 창작 과정을 보여준다. 엄마를 잘 이해하지 못하면서도 엄마의 생을 복원해보고 싶었던 딸은 1940년 중국 어딘가에서 태어나 여섯살 되던 해 해방을 맞고 열한살 되던 해 6·25를 겪은 엄마의 생을 차례로 더듬어간다. 그러나 엄마의 삶은 딸이 추적한 기록들 사이를 비켜간다. 그녀가 소설 속에 엄마의 인생을 옮기고 싶을수록 엄마의 실제 삶은 기록을 비켜서 미끄러져 달아난다. 오히려 엄마의 삶을 추적하면서 소현이 발견하는 것은 한때는 엄마처럼 살기 싫었지만 시간이 갈수록, 나이가 들수록 "자신의 의지와 아무 상관 없이 엄마가 깃들이기 시작"(302면)하는 자기 자신의 모습이다.

소설에서 '맘'의 세계는 소설이 발생하는, 이야기의 기원이라고 할 수 있다. 딸의 소설 속 상상여행은 과거로 향하면서 엄마의 자취들을 하나하나 찾아 조립하는 형식으로 이루어진다. 이에 반해 엄마는 육체적인 시공간이동 능력을 발휘하여 딸이 찾을 수 없는 미래로 시간여행을 한다. 딸이 재구성하려는 엄마의 역사는 결국 허구적인 것이 될 수밖에 없다. 딸의 쓰기 속에 엄마의 읽기가 스며드는 상호 텍스트적인 이야기의 탄생 과정은 작가가 생각하는 우리 시대 소설의 존재방식을 의미하는 듯하다. '맘'의 세계는 이야기가 발생하는 기원이지만, 그 기원은 텅 빈 미지의 해석 공간이다. 실제의 삶을 찾아 추적하는 딸, 그러나 정작 그 딸이 만들어가는 기록의 세계를 가볍게 미끄러져가는 엄마의 이야기는 전통적인 묘사와 서술의 방식으로 이루어질 수 없는 소설 쓰기에 대한 고민을 담고 있다.

흥미로운 것은 시공간을 해체하며 이루어지는 이러한 창작의 방식 속에서 작가가 여전히 기대를 걸고 있는 '창작의 고유성'에 관한 문제이다. 미래사회에 대한 상상을 흥미롭게 펼쳐가는 이 소설에서도 여전히 감지되는 것은 '만들어지는 이야기'의 고유함에 대한 근본적인 신뢰라고 할 수 있다. 한 예로 엄마가 미래사회에 가서 목격한 것은 "종이로 된 책들은 거의 사라졌지만, 이야기 자체는 사라지지 않아서 종이가 아닌 다른 형태로 고스란히 보관되어 있"(314면)는 모습이다.

따뜻하고 발랄한 상상력을 보여주는 「로즈 가든 라이팅 머신」에서도 문학과 글쓰기에 대한 이러한 고전적인 믿음이 직접적인 서술로 나타난다. 간단한 문장만 입력하면 소설을 써주는 프로그램까지 등장한 미래사회에서 어떤 방식으로 소설 창작을 할 수 있을까. 주인공 이비는 몽식이 보여준 프로그램의 위력에 감탄하면서도 그것을 사용하기를 주저한다. "문장의 뜻을 총체적으로 이해하고, 문장과 문장의 관계를 이해하고, 그것이 개연성 있는 허구라는 사실을 이해하고, 은유와 직유와 상징을 이해하고, 거기 담긴 정서를 이해하고, 그 아래 어떤 시선이 깔려 있는지 이해하"(256면)는 기계가 등장하는 시대가 올지라도 예술가와 예술의 고유한 몫은 따로 있을 것이라고 이비는 생각한다. "따지고 보면 순수하게 독창적인 것은 사실 하나도 없지만 그래도 또 뭔가를 하나 더 만들어 가만히 놓아보는 게 우리가 할 수 있는 일"(266면)이라는 이비의 발언은 작가 자신의 전언이라 해도 무방하다. 창작자의 정체성을 고집하려는 주인공의 모습 속에는 어떤 시대가 오더라도 '이야기'는 사라지지 않으리라는 순정한 믿음이 담겨 있다. 물론 예술적 가치에 대한 이러한 신뢰는 지극히 소박한, 인본주의적이고 예술지상주의적인 메시지로 읽힐 염려를 주기도 한다. 어떻게 보면 '라이팅 머신'을 거부하는 이비의 결정은 그 스스로의 신념을 고수하는 개인적 차원에 머물고 있다. 기술문명이 고도로 발달한 사회에서도 가장 인간적이고 고유한 것의 핵심은 사라지지 않는다는 믿음은 윤이형 소설이 보여주는 중요한 신념이지만, 그것이 장르서사의 실험 속에서 어떠한 방식으로 새롭게 추구될 수 있을지는 작가가 계속 고민해야 할 지점이다.

  견고한 현실의 장벽에 대응하여 환상의 공간을 한껏 확장시키는 모험의 서사를 선택한 윤이형 소설은 '마법사와 전사와 사제와 도적'을 소설의 세계로 불러들이며 우주의 시공간을 가르는 거침없는 시간여행을 시도한다. 비관적 현실을 응시하는 이 매혹적이고도 신비스러운 로드무비의 세계는 미래시대의 소설이 향해가는 상상력의 경계를 우리에게 진지하게 되묻는 듯하다. 기술문명이 열어 보이는 신세계 속에서도 예술적 가치에 대한 낭만적인 신뢰를 거두지 않는 타자들에게 주목하는 그의 소설은 세계의 끝에서 다시 시작되는 이야기의 모험을 기대하게 한다. 장르서사의 자유로운 변형을 통해 상상력의 영역을 넓혀가면서, 글쓰기의 존재조건에 대한 자의식을 놓지 않는 이 예민하고 섬세한 작가의 활약을 앞으로도 계속 기대하고 싶다.

| 발표지면 |

예술적 구원과 자아 발견의 여정: 강석경론　공저『여성문화의 새로운 시각 4』(월인 2005)

식민지 현실과 모성의 재현 양상: 백신애론　구모룡 엮음『백신애 연구』(전망 2011)

도시의 거울에 갇힌 나르키소스: 김승옥론　최원식·임규찬 엮음『4월혁명과 한국문학』

　(창작과비평사 2002)

| 제3부 | 장편소설의 현재와 가능성

장편소설의 현재와 가족서사의 가능성: 천명관·김이설·최진영의 작품　『창작과비평』

　2012년 여름호

장편소설의 곤경과 활로: 김려령·구병모의 작품　『창작과비평』 2013년 겨울호

역사를 호명하는 장편소설: 공선옥·한강의 작품　『21세기문학』 2015년 봄호

역사적 사실과 문학적 진실의 경계: 홍석중『높새바람』　김종회 엮음『북한문학의 이해 2』

　(청동거울 2002)

| 제4부 | 이야기의 미래

사라진 '아비'와 글쓰기의 기원　『창작과비평』 2005년 여름호

망각과 기억의 사이　『창작과비평』 2005년 가을호

성장서사와 균열의 상상력　『창작과비평』 2005년 겨울호

전도된 시선의 비밀: 하성란론　『문학동네』 2001년 여름호

도시의 꿈과 기억, 그리고 어떤 만남: 강영숙론　강영숙『아령 하는 밤』(창비 2011) 해설

'세계의 끝'에서 시작되는 이야기의 모험: 윤이형론　윤이형『큰 늑대 파랑』(창비 2011)

　해설

사소한 이야기의 자유

초판 1쇄 발행/2018년 11월 2일

지은이/백지연
펴낸이/강일우
책임편집/전성이
조판/박아경
펴낸곳/(주)창비
등록/1986년 8월 5일 제85호
주소/10881 경기도 파주시 회동길 184
전화/031-955-3333
팩시밀리/영업 031-955-3399 편집 031-955-3400
홈페이지/www.changbi.com
전자우편/lit@changbi.com

ⓒ 백지연 2018
ISBN 978-89-364-6351-9 03810